HEYNE BÜCHER

SCIENCE FICTION

Herausgegeben
von Wolfgang Jeschke

Von ROGER ZELAZNY erschienen in der Reihe
HEYNE SCIENCE FICTION & FANTASY:

Straße der Verdammnis · 06/3310, auch ↗ 06/4335
Die Insel der Toten · 06/3366, auch ↗ 06/4335
Der Tod in Italbar · 06/3434, auch ↗ 06/4335
Heut wählen wir Gesichter · 06/3444
Herr des Lichts · 06/3500
Die Aschenbrücke · 06/3613
Jack aus den Schatten · 06/3901
Katzenauge · 06/4217
Wechselhaftes Land · 06/4247

AMBER-ZYKLUS:

Corwin von Amber · 06/3539, auch ↗ 06/4275
Die Gewehre von Avalon · 06/3551, auch ↗ 06/4275
Im Zeichen des Einhorns · 06/3571, auch ↗ 06/4275
Die Hand Oberons · 06/3594, auch ↗ 06/4275
Die Burgen des Chaos · 06/3840, auch ↗ 06/4275
(weitere Bände in Vorbereitung)

Die Prinzen von Amber · 06/4275
Sonderausgabe
Fünf Romane in einem Band

sowie:
Der Former, in:
Heyne Science Fiction Jahresband 1981,
hrsg. von Wolfgang Jeschke · 06/3790

in der BIBLIOTHEK DER SCIENCE FICTION LITERATUR:
Herr des Lichts · 06/45

ROGER ZELAZNY

DAS BIEST
DIE INSEL DER TOTEN
STRASSE DER VERDAMMNIS
DER TOD IN ITALBAR

Drei Romane
und
eine Novelle

herausgegeben
von
Wolfgang Jeschke

WILHELM HEYNE VERLAG
MÜNCHEN

HEYNE SCIENCE FICTION & FANTASY
Nr. 06/4335

Redaktion: Werner Bauer

Printed in Germany 1986
Umschlagbild: Tito Salomoni
Umschlaggestaltung: Atelier Ingrid Schütz, München
Satz: Schaber, Wels
Druck und Bindung: Elsnerdruck, Berlin

ISBN 3-453-31302-X

Inhalt

Die Novelle

Das Biest

DAS BIEST
erschien ursprünglich in:
Damon Knight (Hrsg.):
Panne in der Hölle, HEYNE-BUCH Nr. 06/3344
Amerikanischer Originaltitel:
THE DOORS OF HIS FACE, THE LAMPS OF HIS MOUTH
Deutsche Übersetzung:
Hans Maeter

Schauplatz dieser Erzählung ist die Venus. Es ist eine Jagdgeschichte. Das Wild, dem man nachstellt, ist ein Ichthyosaurus elasmognathus, ein Tiefseeungeheuer von hundert Meter Länge, das bisher noch nie gefangen werden konnte, trotz Fangbooten in Gestalt von schwimmenden Plattformen, so groß wie Flugzeugträger.

Ich bin ein Ködermann. Niemand wird als Ködermann geboren, außer in einem französischen Roman, wo jeder einer ist. (Ach ja, ich glaube, der Titel war »Wir alle sind Köder«.) Wie ich dazu kam, lohnt sich kaum zu erzählen und hat auch nichts mit Echsen zu tun, aber die Tage mit dem Biest verdienen es, daß ich Ihnen davon erzähle. Das war so:

Das Tiefland der Venus liegt zwischen dem Daumen und dem Zeigefinger eines Kontinents, den man die »Hand« nennt. Wenn man durch die Wolkenkorridore hinabtaucht, springt einem plötzlich die silberschwarze Kugelfläche entgegen. Man will jedesmal von seinem Sitz aufspringen in dem feuerschwänzigen Kegelstumpf, der einen hinunterbringt, aber die Anschnallgurte verhindern, daß man sich lächerlich macht. Man lacht meist hinterher, aber zuerst reißt es einen jedesmal hoch.

Dann sieht man die »Hand«, und ihr Bild, das man in der Vorstellung hat, zerfällt in Einzelkonturen: die beiden mittleren Finger werden zu Dutzenden von ringförmigen Inselgruppen, und die äußeren Finger lösen sich in graugrüne Halbinseln auf; der Daumen ist zu kurz und gewunden wie der Embryoschwanz von Kap Hoorn.

Man atmet reinen Sauerstoff, seufzt vielleicht, und dann beginnt der lange Sturzflug ins Tiefland.

Dort wird man wie eine Fliege von der Lifeline-Landezone eingefangen – so genannt, weil sie nahe dem großen Delta der östlichen Bucht liegt, auf der Lebenslinie der »Hand« zwischen der ersten Halbinsel und dem »Daumen«. Einen Augenblick glaubt man, die Landebahn von Lifeline nicht zu treffen und irgendwo in der Bucht als eingedostes Fischfutter zu landen, aber später – wenn man die Eindrücke abgeschüttelt hat – klettert man auf den sonnenheiß glühenden Beton hinunter und reicht sein Bündel von Erlaubnisscheinen – so dick wie ein Telefonbuch mittlerer Größe – einem kleinen, fetten Mann mit grauer Mütze. Die Papiere beweisen, daß man nicht an geheimnisvoller innerer Fäulnis und so weiter leidet. Er lächelt – ein kleines, fettes, graues Lächeln –, dirigiert einen zu dem wartenden Bus, und dann schaukelt man ins Auskunftslager. Dort verbringt man drei Tage damit, zu beweisen, daß man wirklich nicht an einer geheimnisvollen inneren Fäulnis leidet.

Langeweile ist jedoch auch eine Art innerer Fäulnis. Wenn die drei Tage herum sind, stürzt man sich kopfüber in das Leben von Lifeline-City, und sie revanchiert sich dafür mit einem reflexhaften Schlag in die Magengrube. Die Wirkung von Alkohol in unterschiedlichen Atmosphären ist ein Thema, über das Kenner umfangreiche Werke geschrieben haben; ich möchte mich also auf die Feststellung beschränken, daß ein gutes Besäufnis mindestens eine Woche wert ist und oft ein lebenslanges Studium erfordert.

Ich war einmal ein sehr vielversprechender Student (der nie über die ersten Examina hinausgekommen ist) im vierten Semester, als die *Bright Water* durch unsere marmorfarbene Decke stieß und ihre Passagiere – Objekte allgemeinen Staunens – auf die Stadt losließ.

Einen Moment! – Der Weltalmanach berichtet über Lifeline: »... Hafenstadt an der Ostküste der ›Hand‹! Die Angestellten der Agentur für extraterrestrische Forschungen machen etwa 85 % ihrer 100 000 Köpfe zählenden Bevölkerung aus (nach der Volkszählung von 2010). Die anderen Einwohner sind zumeist Angestellte mehrerer Industriegruppen, die sich mit Grundlagenforschung beschäftigen. Selbständige Meeresbiologen, reiche Sportfischer und Hafenunternehmer bilden den Rest der Einwohnerschaft.«

Ich wandte mich an Mike Perrin, einen Unternehmerkollegen, und sagte etwas über den lausigen Stand der Grundlagenforschung.

»Nicht, wenn man erfährt, was sich in Wirklichkeit tut.«

Er machte eine Pause beim Trinken und nahm dann wieder ein paar kleine Schlucke, die dazu gedacht waren, meine Aufmerksamkeit zu erregen und mich zu ein paar leisen Flüchen herauszufordern, bevor er weitersprach.

»Carl«, sagte er schließlich, vorsichtig wie ein Pokerspieler, »die *Tensquare* wird seeklar gemacht.«

Ich hätte ihn ohrfeigen können. Ich hätte sein Glas mit Schwefelsäure füllen und kaltlächelnd zusehen mögen, wie seine Lippen schwarz wurden und aufplatzten. Aber ich fragte nur ganz beiläufig: »Welcher Idiot will denn fünfzig Riesen pro Tag ausgeben? Die ANR?«

Er schüttelte den Kopf.

»Jean Luharich«, sagte er, »das Mädchen mit den violetten Kontaktlinsen und fünfzig oder sechzig ebenmäßigen Zähnen im Mund. Ich habe gehört, daß ihre Augen von Natur aus braun sein sollen.«

»Geht denn ihr Geschäft mit der Gesichtscreme nicht mehr so gut wie früher?«

Er zuckte die Achseln.

»Reklame ist die Seele des Geschäfts. Die Aktien der Luharich-Unternehmen stiegen um sechzehn Punkte, als sie die Sonnen-Trophäe bekam. Hast du schon mal auf Merkur Golf gespielt?«

Hatte ich. Aber ich überhörte die Frage und blieb beim Thema.

»Also kommt sie hierher, mit einem Blankoscheck und einer Angelrute?«

»Ja, heute mit der *Bright Water*«, nickte er. »Sollte schon gelandet sein. Sie will um alles in der Welt einen Ikky, und zwar dringend.«

»Hm«, sagte ich. »Wie dringend?«

»Sie hat einen sechzigtägigen Chartervertrag für die *Tensquare* mit unbeschränktem Verlängerungspassus. Eine und eine halbe Million Anzahlung«, zitierte er.

»Du scheinst ja gut informiert zu sein.«

»Ich beschaffe die Arbeitskräfte. Luharich Enterprises hat's mir letzten Monat angeboten. Es lohnt sich, in den richtigen Kneipen zu verkehren.«

»Oder sie zu besitzen«, grinste er nach einer kleinen Pause.

Ich sah weg und nahm einen Schluck von dem bitteren Gebräu. Nachdem ich verschiedene Sachen in mich hineingetrunken hatte, stellte ich Mike die Frage, auf die er wartete, wobei ich natürlich Gefahr lief, daß er mir seine monatliche Predigt über Enthaltsamkeit verpaßte.

»Ja. Man hat mir gesagt, ich solle versuchen, dich anzuheuern«, sagte er. »Wann bist du zum letztenmal gefahren?«

»Vor sechs Wochen. Auf der *Corning.*«

»Das sind kleine Fische«, lachte er spöttisch. »Ich meine, wirklich zur See gefahren.«

»Das ist schon eine Weile her.«

»Über einundeinhalb Jahre, nicht? Das war, als du in die Schraube gekommen bist, unter der *Dolphin.*«

Ich wandte mich ihm zu. »Letzte Woche war ich auf dem Fluß, oben in Angleford, wo starke Strömung ist. Ich stehe immer noch meinen Mann.«

»Wenn du nüchtern bist.«

»Bei einem Job wie diesem würde ich auch nüchtern bleiben«, sagte ich.

Ein zweifelndes Nicken.

»Gehalt nach Tarif. Dreifache Bezahlung unter ungewöhnlichen Umständen«, zitierte er. »Sei Freitag morgen um fünf mit deinem Zeug in Hangar 16. Samstag morgen bei Sonnenaufgang geht es los.«

»Fährst du mit?«

»Ja, ich fahre mit.«

»Warum?«

»Geld.«

»Ikkys Guano.«

»In der Bar ist in letzter Zeit nicht viel los, und mein Baby braucht neue Nerze.«

»Ich fragte ...«

»... und ich möchte mal für 'ne Weile von Baby weg, wieder so leben wie früher – frische Luft, Arbeit, Geld verdienen ...«

»Schon gut, schon gut! Entschuldige, daß ich gefragt habe.«

Ich goß ihm einen Drink ein und wünschte mit aller Willenskraft, daß sich der Alkohol in H_2SO_4 verwandeln möge, aber er tat es nicht. Schließlich kriegte ich ihn doch besoffen, lief in die Nacht hinaus, ging spazieren und dachte nach.

Während der letzten fünf Jahre waren fünf ernsthafte Versuche unternommen worden, den *Ichthyosaurus elasmognathus,* allgemein »Ikky« genannt, an Land zu ziehen. Als Ikky zum erstenmal gesichtet wurde, hatte man es mit der Walfangtechnik versucht. Sie hatte sich jedoch entweder als nutzlos oder als katastrophal erwiesen. Daraufhin hatte man ein neues Verfahren ausgedacht. Ein reicher Sportfischer namens Michael Jandt konstruierte die *Tensquare* und verlor sein ganzes Vermögen bei dem Unternehmen.

Nach einem Jahr im Östlichen Ozean kam er zurück und meldete Konkurs an. Carlton Davits, ein Playboy und begeisterter Angler, kaufte das Riesenfloß und legte sich bei Ikkys Laichplatz auf die Lauer. Am neunzehnten Tag biß Ikky tatsächlich an, und Davits verlor Angelgerät im Wert von fünfzigtausend mitsamt dem *Ichthyosaurus elasmognathus*. Zwölf Tage danach – er hatte dreifache Fangleinen ausgelegt – gelang es ihm schließlich, das Monstrum an den Haken zu bringen und zu narkotisieren. Als er es hochziehen wollte, erwachte es jedoch, zerschlug den Kontrollturm, tötete sechs Männer und verwandelte das Deck der *Tensquare* in ein Trümmerfeld. Carlton brachte das Unternehmen eine teilweise Lähmung und eine Anklage wegen Zahlungsunfähigkeit ein. Er tauchte in der Hafengegend unter, und die *Tensquare* wechselte noch viermal den Besitzer, mit zwar weniger aufregenden, aber ebenso kostspieligen Resultaten.

Schließlich wurde das riesige, nur für einen bestimmten Zweck gebaute Floß auf einer Auktion von der ANR zum Zweck der »Meeresforschung« ersteigert. Lloyd wollte es noch immer nicht versichern, und die einzige »Meeresforschung«, die es seitdem gesehen hat, waren gelegentliche Vermietungen für fünfzig Scheine pro Tag an Leute, die darauf aus waren, Geschichten von dem Seeungeheuer erzählen zu können. Ich war auf drei dieser Reisen Ködermann, und zweimal habe ich Ikky so nahe gesehen, daß ich seine Zähne zählen konnte. Einen davon möchte ich haben, um ihn meinen Enkelkindern zeigen zu können, aus einem ganz persönlichen Grund.

Ich blickte zum Landeplatz hinüber und schwor mir ganz für mich:

Du willst mich doch nur als Lokalkolorit, Mädchen. Das kommt gut raus bei Reportagen und so weiter. Aber eins solltest du dir merken: Wenn einer dich und Ikky an Land zieht, dann bin ich das. Das verspreche ich dir!

Ich stand auf dem leeren Platz. Die nebeligen Türme von Lifeline schimmerten durch die grauen Schwaden. Die westliche Bergkette dahinter, die vor einigen Zeitaltern die Küstenlinie gebildet hatte, erstreckt sich stellenweise bis zu siebzig Kilometer landeinwärts. Sie ist nicht besonders steil, erhebt sich jedoch bis zu einer Höhe von über tausend Metern, bevor sie ins Hochgebirge übergeht, die uns vom Plateau trennt. Etwa sieben Kilometer landeinwärts und zweihundert Meter höher als Lifeline liegen die Landepisten für Raumfähren und die privaten Hangars. Hangar 16 gehört Cals Contract Cab, eine Art Taxiunternehmen, das vom Land aus die Schiffe bedient. Ich mag Cal nicht, aber er war nicht da, als ich aus dem Bus kletterte und einem Mechaniker zuwinkte.

Zwei von den Hubschraubern zitterten unter kreisenden Rotoren ungeduldig auf dem Beton. Der Vogel, an dem Steve arbeitete, rülpste tief im Innern seines Vergasers und schüttelte sich wie in einem Fieberanfall.

»Bauchschmerzen?« erkundigte ich mich.

»Ja. Blähungen und Sodbrennen.«

Er zog Stellschrauben an, bis der Motor ruhig lief, und wandte sich dann zu mir.

»Verreisen?«

Ich nickte.

»*Tensquare,* Kosmetikgeschäft, Monstrum, in der Richtung.«

Er blinzelte in die Leuchtfeuer und fuhr mit der Hand über seine Sommersprossen. Die Temperatur lag unter dem Gefrierpunkt, aber die beiden großen Scheinwerfer über uns dienten einem doppelten Zweck.

»Luharich«, murmelte er. »Dann bist du also *doch* derjenige, welcher.« Er nickte mir zu. »Da sind ein paar Leute, die was von dir wollen.«

»Kameras, Mikrophone, in der Richtung.«

»Ich möchte lieber meinen Kram verstauen. Mit welchem fliege ich?«

Er deutete mit dem Schraubenzieher auf den anderen Vogel.

»Mit dem da. Du wirst übrigens gerade gefilmt, Junge. Sie wollten dich bei der Ankunft aufnehmen.«

Er wandte sich zum Hangar, blickte sich nochmals kurz um.

»Grinse wenigstens hinüber. Die Nahaufnahmen werden sie wohl später machen.«

Ich sagte etwas sehr Unfreundliches. Sie müssen Teleobjektive gehabt haben und konnten mir wahrscheinlich die Worte vom Mund ablesen, denn dieser Teil des Films ist später nie gezeigt worden.

Ich warf mein Zeug nach hinten, kletterte auf den Passagiersitz und steckte mir eine Zigarette an. Fünf Minuten später trat Cal selbst aus dem Quonset-Büro und klapperte vor Kälte. Er kam auf den Hubschrauber zu und schlug mit der Faust gegen die Seitenwand. Dann deutete er mit dem Daumen auf den Hangar.

»Dein Typ wird verlangt!« rief er mir zu. »Interview!«

»Die Vorstellung ist vorbei!« schrie ich zurück. »Entweder ihr laßt mich in Ruhe, oder sie können sich einen anderen Ködermann suchen!«

Seine rostbraunen Augen zogen sich unter den blonden Brauen zusammen, und der Blick, mit dem er mich anstarrte, war hart und spitz wie ein Nagel. Dann wandte er sich abrupt ab und ging fort. Ich fragte mich, wieviel sie ihm bezahlt haben mochten, damit sie in seinem Hangar hocken und seinen Strom verbrauchen durften.

Eine ganze Menge, schätzte ich, wie ich Cal kannte. Ich habe den Kerl nie gemocht.

Während der Nacht ist die Venus ein Behälter voll undurchsichtiger Flüssigkeit. An den Küsten kann man nie sagen, wo das Meer aufhört und wo der Himmel beginnt. Das Morgengrauen ist, als gieße man Milch in ein Tintenfaß. Zuerst erscheinen erratische, weiße Wirbel, die sich zu Streifen formen. Verschatte eine Flasche voll grauem Kolloid und sieh, wie es langsam weißer wird. Plötzlich ist der Tag da. Dann erhitze die Mixtur.

Als wir über der Bucht waren, mußte ich meine Jacke ausziehen. Die Küste hinter uns sah so aus, als ob sie unter Wasser läge, so flirrte und flimmerte sie in der hereinbrechenden Hitze. Ein Hubschrauber kann vier Leute aufnehmen (fünf, wenn man die Vorschriften mißachtet und das Gewicht unterschätzt). Oder drei Passagiere und das Gerät, das ein Ködermann bei sich haben muß. Ich war der einzige Passagier bei diesem Flug, und der Pilot war wie seine Maschine. Er summte und sagte kein überflüssiges Wort. Lifeline schlug einen Purzelbaum und verdampfte im Rückspiegel, und fast gleichzeitig tauchte die *Tensquare* hinter der Kimmlinie vor uns aus dem Wasser. Der Pilot hörte auf zu summen und schüttelte den Kopf.

Ich beugte mich vor. Meine Gefühle schlugen auch Purzelbäume. Ich kannte jeden verdammten Fußbreit dieses riesigen Fahrzeugs, aber die Gefühle, die man früher einmal für selbstverständlich gehalten hat, verändern sich, wenn ihre Quelle versiegt. Um die Wahrheit zu sagen, ich hatte bezweifelt, jemals wieder meinen Fuß auf das Deck dieses Schiffes zu setzen. Doch jetzt glaubte ich fast an Vorsehung. Da lag es!

Ein riesiger, quadratischer Fußballplatz von einem Schiff. Atomantrieb, flach wie ein Pfannkuchen, mit Ausnahme der Plastikglas-Kuppel mittschiffs und der Ecktürme vorn und hinten, jeweils zwei steuerbord und zwei backbord.

Diese Türme heißen so, weil sie an den vier Ecken des flachen Decks sitzen, und je zwei von ihnen können beim Anbordziehen der Beute zusammenarbeiten, indem sie gemeinsam ihre Motoren auf die »Grabscher« dazwischen wirken lassen. Diese Grabscher – halb Gaffeln, halb Enterhaken – können enorme Gewichte bis dicht unter die Wasseroberfläche heben. Sein Erfinder hatte dabei jedoch nur an *eine* gewichtige Beute gedacht. Daher die Form von Gaffeln. An der Wasseroberfläche unterstützt dann ein Gleiter auf einer Strecke von zwei bis drei Metern die Aufwärtsbewegung, bis die Grabscher in andere Position gebracht sind, um nun die Beute hinaufzuschieben, anstatt zu ziehen.

Der Gleiter selbst ist eine Art beweglicher Kabine – eine riesige Kiste, die in jeder der zahlreichen, sich kreuzenden Gleitschienen an den Bordwänden der *Tensquare* entlanglaufen kann und beim Einholen der Beute durch einen starken Elektromagneten an der Bordwand verankert wird. Die Winden besitzen genug Zugkraft, um auch ein Schlachtschiff an Bord ziehen zu können, und das ganze Riesenschiff würde eher kentern, als daß die elektromagnetische Verankerung des Gleiters sich lösen würde. Das nur, um Ihnen eine Vorstellung von der Stärke dieses Dings zu geben.

Im Gleiter befindet sich ein Kontrollgerät, das auf die verschiedenen Sektoren geschaltet werden kann, wohl die aufwendigste »Angelrute«, die je entwickelt wurde. Die Kabine wird vom Generator neben der zentralen Kuppel mit Strom versorgt und steht über Kurzwelle mit dem Sonar-Raum in Verbindung, von wo aus die Bewegungen des Tiers verfolgt und dem »Angler« auf die Kontrollapparaturen des Gleiters durchgegeben werden.

Der Angler kann seine »Leinen« stundenlang, ja tagelang auslegen, ohne irgend etwas anderes zu Gesicht zu bekommen als Metall und die Konturen auf seinem Radarschirm. Erst wenn das Ungeheuer am Haken hängt und das Tragschild, das sich vier Meter unterhalb der Wasserlinie befindet, herausgefahren wird, um die Winden bei ihrer Arbeit zu unterstützen, erst dann sieht der Angler seine Beute vor sich auftauchen wie einen gefallenen Seraph. Und in diesem Moment steht man, wie Davits erfahren hatte, am Rand eines Abgrundes und muß handeln. Er hatte nicht gehandelt, und ein Monstrum von hundert Metern Länge und unvorstellbarem Gewicht, zu wenig narkotisiert und von Schmerzen gepeinigt, hatte die Trossen der Winden zerfetzt, den Haken zerbrochen und eine halbe Minute lang einen Ausflug über das Deck der *Tensquare* gemacht.

Wir kreisten um das riesige Schiff, bis die Landemechanik uns bemerkte und die Anzeigetafel uns das Landezeichen gab. Wir setzten neben dem Mannschaftseingang auf, ich warf meine Ausrüstung hinaus und sprang an Deck.

»Viel Glück«, rief der Pilot, als er die Kabinentür zuschob. Dann tanzte die Maschine wieder in die Luft, und die Landekontrolltafel schaltete wieder auf weiß.

Ich packte mir meine Sachen auf den Rücken und stieg die Treppe hinab.

Als ich mich bei Malvern, dem kommissarischen Kapitän, meldete, erfuhr ich, daß die anderen frühestens in acht Stunden an Bord kommen würden. Sie hatten vor, mich gründlich für ihre Publicity zu verbraten, wie in einem Kintoppschinken des 20. Jahrhunderts.

Eröffnungszene: dunkle Flughafenpiste. Ein Mechaniker

fummelt an einem defekten Hubschrauber herum. Stark-o-vision-Einstellung auf einen langsam einfahrenden Bus. Der dickvermummte Ködermann steigt aus, sieht sich um, humpelt über die Piste. Nahaufnahme: Er grinst. Dialog: »Glaubst du, daß es diesmal klappen wird? Daß wir ihn diesmal an Land ziehen werden?« Verlegenes Schweigen, ein Schulterzucken. Irgendeinen Text unterlegen. – »Ach so. Und warum nehmen Sie an, daß Miß Luharich mehr Glück haben sollte als alle anderen? Nur weil sie besser ausgerüstet ist? (Grinsen.) Oder weil man heute mehr über die Gewohnheiten des Tieres weiß als früher? Oder liegt es an ihrem eisernen Willen, das zu erreichen, was sie sich vorgenommen hat: immer Sieger zu bleiben? Ist eines davon der wirkliche Grund, oder alles zusammen?« Antwort: »Ja – alles zusammen.« – »Haben Sie deshalb bei ihr angeheuert? Weil Ihnen Ihr Instinkt sagt, diesmal wird es gelingen?« Antwort: »Sie zahlt Tariflöhne. Und ich könnte das verdammte Ding nicht auf eigene Faust mieten. Und ich will dabeisein.« – Löschen. – Irgend etwas anderes einsetzen. Abblenden, während er auf den Hubschrauber zugeht, und so weiter.

Lächeln, immer lächeln, sagte ich mir und machte einen Rundgang über das weite Deck der *Tensquare.*

Ich stieg auf jeden Eckturm, prüfte sämtliche Apparaturen und die Unterwasserfernsehaugen. Dann ließ ich den Hauptlift anfahren.

Malvern hatte nichts dagegen, daß ich alles nachprüfte. Im Gegenteil, er ermunterte mich sogar dazu. Wir waren schon einmal zusammen gefahren, und vor einiger Zeit waren unsere Positionen sogar umgekehrt gewesen. Deshalb war ich erstaunt, als ich aus dem Lift in den Hopkinskühlraum stieg und ihn dort wartend fand. Zehn Minuten lang inspizierten wir den großen Raum, ohne ein Wort zu wechseln. Wir schlenderten durch die riesigen, mit Kupferröhren bestückten Kammern, in denen bald arktische Temperaturen herrschen würden.

Schließlich schlug er mit der Handfläche gegen eine Wand.

»Nun, werden wir ihn diesmal voll kriegen?«

Ich schüttelte den Kopf.

»Ich wünschte es, aber ich zweifle daran. Ich kümmere mich einen Dreck darum, wer die Lorbeeren für den Flug bekommt, solange ich dabeisein kann. Aber ich weiß, es wird wieder nichts. Das Mädchen ist eine Egoistin. Sie wird den Gleiter selbst bedienen wollen. Und das kann sie nicht.«

»Kennst du sie?«

»Ja.«

»Wann hast du sie getroffen?«

»Vor vier, fünf Jahren.«

»Da war sie noch ein halbes Kind. Woher willst du wissen, was sie heute kann und was sie nicht kann?«

»Ich weiß es eben. Sie wird inzwischen jeden Hebel, jede Armatur des Gleiters kennen. Aber das ist doch nur Theorie. Erinnerst du dich an den Tag, als wir im Steuerbordraum waren, am Bug, und Ikky wie ein Delphin aus dem Wasser schnellte?«

»Wie könnte ich das je vergessen?«

»Na und?«

Er rieb sich das unrasierte Kinn.

»Sie hat Raketenbootrennen gefahren und ist zu Hause in gefährlichem Gewässer getaucht.« Er blickte in die Richtung, in der, für uns unsichtbar, die »Hand« lag. »Und sie hat im Hochland gejagt. Vielleicht hat sie wirklich die Nerven, sich die Bestie auf den Schoß zu ziehen, ohne mit der Wimper zu zucken.«

»... solange John Hopkins die Kosten trägt und eine siebenstellige Summe für das Monstrum auf den Tisch blättert«, setzte er hinzu. »Ein schöner Haufen Geld, sogar für eine Luharich.«

Ich stieg gebückt durch ein Schott.

»Vielleicht hast du recht. Aber sie war noch nicht reich, als ich sie kennenlernte.«

»Und sie war auch noch nicht blond«, setzte ich niederträchtigerweise hinzu.

Er gähnte.

»Gehen wir frühstücken.«

Und das taten wir dann auch.

Als ich jung war, dachte ich, daß es eine Gnade Gottes sein müßte, als Meerestier geboren zu sein. Ich bin an der Pazifikküste aufgewachsen und habe viele Sommer am Golf oder am Mittelmeer verbracht. Monate meines Lebens bin ich über

Korallenriffe geschwommen, habe die Bewohner der Tiefe fotografiert und mit Delphinen fangen gespielt. Ich habe überall gefischt, wo es etwas zu fischen gab, und habe mich immer wieder darüber aufgeregt, daß Fische an Plätze gelangen können, die mir verschlossen blieben. Als ich älter wurde, wollte ich größere Fische jagen, und es gibt kein mir bekanntes Lebewesen, mit Ausnahme eines Mammutbaumes, das größer ist als ein Ikky. Das ist einer der Gründe …

Ich stopfte ein paar Brötchen in eine Tüte und füllte eine Thermosflasche mit Kaffee. Dann entschuldigte ich mich, verließ die Kombüse und ging zum Gleiter. Er war noch genauso, wie ich ihn in Erinnerung hatte. Ich legte ein paar Schalter um, und der Kurzwellenempfänger begann zu summen.

»Bist du's, Carl?«

»Ja, Mike. Gib mir mal ein bißchen Saft, du falsche Ratte.«

Er überlegte eine Weile, dann fühlte ich den Schiffsleib vibrieren, als die großen Generatoren angeworfen wurden. Ich goß mir eine dritte Tasse Kaffee ein und steckte mir eine Zigarette an.

»Wie kommst du eigentlich dazu, mich eine falsche Ratte zu nennen?« hörte ich Mikes Stimme aus dem UKW-Lautsprecher.

»Wußtest du etwas von den Kameraleuten in Hangar 16?«

»Ja.«

»Dann bist du eine falsche Ratte. Ich brauche nichts weiter als Publicity. ›Trotz aller früheren Fehlschläge versucht er es mutig noch einmal.‹ So etwa sehe ich die Schlagzeile vor mir.«

»Da hast du unrecht. Die Lorbeeren reichen nur für einen. Und das Mädchen ist hübscher als du.«

Meine nächste Bemerkung wurde abgeschnitten, weil ich den Elevatorhebel umlegte. Die großen Elefantenohren über mir klappten zur Seite, und ich stieg bis zur Oberdeckskante auf. Dann glitt ich entlang der horizontalen Gleitschiene. Mittschiffs stoppte ich an einem Kreuzungspunkt und wechselte auf die senkrechte Gleitschiene.

Ich glitt auf halbem Weg zwischen den Ecktürmen die Steuerbordseite hinunter, hielt an und schaltete den Haftmagneten ein.

Bei all den Manövern hatte ich nicht einen Tropfen Kaffee verschüttet.

»Und jetzt möchte ich ein paar Bildchen sehen.«

Der Bildschirm leuchtete auf. Ich stellte die Schärfe nach und sah die Umrisse des Meeresgrundes.

»Sehr gut.«

Ich legte den Stufe-Blau-Hebel um, und er reagierte sofort. Das Licht blinkte auf.

Die Windenblockierung wurde abgeschaltet. Ich zielte auf das Meer hinaus, streckte einen Arm aus und feuerte.

»Sauber«, sagte er.

»Stufe Rot. Treffer.« Ich legte den Schalter um.

»Stufe Rot.«

Der Fanghaken wird im Ernstfall vom Ködermann gut bestückt, um Ikky die Sache schmackhaft zu machen.

Es ist eigentlich kein normaler Fischhaken. In den Kabeln, an denen er hängt, befinden sich Röhren, die mit so viel Rauschgift gefüllt sind, daß man eine ganze Division von Hippies damit high machen könnte. Ikky nimmt den Köder an, der ihm per Fernsteuerung vor die Nase gehalten wird, und sowie er zubeißt, schießt ihm der Angler ferngesteuert den Haken in den Gaumen.

Meine Hände glitten über den Kontrollschalter und nahmen die notwendigen Korrekturen vor. Ich prüfte den Indikator des Narkotikatanks. Glücklicherweise war er noch nicht gefüllt. Ich drückte den Injektorknopf.

»Voll in die Schnauze«, murmelte Mike.

Ich gab die Kabelsperre frei, wie um dem gefangenen Monstrum Leine zu geben. Ich ließ es toben und schwenkte die Winde in seine imaginäre Fluchtrichtung.

Ich hatte die Klimaanlage eingeschaltet und mein Hemd ausgezogen; trotzdem war es unangenehm heiß, und ich wußte, daß es fast Mittag sein mußte. Undeutlich vernahm ich die Geräusche von landenden und startenden Hubschraubern. Ein paar Mitglieder der Besatzung hockten im Schatten der Torflügel, die ich offengelassen hatte, und sahen den Landeoperationen zu. Jean sah ich nicht unter den Ankommenden, sonst hätte ich unsere Manöver sofort abgebrochen und wäre unter Deck gegangen.

Sie unterbrach mein konzentriertes Training, als sie die Tür so hart zuwarf, daß sich fast der elektromagnetische Anker gelöst hätte.

»Wer hat Ihnen erlaubt, mit dem Gleiter herumzuspielen?« fragte sie.

»Niemand«, sagte ich. »Ich fahre ihn wieder nach unten.«

»Gehen Sie zur Seite!«

Ich tat es, und sie setzte sich an meinen Platz. Sie trug eine braune Hose und ein locker sitzendes Hemd, und ihr Haar war zu einem praktischen Pferdeschwanz zusammengerafft. Ihre Wangen waren gerötet, aber nicht von der Hitze. Sie stürzte sich mit einer fast komischen Vehemenz, die mich ein wenig beunruhigte, auf die Schalter.

»Stufe Blau«, sagte sie scharf und brach sich einen violett lackierten Fingernagel ab, als sie den Schalter drückte.

Ich zwang mich zum Gähnen und knöpfte betont langsam mein Hemd zu. Sie warf mir einen raschen Blick zu, überprüfte die Indikatoren und feuerte die Köderleine ab.

Ich verfolgte den Fall der Leine auf dem Fernseh-Monitor. Sie blickte wieder rasch zu mir hin.

»Stufe Rot«, sagte sie ruhig.

Ich nickte zustimmend.

Sie schwenkte die Winde hin und her, um mir zu zeigen, daß sie das auch konnte. Ich bezweifelte nicht, daß sie es konnte, und sie bezweifelte nicht, daß ich es nicht bezweifelte, aber trotzdem ...

»Damit wir uns von Anfang an verstehen«, sagte sie, »Sie haben hier nichts zu suchen. Ich habe Sie als Ködermann eingestellt, verstanden? Nicht zur Bedienung des Gleiters! Als Ködermann! Ihre Aufgabe besteht darin, hinauszuschwimmen und dafür zu sorgen, daß unser Freund Ikky einen gedeckten Tisch vorfindet. Ich weiß, daß es gefährlich ist, aber Sie werden schließlich dafür gut bezahlt. Noch irgendwelche Fragen?«

Sie drückte den Injektorknopf, und ich kratzte mich am Hals.

»Nein«, lächelte ich. »Ich will Ihnen nur sagen, daß ich Erfahrung mit diesem Wackelkasten hier habe, und falls Sie mich brauchen sollten, stehe ich Ihnen gern zur Verfügung. Zum Tariflohn, versteht sich.«

»Mister Davits«, sagte sie, »ich habe nicht die Absicht, jemand in den Gleiter zu setzen, der schon einmal versagt hat.«

»Bis jetzt, Miß Luharich, hat es in diesem Spiel noch keinen Gewinner gegeben.«

Sie begann die Trosse hereinzuholen und schaltete gleichzeitig die magnetische Verankerung ab, so daß der ganze Gleiter erschüttert wurde, während das Riesen-Jo-Jo hereinkam. Als der Haken sich auf die Trommel wickelte, rutschten wir ein paar Fuß rückwärts, und sie zog die Harpunenkanone ein. Entlang der waagerechten Gleitschiene glitten wir nach achtern. Sie verlangsamte die Fahrt und wir kamen abrupt zum Halten. Die Crew sprang erschrocken vom Lukenrad, als wir in den Elevator schlidderten.

»Und in Zukunft, Mister Davits, werden Sie den Gleiter nicht betreten, wenn ich es Ihnen nicht befehle! Verstanden?«

»Keine Angst. Ich werde ihn selbst dann nicht betreten, wenn Sie's befehlen. Ich habe als Ködermann angeheuert, wie Sie wissen. Falls Sie mich hier brauchen sollten, müssen Sie mich sehr nett darum bitten.«

»Darauf können Sie lange warten«, lächelte sie.

Der Meinung war ich auch. Wir ließen das Thema, und nachdem der Gleiter an seinem Liegeplatz angekommen war, stiegen wir aus und gingen getrennte Wege.

Ich grinste nur zum Abschied, aber sie sagte »Auf Wiedersehen«, was sowohl gute Erziehung als auch Entschlossenheit verriet.

Später am Abend rauchten Mike und ich in Malverns Kabine unsere Pfeifen. Der Wind trieb noch immer Wellen gegen die Bordwände, und Regen oder Hagel trommelte auf das Oberdeck.

»Sauwetter«, sagte Malvern.

Ich nickte. Nach zwei Bourbons war die Kabine eine gemütliche Bude, und die Mahagonimöbel (die ich vor langer Zeit, aus einer Laune heraus, von der Erde hatte kommen lassen), die dunklen Wände, das wetterbraune Gesicht Malverns und das ewig verwundert wirkende Gesicht Perrins verschwammen zwischen den dunklen Schattentümpeln hinter den Stühlen in den Zimmerecken, bewegt vom Schein der winzigen Tischlampe und wie unter braunem Glas.

»Ich bin froh, daß ich hier bin.«

»Wie sieht's in einer Nacht wie dieser unter Wasser aus?«

Ich paffte meine Pfeife und stellte mir vor, wie der Schein meiner Lampe das Innere eines schwarzen Diamanten durchdrang, der leicht bewegt wird. Ich schauderte bei der Vorstellung. Das meteoritenhafte Aufleuchten irgendeines Fisches, das Schwanken grotesker Farne, wie Nebel – Schatten, die grün aufschimmerten, wieder verschwanden –, huschten durch mein Gehirn. So mußte sich ein Raumschiff fühlen, dachte ich, wenn ein Raumschiff fühlen könnte, während es zwischen den Welten kreuzt – und Stille, unheimliche, unnatürliche Stille, so friedlich wie der Schlaf.

»Dunkel«, sagte ich, »und man merkt die Wellen nicht mehr nach zwanzig Meter Tiefe.«

»Noch acht Stunden, dann geht's los«, sagte Mike.

»In zehn, zwölf Tagen sollten wir dort sein.«

»Und was, meinst du, mag Ikky inzwischen treiben?«

»Auf dem Meeresgrund liegen und mit Frau Ikky schlafen, wenn er ein bißchen Verstand hat.«

»Hat er aber nicht. Ich habe bei der ANR ein Skelett gesehen, das aus angeschwemmten Knochen zusammengestellt wurde ...«

»Wer hat das nicht gesehen?«

»... über hundert Meter lang. Stimmt's Carl?«

Ich nickte zustimmend.

»... Aber nicht viel Hirnkasten für die Größe.«

»Genug, um nicht an unseren Haken zu gehen.«

Wir lachten, weil außer diesem Raum alles unwirklich war. Die Welt draußen war ein leeres, regengepeitschtes Deck. Wir lehnten uns zurück und pafften Rauchwolken.

»Die Boß-Lady hat etwas gegen unerlaubtes Fischen.«

»Die Boß-Lady kann mir den Buckel rauf und wieder runter rutschen.«

»Was hat sie vorhin zu dir gesagt?«

»Daß ich mit dem Fischfutter auf den Meeresgrund gehöre.«

»Bedienst du denn nicht den Gleiter?«

»Nein. Ich bin Ködermann.«

»Wart's ab.«

»Das werde ich auch. Falls sie einen Mann für den Gleiter brauchen sollte, muß sie mich schon sehr höflich bitten.«

»Bestimmt?«

»Bestimmt!«

»Und wenn sie's tut, wirst du's auch schaffen?«

»Das ist eben die Frage.« Ich paffte. »Die Antwort darauf wüßte ich auch gerne.«

Ich würde meine Seele und vierzig Prozent der Aktien für die Antwort geben. Ich würde ein paar Lebensjahre opfern, um es zu wissen. Aber bei solchen metaphysischen Wetten hält niemand mit, weil keiner es weiß. Nehmen wir einmal an, wenn wir ankommen und wenn wir Glück haben, finden wir einen Ikky. Nehmen wir einmal an, wir kriegen ihn zum Köder und an den Haken. Was dann? Wenn wir ihn längsseits bekommen, wird sie die Nerven behalten oder durchdrehen? Was ist, wenn sie wirklich bessere Nerven hat als Davits, der schon Haie mit vergifteten Pfeilen aus Luftpistolen gejagt hat? Nehmen wir an, sie zieht ihn wirklich an Land, und Davits muß dabeistehen wie ein Komparse auf der Bühne?

Oder, noch schlimmer, nehmen wir an, sie bittet Davits, den Gleiter zu fahren, und er steht immer noch da wie ein Komparse oder etwas Ähnliches, sagen wir – er steht da wie ein geduckter feiger Hund, die Feigheit in Person. Was dann?

So war's mir ergangen, als ich ihn damals über den drei Meter hohen Horizont aus Stahl gezerrt hatte und diese riesige Körpermasse vor mir sah, die sich bis in die Unendlichkeit zu erstrecken schien, sich wie eine grüne Gebirgskette am Horizont verlor ...

Und dieser Kopf. Klein für den riesigen Körper, aber dennoch überwältigend. Flach, faltig, mit lidlosen Augen, groß wie Rouletts, rot und schwarz, die schon in diese Welt geblickt hatten, bevor meine Vorväter sich anschickten, Amerika zu entdecken. Und sie blickten hin und her ...

Inzwischen waren frische Narko-Tanks angeschlossen worden. Ich mußte ihm noch einen Betäubungsschuß verpassen, und zwar schnell. Aber ich war wie gelähmt.

Er gab ein Geräusch von sich, als ob Gott auf einer Hammondorgel spielte.

Und er sah mich an!

Ich weiß nicht, ob bei diesen Augen der Vorgang des Sehens der gleiche ist wie bei uns. Ich bezweifle es jedenfalls. Vielleicht war ich für Ikky nur ein grauer Schatten hinter einem schwarzen Felsen, und der vom Plastikglas reflektierte Himmel tat seinen Augen weh. Aber er starrte mich unverwandt an. Vielleicht wird ein Kaninchen nicht wirklich vom Blick einer Schlange gelähmt. Vielleicht sind Kaninchen nur von Natur aus feige. Aber als er sich zu bewegen begann, war ich immer noch unfähig, mich zu rühren. Ich war fasziniert.

Fasziniert von der unvorstellbaren Kraft, von diesen Augen, fanden sie mich eine Viertelstunde später, an Kopf und Schultern leicht verletzt, und der Injektorknopf war immer noch unberührt.

Und ich träume von diesen Augen. Ich möchte sie noch einmal sehen, und wenn ich mein ganzes Leben lang auf diesen Augenblick warten müßte. Ich muß wissen, ob es irgend etwas in mir gibt, das mich vom Kaninchen unterscheidet, von seinen angeborenen Reflexen und Instinkten, die immer genau auf die gleiche Weise versagen, wenn man die richtige Kombinationsziffer wählt.

Ich merkte, daß meine Hand zitterte. Ich blickte mich um und sah, daß niemand sonst es bemerkte.

Ich leerte mein Glas und rauchte meine Pfeife aus. Es war spät geworden, oder vielmehr früh, aber es sangen keine Vögel.

Ich saß und schnipselte an einem Stück Holz herum, die Beine über die Deckskante am Heck baumelnd, und die Späne tanzten im Kielwasser. Drei Tage auf See. Es ereignete sich nichts.

»Sie!«

»Ich?«

Farbige Haarsträhnen wie das Ende eines Regenbogens, Augen, wie es sie in der Natur überhaupt nicht geben konnte, herrliche Zähne.

»Hallo.«

»Was Sie da tun, ist gegen die Sicherheitsbestimmungen.«

»Weiß ich. Ich habe deshalb schon den ganzen Morgen ein schlechtes Gewissen.«

Ein feiner Span krümmte sich um die Messerschneide, fiel

weg und wirbelte hinter uns her. Dann wurde er vom Gischt der Heckwelle verschlungen. Ich beobachtete ihr Gesicht im Spiegel der Messerklinge und freute mich darüber, daß es so wütend aussah.

»Wollen Sie mich reizen?« fragte sie schließlich.

Dann lachte sie. Weil sie wußte, daß es Absicht war.

»Wer? Ich?«

»Ich könnte Sie jetzt leicht über Bord stoßen.«

»Ich würde hinterherschwimmen.«

»Würden Sie mich über Bord stoßen? – Vielleicht in einer dunklen Nacht?«

»Die Nächte sind immer dunkel, Miß Luharich. Nein, ich würde Ihnen lieber etwas Hübsches schnitzen.«

Sie setzte sich neben mich, und, ob ich's wollte oder nicht, ich sah, daß sie hübsche Grübchen an den Knien hatte. Sie trug weiße Shorts und einen BH und sonst nichts als eine sehr attraktive Bräune. Ich hatte beinahe so etwas wie ein Schuldgefühl, weil ich die ganze Szene geplant hatte, doch mit der rechten Hand verdeckte ich immer noch die kleine Tierfigur, an der ich schnitzte.

»Also gut. Ich habe angebissen. Was wollen Sie mir schenken?«

»Moment noch. Es ist gleich fertig.«

Feierlich überreichte ich ihr den hölzernen Esel, den ich geschnitzt hatte. Es tat mir sofort leid, und ich fühlte mich selbst wie ein Esel. Aber nun mußte ich die Sache auch zu Ende führen. Das mache ich immer so. Das Maul des Esels war zu einem breiten Grinsen auseinandergezogen, die Ohren standen aufrecht.

Sie lächelte nicht, und sie runzelte auch nicht ärgerlich die Stirn. Sie blickte den Esel nur prüfend an.

»Er ist sehr hübsch«, sagte sie schließlich, »wie die meisten Dinge, die Sie machen. Und vielleicht sogar sehr passend.«

»Geben Sie ihn mir zurück.« Ich streckte die Hand aus.

Sie gab ihn mir, und ich warf ihn ins Wasser. Er fiel neben die gischtende Heckwelle und tanzte eine Weile auf dem Wasser wie ein winziges Seepferdchen.

»Warum haben Sie das getan?«

»Es war ein schlechter Witz. Entschuldigen Sie.«

»Aber vielleicht haben Sie recht. Vielleicht habe ich dieses Mal wirklich zuviel vom Kuchen abgebissen.«

Ich lachte trocken.

»Warum machen Sie dann nicht etwas, das Sie besser beherrschen? Ein neues Rennen, zum Beispiel?«

Sie schüttelte ihre Regenbogenmähne.

»Nein. Ich muß einen Ikky haben.«

»Warum?«

»Warum wollten Sie einen? So sehr, daß Sie dabei Ihr ganzes Vermögen verloren haben?«

»Zur Selbstbestätigung«, sagte ich. »Ein Psychoanalytiker ohne Approbation, der seine Sprechstunden in einem Keller abhielt, hat mir einmal gesagt: ›Mister Davits, Sie müssen, um sich Ihre Männlichkeit zu beweisen, ein Exemplar jedes existierenden Meerestieres fangen.‹ Fische sind ein sehr altes Männlichkeitssymbol, müssen Sie wissen. Also tat ich, wie mir geraten worden war. Und nur dieser eine steht noch aus. – Warum aber wollen *Sie* Ihre Männlichkeit unter Beweis stellen?«

»Überhaupt nicht«, sagte sie. »Ich will überhaupt nichts unter Beweis stellen, sondern nur das Luharich-Unternehmen fördern. Mein Chefstatistiker hat mir einmal gesagt: ›Miß Luharich, wenn Sie ein Monopol für den Verkauf von Cold Cream und Gesichtspuder für das ganze Sonnensystem bekommen, werden Sie sehr glücklich werden. Und sehr reich.‹ Womit er recht behalten sollte. Ich bin der Beweis dafür. Ich habe alles erreicht, was ich erreichen wollte. Ich verkaufe wirklich fast allen Gesichtspuder und fast alle Lippenstifte in unserem Sonnensystem. Aber ich will wissen, ob ich auch *fähig* bin, alles zu erreichen, was ich erreichen will.«

»Sie wirken sehr kühl und erfolgreich«, sagte ich.

»Aber ich fühle mich ganz und gar nicht kühl«, sagte sie und erhob sich. »Gehen wir schwimmen.«

»Darf ich Sie darauf hinweisen, daß wir ziemlich Fahrt machen?« bemerkte ich.

»Sie dürfen, falls Ihnen daran gelegen ist, auf Selbstverständlichkeiten hinweisen. Vorhin sagten Sie, daß Sie dem Schiff nachschwimmen würden. Haben Sie es sich anders überlegt?«

»Nein.«

»Dann holen Sie zwei Tauchanzüge, und wir werden unter der *Tensquare* ein Wettschwimmen veranstalten.«

»Und das werde ich gewinnen«, setzte sie hinzu.

Ich stand auf und blickte auf sie hinunter, weil ich mich so den Frauen besser überlegen fühlen kann.

»Tochter von Lir, Augen von Picasso«, sagte ich, »Sie haben sich ein Rennen eingehandelt: Wir treffen uns in zehn Minuten am vorderen Steuerbordturm.«

»In zehn Minuten«, stimmte sie zu.

Und nach zehn Minuten war sie auch da. Ich hatte zwei von den zehn Minuten gebraucht, um die Tauchausrüstungen von der Zentralkuppel zum Turm zu schleppen. Meine Sandalen waren auf dem glühenden Deck ziemlich heiß geworden, und ich war froh, sie gegen die Schwimmflossen vertauschen zu können, als ich die relativ kühle Ecke am Turm erreichte.

Wir legten die Tauchanzüge an und überprüften die Geräte. Sie hatte einen hautengen grünen Anzug an, der mich die Augen zukneifen und fortsehen ließ – um sofort wieder hinzusehen.

Ich knotete eine Jakobsleiter fest und stieß sie über Bord. Dann klopfte ich an die Wand des Turms.

»Was ist?«

»Hast du Verbindung mit dem Backbordheckturm?« rief ich.

»Sie sind fangbereit«, kam die Antwort. »Jakobsleitern und Leinen sind ausgebracht.«

»Wollen Sie's wirklich tun?« fragte der sonnengebräunte kleine Kerl, der ihr Publicityagent war und den man auf den schönen Namen Anderson getauft hatte. Er saß neben dem Turm in einem Liegestuhl und trank Limonade durch einen Strohhalm.

»Es könnte gefährlich werden«, bemerkte er mit eingefallenen Wangen. (Seine Zähne hatte er auf dem Tisch in einem zweiten Glas liegen.)

»Ich weiß«, lächelte sie. »Es *wird* gefährlich werden. Aber nicht sehr.«

»Dann sollten wir jetzt ein paar Aufnahmen machen. In einer Stunde könnten sie in Lifeline sein, und heute nacht in New York. Gute Story.«

»Nein«, sagte sie und wandte uns beiden den Rücken zu. »Hier, heben Sie das inzwischen für mich auf.«

Sie griff an ihre Augen und reichte ihm etwas, und als sie sich wieder zu mir wandte, hatten die Augen die gleiche braune Farbe, an die ich mich erinnerte.

»Fertig?«

»Nein«, sagte ich streng. »Hören Sie zu, Jean, wenn Sie schon dieses Spiel spielen wollen, müssen wir uns ein paar Regeln aufstellen. Erstens«, zählte ich auf, »halten wir uns direkt unter dem Schiffskörper, also müssen wir gleich auf Tiefe gehen. Wenn wir an den Kiel stoßen, könnten wir unsere Atemgeräte beschädigen.«

Sie begann einzuwenden, daß jeder Idiot so viel vom Tauchen verstünde, aber ich schnitt ihr das Wort ab.

»Zweitens«, fuhr ich fort, »ist es da unten ziemlich dunkel, also werden wir möglichst dicht beieinander bleiben und *beide* Taschenlampen mitnehmen.«

Ihre glitzernden Augen blitzten mich an.

»Ich habe Sie mal aus dem Govino gezogen, ohne daß ich ...«

Sie schwieg plötzlich und wandte sich um. Sie nahm eine Lampe.

»Also gut, Taschenlampen. Tut mir leid.«

»... und hüten Sie sich vor den Schiffsschrauben«, schloß ich. »Auf mindestens fünfzig Meter hinter ihnen haben wir starke Wirbelströmungen.«

Sie fuhr wieder mit der Hand über ihre Augen und setzte die Maske auf.

»Gut. Gehen wir.«

Wir gingen.

Ich bestand darauf, daß sie vorausging. An der Meeresoberfläche war das Wasser angenehm warm. In vier Metern Tiefe war es lau und ab zehn Meter schön kühl. In sechzehn Metern Tiefe ließen wir die schwingende Leiter los und stießen uns ab. Die *Tensquare* preschte los, und wir schossen in die entgegengesetzte Richtung. Alle zehn Sekunden bemalte ich den Schiffskörper mit gelbem Licht. Er schien über uns stehenzubleiben, wie es sein mußte, aber wir rasten wie zwei Satelliten seine Nachtseite entlang.

Immer wieder leuchtete ich ihre Froschfüße an und sah die

Luftblasen aus ihrer Maske steigen. Fünf Meter Führung schienen mir genau richtig zu sein. Ich würde sie schon auf dem letzten Teil einholen. Aber noch durfte ich sie nicht hinter mir schwimmen lassen.

Unter uns Dunkelheit. Immens. Tief. Das Mindanao der Venus, wo die Ewigkeit schließlich die Toten in Städten namenloser Fische zur Ruhe betten mag. Ich wandte den Kopf und schickte einen Lichtfühler zum Schiffsrumpf hinauf. Wir hatten etwa ein Viertel der Schiffslänge hinter uns.

Ich legte etwas Tempo zu, um sie einzuholen, und verringerte ihren Vorsprung, den sie mit einem plötzlichen Spurt um einige Meter vergrößert hatte.

Sie spurtete wieder, ich ebenfalls. Ich fing sie in meinem Lichtstrahl.

Sie wandte den Kopf, und der Lichtstrahl traf auf ihre Tauchmaske. Ich weiß nicht, ob sie lächelte. Wahrscheinlich. Aber sie machte mit der Hand das V-Zeichen, für Victory, und spurtete dann mit voller Kraft.

Ich hätte es wissen sollen, ich hätte es kommen sehen müssen. Für sie war es nur ein Rennen, etwas, das sie gewinnen mußte. Der Teufel hole diese Preßluftraketen!

Also spurtete auch ich mit voller Kraft. Im Wasser zittere ich nicht. Oder wenn doch, so merke ich's nicht. Es war jetzt auch egal. Langsam verringerte sich ihr Vorsprung wieder.

Sie blickte zurück, legte noch etwas mehr Tempo zu, blickte wieder zurück. Und jedesmal, wenn sie zurücksah, war ich näher heran, bis nur noch der ursprüngliche Abstand von fünf Metern zwischen uns lag.

Und dann öffnete sie die Preßluftventile.

Und genau das hatte ich befürchtet. Wir waren jetzt etwa unter der Mitte des Schiffs, und sie hätte es nicht tun dürfen. Die leistungsstarken Jets voll komprimierter Luft konnten sie leicht nach oben gegen den Kiel katapultieren oder etwas wegreißen, wenn sie ihren Körper nicht gerade halten konnte und ins Trudeln kam. Man gebraucht sie eigentlich nur, um sich von Unterwasserpflanzen zu befreien oder um gegen starke Strömungen anzukämpfen. Ich hatte sie zur Sicherheit eingebaut, um gegebenenfalls eine Waffe gegen den Sog der riesigen Windmühlenflügel unter dem Schiffsheck zu haben.

Sie schoß davon wie ein Meteor, und ich fühlte plötzlich neben der Kühle des Wassers kalten Schweiß auf meiner Haut.

Ich schwamm mit aller Kraft – meine eigenen Jets wollte ich nicht einsetzen –, und sie verdreifachte, vervierfachte ihren Vorsprung.

Dann war die Preßluft aufgebraucht, und sie lag immer noch richtig auf Kurs. Gut, ich war ein alter, griesgrämiger Miesmacher. Aber sie *hätte* einen Fehler machen und gegen den Rumpf knallen können.

Ich pflügte das Wasser und begann wieder Meter um Meter aufzuholen. Es war unmöglich, sie jetzt noch einzuholen, aber wenigstens würde ich die Leiter erreicht haben, bevor sie an Deck gestiegen war.

Da sah ich, wie die kreisenden Propeller sie wie Magnete anzogen. Sie verlor die Richtung. Sogar auf diese Entfernung war der Sog unwiderstehlich. Der Ruf des Fleischwolfs.

Ich bin mal in die Schiffsschraube gekommen. Unter der *Dolphin,* einem mittelgroßen Fischkutter. Klar, ich *hatte* getrunken, aber wir hatten einen harten Tag hinter uns, und man hatte das Ding zu früh angeworfen. Glücklicherweise war es rechtzeitig gestoppt worden, und eine chirurgische Heftmaschine hatte mich so gut wie neu gemacht. Nur im Logbuch stand, daß ich getrunken hatte, als es passierte. Nichts davon, daß es nach Dienstschluß war, wo ich tun konnte, was mir paßte.

Sie war bedeutend langsamer geworden, und noch immer wurde sie zur Backbordseite des Hecks hin abgetrieben. Jetzt begann ich den Sog ebenfalls zu spüren und mußte das Tempo herabsetzen. Sie kam an der Hauptschraube glatt vorbei, schien aber zu weit abgetrieben zu sein. Man kann unter Wasser Entfernungen schlecht schätzen, doch bei jedem Pulsschlag wurde mir deutlicher, daß ich recht hatte. Die Hauptschraube bedeutete keine Gefahr mehr, doch die kleinere Backbordschraube, die etwa achtzig Meter schräg dahinter arbeitete, war jetzt keine bloße Bedrohung mehr, sondern eine Gewißheit.

Mit jeder meiner Luftblasen stieg ein Fluch mit nach oben, als ich seitlich nach links auf sie zuhielt.

Sie hatte die Richtung geändert und versuchte nun mit aller Kraft, von der Schraube wegzuschwimmen. Noch zwanzig Meter Distanz zwischen uns. Fünfzehn.

Langsam trieb sie rückwärts auf die Schraube zu. Ich feuerte meine Raketen und zielte auf einen Punkt, der etwa zehn Meter hinter ihr und zwanzig vor den Messern der Schraube lag.

Geschafft! Gott sei Dank! Zupacken, weicher Leib, wie ein schweres Bleirohr auf der Schulter. *Schwimm wie der Teufel!* Maske gesprungen, doch nicht zerbrochen. *Und hinauf!*

Wir ergriffen ein Tau, und ich erinnere mich an Brandy.

Ich spucke in die endlos schwankende Wiege, und ich laufe auf und ab. Schlaflosigkeit, und die linke Schulter tut wieder weh, also lasse ich den Regen auf mich fallen – das soll Rheumatismus heilen. So ein Unsinn. Habe ich immer gesagt. In Decken gewickelt und bibbernd. Sie: »Carl, ich weiß nicht, wie ich es Ihnen sagen soll.« Ich: »Dann sagen wir einfach, daß wir jetzt quitt sind für die Nacht damals in Govino. Einverstanden, Miß Luharich?« Sie: Schweigen. Ich: »Ist noch Brandy da?« Sie: »Geben Sie mir auch noch einen.« Ich: Ich schlürfe. Es hatte nur drei Monate gedauert. Keinen Unterhalt. Viele Dollars auf beiden Seiten. Weiß nicht, ob die Monate glücklich waren oder nicht. Weindunkle Ägäis. Wunderbar zum Fischen. Vielleicht hätte er mehr Zeit an Land zubringen sollen, oder sie weniger. War 'ne gute Schwimmerin. Hatte ihn bis nach Vido geschleppt, um das Wasser aus seinen Lungen zu pumpen. Jung. Beide. Kräftig. Reich und entsetzlich verwöhnt. In Korfu hätten sie zueinander finden können. Taten's aber nicht. Ich glaube, die seelische Grausamkeit war eine Forelle. Er wollte nach Kanada. Sie: »Geh doch zur Hölle, wenn's dir Spaß macht!« Er: »Kommst du mit?« Sie: »Nein.« Aber sie kam dann doch mit. Viele Höllen. Teuer. Er hat ein oder zwei Monstren verloren. Sie hatte ein paar geerbt. Starkes Wetterleuchten heute nacht. Furchtbar blöd so was. Höflichkeit ist der Sarg der betrogenen Seele. Von wem ist das? – Klingt wie verdammter Neo-Ex ... Und ich hasse dich, Anderson, mit deinem Glas voller Zähne und ihren neuen Augen ... Die Pfeife will nicht brennen. Ständig Tabaksaft im Mund. Spucke noch einmal!

Sieben Tage auf See und ein Ikky im Radar!

Glocken schrillten, Füße trampelten über das Deck, und ein Optimist schaltete schon den Thermostaten im Kühlraum ein. Malvern wollte, daß ich noch wartete, aber ich streifte meine Ausrüstung über und wartete auf das, was da kommen würde. Die Prellung an der Schulter sah schlimmer aus, als sie war. Ich hatte jeden Tag Gymnastik gemacht, und sie war nicht steif geworden.

Tausend Meter voraus und sechzig Meter unter der Meeresoberfläche kreuzte er unseren Kurs, aber es ist nichts von ihm zu sehen.

»Jagen wir ihn?« fragte ein aufgeregter Matrose.

»Wenn sie unbedingt ihr Geld mit Treibstoff verschwenden will«, sagte ich achselzuckend.

Dann war der Radarschirm wieder leer, und er blieb auch leer. Wir blieben in Bereitschaft und auf Kurs.

Seit wir fast zusammen ertrunken waren, hatte ich kaum ein Dutzend Worte mit der Boß-Lady gewechselt. Also beschloß ich, ein paar Worte hinzuzufügen.

»Guten Tag«, sagte ich höflich. »Was gibt's Neues?«

»Er zieht nach Nordnordost ab. Wir müssen ihn laufen lassen. In ein paar Tagen können wir eine Jagd riskieren. Jetzt noch nicht.«

Schlauköpfchen ...

Ich nickte. »Man weiß nicht, wohin dieser schwimmt.«

»Wie geht's Ihrer Schulter?«

»Nicht schlecht. Und Ihnen?«

Tochter Lirs ...

»Bestens. Übrigens haben Sie sich eine hübsche Prämie verdient.«

Augen des Verderbens! ...

»Nicht der Rede wert«, erwiderte ich.

Später an diesem Nachmittag schlug ein Sturm zu. (Ich ziehe »zuschlagen« dem Ausdruck »hereinbrechen« vor, weil er eine bessere Vorstellung von den tropischen Stürmen auf der Venus gibt und eine Menge Erklärungen spart.) Erinnern Sie sich an das Tintenfaß, von dem ich sprach? Nehmen Sie es zwischen Daumen und Zeigefinger, dann schlagen Sie mit einem Hammer darauf. Vorsicht! Bekleckern und schneiden Sie sich nicht! –

Trocken, plötzlich naß bis auf die Haut. Der Himmel zerspringt in eine Million heller Fragmente, wenn der Hammer fällt. Geräusch von zerbrechendem Glas.

»Alles unter Deck!« brüllten die Lautsprecher der Mannschaft zu, die bereits in Deckung ging.

Wo ich war? Wer, glauben Sie, brüllte aus dem Lautsprecher?

Alles, was nicht niet- und nagelfest war, ging über Bord, als das Wasser sich in Bewegung setzte, aber zu dem Zeitpunkt war kein Mensch mehr an Deck. Der Gleiter war als erstes in Sicherheit gebracht worden. Dann glitten die beiden Lifte nach unten.

Ich hatte mich in den nächsten Turm geflüchtet, als ich an dem vorausgehenden Aufhellen der Atmosphäre das Herannahen des Unwetters erkannte. Von dort schaltete ich mich in die Bordsprechanlage ein und trieb eine halbe Minute lang die Bergungsmannschaft an.

Es habe ein paar Leichtverletzte gegeben, sagte mir Mike über das Telefon, aber nichts Ernsthaftes. Ich jedoch war für die Dauer des Unwetters abgeschnitten. Von den Ecktürmen gibt es keine Verbindungswege. Sie sitzen zu weit außerhalb, auf den Ecken des überhängenden Decks oder oberhalb der ausfahrbaren Fangschilder, um Platz für einen Aufgang zu haben.

Also legte ich die Tauchausrüstung ab, die ich während der letzten Stunden getragen hatte, warf meine Schwimmflossen auf den Tisch und lehnte mich zurück, um dem Orkan zuzusehen. Der Himmel war genauso schwarz wie die See, und wir hingen dazwischen, irgendwie vage beleuchtet durch die große, flache, regenglänzende Fläche. Das Wasser, das von oben kam, regnete nicht. Es ballte sich zusammen und fiel herunter.

Die Ecktürme waren ziemlich stabil. Sie hatten schon einige Unwetter dieser Art überstanden – nur ihre Position auf den Deckskanten ließ sie in größerem Radius schwingen, wenn die *Tensquare* schaukelte wie der Schaukelstuhl einer nervösen Oma. Ich benutzte das Tauchgeschirr dazu, mich auf dem festgenieteten Stuhl anzuschnallen, und erließ der guten Seele, die in der Tischschublade eine Schachtel Zigaretten liegengelassen hatte, ein paar Jahre des Fegefeuers.

Ich sah zu, wie das aufgewühlte Wasser Zelte und Berge und Hände und Bäume formte, bis ich schließlich auch Gesichter und menschliche Gestalten sah. Also rief ich Mike an.

»Was treibst du da unten?«

»Mich fragen, was du wohl da oben treiben magst«, erwiderte er. »Wie sieht es aus?«

»Du kommst doch aus dem Mittelwesten, nicht wahr?«

»Stimmt.«

»Gibt's starke Stürme bei euch?«

»Manchmal.«

»Versuch dir den schlimmsten vorzustellen, den du je erlebt hast. Hast du einen Rechenschieber zur Hand?«

»Ja.«

»Dann stell die Eins darunter, denk dir eine oder auch zwei Nullen dazu und multipliziere das Ganze.«

»Ich kann mir keine Nullen dazudenken.«

»Dann halte den Multiplikanten fest – das ist alles, was du tun kannst.«

»Also, was treibst du da oben?«

»Ich habe mich auf dem Stuhl festgeschnallt und sehe zu, wie alles mögliche auf dem Boden herumrollt.«

Ich blickte wieder auf und hinaus. Ich sah einen dunkleren Schatten in dem Wald draußen.

»Betest du oder fluchst du?«

»Verdammt, ich weiß es selbst nicht! Aber wenn ich jetzt im Gleiter sitzen würde! Wenn ich nur im Gleiter säße!«

»Hast du ihn gesichtet?«

Ich nickte, und dann fiel mir ein, daß er mein Nicken ja nicht sehen konnte.

Er war so riesig, wie ich ihn in Erinnerung hatte. Er war nur einen Augenblick durch die Wasseroberfläche gestoßen, um sich umzusehen. *Keine Stärke auf dieser Welt kann es mit diesem Tier aufnehmen, geschaffen, keine Furcht zu kennen.*

Ich ließ die Zigarette fallen. Es war alles genauso wie damals. Lähmung und ein stummer Schrei.

»Alles in Ordnung, Carl?«

Er hatte mich wieder angesehen. Jedenfalls schien es mir so. Vielleicht hatte diese hirnlose Bestie ein halbes Jahrtausend darauf gewartet, das Leben eines Wesens der – geschäftlich – höchstentwickelten Spezies vernichten zu können ...

»Alles in Ordnung?«

Oder vielleicht war es schon längst vernichtet worden, lange vor dem Zusammentreffen, und es war nur noch ein Kampf zwischen Bestien, bei dem der Stärkere den Schwächeren verdrängt, Körper gegen Verstand ...

»Carl! Verdammt noch mal, sage doch etwas!«

Er kam wieder durch die Wasseroberfläche. Näher dieses Mal. Haben Sie schon einmal den Stamm eines Tornados gesehen? Er wirkt wie ein Lebewesen, wenn er in der Dunkelheit herumfährt. Nichts hat das Recht, so riesig, so stark und so beweglich zu sein. Der Anblick macht einen krank.

»Antworte doch endlich!«

Er war fort, und an diesem Tag kam er nicht mehr wieder. Ich sagte zu Mike schließlich ein paar scherzhafte Worte, hatte dabei aber auch schon wieder eine Zigarette in der Hand.

Die nächsten siebzig- oder achtzigtausend Wellen brachen sich mit monotoner Gleichförmigkeit am Schiffsrumpf. Und die fünf Tage, in denen sie anrollten, waren fast genauso eintönig. Am Morgen des dreizehnten Tages auf See hatten wir jedoch endlich Glück. Das Schrillen der Glocken ließ unsere kaffeegetränkte Lethargie in kleine Splitter zerspringen, und wir rannten aus der Kombüse, ohne die Pointe von Mikes Witz abzuwarten.

»Achteraus!« schrie jemand. »Fünfhundert Meter!«

Ich zog mich bis auf die Badehose aus und schnallte meine Tauchausrüstung an. Das Zeug lag immer in Griffnähe. Ich latschte mit klatschenden Schwimmflossen über das Deck und wickelte mir einen nicht aufgeblasenen Gummifisch um die Hüften.

»Entfernung fünfhundert, Tiefe vierzig Meter!« brüllte der Lautsprecher.

Die Lukendeckel krachten zur Seite, und der Gleiter wuchs in voller Höhe aus dem Deck, mit Mylady vor den Bedienungshebeln. Er ratterte rasch an mir vorbei und hielt voraus. Die Harpunenkanone wurde schon ausgefahren und hob sich.

Ich stellte mich neben den Gleiter, als die Lautsprecher verkündeten: »Vierachtzig, vierzig!«

»Stufe Rot!«

Ein Knallen wie von einem Sektkorken, und die Fangleine schnellte in weitem Bogen über das Wasser.

»Vierachtzig, vierzig!« wiederholte die Stimme. Malvern, immer ruhig und sachlich.

»Ködermann, Achtung!«

Ich setzte meine Tauchermaske auf und kletterte die Jakobsleiter hinunter. Dann warm, dann kühler, dann weg.

Grün, immens, abwärts. Schnell. Hier ist der Ort, wo ich mich in nichts von meinem Köder unterscheide. Und falls irgendein großer Bursche einmal denken sollte, ob ich nicht am Ende schmackhafter sein könnte als das, was ich bei mir habe, so wäre das der Gipfel der Ironie, und ich würde meinen Vertrag als Ködermann allzu wörtlich erfüllen.

Ich sah die unter Wasser nachschleppenden Kabel der Fangleine und folgte ihnen in die Tiefe. Von Grün über Dunkelgrün zu Schwarz. Es war ein weiter Schuß gewesen. Zu weit. Noch nie hatte ich so tief tauchen müssen, aber ich wollte meine Taschenlampe nicht einschalten.

Doch ich mußte.

Schlecht! Ich hatte noch einen langen Weg vor mir. Ich biß die Zähne zusammen und steckte meine Angst in die Zwangsjacke.

Endlich hatte ich das Ende der Leine erreicht.

Ich klammerte mich mit dem Arm daran fest und wickelte den Gummifisch los. Ich befestigte ihn, so rasch ich konnte, und steckte die kleinen, isolierten Verbindungsstecker in die Buchsen, die der Grund dafür sind, daß die Köderattrappe nicht mit der Fangleine abgeschossen werden kann. Ikky kann sie natürlich zerbeißen. Aber das ist dann auch völlig egal.

Mein mechanischer Aal war festgehakt, ich zog die Stöpsel aus den Verschlüssen und sah, wie er sich aufblähte. Während dieser Arbeit, die etwa eineinhalb Minuten dauerte, war ich noch tiefer abgesunken. Ich war in größter Nähe – in viel zu großer Nähe – des Punkts, den ich um alles in der Welt meiden wollte.

Hatte ich vorher gezögert, das Licht einzuschalten, so hatte ich plötzlich Angst, es wieder abzuschalten. In panischer Angst hielt ich mich mit beiden Händen am Kabel fest. Der künstliche Köderfisch fing an, rosa zu glühen. Dann begann er zu zappeln. Er war doppelt so groß wie ich und sicher doppelt so anziehend für Liebhaber von rosafarbenen Riesenaalen. Ich redete mir das so lange ein, bis ich mich überzeugt hatte, schaltete das Licht aus und machte mich auf den Rückweg.

Das Zittern ließ nach, als ich in das grüne Wasser zurückgelangte, ich floh ins sichere Nest.

Sobald man mich an Bord gezogen hatte, nahm ich die Maske ab und ließ sie um den Hals hängen, beschattete die Augen mit der Hand und suchte die Wasseroberfläche nach Turbulenzen ab. Meine erste Frage war natürlich: »Wo ist er?«

»Nirgends«, sagte einer der Matrosen. »Er ist verschwunden, kurz nachdem Sie über Bord waren. Keine Spur im Radar. Muß weggetaucht sein.«

»Schade.«

Der künstliche Aal blieb unten und genoß das Bad. Meine Aufgabe war für den Augenblick erfüllt. Ich ging, um mir meinen Kaffee mit Rum aufzuwärmen.

Hinter mir flüsterte eine Stimme: »Könntest du auch hinterher so lachen?«

Hörbar die Antwort: »Kommt darauf an, worüber er lacht.«

Immer noch lachend, ging ich mit zwei vollen Tassen auf die Zentralkuppel zu.

»Noch immer keine Spur?«

Mike nickte. Seine breiten Hände zitterten, aber meine waren ruhig wie die eines Chirurgen, als sie die Tassen absetzten.

Er fuhr zusammen, als ich die Preßlufttanks zu Boden poltern ließ und mich nach einer Sitzgelegenheit umsah.

»Tropf nicht auf die Armaturen! Willst du dich umbringen und die teuren Sicherungen zerknallen?«

Ich trocknete mich mit einem Handtuch ab, setzte mich dann und starrte auf die leeren Augen des Radarschirms an der Wand. Ich gähnte glücklich. Meine Schulter war wieder so gut wie neu.

Der kleine Kasten, durch den die Menschen miteinander reden, meldete sich zu Wort, also legte Mike einen Schalter um und sagte ihm, es könne losgehen.

»Ist Carl bei Ihnen, Mister Perrin?«

»Ja, Madam.«

»Ich würde gern mit ihm sprechen.«

Mike winkte mich heran, ich erhob mich.

»Sprechen Sie«, sagte ich.

»Alles in Ordnung?«

»Ja, danke. Warum auch nicht?«

»Sie mußten ziemlich tief hinunterschwimmen. Ich – ich glaube, ich habe ein bißchen zu weit geschossen.«

»Kein Grund zur Klage. Das bedeutet für mich den dreifachen Tarif. Mit dieser Klausel über gefährliche Aufgaben kassiere ich Sie ganz schön ab.«

»Beim nächstenmal werde ich vorsichtiger sein«, entschuldigte sie sich. »Ich war vielleicht etwas aufgeregt. Tut mir leid ...« Irgend etwas passierte mit dem Satz, also ließ sie ihn so hängen und mich mit einer Handvoll schlagfertiger Antworten, die ich mir für solche Gelegenheiten aufgehoben hatte.

Ich zog die Zigarette hinter Mikes Ohr heraus und nahm mir Feuer von der, die noch im Aschenbecher glimmte.

»Carl, sie war doch sehr nett zu dir«, sagte Mike, nachdem er einen raschen Blick auf die Kontrollampen geworfen hatte.

»Ich weiß«, sagte ich, »und ich nicht.«

»Ich meine, sie ist ein verdammt hübsches Mädchen, und nett. Was hat sie dir eigentlich getan?«

»In letzter Zeit?« fragte ich.

Er blickte mich an, dann senkte er seine Augen in die Tasse.

»Ich weiß, es geht mich einen Dreck ...«

»Nimmst du Milch und Zucker?«

Ikky kam an diesem Tag nicht zurück. Und auch nicht in der folgenden Nacht. Radio Lifeline brachte Dixieland-Musik, und wir machten uns einen vergnügten Abend, während Jean sich ihr Abendessen in den Gleiter bringen ließ. Später ließ sie sich darin ein Feldbett aufschlagen. Ich pfiff den »Deep Water Blues« mit, als er aus dem Lautsprecher klang, und wartete darauf, daß sie uns anrufen und hinausjagen würde. Aber das tat sie nicht, und ich war überzeugt, daß sie eingeschlafen war.

Ich überredete Mike zu einer Schachpartie, die sich bis zum Morgengrauen hinzog. So beschränkte sich unsere Konversation auf einige »Schachs«, ein »Schachmatt« und ein »Verdammt!«, und da Mike ein schlechter Verlierer ist, war auch keine Unterhaltung möglich, die sich hätte anknüpfen können, was mir aber nicht unangenehm war. Ich bestellte mir ein Steak und Röstkartoffeln zum Frühstück und ging zu Bett.

Zehn Stunden später rüttelte mich jemand wach. Ich stützte mich auf und hielt die Augen geschlossen.

»Was ist denn los?«

»Tut mir leid, Sie wecken zu müssen«, sagte ein junger Matrose, »aber Miß Luharich wünscht, daß Sie den Köderfisch von der Leine holen, damit wir weiterfahren können.«

Ich rieb mir ein Auge wach und fragte mich immer noch, ob ich mich darüber amüsieren sollte.

»Holt ihn doch einfach ein. Jeder kann das Ding losmachen, wenn es längsseits liegt.«

»Es ist schon längsseits, Sir. Aber sie sagt, das sei laut Vertrag Ihre Aufgabe, und alles müßte seine Richtigkeit haben.«

»Reizend von ihr. Ich bin sicher, meine Gewerkschaft wird ihr da zustimmen.«

»Ach ja, und dann sagte sie noch, Sie sollen eine frische Badehose anziehen, sich kämmen und rasieren, weil Mister Anderson die Sache filmen wird.«

»Herrlich. Sag ihr, daß ich schon unterwegs bin. Und frag sie, ob sie mir nicht ein bißchen von ihrem Zehennagellack leihen könnte.«

Sparen wir uns die Einzelheiten. Die ganze Kiste dauerte drei Minuten, und ich holte alles heraus. Ich entschuldigte mich sogar, als ich ausrutschte und mit dem nassen Köderaal gegen Andersons neuen weißen Tropenanzug fiel. Er lächelte und wischte sich ab. Sie lächelte auch, obgleich selbst das berühmte Luharich-Complectacolor nicht ganz die dunklen Ringe unter ihren Augen verdecken konnte. Und ich lächelte und winkte all unseren lieben Freunden an den Bildschirmen fern in der Heimat herzlich zu. – Denken Sie daran, gnädige Frau, auch Sie können wie ein Monsterkiller wirken, verwenden Sie dazu nur Luharichs Gesichtspuder.

Ich ging unter Deck und machte mir ein Thunfischsandwich mit Mayonnaise.

Zwei Tage trieben vorüber wie Eisberge – kahl, leer, dahinschmelzend, frigide, zu neun Zehnteln unter der Oberfläche des Bewußtseins, eine Gefahr für das seelische Gleichgewicht, so daß man froh ist, wenn sie hinter einem liegen. Sie erweckten in mir alte Schuldgefühle, und ich hatte ein paar bedrückende Träume. Dann rief ich über Sprechfunk Lifeline an und fragte nach meinem Kontostand.

»Willst du einkaufen gehen?« fragte Mike, der mir die Verbindung hergestellt hatte.

»Ich geh nach Hause«, erwiderte ich.

»Wie bitte?«

»Dies ist mein letzter Job als Ködermann, Mike. Zum Teufel mit Ikky! Zum Teufel mit der Venus und den ganzen Luharich-Unternehmen! Und zum Teufel mit dir!«

Er hob verwundert die Brauen.

»Was ist denn passiert?«

»Über ein Jahr habe ich auf diesen Job gewartet. Aber jetzt, wo ich ihn habe, sehe ich ein, daß mir die ganze Sache stinkt.«

»Das hast du doch schon gewußt, als du angeheuert hast. Ganz egal, was du auch sonst hier tust, wenn man für einen Hersteller von Gesichtscreme arbeitet, hilft man mit, Gesichtscreme zu verkaufen.«

»Das ist es nicht, was mich stört. Ich gebe zu, daß mir dieser kommerzielle Aspekt auch nicht paßt, aber die *Tensquare* stand schließlich von jeher im Brennpunkt des öffentlichen Interesses, seit ihrem Stapellauf.«

»Was ist es dann?«

»Fünf oder sechs Dinge zusammen. Das wichtigste ist wohl, daß mich die ganze Sache nicht mehr interessiert. Einmal war es für mich das Wichtigste auf der Welt, dieses Biest an den Haken zu kriegen, aber jetzt nicht mehr. Ich habe mein ganzes Geld bei diesem Unternehmen verloren, das ich aus einer Laune heraus begann, und ich wollte dafür Blut sehen, nachdem es so viel gekostet hatte. Aber heute sehe ich ein, daß ich allein die Schuld daran habe. Ich fange an, für Ikky Mitleid zu empfinden.«

»Und du willst ihn nicht mehr haben?«

»Ich will ihn haben, wenn er freiwillig kommt, aber ich habe keine Lust mehr, meinen Hals zu riskieren, um ihn in die Tiefkühltruhe zu lotsen.«

»Ich neige zu der Annahme, daß es mehr die vier oder fünf anderen Dinge sind, von denen du gesagt hast, daß sie dich stören.«

»Zum Beispiel?«

Er blickte prüfend zur Decke.

Ich knurrte.

»Gut, du hast vielleicht recht. Aber ich sag's dir nicht, um dir nicht die Genugtuung zu geben, daß du richtig geraten hast.«

Er, grinsend: »Dieser Gesichtsausdruck, den sie neuerdings zur Schau stellt, gilt nicht nur Ikky.«

»Unsinn, Unsinn.« Ich schüttelte den Kopf. »Wir sind beide von Natur aus Fusionsreaktoren. Man kann keiner Rakete an beiden Enden Brennkammern aufsetzen und dann erwarten, daß sie irgendwohin fliegt. – Was sich dazwischen befindet, geht dabei kaputt.«

»Das mag einmal so gewesen sein. Es geht mich natürlich nichts an, aber ...«

»Sag das noch einmal, und du sagst es durch Zahnlükken.«

»Wann immer du willst, du Angeber.« Er blickte auf. »Und wo immer du willst.«

»Dann los! Sag's!«

»Sie interessiert sich einen Dreck für dieses Reptil. Sie ist nur hergekommen, um dich wieder dahin zurückzuholen, wo du hingehörst. Du bist nicht Ködermann bei dieser Partie.«

»Es liegen fünf Jahre dazwischen.«

»Irgend etwas muß unter deiner häßlichen Pelle sitzen, was manche Menschen mögen«, murmelte er, »oder ich würde jetzt nicht so offen mit dir sprechen. Vielleicht erinnerst du uns Menschen an irgendeinen häßlichen Köter, mit dem wir als Kinder Mitleid gehabt haben. Wie dem auch sei, irgend jemand will dich auch mit nach Hause nehmen und großziehen.«

»Junge«, lachte ich. »Weißt du, was ich tun werde, sobald wir wieder in Lifeline sind?«

»Ich kann's mir vorstellen.«

»Kannst du nicht. Ich nehme das erste Schiff zum Mars, und dann schön langsam, erster Klasse, nach Hause. Die venusischen Finanzgesetze gelten nicht auf dem Mars, und dort habe ich noch einen hübschen Packen Geld liegen, schön verpackt, damit die Motten nicht rankommen. Ich werde mir davon ein Landhaus am Golf kaufen, und falls du einmal einen Job suchst, kannst du gern vorbeikommen und mir die Flaschen aufmachen.«

»Du bist ein widerlicher Feigling«, sagte er.

»Na schön«, gab ich zu. »Aber ich denke dabei auch an sie.«

»Ich habe die Geschichte von euch beiden gehört«, sagte er. »Danach bist du ein Schuft und ein Versager, und sie ist 'ne Nutte. So was verträgt sich heutzutage durchaus. Aber ich sage dir, Ködermann, du solltest einmal versuchen, das, was du fängst, auch festzuhalten.«

Ich wandte mich um.

»Falls du mal einen Job brauchen solltest, kannst du dich bei mir melden.«

Ich schloß die Tür sehr leise hinter mir, weil er darauf wartete, daß sie hinter mir ins Schloß krachen würde.

Der Tag des Monstrums dämmerte wie jeder andere. Zwei Tage nach meiner feigen Flucht aus dem ungefährlichen Gewässer tauchte ich wieder, um den Köder zu befestigen. Nichts auf dem Radarschirm. Daß ich die Angel bestückte, war reine Übungssache.

Ich brüllte »Guten Morgen«, als ich am Gleiter vorbeikam, und erhielt auch Antwort von innen, dann stieg ich über Bord. Ich hatte über Mikes Worte nachgedacht, ohne Voreingenommenheit und in aller Ruhe; obwohl ich weder mit seiner Meinung noch mit seiner Sicht der Dinge einverstanden war, hatte ich mich doch entschieden, von nun an etwas höflicher zu sein.

Also hinein, hinunter und ab in die Tiefe. Ich folgte der

diesmal gut abgeschossenen Leine etwa zweihundertneunzig Meter weit. Wie eine schwarze Schlange sah ich das Kabel links von mir und folgte seinen Windungen durch das Gelbgrün hinunter in die Dunkelheit. Lautlos lag um mich die nasse Nacht, und ich zog in ihr meine Bahn wie ein heller Komet, der seinen feurigen Schweif vor sich herschiebt.

Ich ergriff das glatte, weiche Kabel und begann, den Köder zu befestigen. Plötzlich rauschte eine eisige Welle an mir entlang, von den Füßen her, am Gesicht vorbei, ein Zugwind, als ob jemand unter mir ein riesiges Tor geöffnet hätte, doch ich bewegte mich nicht nach unten.

Also mußte irgend etwas nach oben kommen, irgend etwas, so riesig, daß es eine Menge Wasser verdrängte. Ich dachte noch immer nicht, daß es ein Ikky sein könnte. Eine unerklärliche Strömung vielleicht, aber doch nicht Ikky. Ha!

Ich hatte den Gummiaal befestigt und zog gerade den ersten Stöpsel, als plötzlich eine riesige, gezackte, schwarze Insel unter mir emporwuchs ...

Ich richtete den Strahl meiner Lampe hinunter. Sein Maul war geöffnet.

Ich war das Kaninchen.

Wellen von Todesangst durchströmten mich. Mein Magen zog sich zusammen. Mir wurde schwindlig.

Eines nur, eines allein konnte ich noch tun. Ich schaffte es schließlich. Ich zog den Rest der Stöpsel heraus.

Er war mir inzwischen so nahe, daß ich die Falten um seine Augen erkennen konnte.

Der Köderfisch wuchs, glühte rosafarben auf ... zappelte!

Dann die Lampe. Ich mußte sie ausschalten, damit er nur noch den Köder vor sich sah.

Ein kurzer Blick zurück, als ich die Preßluftraketen einschaltete.

Er war jetzt so nahe, daß sich der Gummiaal in seinen Augen spiegelte. Nur vier Meter Abstand, und ich berührte fast seine hervortretenden Backenknochen, als der Rückstoß der beiden Jets mich an ihm vorbeischnellte. Und noch wußte ich nicht, ob er mich verfolgte oder am Köder blieb. Ich verlor fast das Bewußtsein, während ich darauf wartete, gefressen zu werden.

Die Düsen waren leergeblasen, und ich strampelte kraftlos mit Armen und Beinen.

Trotzdem zu hastig. Ich fühlte einen Krampf kommen.

Nur einmal die Lampe aufblitzen lassen, schrie das Kaninchen in mir. Nur eine Sekunde lang, um zu wissen ...

... oder um gefressen zu werden, sagte ich ihm. Nein, Kaninchen, wir laufen nicht vor dem Jäger davon. Es bleibt dunkel!

Grünes Wasser, endlich, dann Gelbgrün, und dann – oben.

Mit aller Kraft schwamm ich auf die *Tensquare* zu. Die Druckwellen einer Explosion hinter mir trieben mich voran. Die Welt hatte mich wieder, und ein Schrei erklang vom Schiff: »Er lebt!«

Ein gigantischer Schatten – und eine Schockwelle. Das Kabel lebte auch!

Leb wohl, Perrin, violette Augen, Ikky. Ich gehe in die ewigen Fischgründe. Vielleicht habe ich irgendeinen Fehler gemacht ...

Irgendwo packten Hände zu.

Was ist ein Köder?

Ein paar Millionen Jahre Leben. Ich erinnerte mich, daß ich als einzelliger Organismus begonnen hatte, mich mühsam zur Amphibie entwickelte, dann zum Lungenatmer. Von hoch oben aus den Baumwipfeln hörte ich eine Stimme.

»Er kommt zu sich.«

Ich entwickelte mich zurück zum Homo sapiens.

»Noch nicht aufstehen! Bleib liegen!«

»Haben wir ihn?« keuchte ich.

»Er kämpft, aber er hängt fest. Wir dachten schon, er hätte dich als Vorspeise verschluckt.«

»Glaubte ich auch.«

»Tief einatmen und die Klappe halten.«

Ein Trichter über meinem Gesicht. Gut. Hoch die Gläser und ausgetrunken ...

»Er lag unglaublich tief, unterhalb der Radarreichweite. Wir haben ihn erst entdeckt, als er nach oben kam, und da war es zu spät.«

Ich begann zu gähnen.

»Wir bringen dich jetzt rein.«

Es gelang mir, mein Tauchmesser zu ziehen.

»Wenn du das versuchst, läufst du ohne Daumen herum, das schwör ich dir.«

»Du brauchst Ruhe.«

»Dann besorg mir noch ein paar Decken. Ich bleibe nämlich hier.«

Ich lehnte mich zurück und schloß die Augen.

Irgend jemand schüttelte mich. Mißgelaunt, frierend. Scheinwerfer fluteten gelblich auf das Deck. Ich lag auf einem Klappbett bei der Zentralkuppel. In Wolle gewickelt. Trotzdem zitterte ich vor Kälte.

»Es ist jetzt nach elf. Es gibt nichts zu sehen.«

Ich roch Blut.

»Hier, trink das.«

Wasser. Ich wollte etwas sagen, konnte es aber nicht.

»Frag mich nicht, wie ich mich fühle«, krächzte ich schließlich. »Ich weiß, daß du fragen willst, aber sag's nicht. Bitte!«

»Schon gut. Willst du jetzt in deine Kabine?«

»Nein. Hol mir meine Jacke.«

»Da liegt sie doch.«

»Was macht er?«

»Nichts. Er ist weggetaucht. Er ist bewußtlos, aber er bleibt unten.«

»Wann war er zuletzt oben?«

»Vor zwei Stunden, ungefähr.«

»Jean?«

»Sie läßt niemanden in den Gleiter. Hör zu, Mike will, daß du reinkommst. Er ist hier in der Zentralkuppel.«

Ich setzte mich auf und wandte den Kopf. Mike beobachtete mich durch das Glas der Kuppel. Er winkte mir zu. Ich winkte zurück.

Ich schwang die Füße über den Bettrand und atmete ein paarmal tief durch. Schmerzen im Magen. Ich stand auf und ging in die Kuppel.

»Immer noch Schiß?« fragte Mike.

Ich blickte auf den Radarschirm. Kein Ikky. Zu tief.

»Gibst du einen aus?«

»Ja, Kaffee.«

»Keinen Kaffee.«

»Du bist krank. Außerdem ist nichts anderes hier drin erlaubt. Also Kaffee.«

»Kaffee ist ein bräunliches Gesöff, das Sodbrennen verursacht. Du hast doch was in der unteren Schublade.«

»Keine Tassen. Du mußt aus einem Glas trinken.«

»Ich werd's überleben.«

Er goß ein.

»Das kannst du ganz gut. Übst du schon für den Job?«

»Welchen Job?«

»Den ich dir angeboten habe.«

Ein heller Schatten auf dem Radarschirm!

»Er kommt hoch, Madam! Er kommt hoch!« schrie Mike ins Mikrophon.

»Danke, Mike. Ich hab' ihn auf dem Schirm«, sagte sie erregt.

»Jean!«

»Halt den Mund, sie hat jetzt zu tun!«

»War das Carl?«

»Ja«, rief ich. »Wir reden später miteinander.« Und unterbrach die Verbindung.

Warum habe ich das getan?

»Warum hast du das getan?«

Ich weiß nicht.

»Ich weiß nicht.«

Verdammte Echos! Ich stand auf und ging nach draußen.

Nichts. Nichts.

Oder noch etwas?

Unglaublich! Die *Tensquare* schaukelte. Er mußte die Flucht ergriffen haben, als er das Schiff vor sich sah, und ging wieder auf Tiefe. Weißes Wasser zur Linken, kochend. Endlose Spaghetti von Kabeln, die heiß in den Bauch der Tiefe zischten. Ich stand eine Weile reglos, dann ging ich wieder hinein.

Zwei Stunden lang Übelkeit. Vier, dann läßt es nach.

»Die Betäubung beginnt zu wirken.«

»Ja.«

»Was ist mit Miß Luharich?«

»Was soll mit ihr sein?«

»Sie muß doch halbtot sein.«

»Wahrscheinlich.«

»Und was willst du tun?«

»Sie hat sich freiwillig auf diese Geschichte eingelassen. Sie wußte, was passieren konnte. Und das ist nun auch eingetroffen.«

»Ich glaube, du könntest ihn einholen.«

»Glaube ich auch.«

»Sie auch.«

»Dann soll sie mich darum bitten.«

Ikky trieb lethargisch in sechzig Meter Tiefe.

Ich ging wieder auf Deck spazieren und kam wie zufällig am Gleiter vorbei. Sie sah nicht zu mir her.

»Carl. Komm herein!«

Augen von Picasso, das war's, und eine Verschwörung, mich in den Gleiter zu locken ...

»Ist das ein Befehl?«

»Ja. – Nein! – Bitte.«

Ich stürzte hinein und blickte auf den Monitor.

Er tauchte auf.

»Laufen lassen oder einziehen?«

Ich schaltete die Winde ein, und er folgte genau wie ein Kätzchen.

»Überleg dir jetzt, was du tun willst.«

In zwanzig Metern Tiefe wurde er störrisch.

»Leine geben?«

»Nein.«

Sie zog ihn weiter nach oben. Zehn Meter, acht ...

Als er vier Meter unter der Wasseroberfläche war, fuhr sie das Tragschild aus, er schob sich unter ihn, dann die Grabscher.

Draußen laute Schreie und das Wetterleuchten von Blitzlichtern.

Die Mannschaft hatte Ikky entdeckt.

Er begann zu kämpfen. Sie hielt die Trossen straff, zog die Grabscher hoch.

Aufwärts!

Noch ein Meter, dann würden die Grabscher von unten zupacken und ihn nach oben drücken.

Schreie und hastige Schritte.

Eine riesige Bohnenstange im Wind, sein wiegender Kopf.

Die grünen Hügel seiner Schultern wuchsen aus dem Wasser.

»Es ist riesig, Carl!« schrie sie.

Und er wuchs und wuchs und wuchs schrecklich ...

»Jetzt!«

Er blickte herab.

Er blickte herab, wie der Gott unserer ältesten Vorfahren herabgeblickt haben mag. Angst, Scham und spöttisches Lachen klangen in meinem Hirn. In ihrem auch?

»Jetzt!«

Sie starrte auf das entstehende Erdbeben.

»Ich kann nicht!«

Dabei war es jetzt so einfach, weil das Kaninchen gestorben war. Ich griff nach den Schaltern, hielt inne.

»Du mußt es tun!«

»Ich kann nicht. Mach du's. Schieß ihn ab, Carl!«

»Nein. Wenn ich das tue, wirst du dich dein ganzes Leben lang fragen, ob du's nicht doch gekonnt hättest. Du wirfst jetzt die einmalige Chance weg, das festzustellen. Ich weiß das, weil wir uns so ähnlich sind, und ich habe damals genauso gehandelt. Du mußt jetzt beweisen, daß du's kannst!«

Sie starrte hinaus.

Ich ergriff sie bei den Schultern.

»Vielleicht bin ich's da draußen«, sagte ich. »Ich bin eine grüne Seeschlange, ein furchtbares, widerliches Ungeheuer, das dich vernichten will, ohne jedes Mitgefühl. – Schieß den Injektor!«

Ihre Hand tastete nach dem Knopf, fuhr zurück.

»Jetzt!«

Sie drückte den Schalter.

Ich fing sie auf, legte den bewußtlosen Körper auf den Boden und brachte die Sache mit Ikky zu Ende.

Erst sieben Stunden später weckte mich das monotone, singende Turbinengeräusch der *Tensquare,* die mit voller Fahrt lief.

»Dir geht es elend«, sagte Mike.

»Wie geht's Jean?«

»Genauso.«

»Wo ist das Biest?«

»An Bord.«

»Gut.« Ich drehte mich auf die Seite. »... diesmal nicht entwischt.«

So war das damals. Niemand wird als Ködermann geboren, ich glaube es nicht, doch die Ringe des Saturns singen ein Hochzeitslied auf die Mitgift dieses Seeungeheuers.

ERSTER ROMAN

Die Insel der Toten

DIE INSEL DER TOTEN
erschien ursprünglich als HEYNE-BUCH Nr. 06/3366
Titel der amerikanischen Originalausgabe:
ISLE OF THE DEAD
Deutsche Übersetzung:
Birgit Reß-Bohusch

1

Das Leben – wenn Sie einen Tupfer Philosophie gestatten, bevor Sie das ganze Bild kennen –, das Leben hat für meine Begriffe viel mit dem Strand rund um die Tokio-Bucht gemeinsam.

Nun, es ist Jahrhunderte her, seit ich die Bucht und den Strand dort zum letztenmal gesehen habe, deshalb gilt der Vergleich vielleicht nicht mehr ganz. Aber es heißt, daß sie sich, die Kondome ausgenommen, kaum verändert hat.

Ich erinnere mich an eine riesige verdreckte Wasserfläche, heller und vielleicht etwas sauberer weiter draußen, aber eine stinkige, kalte Brühe in Ufernähe, der Zeit ähnlich, wenn sie Dinge zerfrißt, sie kurz anschwemmt und wieder fortträgt. Die Tokio-Bucht wäscht irgendwann alles an Land. Was immer es sein mag, eines Tages speit sie es aus: einen Toten; eine Muschel, alabasterweiß, rosa oder kürbisgelb, mit einer Linkswendel, die sich hinaufschraubt zu einem Phallus, aufrecht und unschuldig; eine Flasche mit oder ohne Botschaft, die man zu entziffern vermag oder nicht; einen menschlichen Fötus; ein vollkommen glattes Stück Holz mit einem Nagelloch darin – vielleicht ein Teil des wahren Kreuzes, ich weiß es nicht; weiße Kiesel und dunkle Kiesel, Fische, leere Boote, meterweise Kabel, Korallen und Seetang. Einfach so. Bleiben die Dinge liegen, so holt die Bucht sie sich nach einer Weile wieder zurück. Das ist der Lauf. Ach ja – und damals trat man überall auf Kondome, schlaffe, durchsichtige Zeugnisse des Instinkts, die Rasse fortzupflanzen, aber nicht in dieser Nacht, und manche waren mit frechen Bildern oder Schriften bedruckt, und manche hatten eine Feder am Ende. Soviel ich weiß, sind sie jetzt praktisch verschwunden, wie der Ford Edsel, die Wasseruhr und der Stiefelknöpfer, in die Mottenkiste verbannt durch die Pille, die obendrein den Busen größer macht – wer wollte sich also beschweren? Manchmal, an sonnendurchtränkten Vormittagen, wenn ich über den Strand schlenderte und die kühle Brise genoß – ich erholte mich von einem kleinen, säuberlich abgegrenzten Asienkrieg, dem ich eine Verwundung und den Tod meines kleinen Bruders zu verdanken hatte – manchmal hörte ich das Kreischen von Vögeln, wenn gar keine Vögel zu sehen waren. Das bringt den Hauch von Mysterium, der meinem Vergleich noch fehlte: Das Leben hat viel mit dem Strand rund um die Tokio-Bucht gemeinsam. Alles geht. Unablässig werden merkwürdige, ungewöhnliche Dinge an Land gespült. Eins davon bin ich, ein anderes sind Sie. Wir verbringen eine Weile am Strand, vielleicht Seite an Seite, und dann durchkämmt ihn die stinkende kalte Brühe mit den feuchten, zitternden Fingern einer Greisenhand, und einige der Dinge fehlen. Die geheimnisvollen Vogelschreie sind die Fragen, die offen bleiben. Die Stimmen der Götter? Vielleicht. Aber machen wir den Vergleich vollständig, bevor wir uns einem anderen Thema zuwenden: Es ist möglich, daß jemand kommt und etwas fortträgt, das er am Strand gefunden hat. Und manchmal, glaube ich, werden Dinge, die sich die Flut zurückgeholt hat, durch eine launische Strömung noch einmal an Land geworfen. Ich hatte es nie mit eigenen Augen gesehen, aber vielleicht wartete ich einfach nicht lange genug. Als ich dann erfuhr, daß es so etwas tatsächlich gab, wissen Sie, was ich da tat? Ich kotzte. Ich hatte mich drei Tage vollaufen lassen und dazu den Rauch einer exotischen Pflanze inhaliert. Als nächstes warf ich kurzerhand meine Gäste hinaus. Ein Schock ist wunderbar ernüchternd. Daß es das gab – ich meine, daß jemand etwas vom Strand aufhob und wegtrug –, wußte ich bereits, aber mit dem anderen hatte ich nie und nimmer gerechnet. Ich nahm eine Pille, die mich in spätestens drei Stunden wieder auf den Damm bringen würde, begab mich in die Sauna und streckte mich anschließend auf meinem Bett aus, während Roboter und Diener die Spuren des Festes beseitigten. Dann begann ich am ganzen Körper zu zittern. Ich hatte Angst.

Ich bin ein Feigling.

Nun, es gibt viele Dinge, die mir Angst einjagen, und sie gehören alle zu der Sorte, die sich kaum oder überhaupt nicht steuern lassen, wie der Große Baum.

Ich stützte mich auf einen Ellbogen, nahm das Päckchen vom Nachttisch und betrachtete noch einmal seinen Inhalt.

Eine Verwechslung? Nein. Dagegen sprach die Tatsache, daß es an mich adressiert war.

Ich hatte es per Eilpost erhalten, achtlos in die Tasche gesteckt und erst nach einiger Zeit geöffnet.

Dann sah ich, daß es das sechste seiner Art war. Mir wurde schlecht, und ich brach das Fest ab.

Es war ein Tridi-Bild von Kathy, ganz in Weiß, und der Stempel auf der Rückseite trug das Datum vom vorigen Monat.

Kathy war meine erste Frau gewesen, vielleicht die einzige Frau, die ich richtig geliebt hatte, und sie ist seit mehr als fünfhundert Jahren tot. Auf diesen letzten Teil des Satzes komme ich später noch zu sprechen.

Ich betrachtete das Ding genau. Es war die sechste Aufnahme, die man mir im Laufe von ebensovielen Monaten geschickt hatte. Aufnahmen von Leuten, die ich kannte und die alle seit einer Ewigkeit tot waren.

Im Hintergrund Felsen und blauer Himmel, mehr nicht.

Man konnte so etwas überall aufnehmen, wo es Felsen und blauen Himmel gab. Vielleicht war es auch eine Fälschung. Geschickte Leute bringen es heutzutage fertig, nahezu alles zu fälschen.

Aber wer wußte soviel über mich, daß er mir die Dinger schickte? Und warum? Es war kein Vermerk dabei, nur dieses Bild, genau wie bei den anderen – meinen Freunden, meinen Feinden.

Und das Ganze rief mir den Strand rund um die Tokio-Bucht in Erinnerung, vielleicht auch das Buch der Offenbarung.

Ich deckte mich zu und lag im künstlichen Dämmerlicht, das ich mitten am Tage eingeschaltet hatte. Ich hatte mich all die Jahre wohl gefühlt, so wohl. Aber nun war etwas aufgebrochen, das ich für längst verschorft, vernarbt, verheilt gehalten hatte, und es blutete.

Wenn nur die geringste Möglichkeit bestand, daß die Aufnahme in meiner zitternden Hand echt war.

Ich legte sie beiseite. Nach einiger Zeit nickte ich ein, und ich weiß nicht mehr, was alles aus den Schreckenskammern des Schlafes kroch, um mir den Schweiß aus den Poren zu treiben. Es bleibt wohl besser vergessen.

Als ich aufwachte, duschte ich, zog frische Sachen an, aß eine Kleinigkeit und nahm eine Kanne voll Kaffee mit in mein Studierzimmer. Früher nannte ich es Arbeitszimmer, aber seit etwa fünfunddreißig Jahren habe ich diese Gewohnheit aufgegeben. Ich ging die bereits ausgesiebte und vorsortierte Post des vergangenen Monats durch. Das, was ich suchte, lag unter Bettelbriefen von Wohltätigkeitsvereinen, Bombendrohungen, Vorlesungseinladungen, einem Beteiligungsangebot, das ich früher sofort akzeptiert hätte, einem Wust von Zeitschriften, dem Brief eines obskuren angeheirateten Verwandten, der sich bei mir einlud, drei Schreiben von Künstlern, die einen Gönner suchten, einunddreißig Benachrichtigungen, daß ein Rechtsverfahren gegen mich eingeleitet sei, und Notizen von meinen diversen Anwälten, die mir mitteilten, daß sie einunddreißig Verfahren gegen mich unterdrückt hätten.

Die ersten wichtigen Zeilen hatte mir Marling von Megapei geschrieben. Sie lauteten in etwa:

»Erdensohn, ich sende die Grüße von den siebenundzwanzig Namensträgern, die übrigblieben, und bete, daß du inzwischen noch viele Juwelen ins Dunkel geschleudert hast, wo sie in den Farben des Lebens glühen.

Leider läuft die Zeit für den alten, dunkelgrünen Leib, den ich so lange mein eigen nennen durfte, zu Beginn des nächsten Jahres ab. Meine schwachen gelben Augen sehnen sich nach dem Anblick des Sohnes aus der Fremde. Und so bitte ich ihn, sich vor Ende der fünften Jahreszeit bei mir einzufinden, denn alle Sorgen werden dann mit mir sein, und eine Hand auf meiner Schulter würde die Bürde erleichtern.«

Das zweite Schreiben stammte von der Gesellschaft für Tiefbohrungen und Förderwesen. Es war allgemein bekannt, daß sich unter diesem Decknamen der terranische Geheimdienst verbarg. Man fragte an, ob ich nicht eine gebrauchte, aber noch sehr gute Förderanlage erwerben wolle, deren Rücktransport von einer Außenstation sich für die augenblicklichen Besitzer nicht lohne.

Ich hatte den Code vor Jahren gelernt, als ich einen Auftrag für die terranische Regierung durchführte. Aufgeschlüsselt lautete die Botschaft kurz und bündig:

»Was ist los mit Ihnen? Keine Loyalität mehr gegenüber

dem Heimatplaneten? Wir fordern Sie nun seit nahezu zwanzig Jahren auf, der Erde einen Besuch abzustatten. Es handelt sich um ein Sicherheitsproblem von weitreichender Bedeutung. Bisher haben Sie unsere Bitten leider beharrlich ignoriert. Da wir jedoch in dieser Sache auf Ihre Mitarbeit angewiesen sind, ersuchen wir Sie noch einmal dringend um Ihr Kommen. Mit vorzüglicher Hochachtung, etc.«

Die dritte Nachricht war in Normalenglisch gehalten:

»Fasse diesen Brief bitte nicht so auf, als wollte ich auf etwas pochen, das längst vorbei ist. Aber ich befinde mich in ernsthaften Schwierigkeiten, und ich glaube, daß du der einzige Mensch bist, der mir in diesem Fall helfen kann. Wäre es dir möglich, mich irgendwann in der nächsten Zeit auf Aldebaran-5 zu besuchen? Die Adresse stimmt noch, auch wenn sich das Haus ein wenig verändert hat. Deine Ruth.«

Drei Appelle an Francis Sandows Menschlichkeit. Welcher, wenn überhaupt einer, hatte mit dem Bild in meiner Tasche zu tun?

Die Orgie, die ich so plötzlich abgebrochen hatte, war eine Art Abschiedsparty gewesen. Als sie anfing, hatte ich mein Ziel genau gekannt. Nun jedoch, nachdem ich Kathys Foto erhalten hatte, zögerte ich.

Alle drei Absender wußten von Kathy. Ruth hätte früher einmal Gelegenheit gehabt, ein Bild von Kathy an sich zu bringen – als Arbeitsgrundlage für einen geschickten Fälscher. Marling besaß das Talent, solche Dinge aus dem Nichts zu schaffen. Und der Geheimdienst hatte genug alte Dokumente, um in seinen Labors etwas zurechtzubasteln. Oder es hatte keiner von ihnen mit der Sache zu tun. Wenn jemand von mir etwas wollte, war es jedoch merkwürdig, daß er sich nicht genauer ausdrückte.

Marlings Bitte war mir heilig. Wenn ich sie nicht erfüllte, würde ich mir für den Rest meines Lebens die schlimmsten Vorwürfe machen. Ich hatte auch geplant, ihn zuallererst aufzusuchen, aber nun ... Die fünfte Jahreszeit auf der Nordhalbkugel von Megapei war noch ein gutes Stück entfernt. Ich konnte inzwischen ein paar andere Pflichten erledigen.

Aber welche?

Der Geheimdienst hatte keinen echten Anspruch auf

meine Hilfe, da ich unabhängig von der terranischen Regierung war. Nun besaß ich durchaus den Willen, die Leute zu unterstützen, aber so schrecklich wichtig konnte die Sache nicht sein, wenn man mich nun seit zwanzig Jahren damit plagte. Die Erde existierte noch, und wenn meine Informationen stimmten, dann lief alles so normal und dürftig wie eh und je. Außerdem hätten *sie* mich aufsuchen können, wenn sie mich wirklich so notwendig brauchten, wie sie es in all ihren Briefen beteuerten.

Ruth dagegen ...

Mit Ruth war es etwas anderes. Wir hatten fast ein Jahr zusammengelebt, bis wir dahinterkamen, daß wir uns gegenseitig zerfleischten und es so nicht weitergehen konnte. Wir trennten uns gütlich und blieben Freunde. Sie bedeutete mir etwas. Es überraschte mich, daß sie nach all den Jahren noch am Leben war. Doch wenn sie meine Hilfe brauchte, stand ich ihr zur Verfügung.

Damit war die Sache entschieden. Ich würde Ruth so rasch wie möglich aufsuchen und ihr aus der Klemme helfen, in der sie steckte. Danach kam Marling an die Reihe. Und vielleicht erhielt ich unterwegs irgendwo einen Hinweis, von wem, warum und wie ich die Fotos erhalten hatte. Wenn nicht, konnte ich immer noch der Erde einen Besuch abstatten und beim Geheimdienst vorsprechen – nach dem alten Grundsatz, daß ein Gefallen den anderen wert war.

Ich rauchte und trank meinen Kaffee. Dann, zum erstenmal seit fünf Jahren, rief ich im Hafen an und befahl den Leuten, Modell *T* herzurichten, meinen wendigen kleinen Weltenflitzer. Die Arbeit nahm sicher den restlichen Tag und einen Teil der Nacht in Anspruch. Ich rechnete damit, daß ich vor Sonnenaufgang starten konnte.

Dann fragte ich meinen Archiv- und Sekretariatscomputer, wer die *T* im Moment besaß. A & S verriet mir, daß es sich um einen gewissen Lawrence J. Conner von Lochear handelte – ›J‹ für John. Ich bestellte die nötigen Ausweispapiere, und fünfzehn Sekunden später landeten sie in meinem schaumstoffgepolsterten Eingangskorb. Nachdem ich Conners Beschreibung studiert hatte, ließ ich meinen Friseur auf Rollen kommen. Er färbte meine Haare blond, hellte meine Haut auf und versah mich mit einer Handvoll Sommersprossen. Ich nahm noch dunklere Haftschalen und veränderte meine Fingerabdrücke, und Conner war fertig.

Ich besitze eine ganze Liste nichtexistenter Personen mit lückenlosem Lebenslauf, welche die *T* im Laufe der Jahre voneinander gekauft haben oder das in Zukunft noch tun werden. Sie sind alle einsachtzig groß und wiegen gute fünfundsiebzig Kilo – Menschen, in die ich mich mit Hilfe von Kosmetika verwandeln kann, wenn ich mir ihre Lebensgeschichte merke. Wenn ich verreise, tue ich es nämlich nicht gern als Francis Sandow von Freiland oder Sandowswelt, wie einige meinen Planeten nennen. Ich habe mich zwar mit meinem Los abgefunden, aber es ist doch von Nachteil, wenn man zu den hundert reichsten Männern der Galaxis zählt. (Nach meinen letzten Kontoauszügen bin ich der siebenundachtzigste, aber auf einen Platz weiter oben oder unten soll es nicht ankommen.) Irgend jemand will immer mein Geld oder mein Leben, und ich trenne mich von dem einen ebenso ungern wie von dem anderen. Ich bin träge und sehr schreckhaft und hänge an dem, was ich habe. Wenn ich auch nur eine Spur von Ehrgeiz besäße, würde ich versuchen, den sechsundachtzigsten oder fünfundachtzigsten Platz zu erreichen. Aber es ist mir egal. Es war mir immer egal, außer vielleicht ganz am Anfang. Alles, was über die erste Milliarde geht, wird metaphysisch. Früher dachte ich oft darüber nach, daß ich mit meinem Geld wahrscheinlich eine Menge häßlicher Dinge finanzierte, ohne es zu wissen. Dann jedoch entwickelte ich meine Philosophie vom Großen Baum und konnte fortan ruhig schlafen.

Es gibt einen Großen Baum, so alt wie die Menschheit selbst, denn er verkörpert sie. Seine Blätter sind das Geld, das die Menschheit besitzt. Auf den Blättern stehen Namen. Einige fallen ab, und neue sprießen, so daß nach einigen Sommern alle Namen ausgetauscht sind. Aber der Baum verändert sich kaum. Er wird größer, ja, aber er erfüllt die gleichen Lebensfunktionen wie zuvor. Einmal machte ich eine Zeit durch, da wollte ich alle schlechten Stellen, die ich an dem Baum fand, ausschneiden. Aber sobald ich einen Schwamm vernichtet hatte, entdeckte ich sofort den nächsten, und irgendwann mußte ich schließlich schlafen. Herrgott, heutzutage kann man sein Geld nicht einmal mehr richtig verschenken; und der Baum ist zu groß, als daß man ihn wie eine japanische Zwergpflanze zurechtbiegen und nach seinem Willen ziehen könnte. Also lasse ich ihn jetzt fröhlich weiterwuchern, mit meinem Namen auf all den Blättern, einige davon welk und dürr, andere im ersten Grün. Und es macht mir Spaß, in den Zweigen umherzuklettern und einen Namen zu tragen, der nirgends um mich geschrieben steht. Soviel zu mir und dem Großen Baum. Wie ich zu all dem üppigen Laub kam, ist eine Geschichte für sich; vielleicht fällt mir bei Gelegenheit auch dazu ein passendes Gleichnis ein.

Ich begann A & S einzuschärfen, was meine Mitarbeiter tun und nicht tun durften, während ich verreist war. Nach vielen Playbacks und einer gehörigen Portion Gehirnakrobatik hatte ich alles beisammen. Ich überflog noch einmal mein Testament. Es mußte nichts geändert werden. Bestimmte Dokumente wanderten in Verbrennungsboxen, die aktiviert werden sollten, wenn dieses oder jenes geschah. Mein Vertreter auf Aldebaran-5 erhielt Nachricht, daß möglicherweise ein gewisser Lawrence J. Conner bei ihm auftauchen würde. Ich empfahl ihm, den Mann mit größter Zuvorkommenheit zu behandeln. Für den Fall, daß ich mein Inkognito lüften mußte, lag an sicherer Stelle ein Erkennungscode bereit. Dann stellte ich fest, daß nahezu vier Stunden verstrichen waren und mein Magen knurrte.

»Wieviel Zeit ist noch bis zum Sonnenuntergang, auf Minuten abgerundet?« fragte ich A & S.

»Dreiundvierzig Minuten«, erwiderte die sachliche Stimme durch den verborgenen Lautsprecher.

»Ich habe die Absicht, in genau dreiunddreißig Minuten auf der Ost-Terrasse zu speisen«, erklärte ich nach einem Blick auf meine Uhr. »Hummer, Gemüse, ein Körbchen mit gemischtem Brot, eine halbe Flasche unseres eigenen Champagners, eine Kanne Kaffee, ein Zitronen-Sorbett, den ältesten Kognak, den wir im Keller haben, und zwei Zigarren. Es würde mich freuen, wenn mir Martin Bremen persönlich die Ehre erwiese.«

»In Ordnung«, sagte A & S. »Kein Salat?«

»Kein Salat.«

Danach schlenderte ich zurück zu meiner Suite, warf ein paar Sachen in einen Koffer und begann mich umzuziehen.

Ich stellte die Schlafzimmerverbindung zu A & S her und gab mit einem flauen Gefühl in der Magengegend den Befehl, den ich bis zuletzt hinausgeschoben hatte:

»Ruf Lisa in –«, ich warf einen Blick auf meine Uhr – »genau zwei Stunden elf Minuten an und richte ihr aus, daß ich sie zu einem Drink auf der West-Terrasse erwarte. Stelle ihr zwei Schecks auf je fünfzigtausend Dollar aus, dazu ein erstklassiges Zeugnis.«

»Jawohl«, kam die Antwort, und während ich meine Manschettenknöpfe befestigte, schlitterten drei unverschlossene Kuverts auf meine Frisierkommode.

Ich überprüfte ihren Inhalt, schob sie in die Innentasche meines Abendblazers und betrat den Korridor, der zur Ost-Terrasse führte.

Ein schmaler Wolkenfetzen belagerte die Sonne, die riesig und bernsteingolden im Westen stand, aber nach kurzer Zeit gab er auf und schwamm weiter zu seinen Brüdern; sie verfärbten sich gelb, rosa und purpurn, als die Sonne unaufhaltsam in den blauen Fjord zwischen Urim und Thumim sank. Regenbogenlicht floß über die Flanken der dunstigen Berge.

Ich setzte mich an den Tisch unter der Ulme. Automatisch schaltete sich ein Energieprojektor ein, als mein Gewicht auf den Stuhl drückte. Er sorgte dafür, daß ich nicht von Blättern, Insekten, Vogelkot und Staub belästigt wurde. Ein paar Sekunden später tauchte Martin Bremen auf. Er schob einen Servierwagen.

»Guten Abend, Sirr.«

»Guten Abend, Martin. Wie geht es?«

»Ausgzeichnet, Sirr. Und Ihnen?«

»Ich verreise.«

»Ah?«

Er deckte den Tisch und begann zu servieren.

»Ja«, sagte ich, »vielleicht für längere Zeit.«

Er reichte mir einen Schluck Champagner. Ich kostete und nickte zustimmend.

»Und bevor ich aufbreche, wollte ich dir etwas sagen, das du vermutlich längst weißt: Du bist der beste Koch, den ich je hatte ...«

»Danke, Mister Sandow.« Sein ohnehin rötlicher Hautton vertiefte sich um eine Spur, und er hob die Mundwinkel an, bis die Lippen eine gerade Linie bildeten. Mit gesenktem Blick fuhr er fort: »Es macht Spaß, fürr Sie zu arrbeiten, Sirr.«

»... deshalb schlage ich vor, daß du ein Jahr vollbezahlten Urlaub nimmst. Ich gebe dir zusätzlich einen Scheck, damit du alle Rezepte kaufen kannst, die du ausprobieren möchtest. Falls du einverstanden bist, rufe ich die Buchhaltung an und regle die Angelegenheit noch vor meiner Abreise.«

»Wann verrlassen Sie Frreiland, Sirr?«

»Morgen in aller Frühe.«

»Ich verrstehe, Sirr. Nun, das Angebot klingt verrlokkend ...«

»Und vergiß nicht, auch für dich ein paar hübsche Rezepte zu sammeln!«

»Ich werrde die Augen offenhalten, Sirr.«

»Es muß ein merkwürdiges Gefühl sein, Speisen zu bereiten, die man nicht selbst ausprobieren kann.«

»O nein, Sirr«, widersprach er. »Meine Vorrkosterr sind absolut zuverrlässig, und wenn ich mirr auch manchmal überrlege, wie das eine oderr anderre Gerricht schmecken mag, so verrgleiche ich mich doch eherr mit einem Chemikerr, derr auch nicht den Wunsch hat, alle seine Experimente zu prrobierren – wenn Sie wissen, was ich meine, Sirr.«

Er hielt den Brotkorb in einer, die Kaffeekanne in der zweiten und das Gemüse in der dritten Hand. Mit der vierten schob er den Servierwagen. Er war Rigelianer, und sein richtiger Name lautete so ähnlich wie Mmmrt'n Brrm'n. Sein Englisch hatte er von einem deutschen Koch gelernt, der ihm auch half, Mmmrt'n Brrm'n in das besser verständliche Martin Bremen umzuformen. Ein rigelianischer Koch bereitet die köstlichsten Gerichte der Galaxis – für jede Rasse, wenn er ein paar gute Vorkoster zur Verfügung hat. Er geht dabei mit großer Sachlichkeit ans Werk. Ich hatte das Thema von eben schon des öfteren angeschnitten. Martin Bremen wußte, daß ich ihn damit neckte – daß ich ihm das Eingeständnis abringen wollte, menschliche Kost schmecke wie Abfall, Mist oder ähnliches. Aber offensichtlich hatte er eine Art Berufsethos, das es ihm verbot, über solche Dinge zu sprechen. Im Normalfall war seine Antwort auch peinlich formell. Gelegentlich jedoch, wenn er zuviel Zitronen-, Orangen- oder Grapefruitsaft erwischt hatte, ließ er durchblicken, daß es für einen

Koch von Rigel eine große Demütigung bedeutete, sich um das leibliche Wohl des *Homo sapiens* zu kümmern. Ich versuche das auszugleichen, so gut ich es vermag, denn ich schätze ihn ebenso wie seine Mahlzeiten, und es ist schwer, einen rigelianischen Koch zu bekommen, ganz gleich, wieviel man ihm bietet.

»Martin«, sagte ich, »falls mir etwas zustoßen sollte – in meinem Testament ist für dich gesorgt.«

»Ich – ich weiß nicht, was ich sagen soll, Sirr.«

»Dann sag nichts«, riet ich ihm. »Außerdem hoffe ich in meinem Egoismus auf eine gesunde Rückkehr.«

Er war einer der wenigen, mit denen ich über solche Dinge reden konnte. Er stand jetzt seit zweiunddreißig Jahren in meinen Diensten und hatte ohnehin Anspruch auf eine nicht zu knappe Rente. Zudem war Kochen seine Leidenschaft, und aus irgendeinem Grund schien er mich zu mögen. Er hatte zwar finanzielle Vorteile, wenn ich auf der Stelle tot umfiel, aber so groß waren sie auch wieder nicht, daß es sich gelohnt hätte, mein Gemüse mit Schmetterlingsgift von Murta zu garnieren.

»Sieh dir den Sonnenuntergang an!« sagte ich und deutete auf den Platz neben mir.

Er betrachtete das Farbenspiel, dann meinte er: »Derr Hummerr schmeckt nurr ganz frrisch, Sirr!«

»Ja, natürlich. Laß den Kognak und die Zigarren hier! Ich komme schon allein zurecht.«

Er stellte beides auf den Tisch, richtete sich zu seiner vollen Größe von zwei Metern fünfzig auf und verbeugte sich. »Alles Gute fürr die Rreise, Sirr, und einen angenehmen Abend!«

»Schlaf gut«, sagte ich.

»Danke, Sirr!« Und er glitt in die Dämmerung.

Eine kühle Abendbrise umfächelte mich. Als die Krötigallen in ihren fernen Sumpflöchern eine Bach-Kantate anstimmten, ging mein orangeroter Mond Florida an der gleichen Stelle auf, wo eben die Sonne versunken war. Die Nachtrosen verströmten ihren Duft in den indigoblauen Abend, die Sterne flimmerten am Himmel wie Aluminiumkonfetti, die Tischkerze in ihrem roten Glas zuckte, der Hummer zerfloß wie Butter auf der Zunge, und der Champagner war kalt wie das Herz eines Gletschers. Ich spürte eine gewisse Schwermut und das Verlangen, diesen Augenblick festzuhalten.

Nach dem Essen zündete ich mir eine Zigarre an und füllte den Kognakschwenker randvoll, was ja eine barbarische Sitte sein soll. Um das wiedergutzumachen, prostete ich sämtlichen Gegenständen in meiner Umgebung zu. Danach genehmigte ich mir eine Tasse Kaffee.

Als ich fertig war, schlenderte ich durch das große verwinkelte Bauwerk hinüber zur Bar auf der West-Terrasse. Ich nahm noch ein Glas Kognak und zündete mir die zweite Zigarre an. Dann tauchte *sie* im Torbogen auf. Sobald sie mich sah, nahm sie die Pose einer Reklameschönheit für Parfüm ein.

Lisa trug ein seidenweiches blaues Etwas, das ihren Körper im Licht der Terrasse umschäumte und umfunkelte, dazu helle Handschuhe und ein Brillantenkollier. Sie war aschblond und hatte die blaßrosa Lippen leicht geöffnet.

»Ein Rendezvous im Mondschein«, sagte sie und zauberte ein Lächeln auf ihre Züge. Ich hatte es so eingeteilt, daß in eben diesem Moment Cueball, mein zweiter Mond, strahlend hell im Westen aufging. Ihre Stimme erinnerte mich an eine Platte, bei der die Nadel in einer Passage des mittleren C hängengeblieben ist. Heutzutage gibt es keine Schallplatten mehr und schon gar keine Saphire, die hängenbleiben, aber ich weiß noch genau, wie das damals klang.

»Hallo«, begrüßte ich sie. »Was trinkst du?«

»Scotch mit Soda«, erwiderte sie. »Ein herrlicher Abend.«

Ich sah in ihre blauen Augen und lächelte. »Ja, ein herrlicher Abend.« Der Tischcomputer registrierte ihre Bestellung.

»Du hast dich verändert. Du bist so unbeschwert.«

»Ja.«

»Du führst nichts Gutes im Schilde, hm?«

»Mag sein.« Ich reichte ihr das Glas. »Wie lange bist du jetzt bei mir? Fünf Monate?«

»Etwas länger.«

»Dein Vertrag gilt für ein Jahr.«

»Genau.«

Ich reichte ihr ein Kuvert. »Damit ist er aufgehoben«, sagte ich.

»Was meinst du?« Ihr Lächeln erstarrte, verschwand.
»Immer das, was ich sage.«
»Ich bin also entlassen?«
»Leider«, erklärte ich, »und hier noch einmal die gleiche Summe, um dir zu beweisen, daß es nicht das ist, was du denkst.« Ich gab ihr den zweiten Umschlag.
»Was ist es dann?«
»Ich muß fort, vielleicht für längere Zeit. Es hätte wenig Sinn, dich inzwischen hier verkümmern zu lassen.«
»Ich warte auf dich.«
»Nein.«
»Dann nimm mich mit!«
»Auch wenn es ein gefährliches Unternehmen ist, bei dem du vielleicht den Tod findest?«
Ich hoffte auf ein Ja. Aber nach all den Jahrhunderten glaubte ich, die Menschen zu kennen. Deshalb hatte ich das Zeugnis vorbereitet.
»Diesmal ist alles drin«, fuhr ich fort. »Ein Mann wie ich muß manchmal ein Risiko eingehen.«
»Gibst du mir ein Zeugnis?«
»Ich habe es bereits hier.«
Sie trank einen Schluck. »Gut.«
Ich reichte ihr das dritte Kuvert.
»Haßt du mich?« fragte sie.
»Nein.«
»Warum nicht?«
»Warum?«
»Weil ich schwach bin und an meinem Leben hänge.«
»Wer hängt nicht an seinem Leben, selbst wenn er es wie ich manchmal aufs Spiel setzt?«
»Nur deshalb nehme ich das Zeugnis.«
»Nur deshalb habe ich es vorbereitet.«
»Du glaubst, daß du alles weißt, nicht wahr?«
»Nein.«
»Was machen wir heute nacht?« Sie trank ihr Glas leer.
»Ich weiß nicht alles.«
»Ich würde gern bei dir bleiben.«
»Aber ich habe dich eben erschreckt.«
»Ja.«
»Zu sehr?«

»Zu sehr.«

Ich nippte an meinem Kognak, sog an meiner Zigarre, betrachtete Florida und meinen weißen Mond Cueball.

»Heute nacht«, sagte sie und nahm meine Hand, »wirst du mich bestimmt nicht hassen.«

Sie öffnete keines der Kuverts. Auch sie betrachtete Florida und Cueball.

»Wann brichst du auf?«

»Im Morgengrauen.«

»Himmel, bist du poetisch!«

»Findest du? Ich bin, wie ich bin.«

»Das sagte ich doch.«

»Ich glaube nicht – aber es war schön mit dir.«

Sie stellte ihr leeres Glas ab.

»Es wird kühl hier draußen.«

»Ja.«

»Gehen wir hinein?«

»Gern.«

Ich legte meine Zigarre weg, und wir standen auf. Sie küßte mich. Also legte ich den Arm um ihre schmale, in schimmerndes Blau gehüllte Taille, und wir verließen die Bar.

Vielleicht trägt der Reichtum, den ich im Laufe der Zeit ansammelte, die Schuld daran, daß aus mir so etwas wie ein Paranoiker wurde.

Nein, so einfach ist das nicht.

Das Unbehagen, das ich jedesmal spüre, wenn ich Freiland verlasse, hat kaum etwas mit Paranoia zu tun. Im Gegenteil: Es gibt eine Menge Leute, die scharf darauf sind, mich umzubringen. Deshalb habe ich Freiland als eine Art Schutz- und Trutzplanet angelegt. Nicht einmal eine Armee könnte mich hier besiegen, außer sie käme auf die kostspielige Idee, meine Welt völlig zu vernichten. Und selbst für diesen Fall besitze ich einen Fluchtweg. Ich glaube, er funktioniert, auch wenn ich ihn noch nie erprobt habe.

Der wahre Grund für mein Unbehagen ist wohl die ganz ordinäre Angst vor dem Tod und dem Nichts, die alle Menschen kennen und die bei mir immer stärker wird, obwohl ich einmal ein Licht sah, das ich mir nicht erklären kann ... Vergessen wir das! Es gibt mich und vielleicht noch ein paar

Mammutbäume, die im zwanzigsten Jahrhundert auf der Bildfläche erschienen und es fertigbrachten, sich bis zum zweiunddreißigsten zu behaupten. Nun fehlt mir die geduldige Passivität einer Pflanze, und so machte ich die Erfahrung, daß man, je länger man existiert, um so häufiger ans Sterben denkt. Eine Folge davon ist, daß sich der Überlebenskampf – eine Sache, die ich einst rein vom darwinschen Standpunkt als einen Zeitvertreib der niederen Schichten betrachtete – zu einer Hauptbeschäftigung auszuweiten droht. Wir leben heute in einem raffinierteren Dschungel als in den Tagen meiner Jugend. Es gibt fünfzehnhundert bewohnte Welten, jede mit ihren eigenen Methoden, die Menschen umzubringen – Methoden, die rasch exportiert werden, wenn man ohne Schwierigkeiten von einem Planeten zum anderen gelangt. Es gibt siebzehn intelligente Rassen außer uns, vier davon schlauer als wir und sieben oder acht ebenso dumm, alle mit ihren eigenen Methoden, die Menschen umzubringen. Es gibt Massen von Maschinen, ebenso vielfältig und selbstverständlich wie das Automobil zu meiner Zeit, alle mit ihren eigenen Methoden, die Menschen umzubringen. Es gibt neue Krankheiten, neue Waffen und neue Raubtiere, neue Haß-, Gier- und Lustobjekte, alle mit ihren eigenen Methoden, die Menschen umzubringen. Und es gibt viele neue Pläne, an denen man den Tod finden kann. Ich habe eine Menge gesehen, und es gibt in der Galaxis wohl nur sechsundzwanzig Geschöpfe, die mehr vom Überlebenskampf wissen als ich.

Deshalb habe ich Angst, auch wenn im Moment keiner auf mich schießt, so wie damals im zwanzigsten Jahrhundert, als ich die Tokio-Bucht entdeckte.

Als ich aus dem Haus ging, war die Morgendämmerung noch nicht heraufgezogen. Ich hatte absichtlich keinen Abschied von meinen Freunden und Bekannten genommen. Das ist so meine Art. Zugegeben, ich winkte einer schattenhaften Gestalt zu, die mir ebenfalls gewinkt hatte, als ich mein Buggy vor dem Verwaltungsgebäude parkte und zur Startrampe hinüberging. Aber schließlich war ich auch nur eine schattenhafte Gestalt. Ich erreichte die *T,* kletterte an Bord, verstaute mein Zeug und überprüfte eine halbe Stunde lang sämtliche Systeme. Dann ging ich nach draußen, um die Phasenprojektoren zu inspizieren. Ich zündete mir eine Zigarette an.

Im Osten war der Himmel gelb. Von den Bergen im Westen kam schwaches Donnergrollen. Ein paar Wolken standen über mir, und die Sterne klammerten sich immer noch an den verblaßten Mantel der Dunkelheit.

Ich kam zu dem Schluß, daß es diesmal nicht geschehen würde.

Einige Vögel sangen, eine graue Katze tauchte auf und rieb sich an meinen Beinen, dann schlich sie weiter, dem Vogelgesang nach.

Der Wind hatte sich gedreht. Er kam jetzt von Süden, durch den Wald, der am anderen Ende der Startrampe begann, und trug die morgenfeuchten Gerüche von Leben und Wachstum herbei.

Der Himmel war rosa, als ich den Zigarettenstummel wegwarf und austrat. Der Schimmer erreichte die Berge, und sie schienen zu frösteln. Ein großer blauer Vogel glitt auf mich zu und landete auf meiner Schulter. Ich streichelte sein Gefieder, dann schickte ich ihn fort.

Entschlossen ging ich zum Schiff ...

Ich stolperte über einen Pflock der Startrampe und umklammerte in letzter Sekunde eine Verstrebung, so daß ich auf den Knien landete. Bevor ich mich aufrichten konnte, war ein kleiner schwarzer Bär bei mir und leckte mein Gesicht ab. Ich kraulte ihn hinter den Ohren und gab ihm einen Klaps, als ich mich endlich erhoben hatte. Er trollte sich in den Wald.

Als ich weitergehen wollte, merkte ich, daß sich mein Ärmel in der Strebe verheddert hatte.

Bis ich mich befreit hatte, saß wieder ein Vogel auf meiner Schulter, und vom Wald her kam ein ganzer Schwarm mit klatschenden Flügelschlägen. Über ihren Schreien hörte ich erneut ein Donnergrollen.

Es geschah doch.

Ich rannte zum Schiff und trat beinahe auf ein grünes Kaninchen, das vor der Schleuse Männchen machte und mich mit seinen kurzsichtigen roten Augen anstarrte. Eine glänzende große Glasschlange wand sich über die Rampe.

Ich vergaß den Kopf einzuziehen, stieß gegen die obere

Schleusenkante und taumelte zurück. Ein helles Äffchen hielt mich am Knöchel fest und blinzelte mir zu.

Also streichelte ich es und machte mich geduldig frei. Es war kräftiger, als ich vermutet hatte.

Ich kletterte in die Schleuse, und sie klemmte, als ich sie schließen wollte.

Bis ich den Schaden in Ordnung gebracht hatte, riefen Purpurpapageien meinen Namen, und die Schlange versuchte sich an Bord zu stehlen.

Ich fand eine Zapfstelle und benutzte sie.

»Ist ja schon gut, verdammt noch mal!« rief ich. »Ich muß fort, aber ich komme wieder. Lebt wohl!«

Blitze zuckten, und Donner rollte über den Himmel, und von den Bergen raste ein Sturm herbei.

»Macht die Startrampe frei!« schrie ich und schloß endgültig die Schleuse. Dann ließ ich mich in den Pilotensitz fallen und aktivierte alle Systeme.

Auf dem Bildschirm verfolgte ich mit, wie die Tiere das Landefeld verließen. Nebelfetzen trieben vorbei, und die ersten Regentropfen klatschten auf den Rumpf.

Ich jagte das Schiff durch den Sturm, verließ die Atmosphäre, beschleunigte, bis ich meinen Orbit erreicht hatte und stellte die Kurskoordinaten ein.

So ist es immer, wenn ich von Freiland fortgehe. Deshalb versuche ich mich auch immer heimlich fortzustehlen. Aber es gelingt nie.

Nun, andererseits ist es schön zu wissen, daß man irgendwo geliebt wird.

Zum geeigneten Zeitpunkt verließ ich den Orbit und damit das Freiland-System. Ein paar Stunden lang war mir übel, und meine Hände zitterten. Ich rauchte zu viele Zigaretten und bekam ein kratziges Gefühl im Hals. Daheim auf Freiland hatte ich alle Fäden in der Hand gehalten. Nun jedoch betrat ich noch einmal die große Arena. Einen Moment lang wäre ich am liebsten umgekehrt.

Dann dachte ich an Kathy, Marling und Ruth, an den seit langem toten Zwerg Nick und meinen Bruder Chuck, und ich begann mich zu hassen. Entschlossen setzte ich den Weg zur Phasenüberlagerung fort.

Es kam ganz plötzlich, kurz nach dem Eintritt in die neue Phase. Das Schiff jagte dahin, automatisch gesteuert, als ich zu lachen begann. Ein Gefühl des Leichtsinns überkam mich, ganz wie in den alten Tagen.

Was machte es eigentlich, wenn ich draufging? Wofür lebte ich denn? Waren exquisite Mahlzeiten und teure Kurtisanen so verdammt wichtig? Früher oder später landen wir alle in der Tokio-Bucht, ganz gleich, was geschieht. Ich wußte, daß ich keine Ausnahme war. Besser, es erwischte mich im Kampf für eine halbwegs edle Sache als im Bett.

... Und auch das war der Eintritt in eine neue Phase:

Ich begann eine Litanei zu singen, in einer Sprache, die älter war als die Menschheit. Es geschah zum erstenmal seit vielen Jahren, daß ich mich wieder dazu in der Lage fühlte.

Das Licht in der Kabine schien sich zu verdüstern, obgleich ich sicher wußte, daß es so hell leuchtete wie zuvor. Die Skalen auf der Konsole wichen zurück, die mich aus einem dunklen Wald anstarrten. Meine Stimme gehörte mir nicht mehr. Durch irgendeinen akustischen Trick kam sie von weit, weit weg, und ich folgte ihr.

Der Chor setzte ein. Bald verstummte ich, aber die anderen sangen weiter, hoch und dünn. Ihre Stimmen schwollen an und verklangen wieder, herangetragen und fortgeweht von einem Wind, den ich nicht spürte. Sie umschmeichelten mein Ohr, ohne wirklich zu locken. Ich hörte keine Worte, nur das Auf und Ab des Gesangs. Die Augen waren überall um mich, sie verharrten reglos, und in der Ferne sah ich ein schwaches Leuchten, wie beim Sonnenuntergang an einem leicht bedeckten Tag. Ich wußte, daß ich schlief und träumte und daß ich aufwachen konnte, wenn ich wollte. Ich tat es aber nicht. Ich folgte den Stimmen nach Westen.

Schließlich erreichte ich einen Klippenrand unter einem traumblassen Himmel und konnte nicht weiter. Vor mir erstreckte sich Wasser; Wasser, das mir den Weg abschnitt, hell und schimmernd, umdampft von Nebelschwaden, die sich träge zusammenballten und wieder auflösten. Und draußen, weit weg von der Klippe, auf der ich mit ausgebreiteten Armen stand, türmte sich Felsterrasse auf Felsterrasse, ragten steinerne Pfeiler und nebelverhüllte Zinnen in einen Himmel, den ich nicht sehen konnte – kahl, düster und öde. Von dorther kam der Gesang, und ich spürte eine eisige Hand im Nacken.

Ich sah die Schatten der Toten; sie trieben mit den Nebeln an den dunklen Felsen jener Insel vorbei. Es mußten die Toten sein, denn ich erkannte den Zwerg Nick, der eine unflätige Geste machte; ich erkannte den Telepathen Mike Shandon, der beinahe ein Imperium zerstört hätte – *mein* Imperium – und den ich eigenhändig getötet hatte; ich erkannte meinen alten Feind Dango, das Messer, und Courtcour Bodgis, den Mann mit dem Computergehirn, und Lady Karle von Algol, die ich geliebt und gehaßt hatte.

Da rief ich die Macht an, auf die ich immer noch vertraute.

Donner rollte, und der Himmel erstrahlte wie ein Teich aus blauem Quecksilber. Einen Moment lang sah ich sie jenseits des Wassers, auf jener düsteren Insel, Kathy, ganz in Weiß, und unsere Blicke trafen sich, und sie rief meinen Namen, sonst nichts. Der nächste Donner brachte völliges Dunkel mit sich. Er warf es über die Insel und den Mann, der mit ausgestreckten Armen am Klippenrand stand.

Als ich erwachte, hatte ich eine grobe Vorstellung davon, was der Traum bedeuten sollte.

Ich hatte einst Böcklins Toteninsel geschaffen, um eine Laune zu befriedigen – Klänge von Rachmaninoff, die immer wieder durch mein Gehirn geisterten und mich herausforderten. Es war ein hartes Stück Arbeit gewesen, besonders für mich, da ich sehr bildhaft denke. Zwei Landschaften drängen sich mir unweigerlich auf, wenn vom Tod die Rede ist. Die eine ist das Tal der Schatten, ein breiter Einschnitt zwischen zwei mächtigen grauen Felswänden, der immer dunkler wird, je tiefer man hineinschaut, bis man glaubt, in die sternenlose Schwärze des interstellaren Raums zu starren. Und die andere ist Böcklins verrücktes Gemälde von der Toteninsel, jenem Ort, den ich eben im Traum gesehen hatte. Das Tal der Schatten scheint ein gewisses Friedensversprechen zu beinhalten, aber vielleicht glaube ich das auch nur, weil ich es nie selbst entwarf und schuf, weil ich mir nicht jede Nuance und jeden Zwischenton dieser gefühlsbeladenen Szene abringen mußte. Die Toteninsel dagegen setzte ich in die Wirklichkeit um, inmitten einer paradiesischen Welt, und sie hat sich so in mein Bewußtsein eingebrannt, daß ich ihre Düsterkeit nie wieder vergessen kann. Sie ist ein Teil von mir geworden. Und dieser Teil hatte sich jetzt gerührt. Ich spürte, daß er mich auf etwas hinweisen, daß er mich vielleicht warnen wollte. Aber ich begriff die Symbolik nicht.

Immerhin, Kathy hatte meinen Namen gerufen, und das bedeutete vielleicht, daß noch nicht alles verloren war ...

Ich schaltete den Bildschirm ein und betrachtete die Gestirne, die in Lichtspiralen auf einen Punkt dicht vor mir zuwirbelten. Und während ich so im Raum hing und das Universum mich umkreiste, spürte ich, wie die Schichten der Bequemlichkeit, die sich seit Jahrzehnten auf meiner Seele abgelagert hatten, Feuer fingen und verbrannten. Der Mann, zu dem ich mich entwickelt hatte, starb in diesem Moment, und Shimbo, der Donnerwerfer der Dunklen Himmelsfeste, erwachte zu neuem Leben.

Nach einiger Zeit sog mich der Strudel in sein dunkles Auge, wo der Schlaf harrte, kühl und traumlos, sanft und still, wie das Tal der Schatten vielleicht.

Nach etwa zwei Wochen Schiffszeit landete Lawrence Conner die *T* auf der fünften Welt Aldebarans, die den Namen ihres Entdeckers Driscoll trug. Draußen schien die Zeit stehengeblieben zu sein. Fragen Sie mich bitte nicht, weshalb. Ich habe keine Lust, ein Buch zu schreiben. Aber wenn Lawrence Conner sich jetzt zur Umkehr entschlossen hätte, so wäre er nach zwei weiteren Wochen Lesen, Gymnastik und innerer Einkehr an genau dem Tag in Freiland eingetroffen, an dem Francis Sandow seine Reise angetreten hatte ... sicher sehr zur Freude seiner Tiere. Nun, er tat es nicht. Statt dessen half er Sandow – rein, um den Schein zu wahren – ein günstiges Geschäft mit echtem Bruyèreholz abzuschließen. Dann machte er sich daran, die Teile des Puzzles zu untersuchen, die er entdeckt hatte. Vielleicht waren es sogar Teile von mehreren Puzzles. Das ließ sich schwer erkennen.

Ich trug einen leichten Tropenanzug und eine Sonnenbrille, denn am gelben Himmel standen nur ein paar orange gefärbte Wolken, und die Sonne schickte eine Hitzewoge nach der anderen auf das Pastellpflaster, wo sie zerstäubten und alles zum Zittern brachten. Ich hatte einen kleinen Gleiter gemietet und steuerte die Künstlerkolonie einer Stadt namens Midi an, ein für meine Begriffe zu elegantes und hochgestochenes Viertel, das – wie konnte es anders sein – dicht am Meer lag. Nahezu alle der Türme, Nadeln, Quader und Ovale, welche die Menschen hier Heim, Büro, Atelier oder Boutique nannten, bestanden aus Glacyllin, einem Material, dessen Farbe und Lichtdurchlässigkeit man durch einfache Molekülverschiebung nach Belieben verändern konnte. Ich fuhr die Küstenstraße entlang und fühlte mich unwillkürlich an Wackelpeter oder steife Marmelade erinnert – mit Erdbeer-, Himbeer-, Kirsch-, Orangen- oder Zitronengeschmack.

Ich fand das Haus an der alten Adresse, und was Ruth geschrieben hatte, stimmte.

Es hatte sich ziemlich verändert. Früher, als wir hier zusammenlebten, war es eines der wenigen Bollwerke gegen die zäh vordringende, alles erstickende Marmelade gewesen. Nun hatte es kapituliert. Die Stuckmauer mit dem schmiedeeisernen Tor, der gepflasterte Außenhof, die Hazienda und der Springbrunnen, der Sonnengeister auf die rauhen Wände und die Fliesen zauberte – all das war einem vierstöckigen Palast aus Erdbeermarmelade gewichen.

Ich parkte, überquerte die regenbogenschillernde Brücke und drückte auf die Anmeldeplatte in der Tür.

»Dieses Haus steht leer«, erklärte eine mechanische Stimme durch den verborgenen Lautsprecher.

»Wann kommt Miß Laris zurück?« wollte ich wissen.

»Dieses Haus steht leer«, wiederholte die Stimme. »Falls Sie Kaufabsichten haben, wenden Sie sich bitte an Paul Glidden, Sonnenstrahl-Realbesitz, Avenue der Sieben Seufzer 178.«

»Hat Miß Laris eine Adresse hinterlassen?«

»Nein.«

»Hat sie irgendeine Nachricht hinterlassen?«

»Nein.«

Ich kehrte zu meinem Gleiter zurück und brauste auf einem zwanzig Zentimeter starken Luftkissen zur Avenue der Sieben Seufzer, die früher schlicht und einfach Hauptstraße geheißen hatte.

Er war fett und glatzköpfig, und hoch über den kühlen,

schiefergrauen Augen wölbten sich bleistiftstrichdünne Brauen. Die winzige Knopfnase verschwand in den Fleischbergen seiner Wangen, und der Mund lächelte vermutlich noch im Schlaf. So erinnerte das Gesicht an eine blankpolierte Kugel, tomatenrot wie das Hemd, das seine nördliche Hemisphäre bedeckte. Mister Glidden saß hinter dem pompösen Schreibtisch der Sonnenstrahl-Realbesitz, in bläulichen Zigarrenrauch gehüllt, und musterte mich scharf.

»Nehmen Sie Platz, Mister Conner!« Er ließ mich keine Sekunde aus den Augen. »Was kann ich für Sie tun?«

»Sie sind der Makler von Ruth Laris, nicht wahr?«

»Stimmt. Möchten Sie das Haus kaufen?«

»Ich suche Ruth Laris«, entgegnete ich. »Wissen Sie, wohin sie gezogen ist?«

Ein gewisser Glanz wich aus seinen Augen.

»Nein«, sagte er. »Ich habe Ruth Laris nie persönlich kennengelernt.«

»Irgendwo liefern Sie doch das Geld ab, wenn Sie das Haus verkauft haben.«

»Ganz recht.«

»Und wo?«

»Weshalb sollte ich Ihnen das sagen?«

»Weshalb nicht? Mir liegt viel daran, Ruth Laris zu finden.«

»Also, ich habe den Auftrag, das Geld auf ihr Bankkonto zu überweisen.«

»Hier in der Stadt?«

»Genau. Bei der *Artists Funds*.«

»Aber sie traf diese Abmachung nicht selbst mit Ihnen?«

»Nein. Ihr Anwalt rief mich an.«

»Wie heißt er?«

Eine Zeitlang verharrte er schweigend in seiner blauen Rauchwolke. »André DuBois«, meinte er schließlich mit einem Achselzucken. »Von Benson, Carling & Wu. Acht Straßenblöcke weiter nördlich.«

»Vielen Dank.«

»An dem Haus haben Sie also kein Interesse?«

»Im Gegenteil«, sagte ich. »Ich kaufe es, wenn wir den Handel noch im Laufe des heutigen Tages abschließen und Ruths Anwalt mir dabei hilft. Was halten Sie von zweiundfünfzigtausend?«

Plötzlich tauchte er aus den Zigarrenschwaden auf.

»Wo kann ich Sie anrufen, Mister Conner?«

»Ich wohne im *Spectrum*.«

»Paßt es Ihnen nach fünf?«

Was sollte ich bis dahin tun?

»Ausgezeichnet.«

Zuerst einmal brachte ich mein Gepäck ins *Spectrum*. Dann setzte ich mich mit meinem Mann auf Driscoll in Verbindung, unter einem Code, versteht sich, und bat, Lawrence Conner mit einer größeren Summe Bargeld auszuhelfen. Anschließend fuhr ich in den Religionsbezirk, stellte meinen Gleiter ab und machte einen Spaziergang.

Ich schlenderte an Tempeln, Schreinen und Altären vorbei, die allen nur erdenklichen Göttern geweiht waren. Meine Schritte verlangsamten sich, als ich das Territorium der Pei'an erreichte. Nach einiger Zeit fand ich, was ich gesucht hatte: einen schmalen Eingang inmitten von Grünflächen, der zu einem Kellergewölbe führte.

Über eine enge Treppe erreichte ich einen kleinen, kerzenerhellten Vorraum. Dann ging es durch einen niedrigen Torbogen in den Betsaal.

Der Mittelaltar war ganz in Dunkelgrün gehalten. Hunderte von getönten Glassitplatten mit Bildern der Pei'an-Götter hingen an den fünf Wänden. Ich zögerte. Vielleicht hätte ich nicht hierherkommen sollen, nach all den Jahren ...

Ich zählte acht Menschen und sechs Pei'an. Sie alle trugen Gebetsgürtel.

Ein Pei'an ist gut zwei Meter groß und grasgrün. Sein Kopf erinnert an einen Trichter, oben flach und breit, nach unten zu einem dünnen Hals verjüngt. Er hat riesige glänzendgrüne oder gelbe Augen und eine flache Nase, deren Schlitzöffnungen praktisch in Hautfalten verschwinden. Der breite Mund besitzt weder Lippen noch Zähne; die Pei'an saugen unaufhörlich ihre eigene Haut nach innen, und dabei faltet und verhärtet sich die Dermis zu Knorpelgraten. Wer so etwas noch nie gesehen hat, mag es unappetitlich finden, aber die Pei'an sind schöne Geschöpfe, glatt und geschmeidig wie Katzen und symmetrisch gewachsen. Männer wie Frauen tragen Röcke, die in dunklen Farben gehalten sind. Die Frauen wirken etwas kleiner und zierlicher als die Männer, haben jedoch stark ausgeprägte Hüften und Oberkörper – obwohl sie keine eigentlichen Brüste besitzen, denn sie säugen ihre Jungen nicht.

Die Sprache der Pei'an ist schwierig. Ich beherrsche sie. Ich kenne auch die eine oder andere ihrer Philosophien. Viele Pei'an sind Telepathen, und einige besitzen andere außergewöhnliche Fähigkeiten. So wie ich.

Ich nahm in einer der Bänke Platz und entspannte mich. Da ich meine Ausbildung auf Megapei erhielt, schöpfe ich eine gewisse Kraft aus den Heiligtümern der Pei'an. Strantri, so nennen sie ihre Religion, erinnert mich ein wenig an den Hinduismus. Die Pei'an scheinen im Lauf ihrer Geschichte nichts anderes getan zu haben, als möglichst viele Götter, Rituale und Traditionen anzuhäufen. Strantri hat sich in jüngster Zeit beträchtlich ausgebreitet und besitzt gute Aussichten, eines Tages zu einer Art Universalreligion zu werden, denn sie enthält für jeden etwas. Und wahrscheinlich wird es die erste Religion sein, die ihre Gründerrasse überlebt. Es gibt mit jedem Jahr weniger Pei'an. Sie haben zwar eine sehr hohe Lebenserwartung, aber sie sind nicht sonderlich fruchtbar. Nun, die *Geschichte der Pei'an-Kultur* ist bereits geschrieben, und sie umfaßt fünfzehntausend Bände. Die größten Gelehrten des Volkes arbeiteten daran. Vielleicht kamen die Pei'an zu dem Schluß, nun auch das letzte Kapitel ihres Lebensbuches zu schreiben. Sie geben nämlich viel auf ihre Gelehrten. In dieser Hinsicht sind sie komisch.

Die Pei'an besaßen bereits ein galaktisches Imperium, als die Menschen noch in Höhlen hausten. Dann führten sie über Epochen hinweg erbitterte Kämpfe gegen die Bahulier, eine inzwischen ausgestorbene Rasse. Ihre Kräfte erlahmten, ihre Industrie brach zusammen, sie wurden stark dezimiert. Schließlich gaben sie ihre Kolonien auf und zogen sich auf das kleine Weltensystem zurück, das sie heute noch bewohnen. Sie nannten es Megapei, nach ihrem Ursprungsplaneten, den die Bahulier zerstört hatten. Wenn man den Beschreibungen glauben durfte, waren diese Bahulier grausame Barbaren gewesen. Nun, ich hatte meine geheimen Zweifel, denn sämtliche Kriegsberichte stammten von Pei'an.

Einer der Gläubigen stimmte eine Litanei an, die ich besser als jeder andere erkannte. Ich schaute auf.

Ja, es war geschehen.

Die Glassitplatte mit Shimbo, dem Donnerwerfer der Dunklen Himmelsfeste, leuchtete gelblichgrün.

Einige der Gottheiten waren getreue Ebenbilder der Pei'an, andere stellten, wie bei den alten Ägyptern, ein Mittelding zwischen Pei'an und Tier dar, und wieder andere schienen einfach einer bizarren Phantasie entsprungen. Aber irgendwann hatten die Pei'an auch die Erde besucht, denn Shimbo war ein Mensch. Wie eine hochintelligente Rasse einen Wilden zum Gott erheben konnte, begreife ich nicht, aber da steht er, nackt, mit grünlich schimmernder Haut, das Gesicht halb verdeckt von der hocherhobenen Linken, die in eine Gewitterwolke stößt. In der Rechten trägt er eine Armbrust und an seiner Hüfte hängt ein Köcher mit Blitzen.

Die übrigen Anwesenden nahmen den Gesang auf. Immer mehr Gläubige strömten herein. Der Betsaal füllte sich.

Wärme breitete sich in meinem Innern aus, und ein Gefühl der Macht erfüllte mich.

Wie es sich abspielt, weiß ich nicht, aber sobald ich eine Kultstätte der Pei'an betrete, beginnt Shimbo zu leuchten, und mich ergreift die Macht und die Ekstase. Als ich meine zwanzig Jahre Lehrzeit und meine dreißig Jahre Praxis als Weltenbauer abgeschlossen hatte, war ich der einzige Terraner, der auf diese Weise sein Vermögen verdiente. Alle anderen gehörten zur Rasse der Pei'an. Jeder von uns trägt den Namen eines Pei'an-Gottes. Ich wählte Shimbo – oder er mich –, weil er ein Mensch war. Es heißt, daß er im Universum wirken wird, solange ich lebe. Wenn mich der Tod ereilt, kehrt er ins glückliche Nichts zurück, bis ein anderer seinen Namen annimmt. Ich verstehe die Bindung nicht, aber es ergeht den Pei'an kaum besser.

Ich hatte gefürchtet, daß Shimbo längst von mir gewichen war, weil ich so wenig aus meinem Talent und meinem Leben gemacht hatte. Und ich glaube, daß ich dieses Heiligtum nur betrat, um meinen Verdacht bestätigt zu sehen.

Ich erhob mich und schlenderte zum Ausgang. Als ich unter dem Torbogen stand, spürte ich das unwiderstehliche Verlangen, die linke Hand zu heben.

Ich ballte die Finger zur Faust. Im gleichen Moment brüllte der Donner los.

Shimbo leuchtete immer noch, und der Gesang war in meinem Innern, als ich ins Freie hinaustrat. Es hatte leicht zu regnen begonnen.

2

Glidden und ich kamen um halb sieben im Büro von DuBois zusammen und schlossen das Geschäft für sechsundfünfzigtausend ab. DuBois war ein untersetzter Mann mit wettergegerbtem Gesicht und einer dichten weißen Haarmähne. Er hatte sein Büro nur deshalb so spät geöffnet, weil ich darauf bestand, den Handel noch an diesem Tag perfekt zu machen. Ich blätterte das Geld hin, unterzeichnete die Papiere und nahm die Schlüssel in Empfang. Dann wurden reihum Hände geschüttelt, und wir verließen die Kanzlei. Als wir über das feuchte Pflaster zu unseren Gleitern gingen, blieb ich plötzlich stehen und sagte: »Verflixt, jetzt habe ich meinen Füller auf Ihrem Schreibtisch vergessen, DuBois!«

»Ich lasse Ihnen das Ding zuschicken. Sie wohnen im *Spectrum,* nicht wahr?«

»Ja, aber ich breche in aller Frühe auf.«

»Dann bringt ihn jemand in die Künstlerkolonie.«

Ich schüttelte den Kopf. »Das nützt nichts. Ich brauche ihn noch heute abend.«

»Hier – nehmen Sie meinen!«

In diesem Moment hatte Glidden sein Fahrzeug bestiegen und befand sich außer Hörweite. Ich winkte ihm nach, dann sagte ich: »Lassen wir das Theater mit dem Füller! Ich möchte Sie unter vier Augen sprechen.«

Ein paar Lachfalten standen um seine dunklen Augen. Er warf mir einen neugierigen Blick zu. »Also schön«, sagte er. Wir kehrten um, und er sperrte das Büro noch einmal auf.

»So, was gibt es?«, fragte er, als er hinter seinem Schreibtisch Platz genommen hatte.

»Ich suche Ruth Laris«, entgegnete ich.

Er zündete sich eine Zigarette an. So etwas ist immer gut, wenn man Zeit gewinnen will.

»Warum?« erkundigte er sich.

»Sie ist eine gute Bekannte von mir. Wissen Sie, wo sie sich im Moment aufhält?«

»Nein.«

»Ist es nicht etwas – ungewöhnlich, eine so hohe Summe zu verwalten und nicht einmal die Adresse des Besitzers zu kennen?«

»Doch«, bestätigte er. »Das ist es wohl. Aber ich habe den Auftrag nun mal erhalten.«

»Von Ruth Laris?«

»Wie meinen Sie das?«

»Hat Sie Ihnen den Auftrag persönlich erteilt, oder tat es jemand in ihrem Namen?«

»Ich verstehe wirklich nicht, was Sie das angeht, Mister Conner. Gestatten Sie, daß ich das Gespräch jetzt beende.«

»Einen Moment«, bremste ich. »Wissen Sie, daß ich ihr Haus nur erstand, um eventuell einen Hinweis auf ihren Verbleib zu bekommen? Danach werde ich das Ding in eine Hazienda verwandeln, da mir die Architektur in dieser Stadt nicht gefällt. Was sagt Ihnen das?«

»Daß Sie eine Art Spinner sind«, stellte er fest.

Ich nickte. »Ein Spinner, der es sich leisten kann, seinen Launen nachzugeben. Also ein Spinner, der eine Menge Schwierigkeiten machen kann. Was ist *dieses* Gebäude wert? Zwei Millionen?«

»Ich weiß nicht.« Er wirkte ein wenig unsicher.

»Wenn es nun jemand kaufen und in einen Wohnblock umgestalten würde? Dann müßten Sie sich eine neue Bleibe suchen.«

»So einfach läßt sich mein Mietvertrag nicht kündigen, Mister Conner.«

Ich lachte. »Und wenn dann obendrein bei der Anwaltskammer plötzlich ein Untersuchungsverfahren gegen Sie liefe?«

Er sprang auf. »Sie sind tatsächlich verrückt!«

»Wirklich? Ich weiß noch nicht, was ich Ihnen andrehen würde. Aber jede Untersuchung läßt den Schatten eines Verdachts zurück. Bestimmt fiele es Ihnen danach schwer, wieder Fuß zu fassen ...« Ich wandte nicht gerade die feine Art an, aber ich hatte es eilig. »Sind Sie sicher? Sind Sie ganz sicher, daß Sie einen Verrückten vor sich haben?«

»Nein«, entgegnete er nach einer kleinen Pause.

»Wenn Sie nichts zu verbergen haben, können Sie mir

doch ruhig erzählen, wie die Vereinbarungen getroffen wurden. Verstehen Sie mich recht, ich verlange nicht, daß Sie Ihre Schweigepflicht verletzen. Ich will nur wissen, auf welche Weise Sie den Auftrag erhielten. Es wundert mich nämlich, daß Ruth überhaupt keine Nachricht hinterließ.«

Er lehnte sich zurück und musterte mich aufmerksam.

»Ruth Laris rief mich an ...«

»Vielleicht wurde sie bedroht, oder sie stand unter Drogeneinfluß ...«

»Das ist lächerlich!« fuhr er auf. »Überhaupt, was haben Sie mit der Angelegenheit zu tun?«

»Wie gesagt, Ruth ist eine gute Bekannte von mir.«

Er schien zu erschrecken. Seine Augen verengten sich. Es gab sicher noch einige Leute, die wußten, wer zu Ruths Bekanntenkreis gezählt hatte.

»Außerdem«, fuhr ich fort, »schrieb sie mir vor kurzem, daß ich sie in einer wichtigen Angelegenheit aufsuchen solle. Ich komme an, finde das Haus verlassen, und kein Mensch scheint zu wissen, wo sie sich aufhält. Da ist etwas faul, Mister DuBois, und ich lasse nicht locker, bis ich mehr erfahren habe.«

Vielleicht hatte er erkannt, daß mein Anzug von einem teuren Schneider stammte. Vielleicht ließ er sich auch von meiner Stimme einschüchtern. Ich bin es schließlich seit Jahrhunderten gewohnt, Befehle zu erteilen. Wie dem auch war, er verständigte nicht die Polizei.

»Wir handelten alles brieflich oder telefonisch aus«, sagte er. »Ich weiß wirklich nicht, wo sie sich befindet. Sie deutete nur an, daß sie die Stadt verlassen wolle und das Haus deshalb nicht mehr benötige. Ich erhielt den Auftrag, es mitsamt den Möbeln zu verkaufen und das Geld auf ihr Konto bei der *Artists Funds* zu überweisen. Nun, ich erklärte mich einverstanden und leitete die Sache an die Sonnenstrahl-Realbesitz weiter.« Er musterte mich, senkte den Blick, musterte mich wieder. »Offen gestanden, Ruth Laris hat eine Nachricht hinterlassen – aber nicht für Sie. Falls der Empfänger sich binnen dreißig Tagen nicht bei mir meldet, wird ihm der Brief per Post zugestellt.«

»Und wie lautet sein Name?«

»Das ist vertraulich, Sir.«

»Melden Sie ein R-Gespräch nach Glencoe, Nummer 73737373, an«, befahl ich, »und bestehen Sie darauf, daß man Sie mit Direktor Domenic Malisti verbindet! Wenn Sie ›Bääbää, schwarzes Schaf!‹ in den Hörer rufen, wird er Ihnen sagen, wer sich hinter Lawrence Conner verbirgt.«

DuBois tat, was ich von ihm verlangte. Als er den Hörer aufgelegt hatte, ging er an einen kleinen Wandsafe, holte einen versiegelten Umschlag heraus und reichte ihn mir. »Francis Sandow«, stand in neutralen Schreibmaschinenbuchstaben darauf.

»Danke«, sagte ich und riß ihn auf.

Ich versuchte meine Gefühle zu verbergen, als ich die drei Dinge betrachtete, die mir entgegenfielen. Da war ein zweites Bild von Kathy, in veränderter Haltung, vor einem leicht veränderten Hintergrund; dann eines von Ruth, nicht mehr so grazil wie früher, aber immer noch sehr attraktiv; und – ein Zettel.

Der Zettel enthielt pei'anische Schriftzeichen. In der Anrede stand mein Name und dahinter das Symbol für Shimbo, den Donnerwerfer der Dunklen Himmelsfeste. Das verwirrte mich, denn sehr wenige kennen die Identität der Namensträger. Unterschrieben war er mit »Green Green« und dem Symbol für Belion, der bis dahin keinen Namensträger besessen hatte. Er ist der Feuergott, der unter der Erde lebt. Und er ist der Erzfeind von Shimbo.

Ich überflog den Inhalt. Er lautete: *»Wenn du Sehnsucht nach deinen Frauen hast, dann komm auf die Toteninsel. Bodgis, Dango, Shandon und der Zwerg erwarten dich ebenfalls.«*

Daheim auf Freiland lagen die Tridi-Aufnahmen von Bodgis, Dango, Shandon, Nick, Lady Karle (die er vielleicht zu meinen Frauen zählte) und Kathy. Nun befand sich also auch noch Ruth in seiner Gewalt.

Wer steckte dahinter?

»Green Green« war kein Begriff für mich, aber natürlich kannte ich die Toteninsel.

»Danke«, sagte ich noch einmal.

»Stimmt etwas nicht, Mister Sandow?«

»Keine Sorge, ich bringe es schon wieder in Ordnung. Und vergessen Sie meinen Namen!«

»Jawohl, Mister Conner.«

»Guten Abend.«
»Guten Abend.«

Ich betrat das Haus in der Künstlerkolonie und schlenderte durch die Diele und die verschiedenen Wohnräume, bis ich das Schlafzimmer fand. Ich durchsuchte es. Ruth hatte das Haus vollständig möbliert zurückgelassen. Auch die persönlichen Kleinigkeiten, die jede Frau mitnimmt, wenn sie für längere Zeit verreist, waren da. Ein merkwürdiges Gefühl beschlich mich, als ich durch das Haus ging, das sich so verändert hatte, und doch hin und wieder auf einen vertrauten Gegenstand stieß: eine antike Uhr, einen handbemalten Wandschirm, eine Zigarettendose mit einer wertvollen Einlegearbeit. Ich dachte darüber nach, wie das Leben Dinge, die einst etwas bedeutet hatten, wieder achtlos mit dem vermengt, was einem fremd ist, und ihr besonderer Zauber nur noch in der Erinnerung an die Zeit und den Ort fortlebt, mit dem man sie in Verbindung bringt. Dann tauchen sie unvermittelt wieder auf; man spürt eine kurze Unruhe, ein Aufwühlen, beinahe surrealistisch, und dann stirbt auch dieser Zauber, zerstört durch das Wiedersehen. Die Gefühle, die man mit den Bildern festgehalten hat, verströmen. Zumindest erging es mir so, während ich mich in Ruths Haus umsah.

Ich setzte mich und zündete mir eine Zigarette an. Ruths Foto war im Schlafzimmer gemacht worden. Bei ihr fehlte der Himmel- und Felsenhintergrund der anderen Bilder. Ich hatte alles auf den Kopf gestellt und nichts gefunden – keine Spur von Gewaltanwendung, keinen Hinweis auf die Person meines Feindes. Mein Feind – ich sprach die Worte laut aus, und sie klangen sonderbar in dem großen leeren Aquarium von einem Haus. Mein Feind.

Es war jetzt heraus. Man verfolgte mich – weshalb, das wußte ich noch nicht genau. Allem Anschein nach, um mich zu töten. Wenn ich nur gewußt hätte, welcher meiner vielen Feinde dahintersteckte! Ich ging sie im Geiste durch. Der merkwürdige Treffpunkt fiel mir wieder ein und mein Traum ...

Wenn mir jemand wirklich etwas anhaben wollte, dann war es idiotisch, mich an diesen Platz zu locken, außer er wußte nichts von der Macht, die ich besaß, sobald ich meinen Fuß auf eine Welt setzte, die ich geschaffen hatte. Jede Pflanze, jedes Tier würde mein Verbündeter sein, wenn ich nach Illyria zurückging, dem Planeten, den ich vor vielen Jahrhunderten errichtet hatte und auf dem sich die Toteninsel befand, *meine* Toteninsel.

... Und ich würde zurückgehen. Das stand fest. Ruth und vielleicht sogar Kathy ... Die beiden Namen verlangten, daß ich noch einmal den Garten Eden aufsuchte, den ich nach meiner Vorstellung geformt hatte. Ruth und Kathy ... zwei Bilder, die ich nicht gern nebeneinanderstellte. Aber jetzt blieb mir keine andere Wahl. Sie hatten für mich nie gleichzeitig existiert, und es war mir nicht wohl bei dem Gedanken, daß sie jetzt vielleicht zusammentrafen. Nun, ich hatte fest vor, nach Illyria zurückzukehren, und wer immer den Köder in dieser Weise ausgelegt hatte, sollte es mir büßen.

Ich drückte die Zigarette aus und begab mich zurück ins *Spectrum*. Mit einem Male hatte ich Hunger.

Ich zog mich zum Abendessen um und ging in die Hotelhalle hinunter. Am Empfang erkundigte ich mich nach einem Restaurant, das um diese Zeit noch offen hatte.

»Der Bartol-Aussichtsturm in der Bucht«, sagte der Nachtportier und unterdrückte mühsam ein Gähnen. »Die Leute machen erst in ein paar Stunden Schluß.«

Also ließ ich mir den Weg beschreiben und fuhr hin und machte dort das merkwürdige Geschäft mit dem Bruyèreholz. Lächerlich ist eigentlich noch besser als merkwürdig, aber schließlich lebt jeder im Schatten des Großen Baumes, nicht wahr?

Ich fuhr hin und überließ meinen Gleiter einer Uniform, die ihn zwischen zwei gemalten Strichen abstellte, als ob ich das nicht hätte selbst tun können. Aber ich begegne diesen Uniformen, wohin ich mich auch begebe. Sie öffnen mir Türen, die ich selbst aufmachen kann, sie reichen mir Handtücher, die ich nicht brauche, greifen nach einer Aktentasche, die ich nicht gern loslasse – die Rechte abgewinkelt und bereit, beim ersten Klimpern von Metall oder Rascheln einer bestimmten Papiersorte vorzuschnellen. Sie verfolgen mich seit mehr als tausend Jahren, und es sind nicht einmal die Uniformen, die mich so sehr aufregen; vielmehr bringt mich dieses verdammte Lächeln in Weißglut, das nur für eine einzige Sache aufgesetzt wird.

Wir sind alle Touristen geworden. Früher einmal gab man ein Trinkgeld nur, wenn man etwas gründlich und schnell erledigt haben wollte – und es diente dazu, den schlechten Lohn bestimmter Berufsgruppen aufzubessern. Das verstand und akzeptierte ich. Aber dann verzerrte der Tourismus, der sich im Jahrhundert meiner Geburt entfaltete, diese Dinge. Es begann in den unterentwickelten Ländern und breitete sich aus, bis es die Touristenvölker selbst erfaßte – das Wissen, daß man reich werden kann, wenn man eine Uniform trägt, lächelt und Dienste erweist, auf die niemand scharf ist.

Seit der schleichenden Revolution im zwanzigsten Jahrhundert sind wir alle Touristen, sobald wir den Fuß vor die Schwelle unseres Hauses setzen, Bürger zweiter Klasse, rücksichtslos ausgebeutet von den Legionen, die inzwischen in aller Heimlichkeit die Herrschaft übernommen haben.

Heute stürzen sich überall, wohin ich mich wage, Uniformen auf mich, bürsten mir die Schuppen vom Kragen, drükken mir Prospekte in die Hand, leiern den Wetterbericht herunter, beten für meine Seele, helfen mir über Pfützen, spannen Schirme auf, ob es regnet oder die Sonne scheint, leuchten mir mit Infrarotlampen, wenn der Himmel bedeckt ist, holen mir Fussel aus dem Bauchnabel, rasieren mir die Haare im Nacken aus, rücken mir die Fliege zurecht, wichsen meine Schuhe und lächeln – die Rechte angewinkelt, zum Vorschnellen bereit. Was für ein verdammt glücklicher Platz wäre doch das Universum, wenn wir alle Uniformen trügen, in denen es klimperte oder raschelte! Dann müßten wir einander ständig anlächeln.

Ich fuhr mit dem Lift in die sechzigste Etage, wo sich das große Restaurant befand. Jetzt erst merkte ich, daß es besser gewesen wäre, telefonisch einen Tisch zu bestellen. Alles war voll. Die Empfangsdame notierte meinen Namen und bat mich, fünfzehn bis zwanzig Minuten zu warten, also ging ich in eine der beiden Bars nebenan und bestellte ein Bier.

Während ich trank, warf ich einen Blick durch das kleine Foyer in den angrenzenden Raum. Im Halbdunkel entdeckte ich ein feistes Gesicht, das mir irgendwie bekannt vorkam. Ich setzte meine Teleskopbrille auf und studierte es im Profil. Nase und Ohren waren unverkennbar, auch wenn die Haarfarbe nicht stimmte und der Hautton zu dunkel wirkte. Nun, so etwas ließ sich mit ein paar Handgriffen verändern.

Ich wollte eben an den Tisch hinüberschlendern, als mich ein Kellner darauf aufmerksam machte, daß ich die Bar nicht mit einem Drink verlassen durfte. Auf meine Antwort, daß ich nur in den Nebenraum wolle, erbot er sich, das Glas zu tragen. Sicher kam es billiger, wenn ich mir ein neues besorgte, und so sagte ich ihm, er könne es leertrinken.

Der Mann war allein. Er hatte ein winziges Glas mit einer hellen Flüssigkeit vor sich stehen. Ich nahm die Brille ab und schob sie in die Tasche, als ich an seinen Tisch trat. Dann sagte ich mit verstellter Stimme: »Darf ich Ihnen Gesellschaft leisten, Mister Bayner?«

Einen Moment lang gerieten seine Fettpolster in Bewegung. Die Elsteraugen sahen mich durchdringend an, und ich wußte, daß die Maschine, die hinter seiner Stirn lag, auf Hochtouren arbeitete.

»Das ist wohl eine Verwechslung«, begann er lächelnd, doch dann zog er die Augenbrauen hoch. »Oh, Frank! Beinahe hätte ich dich nicht erkannt. Aber wir haben uns lange nicht gesehen ...«

»Und wir reisen beide inkognito«, ergänzte ich lachend. Ich nahm ihm gegenüber Platz.

Er winkte einen Kellner herbei. »Was trinkst du?«

»Bier, egal welche Sorte.«

Der Kellner nickte und verschwand.

»Hast du schon gegessen?«

»Nein. Ich wartete eben in der Bar nebenan auf einen freien Tisch, als ich dich hier entdeckte.«

»Ich komme gerade vom Essen. Wenn ich nicht plötzlich Lust auf einen Drink verspürt hätte, wären wir uns vermutlich nie begegnet.«

»Ein merkwürdiger Zufall«, sagte ich und fügte unvermittelt hinzu: »Green Green.«

»Was?«

»Verde Verde. Grün Grün.«

»Ich verstehe nicht ganz. Soll das ein Code sein, den ich kenne?«

Ich zuckte mit den Schultern. »Nenne es Zauberformel zur Verwirrung meiner Feinde! Was gibt es Neues?«

»Jetzt, da du hier bist, habe ich natürlich einiges mit dir zu besprechen. Darf ich dich ins Restaurant begleiten?«

»Gern.«

Als man den Namen Harry Conner ausrief, begaben wir uns also in einen der zahllosen kleinen Speiseräume, die diese Etage des Turms füllten. In einer klaren Nacht hätten wir eine reizvolle Aussicht auf die Bucht genossen, aber der Himmel war bedeckt, und so huschten nur hin und wieder die Kegel von Suchscheinwerfern über die dunklen Wellen des Ozeans. Bayner hatte noch Appetit und bestellte ein zweites Abendessen. Er verschlang einen Berg Spaghetti und einen Teller fetter Würste, bevor ich mein Steak zerteilt hatte. Dann machte er mit Käsetorte und Kaffee weiter.

»Ah, das hat gut getan!« stellte er fest und kratzte mit einem Zahnstocher in seinen Vorderzähnen herum. Dazu lächelte er – das erste Lächeln, das ich seit gut vierzig Jahren bei ihm gesehen hatte.

»Zigarre?« fragte ich.

»Warum nicht?«

Der Zahnstocher verschwand, wir zündeten die Zigarren an, und die Rechnung kam. Das mache ich immer so, wenn es irgendwo voll ist und die Kellner sich Zeit mit dem Abkassieren lassen. Eine billige Zigarre, ein wenig blauer Dunst, und man wird prompt abgefertigt.

»Das geht auf mich«, erklärte Bayner, als ich die Rechnung in Empfang nahm.

»Unsinn. Du bist mein Gast.«

»Hmm ... wie du meinst.«

Schließlich steht Bill Bayner an fünfundvierzigster Stelle der hundert reichsten Männer der Galaxis. Man hat nicht jeden Tag die Gelegenheit, mit erfolgreichen Leuten zu dinieren.

Als wir aufbrachen, meinte er: »Ich habe da ein Plätzchen, wo wir uns ungestört unterhalten können. Komm, ich bringe dich hin.«

So nahmen wir seinen Wagen und ließen eine gekränkte Uniform zurück. Etwa zwanzig Minuten kutschierten wir kreuz und quer durch die Stadt, um eventuelle Verfolger abzuschütteln. Schließlich hielten wir vor einem Apartment-Haus acht Blocks vom Bartol-Turm entfernt. Wir traten ein, und er nickte dem Portier zu.

»Na, wie wird das Wetter morgen?« fragte er.

»Klar«, entgegnete der Mann.

Wir fuhren in die sechste Etage. In der Dielenvertäfelung steckten falsche Edelsteine *en masse.* Einige davon waren garantiert Spione. Vor einer ganz normalen Tür blieben wir stehen. Er klopfte – dreimal, Pause, zweimal, Pause, einmal. Mir war klar, daß er den Code am nächsten Tag ändern würde. Ein bleicher Jüngling im dunklen Anzug öffnete, nickte und verschwand, als Bayner mit dem Daumen über die Schulter wies. Wir traten ein. Er schloß rasch die Tür, aber ich bemerkte dennoch, daß sich zwischen den harmlosen Holzfurnierschichten eine dicke Stahlplatte befand. Bayner legte einen Finger an die Lippen und begann den Raum mit allen möglichen Instrumenten gründlich zu durchsuchen. Dann schaltete er einen Verzerrer ein, zog seufzend seine Jacke aus und warf sich in einen Sessel. »So«, sagte er und wandte sich mir zu. »Nun kann uns keiner belauschen. Was trinkst du?«

»Du bist vollkommen sicher, daß niemand mithört?«

Er überlegte eine Weile. »Ja«, sagte er schließlich.

»Gut. Dann nehme ich Bourbon mit Wasser.«

Er zog sich in ein Nebenzimmer zurück und kam nach einiger Zeit mit zwei Gläsern wieder. Wenn er mit mir über geschäftliche Dinge sprechen wollte, hätte er sich vermutlich Tee eingeschenkt. Es war mir egal.

»Was gibt es?« eröffnete ich das Gespräch.

»Verdammt, die Gerüchte über dich stimmen also! Wie hast du es herausgefunden?«

Ich zuckte mit den Schultern.

»Aber diesmal lasse ich mich nicht mehr so ausbooten wie damals bei der Bergwerkslizenz von Wega!«

»Ich weiß nicht, wovon du sprichst«, erklärte ich.

»Die Sache vor sechs Jahren ...«

Ich lachte.

»Hör zu«, sagte ich, »es ist mir ziemlich schnuppe, was mit meinem Geld geschieht, solange es da ist, wenn ich es brauche. Ich habe einige Leute angestellt, die es für mich verwalten. Wenn dir vor sechs Jahren im Wega-System ein Fisch durchs Netz schlüpfte, dann höchstwahrscheinlich deshalb, weil ich gerade einen tüchtigen Burschen in der Gegend hatte. Ich laufe nicht so wie du in der Weltgeschichte umher, um mein Vermögen zusammenzuhalten. Diese Verantwortung habe ich längst an andere abgeschoben.«

»Schon gut, Frank, schon gut«, sagte er. »Du reist also inkognito nach Driscoll und läufst mir zufällig ein paar Stunden vor dem Vertragsabschluß über den Weg. Welcher von meinen Leuten hat geplaudert?«

»Keiner, so glaub mir doch!«

Er wirkte gekränkt.

»Ich würde dir so etwas sagen«, erklärte er. »Du – du mußt nicht denken, daß ich mich an ihm rächen will! Ich habe lediglich die Absicht, ihn an eine Stelle abzuschieben, wo er keinen Schaden mehr anrichten kann.«

»Ich bin wirklich nicht in Geschäften unterwegs«, beteuerte ich. »Und ich hatte keine Ahnung, daß du auf Driscoll weilst.«

»Nun, egal, welchen Trumpf du im Ärmel hast – diesmal schnappst du mir den Brocken nicht weg!«

»Will ich doch gar nicht!«

»Verdammt!« murmelte er mit zusammengebissenen Zähnen. »Es lief alles so glatt!« Und er hieb mit der Faust auf den Tisch.

»Ich weiß noch nicht einmal, um welches Produkt es geht.«

Er stand auf, verließ den Raum und kam mit einer Pfeife zurück, die er mir in die Hand drückte.

»Hübsches Stück«, stellte ich fest.

»Fünftausend«, entgegnete er. »Billig.«

»Hm, eigentlich bin ich kein Pfeifenraucher.«

»Also, mehr als zehn Prozent sind für dich nicht drin«, erklärte er finster. »Ich habe die Sache persönlich an Land gezogen und lasse sie mir von dir nicht vermasseln.«

Mit einem Mal war ich sauer. Dieser Knilch hatte, vom Essen einmal abgesehen, keinen anderen Gedanken im Kopf, als immer noch mehr Geld an sich zu raffen. Und er glaubte, daß ich dem gleichen Hobby nachging, nur weil auf vielen Blättern des Großen Baumes »Sandow« stand. »Ein Drittel, oder ich reiße mir alles unter den Nagel!« sagte ich also.

»Ein Drittel?«

Er sprang auf und begann zu zetern. Ein Glück, daß die Wände schalldicht waren und sich keine Abhörgeräte im Raum befanden! Einige seiner Flüche waren sogar mir neu. Schließlich rannte er mit puterrotem Gesicht auf und ab, während ich ehrloser, geldgieriger Halsabschneider dasaß und über Pfeifen nachdachte.

Ein Mann mit meiner Lebensspanne kramt bei Bedarf alle möglichen Dinge aus seiner Erinnerung hervor. Damals in meiner Jugend waren gute Pfeifen entweder aus Meerschaum oder aus Bruyèreholz. Tonpfeifen werden abscheulich heiß, und solche aus normalem Holz bekommen Sprünge oder brennen rasch aus. Die kleinen Maiskolbenpfeifen sind zu gefährlich. In der zweiten Hälfte des zwanzigsten Jahrhunderts, als die Menschheit durch massive Warnungen vor der Zigarette und ihren Folgen für Bronchien und Lungen eingeschüchtert wurde, setzte so etwas wie eine Pfeifen-Renaissance ein. Gegen Ende des Jahrhunderts waren dann die Vorräte an Meerschaum und Bruyèreholz so gut wie erschöpft. Heutzutage benutzen die meisten Raucher synthetische Pfeifen, aber Meerschaum und Bruyèreholz geistern immer noch in ihren Träumen umher. Im Laufe der Zeit fand man auch auf anderen Welten kleine Meerschaumvorkommen, und sie brachten ihren Besitzern über Nacht ein Vermögen. Die südeuropäische Baumheide jedoch, von der das Bruyèreholz herstammte, schien ausgestorben – doppelt schade, da heutzutage Pfeifenrauchen die übliche Art des Tabakgenusses ist. DuBois und ich stellen große Ausnahmen dar. Aber die Pfeife, die Bayner mir gezeigt hatte, bestand aus einem herrlich flammengemaserten Bruyèreholz. Deshalb ...

»... fünfzehn Prozent«, sagte er. »Dabei bleibt mir kaum ein Gewinn.«

»Quatsch! Diese Hölzer sind das Zehnfache ihres Gewichts in Platin wert.«

»Du brichst mir das Herz, wenn du mehr als achtzehn Prozent verlangst.«

»Dreißig.«

»Sei vernünftig, Frank!«

»*Ich* bin es.«

»Zwanzig Prozent – das ist mein letztes Angebot. Und du mußt mit fünf Millionen einsteigen ...«

Ich lachte.

So schacherte ich während der nächsten Stunde aus purer Bosheit, aus Rache für das miese Urteil, das er sich von mir gebildet hatte und an dem er zäh festhielt. Ich spielte die Rolle, die er mir zugedacht hatte, ausgezeichnet. Was halten Sie von fünfundzwanzig bei einer Einlage von vier Millionen? Es tat mir aufrichtig leid, daß ich Malisti aus dem Schlaf reißen mußte, um die finanzielle Seite zu regeln.

Und so schloß ich auf Driscoll mein merkwürdiges Geschäft mit echtem Bruyèreholz ab. Lächerlich ist noch besser als merkwürdig, aber schließlich lebt jeder im Schatten des Großen Baumes, nicht wahr?

Nachdem alles vorbei war, klopfte er mir auf die Schulter, nannte mich einen eiskalten Burschen und erklärte, daß er mich lieber auf seiner Seite als gegen sich wisse. Bei ein paar Drinks versuchte er mir Martin Bremen abzuluchsen, denn es war ihm bisher noch nicht gelungen, einen rigelianischen Koch anzuheuern. Und er bohrte immer wieder nach, wer mir den Tip mit dem Bruyèreholz gegeben hatte.

Später setzte er mich am Bartol-Turm ab. Die Uniform brachte meinen Gleiter, erhielt ihr Trinkgeld, schaltete das Lächeln ab und verschwand. Ich fuhr zurück zum *Spectrum* und machte mir Vorwürfe, daß ich nicht dort gegessen hatte. Mußte ich immer neue Blätter mit meinem Autogramm vollkritzeln?

Das Radio im Gleiter spielte einen Dixieland, den ich seit Epochen nicht mehr gehört hatte. Es fing zu regnen an. Ein Gefühl der Einsamkeit und Melancholie überkam mich. Auf den Straßen herrschte kaum Verkehr, und so fuhr ich schneller.

Am nächsten Morgen schickte ich an Marling von Megapei ein Kuriergramm, in dem ich ihm versicherte, daß Shimbo noch vor Beginn der fünften Jahreszeit bei ihm sein werde. Gleichzeitig fragte ich an, ob er einen Pei'an namens Green Green kannte, der irgendwie mit dem Namen Belions in Verbindung stand.

Ein Kuriergramm ist der schnellste und kostspieligste Weg, eine interstellare Botschaft zu schicken. Dennoch wußte ich, daß mindestens zwei Wochen vergehen würden, bis ich Antwort erhielt.

Ich bezahlte meine Hotelrechnung und fuhr noch einmal zu Ruths Haus, um einen letzten Blick ins Innere zu werfen. Das Erdbeerschloß hatte sich nicht verändert – wenn man davon absah, daß im Postfach ein großer Umschlag ohne Absender steckte. Die Adresse lautete: *An Francis Sandow, bei Ruth Laris*.

Ich nahm ihn mit nach drinnen und vergewisserte mich, daß ich allein war. Dann erst legte ich den Ministrahler aus der Hand, dieses praktische kleine Ding, das einen schnellen, lautlosen und ganz natürlich wirkenden Tod herbeiführt. Ich setzte mich und riß das Kuvert auf.

Ja.

Die nächste Aufnahme.

Es war Nick, mein alter Freund Nick – Nick, der Zwerg, seit langem tot. Er befand sich auf einem schmalen Felsgrat, die bärtigen Züge haßverzerrt. Man spürte, daß er den Fotografen am liebsten umgebracht hätte.

»Komm nach Illyria!« lautete die Botschaft. Sie war diesmal in englischer Sprache abgefaßt. »Alle deine Freunde leben dort!«

Ich zündete mir die erste Zigarette an diesem Tag an.

Nur Malisti, Bayner und DuBois wußten, wer Lawrence John Conner war.

Malisti war mein Vertreter auf Driscoll, und ich zahlte ihm soviel, daß er eigentlich über jede Bestechung erhaben sein mußte. Zugegeben, wenn man ihn unter Druck setzte ... aber er hatte meine wahre Identität auch erst am Vortag erfahren. Eine so kurze Zeit reichte im allgemeinen nicht zu einer Erpressung aus.

Für Bayner gab es nichts, absolut nichts zu gewinnen, wenn er mich kaltzustellen versuchte. Wir waren Geschäftspartner, und überdies hatten wir beide soviel Geld, daß jedes Mißverständnis zwischen uns eine unpersönliche Sache bleiben würde. Er kam nicht in Frage.

Auch von DuBois hatte ich nicht den Eindruck, daß er mich verraten würde. Er wußte, wie schwer es war, gegen mich anzukämpfen. Schließlich hatte er es bereits versucht.

Mir fiel eine vierte Möglichkeit ein.

Wenn jemand Ruth entführt und gezwungen hatte, jenen ersten Brief an mich zu schreiben, dann konnte er sicher damit rechnen, daß ich auch diese Botschaft erhalten würde – immer vorausgesetzt, ich unternahm etwas. War das nicht der Fall, dann hatte er keinen Schaden davon.

Das erschien logisch.

Und es bedeutete, daß es hier auf Driscoll jemanden gab, dessen Namen ich brennend gern erfahren hätte.

Sollte ich hierblieben und selbst Nachforschungen anstellen? Oder genügte es, wenn ich Malisti ins Vertrauen zog? Er brachte sicher rasch heraus, wer das letzte Foto abgeschickt hatte.

Wenn es sich jedoch nur um einen kleinen Fisch handelte und der Drahtzieher im verborgenen blieb? Vielleicht wußte der Mann, der den Umschlag abgeliefert hatte, nichts von seinem Auftraggeber.

Ich beschloß, Malisti auf die Fährte zu setzen und mir seinen Bericht nach Freiland schicken zu lassen.

»Alles Elend dieser Welt«, sagte Nick, der Zwerg, einmal zu mir, »kommt von der Schönheit.«

»Nicht von der Wahrheit oder Güte?« hatte ich entgegnet.

»Oh, sie tragen das ihre dazu bei. Aber die Schönheit ist das Hauptübel, das wahre Prinzip des Bösen.«

»Nicht der Reichtum?«

»Geld ist schön.«

»Das kann man von allen Dingen sagen, nach denen man sich gerade sehnt – einem Schluck Wasser, einer Mahlzeit, einem Beischlaf.«

»Eben!« schrie er und haute seinen Bierkrug so heftig auf die Tischplatte, daß sich die anderen Gäste nach uns umdrehten. »Gottverfluchte Schönheit!«

»Aber nicht jeder gutaussehende Mann ...«

»Jeder!« schnitt er mir das Wort ab. »Die einen sind Schweinehunde, weil sie wissen, daß sie überall ans Ziel kommen, und die anderen fühlen sich nicht wohl in ihrer Haut, weil ihre weniger gutaussehenden Artgenossen sie hassen. Meistens enden sie als Schwule – und das alles wegen der verdammten Schönheit!«

»Und was ist mit schönen Dingen?«

»Entweder verzehren sich die Menschen vor Sehnsucht, oder sie werden zu Dieben. Verdammte ...«

»Moment!« unterbrach ich ihn. »Ein Ding trägt doch nicht die Schuld daran, daß es schön ist – ebensowenig ein Mensch. Das hat die Natur so eingerichtet.«

Er zuckte mit den Schultern.

»Schuld? Wer redet von Schuld?«

»Du hast über das Prinzip des Bösen gesprochen. Das Böse hängt doch irgendwie immer mit Schuld zusammen.«

»Dann trägt die Schönheit die Schuld«, sagte er. »Verflucht noch mal!«

»Die Schönhiet als abstrakter Begriff?«

»Jawohl!«

»Und in Menschen und Dingen?«

»Jawohl!«

»Das ist lächerlich. Schuld setzt Verantwortung voraus, eine gewisse Absicht ...«

»Die Schönheit hat die Verantwortung.«

»Trink noch ein Bier!«

Er tat es und rülpste laut.

»Sieh dir den Fatzken dort drüben an der Theke an!« sagte er. »Ja, der Typ, der sich die Puppe mit dem grünen Kleid zu angeln versucht. Irgendwer poliert dem mal die Fresse. Wenn er häßlicher wäre, käme das nicht vor.«

Nick bewies dieses Argument kurze Zeit später. Er schlug dem Kerl die Nase blutig, weil er ihn »Shorty« genannt hatte. Nick maß etwa einen Meter zwanzig. Er hatte die Schultern und Arme eines stämmigen Athleten. Auch sein Kopf wirkte normal groß. Er hatte blondes Haar und einen blonden Vollbart und herrliche blaue Augen. Aber seine Nase war geknickt und schief, und wenn er sein boshaftes Lächeln aufsetzte, sah man eine Reihe fleckiger Zähne. Unterhalb der Taille war sein Körper verkümmert. Er stammte aus einem alten Soldatengeschlecht. Sein Vater war General gewesen, und seine Geschwister schlugen mit einer Ausnahme die militärische Laufbahn ein. In Nicks Familie gehörte die Kriegsführung zum Alltag. Nick konnte mit jeder Waffe umgehen. Er konnte fechten, schießen, reiten, Sprengsätze anbringen. Seine Handkantenschläge zersplitterten dicke Bretter und Halswirbel. Er fand sich in jeder Situation zurecht, und doch blieb ihm eine Soldatenkarriere verwehrt, weil er ein Zwerg war. Ich hatte ihn als Jäger angestellt. Ich brauchte jemanden, der meine mißglückten Experimente tötete. Nick haßte schöne Dinge und Dinge, die größer waren als er.

»Was wir schön finden, versetzt einem Rigelianer einen Schock – und umgekehrt.« Ich gab noch nicht auf. »Schönheit ist ein relativer Begriff. Du kannst sie nicht als abstraktes Prinzip verurteilen, wenn ...«

»Quatsch!« fauchte er. »Auch wenn die Rigelianer einander wegen ganz anderer Dinge verprügeln, bestehlen und töten, der Grund bleibt der gleiche: Die Schönheit wartet darauf, daß man sie zerstört.«

Dann kam der Typ von der Theke auf dem Weg zur Toilette an uns vorbei und sagte: »Laß mich mal durch, Shorty!«

Das beendete unseren Abend in der Bar.

Nick war sich vollkommen sicher, daß er auf irgendeiner Safari eines gewaltsamen Todes sterben würde, aber sein Geschick ereilte ihn in einem Krankenhaus auf der Erde, wo man ihn wegen aller möglichen Leiden behandelte – ohne auf die Lungenentzündung zu achten, die er sich erst im Spital geholt hatte.

Das war jetzt an die zweihundertfünfzig Jahre her. Ich hatte zu den sechs Sargträgern gehört.

Ich drückte die Zigarette entschlossen aus und kehrte zum Gleiter zurück. Um die Vorgänge in Midi konnte sich Malisti kümmern. Für mich war es höchste Zeit zum Aufbruch.

Die Toten sind zu sehr unter uns.

Zwei Wochen lang trieb ich Gymnastik und dachte zwischendurch über die Dinge nach, die ich aufgedeckt hatte. Als ich dann Freiland erreichte, merkte ich, daß die Komplikationen kein Ende nahmen. Ein Satellit umkreiste meinen Planeten – und es war kein natürlicher Satellit.

WAS ZUM TEUFEL SOLL DAS AUSRUFEZEICHEN, erkundigte ich mich mit einem Geheimkode.

EIN BESUCHER, lautete die Antwort. ERBITTET LANDEGENEHMIGUNG STOP BISHER VERWEIGERT STOP GIBT NICHT AUF STOP KOMMT ANGEBLICH VOM TERRANISCHEN GEHEIMDIENST STOP.

SOLL LANDEN, entschied ich. ICH BIN IN EINER GUTEN HALBEN STUNDE BEI IHM STOP.

Ich erhielt die Bestätigung, schlug einen Orbit um Freiland ein und zog die *T* in einer engen Spirale nach unten. Nachdem mich meine Tiere stürmisch begrüßt hatten, ging ich ins Haus, nahm eine Dusche, legte die Conner-Maske ab und zog mich zum Abendessen um.

Es mußte etwas Wichtiges vorgefallen sein, wenn die reichste Regierung der Galaxis einen ihrer unterbezahlten Beamten in einem der schäbigsten interstellaren Kreuzer hierherschickte.

Ich schwor mir, ihn wenigstens gut herauszufüttern.

3

Lewis Briggs und ich sahen uns über den Tisch hinweg an. Zwischen uns befanden sich die Überreste eines üppigen Mahls. Den Ausweisen nach war er ein Agent der terranischen Geheimdienstzentrale. Mich erinnerte er irgendwie an einen glattrasierten Affen. Er war ein vertrocknetes Kerlchen mit aufdringlich neugierigen Augen und hatte allem Anschein nach die Pensionsgrenze längst erreicht. Als er sich vorstellte, hatte er ein wenig verlegen gestammelt, doch während des Essens fing er sich.

»Vielen Dank, Mister Sandow, für die ausgezeichnete Bewirtung«, begann er. »Darf ich nun das Thema anschneiden, das mich hierherbrachte?«

»Gut, aber gehen wir nach oben. Die frische Luft wird uns beiden guttun.«

Wir standen auf, nahmen unsere Gläser, und ich brachte ihn zum Lift.

Sekunden später betraten wir den Dachgarten. Ich deutete auf die Sitzgruppe unter der großen Kastanie. »Wie wäre es damit?« Er nickte und nahm Platz. Eine kühle Brise kam aus der Dämmerung. Ich atmete tief ein.

»Eindrucksvoll«, meinte er, und seine Blicke streiften die Bäume und Blumenrabatten, »wie Sie es verstehen, das Leben zu genießen.«

»Der Dachgarten ist so angelegt, daß mein Haus für Spähflugzeuge praktisch unsichtbar bleibt.«

»Oh, daran hatte ich gar nicht gedacht.«

Ich bot ihm eine Zigarre an, aber er lehnte ab. »Was wollen Sie also von mir?« fragte ich, nachdem ich mir selbst eine angesteckt hatte.

»Wären Sie bereit, mich auf die Erde zu begleiten und mit meinem Vorgesetzten zu sprechen?«

»Nein«, entgegnete ich. »Diese Frage habe ich in einem guten Dutzend Briefen klar beantwortet. Die Erde geht mir auf die Nerven. Ich halte es dort nicht aus. Deshalb lebe ich hier so abgeschieden. Der Planet, auf dem ich geboren wurde, ist heute übervölkert, bürokratisch, ungesund und leidet an so vielen Massenpsychosen, daß ich sie gar nicht alle aufzählen kann. Stellen Sie die Fragen, die sich Ihr Boß zurechtgelegt hat, und richten Sie ihm meine Antworten aus!«

»Normalerweise behandeln wir solche Dinge auf höherer Ebene.«

»Wenn es daran liegt, zahle ich die Gebühr für ein verschlüsseltes Kuriergramm.«

»Die Antwort käme zu teuer«, widersprach er. »Unser Etat, Sie verstehen ...«

»Herrgott, dann übernehme ich auch das! Sie sehen, ich tue alles, wenn Sie mich nur in Zukunft mit Ihrer Briefschwemme verschonen!«

»Es geht nicht.« In seiner Stimme schwang eine Spur von Panik mit. »Wir haben so etwas noch nie gemacht.«

Arme Mutter Erde! So sehen also deine Wunderkinder aus! Da werden Regierungen ins Leben gerufen, sie blühen, stark ist ihr Nationalismus, und mächtig sind ihre Grenzen; dann kommt eine Zeit der Konsolidierung, der Arbeitsteilung bis zum Spezialistentum, der Verwaltungspyramide und der Befehlsketten – Max Webers Traum. Er sah die Bürokratie in der notwendigen Weiterentwicklung aller Ordnungssysteme, und er sah, daß sie gut war. Er sah damals noch nicht, daß sie Gott war. Doch es gibt einen Punkt in der Geschichte jeder Bürokratie, da sie zu einer Parodie ihrer Funktionen wird. Man bedenke nur, was die österreichisch-ungarische Verwaltungsmaschinerie mit Kafka anstellte – oder die russische mit Gogol. Sie brachten die Ärmsten um ihren Verstand. Aber nun stand ich einem Mann gegenüber, der einem viel brutaleren Räderwerk ausgeliefert war und es überlebt hatte. Das hieß für mich, daß seine Intelligenz unter dem Durchschnitt lag und er gefühlsarm, unsicher, moralisch suspekt oder ein Masochist war. Denn dieser unpersönliche Apparat, in dem sich das Leitbild von Vater und Mutter in seiner schlimmsten Form vereint – die Geborgenheit des Schoßes und die Autorität des allmächtigen Führers – zieht immer die geistig Minderbemittelten an. Und deshalb wiederhole ich: arme Mutter Erde! In der langen, langen Parade, die sich Zeit nennt, sind eben die Clowns vorübergezogen, und jeder weiß, daß sie innerlich irgendwie gebrochen sind.

»Dann sagen Sie mir, worum es geht!«

Er griff in die Innentasche seiner Jacke und zog ein versiegeltes Kuvert heraus, das diverse ›Geheim‹-Stempel trug.

»Falls Sie es ablehnen, mit mir auf die Erde zurückzukehren, soll ich Ihnen das hier aushändigen.«

»Was hätten Sie damit angefangen, wenn ich Sie begleitet hätte?«

»Es meinem Chef zurückgegeben.«

»Und er hätte es mir persönlich überreicht?«

»Das nehme ich an.«

Ich riß den Umschlag auf. Er enthielt ein einziges Blatt Papier.

Als ich die Schrift im Halbdunkel entziffert hatte, beherrschte ich mich eisern.

Auf dem Blatt standen die Namen von Leuten, die ich einst geliebt oder gehaßt hatte. Einst – denn sie lebten längst nicht mehr.

Und es waren die Namen der Leute, deren Fotos ich im Laufe des letzten halben Jahres erhalten hatte.

Ich sog an meiner Zigarre, faltete das Blatt zusammen und legte es auf den Tisch.

»Was bedeutet das?« fragte ich nach einer Weile.

»Theoretisch könnten sie alle am Leben sein«, erwiderte er. »Ich bitte Sie darum, die Liste zu vernichten.«

»In Ordnung.« Ich machte eine Pause. »Weshalb könnten sie theoretisch am Leben sein?«

»Ihre Rückruf-Matrizen wurden gestohlen.«

»Wie denn?«

»Das wissen wir nicht.«

»Und warum?«

»Auch das wissen wir nicht.«

»Und Sie kommen nun zu mir ...«

»Weil Sie das einzige Bindeglied sind, das wir finden konnten. Sie kannten alle diese Menschen – sehr gut.«

Meine erste Reaktion war Skepsis, aber ich sagte nichts. Ich hatte ein einziges Mal versucht, an eine Rückruf-Matrize heranzukommen. Es war mir weder gelungen, die Wächter zu bestechen, noch mit Gewalt in die Stahlkammern einzudringen, wo die Dinger dreißig Tage lang aufbewahrt und dann gelöscht wurden. Seitdem glaubte ich, daß sie unerreichbar seien.

Auch das ist einer der Gründe, weshalb ich mich nicht gern auf die Erde begebe. Der Gedanke, eine Kennschablone zu tragen, und sei es nur für kurze Zeit, stößt mich ab. Jedem Terraner wird kurz nach der Geburt so ein Ding implantiert, und er ist gesetzlich verpflichtet, es zu tragen, solange er auf der Erde weilt. Einwanderer erhalten sie nachträglich, und selbst Besucher müssen sie für die Dauer ihres Aufenthalts tragen.

Diese Kennschablonen enthalten die elektromagnetische Matrix des Nervensystems. Jede von ihnen ist so typisch und unverwechselbar wie ein Fingerabdruck. Ihre einzige Funktion ist es, diese Matrix im Augenblick des Todes auf ein Band zu übertragen, das von einer riesigen Maschine gespeichert und nach dreißig Tagen vernichtet wird. Im allgemeinen.

Der Zweck dieses sonderbaren und kostspieligen Aufbaus ist folgender: Es gibt Menschen, die das Tal der Tränen zu einem äußerst ungünstigen Moment verlassen – nämlich, während sie sich im Alleinbesitz von Informationen befinden, die äußerst wichtig für die Wirtschaft, Technik oder nationale Sicherheit der Erde sind. Das Schablonensystem dient dazu, solche Informationen zurückzuholen. Selbst die mächtigste Maschine ist jedoch nicht in der Lage, die Daten von der gespeicherten Matrix abzulesen. Deshalb befindet sich von jedem Schablonenträger irgendwo eingefroren eine Gewebekultur-Probe, die man zusammen mit der gespeicherten Matrix dreißig Tage aufhebt und dann vernichtet. Erweist sich jedoch ein Rückruf als notwendig, dann entwickelt man aus der Gewebekultur in einem Spezialtank einen neuen Körper, der mit dem Original identisch ist – bis auf einen Punkt: das Gehirn ist noch völlig ungeprägt. Erst mit Hilfe der Rückruf-Matrix erhält der Wiedererweckte jeden Gedanken und jede Erinnerung des Verstorbenen, und er ist in der Lage, die heißbegehrten Informationen zu liefern. Ein undurchdringliches Sicherheitsnetz umgibt die Anlage, die sich in Dallas befindet.

»Glauben Sie, daß ich die Bänder gestohlen habe?« fragte ich.

»Sie müssen zugeben, daß alles auf Sie hindeutet.«

»Ja, aber ich war es nicht.«

»Immerhin erhob man einmal Anklage gegen Sie, weil Sie mit Hilfe von Bestechungen an die Matrix Ihrer ersten Frau Katherine heranzukommen versuchten. Der Beamte blieb damals korrekt.«

»Das ist allgemein bekannt, also kann ich es nicht leugnen. Aber die Anklage wurde niedergeschlagen.«

»Weil Sie eine Menge schlechter Zeitungen und guter Anwälte auf Ihrer Seite hatten! Obendrein gelang es ihnen nicht, das Band zu entwenden. Es vergingen Jahre, bis wir herausfanden, daß es gestohlen und nicht, wie wir geglaubt hatten, nach dreißig Tagen vernichtet wurde. Leider hatten wir keine Beweise gegen Sie, und es gelang uns auch nicht, Sie zu erreichen.«

Ich lächelte über das Wort »erreichen«. Auch ich habe mein Sicherheitssystem.

»Und was hätte ich Ihrer Meinung nach mit dem Band angefangen?«

»Sie sind ein reicher Mann, Mister Sandow – reich genug, um das Rückrufsystem zu kopieren. Und bei Ihrem Wissen ...«

»Ich gebe zu, daß ich früher einmal mit dem Gedanken spielte. Aber ich kam nicht an das Band heran.«

»Dann erklären Sie mir das Verschwinden der anderen Matrizen! Es waren alles Leute, die eine besondere Beziehung zu Ihnen hatten.«

»Ich bin mein eigener Herr und schulde Ihnen überhaupt keine Erklärung. Aber ich sage Ihnen das eine: Ich habe nichts mit der Sache zu tun.Ich besitze die Bänder nicht und besaß sie nie. Ich hatte bis vor einer halben Stunde keine Ahnung, daß sie fehlten.«

Aber bei Gott, es waren die sechs ...

»Gut, ich will Ihnen glauben«, entgegnete Briggs. »Aber haben Sie irgendeinen Anhaltspunkt? Wer würde sich soviel Mühe machen – um Menschen, die Ihnen nahegestanden haben?«

»Ich weiß es nicht.« Aber ich sah die Toteninsel vor mir, und ich nahm mir fest vor, es bald herauszubringen.

»Darf ich vielleicht darauf hinweisen, daß die Akte offenbleibt, bis der Fall zu unserer Zufriedenheit gelöst ist?«

»Sie dürfen«, erklärte ich. »Aber wenn Sie die Frage gestatten – wie viele offene Akten liegen zur Zeit bei Ihnen herum?«

»Die Zahl tut nichts zur Sache«, sagte er. »Es geht um das Prinzip. Wir geben nie auf.«

»Soviel ich weiß, sind es nicht wenige – und ein paar haben bereits Schimmel angesetzt.«

»Sie wollen also nicht mit uns zusammenarbeiten?«

»Wollen schon – aber ich kann es nicht. Ich stehe wie Sie vor einem Rätsel.«

»Und Sie kommen nicht mit mir auf die Erde?«

»Damit Ihr Boß jedes Ihrer Worte wiederholt? Nein, vielen Dank. Richten Sie ihm aus, daß es mir leid tut. Ich würde ihm gern helfen, aber in dieser Angelegenheit weiß ich wirklich nichts.«

»Also schön, dann ist meine Mission beendet. Nochmals vielen Dank für die Bewirtung.«

Er stand auf.

»Sie können gern hier übernachten«, bot ich ihm an. »Ein bequemes Bett wird Ihnen vor der langen Reise guttun.«

»Danke, aber das geht leider nicht. Ich erhalte Tagesspesen und muß genau abrechnen.«

»Wie machen Sie das, wenn Sie im Hyperraum sind?«

»Das ist sehr kompliziert.«

Ich wartete also auf den Postboten. Mein Postbote ist eine große Bildfunkmaschine, die sämtliche Botschaften innerhalb des Freiland-Systems auffängt und sie in Briefe umwandelt. Diese Briefe gehen an A & S weiter, werden sortiert und landen schließlich in meinem Eingangskorb. Während ich wartete, traf ich meine Vorbereitungen für Illyria. Ich hatte Briggs keine Sekunde aus den Augen gelassen. Ich brachte ihn persönlich zu seinem Schiff und beobachtete, wie er das System verließ. Vielleicht sah ich ihn irgendwann wieder – wenn ich herausgefunden hatte, was sich auf Illyria abspielte, und wenn meine Neugier sich nicht als tödlich erwies. Es war offensichtlich, daß man mich nicht zu einer Party auf die Toteninsel einlud. Deshalb drehten sich meine Vorbereitungen auch hauptsächlich um die Wahl der richtigen Waffen. Und während ich mein Arsenal zusammenstellte, dachte ich über die Rückrufmatrizen nach.

Briggs hatte natürlich recht. Nur jemand mit sehr viel Geld konnte das Verfahren kopieren. Dazu kam ein ziemlicher Aufwand an Forschungsarbeit, denn die wissenschaftlichen Grundlagen waren streng geheim. Ich ging meine Konkurrenten durch. Douglas? Nein. Er haßte mich, aber er würde sich wohl kaum die Mühe machen, mich auf so komplizierte Weise umzubringen. Krellson? Dem traute ich es zu, aber ich überwachte ihn so scharf, daß er bestimmt keine Gelegenheit zu einem Unternehmen dieser Größenordnung hatte. Lady Quoil von Rigel? Die alte Dame war inzwischen so senil, daß ihre Töchter das Imperium übernommen hatten. Sie würden ihr einen derart kostspieligen Rachefeldzug nicht zugestehen, das wußte ich genau. Wer dann?

In meinen Aufzeichnungen konnte ich in letzter Zeit nirgends eine Transaktion entdecken. So schickte ich ein Kuriergramm an die zentrale Registratur. Doch bevor die Auszüge eintrafen, erhielt ich Marlings Antwort.

»Komm sofort nach Megapei!« lautete sie, und das war alles. Keine der blumigen Formeln, die so typisch für den Stil der Pei'an waren. Nur der knappe Satz. Ich spürte die Dringlichkeit, die hinter den Worten steckte. Entweder ging es Marling schlechter, als er geglaubt hatte, oder er war auf eine heiße Spur gestoßen.

Ich hinterließ noch die Anweisung, daß die Auszüge der zentralen Registratur nach Megapei weitergeleitet werden sollten; dann machte ich mich auf den Weg nach Megapei.

4

Megapei. Wenn man sich einen Platz zum Sterben aussucht, dann soll er schön sein. Diesen Leitspruch befolgten die Pei'an, und ich halte sie für sehr weise. Wie man mir erzählte, war es ein öder Planet, als sie ankamen. Aber sie verwandelten ihn in einen Garten Eden, bevor sie sich niederließen, um ihr Ende abzuwarten.

Megapei hat einen Durchmesser von etwa siebentausend Meilen, mit zwei ausgedehnten Kontinenten im Norden und drei kleineren im Süden. Der größere der Nordkontinente erinnert an eine Teekanne mit zerbrochenem Henkel, die zum Eingießen schräg gehalten wird; der andere sieht aus wie ein Efeublatt, an dessen Nordwestrand eine hungrige Raupe ein großes Stück herausgefressen hat. Diese beiden Landmassen sind an die achthundert Meilen voneinander getrennt, und die Spitze des Efeublattes taucht etwa fünf Grad in die tropische Zone. Die Teekanne hat etwa die Größe Europas. Die drei Kontinente im Süden sehen wie normale Kontinente aus; unregelmäßig geformte graugrüne Landbrocken, umgeben von einer Kobaltsee. Dann gibt es noch eine Menge Inseln über den ganzen Planeten verstreut. Die Eisdecken an den Polen sind klein und haben kaum Verbindung zum Festland. Es herrscht ein angenehmes Klima, da Ekliptik und Äquator fast zusammenfallen. Alle Kontinente besitzen helle Strände und stille Berge und dazwischen die schönsten Landschaften, die man sich vorstellen kann. So wollten es die Pei'an.

Nirgends gibt es große Städte; auch Megapei (eigentlich eine Insel in der herausgenagten Bucht des Efeublatt-Kontinents Megapei) ist nicht groß. Zwischen den einzelnen Wohnsitzen liegen weite Abstände.

Mein Schiff umkreiste die Welt zweimal, weil ich mich nicht sattsehen konnte an dem Juwel. Ich entdeckte keine einzige schwache Stelle. Die Pei'an waren und blieben meine Lehrmeister, wenn es um die alte Kunst ging.

Erinnerungen strömten auf mich ein, aus jenen vergangenen glücklichen Tagen, als ich noch nicht reich, berühmt und verhaßt gewesen war. Der Planet zählte nur eine knappe Million Bewohner. Man konnte sich dort unten verbergen – ich hatte es schon einmal getan – und den Rest seines Lebens in Frieden verbringen. Ich wußte, daß ich es nicht tun würde. Noch nicht. Aber wer hängt nicht hin und wieder seinen Träumen nach?

Beim zweiten Orbit drang ich in die Atmosphäre ein. Nach kurzer Zeit sangen die Winde um mich, der Indigohimmel nahm einen violetten Schimmer an und dann ein tiefes, reines Blau.

Der Landestreifen gehörte zu Marlings Besitz. Ich nahm das Nötigste in einem kleinen Koffer mit, versiegelte das Schiff und machte mich auf den Weg zu Marlings Wohnturm, der etwa eine Meile entfernt war.

Ich pfiff leise vor mich hin, als ich den vertrauten, von Bäumen abgegrenzten Weg entlangschlenderte, und ein Vogel nahm die Melodie auf. Ich konnte das Meer riechen, auch wenn ich es nicht sah. Alles war so wie damals, als ich mir die unmögliche Aufgabe gestellt hatte, mit den Göttern zu ringen. Ich hatte zu jener Zeit Vergessen gesucht und etwas ganz anderes gefunden.

Erinnerungen tauchten auf, wie verschwommene Dias, die plötzlich scharf eingestellt werden: ein großer, moosüberwachsener Felsblock, ein *Perton*-Baum, ein scheuer *Crybbl* (eine Mischung aus Windspiel und Pony, mit langen Wimpern, einer Lavendelhaut und einer rosa Mähne), ein gelbes Segel, sobald die See in Sicht kam, Marlings Pier unten in der Bucht und schließlich der Wohnturm selbst, malvenblau, heiter und streng zugleich, hoch über dem Klatschen der Wellen, unter einem hellen Himmel, glatt wie Elfenbein und viel, viel älter als ich.

Ich rannte die letzten hundert Meter und hämmerte gegen das Gittertor an der Mauer des kleinen Innenhofs.

Etwa zwei Minuten später kam ein fremder junger Pei'an an die Pforte und sah mich schweigend an. Ich grüßte in seiner Sprache. »Mein Name ist *Dra* Sandow. Ich komme, um *Dra* Marling einen Besuch abzustatten.« Darauf öffnete der Pei'an das Tor. Erst als ich eingetreten war (so schreibt es die Sitte vor), erwiderte er:

»Du bist willkommen, *Dra* Sandow. *Dra* Marling wird dich empfangen, wenn die Gezeitenglocke läutet. Darf ich dich inzwischen in ein Gästezimmer bringen, damit du ausruhen und dich erfrischen kannst?« Ich dankte ihm und er führte mich über die schmale Wendeltreppe nach oben.

Ich nahm einen leichten Imbiß zu mir. Bis zum Gezeitenwechsel war es noch eine gute Stunde. So zündete ich mir eine Zigarette an und starrte durch das breite, niedrige Fenster auf das Meer hinaus.

Merkwürdig, so ein Leben zu führen, sagen Sie? Eine Rasse, die hochbegabt ist, ein Mann wie Marling, der Welten bauen kann? Vielleicht. Marling hätte reicher als ich und Bayner zusammen sein können, wenn es ihm darauf angekommen wäre. Aber er entschied sich für einen Turm auf einer Klippe über dem Meer, in dem er seinen Lebensabend verbringen wollte. Es gab genug ethische Gründe für seinen Entschluß – die vielen überzivilisierten Rassen, welche die Galaxis überfluteten, oder die Flucht vor der lauten Welt überhaupt –, aber sie spielten nur eine untergeordnete Rolle. Er war hier, weil er hier sein *wollte,* und daran gab es nichts zu rütteln. Marling und ich sind verwandte Seelen, auch wenn unsere Wohnsitze starke Unterschiede aufweisen. Er erkannte das früher als ich; ich begreife heute noch nicht, woher er wußte, daß in dem gebrochenen Fremden, der eines Tages vor seiner Tür stand, die Kraft wohnte ...

Des Herumwanderns müde, verängstigt vom Lauf der Zeit, hatte ich mich aufgemacht, um Rat bei der ältesten Rasse der Galaxis zu suchen. Wie sehr ich am Ende war, läßt sich kaum beschreiben. Alles ringsum sterben zu sehen – ich glaube nicht, daß sich jemand vorstellen kann, was das bedeutet. Also ging ich nach Megapei. Soll ich ein wenig von mir erzählen? Warum nicht? Während ich auf die Glocke wartete, ließ ich mein Leben noch einmal vorüberziehen.

Ich bin auf der Erde geboren, in der zweiten Hälfte des zwanzigsten Jahrhunderts, zu einer Zeit, als der Mensch viele Hemmungen und Tabus abstreifte, die ihm die Tradition auferlegt hatte. Ich genoß das eine Weile und merkte dann, daß es überhaupt keinen Unterschied machte. Der Mensch war und blieb sterblich, und das stellte sein Hauptproblem dar. Ich verließ das College schon nach einem Jahr, weil ich eingezogen wurde, zusammen mit meinem kleinen Bruder, der eben erst die High-School hinter sich hatte. So fand ich die Tokio-Bucht. Nach dem Krieg schloß ich mein Studium als

Ingenieur ab, entdeckte, daß meine Berufswahl ein Fehler gewesen war, und fing noch einmal von vorne an, diesmal mit Medizin. Irgendwann dazwischen packten mich dann die sogenannten Lebenswissenschaften. Ich machte mein Diplom in Biologie und wandte mich der Ökologie zu. Ich war sechsundzwanzig, und wir zählten das Jahr 1991. Mein Vater lebte nicht mehr, und meine Mutter hatte noch einmal geheiratet. Ich verliebte mich in ein Mädchen, aber sie wies mich ab, und so meldete ich mich freiwillig für eine der ersten Expeditionen zu einem fremden Sonnensystem. Jetzt erwies sich meine Unentschlossenheit beim Studium als Vorteil. Man nahm mich wegen meines vielseitigen Wissens, und ich wurde für die hundertjährige Reise eingefroren. Wir gelangten tatsächlich nach Burton und errichteten dort eine Kolonie. Ein knappes Jahr nach unserer Ankunft holte ich mir jedoch eine lokale Krankheit, für die es weder einen Namen noch eine Therapie gab. Man fror mich erneut ein, damit ich im Tiefschlaf abwarten konnte, bis man eine Heilmethode gefunden hatte. Zweiundzwanzig Jahre später war es soweit. Inzwischen waren acht Schiffsladungen Siedler eingetroffen, und eine völlig neue Welt umgab mich. Im gleichen Jahr kamen vier weitere Schiffe an, aber nur zwei davon blieben. Die anderen beiden wollten zu einer jüngeren Kolonie, die sich noch weiter draußen befand. Es gelang mir, den Platz eines Mannes zu ergattern, der unterwegs in Panik geraten war und wieder zurück auf die Erde wollte. Ich hielt es für eine einmalige Gelegenheit. Weshalb es mich hinaustrieb? Zum einen, weil meine Umgebung inzwischen gezähmt war, ohne daß ich dabei mitgeholfen hatte, zum anderen aus Neugier. An das Gesicht oder den Namen des Mädchens, das einst der Anstoß zu meinem Entschluß gewesen war, erinnerte ich mich längst nicht mehr. Wieder lag ich hundertfünfundzwanzig Jahre im Tiefschlaf, und als wir ankamen, entdeckte ich, daß es mir ganz und gar nicht gefiel. So bewarb ich mich um einen Platz bei der bisher größten Expedition unserer Rasse, die in acht Monaten (das entsprach zweihundertsechsundsiebzig Jahren Tiefschlaf) nach Bifrost führen sollte. Wir hatten den Auftrag, dort einen Außenposten der Menschheit zu errichten. Bifrost war rauh und unwirtlich und jagte mir Angst ein, und ich kam allmählich zu der Überzeugung, daß ich mich nicht als Kolonialist eignete. Ich machte noch eine Reise mit, um dieser öden Welt zu entkommen, und dann war es plötzlich zu spät. Überall wimmelte es von Menschen, wir hatten Kontakte zu intelligenten Fremdrassen aufgenommen, interstellare Reisen schrumpften von Jahrhunderten auf Monate und Wochen zusammen, und die Lebenserwartung stieg unaufhaltsam. Komisch? Ich fand es anfangs komisch. Ich hielt es für einen Riesenwitz. Dann entdeckte jemand, daß ich der einzige Überlebende des zwanzigsten Jahrhunderts und vermutlich der älteste Mensch überhaupt war. Man erzählte mir, wie es auf der Erde aussah. Man zeigte mir Bilder. Da verging mir das Lachen. Die Erde war eine fremde Welt geworden. Ich fühlte mich plötzlich sehr allein. Alles, was ich gelernt hatte, erschien überholt, mittelalterlich. Was tat ich also? Ich kehrte auf die Erde zurück, um mich selbst umzusehen. Ich drückte noch einmal die Schulbank und fand heraus, daß mein Gehirn durchaus imstande war, all das Neue aufzunehmen. Dennoch hatte ich ständig Angst. Ich spürte irgendwie, daß ich nicht zu den anderen gehörte. Ich kam mir wie ein Fremdkörper vor. Dann hörte ich von den Pei'an, einer uralten, weisen Rasse, für die unsere Fortschrittswunder Kinderkram waren. Der Gedanke, daß ich bei ihnen Frieden finden könnte, packte mich und ließ mich nicht mehr los. So ging ich nach Megapei, dem Planeten, dem Kontinent, in die Stadt Megapei. Halb von Sinnen lief ich zum erstbesten Wohnturm, klopfte so lange an die Pforte, bis jemand öffnete, und sagte: »Bitte, lehrt mich euer Wissen!«

Ich hatte Marling aufgesucht, ohne es zu ahnen – Marling, einen der sechsundzwanzig Namen, die lebten.

Als die Gezeitenglocke läutete, kam der junge Pei'an und führte mich nach oben, bis ans Ende der Wendeltreppe. Er betrat Marlings Raum.

»*Dra* Sandow wartet.«

»Er möge eintreten.«

Der junge Pei'an winkte mir zu und zog sich zurück.

»Danke.«

Ich blieb einen kurzen Moment lang auf der Schwelle stehen.

Marling saß mit dem Rücken zu mir und starrte aufs Meer

hinaus. Ich hatte gewußt, daß ich ihn so antreffen würde. Die drei größeren Wände seines fächerförmigen Raumes bestanden aus einem blaßgrünen, jadeähnlichen Material. An der Schmalseite befand sich eine riesige, leicht verstaubte Konsole. Und auf dem Tisch neben dem niedrigen, langgestreckten Bett erblickte ich die vertraute rötliche Statue, die einen emporschnellenden Delphin zeigte.

»Ich grüße dich, *Dra*«, sagte ich.

»Komm hierher, wo ich dich sehen kann.«

Ich trat vor ihn. Er war schmaler geworden, und seine Haut hatte einen dunkleren Ton angenommen.

»Du hast dich beeilt«, stellte er fest. Seine Blicke musterten mich aufmerksam.

Ich nickte.

»Ich las das Wort ›sofort‹ in deiner Botschaft.«

Er zischelte. Das entsprach einem leisen Lachen. »Wie hast du das Leben behandelt?«

»Mit Demut und Ehrfurcht.«

»Und was macht deine Arbeit?«

»Im Moment sehe ich mich gerade um.«

»Setz dich.«

Er deutete auf die Bank neben dem Fenster, und ich kam seiner Aufforderung nach.

»Erzähle, was sich zugetragen hat.«

»Fotos«, begann ich. »Ich erhalte in letzter Zeit ständig Fotos von Menschen, die ich kannte und die längst tot sind. Sie alle starben auf der Erde, und ich erfuhr erst kurz vor meiner Reise hierher, daß jemand ihre Rückruf-Matrizen gestohlen hat. Es ist also durchaus möglich, daß sie irgendwo leben. Dann bekam ich das da.«

Ich reichte ihm die Botschaft, die mit ›Green Green‹ unterschrieben war. Er hielt den Zettel dicht an die Augen und las die Zeilen langsam durch.

»Weißt du, wo die Toteninsel ist?« fragte er.

»Ja – auf einer Welt, die ich geschaffen habe.«

»Du gehst hin?«

»Mir bleibt keine andere Wahl.«

»Green Green dürfte Gringrin-tharl von Dilpei sein. Er haßt dich.«

»Warum? Ich kenne ihn nicht einmal.«

»Das ist ohne Bedeutung. Es kränkt ihn, daß es dich gibt, und so versucht er sich zu rächen. Es ist traurig.«

»Das kann man wohl sagen, besonders wenn er Erfolg damit haben sollte. Aber weshalb kränkt ihn die Tatsache meiner Existenz?«

»Du bist der einzige Fremde, der einen Namen trägt. Früher hieß es, daß nur die Pei'an mit dem Stoff des Lebens umgehen könnten – und auch von ihnen nur die besonders Begnadeten. Gringrin machte die Lehre. Er sollte der siebenundzwanzigste sein. Aber beim letzten Test versagte er.«

»Beim letzten Test? Ich dachte, das sei mehr oder weniger Formsache.«

»Nein. Das mag dir so erschienen sein, aber es ist nicht so. Man nahm ihn nicht auf, obwohl er ein halbes Jahrhundert bei Delgren von Dilpei studiert hatte. Er zeigte sich verbittert darüber. Und er sprach oft von der Tatsache, daß der letzte Namensträger nicht einmal ein Pei'an sei. Dann verschwand er von Megapei. Mit seinem Können wurde er natürlich bald wohlhabend.«

»Wie lange ist das her?«

»An die sechshundert Jahre, wenn ich mich nicht täusche.«

»Und du glaubst, er hat mich all die Zeit hindurch gehaßt und auf Rache gesonnen?«

»Ja. Es bestand kein Grund zur Eile. Eine gute Rache erfordert eine gründliche Vorbereitung.«

Es ist immer merkwürdig, wenn man einen Pei'an so reden hört. So unendlich hoch ihre Kultur auch steht, sie haben die Rache mit zu ihrem Lebensinhalt gemacht. Das ist ohne Zweifel einer der Gründe, weshalb es so wenige Pei'an gibt. Einige von ihnen führen sogar Rachebücher, lange Listen der Feinde, denen sie eine Abreibung erteilen wollen. Eine Rache ist nur dann etwas wert, wenn sie sorgfältig geplant und erst viele Jahre nach der eigentlichen Kränkung in die Tat umgesetzt wird. Der Hauptgenuß beteht in der Vorfreude, wie man mir erklärte. Das Ergebnis – Tod, Wahnsinn, Verstümmelung oder Demütigung des Opfers – kommt erst an zweiter Stelle. Marling vertraute mir einmal an, daß sich drei seiner Rachefeldzüge über tausend Jahre hingezogen hatten, und das war beileibe kein Rekord. Wie gesagt, die Pei'an betrachten die Rache als Lebensinhalt. Sie tröstet und ist in mageren Zeiten ein schönes Thema zur Meditation; Schritt für Schritt, jedesmal ein kleiner Triumph, kommt man der Zeit der Erfüllung näher, und man erfährt ein ästhetisches Vergnügen – manche sagen sogar ein mystisches Erlebnis –, wenn dann endlich der sorgfältig geschmiedete Hammer niedersaust. Kinder lernen das System von klein auf, damit sie als Erwachsene damit ganz vertraut sind. Ich selbst hatte mir das Wesentliche in aller Eile angeeignet, aber die besonderen Feinheiten durchschaute ich heute noch nicht.

»Was schlägst du vor?« fragte ich.

»Da es sinnlos wäre, der Rache eines Pei'an zu entfliehen«, erklärte Marling, »ermittelst du am besten seinen Aufenthalt und forderst ihn zu einem Gang durch die Finsternis der Seele heraus. Ich verschaffe dir ein paar frische *Glitten*-Wurzeln, bevor du aufbrichst.«

»Vielen Dank, aber ich glaube, daß ich das nicht kann.«

»Es ist einfach. Einer von euch wird den Tod finden, und damit sind eure Probleme gelöst. Wenn er also auf deinen Vorschlag eingeht, besteht für dich kein Grund zur Sorge. Stirbst du, dann wird dich mein Klan rächen.«

»Danke, *Dra*.«

»Bitte, das ist selbstverständlich.«

»Und was hat Belion mit Gringrin zu tun?«

»Er ist bei ihm.«

»Wie kommt das?«

»Die beiden werden einen Pakt ausgehandelt haben.«

»Und ...«

»Das ist alles, was ich weiß.«

»Glaubst du, daß er meine Herausforderung annimmt?«

»Ich kann es nicht sagen.« Dann: »Betrachten wir das Ansteigen der Flut!« Ich starrte zum Fenster hinaus. Erst nach einer halben Stunde ergriff er wieder das Wort: »Das ist alles.«

»Alles?«

»Ja.«

Dunkelheit zog herauf. Die Segel verschwanden. Ich hörte das Meer, ich roch es, und in der Ferne sah ich seine wogende sternüberstreute Masse heranrollen. Ich wußte, daß bald ein unsichtbarer Vogel kreischen würde, und so geschah es. Lange dachte ich nach, über Dinge, die ich vergessen, und über andere, die ich nie ganz verstanden hatte. Mein Großer Baum stürzte um, das Tal der Schatten verblaßte, und die Toteninsel war ein Felsbrocken, den ich in die Bucht hinausschleuderte, wo er lautlos versank. Ich war allein, absolut allein. Ich wußte, was er als nächstes sagen würde, und kurze Zeit später sprach er die Worte aus.

»Begleite mich in dieser Nacht auf die Reise.«

»Dra ...«

Nichts.

»Muß es *diese* Nacht sein?«

Nichts.

»Wo wird Lorimel, der Vielfingrige, nun wohnen?«

»Im glücklichen Nichts, um wiederzukehren ... wie immer.«

»Deine Schulden, deine Feinde?«

»Die Schulden sind beglichen, die Feinde besiegt.«

»Es war von der fünften Jahreszeit die Rede.«

»Das hat sich nun geändert.«

»Wir werden die Nacht im Gespräch verbringen, Erdensohn, damit ich dich noch vor Sonnenaufgang in die letzten Geheimnisse einweihen kann. Setz dich hierher!« Und ich nahm zu seinen Füßen Platz wie damals, in jenen Tagen, die ich nur noch durch den Schleier der Erinnerung sah. Er begann zu sprechen, und ich schloß die Augen und hörte zu.

Er wußte, was er tat. Er war fest entschlossen. Dennoch spürte ich Furcht und Trauer. Er hatte mich zu seinem Führer erwählt. Es war die höchste Ehre, die er mir erweisen konnte, und ich war sie nicht wert. Ich hätte das Wissen, das er mir vermittelte, besser nützen können. Ich hatte viel falsch gemacht. Er wußte es, und doch hatte er mich gewählt. Damit trat er neben meinen Vater, der nun seit mehr als tausend Jahren tot war. Auch er hatte mir meine Fehler verziehen.

Die Furcht und die Trauer ...

Warum jetzt?

Warum hatte er diesen Augenblick gewählt?

Weil es vielleicht die letzte Möglichkeit war.

Marling glaubte, daß ich mich auf ein Wagnis einließ, bei dem ich den Tod finden konnte. Dies war also unser letztes Zusammensein. »Jedermann, komm, ich will mit dir gehn, und in der ärgsten Not an deiner Seite stehn.«

Wir sprachen nicht über die Furcht und die Trauer. Es wäre unpassend gewesen. Wir sprachen eine Zeitlang von den Welten, die wir geformt hatten, von all den Plätzen, die unter unseren Händen entstanden waren. Wir sprachen davon, was es bedeutet, Steine in Leben zu verwandeln, von dem Wissen, das man dazu benötigt, und der Kunst. Denn das Spiel der Ökologie ist komplizierter als Schach, es läßt sich auch nicht durch den besten Computer vorausberechnen. Der Grund dafür liegt wohl darin, daß es sich eher um ästhetische als um wissenschaftliche Probleme handelt. Gewiß, man setzt sein ganzes Denkvermögen ein, aber der eigentlich entscheidende Faktor ist etwas anderes: ein Hauch von Inspiration. Wir dachten darüber nach, und von der See her wehte der Nachtwind so kalt, daß ich die Fenster schloß und ein kleines Feuer entfachte. Die Flammen brannten rein und hell. Ich kann mich nicht an die Worte erinnern, die während der letzten Stunden fielen. Aber die Bilder sind in meinem Innern, verklärt durch die Zeit und den Abstand.

Der Morgen graute. Eine Weile warteten wir noch, dann stand er auf und holte mir die *Glitten*-Wurzeln. Wir trafen die letzten Vorbereitungen.

Etwa drei Stunden später rief ich die Diener. Ich befahl ihnen, Klageweiber zu mieten und ein paar Leute voraus in die Berge zu schicken, damit sie die Familiengruft öffneten. Von seinem Arbeitszimmer aus sandte ich formelle Botschaften an die fünfundzwanzig Namen, die lebten, und an all die Bekannten, Freunde und Angehörigen, deren Teilnahme an der Bestattung er gewünscht hatte. Nachdem ich den welken, dunkelgrünen Leichnam präpariert hatte, ging ich in die Küche und nahm eine Kleinigkeit zu mir. Anschließend schlenderte ich hinunter an den hellen Strand. Purpurne und gelbe Segel standen wieder am Horizont. Ich fand einen Tümpel, den die Flut zurückgelassen hatte, setzte mich an seinen Rand und rauchte eine Zigarette.

Ich war erstarrt. Anders läßt es sich nicht ausdrücken. Schon einmal war ich zu jenem Ort gewandert, von dem ich eben zurückkehrte, und wie damals spürte ich, daß sich etwas unauslöschlich in meine Seele gebrannt hatte. Jetzt wünschte ich die Furcht und die Trauer herbei – irgendein Gefühl. Aber ich spürte nichts, nicht einmal Zorn. Das alles würde später kommen, ich wußte es; aber im Augenblick war ich zu jung dafür oder zu alt.

Weshalb zog der Tag so herrlich herauf, und weshalb schimmerte die See so hell? Weshalb prickelte die Luft so angenehm salzig in meinem Innern, und weshalb klangen die Laute des Lebens, die sich im Wald regten, wie Musik in meinen Ohren? Die Natur ist nicht so einfühlsam, wie es die Dichter gern hinstellen. Nur Mitgeschöpfe machen sich manchmal etwas daraus, wenn man die Tür schließt und nicht mehr öffnet. Es war meine Pflicht, in Megapei zu bleiben und den tausendjährigen Flöten Lorimels, des Vielfingrigen, zu lauschen. Sobald die Litanei ausklang, würde sich Shimbo mit den anderen in die Berge begeben, in einem langen Trauerzug, und ich, Francis Sandow, würde zusehen, wie sich die Gruft nach und nach schloß, grau, anthrazit, schwarz. Und wenn ich die Angelegenheit meines Lehrmeisters in Ordnung gebracht hatte, würde ich zu meiner eigenen Reise aufbrechen. Falls sie ebenso endete – nun ja, so ist das Leben.

Das waren meine düsteren Gedanken an einem strahlenden Morgen. Ich erhob mich und kehrte zum Turm zurück.

In den nächsten Tagen ging Shimbo wieder über die Welt. Ich erinnere mich wie im Traum an den Donner. An den Donner und die Flötenklänge und die feurigen Hieroglyphen der Blitze jenseits der Berggipfel. Diesmal weinte die Natur, denn Shimbo zwang sie dazu. Ich erinnere mich an die graugrüne Prozession, die über den gewundenen Pfad den Berg hinaufstieg, durch den Wald, immer höher, bis der Humus nacktem Stein wich. Während ich dem quietschenden Karren folgte, mit dem Kopfschmuck der Namensträger, eine Trauerstola über den Schultern, trug ich eine Maske Lorimels in den Händen. Der Gott hatte die Augen verbunden. Sein Licht würde nie mehr im Schrein leuchten, bis ein anderer seinen Namen annahm. Aber ich weiß, daß es in jedem Heiligtum des Universums aufflammte, als Marling hinüberschied. Dann schloß sich die Gruft, grau, anthrazit, schwarz. Ein seltsamer Traum, nicht wahr?

Als alles vorbei war, blieb ich eine Woche lang in Marlings Turm, wie man es von mir erwartete. Ich fastete und meditierte. Während dieser Zeit erreichte mich eine Botschaft der zentralen Registratur. Ich las sie erst am Wochenende. Illyria befand sich im Besitz der Green-Planungsgesellschaft.

Einige Stunden später wußte ich, daß die Gesellschaft Gringrin'tharl gehörte, dem ehemaligen Schüler von Delgren, der den Namen Clice, der Regenbogen haucht, trug. Ich rief Delgren an und verabredete mich für den folgenden Tag mit ihm. Dann brach ich meine Fastenzeit ab. Ich fiel in einen langen traumlosen Schlaf.

Malisti hatte auf Driscoll nicht das geringste entdeckt. Auch Delgren von Dilpei konnte mir nicht weiterhelfen. Er hatte seinen ehemaligen Schüler seit Jahrhunderten nicht mehr gesehen. Und er deutete an, daß er eine Überraschung für Gringrin'tharl bereit hätte, falls er sich je nach Megapei zurückwagen sollte. Ich überlegte, ob die Gefühle und Pläne auf Gegenseitigkeit beruhten.

Doch das ging mich nichts an. Meine Zeit auf Megapei war zu Ende.

Ich jagte die *T* in den Himmel und beschleunigte, bis Raum und Zeit zu verschmelzen schienen.

Ich betäubte den Mittelfinger meiner linken Hand, schnitt ihn auf und implantierte einen Laserkristall mit piezoelektrischem Stützgewebe. Dann verschloß ich die Wunde und hielt die Hand vier Stunden in einen Heilapparat. Es blieb keine Narbe zurück. Das Ding würde wie die Hölle brennen und mich ein paar Hautfetzen kosten, wenn ich es einsetzte, aber ein Laserstrahl, der im Notfall einen Granitblock durchschneiden konnte, war nicht zu verachten. Ich packte Lebensmittelvorräte, Verbandszeug und die *Glitten*-Wurzeln in einen leichten Rucksack. Natürlich brauchte ich weder Kompaß noch Karte, aber ich ergänzte meine Ausrüstung durch ein paar Streichhölzer, eine Schutzhaut, eine Taschenlampe und einen Nachtfeldstecher.

Ich hatte beschlossen, die *T* in eine Parkbahn um Illyria zu schicken und mit der Gleitkapsel zu landen, da sie aus Kunststoff bestand und nicht so leicht zu orten war. Eine Woche lang wollte ich mich auf dem Planeten umsehen. Die *T* hatte den Befehl, nach Ablauf dieser Spanne jeden Tag neben der stärksten Zapfstelle von Illyria zu landen und eine Weile auf mich zu warten.

Ich schlief, ich aß, ich wartete, ich haßte.

Eines Tages schreckte mich dann der Summton auf, der das Ende der Phasenverschiebung ankündigte. Die Sterne sprühten auseinander wie Feuerfunken und erstarrten dann. Dicht vor mir strahlte einer besonders hell.

Ich ermittelte Illyrias Position und stellte die Koordinaten ein.

Zwei Tage später tauchte das kleine grüne Juwel unter mir auf, mit schimmernden Meeren, Buchten und Fjorden; mit üppiger Vegetation auf den drei tropischen Kontinenten und kühlen Wäldern und Seen in den gemäßigten Landgebieten; mit Hügellandschaften und kleinen Wüsten; mit einem gewundenen Fluß, etwa halb so lang wie der Mississippi; mit einem System von Meeresströmungen, auf das ich wirklich stolz war; mit einer fünfhundert Meilen langen Landebrücke, die ich zwischen zwei Kontinenten errichtet hatte, einfach deshalb, weil die Geologen sie ebenso hassen, wie die Anthropologen sie lieben. Ich sah, wie sich in Äquatornähe eine Gewitterfront bildete und nach Norden zog, wo sie ihre nasse Bürde über dem Ozean abwarf. Nacheinander wanderten meine drei Monde Flopsus, Mopsus und Kattontallus über die Welt.

Ich brachte die *T* in einen großen elliptischen Orbit, der noch jenseits des äußeren Mondes lag – und jenseits irgendwelcher Detektorsysteme, wie ich hoffte. Dann gab ich dem Bordcomputer meine Befehle ein, überprüfte ein letztes Mal die Positionen des Schiffes, stellte den Wecker und schlief noch einmal richtig aus.

Als ich wieder munter war, nahm ich eine Ultraschalldusche und schlüpfte in eine Kombination aus wasserabstoßendem Synthetikmaterial. (Ich weiß nie, wie das Zeug heißt, obwohl die Firma, die es herstellt, mir gehört.) Meine Beine zwängte ich in Kommißstiefel, heutzutage vornehm Wanderschuhe genannt. Der weiche Ledergürtel mit der Doppelschnalle hatte eine besondere Funktion: Entlang der Mittelnaht befand sich ein dünner Draht, den man mit einem Ruck herausreißen konnte. Er eignete sich hervorragend zum Strangulieren. Darüber kam der Waffengurt. Er enthielt einen Handlaser und eine Reihe kleiner Granaten. Um den Hals trug ich ein Medaillon, in dessen Innern eine Bombe verstaut war, und am Handgelenk eine Uhr, die Lähmungsgas verströmte, wenn der Zeiger auf neun stand und man die Krone ein Stück herauszog. Ein Kamm und die Reste einer tausend Jahre alten Hasenpfote wanderten in meine Taschen. Dann war ich bereit.

Allerdings mußte ich warten, denn ich beabsichtigte, in der Nacht zu landen, ungesehen, auf dem Kontinent Splendida, dreihundert bis hundert Meilen von meinem Ziel entfernt.

Ich nahm den Rucksack, rauchte noch eine Zigarette und betrat die Kammer mit der Landefähre. Nachdem ich sie versiegelt hatte, ging ich an Bord der Kapsel. Automatisch begannen die Luftdüsen zu arbeiten. Die Heizung zu meinen Füßen erwärmte sich. Ich drückte auf den Kopf, der die Luke öffnete.

Die Rumpfplatte glitt zur Seite. Ich starrte auf die Sichel hinunter, die meine Welt war. Für mich gab es jetzt nicht viel zu tun. Das Mutterschiff stieß die Fähre im richtigen Moment ab; die Kapsel setzte im richtigen Moment das Bremsaggregat ein. Ich mußte lediglich die Abtrift ausgleichen, sobald wir uns in der Atmosphäre befanden. Die Kapsel und ich wogen zusammen nur ein paar Pfund, da im Rumpf Antischwerkraftelemente eingebaut waren. Die Fähre besaß ein Steuerruder und Stabilisatoren, dazu Segel und Fallschirme. Wenn man es genau nahm, war sie nichts anderes als ein Segelboot in einem dreidimensionalen Ozean. Ich wartete und sah zu, wie die Dunkelheit nach und nach Illyria überflutete. Mopsus ging auf, Kattontallus versank. Mein rechter Knöchel begann zu jucken.

Ich wollte mich eben kratzen, da flammte ein blaues Warnlicht über mir auf. Ich schnallte mich fest. Das blaue Lämpchen ging aus, dafür fing ein rotes zu blinken an.

Ich lehnte mich zurück. Ein Summen, das rote Licht erlosch, ich erhielt einen kräftigen Tritt, und die Sterne waren nicht mehr von der Lukenöffnung begrenzt.

Die Kapsel schwebte frei im Raum. Sie fiel nicht, sondern glitt sanft dahin, und selbst das bemerkte ich nicht, wenn ich die Augen schloß. Die Welt unter mir war eine Höhle, ein dunkles Loch. Langsam dehnte sich die Schwärze aus. In der

Kapsel war es warm. Ich hörte nur meinen Atem, meinen Herzschlag und das leise Zischen der Luftdüsen.

Als ich mich umschaute, konnte ich die *T* nicht mehr erkennen. Gut so.

Ich hatte die Gleitkapsel seit Jahren nicht mehr benutzt, denn sie beschwor längst vergangene Dinge herauf, an die ich mich nicht gern erinnerte: ein dämmergrauer Himmel, das Schaukeln der Wellen, Schweißgestank und im Hals der bittere Nachgeschmack von Dramamin. Ich hörte wieder das dumpfe Dröhnen, als sich die Fähre dem Ufer näherte und die Artillerie das Feuer eröffnete. Damals wie jetzt wischte ich mir die feuchten Hände an den Knien ab, griff in die linke Tasche und umkrampfte die Hasenpfote. Merkwürdig. Mein Bruder hatte auch eine besessen. Er wäre begeistert von der Kapsel gewesen. Seine ganze Liebe hatte dem Wasser und der Luft gegolten. Tauchen, Wellenreiten, die Kunstfliegerei – das waren Hobbys, zu denen er sich hingezogen fühlte. Deshalb hatte er sich auch zur Luftwaffe gemeldet. Und deshalb hatte es ihn vermutlich erwischt. Man kann nicht allzuviel von einer lausigen Hasenpfote verlangen.

Ich blendete das Sonnenlicht aus, und die Sterne flimmerten kalt und fern. Nur der Abglanz von Mopsus, dem mittleren der drei Monde, lag über dem Dunkel. Flopsus war dem Planeten am nächsten, aber er befand sich gerade auf der Rückseite. Die drei Trabanten sorgten im allgemeinen für ruhigere Meere. Aber alle zwanzig Jahre einmal trafen sie zusammen, und dann kam es zu einem prächtigen Gezeitenschauspiel. Koralleninseln erschienen in Wüsten aus Purpur und Orange, wenn das Wasser zurückwich, sich aufbäumte zu einem grünen Gebirge und um die Welt raste; Steine und Knochen, Fische und Treibholz lagen da, wie die Fußspuren von Proteus, und dann kamen die Stürme, die Wolkenfelder, die Kathedralen am Himmel; sie brachten Regen, und die Wellenberge brachen zusammen, begruben die Märchenstädte unter sich und die Zauberinseln, und irgendwo rollte Proteus' Gelächter wie Donner, und Neptun tauchte seinen Blitze-Dreizack in die Fluten, bis sie zischten, sprudelten, dampften. Wenn dann alles vorbei war, rieb man sich die Augen.

Nun lag gefiltertes Mondlicht über Illyria. Irgendwo schrak

jetzt eine Katze aus dem Schlaf, streckte sich und begab sich auf die Jagd. Nach einiger Zeit starrte sie dann zum Himmel hinauf, zum Mond. Und ein Raunen lief durch die Täler, und die Blätter begannen zu wispern. Ja, meine Kinder, ich komme. Denn Belion hat es gewagt, seinen Fuß auf meine Welt zu setzen.

Gleiten.

Wenn mich irgendein Mensch dort unten auf Illyria erwartet hätte, wäre ich ohne Sorge gewesen. So jedoch kamen mir meine Waffen wie Attrappen vor. Denn Green Green war kein Mensch. Man konnte ihn nicht einmal einen richtigen Pei'an nennen. Er war mehr als das.

Er trug einen Namen, wenn auch zu Unrecht; und Namensträger haben die Macht, Geschöpfe, ja selbst die Elemente zu beeinflussen, wenn sie sich erheben und mit dem Schatten verschmelzen, der hinter ihnen steht. Es gibt ein paar wissenschaftliche Erklärungen für all das – voluntaristische Bewußtseinsspaltung in Verbindung mit einem Gottkomplex und extrasensorischen Kräften. Ich finde, man sollte einmal jedes dieser Dinge für sich betrachten und dann überlegen, wie lange die Lehrzeit eines Weltenformers dauert und wie viele Kandidaten sie abschließen.

Ich glaubte einen Vorteil gegenüber Green Green zu haben, da er meine Welt für die Begegnung ausgewählt hatte. Allerdings wußte ich nicht, wie lange er sich bereits auf Illyria aufhielt, und es bereitete mir Sorgen. Welche Vorbereitungen hatte er getroffen? Er hatte den perfekten Köder gewählt. Wie perfekt war die Falle? Nun, so leicht fiel es ihm sicher nicht, einen Namensträger zu besiegen. Aber das galt auch umgekehrt.

Der dunkle Brocken Welt schwoll an, verdrängte die Sterne. Je näher ich ihm kam, desto langsamer trieb die Kapsel dahin. Der Anblick von Mondlicht auf hundert Seen ... Münzen auf dem Grund eines Moortümpels.

Meine Detektoren suchten den Planeten nach künstlichen Lichtquellen ab. Sie fanden nichts. Flopsus kam über den Horizont. Die Strahlen der beiden Monde vereinigten sich. Eine halbe Stunde später erkannte ich die markantesten Stellen des Kontinents. Ich steuerte die Kapsel in die Tiefe.

Wie ein Blatt an einem windstillen Tag trudelte und schaukelte sie nach unten. Der See Acheron und die Toteninsel lagen etwa sechshundert Meilen im Nordwesten.

Wolken tauchten auf, verschwanden wieder. Während der nächsten halben Stunde verlor ich kaum an Höhe und kam meinem Ziel um vierzig Meilen näher. Ich überlegte, ob mein Feind ein Warnsystem besaß.

Die Höhenwinde erfaßten mich. Eine Zeitlang kämpfte ich gegen sie an. Schließlich aber ging ich ein paar tausend Fuß tiefer, um ihrer Gewalt zu entfliehen.

Immer noch trieb ich nach Nordwesten. Die Höhe betrug fünfzigtausend Fuß, und ich war mehr als vierhundert Meilen von meinem Ziel entfernt.

In der nächsten Stunde ging ich zwanzigtausend Fuß tiefer und gewann siebzig Meilen. Alles schien glatt zu verlaufen.

Schließlich zeigte sich im Osten der erste graue Schimmer, und ich steuerte die Kapsel eine Meile tiefer, um dem Licht zu entgehen. Es war wie das Eintauchen in einen Ozean, vom helleren ins dunkle Wasser.

Aber das Licht folgte mir. Die Kapsel durchpflügte eine Wolkenbank, sank noch ein Stück. Wie viele Meilen waren es bis zum Acheron?

An die zweihundert.

Das Licht holte mich ein. Die Kapsel flog jetzt ganz niedrig. Ich setzte den Weg noch zehn Minuten fort, dann entdeckte ich einen freien Platz und landete. Gute hundert Meilen trennten mich von meinem Ziel. Im Osten ging die Sonne auf.

Ich schaltete den Zeitzünder der Kapsel ein, öffnete sie, kletterte ins Freie und rannte davon.

Eine Minute später sank das Ding in sich zusammen und begann zu qualmen. Ich verlangsamte meine Schritte, orientierte mich und ging dann auf den Waldrand zu.

5

Nach fünf Minuten fühlte ich mich auf Illyria wieder daheim. Es war, als hätte ich die Welt nie verlassen. Rosig und bernsteingolden drangen die Sonnenstrahlen durch den Frühnebel; Tautropfen glänzten auf Blättern und Gräsern; die Luft roch nach feuchter Erde und dem süßen Duft der Verwesung – süß deshalb, weil er neues Leben bedeutete. Ein kleiner gelber Vogel umflatterte mich, landete auf meiner Schulter, blieb ein paar Sekunden sitzen und verschwand wieder. Ich hielt an, um mir einen Stock zu schneiden, und der Geruch des frischen Holzes erinnerte mich an den Bach in Ohio, wo ich Weidengerten gesammelt und über Nacht in Wasser eingeweicht hatte, damit sich die Rinde besser löste und ich Pfeifen daraus schnitzen konnte. Ich fand wilde Beeren, groß und dunkelrot, zerdrückte sie zwischen den Fingern und leckte den süßen Saft ab. Eine Eidechse huschte von ihrem warmen Stein und setzte sich auf meine Stiefelspitze. Ich streichelte sie, dann trug ich sie behutsam ins Gras. Als ich mich umdrehte, sah ich, daß sie mir mit ihren graugesprenkelten Augen nachstarrte. Die Baumwipfel waren fünfzehn bis zwanzig Meter über mir, und gelegentlich klatschten ein paar Wassertropfen auf meine Schultern. Die Vögel erwachten und die Insekten. Ein Pfeifer mit dick aufgeblähtem Kehlsack begann auf einem Zweig zu singen. Irgendwo zu meiner Linken stimmte ein anderer ein. Sechs purpurne Trichterblüten schnellten vom Boden auf und verströmten mit einem leisen Zischen ihr schweres Parfüm. Ihre Stengel schwankten, und ihre Kelche flatterten wie kleine Fahnen. Ich erschrak nicht, denn sie waren mir vertraut.

Ich ging weiter, und das Gras wurde spärlicher. Die Baumstämme ragten nun hoch auf, und zwischen den Wurzeln lagen zahlreiche Felsbrocken. Ein guter Platz für einen Hinterhalt; aber auch ein guter Platz, wenn man Deckung suchte.

Die Schatten waren tief. Vom Westen rückten Wolkenbänke heran. Äffchen schimpften im Laub, und die Sonne schickte ihre Lichtspeere durch das Grün. Lianen klammerten sich an einige der Giganten, und sie hatten Blüten wie silberne Kandelaber. Irgendwie fühlte ich mich an Weihrauch und einen Tempel erinnert. Ich watete durch einen schimmernden Bach, und Wasserschlangen schwammen neben mir. Sie waren giftig, aber gutmütig. Am anderen Ufer begann der Boden leicht anzusteigen. Und als ich weiterging, bemerkte ich, daß sich meine Welt irgendwie verändert hatte. Es war nichts Konkretes, nur das Gefühl, daß die gewohnte Ordnung nicht mehr stimmte.

Der Tag schritt voran, aber die Kühle blieb. Im Gegenteil, sie nahm eher zu. Es lag etwas Feuchtkaltes in der Luft. Nun ja, der Himmel hatte sich jetzt zur Hälfte mit Wolken überzogen, und die Luftionisierung, die einem Gewitter vorausgeht, ruft in vielen Menschen Unbehagen hervor.

Ich beschloß, eine kleine Rast einzulegen. Als ich mich an den Stamm eines alten Baumriesen lehnte, erschreckte ich einen Pandrilla, der zwischen den Wurzeln nach Futter gesucht hatte. Er stob davon, und ich wußte, daß etwas nicht in Ordnung war.

Ich schickte ihm Gedanken der Liebe und Freundschaft entgegen und bat ihn, zurückzukommen. Er hielt an, drehte sich um und musterte mich mißtrauisch. Langsam kehrte er um. Ich gab ihm ein Keks. Während er fraß, versuchte ich in sein Inneres einzudringen.

Furcht, ein Augenblick der Panik, dann das Erkennen.

Solche Regungen gehörten nicht hierher.

Ich löste mich vorsichtig, und der Pandrilla blieb. Er knabberte an meinen Keksen. Aber seine anfängliche Reaktion war zu ungewöhnlich gewesen, als daß ich sie außer acht lassen konnte. Ich glaubte zu wissen, was sie bedeutete.

Ich befand mich in feindlichem Territorium.

Nach einiger Zeit setzte ich meinen Weg fort. Ich stieg in ein nebliges Tal hinunter, und als ich es verließ, war der Nebel immer noch um mich. Der Himmel hatte sich jetzt ganz mit Wolken überzogen. Kleine Tiere ergriffen die Flucht vor mir, und ich machte nicht mehr den Versuch, sie zurückzuholen. Ich wanderte dahin, und mein Atem dampfte, aber ich vermied es, eine Energiequelle anzuzapfen. Ich hatte Angst, dadurch meine Position zu verraten.

Ich lachte.

Was eine Energiequelle ist? Nun, das hängt mit dem elektromagnetischen Feld zusammen. In der Schwerkraftmatrix einer jeden Welt befinden sich Knotenpunkte, in die sich besondere Maschinen oder Menschen mit Psikräften einschalten können. Da alle Namensträger Esper sind, wollte ich kein Risiko eingehen, solange ich nichts über meinen Feind wußte.

Also ließ ich es zu, daß sich der Nebel auf meine Kleider legte und meinen Stiefeln den Glanz nahm, obwohl es mir ohne weiteres möglich gewesen wäre, trocken zu bleiben. Ich hatte den Stock in der Linken und hielt die Rechte leicht angewinkelt, damit ich im Notfall sofort zur Waffe greifen konnte.

Aber niemand griff mich an. Im Gegenteil, nach einiger Zeit wirkte die Gegend wie ausgestorben.

Ich marschierte bis Einbruch der Dunkelheit weiter. An diesem Tag schaffte ich insgesamt etwa zwanzig Meilen. Die Feuchtigkeit durchdrang alles, aber es regnete nicht. Ich hatte die Vorberge erreicht und entdeckte eine kleine Höhle, in der ich meine Schutzhaut ausbreitete – eine hauchdünne, zähe Plastikfolie, drei mal drei Meter, die weder Schmutz noch Nässe durchließ. Nach einem kleinen Imbiß legte ich mich zum Schlafen hin. Meine Rechte ruhte in der Nähe des Lasers.

Der Morgen war ebenso trostlos wie die Nacht und der Tag zuvor, und der Nebel hatte noch zugenommen. Ich vermutete eine Absicht dahinter, und so setzte ich meinen Weg vorsichtig fort. Das Ganze kam mir um eine Spur zu melodramatisch vor. Wenn mein Widersacher glaubte, er könne mich durch Nebel, Kälte und die Entfremdung meiner Geschöpfe schrecken, dann täuschte er sich. Unbehagen reizt mich höchstens, verärgert mich und stärkt meinen Entschluß, das Übel an der Wurzel zu packen.

Ich quälte mich verbissen durch die naßkalte Landschaft, erklomm einen Gebirgspaß und machte mich schließlich an den Abstieg. Es war gegen Abend, als ich einen Begleiter bekam.

Ein Licht tauchte zu meiner Linken auf und hielt sich ständig neben mir. Es schwebte ein paar Fuß über dem Boden, und seine Farbe wechselte von Blaßgelb über Orange zu Weiß. Ich wußte nicht, ob es zehn oder fünfzig Meter von mir entfernt war. Gelegentlich verschwand es; aber es kam immer zurück. Ein Irrlicht, das mich in irgendeine Felsspalte oder ein Moorloch locken sollte? Vermutlich. Dennoch fesselte es mich. Ich bewunderte seine Ausdauer – und es war schön, Gesellschaft zu haben.

»Guten Abend«, sprach ich es an. »Du mußt wissen, ich bin gekommen, um deinen Herrn und Meister zu töten.«

Nach einer Pause fuhr ich fort: »Aber vielleicht bist du ein ganz ordinäres Sumpfgas. Dann verzeihe ich es dir, wenn du meine Bemerkung nicht zur Kenntnis nimmst.

Wie dem auch sei, ich habe keine Lust, mich von dir in die Irre führen zu lassen. Verschwinde oder bleib hier, es macht mir wenig aus.«

Daraufhin pfiff ich *It's a Long Way to Tipperary*. Das Ding blieb bei mir. Ich lehnte mich an einen Baum, zündete mir eine Zigarette an und rauchte. Das Licht schwebte etwa fünfzehn Meter entfernt, als wartete es auf mich. Ich versuchte es mit meinen Gedanken zu erreichen, aber ich traf nur auf Leere. Ich zog meinen Laser und zielte, doch dann besann ich mich eines Besseren und steckte die Waffe wieder ein. Nachdenklich trat ich die Zigarette aus und ging weiter.

Das Licht begleitete mich.

Etwa eine Stunde später schlug ich mein Lager in einer kleinen Lichtung auf. Ich wickelte mich in die Schutzhaut und entfachte im Schatten eines Felsblocks ein niedriges Feuer. Bei dem Nebel leuchtete es sicher nicht allzuweit.

Das Irrlicht schwebte am Rande der Dunkelheit. »Wie wäre es mit einer Tasse Kaffee?« lud ich es ein. Zum Glück erhielt ich keine Antwort, denn ich hatte nur eine Tasse.

Nach dem Essen rauchte ich eine Zigarre und ließ das Feuer niederbrennen. Ich sehnte mich nach ein paar Sternen. Die Nacht um mich war vollkommen still, und die Kälte setzte sich in meinen Knochen fest. Meine Zehen fühlten sich bereits steif an. Warum hatte ich nur vergessen, eine Flasche Brandy mitzunehmen?

Mein Reisegefährte rührte sich nicht von der Stelle. Ich starrte ihn an. Eine Naturerscheinung war er nicht. Vielleicht ein Spion? Konnte ich es wagen, mich hinzulegen und zu schlafen? Ich wagte es.

Ein paarmal wachte ich auf, aber ich schlief wieder ein, als ich sah, daß sich nichts verändert hatte. Am nächsten Morgen wartete das Licht immer noch.

Der Tag war wie sein Vorgänger, kalt und grau. Ich brach das Lager ab und setzte mich wieder in Bewegung. Ein Drittel des Weges lag noch vor mir.

Mit einem Mal zeichnete sich eine neue Entwicklung ab. Das Licht verließ seinen Stammplatz zu meiner Linken und schwebte vor mir her. Etwa zwanzig Meter entfernt wartete es. Als ich die Stelle erreichte, war es bereits weitergeflogen.

Die Sache gefiel mir nicht. Es war, als verspottete mich die Intelligenz, die hinter all dem steckte, als wollte sie sagen: »Siehst du, mein Lieber, ich weiß, was du vorhast! Ich kenne sogar deinen Weg. Warum soll ich dir nicht ein wenig helfen?« Ich kam mir wie ein völliger Narr vor. Dennoch zwang ich mich, nicht sofort zu handeln. Es war besser, noch eine Weile abzuwarten.

Also folgte ich dem Licht. Mittags hielt ich an, um eine Kleinigkeit zu essen. Es wartete höflich, bis ich fertig war. Das gleiche wiederholte sich am Spätnachmittag.

Kurz darauf änderte mein Weggefährte jedoch wieder sein Verhalten: Er schwebte ein Stück nach links und verschwand. Einen Moment lang blieb ich unsicher stehen, denn ich hatte mich an seine Führung gewöhnt. War das der Sinn hinter dem Spiel? Daß er meine Aufmerksamkeit einlullte, bis ich ihm blindlings folgte und vom geplanten Weg abkam? Vielleicht.

So setzte ich mir eine Grenze. Zwanzig Minuten und keine Sekunde länger wollte ich mich dem Licht anvertrauen. Ich entsicherte die Pistole und starrte in die Dämmerung.

Es kam wieder. Eine Weile schwebte es am gleichen Fleck, dann entfernte er sich erneut nach links. Ich folgte ihm. Es eilte voraus, wartete, bis ich es eingeholt hatte, und eilte weiter.

Nach fünf Minuten begann es leicht zu regnen. Die Nacht brach herein, aber ich konnte noch sehen, ohne die Taschenlampe einzuschalten. Bald war ich völlig durchnäßt. Fluchend und frierend stapfte ich weiter.

Das ging noch eine halbe Meile so, dann war ich plötzlich allein. Ich hielt an, aber das Licht kam nicht zurück.

Schritt für Schritt drang ich bis zu der Stelle vor, wo ich es zuletzt gesehen hatte. Ich hielt die Pistole in der Hand und schickte meine tastenden Gedanken voraus.

Ich stieß gegen einen Zweig und knickte ihn.

»Nicht! Um Himmels willen, nicht!«

Instinktiv warf ich mich zu Boden und rollte herum.

Der Schrei war von rechts gekommen. Meine Waffe zielte in diese Richtung.

Schrei? War es wirklich ein Schrei gewesen oder etwas in meinem Innern? Ich konnte es nicht genau sagen.

Ich wartete.

Dann hörte ich ein Schluchzen – ganz schwach. Meine Blicke durchdrangen das Dunkel. Ich sah niemanden.

»Wer ist da?« Ich flüsterte, um meinen Standort nicht zu verraten.

Keine Antwort. Aber das Schluchzen hielt an. Als ich meine Gedanken ausschickte, stieß ich auf Schmerz und Verwirrung, sonst nichts.

»Wer ist da?« wiederholte ich.

Schweigen. Dann, nach einer Weile: »Frank?«

Diesmal beschloß ich zu warten. Ich ließ eine Minute verstreichen, dann nannte ich meinen Namen.

»Hilf mir!«

»Wer bist du? Und wo?«

»Hier ...«

Die Antworten erreichten mein Inneres. Ich spürte ein Kribbeln im Nacken und umklammerte die Pistole fester.

»Dango, das Messer!«

Ich wußte nun, was geschehen war, aber ich hatte nicht den Mut, die Taschenlampe einzuschalten und genauer hinzusehen. Es war auch nicht nötig.

Mein Irrlicht kehrte nämlich in diesem Moment zurück.

Es schwirrte an mir vorbei, stieg hoch auf und strahlte heller als eine Leuchtrakete. Sein Schein hüllte Dango ein. Er konnte dem Gleißen nicht entrinnen.

Denn er war festgewurzelt.

Ein verfilzter schwarzer Bart verbarg die untere Hälfte seines hageren, spitzen Gesichtes. Die Haare gingen in Zweige und Blätter über. Die dunklen Augen waren tief in ihre Höhlen gesunken und hatten einen irren Blick. An der Rinde, die seinen Körper bedeckte, zeigten sich Insektenlöcher, Vogelkot und dunkle Brandspuren. Offenbar hatte jemand zwischen den Wurzeln ein Feuer entfacht. Jetzt erst bemerkte ich, daß Blut aus dem Zweig tropfte, den ich versehentlich geknickt hatte.

Ich erhob mich langsam.

»Dango ...«, begann ich.

»Sie nagen an meinen Füßen!« klagte er.

»... es tut mir so leid!« Ich senkte die Waffe. Beinahe entglitt sie mir.

»Warum hat er mich aus dem Grab geholt?«

»Weil du mein Freund und dann mein Feind warst«, erklärte ich. »Weil du mich gut kanntest.«

»Deinetwegen?« Der Baum schwankte, als wolle er auf mich stürzen. Er überschüttete mich mit Flüchen, und ich stand da und hörte ihm zu, während der Regen sich mit seinem Blut vermischte und den Boden aufweichte. Wir waren einmal Partner gewesen, und er hatte versucht, mich zu betrügen. Ich ging vor Gericht, er wurde freigesprochen und versuchte mich hinterher umzubringen. Ich brachte ihn nach dem Kampf ins Krankenhaus. Eine Woche nach seiner Entlassung starb er bei einem Autounfall. Er hätte mich ermordet, wenn es ihm irgendwie möglich gewesen wäre – mit einem Messer, versteht sich. Aber ich gab ihm keine Gelegenheit dazu. Man könnte sagen, daß ich dem Schicksal ein wenig unter die Arme griff, als es zu dem Unfall kam. Ich wußte, daß er nicht ruhen würde, bis er mich erledigt hatte oder selbst ins Gras biß, und wer läßt sich schon gern erledigen?

Das grelle Licht verlieh seinen Zügen etwas Grauenhaftes. Er hatte eine fahle Haut und die Augen einer bösen Katze. Seine Zähne waren nur noch Stummel, und eine eitrige Wunde zog sich über seine linke Wange. Der Hinterkopf und die Schultern waren fest mit dem Stamm verwachsen. Ich sah zwei waagrechte Äste, in denen vielleicht seine Arme steckten. Von der Taile abwärts war er Baum.

»Wer hat das getan?« fragte ich.

»Diese grüne Bestie von einem Pei'an ...« entgegnete er. »Plötzlich befand ich mich hier. Ich verstehe das nicht. Ich hatte einen Unfall ...«

»Ich erwische ihn«, versprach ich ihm. »Ich bringe ihn um, und dann komme ich zurück und befreie dich.«

»Nein! Geh nicht!«

»Es ist die einzige Möglichkeit, Dango.«

»Du verstehst nicht, was es bedeutet. Ich kann nicht warten ... bitte!«

»Es dauert vielleicht nur ein paar Tage, Dango.«

»... und wenn er dich besiegt? Dann dauert es eine Ewigkeit. Herrgott, diese Schmerzen! Die Sache von damals tut mir leid, Frank, ehrlich ...«

Ich sah zu Boden und starrte dann das Licht an.

Ich hob die Waffe, senkte sie wieder.

»Es geht nicht. Ich bringe es kein zweites Mal fertig.«

Er biß sich auf die Lippen. Blut lief ihm über das Kinn, versickerte in seinem Bart. Er hatte Tränen in den Augen. Ich konnte seinen Blick nicht ertragen.

So stolperte ich ein paar Schritte zurück. Ich murmelte ein pei'anisches Gebet. Jetzt erst merkte ich, daß eine Energiequelle in der Nähe war. Ich konnte sie mit einem Male spüren. Ich wuchs und wuchs, und Frank Sandow wurde immer kleiner, und als ich die Schultern bewegte, grollte in der Ferner der Donner. Dann hob ich die linke Hand, ballte sie zur Faust. Die Elemente brüllten los.

... Ich stand allein da, um mich den Gestank von Rauch und Ozon. Ich stand allein vor dem verkohlten, zersplitterten Ding, das Dango gewesen war. Selbst mein Irrlicht hatte mich verlassen. Der Regen prasselte in Strömen nieder und reinigte die Luft.

Ich stolperte zurück in die Richtung, aus der ich gekommen war. Meine Stiefel schmatzten im Schlamm, die Kleider klebten mir am Körper.

Irgendwie, irgendwo schlief ich ein – ich erinnere mich nicht mehr genau daran.

Vor allen anderen Dingen sorgt vermutlich der Schlaf dafür, daß wir Menschen den Verstand nicht verlieren. Er setzt eine Klammer um jeden Tag. Tut man heute etwas, das man bereut oder als dumm empfindet, und jemand spricht darüber, so ärgert man sich. Ist es jedoch bereits gestern geschehen, so kann man es mit einer Handbewegung abtun oder sogar darüber lachen, je nachdem. Man hat während der Nacht eine neue Insel der Zeit erreicht. Wie viele Erinnerungen lassen sich in einem einzigen Moment zusammenfassen? Eine ganze Menge, wie es scheint. Und doch sind sie nur ein winziger Bruchteil all dessen, was man erlebt hat. Nach einem ausgiebigen Schlaf kommen mir viele Dinge in den Sinn, die ein unangenehmes Ereignis verdrängen. Das mag gefühllos klingen, ist es aber nicht. Ich will damit nicht sagen, daß mir die Vergangenheit überhaupt keine Schmerzen bereitet, daß ich keine Schuldgefühle hege. Ich möchte vielmehr zum Ausdruck bringen, daß ich im Laufe der Jahrhunderte einen inneren Reflex entwickelt habe. Wenn ich seelisch fertig bin, schlafe ich. Sobald ich dann aufwache, strömen andere Erinnerungen auf mich ein, füllen mich aus. Nach einiger Zeit kreist der Geier Erinnerung über mir und stößt auf das Ding herab, das mich quält. Er zerhackt es und verschlingt es. Ich glaube, man nennt das Abstand oder Perspektive gewinnen. Ich habe viele Menschen auf verschiedenste Weise sterben gesehen. Es hat mich nie unberührt gelassen. Aber der Schlaf gestattet der Erinnerung, sich wieder aufzufrischen. Denn ich habe auch viele Menschen leben gesehen, und ich kenne das ganze Spektrum der Freude, des Leids, der Liebe, des Hasses, der Erfüllung und des Friedens.

Ich fand sie eines Morgens in den Bergen, Meilen von jeder menschlichen Behausung entfernt. Sie hatte blaue Lippen und froststeife Finger. Sie trug ein Trikot mit Tigerfellstreifen und lag zusammengerollt unter einem Gestrüpp. Ich hüllte sie in meinen Anorak, ließ meine Gesteinsproben und das Werkzeug auf einem Felsblock liegen und holte die Sachen nie mehr ab. Sie phantasierte, als ich sie zu meinem Wagen trug, und ein paarmal glaubte ich den Namen »Noel« zu verstehen. Sie hatte ein paar böse Quetschungen und eine Menge kleinerer Schnitt- und Schürfwunden davongetragen. Ich brachte sie in ein Krankenhaus, wo man sie versorgte und über Nacht behielt. Als ich sie am nächsten Tag besuchte, erfuhr ich, daß sie sich geweigert hatte, ihre Personalien anzugeben. Sie besaß auch kein Geld. So beglich ich die Rechnung und fragte sie nach ihren Plänen. Sie hatte keine. Ich bot ihr einen Platz in der Hütte an, die ich gemietet hatte, und sie sagte Ja. In der ersten Woche schlich sie wie ein Gespenst umher. Sie machte den Mund nur auf, wenn ich ihr eine Frage stellte. Sie kochte für mich und räumte auf, doch während der übrigen Zeit sperrte sie sich in ihr Zimmer. In der zweiten Woche hörte sie mich an einer alten Mandoline herumzupfen – ich hatte das Ding seit Monaten nicht mehr angerührt –, und sie setzte sich wortlos zu mir ins Wohnzimmer. Ich spielte weiter, stundenlang, nur damit sie blieb. Als ich das Instrument weglegte, bat sie mich, ob sie es benützen dürfte, und ich nickte. So nahm sie es auf, stimmte es und begann zu spielen. Sie war nicht perfekt, ebensowenig wie ich. Ich hörte ihr zu, machte ihr eine Tasse Kaffee, sagte »Gute Nacht«, und das war alles. Am nächsten Tag jedoch stand ein neuer Mensch vor mir. Sie hatte ihr strähniges Haar gewaschen und hergerichtet. Zum erstenmal wirkten ihre hellen Augen nicht verquollen. Sie unterhielt sich beim Frühstück mit mir, über das Wetter, die Nachrichten, meine Gesteinssammlung, Musik, Antiquitäten und exotische Fische. Nur von sich selbst sprach sie nicht. Danach versuchte ich sie abzulenken. Ich nahm sie mit in Restaurants, Kinos, an den Strand – überallhin, nur nicht in die Berge. Etwa vier Monate vergingen so. Eines Tages merkte ich, daß ich mich in sie verliebt hatte. Ich sagte nichts, aber sie sah es vermutlich. Ich kam mir albern vor. Vielleicht hatte sie irgendwo einen Mann und sechs Kinder. Sie wollte mit mir tanzen gehen. Ich erfüllte ihr die Bitte, und wir tanzten auf einer Terrasse unter freiem Himmel, bis das Lokal gegen vier Uhr morgens zumachte. Als ich am nächsten Tag aufstand, war ich allein. Auf dem Küchentisch lag ein Zettel: *Vielen Dank für alles. Such mich bitte nicht. Ich muß jetzt zurück. Ich liebe dich.* Keine Unterschrift. Und das ist alles, was ich über das namenlose Mädchen weiß.

Mit fünfzehn fand ich beim Rasenmähen unter einem Baum einen jungen Star. Er hatte beide Beine gebrochen. Zumindest nahm ich das an, denn er streckte sie in einem merkwürdigen Winkel von sich und stützte sich auf die gespreizten Schwanzfedern. Als ich in seine Nähe kam, legte er den Kopf zurück und riß den Schnabel auf. Ich beugte mich über ihn und sah, daß Ameisen in seinem Gefieder herumkrabbelten, also hob ich ihn auf und bürstete die Insekten ab. Dann holte ich einen Flickkorb, füllte ihn mit frischem Gras und stellte ihn auf den Gartentisch unter dem großen Ahornbaum. Ich legte das Tierchen hinein und versuchte ihm mit dem Tropfer einer Medizinflasche etwas Milch einzuflößen, aber es spuckte sie aus. Dann mähte ich den Rasen fertig. Als ich später wieder nach dem Patienten sah, entdeckte ich fünf oder sechs große schwarze Käfer im Gras. Angewidert warf ich sie hinaus. Am nächsten Morgen waren sie wieder da. Später fiel mir ein großer Vogel auf, der ein paarmal dicht über den Korb hinwegflog. Ich warf einen Blick ins Innere und fand wieder ein paar Käfer. Jetzt erst wurde mir klar, daß die Starenmutter sie gesammelt und ihrem Jungen gebracht hatte. Da es nicht fressen konnte, ließ sie die Beute einfach neben ihm liegen. In dieser Nacht fraß eine Katze den Kleinen. Ich fand nur ein paar Federn und Blutspritzer, als ich mit meiner Milch nach draußen kam.

Es gibt einen bestimmten Fleck im Universum. Einen Fleck, wo Felsentrümmer eine rote Sonne umkreisen. Vor ein paar hundert Jahren entdeckten wir eine Rasse von Gliederfüßlern, die *Whilles,* mit denen wir nicht zurechtkamen. Sie hatten bis dahin jede Annäherung intelligenter Fremdrassen zurückgewiesen. So erschlugen sie auch unsere Abgesandten und schickten uns die verstümmelten Leichen. Als wir zum erstenmal von ihnen hörten, hatten sie eben das Problem der interplanetarischen Raumfahrt gelöst. Bald danach bauten sie jedoch die ersten interstellaren Schiffe. In welche Gebiete sie auch vordrangen, sie plünderten und mordeten, um dann wieder auf ihre Heimatwelt zu fliehen. Vielleicht erkannten sie zu diesem Zeitpunkt nicht, wie groß die interstellare Zivilisation war, vielleicht kümmerte es sie auch nicht weiter. Sie hatten recht, falls sie von dem Gedanken ausgingen, daß es sehr lange dauern würde, bis wir ihnen gemeinsam den Krieg erklärten. Die Pei'an sind so ziemlich die einzigen, die sich an einen interstellaren Krieg erinnern können. So schlugen die Angriffe der Terraner fehl, wir holten die Reste unserer Truppen zurück und begannen den Planeten der *Whilles* zu bombardieren. Sie besaßen jedoch eine höher entwickelte Technik, als wir vermutetet hatten. Ihr Abwehrsystem war nahezu perfekt. Wir gaben auf und begnügten uns damit, ihr System abzuriegeln. Es gelang jedoch nicht immer, ihre Überfälle zu verhindern. Nach langem Zögern traten die Namensträger zusammen und berieten, was geschehen sollte. Drei Weltenformer, Sang'ring von Greldei, Karth'ting von Mordei und ich wurden durch das Los dazu bestimmt, unsere Fähigkeiten gegen die *Whilles* einzusetzen. Kurze Zeit später ballten sich im Heimatsystem der Gliederfüßler-Rasse Staub und Gesteinsbrocken zusammen, wuchsen zu einem Asteroiden und dann zu einem Planetoiden. Kaum merklich veränderte er seine Bahn. Wir steuerten das Wachstum der neuen Welt und ihren langsamen Spiralkurs nach innen. Als die *Whilles* unsere Absicht durchschauten, versuchten sie den Planeten zu vernichten. Aber es war zu spät. Sie baten nie um Gnade, und kein einziger von ihnen floh. Sie warteten, und der Tag kam. Die Bahnen der beiden Welten kreuzten sich, und nun umkreisen Felstrümmer eine rote Sonne. Ich war eine Woche lang betrunken.

Einmal brach ich in einer Wüste zusammen, als mein Fahrzeug mit einem Defekt liegenblieb und ich versuchte, zu Fuß die nächste Siedlung zu erreichen. Ich war bereits vier Tage marschiert und hatte kaum Wasser. Meine Kehle fühlte sich an wie Sandpapier, und meine Füße waren eine Million Meilen entfernt. Ich wurde ohnmächtig. Wie lange ich im Sand lag, weiß ich nicht. Vielleicht einen ganzen Tag. Dann beugte sich etwas über mich. Ich hielt es anfangs für eine Halluzination. Es war dunkelrot, mit einer Halskrause und drei Hornhöckern auf der niedrigen Echsenstirn. Sein Schuppenleib maß etwa vier Fuß. Es hatte einen kurzen Schwanz und krallenbewehrte Pfoten. Seine Augen waren dunkle Ellipsen mit zuckenden Membranen. Es trug ein langes, hohles Schilfrohr und einen kleinen Beutel. Ich weiß heute noch nicht, was es war. Es betrachtete mich eine Zeitlang, dann huschte es davon. Ich rollte zur Seite und sah ihm nach. Es stieß das Rohr in den Sandboden, sog eine Zeitlang am oberen Ende, holte das Rohr heraus und wiederholte die Prozedur an einer anderen Stelle. Allmählich blähten sich seine Wangen wie Ballons auf. Es kam zurückgerannt und deutete mit der Vorderpfote auf meine Lippen. Ich begriff und machte den Mund weit auf. Vorsichtig, um keinen Tropfen zu verschwenden, benetzte es meine Zunge mit dem schmutzigen, heißen Wasser. Insgesamt sechsmal lief es hin und her und versorgte mich mit der kostbaren Flüssigkeit. Dann verlor ich erneut das Bewußtsein. Als ich zu mir kam, war es Abend, und das Geschöpf brachte mir wieder Wasser. Am nächsten Morgen war ich kräftig genug, um mich selbst zu dem Schilfrohr zu schleppen und das Naß einzusaugen. Als das fremde Wesen erwachte, breitete ich meine Schätze vor ihm aus – die Uhr, das Jagdmesser, alles Geld, das sich in meinen Taschen befand. Es betrachtete die Gegenstände, und ich deutete auf seinen Beutel. Es schien mich zu verstehen, aber es rührte nichts an, sondern gab nur ein paar schnalzende Laute von sich. So nahm ich seine Vorderpfote, dankte ihm in allen Sprachen, die ich kannte, schob meine Sachen wieder ein und ging los. Am darauffolgenden Nachmittag traf ich in der Siedlung ein.

Ein Mädchen, ein Vogel, eine Welt, ein Schluck Wasser und Dango, das Messer, durch einen Blitz vom Scheitel bis zu den Wurzeln gespalten …

Vor mir lagen noch fünfzig bis sechzig Meilen, und das Gelände erwies sich als immer schwieriger. Der Boden war trokkener, aber felsig. Scharfkantige Blätter streiften mich.

Die Bäume hatten sich verändert, die Tiere hatten sich verändert. Es waren Zerrbilder der Dinge, in die ich meinen ganzen Stolz gesetzt hatte. Meine Singvögel krächzten, meine Insekten hatten Stacheln, und die Blumen stanken. Es gab nirgends gerade gewachsene Bäume. Sie wirkten niedrig und verkrüppelt. Kleinwild fauchte mich an und ergriff dann die Flucht. Die größeren Tiere mußte ich mit drohenden Blikken zur Vernunft bringen.

Ich erreichte das Hochland. In meinen Ohren knackte es, und der Nebel wollte nicht weichen, aber ich marschierte beharrlich weiter. An diesem Tag schaffte ich etwa fünfundzwanzig Meilen.

Noch zwei Tage, dachte ich. Vielleicht sogar weniger. Und einen, um die Sache in Ordnung zu bringen.

In der Nacht weckte mich eine Detonation, heftiger als jede andere, die ich erlebt hatte. Ich schnellte hoch und horchte auf das Echo – vielleicht war es auch nur das Dröhnen in meinen Ohren. Ich saß unter einem alten Baum, die Pistole in der Hand, und wartete.

Im Nordwesten durchdrang ein orangeroter Schein den Nebel und breitete sich rasch aus.

Die zweite Detonation war nicht so gewaltig wie die erste. Die dritte und vierte wirkte ebenfalls ziemlich schwach. Doch ich hatte inzwischen mit einer völlig neuen Tücke zu kämpfen.

Der Boden unter mir schwankte.

Ich blieb, wo ich war, und wartete. Die Erdstöße verstärkten sich.

Der Helligkeit nach zu urteilen, stand ein Viertel meiner Welt in Flammen.

Da ich im Moment nichts dagegen tun konnte, schob ich meine Waffe wieder ein, lehnte mich gegen den Baumstamm und steckte mir eine Zigarette an. Etwas stimmte hier nicht. Green Green gab sich verdammt viel Mühe, mich zu beeindrucken, obwohl er hätte wissen müssen, daß so etwas bei mir nicht zog. Um ein natürliches Beben konnte es sich kaum handeln, nicht in dieser Gegend. Aber warum? Wollte er lediglich sagen: »Schau her, ich mache deine Welt kaputt, Sandow! Was willst du dagegen tun?« Demonstrierte er die Macht Belions in der Hoffnung, mich einzuschüchtern?

Ich spielte eine Weile mit dem Gedanken, eine Energiequelle aufzuspüren und über dem ganzen Gebiet den wildesten elektrischen Sturm loszulassen, den er je erlebt hatte, nur um ihm zu zeigen, wie beeindruckt ich war. Aber ich gab die Idee rasch auf. Ich wollte ihm gegenübertreten und ins Gesicht sagen, was ich von ihm hielt. Ich wollte ihn fragen, weshalb er ein so verdammter Narr war – weshalb er mich haßte und zu vernichten versuchte, nur weil ich zufällig zur Rasse des *Homo sapiens* gehörte.

Es war klar, daß er von meiner Anwesenheit bereits wußte, sonst hätte er nicht das Irrlicht ausgesandt, das mich zu Dango führte. Ich konnte mich also ruhig zu erkennen geben.

So schloß ich die Augen, senkte den Kopf und sammelte mich. Ich versuchte ihn mir irgendwo in der Nähe der Toteninsel vorzustellen, einen hämisch grinsenden Pei'an, der sein Werk betrachtete: die Asche, die wie schwarzes Herbstlaub aufgewirbelt wurde; die blubbernde Lava; die Schwefelschlangen, die sich in den Himmel wanden. Und mit der ganzen Kraft meines Zorns sandte ich die Botschaft aus:

»Geduld, Green Green. Geduld, Gringrin'tharl. Geduld. In ein paar Tagen bin ich bei dir. Der Kampf wird nicht lange dauern.«

Es kam keine Antwort, aber ich hatte auch keine erwartet.

Am nächsten Tag gestaltete sich der Weg noch mühseliger. Es regnete schwarze Asche. Hin und wieder bäumte sich die Erde auf, und Tiere kamen mir in wilder Flucht entgegen. Sie beachteten mich nicht.

Der gesamte Norden schien in Flammen zu stehen. Es war,

als ginge ich einem Sonnenaufgang entgegen. Ich fand das Ganze ziemlich ernüchternd.

Da war ein Pei'an, fast ein Namensträger, ein Angehöriger des berühmtesten Rächervolkes in der Galaxis, und er führte sich wie ein Clown vor mir auf. Schön, er haßte mich, und er wollte mir an den Kragen. Das war jedoch kein Grund zur Nachlässigkeit. Er vergaß die feine alte Tradition seiner Rasse. Der Vulkan war kindische Protzerei. Ich schämte mich beinahe ein wenig für ihn. Selbst ich hatte während meiner Lehrzeit genug über die Kunst der Rache erfahren, daß ich so primitive Methoden ablehnte. Allmählich begriff ich, weshalb er versagt hatte.

Ich verschob die Mittagspause und begnügte mich mit einem Riegel Schokolade, den ich unterwegs aß. Ich wollte so rasch wie möglich vorwärtskommen, damit ich am nächsten Tag nur noch ein paar Stunden zu gehen hatte. Das Licht vor mir wurde heller, der Aschenregen dichter, und die Erde bebte immer häufiger.

Gegen Mittag griff mich ein Warzenbär an. Ich versuchte ihm meinen Willen aufzuzwingen, aber es mißlang. So tötete ich ihn und verfluchte denjenigen, der mich dazu gezwungen hatte.

Der Nebel löste sich auf, doch die fallende Asche sorgte weiterhin dafür, daß ich nicht viel sah. Ich kam nur langsam voran, und allmählich befürchtete ich, daß ich noch einen Tag zugeben mußte.

Als ich jedoch in dieser Nacht haltmachte, hatte ich ein gutes Stück Weg zurückgelegt. Ich rechnete damit, daß ich Acheron in den Mittagsstunden des folgenden Tages erreichen würde.

Ich fand einen trockenen Lagerplatz auf einer mit Felsblökken durchsetzten Anhöhe. Ich säuberte meine Ausrüstung von der Asche, breitete die Schutzhaut aus, entfachte ein Feuer und aß eine Kleinigkeit. Dann rauchte ich eine Zigarre, um meinen Teil zur Luftverschmutzung beizutragen, und legte mich schlafen.

Als es geschah, träumte ich gerade. Ich weiß nicht mehr was – aber ich erinnere mich, daß der Traum angenehm begann und dann plötzlich in Angstvorstellungen überging. Jedenfalls wälzte ich mich auf dem harten Gras hin und her, bis ich plötzlich merkte, daß ich wach war. Ich hielt die Augen geschlossen und verlagerte wie im Schlaf mein Gewicht, bis ich die Hand an der Pistole hatte. Dann horchte ich auf die Laute um mich. Ganz allmählich öffnete sich mein Inneres.

Ich schmeckte den Rauch und die kalte Asche. Ich spürte die feuchte Kälte unter mir. Und ich hatte das Gefühl, daß sich ein Lebewesen ganz in meiner Nähe befand. Ein Stein kullerte den Hang hinunter. Das Geräusch kam von rechts.

Vorsichtig schob ich den Lauf der Waffe in diese Richtung.

Dann, so leicht wie ein Kolibri ein Blütenblatt streift, berührten mich fremde Gedanken, versuchten mich zu beeinflussen.

Du schläfst, vernahm ich, *und wirst erst aufwachen, wenn ich es zulasse. Du schläfst, aber du verstehst meine Worte. So soll es sein. Es gibt keinen Grund zum Aufwachen. Schlaf tief und fest, während ich mit dir spreche. Das ist sehr wichtig ...*

Ich ließ die Gedanken weiter auf mich einströmen, denn ich war hellwach. Ich unterdrückte meine Reaktionen und täuschte Schlaf vor, während ich angespannt ins Dunkel horchte.

Etwa eine Minute später hörte ich erneut ein Geräusch von rechts. Ich öffnete die Augen und betrachtete, ohne den Kopf zu drehen, die Umrisse der Schatten.

Neben einem Felsen, etwa zehn Meter entfernt, entdeckte ich eine Form, die noch nicht dagewesen war, als ich mich zur Ruhe begab. Ich beobachtete sie, bis ich eine kleine Bewegung wahrnahm. Nun wußte ich also, wo sich der Fremde befand. Ich entsicherte die Waffe, zielte sehr sorgfältig und drückte ab. Eine Feuerspur zog sich über den Boden und hielt einen Meter vor der schemenhaften Gestalt an. Der Schußwinkel brachte es mit sich, daß eine Menge Staub, Steine und Erde aufgewirbelt wurde.

Wenn du es auch nur wagst, tief Luft zu holen, bist du dran, warnte ich.

Dann erhob ich mich mit schußbereiter Pistole. Ich hatte im Licht des Lasers gesehen, daß es ein Pei'an war, der neben dem Felsen kauerte, und so sagte ich in seiner Muttersprache:

»Green Green, du bist der größte Tölpel deiner Rasse, der mir je über den Weg gelaufen ist.«

»Ich habe ein paar Fehler begangen«, gab er zu.

Ich lachte.

»Das kann man wohl sagen.«

»Aber es spielten Dinge mit, die mein Versagen vielleicht entschuldigen.«

»Ausreden. Du hast die Lektion des Felsens nicht gelernt. Er scheint zu ruhen, aber er bewegt sich, kaum merklich.« Ich schüttelte den Kopf. »Wie werden deine Ahnen ruhen, wenn sie von deiner verpfuschten Rache erfahren?«

»Nicht sehr gut, fürchte ich – wenn dies das Ende ist.«

»Du zweifelst daran? Willst du etwa leugnen, daß du mich einzig und allein hierhergelockt hast, um mich zu töten?«

»Nein. Das liegt auf der Hand.«

»Weshalb sollte ich dann nicht die logische Folgerung daraus ziehen?«

»Überlege, Francis Sandow, *Dra* Sandow! Glaubst du, ich hätte dich aufgesucht, wenn es mir möglich gewesen wäre, dich mit meiner ganzen Macht zu empfangen?«

»Vielleicht hast du gestern abend die Nerven verloren.«

»So labil bin ich auch wieder nicht. Ich hatte die Absicht, dir meinen Willen aufzuzwingen.«

»Das ist dir gründlich mißglückt.«

»Ja ... leider.«

»Und warum wolltest du das?«

»Weil ich deine Dienste benötige.«

»Wozu?«

»Wir müssen aber jetzt rasch fort von hier. Du besitzt doch ein Schiff?«

»Natürlich. Aber wovor hast du Angst?«

»Du hast dir im Lauf der Jahre einige Freunde und viele Feinde geschaffen, Francis Sandow.«

»Nenn mich Frank!«

»Du hättest diese Botschaft nicht vorausschicken sollen, Frank. Nun weiß jeder, daß du hier bist. Wenn du mir nicht bei der Flucht hilfst, erwartet dich eine größere Rache als die meine.«

Eine leichte Brise kam auf. Sie wehte den süßlich-dumpfen Geruch von Pei'an-Blut herüber. Ich schaltete meine Taschenlampe ein. Der Strahl tanzte über Green Greens Körper.

»Du bist verletzt.«

»Ja.«

Ich legte die Lampe hin, ging zu meinem Rucksack, öffnete ihn mit der linken Hand und holte ein Erste-Hilfe-Päckchen heraus. Ich warf es ihm zu.

»Versorg deine Wunden«, sagte ich und nahm die Lampe wieder auf. »Sie verbreiten einen scheußlichen Gestank.«

Er wickelte einen Verband um die tiefe Fleischwunde in der rechten Schulter und am Oberarm. Eine Reihe kleinerer Schnitte auf der Brust beachtete er nicht.

»Du scheinst mit jemandem Streit bekommen zu haben.«

»Stimmt.«

»Was ist mit deinem Gegner?«

»Er sieht nicht viel besser aus als ich. Um ein Haar wäre es mir geglückt, ihn zu töten. Nun ist es zu spät.«

Ich sah, daß er keine Waffe trug. Also steckte ich meinen Strahler ein und trat näher.

»Delgren von Dilpei läßt dich grüßen«, sagte ich. »Ich habe den Eindruck, daß du ziemlich weit oben auf seiner Racheliste stehst.«

Er lachte leise.

»Delgren sollte nach dir drankommen.«

»Aber zurück zu dir. Ich erkenne immer noch keinen Grund, dich am Leben zu lassen.«

»Immerhin, deine Neugier ist geweckt, und das erhöht meine Chancen. Du kümmerst dich sogar um meine Wunden.«

»Meine Geduld schwindet, wie Sand durch ein Sieb.«

»Dann hast du auch die Lektion des Felsens nicht gelernt.«

Ich steckte mir eine Zigarette an. »Deine Situation erlaubt es kaum, daß du mit Sprichwörtern herumwirfst.«

Er war mit dem Verbinden fertig. »Ich möchte dir ein Geschäft vorschlagen.«

»Ich höre.«

»Du hast irgendwo ein Schiff versteckt. Bring mich hin, und wir verlassen gemeinsam diese Welt.«

»Und was bietest du mir dafür?«

»Das Leben.«

»Du bist kaum in der Lage, mich zu bedrohen.«

»Ich bedrohe dich nicht. Ich will alles tun, um dein Leben zu retten, zumindest für den Augenblick, wenn du mir bei der Flucht behilflich bist.«

»Besteht denn Gefahr für mein Leben?«

»Du weißt, daß ich bestimmte Personen wiedererwecken kann.«

»Ja, du hast ein paar Rückrufbänder gestohlen – auf welche Weise übrigens?«

»Teleportation. Das ist mein besonderes Talent. Ich kann kleinere Gegenstände von einem Ort zum anderen befördern. Vor vielen Jahren, als in meinem Innern die Rachegedanken gegen dich reiften, suchte ich des öfteren die Erde auf – immer, wenn einer deiner Freunde oder Feinde gestorben war. Dann wartete ich, bis ich genug Mittel besaß, um diese Welt hier zu kaufen. Sie schien sich hervorragend für das zu eignen, was ich im Sinn hatte. Es ist nicht schwer für einen Weltenformer, die Matrizen richtig zu verwenden.«

»Meine Freunde, meine Feinde – hast du sie hier wieder ins Leben gerufen?«

»Richtig.«

»Warum?«

»Du solltest die Menschen, die du geliebt hattest, vor deinem Tod noch einmal leiden sehen; und deine Feinde sollten dich in der Schmach und Erniedrigung beobachten.«

»Dango war mein Feind. Weshalb hast du ihn so grausam behandelt?«

»Der Mann ärgerte mich. Zum einen mußte ich seinen Anblick nicht mehr ertragen, und zum anderen sollte er dir als abschreckendes Beispiel dienen. Außerdem fand ich ein gewisses Vergnügen an seiner Qual.«

»Hm, ich verstehe. Aber warum all das gerade hier – auf Illyria?«

»Ist diese Welt – abgesehen von Freiland, das sich als unzugänglich erwies – nicht deine Lieblingsschöpfung?«

»Ja.«

»Welchen besseren Ort hätte ich dann wählen können?«

Ich warf den Zigarettenstummel zu Boden und trat ihn aus.

»Du bist stärker als ich dachte, Frank«, fügte er nach einer Pause hinzu, »denn du hast den Mann bereits einmal getötet, während er mich besiegte und mir das Kostbarste nahm, das ich besaß …«

Plötzich befand ich mich wieder auf Freiland, in meinem Dachgarten. Ich rauchte eine Zigarre und mir gegenüber saß

Lewis Briggs, der mich an einen kahlgeschorenen Affen erinnerte. Ich hatte eben einen Umschlag geöffnet und überflog eine Namensliste.

Es war also nicht Telepathie. Es war ein gutes Gedächtnis und Logik.

»Mike Shandon«, sagte ich leise.

»Ja. Ich wußte zu wenig über ihn, sonst hätte ich ihn nicht wiedererweckt.«

Ich hätte gleich daraufkommen sollen. Auf die Tatsache, daß er alle zurückgerufen hatte, meine ich. Aber ich Narr hatte nur an Kathy und an Rache gedacht.

»Du Idiot«, sagte ich, »du hirnverbrannter Idiot ...«

Damals, als ich auf die Welt kam, hatte der Spion in der Öffentlichkeit ein weit besseres Image als etwa ein Angehöriger der Ledernacken oder der Militärakademie. Ich glaube, es war eine Flucht in die Romantik vor dem rauhen Alltag internationaler Spannungen. Der Held in den Siebzigern des zwanzigsten Jahrhunderts, an den ich mich mit einer gewissen Nostalgie erinnere, war der Mann mit der Blausäurekapsel unter der Zahnplombe, eine schöne Verräterin als Geliebte, im ständigen Konflikt zwischen Sex und Gewalt, Liebe und Tod. Natürlich hatte dieses Klischee mit der Wirklichkeit wenig zu tun. In den meisten Fällen handelte es sich um langweilige Kleinarbeit. Und heutzutage ist das eher noch schlimmer geworden. Ein Spion der Gegenwart sammelt die lächerlichsten Informationen und gibt sie an einen Kontaktmann weiter, der sie wiederum mit Tausenden ihrer Art in einen Computer speist. Heraus kommt dabei eine armselige Erkenntnis; man legt eine Aktennotiz an, heftet sie ein und vergißt sie. Wie bereits erwähnt, gibt es kaum interstellare Kriege und somit auch keinen Grund zur klassischen Militärspionage. Die einzig wirklich talentierten Spitzel werden heute in der Industrie beschäftigt. Der Mann, der im zwanzigsten Jahrhundert die Konstruktionspläne von Fords jüngstem Geisteskind auf Mikrofilm bannte, oder das Mädchen, das die neuesten Dior-Entwürfe im BH nach außen schmuggelte – diesen Leuten schenkte man damals kaum Beachtung. Und doch waren sie die Vorläufer der heutigen Spione. Die Konkurrenz im interstellaren Handel ist enorm. Alles, was einen Vorsprung verschafft – ein neuer Herstellungsprozeß oder eine Frachtliste –, wird bezahlt. Und deshalb ist ein guter Industriespitzel sein Gewicht in Meerschaum wert.

Mike Shandon war ein guter Spion, der beste, den ich je beschäftigt hatte. Ich empfinde meist eine Spur von Neid, wenn ich an ihn denke. Er verkörperte alles, was ich einst angestrebt hatte.

Er überragte mich um gute fünf Zentimeter und war zwanzig Pfund schwerer als ich. Seine Augen hatten die Farbe von poliertem Mahagoniholz, und sein Haar war tiefschwarz. Er sah verdammt gut aus, hatte eine Stimme, auf die Mädchen flogen, und war immer perfekt gekleidet. Er war ein Bauernjunge von dem Landwirtschaftsplaneten Wava, aber er liebte die Exklusivität und das Abenteuer. Seine Bildung hatte er sich in einem Rehabilitierungszentrum angeeignet. Mit anderen Worten, er lernte in der Gefängnisbibliothek, was er wissen mußte, um künftig Gaunereien großen Stils betreiben zu können. Die Rehabilitierung war ein Erfolg. Es dauerte sehr lange, bis man ihn wieder erwischte. Gewiß, er hatte den anderen Menschen viel voraus. So viel, daß es mich eigentlich wunderte, wie man ihm überhaupt auf die Schliche kam. Er war Telepath, und er besaß ein geradezu fotografisches Gedächtnis. Er war kräftig, zäh und gewitzt, er wußte, wieviel Alkohol er vertrug, und die Weiber liefen ihm in Scharen nach. Sie sehen, mein Neid ist nicht unbegründet.

Er hatte bereits einige Jahre für mich gearbeitet, bevor ich ihn persönlich kennenlernte. Einer meiner Werber hatte ihn entdeckt und für die Sandow-Unternehmensgruppe angeheuert. Bei der Umschulung schnitt er glänzend ab. Sein Fachgebiet war die Produktforschung. Und da sein Name immer wieder in Geheimberichten auftauchte, lud ich ihn eines Abends zum Essen ein.

Ein ehrliches Gesicht und gute Manieren – mehr wußte ich nach diesem Zusammentreffen nicht von ihm. Er war der geborene Spitzel.

Unsere Rasse besitzt nicht viele Telepathen. Vor Gerichten wird die Aussage eines Telepathen nicht als Beweismaterial anerkannt. Aber jeder wird einsehen, wie wertvoll dieses Talent ist.

Ich war auch durchaus bereit, dafür zu bezahlen. Doch in

diesem Punkt gab es Schwierigkeiten: Shandon verbrauchte grundsätzlich mehr, als er verdiente.

Erst Jahre nach seinem Tod erfuhr ich von den Erpressungen, die auf sein Konto gingen. Was ihn allerdings zu Fall brachte, war die Tatsache, daß er nicht nur für mich arbeitete.

Wir wußten, daß sich ein Verräter in die Sandow-Unternehmen eingeschlichen hatte. Wir hatten keine Ahnung, wer es war und wie er sich die Informationen aneignete, und es dauerte fast fünf Jahre, bis wir es herausbrachten. Bis dahin stand meine Firma am Rand des Ruins.

Wir entlarvten ihn. Es war nicht leicht, und ich benötigte dazu die Unterstützung von vier weiteren Telepathen. Aber wir deckten sein Spiel auf und brachten ihn vor Gericht. Ich sagte gegen ihn aus, man verurteilte ihn und schickte ihn erneut in ein Rehabilitierungszentrum. Ich erschuf drei Welten, um meine Unternehmen vor dem Bankrott zu bewahren. Wir bügelten die Sache aus, aber leicht war es nicht.

Jahre später erfuhr ich dann, daß Shandon geflohen war. Die Nachricht verbreitete sich rasch, denn das Verfahren hatte damals Aufsehen erregt.

Man leitete die Fahndung nach ihm ein. Aber das Universum ist groß ...

Ich erstand in Oregon, in der Nähe der Coos-Bay, eine Villa am Meer, weil ich zwei bis drei Monate auf der Erde zu tun hatte; es galt, den Zusammenschluß meiner Unternehmen mit zwei nordamerikanischen Konzernen herbeizuführen.

Ein Aufenthalt an der See ist das beste Heilmittel gegen seelische Erschöpfung. Das Wasser, die Möwen, Tang und Sand, ein leichter Salzgeschmack und das gleichförmige Klatschen der graugrünen, schaumbedeckten Wellen – das ordnet die Gefühle, klärt den Blick, wäscht das Gewissen rein. Ich wanderte jeden Morgen vor dem Frühstück und jeden Abend vor dem Schlafengehen über den Strand. Für neugierige Mitmenschen hieß ich Carlos Palermo. Nach sechs Wochen fühlte ich mich wieder frisch und erholt; und auch meine Finanzen kamen durch den Konzernzusammenschluß wieder in Ordnung.

Die Villa, ein weißes Stuckgebäude mit rotem Ziegeldach und einem abgeschlossenen Garten dahinter, befand sich in einer kleinen Bucht direkt neben dem Wasser. In der Mauer, die das Grundstück zum Meer hin begrenzte, war ein schmiedeeisernes Tor, und dahinter lag der Strand. Im Süden erhob sich eine steile graue Schieferklippe; im Norden ging der Sand in ein Gewirr von niedrigen Sträuchern und Bäumen über. Alles war friedlich, und ich fühlte mich vollkommen entspannt.

Die Nacht war frisch, beinahe kalt. Ein aufgeblähter Dreiviertelmond wanderte nach Westen. Sein Saum berührte das Wasser. Die Sterne leuchten außergewöhnlich hell. Weit draußen auf der bewegten See erkannte ich die Umrisse einer Bohrinsel.

Ich hörte ihn nicht kommen. Offenbar hatte er sich durch das Unterholz im Norden vorgearbeitet und gewartet, bis ich in seine Nähe kam. Er schlich sich von hinten an und warf sich auf mich.

Es ist für einen Telepathen im allgemeinen leichter, als man denkt, seine Gedanken abzuschirmen. Nur wenn die Gefühle stärker sind als die kühle Vernunft, verrät er sich. Und Shandon haßte mich wie die Pest. Das rettete mir vielleicht das Leben.

Ich kann nicht sagen, daß ich eine konkrete Gefahr spürte. Aber eine plötzliche Unruhe erfaßte mich – namenlose Gedanken, wie sie manchmal auftauchten, wenn man in einer stillen, lauen Sommernacht aus dem Schlaf schrickt und nicht weiß, weshalb. Meine Zehen und Fingerspitzen prickelten, die Nacht erschien um eine Spur dunkler und die See erfüllt von Ungeheuern. Selbst die Transportmaschine hoch oben in der Atmosphäre wirkte bedrohlich. Wenn nun die Triebwerke versagten und das Ding wie ein Meteor auf mich niedersauste?

Als ich den Sand hinter mir knirschen hörte, war mein Adrenalinspiegel bereits gestiegen.

Ich wirbelte geduckt herum, glitt jedoch im feuchten Sand aus und stürzte auf ein Knie.

Ein Schlag gegen die rechte Schläfe warf mich ganz zu Boden. Dann war der Feind über mir, wir rollten im Sand umher, und jeder versuchte, den anderen mit seinem Körpergewicht unter Kontrolle zu bringen. Schreien wäre Energieverschwendung gewesen; es befand sich niemand in der Nähe. Ich versuchte ihm Sand in die Augen zu werfen, ich versuchte ihm das Knie in den Unterleib zu stoßen, ich tastete nach seinem Solarplexus und anderen schmerzempfindlichen Stellen. Aber er war wendig und wog mehr als ich.

So merkwürdig es klingt, wir kämpften etwa fünf Minuten, bis ich erkannte, wer mein Gegner war. Inzwischen hatten wir uns bis zur Brandung gewälzt; ich hatte ein zertrümmertes Nasenbein und zwei gebrochene Finger. Das Mondlicht fiel auf sein schweißnasses Gesicht, und ich sah, daß es Shandon war. Im gleichen Moment wußte ich, daß ich ihn töten mußte. Es genügte nicht, ihn niederzuschlagen. Ein Gefängnis- oder Krankenhausaufenthalt zögerte die Entscheidung nur hinaus. Er mußte sterben, wenn ich am Leben bleiben wollte. Ich glaube, daß er das gleiche dachte.

Sekunden später spürte ich etwas Spitzes, Hartes im Rükken, und ich warf mich nach links. Wenn ich beschlossen habe, jemanden umzubringen, dann ist mir die Methode gleichgültig. Es geht nur darum, daß ich schneller zuschlage.

Während mir die Gischt in die Augen sprühte und Shandon meinen Kopf unter Wasser zu drücken versuchte, tastete meine Rechte nach dem Stein und fand ihn.

Der erste Hieb prallte von seinem Arm ab, den er schützend hochgerissen hatte. Telepathen besitzen gewisse Vorteile bei einem Kampf, da sie sofort erkennen, was der Gegner vorhat. Aber es ist schrecklich, wenn man es erkennt und nichts dagegen tun kann. Mein zweiter Hieb traf die linke Augenhöhle, und da wußte er wohl, daß es vorbei war, denn er stieß einen tierischen Schrei aus. Im nächsten Moment erwischte ich seine Schläfe, zweimal. Ich schob den leblosen Körper zur Seite. Der Stein entglitt mir und klatschte ins Wasser.

Lange Zeit blieb ich einfach liegen und starrte in die Sterne, während die Wellen den Toten hin und her schaukelten.

Als ich mich gefangen hatte, durchsuchte ich ihn. Ich fand unter anderem eine geladene Pistole.

Mit anderen Worten, er hatte mich mit bloßen Händen umbringen wollen. Es wäre ihm ein leichtes gewesen, mich aus dem Dunkeln abzuknallen, aber er hatte Mut genug besessen, dem Gebot seines Hasses zu folgen. Dafür bewunderte ich ihn. Im umgekehrten Fall hätte ich den einfacheren Weg gewählt.

Ich meldete den Zwischenfall, und die Polizei holte den Toten ab. Irgendwo in Dallas wurde er zu einem winzigen Lochstreifen, der weniger als eine Unze wog.

Wochen später, am Vorabend meiner Abreise, stand ich auf dem gleichen Fleck. Jenseits des Großen Teiches lag irgendwo die Tokio-Bucht, und ich wußte, daß man nicht zurückkehrte, wenn man einmal untergegangen war. Die Sterne verzerrten sich im Wasser, und obwohl ich es damals nicht wußte, lachte irgendwo ein grünhäutiges Geschöpf. Es hatte seine Netze in die Bucht getaucht.

»Du hirnverbrannter Idiot«, sagte ich.

6

Und nun sollte ich das alles noch einmal durchstehen. Ärger stieg in mir hoch. Aber mit dem Ärger vermischte sich eine gewisse Furcht. Shandon hatte einmal den Fehler begangen und seinen Gefühlen freien Lauf gelassen. Diesmal würde er auf der Hut sein. Er war zäh und gefährlich, und nun besaß er offensichtlich eine Waffe, die ihn noch gefährlicher machte. Außerdem wußte er, daß ich mich auf Illyria befand, da ich Green Green meine Botschaft entgegengesandt hatte.

»Du hast mir zusätzliche Probleme aufgegeben«, sagte ich. »Deshalb wirst du mir jetzt auch helfen, sie zu lösen.«

»Wie meinst du das?« fragte Green Green.

»Der Köder, den du ausgelegt hast, reizt mich immer noch«, erklärte ich. »Aber die Gefahr, in die Falle zu laufen, hat sich vergrößert. Ich verlange, daß du mich begleitest und unterstützt.«

Er lachte.

»Tut mir leid, mein Weg führt in die entgegengesetzte Richtung. Freiwillig komme ich nicht mit, und als Gefangener hätte ich wenig Wert für dich. Im Gegenteil, ich würde dich behindern.«

»Es gibt drei Möglichkeiten«, erwiderte ich. »Ich töte dich auf der Stelle, ich lasse dich laufen, oder ich nehme dich mit. Die erste können wir im Moment vergessen. Als Toter nützt du mir nichts. Nehmen wir die zweite. Du gehst deiner Wege, und ich bin wie zu Beginn ganz auf mich gestellt. Falls ich mein Ziel erreiche, werde ich nach Megapei zurückkehren und berichten, wie kläglich dein jahrhundertelang vorbereiteter Racheplan gescheitert ist. Ich werde erzählen, daß du vor einem Terraner geflohen bist. Wenn du eine Frau begehrst, wirst du sie auf einer Welt weit weg von Megapei suchen müssen – und selbst dann wird sie irgendwann von deiner Schmach erfahren. Keiner wird dich *Dra* nennen, trotz deines Wohlstands. Und wenn du stirbst, wird Megapei sich weigern, deine Gebeine zu begraben.«

»Mögen die blinden, weißbäuchigen Geschöpfe am Grunde des großen Ozeans dich bis aufs Mark zernagen!« fauchte er.

Ich formte einen Rauchring. »Und wenn ich allein in den Kampf ziehe und umkomme, entgehst du der Schande ebenfalls nicht. Hast du Mike Shandon so wenig durchschaut? Sagtest du nicht, daß du ihn verwundet hast? Ein Mann wie er vergißt so etwas nie. Und er geht nicht so umständlich ans Werk wie ein Pei'an. Er heckt keine raffinierten Pläne aus. Er wird dir ganz einfach nachspüren, und wenn er dich gefunden hat, schießt er dich nieder. Du siehst, dein Ende ist in jedem Fall Schmach oder Tod.«

»Angenommen, ich begleite dich?«

»Dann vergesse ich die Feindschaft, die zwischen uns stand«, entgegnete ich. »Ich beweise dir sogar, daß es nie eine echte *Pai'badra* gegeben hat, damit du ohne Ehrverlust von dieser Rache ablassen kannst. Und ich fordere keine Wiedergutmachung. Du kannst frei deiner Wege ziehen, sobald die Sache hier erledigt ist.«

»Nein«, sagte er. »Die *Pai'badra* bestand darin, daß man dich, einen Terraner, zum Namensträger machte und meine Dienste verschmähte. Ich kann den Vorschlag nicht annehmen.«

Ich zuckte mit den Schultern. »Und was hältst du davon? Da ich deine Gefühle und Absichten kenne, wäre es sinnlos, einen klassischen Racheplan auszuarbeiten. Der herrliche letzte Augenblick, in dem das Opfer erkennt, daß sein bisheriges Leben nichts als eine Einleitung für das Drama der *Pai'badra* war – dieser Augenblick wäre verdorben.

Wenn du kein Verzeihen willst, biete ich dir Genugtuung«, fuhr ich fort. »Du stehst mir jetzt bei, und ich gebe dir danach eine faire Gelegenheit, mich zu töten. Natürlich fordere ich die gleiche Chance. Wie findest du das?«

»Welche Waffen hattest du im Sinn?«

»Noch keine. Darüber einigen wir uns bestimmt.«

»Und welche Sicherheit gibst du mir?«

»Ich schwöre bei dem Namen, den ich trage.«

Er wandte sich ab und schwieg eine Weile, dann meinte er: »Gut, ich beuge mich deinen Bedingungen.«

»Dann gehen wir zum Lager. Du hast Dinge angedeutet, über die ich mehr erfahren muß.«

Ich kehrte ihm den Rücken zu und ging los, ohne mich noch einmal umzudrehen. Am Lagerplatz angelangt, stocherte ich in der Glut und legte neue Zweige auf.

Ein leichtes Zittern durchlief den Boden.

»Warst du das?« fragte ich, als wir auf der Schutzhaut Platz genommen hatten. Ich deutete nach Nordwesten.

»Zum Teil«, entgegnete er.

»Weshalb? Wolltest du mich einschüchtern?«

»Nicht dich.«

»Und Shandon zeigte sich nicht beeindruckt?«

»Alles andere als das.«

»Ich schlage vor, daß du mir der Reihe nach erzählst, was sich zugetragen hat.«

»Sofort – aber mir ist eben noch eine Lösung unseres Problems eingefallen, die dich vielleicht reizt.«

»Ja?«

»Du willst doch dorthin –« Er wies auf den Feuerschein – »um deine Freunde zu retten. Angenommen, es gäbe eine Möglichkeit, sie ohne Gefahr zurückzugewinnen? Angenommen, wir könnten Mike Shandon ganz aus dem Weg gehen? Wäre dir das nicht lieber? Oder forderst du jetzt, auf der Stelle, sein Leben?«

Ich saß da und dachte darüber nach. Wenn ich ihn verschonte, war er früher oder später wieder hinter mir her. Andererseits, wenn ich das erhielt, was ich wollte, ohne ihm gegenüberzutreten, gelang es mir später sicher noch, ihn irgendwie auszuschalten. Aber ich war nach Illyria gekommen, um meinen Todfeind zu besiegen. Was machte es, daß sich die Namen und Gesichter verändert hatten? Und doch ...

»Wie lautet dein Vorschlag?«

»Deine Bekannten«, begann er, »sind hier, weil ich ihnen das Leben gab. Die Bänder, die mir dabei halfen, liegen in einem sicheren Versteck, das nur ich kenne. Wenn du es verlangst, setze ich mein besonderes Talent ein und hole sie auf der Stelle herbei. Dann verschwinden wir von dieser Welt, und du kannst deine Freunde noch einmal erschaffen. Eine Bombe vom Schiff aus – ich zeige dir die günstigste Stelle –, und Mike Shandon ist erledigt, ohne daß wir selbst in Gefahr geraten. Hältst du das nicht für einfacher? Unsere Differenzen bügeln wir später aus, wie es abgemacht war.«

»Die Sache hat zwei Haken«, erwiderte ich. »Erstens gibt es bestimmt keine Matrix für Ruth Laris. Und zweitens würde ich meine Freunde im Stich lassen, egal, ob ich sie später ins Leben zurückrufe oder nicht.«

»Die Menschen, die du neu schaffst, haben keine Erinnerung daran.«

»Darum geht es nicht. Ihre Doppelgänger auf Illyria sind so echt wie du und ich. Sie befinden sich auf der Toteninsel, nicht wahr?«

»Ja.«

»Wenn ich also Shandon vernichte, sterben auch sie.«

»Das ist die zwingende Logik. Aber ...«

»Ich lehne deinen Vorschlag ab.«

»Gibt es sonst noch etwas?«

»Das steht dir frei.«

»Nein.«

»Gut, dann weichen wir nicht länger vom Thema ab: Was hat sich zwischen dir und Shandon abgespielt?«

»Er trägt einen Namen.«

»Was?«

»Der Schatten Belions steht hinter ihm.«

»Aber das gibt es nicht. Er ist kein Weltenformer ...«

»Gedulde dich einen Augenblick, Frank, ich werde dir alles erklären. Offensichtlich hat dir *Dra* Marling einige Dinge vorenthalten. Nun ja, er war Revisionist, und das macht seine Haltung verständlich.«

Nach einer kleinen Pause fuhr er fort: »Man braucht nicht unbedingt einen Namen, um Welten zu entwerfen und zu bauen ...«

»O doch! Er ist eine psychologische Notwendigkeit. Er

macht die unterbewußten Potentiale frei, die für bestimmte Phasen des Werkes wichtig sind. Wenn man die Arbeit eines Gottes verrichtet, muß man sich wie ein Gott fühlen.«

»Weshalb kann ich dann Welten schaffen?«

»Du warst mir unbekannt, bis ich deine Feindschaft spürte. Ich habe kein einziges deiner Werke gesehen – nur das Zerrbild, das du aus Illyria gemacht hast! Wenn das typisch für deine Arbeit ist, empfinde ich Mitleid für dich.«

»Ansichtssache«, meinte er. »Aber es ist offensichtlich, daß ich etwas von dem Handwerk verstehe.«

»Soviel wie du kann jeder lernen. Doch wenn das schöpferische Element fehlt ...«

»Der Strantri-Kult ist älter als jeder Weltenformer.«

»Ich weiß – und?«

»Revisionisten wie *Dra* Marling und seine Vorläufer mißbrauchten die alte Religion für ihre Zwecke. Sie nahmen sie nicht als das, was sie war, sondern als psychologisches Hilfsmittel. Deine Bestätigung als Shimbo diente nur dazu, dein Unterbewußtsein zu koordinieren. Für einen Fundamentalisten ist das eine Gotteslästerung.«

»Du bist Fundamentalist?«

»Ja.«

»Aber du hast bei einem Weltenformer Unterricht genommen.«

»Um einen Namen zu erhalten.«

»Jetzt verstehe ich überhaupt nichts mehr.«

»Ich tat es aus religiösen Gründen. Es kam mir auf den Namen an, nicht auf das Handwerk.«

»Aber wenn er nur ein psychologisches Hilfsmittel ist ...«

»Das stimmt eben nicht! Man gewinnt durch die Zeremonie einen persönlichen Kontakt zu dem Gott, der sich gnädig zeigt. Die Hohenpriester der Strantri-Religion vollzogen das Ritual bei ihrer letzten Weihe.«

»Und warum bist du nicht Priester geworden?«

»Weil man die Zeremonie nur bei einem Namensträger lernen kann und alle siebenundzwanzig Namensträger Revisionisten sind. Sie weigerten sich, das Ritual aus Glaubensgründen durchzuführen.«

»Inzwischen sind es nur noch sechsundzwanzig«, warf ich ein.

»Sechsundzwanzig?«

»*Dra* Marling ruht in der Gruft am Berg, und Lorimel, der Vielfingrige, ist ins glückliche Nichts zurückgekehrt.«

Er senkte den Kopf und schwieg eine Weile. Dann seufzte er. »Wieder einer weniger. Ich erinnere mich an die Zeit, als es noch dreiundvierzig waren.«

»Eine traurige Geschichte.«

»Ja.«

»Weshalb wolltest du einen Namen?«

»Um Priester zu werden, nicht Weltenformer. Aber die Revisionisten duldeten einen wie mich nicht in ihren Reihen. Ich schloß meine Ausbildung zwar ab, aber dann verstießen sie mich. Und um die Kränkung vollkommen zu machen, verliehen sie den nächsten Namen einem Nicht-Pei'an.«

»Ich verstehe. Deshalb dein Racheplan ...«

»Ja.«

»Ich hatte mit den Geschehnissen nichts zu tun. Im Gegenteil, ich höre diese Geschichte heute zum erstenmal. Ich dachte immer, es gäbe keine Glaubensspaltung in der Strantri-Religion.«

»Nun weißt du es besser. Ich empfinde übrigens keinen persönlichen Haß gegen dich. Meine Rache sollte ein Schlag gegen die Gotteslästerer sein.«

»Aber warum übst du die Tätigkeit eines Weltenformers aus, wenn du sie unmoralisch findest?«

»Nicht die Tätigkeit ist unmoralisch, sondern die Unterjochung der Religion zu einem wirtschaftlichen Zweck. Streng genommen trage ich keinen Namen, und mein Talent verhilft mir zu Wohlstand. Weshalb sollte ich es also nicht ausnützen?«

Ich nickte. »Aber was hast du mit Belion, und vor allem, was hat Mike Shandon mit Belion zu tun?«

»Es war eine Sünde, und nun kommt die gerechte Strafe. Eines Nachts unternahm ich das Ritual selbst, im Tempel von Prilbei. Du weißt, wie es ist, wenn man das Opfer gebracht und die Worte gesprochen hat. Man geht die Tempelmauer entlang und betet zu den Göttern, bis eine der Tafeln aufleuchtet und man die Macht in sich spürt.«

»Ja.«

»So geschah es, daß ich Belions Station erreichte.«

»Du hast dir den Namen also selbst gegeben?«

»Ich bekam ihn von Belion. Ich konnte nichts dagegen tun. Eigentlich wollte ich ihn gar nicht, denn Belion ist ein Vernichter, kein Schöpfer. Ich hatte gehofft, daß Kirwar mit den Vier Gesichtern, der Vater der Blumen, mich erhören würde.«

»Jeder muß sich der göttlichen Bestimmung fügen.«

»Das stimmt, aber ich trug den Namen zu Unrecht. Belion gängelte mich unablässig, auch wenn ich ihn nicht rief. Ich weiß nicht, vielleicht trieb er mich sogar zu diesem Racheplan, weil Shimbo sein Erzfeind ist. Ja, es ist durchaus möglich. Seit er mich verlassen hat, sehe ich vieles mit anderen Augen ...«

»Wie konnte er dich verlassen? Die Bestimmung gilt für das ganze Leben.«

»Vielleicht fühlte er sich nicht an mich gebunden, weil das Ritual ein Betrug war. Jedenfalls ist er jetzt fort.«

»Shandon ...«

»Ja. Er gehört zu den wenigen deiner Rasse, die sich wie du ohne Worte verständigen können.«

»Bei mir war es nicht immer so. Erst Marling hat diese Kraft in mir geweckt.«

»Als ich ihn zurückrief, las ich in seinen Gedanken zuallererst den Ärger darüber, daß du ihn getötet hattest. Aber er unterdrückte diese Gefühle rasch, erstaunlich rasch, und orientierte sich. Seine Denkvorgänge faszinierten mich, und ich zog ihn den anderen vor, die ich zum Teil wie Gefangene behandeln mußte. Ich unterhielt mich oft mit ihm und brachte ihm viele Dinge bei. Schließlich half er mir bei den Vorbereitungen für deine Ankunft.«

»Wie lange lebt er bereits?«

»Etwa einen *Splanth.*« (Ein *Splanth* entspricht achteinhalb Erdmonaten.) »Ich rief sie alle um die gleiche Zeit zurück.«

»Weshalb hast du Ruth Laris entführt?«

»Ich dachte, du würdest vielleicht nicht glauben, daß ich deine Toten zurückgeholt hatte. Jedenfalls unternahmst du nicht viel, als die Fotos eintrafen. Es hätte mir Vergnügen bereitet, dich lange nach meinem Schlupfwinkel suchen zu lassen. Da du jedoch keine Anstalten dazu trafst, beschloß ich, deutlicher zu werden. Ich entführte Ruth Laris und schickte dir eigenhändig eine Botschaft. Hättest du auch darauf nicht reagiert, wäre erneut jemand, der dir nahestand, verschwunden.«

»Shandon entwickelte sich also zu deinem Schützling und Vertrauten.«

»Ja. Er besaß eine rasche Auffassungsgabe und gute Manieren. Ich hatte ihn gern um mich.«

»Bis vor kurzem.«

»Hmm. Es stellte sich heraus, daß ich sein Interesse und seine Hilfsbereitschaft mißverstanden hatte. Natürlich teilte er meine Rachegelüste. Das taten übrigens auch deine anderen Feinde, aber sie waren nicht so klug wie er, und keiner besaß telepathische Fähigkeit. Es machte mir Spaß, mit jemandem meine Gedanken auszutauschen.«

»Und was führte zum Bruch der innigen Freundschaft?«

»Er war noch raffinierter, als ich geglaubt hatte. Er legte mich herein.«

»Inwiefern?«

»Gestern sagte er plötzlich, daß er mehr als deinen Tod wolle, daß es ihm auf eine persönliche Rache ankäme. Wir gerieten darüber in Streit. Schließlich weigerte er sich, meinen Befehlen Folge zu leisten, und ich drohte, daß ich ihn bestrafen würden.«

Er schwieg einen Moment, dann fuhr er fort: »Er versetzte mir einen Schlag ins Gesicht. Zorn stieg in mir hoch, als ich ihn abwehrte, und ich beschloß, ihm meine Macht zu zeigen. So rief ich den Namen, den ich trug, und Belion hörte mich und kam. Ich tastete nach einer Energiequelle und beschwor die Dämpfe und Flammen herauf, die im Herzen jeder Welt wohnen. Ein tiefer Riß klaffte im Boden, und um ein Haar wäre er hineingestürzt. Aber es gelang ihm trotz seiner Brandwunden, wieder das Gleichgewicht zu erlangen. Er hatte seine Absicht erreicht – er hatte mich gezwungen, Belion herbeizuholen.«

»Wozu denn?«

»Er kannte meine Geschichte. Ich hatte sie ihm ebenso erzählt wie dir. Er wußte, wie ich zu dem Namen gekommen war, und er hatte heimlich einen Plan ausgeheckt. Als ich sah, was er beabsichtigte, lachte ich. Ich glaubte auch, daß es solche Dinge nicht geben könnte. Aber ich täuschte mich. Er schloß einen Pakt mit Belion.

Er hatte mich nur deshalb in Zorn gebracht, weil er wußte, daß ich den Namen anrufen würde. Als der Schatten dann über mich kam, schickte er seine Gedanken aus, und sie erreichten Belion: ›Sieh mich an! Bin ich deiner nicht würdiger als der, den du gewählt hast? Komm, präge meinem Innern deinen Stempel auf und verfüge über meinen Körper! Verlaß den Pei'an und bleib bei mir bis ans Ende meiner Tage! Ich lade dich ein. Ich bin besser als jeder andere geeignet, dir zu dienen, denn ich liebe das Feuer und die Zerstörung. Weißt du, daß Green Greens heimliche Sehnsucht dem Vater der Blumen gilt? Komm zu mir – die Verbindung wird von Vorteil für uns beide sein.‹«

»Und?« fragte ich.

»Plötzlich war ich allein.«

Irgendwo krächzte ein Vogel. Aus den Poren der Nacht strömte Nebel und legte sich um die Welt. Die Dämmerung war nahe. Ich starrte ins Feuer und sah keine Gesichter.

»Scheint nicht ganz mit der Theorie vom Autonomiekomplex übereinzustimmen«, murmelte ich. »Aber ich habe schon von Fällen gehört, bei denen sich Psychosen von einem Telepathen auf den anderen übertrugen. So etwas könnte es sein.«

»Nein. Belion und ich waren durch göttliche Bestimmung aneinander gebunden. Er fand einen besseren Mittler und verließ mich.«

»Ich glaube nicht so recht, daß er ein unabhängiges Ganzes ist.«

»Du – ein Namensträger? Hüte deine Zunge!«

»Schon wieder auf der Suche nach einer *Pai'badra?* Du hast wohl vergessen, wohin dich die erste gebracht hat. Was geschah, nachdem Shandon seinen Pakt mit Belion geschlossen hatte?«

»Er wandte sich langsam von der Erdspalte ab, die sich zwischen uns aufgetan hatte. Er kehrte mir den Rücken zu, als sei ich Luft. Ich tastete mit meinen Gedanken nach ihm und stieß auf Belion. Plötzlich hob er die Arme, und die ganze Insel begann zu zittern. Da drehte ich mich um und floh. Ich löste das Boot von der Anlegestelle und ruderte aufs Festland zu. Nach einiger Zeit begann das Wasser um mich zu brodeln. Dann flog Gestein hoch. Ich schaffte es bis zum

Ufer, und als ich mich umdrehte, erhob sich bereits die Spitze des Vulkans aus dem See. Shandon stand auf der Insel. Er hatte immer noch die Arme erhoben. Rauch und Funken umgaben ihn. Dann beschloß ich, dir entgegenzugehen, und kurze Zeit später erhielt ich deine Botschaft.«

»Konnte er schon vor dem Ereignis mit den Energiequellen umgehen?«

»Nein, er kannte sie nicht einmal.«

»Was ist mit den anderen, die du zurückgerufen hast?«

»Sie befinden sich alle auf der Insel. Einige stehen unter Drogeneinfluß.«

»Ich verstehe.«

»Vielleicht überlegst du dir meinen Vorschlag jetzt noch einmal.«

»Nein.«

Wir saßen da, bis sich im Osten die erste Helligkeit zeigte. Der Nebel verflog, aber der Himmel war immer noch trüb. Als die Sonne aufging, setzte sie die Wolkenränder in Brand. Ich dachte an Shandon, der mit seinem Vulkan spielte. Jetzt mußte man ihn angreifen, jetzt, da er von seinen neuen Kräften noch berauscht war. Ich hätte ihn gern von der Insel fortgelockt, in einen Teil Illyrias, den Green Green noch nicht verunstaltet hatte – in dem die Lebewesen noch meine Verbündeten waren. Aber darauf ging er sicher nicht ein. Zumindest mußte ich versuchen, ihn von den übrigen Inselbewohnern zu trennen. Wie ich das allerdings bewerkstelligen sollte, wußte ich nicht.

»Wie lange hast du gebraucht, um Illyria zu verändern?« fragte ich.

»Mit diesem Teil hier begann ich vor etwa dreißig Jahren«, entgegnete er.

Ich schüttelte den Kopf, stand auf und warf Erde auf das Feuer, bis es erstickt war.

»Komm. Wir wollen keine Zeit verlieren.«

Die nordische Sage stellt an den Anfang des Seins Ginungagap, eingehüllt in ewiges Dämmerlicht, im Norden von Eis, im Süden von Flammen gesäumt. Im Laufe der Zeitalter prallen die beiden Mächte aufeinander, Flüsse beginnen zu strömen, und Leben regt sich im Abgrund. Die Sumerer glaubten, daß En-ki, der Feuergott, den Meeresdrachen Tiamat besiegte und so Wasser und Land trennte. Für die Azteken bedeutete ein Feuerhimmel das Heraufziehen eines neuen Zeitalters. Dazu kommen die Vorstellungen vom Ende der Welt: das Jüngste Gericht, die Götterdämmerung, die Verschmelzung der Atome. Ich habe Welten und Völker sterben gesehen, und für mich war es immer das gleiche: Feuer und Wasser.

Trotz aller Naturwissenschaften sind wir rein gefühlsmäßig Alchimisten geblieben. Wir leben in einer Umgebung von Festkörpern, Flüssigkeiten und Gasen, die ihren Zustand durch Wärmevorgänge ändern. Das sind die Dinge, die wir wahrnehmen, die wir fühlen. Alles andere baut darauf. Der Alltag kommt mit den vier Elementen der Klassik aus: Erde, Luft, Feuer und Wasser.

Geben wir es zu, die Luft beeindruckt uns nicht weiter. Sie ist unsichtbar, und solange sie uns nicht zum Atmen fehlt, beachten wir sie kaum. Die Erde? Ihr Nachteil ist die Dauerhaftigkeit. Festkörper existieren mit beharrlicher Monotonie.

Anders jedoch Feuer und Wasser. Sie sind amorph, farbenprächtig und immer in Bewegung. Wenn Propheten ihr sündiges Volk zur Buße aufrufen, beschwören sie Bilder von Erdrutschen oder Wirbelstürmen herauf. Nein, sie drohen mit Feuer und Sintfluten. Ist es Zufall, daß wir unsere Höllen mit Flammen und unsere Meere mit Ungeheuern ausgestattet haben? Ich glaube nicht. Beide Elemente sind unstet, veränderlich – ein Zeichen für Leben. Beide sind geheimnisvoll, und beide können verletzen oder töten. Kein Wunder, daß sämtliche Rassen im Universum eine gewisse Scheu vor Feuer und Wasser empfinden. Es ist die Alchimistenreaktion.

Kathy und ich – Feuer und Wasser. Es war eine stürmische, bewegte, geheimnisvolle Beziehung gewesen, schmerzhaft, erfüllt von der Kraft, Leben und Tod zu geben. Kathy war ein zierliches dunkelhaariges Mädchen mit schönen Händen, das leuchtende Farben liebte und die Vögel im Park fütterte. Eine Agentur auf der Welt Mael hatte sie mir als Sekretärin vermittelt. Früher genügte es, wenn ein Mädchen in diesem Beruf tippen, stenografieren und Akten führen konnte. Aber Kathy besaß einen Doktorgrad für Sekretariatswissenschaften. Mein Gott, das erste Jahr war schlimm! Sie automatisierte alles, verpfuschte die schöne Ordnung, die ich mir geschaffen hatte, und brachte es schließlich soweit, daß ich mit meiner Korrespondenz ein halbes Jahr im Rückstand war. Ich wurde energisch und ließ – zu beträchtlichen Kosten – eine Schreibmaschine des zwanzigsten Jahrhunderts nachbauen. Sobald sie damit umgehen konnte, brachte ich ihr Stenografie bei, und sie machte ihre Sache ebensogut wie eine Handelsschülerin meiner Zeit. Der Briefverkehr normalisierte sich. Sie war eine helle kleine Flamme, die ich anfangs oft genug erstickte. Wenn ich sie in Tränen aufgelöst fand, tat mir meine Härte leid. Nach einiger Zeit jedoch wurde sie unentbehrlich für mich, nicht nur als Sekretärin. Wir heirateten, und es folgten sechs glückliche Jahre – sechseinhalb genauer gesagt. Sie kam bei der Brandkatastrophe der Miami-Docks ums Leben, als sie mich zu einer Konferenz abholen wollte. Wir hatten zwei Söhne, und einer lebt heute noch. Immer wieder hat mich das Feuer verfolgt und mir Unglück gebracht. Das Wasser dagegen ist mein Freund.

Nun, obwohl ich mich dem Wasser näher fühle als dem Feuer, bestehen meine Welten aus beiden Elementen. Cocytus, New Indiana, St. Martin, Buningrad, Illyria – sie alle bildeten sich in Flammen und Wasserdampf. Ich glaube, Kathy hätte es auf Illyria gefallen – auf *meinem* Illyria. Aber von der Ferienwelt, die ich geschaffen hatte, war nicht mehr viel übrig. Die Bäume wirkten verkrüppelt, das Wasser war verseucht, das Land verwundet. Feuer loderte aus dem Vulkankegel, und Ruß stieg zu den Wolken auf. Der Gedanke, daß Kathy jetzt hier weilte, machte mich elend.

Wir wanderten etwa eine Stunde, dann klagte Green Green über Müdigkeit und Schmerzen in der Schulter. Ich erklärte ihm, daß er mein ganzes Mitleid besaß, solange er weiterging. Offenbar gab er sich damit zufrieden, denn er schwieg. Wieder eine Stunde später gönnte ich ihm eine kleine Rast, während ich auf einen Baum kletterte, um das Gelände zu beobachten. Wir waren unserem Ziel nahe. Der Rest des Weges führte ständig bergab. Der Nebel hatte sich verflüchtigt, und die Temperatur stieg an. Ich schwitzte, als ich von Ast zu Ast stieg. Die harte Rinde riß mir die Hände auf. Rußwolken hüllten mich ein. Meine Augen brannten und tränten.

Die höheren Berge der Insel ragten über die Baumwipfel. Etwas weiter links erkannte ich den rauchenden Kegel des neuen Vulkans. Fluchend kletterte ich in die Tiefe.

Es dauerte weitere zwei Stunden, bis wir das Ufer des Acheron erreicht hatten.

Auf den öligen Pfützen meines Sees spiegelten sich Flammen. Lava und heiße Gesteinsbrocken versanken mit lautem Zischen. Ich fühlte mich schmutzig und verschwitzt. Wo die Wellen ans Ufer schlugen, zog sich ein breiter schwarzer Streifen über den Sand. Im Wasser selbst schwamm fettiger Ruß. Fische schaukelten mit aufgeblähten weißen Bäuchen im seichten Wasser, und fauliger Gestank erfüllte die Luft. Ich setzte mich auf einen Felsblock und rauchte eine Zigarette.

Eine Meile weiter draußen erhob sich meine Toteninsel, noch unverändert – scharf und dunkel wie ein Schattenriß. Ich beugte mich vor und tauchte einen Finger ins Wasser. Der See war heiß, sehr heiß.

»Ich kam etwa eine Viertelmeile westlich von hier an Land«, sagte Green Green.

Ich nickte und starrte weiterhin über das Wasser. Die Südseite der Insel besaß einen schmalen Strand, der sich etwa siebzig Meter entlang einer Bucht erstreckte. Von dort führte ein gewundener Felspfad die Bergflanke hinauf, über ein paar Plateaus bis zu den Gipfelzinnen.

»Wo wird er sich aufhalten?« fragte ich.

»Oben im Chalet«, entgegnete Green Green. »Dort hatte ich mein Labor. Ich baute viele der Felshöhlen aus.«

Das hieß, daß sich eine Annäherung von vorn vermutlich nicht vermeiden ließ. Nur im Süden war Strand. Überall sonst ragten die Klippen steil und unzugänglich aus dem Wasser.

Oder ...

Ich bezweifelte, daß Green Green, Shandon oder sonst jemand den Zugang von der nördlichen Felswand her kannte. Ich hatte sie so entworfen, daß sie abweisend aussah, aber sie war es nicht. Ein Fluchtweg für den Notfall – nun kam mir meine Voraussicht zugute. Ich beschloß, das Geheimnis bis zum letzten Moment für mich zu behalten. Green Green war Telepath. Woher wußte ich, daß Shandon keinen Einfluß auf ihn ausübte? Möglicherweise war die ganze Geschichte erlogen.

»Komm«, sagte ich. Ich stand auf und schnippte den Zigarettenstummel in die schmutzige Brühe des Sees. »Zeig mir die Stelle, wo du das Boot gelassen hast!«

Er ging voraus, aber er fand das Boot nicht.

»Weißt du genau, daß du hier an Land gegangen bist?«

»Ja.«

»Wo ist der Kahn dann?«

»Vielleicht rutschte er durch einen der Erdstöße ins Wasser und trieb ab.«

»Könntest du trotz deiner verletzten Schulter bis zur Insel schwimmen?«

»Ich bin Pei'an«, entgegnete er, und das hieß, daß er selbst mit zwei verletzten Schultern den Ärmelkanal durchqueren würde. Ich hatte die Frage nur gestellt, um ihn zu ärgern.

»... aber wir werden es dennoch nicht schaffen«, setzte er hinzu.

»Warum nicht?«

»Von dem Vulkan gehen heiße Strömungen aus. Weiter draußen sind sie noch schlimmer als hier.«

»Dann bauen wir uns ein Floß«, erklärte ich. »Während ich mit meinem Laser ein paar Bäume fälle, suchst du etwas, das sich zum Zusammenbinden eignet.«

»Was zum Beispiel?«

»Lianen. Davon gibt es dank deiner eifrigen Umgestaltung genug.«

»Die Dinger sind zäh. Ich werde dein Messer brauchen.«

Ich zögerte einen Moment.

»Meinetwegen. Hier.«

»Und wenn das kochende Wasser über die Floßränder dringt?«

»Dann müssen wir es eben abkühlen.«

»Wie?«

»Es wird bald regnen.«

»Die Vulkane ...«

»Ich sprach ja nicht von einer Sintflut.«

Er zuckte mit den Schultern, nickte und ging los, um Lianen zu suchen. Ich fällte ein paar gleichmäßig starke Stämme, schälte sie und schnitt sie auf eine Länge von drei Metern zurecht. Gleichzeitig versuchte ich Green Green ein wenig im Auge zu behalten.

Kurze Zeit später setzte dann ein dünner Nieselregen ein. Unzählige kleine Trichter zeigten sich auf der Wasseroberfläche. Das Naß schwemmte den Ruß von den Sträuchern und durchdrang meine Kleider. Green Green kam immer noch nicht zurück. Ich formte zwei breite Paddel und schnitt lange Stangen. Plötzlich erschütterte ein heftiger Stoß den Boden. Ein Riß durchzog die Flanke des Vulkankegels. Aus der Öffnung quoll ein Strom von der Farbe des Sonnenuntergangs. Noch Minuten nach der Detonation dröhnten mir die Ohren. Dann schob sich das Wasser des Acheron zu einer gewaltigen Druckwelle auf und raste zum Ufer. Ich ergriff die Flucht und kletterte auf einen Baum.

Die Flut erreichte die Wurzeln, aber sie stieg nicht sehr viel höher. In den nächsten zwanzig Minuten kamen noch drei dieser Miniaturspringfluten. Dann strömte das Wasser zurück und nahm meine Stämme und Paddel mit. Mir blieb knöcheltiefer Schlamm.

Ich verlor die Beherrschung. Die Vernunft sagte mir, daß mein Regen den verdammten Vulkan nicht auslöschen konnte, daß ich die Sache nur verschlimmerte ...

Aber ich dachte nicht mehr klar, als ich meine Arbeit zerstört sah.

Ich sprach die Worte.

Von irgendwo hörte ich den Pei'an rufen. Ich achtete nicht darauf.

In dieser Sekunde war ich nicht mehr Frank Sandow.

Etwa hundert Meter zu meiner Linken spürte ich eine Energiequelle. Ich folgte der Ader, erklomm einen kleinen Hügel, um den exakten Knotenpunkt zu erreichen. Vom Kamm aus hatte ich eine klare Sicht zur Insel hinüber. Das Wasser schäumte immer noch. Menschliche Augen sind nicht so scharf wie die eines Pei'an. Dennoch hob sich das Chalet deutlich von der Felswand ab. Ich glaubte sogar eine Bewegung an der Aussichtsplattform zu erkennen.

Die Energie durchfloß mich, und ich schickte sie nach oben.

Der Nieselregen ging in einen kräftigen Guß über, und als ich die Hand hob und wieder senkte, zuckten Blitze und rollte der Donner. Wind kam auf, kalt wie ein Hauch der Arktis.

Green Green rief wieder nach mir.

Dann öffnete der Himmel seine Schleusen, und die Insel verschwand hinter einem grauen Vorhang. Der Vulkan war ein schwacher Funken über dem Wasser. Der Wind dröhnte vorbei wie ein Güterzug, und sein Fauchen vermischte sich mit dem Donnergrollen zu einem ohrenbetäubenden Kriegsruf. Er trieb die Wellen des Acheron gegen die Insel.

Das Wasser floß mir in Strömen durch das Haar, über das Gesicht, in den Nacken. Ich sah nichts, doch das war auch unwichtig. Die Macht umschloß mich. Es wurde eiskalt. Dunkelheit legte sich über Illyria. Ich begann zu lachen.

Hör auf, Frank! Du verrätst ihm, wo du bist! drangen Green Greens Gedanken auf mich ein.

Das weiß er bereits! Suche irgendwo Schutz, bis alles vorüber ist!

Und das Wasser ergoß sich vom Himmel, und der Sturm tobte über den Acheron, und der Boden unter meinen Füßen begann erneut zu schwanken. Der matte Funken glühte auf, verwandelte sich in eine rote Sonne. Dann glitten meine Blitze über die Insel und den Vulkan. Sie schrieben Namen in das Chaos, und meiner war dabei.

Der nächste Erdstoß zwang mich auf die Knie, aber ich stand wieder auf und hob beide Arme.

... Und dann war ich an einem Ort, wo weder Licht noch Dunkelheit herrschte, wo es weder warm noch kalt war. Vielleicht befand er sich in meinem Innern, vielleicht auch nicht.

Wir starrten einander an, und ich umklammerte den Donnerbolzen mit blaßgrünen Händen.

Er sah aus wie eine mächtige graue Säule und war mit Schuppen bedeckt. Er hatte eine Krokodilschnauze, und seine Augen glühten wie Feuer. Seine drei Armpaare bewegten sich, als er mit mir sprach. Sonst rührte er sich nicht vom Fleck.

Alter Feind, alter Kumpel, begrüßte er mich.

Ja, Belion, ich bin hier.

... Deine Zeit ist abgelaufen. Erspar dir die Schmach, von meiner Hand zu fallen. Gib nach, Shimbo, und rette die Welt, die du geschaffen hast.

Ich glaube nicht, daß meine Welt untergehen wird, Belion.

Stille.

Dann: *Also kämpfen wir die Sache aus.*

... Außer du ziehst dich zurück.

Nein.

Dann kämpfen wir die Sache aus.

Er seufzte eine Flamme.

Sei es.

Und er war verschwunden.

... Ich stand allein auf dem Kamm des kleinen Hügels und senkte langsam die Arme, denn die Macht hatte mich verlassen.

Es war ein seltsames Erlebnis. Ein Tagtraum vielleicht. Oder ein Trugbild, geboren aus dem Zorn und der Erregung.

Der Regen fiel immer noch, wenn auch nicht mit gleicher Gewalt wie zuvor. Der Wind hatte etwas von seiner Stärke verloren. Auch der Vulkan glimmte nur schwach.

Ich sah mich um, spürte den Boden unter den Füßen, fühlte die Kälte und Nässe. Unser Kampf war abgebrochen, die Kräfte hatten sich aufgehoben. Aber das Wasser wirkte kühler und die graue Insel weniger schroff. Ich kehrte zu meiner Arbeit zurück.

7

Noch während ich darüber nachsann, was aus meiner gesunden Feigheit geworden war – sie hatte mir mehr als einmal das Leben gerettet –, kehrte sie mit wehenden Fahnen zurück. Mir zitterten die Knie.

Wenn Green Green meinen Zustand bemerkte, so verlor er kein Wort darüber. Ich hatte mir meine Gedanken über ihn gemacht. Genaugenommen war er jederzeit in der Lage, mich umzubringen. Er wußte es. Und er wußte, daß ich es wußte ...

Was ihn davon abhielt, war die Tatsache, daß er ohne meine Hilfe Illyria nicht verlassen konnte – woraus ich schloß, daß sich sein Schiff auf der Insel befand. Das aber hieß, daß Shandon die Möglichkeit hatte, uns von der Luft aus zu überwachen. Ich hielt es für ratsam, unsere Arbeit vom Strand in den Schutz des Waldes zu verlegen und das

Floß erst nachts startklar zu machen. Green Green pflichtete mir bei.

Am Nachmittag, als wir das Floß zusammenfügten, riß die Wolkendecke kurz auf, aber die Sonne setzte sich nicht durch. Nach einiger Zeit begann es wieder leicht zu regnen.

Später stieg von der Insel ein silbernes Insekt auf, ein plumpes, häßliches Ding, und zog weite Kreise über dem See. Wir waren durch dichtes Laub geschützt. Dennoch wagten wir uns erst wieder zu rühren, als die Maschine zur Insel zurückkehrte. Während des Manövers umklammerte ich krampfhaft mein altes Amulett. Die Hasenpfote ließ mich nicht im Stich.

Wir hatten das Floß zwei Stunden vor Sonnenuntergang fertig und lagerten unter den Bäumen.

»Ich gäbe einen Penny für deine Gedanken«, sagte ich.

»Was ist ein Penny?«

»Eine alte Geldmünze, die man auf meiner Heimatwelt benutzte. Allerdings hoffe ich, daß du mich nicht beim Wort nimmst, denn die Dinger sind inzwischen ziemlich im Wert gestiegen.«

»Gedanken bezahlen – das finde ich merkwürdig. War das bei euch so üblich?«

»Es hing mit der Blüte des Merkantilismus zusammen. Alles hatte seinen Preis.«

»Faszinierend. Würdest du eine *Pai'badra* kaufen?«

»Eine *Pai'badra* ist ein Motiv, das jemanden zum Handeln zwingt. Sie hätte keinen Wert für mich.«

»Aber würdest du einem Feind Geld dafür geben, daß er seine Rachepläne fallenläßt?«

»Nein.«

»Warum nicht?«

»Du würdest das Geld nehmen und dennoch Rache suchen – in der Hoffnung, meine Wachsamkeit durch den Handel einzuschläfern.«

»Ich sprach nicht von mir. Du weißt, daß ich reich bin und daß ein Pei'an seine Rache niemals aufgibt. Nein, ich dachte an Mike Shandon. Er ist vielleicht auch der Meinung, daß alles seinen Preis hat. Wenn ich mich recht erinnere, entstand eure Feindschaft, weil er Geld brauchte und deshalb verbotene Dinge tat. Du hast ihn ins Gefängnis gebracht und getötet, und nun haßt er dich. Aber da er ein Mensch ist und Geld über alles schätzt, könntest du ihm eine gewisse Summe für seine *Pai'badra* bieten. Vielleicht gibt er sich damit zufrieden und verläßt Illyria.«

Den Sieg erkaufen? Der Gedanke war mir noch nicht gekommen. Es bestand durchaus die Möglichkeit, daß Green Green die Lage richtig einschätzte. Wir Menschen sind im allgemeinen käuflich.

Andererseits war ich skeptisch, wenn ich Shandons Verschwendungssucht in Betracht zog. Angenommen, ich fand ihn mit einer halben Million Universal-Credits ab. Jeder normale Mensch hätte die Summe angelegt und von den Dividenden gelebt. Shandon dagegen würde das Geld in zwei Jahren durchbringen und dann erneut an mich herantreten. Möglich, daß er die goldene Gans nur rupfte und ihr nicht den Kragen umdrehte, aber sicher wußte ich es nicht. Und wer lebt schon gern in einem Gefühl der ständigen Angst?

Immerhin, wenn er mitmachte, konnte ich mich erst einmal loskaufen und ihm dann ein paar Killer auf die Fersen hetzen, damit er so rasch wie möglich aus dem Spiel ausschied.

Aber falls die Leute versagten …

Dann hieß es wieder – er oder ich.

Ich betrachtete das Problem von allen Seiten. Letzten Endes lief es auf eines hinaus: Er hatte eine Pistole bei sich getragen und doch versucht, mich mit bloßen Händen zu töten.

»Bei Shandon geht es nicht«, sagte ich. »Er ist kein Kaufmannstyp.«

»Es war nur ein Vorschlag. Ich kenne euch Terraner in dieser Hinsicht zu schlecht.«

»Da bist du nicht der einzige.«

Die Abenddämmerung brach herein. Sobald es dunkel war, konnten wir das Floß zum See tragen. Der Regen hatte das Wasser sicher abgekühlt.

»Green Green, ich bin in meinem Wesen vielleicht mehr Pei'an als Mensch. Deshalb begreife ich dich so gut. Auch ich muß an meiner *Pai'badra* festhalten, was immer geschieht.«

»Ich weiß das«, sagte er, »und darum schätze ich dich.«

»Was ich damit ausdrücken wollte, ist folgendes: Wenn wir beide diesen Kampf heil überstehen, könnten wir Freunde werden. Ich spreche mit den anderen Namensträgern. Vielleicht geben sie dir noch eine Chance. Kirwar von den Vier Gesichtern als Hoherpriester der Strantri-Religion – das wäre schön ...«

»Du versuchst, meinen Preis herauszufinden, Terraner!«

»Nein, ich meine es ernst. Bis jetzt hast du mir keinen Grund zur *Pai'badra* gegeben.«

»Aber ich wollte dich umbringen!«

»Unter einer falschen Voraussetzung.«

»Du weißt, daß ich dich jederzeit töten kann.«

»Ich weiß, daß du das glaubst.«

»Wirklich? Ich habe meine Gedanken abgeschirmt.«

»Es ist eine Sache der Logik, nicht der Telepathie.«

»Du hast wirklich viel mit einem Pei'an gemeinsam«, sagte er nach einer kleinen Pause. »Ich verspreche dir, daß ich meine Rache aufschiebe, bis die Angelegenheit mit Shandon in Ordnung gebracht ist.«

Wir saßen noch eine Weile da und warteten, bis es dunkel wurde. Dann erhob ich mich.

»Jetzt?«

Er nickte und stand ebenfalls auf.

Wir schleppten das Floß zum Wasser, wateten ein Stück in den See hinaus und schoben es kräftig an.

»Hast du die Paddel?«

»Ja.«

»Dann los!«

Wir zogen uns auf die Stämme, stabilisierten das Ding und setzten erst einmal die langen Staken ein.

»Weshalb hat er deine Geheimnisse verkauft, wenn er über Bestechung erhaben war?« wollte Green Green wissen.

»Er hätte mir die Geheimnisse der anderen verkauft, wenn ich mehr geboten hätte.«

»Und warum glaubst du, daß er sich diesmal nicht bestechen läßt?«

»Weil er mich haßt. Mit Geld ist da nichts zu machen.«

In diesem Augenblick glaubte ich noch fest, daß das stimmte.

»Es gibt so viele dunkle Gebiete im Innern der Menschen«, stellte er fest. »Eines Tages würde ich sie gern erforschen.«

»Ich auch.«

Ein Mond war aufgegangen. Er zeigte sich als verschwommener Fleck hinter den Wolken. Das Wasser latschte über die Floßränder, schlug gegen unsere Stiefel. Eine kühle Brise folgte uns vom Ufer.

»Der Vulkan schläft«, sagte er. »Was hast du mit Belion vereinbart?«

»Dir entgeht wohl gar nichts?«

»Ich versuchte mehrmals, Kontakt mit dir aufzunehmen, und ich weiß, was ich vorfand.«

»Belion und Shimbo lauern«, erklärte ich. »Dann ein rascher Vorstoß, und einer der beiden wird befriedigt sein.«

Das Wasser war schwarz wie Tinte und warm wie Blut. Die Insel hob sich dunkel gegen den Perlmuttschimmer des Nachthimmels ab. Wir schoben das Floß mit den Stangen, bis wir keinen Grund mehr spürten. Dann ergriffen wir die Paddel und tauchten sie leise ein. Green Green besaß die Liebe seines Volkes zum Wasser. Ich spürte das in jeder seiner Bewegungen.

Für mich war es ein unheimliches Gefühl, diesen düsteren See zu überqueren, den ich selbst geschaffen hatte, mit einem ganz bestimmten Bild vor Augen. Hier erinnerte nichts an den stillen Frieden, der im Tal der Schatten herrschte. Ich haßte und fürchtete den See. Er gehörte zu den wenigen Schöpfungen, die ich bereute, und ich wußte, daß ich nicht die Kraft finden würde, ihn noch einmal zu schaffen. Das dunkle Wasser zerrte etwas aus meinem Innern, das ich weder verstand noch sehen wollte. Aber ich schaute doch hin, und plötzlich befand ich mich in der Tokio-Bucht, und um mich waren all die Dinge, die sich am Grund gesammelt hatten – der riesige Kehrichthaufen des Lebens, auf dem alle Absichten und Ideale liegen, seien sie gut oder böse; der Ort, an dem die letzten Werte zerschmettert werden. Das warme Wasser umspielte mich, aber ein Schüttelfrost hatte mich erfaßt, und ich ließ das Paddel sinken. Green Green tippte mir leicht auf die Schulter, und wir ruderten weiter. »Warum hast du ihn geschaffen, wenn du ihn so sehr haßt?« fragte er mich.

»Weil die Bezahlung gut war.« Ich machte eine Pause und fuhr dann fort: »Steuern wir mehr nach links! Ich möchte auf der Rückseite der Insel landen.« Wir änderten den Kurs.

»Auf der Rückseite?« wiederholte er.

»Ja«, sagte ich knapp.

Als wir uns der Insel näherten, unterdrückte ich meine Gedanken und handelte rein mechanisch, wie immer, wenn zuviel auf mich einströmt. Ich ruderte, und wir glitten durch die Nacht. Bald lag die Insel neben uns. Der schwachrote Glanz des Vulkankegels lag auf den Klippen.

Wir ruderten an der Insel vorbei und zogen eine Schleife, so daß wir von Norden kamen. Die Klippen hier waren dunkel, aber ich kannte jeden Vorsprung und jeden Riß in den Felsen.

Ich warf einen Blick nach oben. »Mehr östlich«, sagte ich.

Ein paar hundert Meter weiter erreichten wir die Stelle, wo der ›Pfad‹ verborgen lag. Ein enger Kamin führte schräg ins Innere des Felsens. Man mußte sich, den Rücken und die Füße gegen die Steinwände gepreßt, etwa zehn Meter hocharbeiten, dann kam man zu einem schmalen Sims. Hatte man auch ihn überwunden, gelangte man zu einer Reihe von Stufen, die in den Stein gehauen waren.

Ich erklärte Green Green den Weg, und er stabilisierte das Floß, während ich vorauskletterte. Dann folgte er mir. Ich wußte, daß ihm die Schulter große Schmerzen bereitete, aber er sagte kein Wort.

Als ich das Ende des Kamins erreicht hatte, schaute ich in die Tiefe. Ich konnte das Floß nicht mehr erkennen. Als ich das Green Green berichtete, stöhnte er nur leise. Ich half ihm auf den Felsensims. Schritt für Schritt tasteten wir uns voran.

Es dauerte eine Viertelstunde, bis wir bei den Stufen angelangt waren. Wieder ging ich voraus. Der Weg war gut hundertfünfzig Meter lang und endete erneut auf einem Sims. Der Pei'an folgte mir mühsam.

Bald waren meine Hände wund. Als wir das Plateau erreichten, setzte ich mich und zündete eine Zigarette an. Nach zehn Minuten gingen wir weiter. Gegen Mitternacht hatten wir den Gipfel ohne Zwischenfall erreicht.

Kurze Zeit später sahen wir ihn.

Er schien unter Drogeneinfluß zu stehen und umherzuirren, aber genau kann man so etwas nie sagen.

So trat ich neben ihn, legte ihm die Hand auf die Schulter und sagte: »Hallo, Courtcour.«

Seine Lider waren verquollen. Sein aufgedunsener Leib

steckte in einem weißen Hemd. Er hatte einen etwas bleichen Teint und hellblaue Augen. Er lispelte ein wenig, als er antwortete.

»Ich glaube, ich besitze alle Daten.«

»Gut«, erwiderte ich. »Du weißt, daß ich ursprünglich herkam, um diesen Mann – Green Gren – zu bekämpfen. Aber nun haben wir uns gegen Mike Shandon verbündet ...«

»Einen Augenblick«, bat er.

Dann fuhr er fort: »Ja – ihr werdet unterliegen.«

»Wie meinst du das?«

»Shandon tötet dich in drei Stunden zehn Minuten.«

»Nein«, widersprach ich, »das kann er nicht.«

»Wenn er es nicht tut, dann nur, weil du ihn getötet hast. Aber das nützt dir nicht viel, denn in diesem Fall fällst du Mister Green zum Opfer – in genau fünf Stunden zwanzig Minuten von jetzt an.«

»Weshalb bist du so sicher?«

»Green ist der Weltenformer, der Korrlyn errichtet hat.«

»Stimmt das?« fragte ich den Pei'an.

»Ja.«

»Dann wird er dich töten.«

»Wie?«

»Vermutlich mit einem stumpfen Gegenstand«, erklärte er. »Wenn du ihm ausweichen kannst, gelingt es dir vielleicht, ihn mit bloßen Händen zu erledigen. Du warst schon immer kräftiger, als du aussiehst, und das täuscht deine Gegner. Ich glaube jedoch nicht, daß es dir diesmal helfen wird.«

»Danke«, sagte ich. »Und nun geh wieder schlafen.«

»... außer ihr führt beide Geheimwaffen mit«, fügte er hinzu. »Ich traue es euch zu.«

»Wo ist Shandon?«

»Im Chalet.«

»Ich will seinen Kopf. Wie bekomme ich ihn?«

»Du besitzt eine Kraft, die sich meiner Auswertung entzieht.«

»Ja, ich weiß.«

»Setze sie nicht ein!«

»Warum nicht?«

»Weil er über eine ähnliche Kraft verfügt.«

»Auch das ist mir bekannt.«

»Wenn du ihn töten solltest, dann tue es ohne deine Dämonenmacht.«

»In Ordnung.«

»Du traust mir nicht.«

»Ich traue keinem.«

»Erinnerst du dich an die Nacht, in der wir beide den Kontrakt abschlossen?«

»Schwach.«

»Es gab Schweineschnitzel – soviel ich wollte. Es war die beste Mahlzeit in meinem ganzen Leben.«

»Jetzt erinnere ich mich.«

»Damals hast du mir von Shimbo erzählt. Wenn du ihn herbeirufst, holt Shandon seinen Gegenspieler. Zu viele Variable. Es könnte tödlich ausgehen.«

»Vielleicht hat Shandon dich in seiner Gewalt.«

»Nein, bestimmt nicht. Ich stelle lediglich eine Wahrscheinlichkeitsrechnung auf.«

»Könnte Yarl, der Allmächtige, einen Stein schaffen, den er nicht hochzuheben vermag?« mischte sich Green Green ein.

»Nein«, sagte Courtcour.

»Warum nicht?«

»Er würde es nicht tun.«

»Das ist keine Antwort.«

»O doch. Denk darüber nach. Würdest *du* es tun?«

»Ich traue ihm nicht«, sagte Green Green. »Er war normal, als ich ihn zurückrief, doch nun sieht es so aus, als hätte ihn Shandon für sich gewonnen.«

»Nein«, erklärte Courtcour. »Ich versuche euch zu helfen.«

»Indem du Sandow sagst, daß er sterben wird?«

»Nun, das stimmt.«

Green hob die Hand, und plötzlich hielt er meine Pistole hoch. Teleportation – ich hatte es befürchtet. Er drückte zweimal ab und gab sie mir zurück.

»Warum hast du das getan?«

»Er log dich an, versuchte dich zu verwirren. Er wollte dein Selbstvertrauen zerstören.«

»Er war früher ein enger Freund von mir. Er hatte sich beigebracht, wie ein Computer zu denken. Ich glaube, er wollte wirklich objektiv sein.«

»Hol das Band und erwecke ihn wieder zum Leben.«

»Komm! Ich habe noch genau zwei Stunden und achtundfünfzig Minuten.«

Wir gingen weiter.

»Hätte ich es nicht tun sollen?« fragte er nach einer Weile.

»Nein.«

»Es tut mir leid.«

»Großartig. Bring niemanden mehr um, außer ich verlange es ausdrücklich, ja?«

»In Ordnung. Du hast viele Menschen getötet, nicht wahr, Frank?«

»Ja.«

»Warum?«

»Sie oder ich – und du kannst dir denken, zu welcher Entscheidung ich kam.«

»Weshalb dann dein Ärger?«

»Es war nicht nötig, Bodgis zu töten.«

»Ich dachte ...«

»Halt den Mund! Bitte, halt den Mund!«

Wir zwängten uns durch eine Felsspalte. Nebelfinger tasteten nach uns. Als wir den Weg erreichten, der zum Chalet hinunterführte, sahen wir die zweite schemenhafte Gestalt.

»... du gehst dem Tod entgegen?« fragte sie, und ich blieb stehen und starrte sie an.

»Lady Karle!«

»Beeil dich, beeil dich!« forderte sie mich auf. »Du weißt nicht, was es für mich bedeutet, dich sterben zu sehen.«

»Ich habe dich einmal geliebt«, erwiderte ich. Es war eine unpassende Antwort.

Sie schüttelte den Kopf.

»Du hast nur dich und dein Geld geliebt. Du hast viele Menschen umgebracht, um dein Imperium aufzubauen, Frank. Jetzt ist endlich ein Mann da, der es mit dir aufnimmt. Ich bin stolz, daß ich deinen Untergang miterleben darf.«

Ich richtete den Strahl meiner Taschenlampe auf sie. Ihr Haar war rot und ihr Teint weiß. Sie hatte ein herzförmiges Gesicht und grüne Augen – ganz wie damals.

»Und wenn ich ihn besiege?«

»Dann gehöre ich vielleicht eine Zeitlang wieder dir. Aber ich hoffe, daß es nicht so ist. Du bist schlecht, und ich wünsche dir den Tod. Ich würde dich selbst umbringen, wenn ich eine Möglichkeit dazu fände.«

»Halt«, warf Green Green ein. »Ich habe dich ins Leben zurückgeholt. Und ich lockte Frank Sandow hierher, um ihn zu töten. Ich wurde von einem Menschen überlistet, der leider – oder zum Glück – ähnliches mit ihm vorhat. Aber Frank und ich sind jetzt Verbündete. Hör mir zu! Hilf uns, an den Feind heranzukommen, und ich belohne dich!«

Sie verließ den Lichtkreis, und ihr Gelächter erreichte uns.

»Nein«, rief sie. »Nein, vielen Dank.«

»Ich habe dich einmal geliebt«, wiederholte ich.

Schweigen. Dann: »Könntest du es jetzt auch noch?«

»Ich weiß es nicht, aber du bedeutest mir etwas – ich habe dich gern.«

»Geh!« sagte sie. »Alle Schulden müssen beglichen werden. Geh zu Shandon und stirb!«

»Bitte«, sagte ich. »Denk an die Zeit, als ich dich in den Armen hielt! Ich habe nie aufgehört, dich gern zu haben, auch nicht, nachdem du fortgegangen warst. Und es stimmt nicht, daß ich das Syndikat der Zehn von Algol zerbrochen habe, auch wenn es oft behauptet wird.«

»Du hast es getan!«

»Ich glaube, ich könnte dich vom Gegenteil überzeugen.«

»Bemüh dich nicht! Geh!«

»Also gut«, entgegnete ich. »Aber ich werde nicht aufhören, dich gern zu haben.«

»Geh! Bitte, geh!«

Wir setzten unseren Weg fort. Die ganze Zeit über hatten wir Dralmin, ihre Muttersprache, benutzt. Es kam mir erst jetzt zu Bewußtsein. Merkwürdig.

»Du hast viele Frauen geliebt, nicht wahr, Frank?«

»Ja.«

»Hast du Lady Karle belogen – ich meine, als du sagtest, daß du sie gern hast?«

»Nein.«

Wir folgten dem Pfad, bis wir die Lichter des Chalets unter uns erkennen konnten. Nach einiger Zeit tauchte eine verkrümmte Gestalt auf, kam näher.

»Nick!«

»Ganz recht, Mister.«

»Ich bin es – Frank.«

»Das darf nicht wahr sein!«

Ich schaltete die Taschenlampe ein, und er musterte mich gründlich.

»Ich kann es einfach nicht fassen! Weißt du auch, daß der Kerl dort unten verrückt spielt und dich auspusten will?«

»Ja, das weiß ich.«

»Er versuchte mich zum Mitmachen zu überreden, und da warf ich ihm ein paar unfeine Ausdrücke an den Kopf. Das brachte ihn in Wut. Er griff mich an, und ich schlug ihm die Nase ein. Wundert mich, daß er mir nicht nach draußen gefolgt ist. Er hat nämlich ein zähes Leder.«

»Ich weiß.«

»Wenn du willst, helfe ich dir.«

»Das wäre großartig, Nick.«

»Aber der Bursche hier paßt mir nicht ...«

Nick hatte sich um keine Spur verändert.

»Wie meinst du das?«

»Er trägt doch die Schuld an allem. Er hat mich und die anderen zurückgeholt. Er ist ein Schweinehund. An deiner Stelle würde ich mich schnell von ihm trennen.«

»Wir sind jetzt Verbündete, er und ich.«

Nick spuckte aus.

»Wir beide unterhalten uns noch ein paar Takte, Mister«, sagte er zu Green Green. »Wenn alles vorbei ist, gehören Sie mir. Erinnern Sie sich noch daran, wie Sie mich ausquetschten? Das war alles andere als angenehm. Jetzt komme ich an die Reihe.«

»In Ordnung.«

»Eben nicht. Gar nichts ist in Ordnung. Shorty hat mich dieser Grünkohl genannt. Ich röste ihn über einem offenen Feuer. Er wird es noch bereuen, daß er mich ins Leben zurückgeholt hat. Ich vernichte ihn!«

»Das bezweifle ich, kleiner Mann«, sagte Green Green.

»Wartet doch ab!« versuchte ich zu vermitteln.

So kam Nick mit uns, aber er hielt betont Abstand zu Green Green.

»Ist er im Chalet?« fragte ich.

»Ja. Hast du eine Bombe?«

»Klar.«

»Das wäre vielleicht die einfachste Lösung. Du siehst erst nach, ob er sich drinnen aufhält, und wirfst sie durchs Fenster.«

»Ist er allein?«

»Nein, das nicht. Aber so etwas ist kein Mord. Sobald du die Bänder besitzt, kannst du das Mädchen neu schaffen.«

»Welches Mädchen?«

»Kathy heißt sie. Ich kenne sie nicht.«

»Sie war meine Frau.«

»Hm, das ändert die Sache natürlich. Wir werden uns einen neuen Plan zurechtlegen.«

»Vielleicht kannst du Kathy wegbringen, während ich mich um Shandon kümmere«, schlug ich vor.

»Oh, ich glaube nicht, daß sie gehen wird.«

»Warum nicht?«

»Es ist ein paar Monate her, Frank, seit wir aufwachten. Wir hatten keine Ahnung, wo wir uns befanden und was eigentlich los war. Und dieser grüne Frosch erklärte, er wüßte nicht mehr als wir. Daß du mit im Spiel warst, erfuhren wir erst, als er mit Mike in Streit geriet. Eines Tages paßte er nämlich nicht auf, und Mike drang in seine Gedanken ein. Jedenfalls sind Mike und das Mädchen – also, die beiden verstehen sich gut.«

»Green, warum hast du mir das nicht gesagt?«

»Ich dachte, es sei nicht wichtig. Habe ich mich darin getäuscht?«

Ich gab keine Antwort, weil ich es nicht wußte. Ich überlegte rasch. Ursprünglich hatte ich mich auf den Weg gemacht, um einen Feind zu besiegen. Dieser Feind war nun mein Verbündeter, und ein anderer hatte seine Stelle eingenommen. Dazu kam, daß der neue Feind mit der Frau zusammenlebte, die ich hatte retten wollen ... Eine verworrene Geschichte. Wenn Kathy ihn liebte, konnte ich ihn nicht vor ihren Augen töten. Selbst wenn er sie nur ausnützte, wenn sie ihm egal war, konnte ich es nicht tun – nicht, wenn er ihr etwas bedeutete. Es sah so aus, als sei Green Greens Vorschlag gar nicht mehr so abwegig: Ich mußte versuchen, mich loszukaufen. Mike Shandon besaß eine neue Macht und ein hübsches Mädchen. Wenn man dazu noch ein Bündel Geldscheine legte, ließ er sich vielleicht umstimmen. Dennoch, ich kam von dem Gedanken nicht los, daß er versucht hatte, mich mit bloßen Händen umzubringen.

Ich konnte einfach umkehren, an Bord der *T* gehen und nach Freiland zurückfliegen. Wenn sie Shandon liebte, sollte sie ihn haben. Ich konnte meine Differenzen mit Green Green begleichen und einer ruhigen Zukunft entgegensehen.

»Doch, es ist wichtig«, sagte ich.

»So wichtig, daß du deine Pläne änderst?« wollte Green Green wissen.

»Ja.«

»Nur wegen des Mädchens?«

»Nur wegen des Mädchens«, bestätigte ich.

»Du bist ein seltsamer Mensch, Frank. Da nimmst du ungeheure Strapazen auf dich, und kurz vor dem Ziel besinnst du dich eines Besseren – wegen eines Mädchens, das nur noch eine Erinnerung ist.«

»Ich habe ein gutes Gedächtnis.«

Es behagte mir nicht, daß Shimbos Erzfeind einen Namensträger gefunden hatte, der stark und intelligent war und dem es obendrein nichts ausmachte, wenn ich vor die Hunde ging. Es war eine Kombination, die mir schlaflose Nächte bereiten würde, selbst auf Freiland. Andererseits – lebend nützte ich ihm vielleicht mehr.

»Was machst du jetzt?« fragte Nick.

»Ich gehe zu ihm. Vielleicht läßt er mit sich handeln.«

»Du hast gesagt, er würde seine *Pai'badra* nie verkaufen«, warf Green Green ein.

»Das dachte ich auch. Aber ich bin Kathy zumindest den Versuch schuldig.«

»Das verstehe ich nicht.«

»Gib dir keine Mühe. Vielleicht wartet ihr beiden besser hier. Es ist möglich, daß er schießt.«

»Und was sollen wir tun, wenn er dich tötet?« fragte Green Green.

»Das ist euer Problem. Bis bald, Nick.«

»Alles Gute.«

Ich machte mich auf den Weg und errichtete einen dichten Schutzschild um meine Gedanken. Die Felsblöcke dienten mir als Deckung. Langsam robbte ich mich vorwärts, bis ich etwa fünzig Meter vom Haus entfernt war. Ich lag im Schatten, flach gegen den Stein gepreßt. Der Lauf meines Strahlers war auf die Tür gerichtet.

»Mike!« rief ich. »Ich bin es – Frank Sandow!« Ich wartete.

Etwa eine halbe Minute verging, dann kam die Antwort.

»Ja?«

»Ich muß mit dir reden.«

»Fang an!«

Plötzlich gingen die Lichter aus.

»Stimmt es wirklich, was ich über dich und Kathy gehört habe?«

Er zögerte. »So ungefähr.«

»Ist sie jetzt bei dir?«

»Vielleicht. Warum?«

»Ich möchte es von ihr selbst hören.«

Dann, nach all der Zeit, ihre Stimme:

»Es ist wahr, Frank. Wir hatten keine Ahnung, wo wir uns befanden und was eigentlich los war – ich erinnerte mich an diesen Brand ... ich weiß nicht, wie ...«

Ich biß mir auf die Lippen.

»Ich verlange keine Entschuldigung von dir«, sagte ich. »Das ist alles so lange her. Ich werde es überleben.«

Mike lachte.

»Du scheinst sehr selbstsicher.«

»Ja. Ich habe beschlossen, den einfachen Weg zu wählen.«

»Wie meinst du das?«

»Wieviel verlangst du?«

»Geld? Hast du etwa Angst vor mir, Frank?«

»Als ich herkam, hatte ich den festen Vorsatz, dich umzubringen. Aber wenn Kathy dich liebt, sieht die Sache anders aus. Also – wieviel verlangst du?«

»Darüber habe ich noch nie nachgedacht. Eine ganze Menge, das steht fest. Erst einmal ein gesichertes Einkommen auf Lebenszeit, nicht zu knapp bemessen. Und Wertobjekte. Ich müßte eine Liste aufstellen. – Meinst du es wirklich ernst? Oder versuchst du mich hereinzulegen?«

»Wir sind beide Telepathen. Ich schlage vor, daß wir unsere Sperren aufheben. Nicht nur das – ich bestehe sogar darauf.«

»Kathy hat mich gebeten, dich nicht zu töten«, sagte er. »Sie wäre gekränkt, wenn ich es doch täte. In Ordnung. Sie bedeutet mir viel. Ich nehme dein Geld und deine Frau und verschwinde.«

»Vielen Dank.«

Er lachte.

»Glück muß der Mensch haben. Wie soll der Handel vor sich gehen?«

»Wenn du einverstanden bist, gebe ich dir erst einmal eine größere Summe. Alles andere arbeiten meine Anwälte aus.«

»Und ob ich einverstanden bin. Ich denke an eine Million plus hunderttausend pro Jahr.«

»Das ist sehr viel.«

»Nicht für dich.«

»Es war nur eine Feststellung.« Ich machte mir Gedanken darüber, wie Kathy das alles aufnahm. Sie konnte sich in ein paar Monaten nicht so verändert haben, daß sie diesen Handel billigte.

»Noch zwei Punkte«, fügte ich hinzu. »Der Pei'an Gringrin' tharl gehört jetzt mir. Wir haben noch eine kleine Abrechnung.«

»Bitte, nimm ihn dir! Wer braucht ihn schon? Noch etwas?«

»Nick, der Zwerg, begleitet mich – unversehrt!«

»Die kleine Ratte!« Er lachte. »Geht in Ordnung. Offen gestanden, ich mag ihn. Das ist alles?«

»Ja.«

Die Sonne ging auf, und ihre Strahlen ließen die Vulkane im See wie Titanenfackeln leuchten.

»Was nun?« fragte Mike.

»Warte, ich gebe den anderen Bescheid.«

Green Green, er geht auf den Handel ein. Ich habe seine Pai'badra. *Sag Nick, was los ist. In ein paar Stunden, sobald mein Schiff gelandet ist, verlassen wir Illyria.*

Verstanden, Frank. Wir kommen zu dir.

Nun blieb nur noch der Pei'an. Es war fast zu einfach. Ich überlegte hin und her, ob die Sache einen Haken hatte, aber ich fand keinen. Daß Mike und Green Green unter einer Decke steckten, konnte ich mir nicht vorstellen. Außerdem würde ich es in wenigen Sekunden erfahren, wenn wir unsere Schutzschirme auflösten.

Aber daß wir den Fall nach all den Vorbereitungen wie zwei Geschäftsleute regelten ...

Ich wußte nicht, ob ich lachen oder den Kopf schütteln sollte.

Dann spürte ich, daß etwas nicht stimmte. Etwas? Ich wußte nicht, was es war. Der Wind hatte nachgelassen, und eine bleierne Ruhe lag über der Insel. Die Urfurcht packte mich wieder, und ich kämpfte dagegen an. Eine große Hand schien aus dem Himmel zu kommen und mich zu erdrücken, aber ich lag ganz still da. Ich hatte die Toteninsel erobert, und rings um mich brannte die Tokio-Bucht. Mühsam unterdrückte ich mein Zittern. Shandon sollte keine Furcht in meinem Innern finden.

Schließlich konnte ich nicht länger warten. »Shandon«, rief ich, »ich hebe jetzt die Sperre auf!«

»In Ordnung, ich tue das gleiche.«

... Und unsere Gedanken kreuzten sich.

Du meinst es wirklich ernst ...

– Du auch ...

– Dann gilt der Handel.

– Ja.

Und das »Nein!«, das aus dem Schoß der Erde kam und von den Himmelsgewölben widerhallte, dröhnte wie tausend Gongs durch uns. Eine Flamme brannte in meinem Innern. Langsam, starr, richtete ich mich auf. Ich sah, wie Mike Shandon das Chalet verließ. Er hob den Kopf, und unsere Blicke trafen sich. Belions Worte kamen mir in den Sinn: *Dann kämpfen wir die Sache aus. – Sei es.* Der Lauf der Ereignisse war also vorgezeichnet gewesen bis zu diesem Moment. Die Götter setzten sich über die Beschlüsse ihrer Marionetten hinweg. Unsere Konflikte waren Nebensache.

Ich hatte Shimbo bisher nicht ernst genug genommen. Ich dachte sogar an einen psychologischen Trick der Pei'an. Es war nie zu einem Willenskampf zwischen uns gekommen. Er zeigte sich, wenn ich ihn rief, und verließ mich wieder, wenn ich seine Dienste nicht mehr benötigte. Er hatte nie spontan die Herrschaft übernommen, mich nie zum Handeln gezwungen. Doch nun ...

Wir standen da und starrten einander an, zwei Feinde, die von zwei älteren Feinden gelenkt wurden. Ich konnte mir Mikes Staunen über diese Wende vorstellen. Aber als ich Kontakt zu ihm aufnehmen wollte, fand ich meine Psi-Kräfte blockiert.

Wolken brauten sich über uns zusammen. Ich wußte, was das bedeutete. Der Boden schwankte leicht. Ich wußte auch, was das bedeutete.

Wir wollten den Kampf nicht, und doch mußte einer von uns sterben.

Shimbo, Shimbo, flehte ich, *Herr der Dunklen Himmelsfeste, zeig Mitleid!*

Noch während ich das sagte, wußte ich, daß ich keine Antwort erhalten würde.

Weit weg klang der erste Donner auf.

Der Vulkan über dem Wasser brannte heller.

Ich spürte, wie sich die Kräfte sammelten, wie sie auf mich einströmten und sich in großen Wellen ausbreiteten. Reglos stand ich da. Ich konnte den Blick nicht von Shandon abwenden. Hin und wieder schienen seine Umrisse zu schwanken, und ich glaubte, hinter ihm den Schatten Belions zu erkennen.

Ich schrumpfte und wuchs zugleich ins Riesenhafte. Es dauerte lange, bis ich erkannte, daß Francis Sandow immer starrer, passiver, kleiner wurde, während Shimbo, der Donnerwerfer der Dunklen Himmelsfeste, die Blitze in seinen Fingerspitzen spürte.

Der graue Kegel zu meiner Linken war geborsten, und sein gelbrotes Blut quoll in den Acheron. Das Wasser dampfte. Dann zerfurchten die hellen Linien der Vernichtung den Himmel. Böller klangen auf, der Wind orgelte, der erste Regen fiel.

Das Chalet brannte, und etwas schrie: »Kathy!«

»Frank! Fort von hier!« rief der Pei'an, und der Zwerg zerrte an meinem Arm, aber ich schüttelte beide ab und trat den ersten Schritt auf meinen Feind zu.

Fremde Gedanken berührten mich, wanderten zu Shandon weiter. Dann schrie Green Green auf und zerrte den Zwerg mit sich.

Auch mein Feind tat den ersten Schritt. Der Boden erzitterte, Gesteinsbrocken rollten den Hang hinab.

Wind jagte ihm entgegen. Erdspalten taten sich auf. Der nächste Schritt. Regen setzte ein, und die Felsschulter zerbarst. Die Vulkane färbten den See rot, meine Blitze zogen gleißend über den Himmel. Noch ein Schritt. Der Wind peitschte das Wasser auf. Mit jedem neuen Erdstoß sank die Insel ein Stück tiefer. Das Chalet brannte immer noch. Ich entfesselte meine Wirbelstürme, und aus den Felsspalten drangen giftige Dämpfe.

Dann spürte ich eine schwache Bewegung. Ich drehte mich um.

Der Pei'an stand auf einem Felsvorsprung, in der Hand meinen Strahler. Ich hatte bisher nicht daran gedacht, die winzige Waffe in diesem Titanenkampf einzusetzen.

Green Green zielte auf mich. Doch noch bevor ich meinen Blitz nach ihm schleuderte, änderte er seine Absicht.

Ein Lichtbündel durchschnitt die Luft, und mein Feind fiel.

Aber die Bewegung der Insel rettete ihn. Denn der Pei'an stürzte, als ein neuer Erdstoß kam. Auch Mike Shandon kam zu Fall. Als er sich aufrichtete, war sein rechter Arm nur noch ein blutender Stumpf.

Abgründe taten sich zwischen uns auf. In diesem Moment sah ich das Mädchen.

Sie war aus dem brennenden Chalet aufgetaucht und rannte auf den längst verschütteten Pfad zu. Dann sah sie uns und blieb wie erstarrt stehen. Ein Riß klaffte zu ihren Füßen, und etwas in mir schrie auf, denn ich wußte, daß ich sie nicht mehr erreichen konnte.

... Dann war der Bann gebrochen. Shimbo hatte mich verlassen. Ich rannte ihr entgegen.

»Kathy!« schrie ich, als sie schwankte und nach vorn fiel.

Von irgendwoher kam Nick. Er packte ihr Handgelenk. Einen Moment lang glaubte ich, er könnte sie festhalten.

Einen Moment lang ...

Kraft hatte er genug. Daran lag es nicht. Aber der Schwung seines Laufes trieb ihn noch ein Stück nach vorn. Er verlor das Gleichgewicht.

Ich hörte ihn fluchen, als er mit Kathy in die Tiefe stürzte.

Ich wandte mich Shandon zu, zorn- und haßerfüllt. Ich griff nach meinem Strahler. Wie im Traum erinnerte ich mich, was damit geschehen war.

Dann erfaßte mich die Steinlawine und drückte mich zu Boden. Ein scharfer Schmerz peitschte durch mein Bein. Ich war wohl einen Moment lang ohne Bewußtsein. Als ich zu mir kam, stand Shandon ganz nahe, und die Insel hatte sich in eine Hölle verwandelt. Ich sah den blutenden Armstumpf, den Wahnsinn in seinen Augen, den aufgerissenen Mund; und ich hob die Linke und vollführte die Geste. Er rollte in den gleichen Abgrund wie meine Frau und mein bester Freund.

Dann erfaßte mich wieder die Dunkelheit.

8

Als ich erwachte, graute der Morgen. Immer noch fiel Regen. Mein rechtes Bein brannte ein Stück über dem Knie wie Feuer. Der Sturm war vorüber, und die Erdstöße hatten nachgelassen. Aber als ich den Kopf hob, erfaßte mich Entsetzen.

Ich lag auf einem breiten Felsenbett, etwa fünf Meter über dem Wasser. Der größte Teil der Insel war in den Fluten des Acheron versunken. Nichts erinnerte mehr an mein Werk.

Mit zusammengebissenen Zähnen entfernte ich Stein um Stein von meinem Körper.

Meine Gedanken wanderten, während ich die mühselige, monotone Arbeit verrichtete.

Waren es doch echte Götter gewesen? Und wenn schon! Was bedeutete es mir? Sie trieben ihre grausamen Spiele mit uns, mehr nicht. Mir konnten sie alle gestohlen bleiben. »Das gilt auch für dich, Shimbo!« rief ich. »Komm nie wieder zu mir!« Es gab keine Ordnung – oder wenn es eine gab, dann begriff ich ihre Regeln nicht. Ich wusch mir die Hände in einer Regenpfütze. Das Wasser kühlte meinen verbrannten Finger. Das Wasser war echt. Ebenso die Erde, die Luft und das Feuer. An sie glaubte ich. An die grundsätzlichen Dinge. An Dinge, die man fühlen und kaufen konnte. Wenn ich noch lange genug in der Bucht herumschwamm, gelang es mir vielleicht, ein Monopol für diese vier Elemente zu erhalten. Dann mochten alle anderen mit den Zähnen knirschen. Der Große Baum würde mir gehören. Ich rollte den letzten Stein zur Seite und streckte mich. Ich war frei.

Wenn ich nun noch eine Zapfstelle fand, konnte ich mich bis zum Spätnachmittag ausruhen. Die *T* würde mich abholen und nach Freiland bringen. Irgendwo links von mir spürte ich die Energie. Ich versuchte mich aufzurichten. Das Bein pochte wie verrückt. So schnitt ich das Hosenbein auf und untersuchte den Bruch. Der Muskel war unverletzt geblieben. So legte ich einen Stützverband an und kroch langsam, auf allen vieren, los.

Ich kam ganz gut voran, solange der Boden eben war. Aber als ich mich einen drei Meter hohen Schräghang hinaufziehen mußte, war ich so erledigt, daß ich nicht einmal fluchte.

Shandon kam mir in den Sinn, und ich schüttelte den Kopf. Er war der geborene Zweite. Sein ganzes Leben zeugte davon. Einen Moment lang empfand ich Mitleid mit ihm. Diesmal hätte er den Sieg beinahe geschafft. Aber er hatte im falschen Moment auf das falsche Spiel gesetzt, wie mein Bruder.

Ich quälte mich weiter. Die Zapfstelle war nur ein paar hundert Meter entfernt, aber ich machte einen Umweg über flaches Gelände. Als ich einmal rastete, glaubte ich ein leises Schluchzen zu hören, doch es verstummte gleich wieder.

Dann hörte ich es deutlicher. Ich machte eine Pause, bis ich es erneut vernahm. Ich ging dem Laut nach.

Zehn Minuten, und ich lag vor einem Felsbrocken, der, umgeben von Schutt und Geröll, einen Höhleneingang versperrte.

»Hallo!« rief ich. »Wer ist da?«

Schweigen.

»Hallo!«

Dann: »Frank?«

Es war die Stimme von Lady Karle.

»Du?« fragte ich. »Letzte Nacht hast du mich mit den besten Wünschen in den Tod geschickt. Heute scheint es dir selbst ziemlich dreckig zu gehen.«

»Ich bin eingeschlossen, Frank. Vor der Höhle liegt ein Stein. Ich kann ihn nicht wegschieben.«

»Und was für ein Stein, Liebes! Ein wahrer Koloß.«

»Hilfst du mir heraus?«

»Wie bist du denn in die Falle geraten?«

»Ich versteckte mich hier, als die Aufregung losging. Ich habe schon versucht, einen Gang zu graben, aber es ist zu schwer. Meine Nägel brechen ab, und meine Finger bluten – ich stoße überall auf Stein ...«

»Kein Wunder.«

»Was ist passiert?«

»Alle außer mir und dir sind tot. Du hast einen prächtigen Kampf versäumt. Von der Insel ist nur ein winziges Stück übriggeblieben.«

»Kannst du mich befreien?«

»Ich bin froh, wenn ich mich selbst befreien kann.«

»Wieso? Steckst du auch in einer Höhle?«

»Nein.«

»Was meinst du dann?«

»Daß ich genug von diesem Abenteuer habe und zurück nach Freiland möchte.«

»Es ist also Hilfe unterwegs?«

»Für mich. Die *T* ist so programmiert, daß sie heute nachmittag hier irgendwo landet.«

»Die Ausrüstung an Bord ... könnte man den Felsen nicht sprengen?«

»Lady Karle, ich habe ein gebrochenes Bein, eine gelähmte Hand und so viele Quetschungen und Schürfwunden, daß ich sie kaum zählen kann. Ich glaube, daß es mich Mühe kosten wird, das Schiff überhaupt zu starten. Gestern abend habe ich dir meine Freundschaft angeboten. Erinnerst du dich noch an deine Antwort?«

»Ja ...«

»Dann brauche ich nichts mehr zu sagen.«

Langsam kroch ich weiter.

»Frank!«

Ich gab keine Antwort.

»Frank! Bitte, geh nicht weg!«

»Warum nicht?« rief ich.

»Gestern abend hast du gesagt, daß du mich immer gern haben würdest ...«

»Ja, und ich weiß auch, was du darauf erwidert hast. Außerdem war ich gestern abend ein anderer Mensch als heute. Wenn ich die Kraft dazu hätte, würde ich deinen Namen und das Datum in den Stein kratzen.«

»Frank!«

Ich drehte mich nicht mehr um.

– *Dein Charakter erstaunt mich immer wieder, Frank.*

– *Du hast es also auch geschafft, Green. Ich nehme an, du steckst in*

einer ähnlichen Höhle wie Lady Karle und möchtest freigebuddelt werden.
– Nein. Ich bin nicht weit von dir entfernt. Wenn du den Abstecher nicht gemacht hättest, wärst du längst auf mich gestoßen. Ich liege dicht neben der Zapfstelle, auch wenn sie mir jetzt nichts nützt.
– Weshalb?
– Die Zeit ist nahe. Ich gehe ins Land des Todes, und dort brauche ich die Macht nicht mehr. Ich wurde letzte Nacht schwer verwundet.
– Was willst du dann von mir? Ich habe selbst Probleme.
– Die Abschiedszeremonie. Ich weiß, daß du sie kennst – du hast Dra *Marling auf seinem letzten Weg begleitet. Und du besitzt Glitten-Wurzeln ...*
– Ich glaube nicht mehr an diese Dinge. Ich habe es nie getan. Marling wollte ich den Wunsch nicht abschlagen, weil –
– Du bist Hoherpriester. Du trägst den Namen Shimbos. Du darfst mich nicht im Stich lassen.
– Ich habe auf den Namen verzichtet.
– Du hast einmal gesagt, daß du auf Megapei für mich sprechen wolltest, wenn ich dich unterstütze. Ich habe dich unterstützt.
– Ich weiß, aber jetzt, da du stirbst, ist es zu spät dazu.
– Dann erfülle mir den anderen Wunsch.
– Ich komme zu dir und werde versuchen, dir Beistand zu leisten und dich zu trösten. Aber verlange die Zeremonie nicht von mir. Seit gestern habe ich mit diesem Kapitel abgeschlossen.
– Dann komm zu mir!

Ich tat es. Als ich ihn erreichte, hatte es eben zu regnen aufgehört. Er lehnte mit dem Rücken gegen einen Felsblock. An vier Stellen sah ich die blanken Knochen durch die Haut stoßen.

»Die Zähigkeit eines Pei'an ist mir unbegreiflich«, sagte ich. »Das hast du dir bei dem Sturz zugezogen?«

Er nickte. *– Das Sprechen schmerzt, deshalb schicke ich meine Gedanken aus. Ich wußte, daß du am Leben warst, deshalb harrte ich aus.*

Ich streifte mühsam meinen zerfetzten Rucksack ab. Dann öffnete ich ihn.

»Hier, nimm das an! Es ist gegen die Schmerzen. Ich weiß, daß es bei deinem Volk wirkt.«

Er schob es beiseite.

– *Ich will in dieser Stunde meinen Geist nicht trüben.*

»Green, ich komme nicht mit dir. Wenn du willst, gebe ich dir die *Glitten*-Wurzeln, aber ich begleite dich nicht.«

– *Auch nicht, wenn ich dir etwas geben kann, an dem dein Herz hängt?*

»Was?«

– *Das Leben deiner Freunde – und sie werden sich nicht an die Dinge erinnern, die hier geschehen sind.*

»Die Bänder!«

– *Ja.*

»Wo sind sie?«

– *Einen Gefallen für den anderen,* Dra *Sandow!*

»Gib sie mir!«

– *Das Ritual ...*

... Eine neue Kathy, eine Kathy, die niemals Mike Shandon begegnet war, meine Kathy – und Nick, der tapfere kleine Kämpfer.

»Du bist ein hartgesottener Bursche, Green.«

– *Ich habe keine andere Wahl – und bitte, beeil dich!*

»Also schön, dieses eine Mal noch. Wo sind die Bänder?«

– *Das sage ich dir, wenn das Ritual begonnen hat.*

Ich lachte leise.

»Du traust mir nicht? Ich nehme es dir nicht übel.«

– *Du hattest eine Sperre errichtet. Wahrscheinlich wolltest du mich betrügen.*

»Wahrscheinlich. Ich weiß es selbst nicht.«

Ich wickelte die *Glitten*-Wurzeln aus, brach die richtige Menge ab.

»Nun wandern wir gemeinsam«, begann ich, »und nur einer von uns wird an diesen Ort zurückkehren ...«

Wir erreichten einen Ort der Dämmerung. Es war windstill, und kein Stern stand am Himmel. Ich sah sattgrünes Gras, Berge und am Horizont ein Nordlicht. Fast schien es, als seien die Sterne heruntergestürzt und auf den Berggipfeln zerschellt, wo sie nun als feine Splitter lagen.

Wir schlenderten mühelos durch den *Glitten*-Traum. Oder war es kein Traum? Alles wirkte echt – alles, bis auf die zerschundenen Körper, die irgendwo in der Nässe einer Felseninsel lagen. Sie schienen eine Illusion zu sein. Ein Gefühl der Freundschaft breitete sich zwischen Green und mir aus.

Wir sangen ein altes Pei'an-Lied, dann sagte Green: »Ich schenke dir meine *Pai'badra*. Ich will sie nicht mehr.«

»Das ist gut, *Dra* tharl.«

»Und da war noch etwas. Die Bänder. Sie liegen neben der leeren grünen Hülle, die so lange mein Körper war.«

»Ich verstehe.«

»Sie sind nutzlos. Ich holte sie durch meine besondere Kraft aus der Höhle, in der sie verborgen waren. Die Kräfte, die auf der Insel tobten, beschädigten das Zellgewebe. So halte ich mein Wort und betrüge dich doch. Du hast mir keine andere Wahl gelassen. Allein konnte ich nicht hierher gelangen.«

Es machte mir nichts aus.

»Du hast getan, was du tun mußtest«, hörte ich mich sagen. »Vielleicht ist es besser, wenn ich sie nicht zurückrufe. Zuviel hat sich verändert. Vielleicht wären sie einsam und unglücklich – wie ich damals. Ich weiß es nicht. Die Sache ist vorbei.«

»Ruth Laris – sie liegt in der Nervenklinik von Cobacho auf Driscoll. Man kennt sie dort unter dem Namen Rita Lawrence. Ihr Gesicht ist verändert, ebenso ihr Geist. Bring sie zu Spezialärzten!«

»Weshalb ist sie da?«

»Es war einfacher, als sie nach Illyria zu befördern.«

»All das Leid, das du verursacht hast, war dir gleichgültig?«

»Vielleicht hatte ich zu lange mit dem Stoff des Lebens gearbeitet.«

»Ich glaube, Belion lenkte dich.«

»Das wollte ich nicht sagen, weil es nach einer Ausrede klingen könnte – aber ich teile deine Meinung. Nachdem er mich verlassen hatte, verstand ich mich selbst nicht mehr.«

So gingen wir den Pfad des Todes. So angenehm er schien, er war ein *Glitten*-Erlebnis. Die *Glitten*-Wurzeln enthalten Stoffe, die Euphorie hervorrufen und die Sinne schärfen. Deshalb sind sie besonders bei Telepathen beliebt. Wenn zwei Personen sie gleichzeitig nehmen, so erleben sie einen gemeinsamen Traum. Es ist immer ein angenehmer Traum –

und bei den Anhängern der Strantri-Religion ist es immer der gleiche Traum.

... Zwei träumen ihn, und nur einer erwacht.

Telepathische Euthanasie!

Es macht mir nichts aus, einem anderen die Qualen des Hinüberscheidens zu erleichtern – wenn er es selbst wünscht. Aber ich bin nicht für die Art von Tod geschaffen. Ich brauche den Schmerz, ich würde mich bis zur letzten Sekunde wehren. Es gibt ein Buch von einem Mann, den ich sehr schätze: *Fruits de Terre* von André Gide. Auf dem Krankenlager wußte er, daß er nur noch wenige Tage zu leben hatte, und er schrieb und schrieb wie ein Besessener. Nach drei Tagen hatte er das Werk vollendet. Dann starb er. Genauso möchte ich gehen. Ich hänge am elenden Leben und möchte es bis zur Neige auskosten, verdammt!

Wir erklommen einen Berg und blieben am Gipfel stehen. Noch bevor wir ihn erreichten, wußte ich, was mich erwartete.

... Ein breiter Einschnitt zwischen zwei mächtigen grauen Felswänden, der immer dunkler wurde, je tiefer man hineinschaute. Das Tal der Schatten.

Meine Blicke sogen sich an der Schwärze fest.

»Hundert Schritte gehe ich noch mit dir«, sagte ich.

»Danke, *Dra.*«

Und wir gingen den Hang hinunter, dem Tal entgegen.

»Was wird man auf Megapei sagen, wenn man hört, daß ich gegangen bin?«

»Ich weiß es nicht.«

»Erzähle ihnen, wenn sie dich fragen, daß ich meine Fehler bereut habe, bevor ich hierherkam.«

»Gut.«

»Und ...«

»Auch das«, unterbrach ich ihn. »Ich werde sie bitten, deine Gebeine in die Berge zu bringen, damit sie nahe der Heimat ruhen.«

Er senkte den Kopf.

»Das ist alles. Siehst du mir nach?«

»Ja.«

»Man sagt, daß am Ende ein Licht auftaucht.«

»Das sagt man.«

»Ich muß es jetzt suchen.«

»Einen angenehmen Weg, *Dra* Gringrin'tharl.«

»Du hast deine Kämpfe gewonnen und wirst von hier scheiden. Baue die Welten, von denen ich immer geträumt habe!«

»Vielleicht.« Und ich starrte in das Dunkel.

Aber plötzlich war etwas da.

New Indiana hing in der Leere. Es schien eine Million Meilen entfernt, und doch erkannte ich die Umrisse ganz genau. Der Planet wanderte weiter, doch dann kamen sie alle, einer nach dem anderen: Cocytus, St. Martin, Buningrad, Dismal, M-2, Honkeytonk, Mercy, Summit, Tangia, Illyria, Freiland, Castor, Pollux, Centralie, Dandy und so fort.

Meine Augen füllten sich mit Tränen. Jede Welt, die ich entworfen und geformt hatte. Es war mir entfallen, welchen Glanz sie verbreiteten.

Das war meine Antwort. Ich hatte die Dunkelheit mit meinen Welten geschmückt. Wenn ich einmal das Tal der Schatten erreichte, blieben sie zurück. Was die Bucht auch in die Tiefe gezogen hatte, es war durch neue Dinge ersetzt worden.

»Ich sehe das Licht!« sagte Green und umklammerte mein Handgelenk.

Ich legte ihm meine Rechte auf die Schulter. »Möge Kirwar, der Vater der Blumen, dich aufnehmen!«

Seine Antwort hörte ich nicht mehr, denn er betrat das Tal.

Dann die Rückkehr ...

Ein dumpfes Dröhnen.

Ich schwebte an einer rauhen Decke. Nein, das stimmte nicht. Ich lag mit dem Gesicht nach unten auf dem harten Boden. Nässe hüllte mich ein. Der Himmel war schiefergrau und tropfte wie ein alter Spüllumpen.

Langsam, unsicher, setzte ich mich auf. Dann fiel mein Blick auf die schlaffe, grüne Gestalt neben mir. Ich sprach die letzten Worte, vollendete das Ritual, und meine Stimme zitterte dabei.

Dann deckte ich die Schutzhaut über Green Green. Ich nahm die Bänder und die Gewebekulturen, die er mit seinem Körper geschützt hatte. Es stimmte. Sie waren beschädigt. Ich legte sie vorsichtig in meinen Rucksack. Der terranische

Nachrichtendienst würde sich sicher erfreut über den Fund zeigen. Dann robbte ich weiter zur Zapfstelle und wartete da, umgeben von einem Energieschirm, der die *T* anziehen sollte.

Die *T* kam in Sicht, schwebte wie eine kleine Welt über mir. Dann landete sie, und die Schleuse öffnete sich einen Spalt. Ich kroch auf allen vieren hinein. Mein Bein brannte wie Feuer.

Die Schleuse wollte sich schließen, aber ich arretierte sie, nahm den Laser und quälte mich noch einmal ins Freie.

Ich zielte sorgfältig. Der Felsblock zerbröckelte.

»Frank? Bist du das?«

»Nein, mein Geist.«

Lady Karle stürzte ins Freie, schmutzverkrustet, mit angsterfüllten Blicken.

»Du bist zurückgekommen!«

»Ich war nie fort.«

»Und du bist verletzt.«

»Das sagte ich doch.«

Sie küßte mich und stützte mich auf dem Rückweg zur *T*.

»Wohin fliegen wir?«

»Erst einmal nach Freiland. Du kannst bei mir bleiben oder auch fortgehen, wie du willst.«

»Ich hätte wissen müssen, daß du mich nicht im Stich läßt, aber als du dann fortgingst ... Himmel! Wie sieht es denn hier aus? Was ist geschehen?«

»Die Toteninsel sinkt in den Acheron.«

Ich sah das Blut an ihren Fingern, den Schmutz, das wirre Haar.

»Meine Worte waren nicht so ernst gemeint.«

»Ich weiß.«

Ich sah mich um. Irgendwann würde ich Illyria wieder herrichten.

Sie fröstelte. »Ein scheußlicher Tag!«

»Weiter oben scheint die Sonne. Wir schaffen es, wenn du mir hilfst!«

»Dann stütz dich auf mich!«

Ich tat es.

Zweiter Roman

Straße der Verdammnis

STRASSE DER VERDAMMNIS
erschien ursprünglich als HEYNE-BUCH Nr. 06/3310
Titel der amerikanischen Originalausgabe:
DAMNATION ALLEY
Deutsche Übersetzung:
Walter Brumm

Die Möwe segelte neugierig näher, stieß herab und schien einen Moment auf unbeweglichen Schwingen zu schweben.

Hell Tanner schnippte seinen Zigarrenstummel auf sie und erzielte einen Glückstreffer. Der Vogel stieß einen heiseren Schrei aus, schlug plötzlich die Luft und verschwand.

Eine einzelne weiße Feder schaukelte in der bewegten Luft, trieb über den Rand der Steilküste hinaus und sank, im Wind tanzend und schwingend, langsam zum Ozean ab. Tanner gluckste in seinen Bart, gegen den gleichmäßigen Donner der Brandung und das hohle An- und Abschwellen des Windes. Dann nahm er seine Füße von der Lenkstange, stieß den Ständer hoch und erweckte das Motorrad mit einem Tritt auf den Kickstarter zum Leben.

Er nahm den Hang langsam, bis er auf den Weg kam, dann gab er Gas und fuhr fünfundsiebzig, als er die Fernstraße erreichte.

Er beugte sich vorwärts und gab wieder Gas. Er hatte die Straße ganz für sich und drehte den Gasgriff auf, bis er nicht mehr nachgab. Er schob seine Motorradbrille zurück und sah die Welt durch die dunklen Gläser seiner Sonnenbrille, was ziemlich genau dem Eindruck entsprach, den er auch ohne sie von der Welt hatte.

Alle die alten Abzeichen waren von seiner Jacke verschwunden, und er vermißte das Hakenkreuz, Hammer und Sichel, und besonders den aufrechten Finger. Er vermißte auch sein altes Emblem. Vielleicht könnte er in Tijuana, auf der anderen Seite der mexikanischen Grenze, Ersatz für die Sachen auftreiben und von irgendeiner Alten annähen lassen, und ... Nein. Es hätte keinen Sinn. Das alles war tot und vorbei. Es würde ihn verraten, und er würde nicht einen Tag in Freiheit bleiben. Nein, er würde die Harley verkaufen, sich brav und spießig die Küste hinunterarbeiten und sehen, was er im spanischen Amerika finden könnte.

Er sauste einen Hügel hinunter und donnerte einen anderen hinauf. Er raste durch Laguna Beach, Capistrano Beach, San Clemente und San Onofre. Er brauste hinunter nach

Oceanside, wo er auftankte, und weiter durch Carlsbad und all die toten kleinen Strandbäder, die den Küstenstreifen vor Solana Beach füllen. Es war in den Außenbezirken von San Diego, wo sie auf ihn warteten.

Er sah die Straßensperre und wendete. Es war ihnen nicht ganz klar, wie er das bei seiner Geschwindigkeit so schnell fertiggebracht hatte. Aber nun entfernte er sich von ihnen. Er hörte die Schüsse und fuhr weiter. Dann hörte er die Sirenen.

Zur Antwort drückte er zweimal kurz auf sein Dreiklanghorn, dann beugte er sich weit vorwärts. Die Harley jagte brüllend davon, und er fragte sich, ob sie inzwischen jemand weiter voraus entlang der Straße anfunkten.

Er fuhr zehn Minuten und konnte sie nicht abschütteln. Dann fünfzehn.

Er überwand einen Hügel und sah weit voraus die zweite Straßensperre. Er war eingeschlossen.

Er hielt nach Seitenstraßen und Feldwegen Ausschau, sah keine.

Dann hielt er einen geraden Kurs auf die zweite Straßensperre. Jetzt konnte er genausogut versuchen, sie mit Vollgas zu durchbrechen.

Auch nichts!

Auf sechzig oder siebzig Meter waren die Straßenränder voll von geparkten Wagen. Sogar abseits auf den Böschungen und noch weiter draußen standen sie.

Er bremste im letzten möglichen Augenblick, und als seine Geschwindigkeit richtig war, riß er das Vorderrad hoch, wendete auf dem Hinterrad und fuhr auf seine Verfolger zu.

Es waren sechs von ihnen, zwei auf Motorrädern, die anderen vier auf zwei Wagen verteilt, und in seinem Rücken heulten neue Sirenen auf.

Er bremste, zog nach links, gab Gas und sprang aus dem Sitz. Die Harley fuhr weiter, und er fing den Aufprall mit einer Rolle ab, kam auf die Füße und fing zu rennen an.

Er hörte das Kreischen ihrer Reifen, dann ein dumpfes Krachen. Sie schossen wieder, und er hörte die Kugeln pfeifen, lief aber weiter. Sie feuerten über seinen Kopf, weil sie ihn lebendig wollten, doch das wußte er nicht.

Nach einer Viertelstunde stand er mit dem Rücken an einer

wulstigen Felsbank, und sie standen ausgefächert vor ihm, und mehrere von ihnen hatten Gewehre, die alle in die falsche Richtung zeigten.

Er ließ das Montiereisen fallen, das er in den Händen hielt; dann hob er die Hände langsam in Schulterhöhe.

»Ihr habt es, Bürger«, sagte er. »Nehmt es.«

Und das taten sie.

Sie legten ihm Handschellen an und brachten ihn zurück zu den Wagen. Sie stießen ihn in den Fond von einem, und von links und rechts stiegen zwei Polizisten zu. Ein weiterer setzte sich neben den Fahrer, und er ließ seine Dienstpistole nicht aus der Hand.

Der Fahrer ließ den Motor an, legte den Gang ein und fuhr zurück nach Norden.

Der Mann mit der Pistole drehte sich um und starrte ihn an. Die oberen Hälften seiner Brillengläser waren grün getönt und gaben seinen Augen das Aussehen von Stundengläsern, die mit grünem Sand gefüllt waren. Er starrte vielleicht zehn Sekunden lang, dann sagte er: »Das war eine große Dummheit.«

Hell Tanner starrte unbewegt zurück, bis der Mann sagte: »Sehr dumm, Tanner.«

»Ach so, ich wußte nicht, daß du mit mir redest.«

»Ich sehe dich an.«

»Und ich sehe dich an. Hallo, Bulle.«

Dann sagte der Fahrer, ohne seine Augen von der Straße abzuwenden: »Zu dumm, daß wir ihn in guter körperlicher Verfassung abliefern müssen. Zuerst ruinierte er uns den anderen Wagen mit dem verdammten Motorrad, und jetzt wird er auch noch unverschämt.«

»Er könnte immer noch einen Unfall haben«, meinte der Polizist zur Linken Tanners. »Fallen und sich dabei die Nase und ein paar Rippen brechen, zum Beispiel.«

Der Mann rechts von Tanner sagte nichts, aber der mit der Pistole schüttelte seinen Kopf. »Nur wenn er einen Fluchtversuch macht«, sagte er. »Los Angeles will ihn in guter Verfassung. Das wurde eigens betont.«

»Warum versuchtest du abzuhauen, Freundchen? Du hättest dir denken können, daß wir dich unterwegs aufsammeln würden.«

Tanner zuckte die Achseln. »Warum habt ihr mich gefangen? Ich habe nichts getan.«

Der mit der grünen Brille grinste. »Eben darum«, sagte er. »Du hast nichts getan, aber es gibt was, was du tun solltest. Erinnerst du dich?«

»Ich schulde niemand was. Man begnadigte mich und ließ mich gehen.«

»Du hast ein lausiges Gedächtnis, Junge. Als sie dich gestern laufen ließen, gabst du dem Staat Kalifornien ein Versprechen. Inzwischen hattest du mehr als die vierundzwanzig Stunden, die du zur Regelung deiner Angelegenheiten erbeten hattest. Wenn du willst, kannst du ›nein‹ sagen und deine Begnadigung widerrufen lassen. Kein Mensch zwingt dich. Dann kannst du den Rest deines Lebens damit verbringen, aus großen Steinen kleine zu machen. Uns ist es egal. Wie ich hörte, haben sie schon einen anderen bereitstehen.«

»Gebt mir 'ne Zigarette«, sagte Tanner.

Der Mann zu seiner Rechten zündete eine an und gab sie ihm.

Er hob beide Hände und nahm sie an. Er rauchte und schnippte die Asche auf den Boden.

Sie jagten die Fernstraße entlang, und wenn sie durch Ortschaften fuhren oder auf Verkehr stießen, schaltete der Fahrer die Sirene und das rote Blinklicht auf dem Dach ein. Passierte dies, fingen die Sirenen der zwei anderen Streifenwagen, die ihnen folgten, ebenfalls zu jaulen an. Bis hinauf nach Los Angeles trat der Fahrer nicht ein einziges Mal auf die Bremse, und alle paar Minuten gab er über Sprechfunk Meldungen durch.

Auf einmal gab es ein Geräusch wie ein Dröhnen fernen Donners, und eine Wolke von Staub und kleinen Steinen kam wie Hagel auf sie herab. Ein kleiner Sprung erschien in der rechten unteren Ecke der kugelsicheren Windschutzscheibe, und Steine von der Größe kleiner Murmeln prallten auf Kühlerhaube und Dach. Die Reifen machten knirschende Geräusche, als sie über den staubigen Kies rollten, der jetzt über die Straßendecke verstreut lag. Der Staub hing wie dikker Nebel in der Luft, aber zehn Sekunden später waren sie aus der Wolke heraus.

Die Männer im Wagen beugten sich vorwärts und seitwärts

und starrten zum Himmel auf. Der hatte sich purpurn verfärbt, und schwarze Streifen zogen von Westen nach Osten über ihn hin. Diese Streifen schwollen an, zogen sich zusammen, bewegten sich seitlich und verschmolzen gelegentlich miteinander. Der Fahrer schaltete die Scheinwerfer ein.

»Da zieht was auf«, sagte der Mann mit der Pistole.

Der Fahrer nickte und sagte: »Weiter nördlich sieht es noch schlimmer aus.«

Ein dünnes Heulen begann hoch über ihnen in der Luft, und die dunklen Streifen am Himmel verbreiterten sich weiter. Das Geräusch verstärkte sich und wechselte die Tonlage, wurde ein gleichmäßiges Brüllen.

Noch eine Weile, und die Streifen verdichteten sich zusehends. Der Himmel wurde dunkel wie an einem bedeckten Winterabend, und der Staub fiel in dichten Wolken über sie her. Dann und wann traf ein schweres Fragment mit hellem »Ping« das Blech des Wagens.

Der Fahrer schaltete Fernlicht ein, ließ die Sirene heulen und erhöhte die Geschwindigkeit. Über ihnen lagen das Brüllen und das Sirenengeräusch miteinander im Kampf, und weit im Norden begann sich ein pulsierendes blaues Nordlicht auszubreiten.

Tanner hatte seine Zigarette fertig, und der Mann gab ihm eine zweite. Mittlerweile rauchten sie alle.

»Du kannst von Glück sagen, daß wir dich aufgesammelt haben, Junge«, sagte der Mann zu Tanners Linken. »Wie würde es dir gefallen, auf deinem Hocker durch dieses Zeug zu rutschen?«

»Es würde mir Spaß machen«, sagte Tanner.

»Du bist verrückt.«

»Nein. Ich würde es schaffen. Wäre nicht das erste Mal. Außerdem wäre ich jetzt vielleicht schon aus der Zone.«

Als sie die Außenbezirke von Los Angeles erreichten, füllte das blaue Nordlicht bereits den halben Himmel, und es war rosa überhaucht und mit rauchigen gelben Streifen durchschossen, die wie Spinnenbeine nach Süden ausgriffen. Das Brüllen war ein betäubendes, körperlich spürbares Ding, das auf ihre Trommelfelle hämmerte und ihre Haut prickeln machte. Als sie schließlich den Wagen verließen und über den Parkplatz und zu dem großen Gebäude mit dem Säulenvorbau und dem Fries an der Stirnseite gingen, mußten sie einander anschreien, um gehört zu werden.

»Schwein gehabt, daß wir noch hergekommen sind!« sagte der Mann mit der Pistole. »Vorwärts!« Sie erreichten die Freitreppe im Laufschritt, und der Fahrer schrie: »Es kann jetzt jeden Moment losgehen!«

Sie liefen die Treppe hinauf, und ein Wachbeamter ließ sie durch die kleine Tür rechts neben dem doppelflügeligen schweren Metalltor, das der Haupteingang zum Gebäude war. Er verschloß und verriegelte die Tür hinter ihnen.

»Wohin?« fragte der Mann mit der Pistole.

»Zweiter Stock«, antwortete der Polizist und nickte zu einer Treppe. »Wenn ihr oben ankommt, geht ihr einfach geradeaus. Es ist das große Büro am Ende des Korridors.«

»Danke.«

Das Toben und Brüllen draußen war nur noch gedämpft hörbar, und im künstlichen Licht des Gebäudes nahmen die Farben wieder einen Anschein von Natürlichkeit an.

Sie stiegen die Treppe hinauf und gingen durch den breiten, hohen Korridor, der in den rückwärtigen Teil des Gebäudes führte. Als sie schließlich vor der Tür standen, die die richtige sein mußte, nickte der Mann mit der Pistole dem Fahrer zu. »Klopf«, sagte er.

Eine Frau öffnete, wollte etwas sagen, sah Tanner und nickte. Sie trat zurück und hielt die Tür. »Bitte«, sagte sie, und die Polizisten schoben ihren Gefangenen an ihr vorbei ins Vorzimmer, und sie drückte einen Knopf auf ihrem Schreibtisch und sagte der Stimme, die sich mit »Ja, Mrs. Fiske?« meldete: »Sie sind hier, Sir, mit diesem Mann.«

»Schicken Sie sie herein.«

Sie führte die Männer zu der dunklen, getäfelten Tür in der Rückwand des Vorzimmers und öffnete sie vor ihnen.

Sie gingen durch, und der soldatische Typ hinter der gläsernen Schreibtischplatte lehnte sich zurück und flocht seine kurzen Finger ineinander, während die grauen Augen unter seinem grauen Haar nachdenklich die Gruppe der Ankömmlinge betrachteten. Seine Stimme war leise und ein wenig heiser. »Setzen Sie sich«, sagte er zu Tanner, und zu den anderen: »Warten Sie draußen.«

»Sie wissen, dieser Bursche ist gefährlich, Mr. Denton«,

sagte der Mann mit der Pistole, als Tanner sich auf einen Stuhl setzte, der zwei Meter vor dem Schreibtisch stand.

Stählerne Rolläden verschlossen die drei hohen Fenster des Raumes, und obwohl die Männer nicht hinaussehen konnten, konnten sie die Gewalten erahnen, die dort draußen tobten, als plötzlich ein Geräusch wie Maschinengewehrfeuer durch den Raum klang.

»Ich weiß.«

»Nun, er trägt sowieso Handschellen. Möchten Sie eine Pistole?«

»Ich habe eine.«

»Gut, dann. Wir warten draußen.«

Sie verließen den Raum.

Die zwei Männer starrten einander an, bis die Tür geschlossen wurde, dann sagte Denton: »Sind alle Ihre Angelegenheiten jetzt geregelt?« und der andere zuckte die Achseln. Dann: »Wie zum Teufel lautet Ihr wirklicher Vorname? Selbst die Akten geben keine klare Auskunft.«

»Hell«, sagte Tanner. »Das ist mein Vorname. Ich war das siebte Kind in unserer Familie, und als ich geboren wurde, hielt die Krankenschwester mich hoch und sagte zu meinem alten Herrn: ›Welchen Namen wollen Sie auf der Geburtsurkunde?‹ und Pa sagte: ›Hell!‹ und ging weg. Also schrieb sie es hin. So hat es mir mein Bruder erzählt. Meinen alten Herrn konnte ich nie fragen, ob es wirklich so war, denn er haute noch am selben Tag ab, und ich habe ihn nie gesehen. Aber es klingt irgendwie richtig.«

»Und Ihre Mutter zog allein alle sieben Kinder groß?«

»Nein. Ein paar Wochen später kratzte sie ab, und wir Kinder kamen zu verschiedenen Verwandten.«

»Ich sehe«, sagte Denton, »Sie haben immer noch eine Chance, Tanner. Wollen Sie Ihr Glück versuchen, oder wollen Sie es nicht?«

»Was für eine Chance soll das sein?« fragte Tanner mißtrauisch.

»Ich bin der Verkehrsminister des Staates Kalifornien.«

»Was hat das damit zu tun?«

»Ich koordiniere diese Sache. Es könnte genausogut das Problem des Generalpostmeisters oder anderer Stellen sein, aber tatsächlich fällt es zum überwiegenden Teil in meinen

Verantwortungsbereich. Bei mir laufen die Informationen zusammen, ich kenne die Chancen.«

»Wie sind die Chancen?« fragte Tanner.

Denton schlug zum ersten Mal seine Augen nieder.

»Nun, es ist ein riskanter Auftrag ...«

»Niemand hat es bisher gemacht, außer diesem Irren, der die Nachricht brachte, und der ist tot. Wie können Sie da Chancen ausknobeln?«

»Ich weiß«, sagte Denton langsam. »Sie denken, es sei ein Himmelfahrtskommando, und Sie haben wahrscheinlich recht. Aber glauben Sie, man würde Sie zu einem Spaziergang begnadigen? Wir schicken drei Wagen los, jeder mit zwei Fahrern besetzt. Wenn auch nur einer von ihnen weit genug kommt, dann können die Radiosignale dazu dienen, einem Fahrer aus Boston die Richtung anzugeben. Aber Sie müssen nicht gehen, wenn Sie nicht wollen.«

»Ich weiß. Wenn ich nicht gehe, dann wird man mir Gelegenheit geben, eine Gaskammer von innen kennenzulernen. Oder man überlegt es sich anders und läßt mich den Rest meines Lebens im Steinbruch arbeiten. So bringe ich dem Staat noch etwas ein.«

»Sie haben drei Menschen getötet. Dafür wurden Sie zu Recht zu Tode, ersatzweise zu lebenslänglicher Zwangsarbeit verurteilt.«

»Die drei waren Bullen und wollten mich umlegen. Ich handelte in Notwehr. Aber das glaubt einem ja niemand, und wenn ich ein halbes Dutzend Zeugen hätte. Sehen Sie, Mister, ich will nicht sterben, und das andere will ich auch nicht.«

»Ich wollte nur sagen, daß Sie die Wahl haben, Tanner. Aber wenn Sie die Fahrt machen und durchkommen, wird der Staat Kalifornien Sie außer Verfolgung stellen, und Sie können Ihrer Wege gehen. Der Staat wird Ihnen sogar für Ihr Motorrad eine Entschädigung zahlen, gar nicht zu reden von dem Schaden, der an diesem Streifenwagen entstanden ist.«

»Vielen Dank.« Draußen dröhnte der Wind und rüttelte an den Rolläden.

»Sie sind ein sehr guter Fahrer«, sagte Denton nach einiger Zeit. »Sie haben ungefähr jedes Fahrzeug gefahren, das es gibt. Sie haben sogar an Rennen teilgenommen. Als Sie noch schmuggelten, fuhren Sie einmal monatlich nach Salt Lake City. Es gibt sehr wenige Fahrer, die das versuchen würden, selbst heute.«

Hell Tanner erinnerte sich an etwas und lächelte.

»... Und als Sie vorübergehend einen legitimen Job hatten, waren Sie der einzige, der die Postfahrt nach Albuquerque übernahm. Seit Sie gefeuert wurden, hat es nur ein paar andere gegeben, die dazu bereit waren.«

»War nicht meine Schuld, daß sie mich feuerten.«

»Sie bewährten sich auch auf der Route nach Seattle«, fuhr Denton fort. »Ihr Vorgesetzter stellte Ihnen ein gutes Zeugnis aus. Was ich sagen will, ist, daß von allen Leuten, die wir an der Hand haben, Sie wahrscheinlich die beste Chance haben, durchzukommen. Deshalb sind wir nachsichtig mit Ihnen gewesen. Aber wir können uns nicht leisten, länger zu warten. Jetzt heißt es *ja* oder *nein,* und wenn es *ja* ist, dann werden Sie binnen einer Stunde losfahren.«

Tanner hob seine gefesselten Hände und zeigte zu den Fenstern. »In all diesem Scheiß?« fragte er.

»Die Wagen können diesen Sturm aushalten«, sagte Denton.

»Mann, Sie sind verrückt.«

»Während wir hier reden, sterben Menschen«, sagte Denton.

»Also wird es auf ein paar mehr nicht ankommen. Können wir nicht bis morgen warten?«

»Nein! Ein Mann opferte sein Leben, um uns die Nachricht zu bringen! Und wir müssen jetzt so schnell wie möglich über den Kontinent kommen, Sturm oder nicht. Die Wagen fahren jetzt! Angesichts dieser Umstände spielen Ihre Gefühle überhaupt keine Rolle! Ich möchte von Ihnen nur ein Wort hören, Tanner: ja oder nein?«

»Ich möchte was zu essen haben. Ich habe seit ...«

»Lebensmittel sind im Wagen. Was ist Ihre Antwort?«

Hell Tanner starrte auf die dunklen Fenster.

»Okay«, sagte er dann. »Aber ich gehe nicht ohne ein Stück Papier mit was Geschriebenem drauf.«

»Ich habe es hier.«

Denton öffnete eine Schublade und nahm einen Umschlag aus festem braunen Papier heraus, aus dem er einen Briefbogen mit dem großen Staatssiegel von Kalifornien zog. Er stand auf und kam um den Schreibtisch und gab Hell Tanner das Papier.

Der studierte es minutenlang, dann sagte er: »Da steht, daß ich eine volle Begnadigung für alle kriminellen Handlungen erhalte, die ich innerhalb der Staatsgrenzen von Kalifornien begangen habe, wenn ich meinen Auftrag ausführe ...«

»Richtig.«

»Schließt das auch Sachen ein, von denen die Polizei vielleicht noch nichts weiß, die sie mir aber später unterjubeln könnte?«

»Hier steht es doch, Tanner – ›sämtliche kriminellen Handlungen‹.«

»In Ordnung. Ich bin dabei, Dicker. Nehmen Sie mir diese Armbänder ab und zeigen Sie mir meinen Wagen.«

Denton kehrte an seinen Platz hinter dem Schreibtisch zurück.

»Ich will Ihnen noch etwas sagen, Tanner. Sollten Sie versuchen, irgendwo unterwegs auszukneifen, so haben die anderen Fahrer ihre Befehle. Sie werden das Feuer auf Sie eröffnen. Ist das klar?«

»Und im umgekehrten Fall habe ich ihnen den gleichen Gefallen zu tun?«

»Das ist richtig.«

»Gut, das kann lustig werden.«

»Ich dachte mir, daß es Ihnen gefallen wird.«

»Wenn Sie mich jetzt vom Haken lassen, kann ich gleich ...«

»Zuerst muß ich Ihnen sagen, was ich von Ihnen denke«, unterbrach Denton.

»Also schön, wenn Sie unbedingt mit Beschimpfungen Zeit verschwenden wollen, während Menschen sterben ...«

»Seien Sie still! Die Menschen sind Ihnen gleichgültig, und das wissen Sie selbst am besten! Ich möchte Ihnen bloß sagen, daß ich Sie für das am meisten verachtenswerte menschliche Wesen halte, das mir je begegnet ist. Sie haben Männer getötet und Frauen vergewaltigt. Sie wurden zweimal wegen unerlaubten Drogenbesitzes und dreimal wegen Zuhälterei angeklagt, und ich bezweifle, daß Sie seit Ihrer Geburt ein Bad genommen haben. Sie und Ihre Raufbolde terrorisierten andere Leute, als sie nach dem Krieg versuchten, wieder auf die Beine zu kommen. Sie stahlen und raubten und erpreßten mit der Androhung physischer Gewalt Geld und lebensnotwendige Dinge. Ich wünschte, Sie wären damals bei der großen Razzia mit allen anderen umgebracht worden. Sie sind nur im biologischen Sinn ein Mensch. Wo andere Leute etwas haben, das sie in der Gesellschaft nachbarlich zusammenleben läßt, haben Sie nur einen großen leeren Fleck. Ihre einzige Tugend – wenn man es so nennen will – ist, daß Ihre Reflexe ein wenig schneller, Ihre Muskeln etwas stärker und Ihre Augen wachsamer sind als die der meisten von uns, so daß Sie hinter einem Lenkrad sitzen und durch alles fahren können, was einen Weg durch die Mitte hat. Dafür allein ist der Staat in einer Notlage bereit, Ihnen Ihre Unmenschlichkeit nachzusehen: daß Sie diese Fähigkeiten einsetzen werden, um zu helfen, statt zu mißhandeln. Ich billige diesen Handel nicht, der aus einer Notsituation geboren wurde; viel lieber sähe ich Sie in der Gaskammer. Aber Sie werden gebraucht, und so haben Sie Ihre Begnadigung. Der Wagen steht bereit. Gehen wir.«

Denton stand auf, und Tanner stand auf und grinste ihm ins Gesicht.

Sie gingen zur Tür.

»Ich sage es nicht gern«, sagte Denton, »aber viel Glück. Nicht für Sie persönlich, sondern für die Ausführung Ihres Auftrags.«

»Sparen Sie Ihre Worte, Mister.«

Denton öffnete die Tür und sagte: »Lassen Sie ihn frei. Er fährt.«

Der Beamte mit der Pistole reichte die Waffe dem Mann, der Tanner die Zigaretten gegeben hatte, und durchsuchte seine Taschen nach dem Schlüssel. Als er ihn fand, schloß er die Handschellen auf, trat zurück und hängte sie an seinen Gürtel.

»Ich gehe mit Ihnen«, sagte Denton. »Der Fahrzeugpark ist in der Tiefgarage.«

Sie verließen das Büro, und Mrs. Fiske öffnete ihre Handtasche und nahm eine Sprayflasche mit Parfüm heraus, das sie in ihrem Umkreis versprühte.

Die Glocke läutete. Ihr eintöniger Klang, unbarmherzig und unaufhörlich, erfüllte den Platz. In der Ferne waren andere Glockenklänge, und zusammen ergaben sie eine dämonische Sinfonie, die weder Anfang noch Ende zu haben schien.

Franklin Harbershire, Präsident von Boston, schluckte kalten Kaffee und zündete seine Zigarre wieder an. Zum sechsten Mal hob er die Liste der Todesfälle auf, las die Zahlen der letzten Meldungen und ließ das Papier fallen. Sein Schreibtisch war bedeckt mit Listen und Aufstellungen dieser Art, aber nach sechsundsiebzig Stunden ohne Schlaf schien nichts einen Sinn zu haben. Er lehnte sich in seinen Ledersessel zurück, drückte seine Augen fest zu und öffnete sie wieder. Er hatte sich längst an das trockene Brennen hinter seinen Lidern gewöhnt.

Es war klar, daß die Zahlen inzwischen überholt waren. Sie waren von Anfang an ungenau gewesen, denn es mußte noch viele unentdeckte Tote geben.

Die Glocken sagten ihm, daß seine Nation langsam in die Schwärze versank, die immer einen halben Zentimeter unter dem Leben liegt und auf ein Nachgeben der Kruste wartet.

»Warum gehen Sie nicht nach Haus, Mr. President? Oder legen Sie sich wenigstens ein bißchen hin. Wir werden die Dinge hier für Sie überwachen ...«

Er zwinkerte und stierte den schmächtigen kleinen Mann an, dessen Krawatte und dunkle Jacke längst verschwunden waren, und dessen eckiges Gesicht den Bewuchs eines mehrtägigen dunklen Bartes trug. Vor einer Sekunde war Peabody noch nicht hier gewesen. Hatte er im Sessel geschlafen?

Er hob seine Zigarre und entdeckte, daß sie wieder ausgegangen war.

»Danke, Peabody«, sagte er. »Aber ich könnte nicht schlafen, selbst wenn ich es versuchte, wissen Sie. Es bleibt mir nichts zu tun, als hier zu warten.«

»Wie Sie meinen, Sir. Möchten Sie dann etwas frischen Kaffee?«

»Ja, danke.«

Peabody schien nur wenige Sekunden auszubleiben. Harbershire zwinkerte, und neben seiner rechten Hand dampfte eine Tasse Kaffee.

»Danke, Peabody.«

»Die letzten Zahlen sind eben eingegangen, Sir. Es scheint allmählich aufzuhören.«

»Wahrscheinlich ein schlechtes Zeichen. Weniger Leute, die Meldungen einreichen und weitergeben ... Die einzige zuverlässige Methode wird eine Zählung der Überlebenden sein, sobald dieses Ding vorüber ist. Ich habe kein Vertrauen zu diesen Zahlen.«

»Ich auch nicht, Sir. Sie spiegeln eine Tendenz wider, mehr nicht.«

Harbershire verbrannte seine Zunge mit dem heißen Kaffee und sog an seiner Zigarre.

»Die Fahrer könnten es inzwischen geschafft haben«, sagte er. »Vielleicht ist schon Hilfe unterwegs.«

Peabody nickte. »Lassen Sie mich eine Decke und ein Kissen bringen«, sagte er. »Dann können Sie sich ausstrecken und ein wenig die Augen zumachen. Es gibt sonst nichts zu tun.«

»Ich kann nicht schlafen.«

»Ich werde etwas Whisky auftreiben. Zwei Gläser, und Sie werden sich entspannen.«

»Danke. Ich habe schon ein paar getrunken.«

»Wissen Sie, selbst wenn die Fahrer es nicht schaffen, könnte dieses Ding von selbst austrocknen.«

»Vielleicht.«

»Jeder bleibt jetzt für sich. Die Leute haben endlich begriffen, daß Versammlungen und Zusammenkünfte schlecht sind.«

»Das ist vernünftig.«

»Manche Leute verlassen die Stadt.«

»Keine schlechte Idee.«

Er schlürfte wieder vom Kaffee, diesmal vorsichtiger. Er betrachtete die blauen Rauchleitern, die sich über seinem Aschenbecher bogen.

»Wie sieht es mit den Plünderungen aus?« fragte er.

»Die gehen weiter. Die Polizei meldet zwölf erschossene Plünderer für die letzten vierundzwanzig Stunden.«

»Das hat noch gefehlt – weitere Tote. Richten Sie dem Polizeichef aus, daß ich die Erschießung von Plünderern mißbillige. Seine Leute sollen versuchen, Verhaftungen vorzunehmen. Wenn sie schon schießen müssen, dann nach Möglichkeit nur auf die Beine.«

»Jawohl, Sir.«

Harbershire seufzte. »Ich wünschte, ich könnte schlafen. Wirklich, Peabody. Ich halte das alles nicht mehr lange aus.«

»Die Todesfälle?«

»Das auch.«

»Sie meinen, das ständige Warten? Alle bewundern, mit welcher Zähigkeit Sie ...«

»Nein, ich meine nicht das Warten!«

Er trank mehr Kaffee und paffte eine große Rauchwolke in die Luft.

»Hauptsächlich sind es diese verdammten Glocken«, sagte er und gestikulierte zu den Fenstern, hinter denen die Nacht stand. »Sie bringen mich um den Verstand!«

Sie stiegen in den ersten und dann in den zweiten Keller hinunter.

Als sie anlangten, sah Tanner drei Wagen startbereit stehen.

Auf einer Bank an der Wand saßen fünf Männer, rauchten und dösten.

Einen von ihnen erkannte er.

»Denny«, sagte er. »Komm her.« Und er ging näher, und ein schlanker blonder Junge, der einen Sturzhelm in der rechten Hand hielt, stand auf und kam ihm entgegen.

»Was zum Teufel tust du hier?« fragte er ihn.

»Ich bin der zweite Fahrer in Wagen drei.«

»Du hast deine eigene Garage, und die Bullen waren nie hinter dir her. Was denkst du dir dabei?«

»Denton bot mir fünfzig Mille für die Fahrt«, sagte Denny, und Tanner wandte sein Gesicht ab.

»Scheiß drauf! Was hast du davon, wenn du hin bist?«

»Ich brauch' das Geld.«

»Warum?«

»Ich will heiraten, und ich kann das Moos gebrauchen.«

»Ich dachte, du kämst gut zurecht.«

»Das ist wahr, aber ich will ein Haus kaufen.«

»Weiß deine Alte, was du vorhast?«

»Nein.«

»Kann ich mir denken. Paß auf, ich muß es tun – für mich ist es der einzige Ausweg. Aber du mußt nicht.«

»Meinst du.«

»Also ich will dir was sagen: Du fährst nach Pasadena, zu dieser Stelle, wo wir immer spielten, als wir Jungen waren – mit den Felsen und den drei großen Bäumen. Du weißt, wo ich meine?«

»Ja, ich erinnere mich.«

»Du gehst zu dem großen Baum in der Mitte und suchst die Stelle, an der ich meine Anfangsbuchstaben eingeschnitten habe. Dann drehst du dich um und machst sieben lange Schritte. Dort gräbst du ungefähr eine Meter tief. Ist das klar?«

»Ja. Was ist dort?«

»Das ist mein Nachlaß. Du wirst eine von diesen alten Stahlkassetten finden, wahrscheinlich ganz verrostet. Brich sie auf. Es sind mindestens zwanzig Tafeln Stoff drin, prima roter Liban in Plastik verschweißt, und dann ist noch ein sechszölliges Rohrstück dabei, mit Kappen an beiden Enden. Wenn du sie aufmachst, findest du etwas über fünftausend in Scheinen, und es ist alles sauberes Geld.«

»Warum erzählst du mir das?«

»Weil das Zeug jetzt dir gehört, Denny«, sagte er und gab ihm einen Kinnhaken.

Als Denny fiel, trat er ihm in die Rippen, dreimal, bevor die Polizisten ihn packten und wegzerrten.

»Dummkopf!« sagte Denton, als sie ihn hielten. »Sie verrückter, verdammter Dummkopf!«

»Von wegen«, sagte Tanner. »Kein Bruder von mir wird die Tour machen, solange ich ihn daran hindern kann. Suchen Sie sich lieber schnell einen neuen Fahrer, weil er gebrochene Rippen hat. Oder lassen Sie mich allein fahren.«

»Dann werden Sie allein fahren«, sagte Denton. »Wir können uns nicht leisten, länger zu warten. Im Apothekenkasten des Wagens sind Wachhaltepillen, und die sollten Sie nehmen, denn wenn Sie zurückbleiben, werden Ihre Kollegen Ihnen mit Flammenwerfern einheizen.«

»Keine Angst, Mister, ich werde Sie nicht vergessen. Sie und Ihre guten Ratschläge.«

»Dann steigen Sie in Wagen Nummer zwei. Die Fahrzeuge

sind beladen und startbereit. Alle nötigen schriftlichen Unterlagen liegen auf dem Fahrersitz.«

»Ja, ich weiß.«

»... Und wenn ich Sie je wiedersehen sollte, wird es zu früh sein. Gehen Sie mir aus den Augen, Sie Abschaum!«

Tanner spuckte auf den Boden und kehrte dem Verkehrsminister des Staates Kalifornien den Rücken zu. Mehrere Polizisten leisteten seinem Bruder erste Hilfe, und einer war losgerannt, um einen Arzt zu holen. Denton machte zwei Mannschaften aus den restlichen vier Fahrern und wies ihnen die Wagen eins und drei zu. Tanner kletterte in seinen Wagen, ließ den Motor an und wartete. Er starrte zur Rampe, die nach oben führte, und fragte sich, was vor ihm liegen mochte. Er suchte im engen und verwinkelten Innern herum, bis er den Zigarettenvorrat fand. Er setzte sich, zündete eine an und rauchte und wartete.

Die anderen Fahrer setzten sich in Bewegung und kletterten in ihre dick gepanzerten und abgeschirmten Vehikel. Das Radio knisterte und krachte, summte, krachte wieder, und dann, als er die Motoren anspringen hörte, kam eine Stimme durch.

»Wagen eins – fertig!« sagte die Stimme.

Es gab eine Pause, dann sagte eine andere Stimme: »Wagen drei – fertig!«

Tanner hob das Mikrophon und drückte den Knopf an der Seite. »Wagen zwei fertig«, sagte er.

»Fahrt frei!« sagte eine Stimme, und einer nach dem anderen fuhren die Wagen langsam die Rampe hinauf.

Das Tor rollte vor ihnen hoch, und sie kamen in den Sturm.

Es war ein Alptraum, aus Los Angeles hinaus und auf die Fernstraße 91 zu kommen. Der Regen fiel in dichten Vorhängen, und Felsbrocken in der Größe von Tennisbällen knallten gegen die Panzerplatten seines Wagens. Tanner rauchte und schaltete die Spezialscheinwerfer an. Er trug Infrarotokulare, und die Nacht und der Sturm belauerten ihn. Das Radio knisterte und krachte oft, und ihm schien, daß er das Gemurmel einer fernen Stimme hörte, aber er konnte nie ausmachen, was sie zu sagen versuchte.

Sie folgten der Fernstraße, soweit sie intakt war, und als die großen Reifen ihrer Fahrzeuge durch das unwegsame Gelände rumpelten, das begann, wo die Straße endete, setzte sich Tanner an die Spitze, und die anderen gaben sich damit zufrieden, ihm zu folgen. Er kannte die Route; sie nicht.

Er folgte dem alten Schmugglerweg, auf dem er Süßigkeiten und anderes zu den Mormonen gebracht hatte. Es war möglich, daß er der einzige Überlebende war, der noch davon wußte. Möglich; aber schließlich gab es immer welche, die auf schnelles Geld aus waren. Also mochte es in ganz Los Angeles den einen oder den anderen geben, der die Route kannte.

Es blitzte und donnerte. Die Entladungen kamen nicht in Form einzelner Strahlen; es waren herabschießende Netze. Der Wagen war natürlich isoliert, aber nach einer Weile stand sein Haar zu Berge. Einmal glaubte er einen Riesenlurch zu sehen, war aber nicht sicher. Die beiden anderen Wagen folgten ihm in etwa fünfzig Metern Abstand, aber er konnte sich nicht mit ihren Fahrern verständigen; die Radioverbindung mit ihnen war schon kurz nach dem Verlassen des Gebäudes abgerissen.

Es schüttete wie aus Kübeln. Der Regen rauschte und verwandelte das Land in eine Wasserwüste aus braunen Gießbächen und windgepeitschten Lachen. Der Himmel klang wie eine Artillerieschlacht. Ein Felsbrocken von der Größe eines Grabsteins kam einen Hang herunter und kollerte ihm in den Weg, und er umfuhr das Hindernis. Rote Lichter zuckten von Nord nach Süd über den Himmel. In ihrem flüchtigen Schein sah er viele schwarze Streifen in westöstlicher Richtung ziehen. Es war kein ermutigendes Schauspiel. Der Sturm konnte tagelang anhalten.

Die Räder mahlten durch Schlamm und Wasser, rumpelten über Geröll. Er hielt sein langsames, aber gleichmäßiges Tempo, wich einem Strahlungsnest aus, das in den vier Jahren, seitdem er zuletzt hier gefahren war, nicht erloschen war, und kam in ein Gebiet, wo der Wüstensand zu einem glasigen See geschmolzen war.

Drei weitere Hagelschläge aus einem Gemisch von Eis und Steinbrocken fielen über ihn her, bevor die Himmel sich spalteten und ein leuchtendes, violett gesäumtes Blau freigaben. Die dunklen Vorhänge wallten zurück, und das unaufhörliche Brüllen und Donnern ließ nach. Im Norden blieb ein lavendelfarbenes Glühen, und hinter ihm sank eine grüne Sonne zum Horizont.

Sie hatten den Sturm überstanden, und Tanner schaltete die Infrarot-Scheinwerfer aus, schob seine Okularbrille zurück und schaltete die normalen Nachtscheinwerfer ein.

Etwas Großes und Fledermausartiges segelte durch den Tunnel seiner Scheinwerfer und war fort. Fünf Minuten später tauchte es wieder auf, diesmal viel näher, und er ließ ein Magnesiumlicht hochgehen. Ein schwarzes Etwas von vielleicht acht Metern Durchmesser gaukelte in die Nacht davon. Einer der nachfolgenden Wagen schickte dem Ding einen Feuerstoß aus dem Maschinengewehr nach, aber es war nicht auszumachen, mit welchem Erfolg.

Für die Spießer war dies die Straße der Verdammnis. Für Hell Tanner war es immer noch der Parkplatz. Er war diese Strecke zweiunddreißigmal gefahren, und soweit es ihn betraf, fing die Straße der Verdammnis erst in der Gegend an, die man früher einmal Colorado genannt hatte.

Die Sicht war jetzt gut, und er erhöhte sein Tempo ein wenig, und die anderen folgten ihm.

Kein Flugzeug konnte es machen. Nicht seit dem Krieg. Niemand konnte sich in Höhen vorwagen, die vier- oder fünfhundert Meter über der Erdoberfläche waren. Das war die Zone, wo die Winde begannen. Die mächtigen Winde, die den Globus umkreisten, Berggipfel abtrugen, Bäume ausrissen, Gebäude in Trümmer legten, Vögel, Fledermäuse und Insekten und was sich sonst bewegte in den toten Gürtel hinaufsogen; die Winde, die um die Welt wirbelten, den Himmel mit dunklen Linien aus Staub und Schutt überzogen, die gelegentlich verschmolzen, zusammenstießen und den Schutt tonnenweise abluden, wo sich zu große Massen bildeten. Lufttransport war eine Sache der Vergangenheit, überall in der Welt. Denn diese Winde kreisten ständig, und sie hörten nie auf. In all den fünfundzwanzig Jahren von Tanners Erinnerung hatten sie nicht einmal nachgelassen.

Tanner fuhr zügig durch wüstenartige Hochebenen, schnitt eine Diagonale zum grünen Sonnenuntergang. Die Kompaßnadel zeigte, daß er präzise auf Nordostkurs lag. Staub fiel um ihn her, riesige Wolken davon, und der Himmel wurde violett. Dann ging die Sonne unter, und die Nacht brach herein, und die Sterne waren sehr schwache Lichtpunkte irgendwo über allem. Nach einer Zeit stieg der Mond auf, und das Halbgesicht, das er in dieser Nacht der Erde zeigte, hatte die Farbe von einem Glas Chiantiwein, das man vor eine Kerze hält.

Er zündete sich eine neue Zigarette an und fing langsam, halblaut und ohne Emotionen zu fluchen an.

Sie kurvten zwischen Ruinen und Schutthaufen: Stein, Betontrümmer, Metall, Fragmente von Maschinerien. Eine Schlange, dick wie eine Mülltonne und dunkelgrün im Scheinwerferlicht, glitt über Tanners Weg, und er bremste ab, während der nichtendenwollende Leib vorbeirutschte. Ungefähr dreißig Meter Schlange passierten den Doppelkegel der Scheinwerfer, bevor Tanner seinen Fuß von der Bremse nahm und sanft auf das Gaspedal drückte.

Bei einem Blick in den linken Bildschirm, der eine Infrarotversion der Aussicht zur linken Seite zeigte, schien es ihm, daß er zwei glühende Augen im Schatten eines Haufens von Mauerwerk und Eisenträgern sah. Tanner hielt eine Hand in der Nähe des Feuerleitgeräts und nahm sie erst nach zwei Kilometern wieder weg, als die Trümmerhaufen zurückblieben.

Sein »Wagen« hatte keine Fenster, nur Bildschirme, die ihm den Ausblick in alle Richtungen gestatteten, auch nach oben und unten. Für den Fall, daß die Bildschirme ausfielen, hatte er schmale, mit Panzerglas gesicherte Sehschlitze nach vorn und zu den Seiten, die jetzt mit Stahlklappen abgedeckt waren. Tanner saß in einer strahlungssicheren Zelle im vorderen Teil des Fahrzeugs. Dieses, ein umgebauter Panzerspähwagen, hatte acht große, schwer bereifte Räder und war fast zehn Meter lang. Der schwenkbare Panzerturm trug ein automatisches 37-mm-Zwillingsgeschütz und einen Granatwerfer. Dahinter war eine Werferbatterie mit vierundzwanzig panzerbrechenden Raketen, montiert auf einem Drehgestell. Ein weiteres Gehäuse vorn zwischen den Scheinwerfern beherbergte einen Flammenwerfer und ein Maschinengewehr, die sich beide in einem Winkel von neunzig Grad seitlich und vierzig Grad in der Höhe schwenken ließen. Damit nicht genug, war das Fahrzeug nach Art mancher antiker Streitwagen mit einem Paar scharfgeschliffener Stahlsicheln bewaffnet, die hinter dem vorderen Räderpaar waagerecht aus dem Wagenboden geschoben werden konnten, so daß sie zu beiden Seiten rechtwinklig und mit nach vorn gebogenen Spitzen fast zwei Meter weit herausragten. An der Panzertür links neben dem Fahrer steckten ein Gewehr und eine Pistole in Gummiklemmen, und unter seinem Sitz war ein Schubfach, das sechs Handgranaten enthielt.

Aber Tanner dachte trotz alledem nicht daran, sich von seinem langen, schmalen SS-Dolch zu trennen, der im Schaft seines rechten Stiefels steckte.

Er zog seine Handschuhe aus und wischte die Handflächen an der Hose ab. Den rechten Handrücken zierte ein rot tätowiertes Herz, das von einem blauen Messer durchbohrt wurde, und darüber waren die vier Buchstaben seines Vornamens in gleicher Farbe zu sehen, jeder auf einen Knöchel tätowiert.

Er öffnete und durchsuchte die beiden Ablagefächer unter dem Armaturenbrett, die in seiner Reichweite waren, konnte aber keine Zigarren finden. So drückte er seine Zigarette auf dem Boden aus und zündete eine neue an.

Voraus war Vegetation zu sehen, und er verlangsamte die Fahrt. Er schaltete das Mikrophon ein und versuchte das Radio zu gebrauchen, doch statt einer Antwort kamen nur Störungen herein, und er wußte nicht, ob jemand gehört hatte.

Er hielt und studierte die Situation im Licht seiner Scheinwerfer.

Ein vier oder fünf Meter hohes Buschdickicht versperrte den Weg mit einem Wall von Dornen und verfilzten Zweigen. Es erstreckte sich zu beiden Seiten weit in die Dunkelheit hinein – jedenfalls weiter, als der Lichtkegel seines Suchscheinwerfers reichte. Wie tief dieses Dickicht war, konnte er nicht sagen. Vor vier Jahren war es noch nicht dagewesen.

Er fuhr langsam an und zündete den Flammenwerfer. In dem Bildschirm, der den Rückspiegel ersetzte, sah er, daß die anderen Fahrzeuge fünfzig Meter hinter ihm angehalten und ihre Scheinwerfer abgeblendet hatten.

Der Feuerstrahl schoß ins Dickicht, das sofort zu qualmen anfing. Nach fünf Sekunden schaltete Tanner aus und sah, daß die Sträucher Feuer gefangen hatten.

Er wartete und sah zu, wie der Brand sich zögernd ausbreitete und die Schneise erweiterte. Das regenfeuchte Dickicht qualmte so stark, daß man noch immer nicht sehen konnte, wie tief es war. Tanner durchsuchte den Kühlschrank, aber es gab kein Bier. Er öffnete eine Flasche mit alkoholfreiem Zeug und trank daraus, während er das Feuer beobachtete. Er sah ein paar dunkle, vierfüßige Kreaturen aus dem brennenden Gestrüpp huschen. Ihre Pelze schwelten.

Er schaltete die Scheinwerfer aus, stellte den Motor ab und warf die leere Flasche in den Abfallbehälter. Dann kippte er die Rückenlehne seines Sitzes zurück, streckte sich und schloß die Augen.

Lautes Hupen weckte ihn. Es war noch Nacht, und die Uhr zeigte ihm, daß er etwas länger als drei Stunden geschlafen hatte.

Er reckte sich, saß auf und ließ die Rückenlehne hoch. Die anderen Wagen hatten aufgeschlossen und standen rechts und links von ihm. Er hupte zweimal und ließ den Motor an. Er schaltete die Scheinwerfer ein und betrachtete die Szene, während er seine Handschuhe anzog.

Das Feuer hatte eine vielleicht fünfzig Meter breite Schneise ins Dickicht gebrannt, bevor es ausgegangen war, aber noch immer stieg Rauch aus der weißlichen Asche, und an verschiedenen Stellen war noch ein schwaches Glimmen auszumachen. Der Westwind hatte dafür gesorgt, daß das Buschfeuer sich hauptsächlich in ihrer Fahrtrichtung ausgebreitet hatte. Sie waren in einer Gegend, die einmal als Nevada bekannt gewesen war.

Hell Tanner rieb seine Augen und kratzte seine Nase, dann drückte er noch einmal auf die Hupe und legte den Gang ein.

Er ließ den Wagen langsam vorwärtsrollen. Die abgebrannte Fläche schien relativ eben zu sein, und seine Reifen waren dick.

Er fuhr in die Schneise ein, und sofort waren seine Bildschirme von aufgewirbelter Asche und Rauch verdunkelt, die sich auf allen Seiten in dichten Wolken erhoben.

Er beschleunigte ein wenig, um wenigstens freie Sicht nach vorn zu haben, und hörte die Reifen durch die spröden, verkohlten Überreste der Büsche knirschen.

Er schoß wieder eine Magnesiumfackel in den Himmel, und in ihrem kalten weißen Licht lag eine sich allmählich verbreiternde Brandschneise von mehr als einem Kilometer Länge zwischen den schwelenden Dornverhauen des Dikkichts. Jenseits schien das Terrain steil anzusteigen.

Er trat aufs Gaspedal, und die Fahrzeuge hinter ihm schwenkten seitwärts aus, um den Aschenwolken zu entgehen, die er aufwirbelte. Sein Radio krachte, und er hörte eine schwache Stimme, ohne ihre Worte zu verstehen. Er hupte und beschleunigte noch mehr. Die anderen Wagen hielten mit ihm Schritt.

Er fuhr länger als fünf Minuten durch die oft noch glühende Asche, bevor er mit qualmenden Reifen einen kahlen, steinigen Hang hinaufrumpelte. Auch seine Begleiter waren durchgekommen.

Kurz darauf hatte er den Höhenzug überwunden und offene Wüste vor sich. Er kontrollierte seinen Kompaß und berichtigte den Kurs. Wagen eins und drei folgten und gaben Gas, um sein neues Tempo mitzuhalten, und er fuhr mit einer Hand und aß Brot und Corned beef.

Als der Morgen kam, nahm er eine Pille, um sich wachzuhalten. Die Sonne erhob sich wie geschmolzenes Silber halbrechts voraus, und ein Drittel des Himmels glühte bernsteinfarben auf, durchzogen von feinen Linien wie Spinnweben. Die Wüste lag bräunlichviolett, und die braune Staubfahne, die ständig hinter den Fahrzeugen hing, nahm eine rosige Tönung an, als die Sonne eine hellrote Korona bekam und die Schatten der Nacht westwärts flohen. Er schaltete seine Scheinwerfer aus, als er einen Kaktus passierte, der wie ein Pilz geformt war und ein Dach von vielleicht zwölf Metern Durchmesser hatte.

Ein paar Riesenfledermäuse flohen nach Süden, und weit voraus entleerte sich eine dunkle Wolke mit einem Regensturz, der einem riesigen Wasserfall glich und in der Sonne gleißte. Als er die Stelle erreicht hatte, hatte sich die Wolke aufgelöst, und die Wassermassen waren von der Wüste verschluckt worden, aber zu seiner Linken lag ein toter Hai im nassen Sand, und dann sah er Seetang in Mengen, und dazwischen Treibholz und weißschimmernde Fische.

Der Himmel nahm von Ost nach West fortschreitend eine rosa Tönung an und behielt diese Farbe. Hell Tanner trank eine Flasche Eiswasser und fühlte die Kälte in seinen Magen eindringen. Er passierte weitere Kakteen, und unter einem Kaktus saßen zwei Präriewölfe, ließen die roten Zungen heraushängen und sahen ihn vorbeifahren. Sie schienen zu lachen.

Als das Sonnenlicht greller wurde, verminderte er die Helligkeit der Bildschirme. Er rauchte und fand einen Knopf, der Musik produzierte, als er ihn drückte. Er fluchte über den weichen Klang von Streichinstrumenten, der die Kabine erfüllte, aber er schaltete die Musik nicht aus.

Er kontrollierte den Strahlungspegel draußen und entdeckte, daß er nur wenig über dem Normalwert lag. Als er das letzte Mal hier durchgekommen war, war die Radioaktivität noch erheblich stärker gewesen.

Er kam an mehreren rostigen Autowracks vorüber, deren fortgeschrittener Zerfall zeigte, daß sie einer anderen Epoche entstammten. Wenig später stieß er auf ein umgestürztes und bereits vom Sand überwehtes Fahrzeug eines Typs, den er nicht kannte, der aber seinem eigenen Wagen ähnelte. Er überquerte eine Silikonebene, in deren Mitte ein mächtiger Krater gähnte, den er umfuhr. Der rosige Schein im Himmel verblaßte allmählich und wurde von einer bläulichen Tönung abgelöst. Die schwarzen Streifen waren noch immer da, und gelegentlich verbreiterte sich einer zu einem schwarzen Fluß, der sich zum Osthorizont ergoß. Um die Mittagszeit verdeckte ein solcher Fluß für elf Minuten die Sonne. Mit ihrem Verschwinden kam ein kurzer Staubsturm auf, und Tanner mußte Scheinwerfer und Radar einschalten. Er wußte, daß irgendwo voraus eine abgrundtiefe Erdspalte war, und als er sie endlich erreichte, folgte er ihrem Rand in nördlicher Richtung drei Kilometer weit, bevor sie sich verengte und schließlich verschwand. Die anderen Fahrzeuge hielten Abstände von hundert Metern und folgten ihm, und Tanner orientierte sich wieder am Kompaß. Der kurze Staubsturm hatte sich gelegt, und die gelblichen Wolken begannen hinter ihnen zusammenzusinken. Tanner mußte trotz der abgedunkelten Bildschirme seine Sonnenbrille aufsetzen, als er ein glasiges Feld überquerte, das das Sonnenlicht in tausend grellen Facetten spiegelte.

Er passierte turmartige Formationen, die aus Quarz zu sein schienen. Er hatte in der Vergangenheit nie angehalten, um sie zu untersuchen, und er tat es auch jetzt nicht. Das Spektrum tanzte, und Hitzewellen verzerrten die Horizonte, dann hatte er auch dieses Kraterfeld hinter sich und fuhr über reinen Sand, braun, gelb und rötlich. Es gab mehr Kakteen, und hohe Dünen waren überall um ihn. Der Himmel veränderte sich weiter, bis er schließlich blau war wie die Augen eines Säuglings. Tanner summte eine Zeitlang die Melodien mit, und dann sah er das Ungetüm.

Es war ein Gilatier, größer als sein Wagen, und es kam schnell. Auf seinen eidechsenflinken Beinen schoß es aus einer kakteenerfüllten Talmulde, den Schwanz aufgerichtet, Staub und Sand aufwirbelnd.

Tanner konnte den Raketenwerfer nicht mehr einsetzen, weil es von der Seite kam und zu schnell war. Er eröffnete das Feuer mit den beiden Schnellfeuerkanonen, fuhr die Sicheln aus und trat aufs Gaspedal. Das Gilatier raste auf ihn zu, und die perlige Oberfläche seines Körpers leuchtete gelb und rot und schwarz in der Sonne. Seine Augen waren dunkel und starr, sein Schwanz groß wie ein Segel.

Der Angreifer wurde langsamer, und Tanner hoffte, ungeschoren an ihm vorbeizukommen. Auch die anderen Wagen feuerten jetzt, was sie konnten.

Das Gilatier schlug mit dem Schwanz und klappte die Kiefer auf und zu. Blut rann in Fäden aus dem hornigen Maul. Dann wurde es von einer Rakete getroffen. Es fuhr wild herum und sprang.

Es gab ein dumpfes, berstendes Geräusch, als es auf dem Wagen Nummer eins landete und dort hängenblieb.

Tanner trat auf die Bremse, drehte um und fuhr zurück. Wagen Nummer drei war herangekommen und hielt zehn Meter von der Unglücksstelle. Tanner tat das gleiche.

Er sprang aus der Tür und ging auf den verunglückten Wagen zu. Er hatte das Gewehr in den Händen und feuerte sechs Kugeln in den massigen Schädel des Ungetüms, bevor er sich dem Wagen näherte.

Die Tür war aufgesprungen, und die beiden Männer im Innern hingen schlaff auf ihren Sitzen. Tanner sah Blut auf dem Armaturenbrett, und das Gesicht des Beifahrers war blutüberströmt.

Die zwei anderen Fahrer kamen heran und starrten in den

Unglückswagen. Dann kletterte der Kleinere der beiden hinein und untersuchte Puls, Atmung und Herzschlag der Männer.

»Mike ist tot«, rief er nach einer Weile heraus, »aber Greg scheint zu sich zu kommen.«

Unter dem Wagenheck breitete sich ein nasser Fleck aus, und Benzingeruch erfüllte die Luft.

Tanner nahm eine Zigarette aus der Packung, besann sich eines Besseren und steckte sie zurück. Er konnte ein Glukkern in einem der großen Benzintanks hören, als der Treibstoff auslief. Der Wagen war unter der Last niedergedrückt. Tanner ließ sich auf Hände und Knie nieder und sah, daß die Radaufhängung der ersten Achse gebrochen war.

Als er wieder aufstand, sagte der Mann neben ihm: »So was habe ich noch nie gesehen ... auf Bildern, ja, aber so im Freien ...«

»Ich habe«, sagte Tanner, und dann kam der andere Fahrer aus dem Fahrzeug und half dem Mann, den er Greg genannt hatte, ins Freie.

»Greg fehlt nichts weiter«, sagte er. »Er hat bloß das Lenkrad gegen die Brust gekriegt und ist mit dem Kopf an die Decke geflogen.«

Der Mann, der an Tanners Seite stand, sagte: »Du kannst ihn zu dir an Bord nehmen, Hell. Wenn er sich besser fühlt, kann er dich beim Fahren ablösen.« Tanner zuckte die Achseln, kehrte der Szene den Rücken und zündete sich eine Zigarette an.

»Du solltest hier lieber nicht ...«, begann der Mann, und Tanner sagte: »Scheiß drauf«, und blies ihm Rauch ins Gesicht. Er wandte sich um und musterte die beiden anderen Männer. Greg war dunkeläugig, mit tief gebräuntem Gesicht. Chicano oder Halbindianer, vielleicht, dachte er. Gregs Haut war glatt, bis auf ein paar Pockennarben unter seinem rechten Auge, und er hatte breite Backenknochen und sehr dunkles Haar. Er war so groß wie Tanner, der einszweiundachtzig war, aber nicht ganz so schwer. Er trug einen Overall, und nun, nachdem er ein paar tiefe Atemzüge getan hatte, wurde seine Haltung sehr aufrecht, und er bewegte sich mit schnellen Schritten.

»Wir werden Mike begraben müssen«, sagte der Kleinere.

»Schade um den Zeitverlust«, sagte sein Gefährte, »aber ...«

Und dann schnippte Tanner seine Zigarette und warf sich auf den Sandboden, als sie in der Benzinlache unter dem Wagenheck landete.

Es gab Flammen, dann eine Explosion, der weitere folgten. Im Nu war das ganze Fahrzeug in Feuer und Rauch gehüllt. Tanner hörte die Raketen, als sie nach Osten davonheulten. Die Munition im Wageninnern und im Turm explodierte, das Turmluk flog heraus und segelte durch die Luft, und der ganze Wagen brannte lichterloh und wurde von Explosionen erschüttert, und Tanner grub sich tiefer in den Sand und hielt seine Ohren zu. Der vordere Teil des riesigen Kadavers, der halb aufgerissen auf der niedergedrückten Bugpartie lag, fing zu qualmen und stinken an.

Sobald die Explosionen aufhörten, griff Tanner nach dem Gewehr. Aber sie kamen bereits auf ihn zu, und er sah die Mündung einer Pistole. Er hob langsam seine Hände und stand auf.

»Was zum Henker sollte dieser gottverdammte Unfug?« sagte der andere Fahrer, der die Pistole hielt.

Tanner lächelte und sagte: »Nun brauchen wir ihn nicht zu begraben. Verbrennung ist genausogut, und es ist schon vorbei.«

»Du hättest uns alle töten können, wenn diese Kanonen und Raketenwerfer in diese Richtung gezielt hätten!«

»Sie zeigten in die andere Richtung. Ich habe nachgesehen.«

»Das herumfliegende Zeug hätte uns ... Oh, ich verstehe. Nimm deine verdammte Flinte auf, aber mit dem Lauf nach unten. Zieh das Magazin raus und steck es in deine Tasche.«

Tanner tat es.

»Du wolltest uns alle umbringen, was? Dann hättest du deiner Wege gehen können, wie du es vorgestern schon versuchtest. Ist das nicht so?«

»Du hast es gesagt, nicht ich.«

»Es ist aber wahr. Dir ist es doch scheißegal, ob in Boston die ganze Bevölkerung verreckt oder nicht!«

»Mein Gewehr ist jetzt entladen«, sagte Tanner.

»Dann steig wieder in deine Karre und fahr los. Ich werde hinter dir bleiben.«

Tanner ging zu seinem Fahrzeug. Er hörte die anderen reden, aber er glaubte nicht, daß sie ihn niederschießen würden. Als er einsteigen wollte, sah er einen Schatten aus den Augenwinkeln und drehte sich schnell um.

Der Mann namens Greg stand hinter ihm, groß und still wie ein Geist.

»Soll ich eine Weile fahren?« fragte er Tanner mit ausdruckslosem Gesicht.

»Nein, du kannst dich ausruhen. Ich bin noch ganz gut in Form. Später am Nachmittag, vielleicht, wenn dir danach ist.«

Der Mann nickte und ging um den Wagen. Er stieg von der anderen Seite ein und kippte sofort seine Rückenlehne zurück.

Tanner warf seine Tür zu und ließ den Motor an. Die Klimaanlage fing zu surren an.

»Willst du das Ding aufladen und wegstellen?« fragte er. Und als der andere nickte, reichte er ihm das Gewehr und die Munition. Er zog seine Handschuhe an und sagte: »Im Kühlfach ist genug zu trinken, nur nichts Alkoholisches«, und der andere nickte wieder. Dann hörte er Wagen drei starten, legte den Gang ein und nahm seinen Fuß von der Kupplung.

Charles Britt lauschte dem Glockengeläute. Sein Büro lag der Kathedrale schräg gegenüber, und jeder Schlag der großen Glocke ließ seine Wände erzittern, und er erwog eine Schadenersatzklage, denn er war überzeugt, daß das ständige Läuten seine Füllungen gelockert habe und seinen restlichen Zähnen Schmerzen verursache.

Er wischte eine weiße Haarsträhne aus der Stirn, blinzelte durch seine Brille und wandte eine weitere Seite des dicken Hauptbuches, um mit gebeugtem Kopf darin zu lesen.

Lauter Verluste. Hätte er sich nur rechtzeitig um den Arzneimittelmarkt gekümmert. Medikamente schienen das einzige zu sein, das sich noch verkaufte.

Mit Textilien war nichts mehr zu verdienen. Jeder behalf sich mit dem, was er hatte. Lebensmittel waren alle verdächtig. Eisenwaren und Geräte gingen auch schlecht, denn heutzutage wurden nur wenige Reparaturen gemacht. Wozu auch?

Bei Bekleidung, Lebensmitteln und Metallwaren steckte er tief in den roten Zahlen.

Er murmelte einen Fluch und blätterte um.

Kein Mensch arbeitete, kein Mensch kaufte. Drei Schiffe lagen im Hafen und warteten, daß ihre Ladungen gelöscht würden. Seine Ladungen, und niemand löschte sie, wegen der Quarantäne.

Und die Plünderungen! Er knurrte neue Verwünschungen. Kein Zweifel, daß die Versicherungsgesellschaften Wege finden würden, um alle Ansprüche aus Plünderungen abzuweisen. Das war absolut notwendig, denn er hatte eine Menge Geld im Versicherungsgeschäft investiert. Wenigstens zögerte die Polizei nicht, Plünderer zu erschießen, wenn sie welche auf frischer Tat ertappte. Der Gedanke hatte etwas Befriedigendes.

Leichter Regen besprühte sein Fenster, umhüllte die Kathedrale mit diesigem Grau. Er verspürte einen Anflug von Mitleid für den durchnäßten Stadtausrufer, dessen geplärrtes »Oyez! Oyez! Oyez!« jetzt über den Platz schallte und mit dem monotonen Geläute der Totenglocke wetteiferte. Dies war so, weil er, Charles Britt, selbst einmal Stadtausrufer gewesen war, vor vielen Jahren, als seine Hosen kurz gewesen waren, und seine Augen noch nicht gefangen von Brillengläsern und Hauptbüchern. In jenen Tagen hatte er den Regen gehaßt.

Niemand fuhr mit seinen Taxis. Heutzutage machten die Ambulanzen und die Leichenwagen das Geschäft, und er besaß weder diese noch jene.

Niemand kaufte Waffen und Munition. Mit der zurückgegangenen Bevölkerungszahl war jetzt genug von dem Zeug im Verkehr, um alle, die angreifen oder verteidigen wollten, überreichlich auszurüsten.

Niemand besuchte seine Kinos, denn es gab genug Drama und Pathos, um jedes Menschenleben damit anzufüllen.

Und niemand kaufte die letzte Sonderausgabe seiner Tageszeitung, für die er seinen dezimierten Stab zu heroischen Leistungen angetrieben hatte, von ihm selbst ganz zu schweigen, denn er hatte ihnen schließlich die Überstunden für die Produktion der Sondernummer bezahlt. Die »Seuchenausgabe« hatten sie das Heft in der Redaktion getauft, und es hatte eine attraktiv aufgemachte, schwarz umrandete Titelseite bekommen. Der Inhalt hatte aus einem reich bebilderten Exklusivartikel »Die großen Seuchen der Geschichte« von einem Harvard-Professor bestanden; ferner aus einem medizinischen Beitrag über die Symptome von Cholera, Typhus, Pest, Tuberkulose, Strahlungskrankheit und Stoffwechselvergiftung, sowie anderer epidemisch auftretender Leiden, so daß man nach der Lektüre wußte, welche Krankheit es war, die einen aufs Lager warf; des weiteren aus einhundert Interviews mit Vätern, Müttern, Schwestern, Brüdern, Witwen und Witwern; und schließlich aus einem bewegenden Leitartikel über die heroischen Fahrer der sechs Wagen auf ihrem Weg zur Westküste. Er weinte beinahe, als er an die Stapel der Sondernummer dachte, wie sie in den Auslieferungslagern herumstanden und alt wurden, denn nichts ist so schal wie eine alte Zeitungsnummer, selbst wenn sie eine interessante, schwarz umrandete Titelseite hat und keine aktuellen Tagesereignisse bringt, sondern Belehrung und Information von bleibendem Wert.

Das einzige, was ihn wieder lächeln machte, war die letzte Seite im Hauptbuch. Im letzten Augenblick war es ihm gelungen, sechzig Prozent der Särge in der Stadt, eine Schreinerei, zwei Blumengeschäfte und etwas mehr als fünfhundert Grabstellen zu erwerben. »Sich in einen expandierenden Markt einkaufen« war immer seine Philosophie gewesen, um nicht zu sagen seine Religion, Politik und Ästhetik. Dieser neue Geschäftszweig würde als ein Gewicht auf der anderen Seite der Waage dienen und ihm möglicherweise sogar einen Nettoprofit einbringen. Schon waren die Preise für Grabstätten doppelt so hoch wie vor einem halben Jahr, und die Särge konnte er zur Zeit mit einem Aufschlag von hundertsiebzig Prozent auf seinen Einkaufspreis mühelos verkaufen. Wenn der Tod die Neue Welle ist, der die Zukunft gehört, so kalkulierte er, dann gilt es, sich von ihr tragen zu lassen.

Er zupfte an seinem Ohr und lauschte wieder den Worten des Ausrufers, die vom Glockenlärm fast übertönt wurden.

»... sind zu verbrennen!«

Das beunruhigte ihn.

Und als er die Verlautbarung wiederholt hörte, erinnerte er sich an den Exklusivartikel »Die großen Seuchen der Geschichte« von diesem teuren Harvard-Professor.

Aufbahrungshallen, Leichenhäuser und die Kühlräume der Krankenhäuser waren jetzt genauso überfüllt wie die alten Beinhäuser früherer Jahrhunderte. Damals hatten die Leute ihre Zuflucht zu ...

»... Massenverbrennungen, um die Ausbreitung der Seuche zu verhindern!« rief der Junge. »Die folgenden drei Plätze wurden ausgewählt, und alle Verstorbenen werden ab sofort zur Einäscherung dorthin geschafft! Nummer eins, Boston Common ...«

Charles Britt schloß sein Hauptbuch, nahm seine Brille ab und begann die Gläser zu polieren. Er beschloß, am anderen Morgen Klage einzureichen, als seine Kiefer auf die kalte Eisenklinge bissen und metallischer Geschmack seinen Mund erfüllte.

Nachdem sie etwa eine halbe Stunde gefahren waren, sagte der Mann namens Greg zu ihm: »Ist es wahr, was Marlowe sagte?«

»Wer ist Marlowe?«

»Er fährt den anderen Wagen. – Hattest du versucht, uns umzubringen? Willst du wirklich abhauen?«

Hell Tanner lachte, sagte: »Du hast es erraten.«

»Warum?«

Tanner ließ die Frage eine Weile in der Luft hängen, dann sagte er: »Warum sollte ich nicht? Ich steh nun mal nicht aufs Sterben. Ich möchte gern noch lange warten, bevor ich es mit dem Stück versuche.«

Greg sagte: »Wenn wir es nicht schaffen, könnte die Bevölkerung dieses Kontinents halbiert werden.«

»Wenn es eine Frage von ihnen oder mir ist, dann ist es mir lieber, wenn sie es sind.«

»Manchmal frage ich mich, wie es zu Typen deines Schlages kommt.«

»Genauso, wie es zu allen anderen kommt. Ein paar Leute haben ein paar Minuten ihren Spaß, und dann fängt der Ärger an.«

»Was haben sie dir bloß getan, daß du so bist?«

»Nichts. Und was haben sie je für mich getan? Gar nichts. Was schulde ich ihnen? Das gleiche.«

»Warum hast du deinen Bruder zusammengeschlagen, bevor wir losfuhren?«

»Weil ich nicht wollte, daß er einen verdammten Blödsinn wie diesen macht und dabei in die Binsen geht. Gebrochene Rippen kann er überstehen. Der Tod ist ein Dauerleiden.«

»Das ist nicht, was ich dich fragte. Ich meine, was kümmert es dich, ob er abkratzt oder nicht?«

»Er ist ein guter Junge, deshalb. Aber er ist in dieses Huhn verknallt und kann im Moment nicht klar sehen.«

»Aber was bedeutet es dir?«

»Wie ich sagte, er ist mein Bruder, und er ist ein guter Junge. Ich mag ihn.«

»Wie kommt das?«

»Ah, du ödest mich an! Wir haben zusammen eine Menge durchgemacht, das ist alles! Was willst du eigentlich? Mich psychoanalysieren?«

»Ich war bloß neugierig.«

»Na, nun weißt du es. Rede von was anderem, wenn du reden willst, klar?«

»In Ordnung. Du bist diese Strecke schon gefahren, nicht?«

»Richtig.«

»Warst du weiter im Osten?«

»Bis zum Mississippi.«

»Weißt du, wie man rüberkommt?«

»Ich glaube. Die Brücke in St. Louis steht noch.«

»Warum bist du letztes Mal, als du dort warst, nicht rübergegangen?«

»Man sieht, daß du keine Ahnung hast«, sagte Tanner. »Das Ding ist verstopft mit Wagen voller Knochen. Ich hätte einen Monat zu tun gehabt, mir da einen Weg zu bahnen.«

»Warum bist du überhaupt so weit gegangen?«

»Bloß um zu sehen, wie es ist. Ich hatte all diese Geschichten gehört und wollte mich selber umsehen.«

»Und wie war es?«

»Alles Scheiße. Niedergebrannte Städte, große Krater, verrückte Tiere, ein paar Leute ...«

»Leute? Dort leben immer noch Menschen?«

»Wenn du sie so nennen willst. Sie sind alle wild und verdreht. Sie laufen in Lumpen oder Tierfellen rum, oder auch nackt. Sie bewarfen mich mit Steinen, bis ich ein paar von ihnen erschoß. Dann ließen sie mich in Ruhe.«

»Wie lange ist das her?«

»Fünf – vielleicht sechs Jahre. Ich war noch keine Zwanzig, damals.«

»Wie kommt es, daß du nie davon erzählt hast?«

»Habe ich. Ein paar von meinen Kumpeln. Sonst hat mich nie jemand danach gefragt. Wir wollten noch mal hin und ein paar von den Mädchen klauen und zurückbringen, aber dann hatten sie zuviel Schiß, und es wurde nichts daraus.«

»Was hättet ihr mit den Mädchen gemacht?«

Tanner zuckte die Achseln. »Weiß nicht. Gevögelt und verkauft, nehme ich an.«

»Das habt ihr Kerls oft gemacht, unten an der Barbarenküste, nicht? Menschen verkauft, meine ich.«

Tanner zuckte wieder mit den Schultern. »Hin und wieder. Vor der großen Razzia.«

»Wie hast du die überlebt?« fragte Greg. »Ich dachte, die wildgewordenen Bürger hätten damals alles umgebracht, was nicht aussah wie sie selbst?«

»Ich war gerade im Knast.«

»Und was machtest du nach deiner Freilassung?«

»Ich ließ mich rehabilitieren. Sie besorgten mir einen Job als Postfahrer.«

»Ja, davon habe ich gehört. Du sollst ganz tüchtig gewesen sein, und reif für eine Beförderung. Dann verprügeltest du deinen Boß und wurdest gefeuert, nicht? Warum machtest du das?«

»Er zerriß sich ständig das Maul über meine Vorstrafen und meine alte Bande unten an der Küste. Schließlich hatte ich die Schnauze voll und sagte ihm, er solle Ruhe geben, aber er lachte bloß, also schlug ich ihn mit einer Kette. Brach dem Kerl die Vorderzähne aus. Würde es wieder tun.«

»Zu dumm.«

»Ich war der beste Fahrer, den er hatte. Es war sein Verlust. Niemand sonst machte die Route nach Albuquerque, auch heute noch nicht. Vielleicht mal ein Verrückter, oder einer, der wirklich das Geld braucht.«

»Aber die Arbeit hast du gern getan?«

»Ja, ich fahre gern.«

»Du hättest vielleicht um eine Versetzung nachsuchen sollen, als der Kerl anfing, dich zu belästigen.«

»Ich weiß. Wenn es heute wäre, würde ich es wahrscheinlich so machen. Aber ich war wütend, und damals regte ich mich viel schneller auf als heute. Ich glaube, ich bin klüger geworden.«

»Wenn du es diesmal schaffst und wieder zurückkommst, werden sie dir deinen Job wahrscheinlich wiedergeben. Würdest du ihn nehmen?«

»Erstens«, sagte Tanner, »glaube ich nicht, daß wir es schaffen werden. Und zweitens, wenn wir es schaffen und es immer noch Leute in Boston und Umgebung gibt, werde ich lieber dort bleiben als zurückfahren, glaube ich.«

Greg nickte.

»Wäre vielleicht ganz klug. Du würdest ein Held sein. Kein Mensch würde von deinen Vorstrafen und Verurteilungen wissen. Man würde dir irgendeinen guten Posten anbieten.«

»Zum Teufel mit Helden«, sagte Tanner.

»Aber ich«, sagte Greg nachdenklich, »ich werde wieder nach Kalifornien gehen, wenn wir es schaffen.«

»Ums Kap Hoorn segeln?«

»Ja.«

»Das könnte ganz lustig sein. Aber warum zurückgehen?«

»Ich habe eine alte Mutter und Brüder und Schwestern, um die ich mich kümmern muß, und ich habe ein Mädchen zu Hause.«

Tanner hellte die Bildschirme auf, als der Himmel zu dunkeln begann.

»Wie ist deine Mutter?« fragte er.

»Eine nette alte Frau. Immer arm, aber immer voll Humor. Sie hat uns acht großgezogen. Jetzt fällt ihr allerdings das Gehen schwer. Arthritis.«

»Wie war sie, als du ein Junge warst?«

»Tagsüber ging sie arbeiten, aber sie kochte unser Essen, und manchmal brachte sie uns Süßigkeiten. Sie nähte fast alle unsere Kleider. Oft erzählte sie uns Geschichten, wie es vor dem Krieg war, und so. Sie spielte Spiele mit uns, und zu Weihnachten gab sie uns Spielzeug.«

»Und dein Alter?« fragte Tanner nach einer Weile.

»Er trank ziemlich, und er wechselte ständig die Jobs, aber er prügelte uns nie zuviel. Er war in Ordnung. Als ich zwölf war, wurde er von einem Wagen überfahren.«

»Und jetzt sorgst du für alle?«

»Ja. Ich bin der Älteste.«

»Was machst du?«

»Ich habe deinen alten Job. Ich fahre die Post nach Albuquerque.«

»Willst du mich verkohlen?«

»Nein.«

»Ich will verdammt sein! Ist Gorman immer noch der Inspektor?«

»Er ging letztes Jahr in den Ruhestand, aus Gesundheitsgründen.«

»Ich will verdammt sein! Das ist komisch. Paß auf, gehst du manchmal in eine Bar, die sich Predro's nennt, wenn du in Albuquerque bist?«

»Ich war dort.«

»Haben sie dort immer noch so eine kleine Blondine, die Klavier spielt? Margaret heißt sie.«

»Nein.«

»Oh.«

»Sie haben jetzt so einen Kerl. Einen fetten Burschen. Trägt einen großen Ring an der linken Hand.«

Tanner nickte und schaltete herunter, als der Wagen den Hang eines sandigen Hügels anging.

»Wie ist dein Kopf jetzt?« fragte er, nachdem sie den Kamm überwunden hatten und den Gegenhang abwärtsrollten.

»Gut. Ich habe ein paar Aspirin mit Sodawasser genommen.«

»Willst du eine Weile ans Steuer?«

»Klar, das kann ich machen.«

»Gut, dann.« Tanner hupte und bremste. »Du folgst einfach dem Kompaß für hundertfünfzig Kilometer oder so, und weckst mich dann auf. In Ordnung?«

»Gut. Irgend etwas Besonderes, auf das ich achtgeben sollte?«

»Die Schlangen. Du wirst wahrscheinlich einige sehen. Laß sie vorbei, solange sie friedlich bleiben. Was immer du machst, fahr sie nicht an.«

»Klar.«

Sie tauschten die Plätze, und Tanner kippte die Lehne zurück, zündete eine Zigarette an, rauchte sie zur Hälfte, drückte sie aus und schlief ein.

Als Greg ihn weckte, war es Nacht. Tanner hustete und trank einen Mundvoll Eiswasser und kroch nach hinten zur Latrine. Als er wieder zum Vorschein kam, übernahm er das Steuer, prüfte den Kilometerstand und blickte auf den Kompaß. Er veränderte den Kurs ein wenig und sagte: »Wenn wir Glück haben, werden wir noch vor dem Morgen in Salt Lake City sein. Hattest du irgendwelche Schwierigkeiten?«

»Nein, es war ziemlich leicht. Ich sah ein paar Schlangen und ließ eine vorbei. Das war so ungefähr alles.«

Tanner grunzte und fuhr an.

»Wie hieß der Kerl, der die Nachricht über die Seuche brachte?« fragte er nach einiger Zeit.

»Brady oder Brody oder so ähnlich«, sagte Greg.

»Und woran ist er eingegangen? Er könnte die Seuche nach Los Angeles eingeschleppt haben, weißt du.«

Greg schüttelte seinen Kopf.

»Nein. Sein Wagen war unbeschädigt, und er selbst hatte verschiedene Knochenbrüche und Verletzungen. Außerdem war er unterwegs lange der Strahlung ausgesetzt gewesen. Sie verbrannten ihn und seinen Wagen, und wer in seiner Nähe gewesen war, kriegte eine Haphikinspritze.«

»Was ist das?«

»Das Zeug, das wir geladen haben – Haphikin-Antiserum. Es soll der einzige Schutz gegen die Seuche sein. Seit wir vor zwanzig Jahren eine Epidemie hatten, hielten wir einen Vorrat bereit und sorgten dafür, daß jederzeit mehr davon produziert werden konnte. In Boston taten sie es nie, und jetzt brennt ihnen das Feuer unterm Hintern.«

»Kommt mir blödsinnig vor, daß die einzige andere Nation auf dem Kontinent nicht besser vorsorgte. Schließlich wußten sie lange genug, daß wir eine Epidemie hatten.«

Greg hob die Schultern. »Richtig, aber es ist so. Haben sie dir irgendwelche Spritzen gegeben, bevor sie dich laufen ließen?«

»Ja.«

»Dann war es das.«

»Ich möchte bloß wissen, wo ihr Fahrer den Mississippi überquert hat«, sagte Tanner. »Er hat es nicht gesagt, oder?«

»Er sagte fast gar nichts. Den größten Teil der Geschichte entnahmen sie dem Brief, den er bei sich hatte.«

»Muß ein Teufel von einem Fahrer gewesen sein.«

»Ja. Vor ihm hat es noch nie jemand geschafft; oder kennst du einen, der durchgekommen ist?«

»Nein.«

»Ich hätte ihn gern kennengelernt.«

»Ich auch.«

»Es ist eine Schande, daß wir mit dem Radio nicht mehr von Küste zu Küste senden können, wie in den alten Tagen.«

»Warum?«

»Dann hätte er es nicht zu machen brauchen, und wir könnten unterwegs erfahren, ob es sich wirklich lohnt, die Fahrt zu machen. Sie könnten inzwischen alle tot sein, weißt du.«

»Das ist wahr, obwohl meistens ein paar Leute übrigbleiben. Aber die würden auch ohne uns überleben. Und in ein, zwei Tagen werden wir in einer Gegend sein, wo es gleich schlecht ist, ob man weiterfährt oder umkehrt.«

Tanner stellte die Bildschirme ein, als dunkle Schemen über die Mattscheibe huschten.

»Sieh dir das an!«

»Ich sehe nichts«, sagte Greg.

»Du mußt die Infrabrille aufsetzen, Mensch.«

Greg tat es und starrte.

Fledermäuse. Riesige Fledermäuse gaukelten über ihnen, tanzten in schweren Wolken vorbei.

»Das müssen Hunderte von ihnen sein, vielleicht Tausende ...«

Tanner nickte. »Scheinen mehr zu sein als noch vor ein paar Jahren. Unten in San Clemente sieht man sie auch in Mengen, die Biester. Müssen rammeln wir die Kaninchen.«

»In Los Angeles sehen wir nie welche. Vielleicht sind sie ganz harmlos.«

»Als ich letztes Mal in Salt Lake war, hörte ich sagen, daß viele von ihnen tollwütig seien. Eines Tages wird jemand verschwinden müssen – sie oder wir.«

»Du bist ein fröhlicher Reisegenosse, weißt du das?«

Tanner grinste, zündete sich eine Zigarette an und sagte: »Warum machst du uns nicht ein bißchen Kaffee? Was die Fledermäuse angeht, das ist etwas, worüber sich unsere Kinder Gedanken machen können, wenn es welche gibt.«

Greg füllte die Kaffeemaschine und steckte das Kabel in den Anschluß am Armaturenbrett. Nach einer Weile begann es zu brodeln und zu zischen.

»Was zum Teufel ist das?« sagte Tanner und trat auf die Bremse. Das andere Fahrzeug hielt mehrere Meter hinter ihnen, und er schaltete das Mikrophon ein und sagte: »Wagen drei! Was haltetet ihr davon?« Und er wartete.

Er beobachtete die Erscheinungen: schlauchartige Gebilde, die sich zwischen Himmel und Erde drehten, taumelnd, hin und her wandernd, einen Augenblick gerade und unbeweglich wie Säulen, im nächsten tanzend und flexibel wie Elefantenrüssel. Sie waren ungefähr einen Kilometer voraus, und es schienen sieben oder acht von ihnen zu sein. Sie fegten über den Boden und sogen gelben Staub auf. Die Luft um sie her war diesig. Tanner hatte den Eindruck, daß sie sich nach oben allmählich verbreiterten.

Greg starrte voraus und sagte: »Ich habe von Luftwirbeln und Windhosen gehört – großen, rotierenden Dingern. Ich habe nie welche gesehen, aber das hier kommt mir so vor.«

Und dann krachte das Radio, und die undeutliche Stimme Marlowes kam durch. »Große Staubwirbel«, sagte er. »Windhosen. Ich glaube, sie saugen das Zeug hinauf in den toten Gürtel, denn man sieht nichts herunterkommen ...«

»Hast du schon mal so was gesehen?«

»Nein, aber mein Partner sagt, er habe. Er meint, es wäre am besten, wenn wir die Wagen im Boden verankerten und abwarteten.«

Tanner antwortete nicht sofort. Er starrte nach vorn, und die Windhosen schienen dicker zu werden.

»Sie kommen auf uns zu«, sagte er schließlich. »Ich habe keine Lust, hier zu parken und ein Ziel zu sein. Ich möchte manövrieren können. Ich glaube, ich fahre weiter und kurve zwischen den Dingern durch.«

»Ich glaube, das solltest du bleiben lassen.«

Es blieb einen Augenblick still, bis auf das Knistern und

Krachen der atmosphärischen Störungen. Dann sagte Marlowes Stimme zögernd: »Ich weiß nicht, Tanner, aber fahr zu, wenn du willst, und wir werden beobachten. Wenn ihr es schafft, kommen wir nach. Wenn nicht, bleiben wir hier.«

»Gut«, sagte Tanner. »Wenn wir auf der anderen Seite sind, werden wir eine Magnesiumfackel schießen. Seht ihr sie, tut ihr das gleiche. Okay?«

»Okay.«

Tanner unterbrach die Verbindung und spähte zu den riesigen dunklen Säulen, die sich mit unheimlicher Geschwindigkeit drehten. »Es geht los«, sagte er und schaltete die Nebelscheinwerfer ein. »Schnallen wir uns an.« Sie taten es, und das Fahrzeug rollte vorwärts.

Die Säulen wuchsen und schwankten und zogen wie gigantische Saugrüssel über den Wüstenboden, und die Männer konnten jetzt ein brausendes, singendes Geräusch hören.

Tanner umfuhr die erste in einem Abstand von dreihundert Metern und hielt weiter nach links, um einer zweiten auszuweichen, die vor ihnen stand und wuchs und wuchs. Als er an ihr vorbei war, hatte er vielleicht fünfhundert Meter freies Feld vor sich. Er trat das Gaspedal nieder und raste über die Fläche und zwischen zwei bedrohlichen Türmen hindurch, die weniger als zweihundert Meter auseinander waren. Für einen Augenblick wurde ihm fast das Steuer aus den Händen gerissen, und das Brausen verstärkte sich zu einem dumpfen Brüllen. Er bog nach rechts und sah, daß er noch lange nicht draußen war. Einer der Rüssel hob plötzlich vom Boden ab, schien sich aufzulösen und tauchte unvermittelt wieder herab, kaum achtzig Meter voraus, während ein anderer mit schrecklicher Geschwindigkeit von rechts nach links zog.

Tanner bremste, fuhr eine scharfe Rechtskurve und gab wieder Gas. Ein durchdringendes Heulen erfüllte die Luft und machte jede Verständigung unmöglich. Er mußte erneut bremsen, als einer der beiden letzten Wirbel auf einmal die Richtung änderte und seine Bahn kreuzte. Er wurde vorwärtsgerissen, daß der Sicherheitsgurt in seine Schulter schnitt, und der vordere Teil seines Wagens wurde einen halben Meter angehoben. Dann trat er das Gaspedal durch, und eine Minute später waren sie aus der Zone unmittelbarer Gefahr.

Er fuhr noch zwei Kilometer bis zu einer kleinen Bodenwelle, wo er das Fahrzeug wendete und parkte.

Er schoß die Magnesiumfackel in den Himmel.

Das Licht schwebte wie ein grellweißer Stern eine halbe Minute lang über der Wüste.

Tanner zündete eine Zigarette an, starrte zurück und wartete.

Er drückte den Zigarettenstummel aus.

»Nichts«, sagte er. »Vielleicht konnten sie es durch den Sturm nicht sehen. Oder vielleicht konnten wir ihr Licht nicht sehen.«

»Hoffen wir es«, sagte Greg.

»Wie lange willst du warten?« fragte Tanner.

»Trinken wir erst mal unseren Kaffee.«

Eine Stunde verging. Die Säulen lösten sich allmählich auf, während sie weiterwanderten, bis nur noch drei dünne übrigblieben, die langsam nach Südosten davonzogen und in der Nacht verschwanden.

Tanner schoß ein weiteres Magnesiumlicht hoch, und es kam noch immer keine Antwort.

»Wir sollten lieber umkehren und nach ihnen suchen«, sagte Greg.

»Okay.«

Und sie fuhren zurück.

Doch es war nichts da, was einen Hinweis auf das Schicksal von Wagen drei hätte geben können.

Im Osten graute der Morgen, bevor sie ihre Suche beendet hatten, und Tanner lenkte den Wagen herum, kontrollierte den Kompaß und ging auf Nordkurs.

»Wann werden wir nach Salt Lake kommen?« fragte Greg nach langem Schweigen.

»In zwei, drei Stunden.«

»Hattest du Angst vorhin, als wir zwischen diesen Dingern herumkurvten?«

»Nein. Danach, ja. Da fühlte ich mich nicht so gut.«

Greg nickte.

»Soll ich wieder fahren?«

»Nein. Ich könnte jetzt nicht schlafen. In Salt Lake werden wir auftanken und uns was zu essen besorgen, während ein Mechaniker den Wagen überprüft. Danach werde ich uns auf die richtige Route setzen, und du kannst ans Steuer, während ich mich auspenne.«

Der Himmel war wieder purpurn, und die schwarzen Streifen rasten breit und tief über den Himmel. Tanner fluchte und fuhr schneller, während er heißen schwarzen Kaffee schlürfte.

Der Himmel war dunkel wie am Abend, als sie in Salt Lake City einfuhren. John Brady – das war sein Name gewesen – war vor einer knappen Woche durchgekommen, und die Stadt wartete schon auf ein Fahrzeug aus Los Angeles. Die meisten der zehntausend Einwohner erschienen längs der Straße, und als Hell Tanner und Greg in der ersten Werkstatt, die sie sahen, aus dem Wagen sprangen, waren drei Mechaniker schon dabei, die Verkleidung am Wagenheck abzunehmen, um den Motor zu untersuchen.

Ein stämmiger kleiner Mann in einem schmierigen Arbeitskittel kam auf sie zu. Sein Gesicht war so dunkel von Sonne und Fett und Öl, daß seine Augen noch blasser erschienen, als sie waren. Er betrachtete seine Hände mit den schwarzgeränderten Fingernägeln und wischte sie am Kittel.

»Hallo«, sagte er grinsend und zeigte einen Mund voll Goldkronen. »Ich bin Monk. Und ihr seid diejenigen, die nach Boston wollen, hm?«

»Ja.«

»Meine Jungs werden alles durchsehen. Kann ein paar Stunden dauern. Wie heißt ihr?«

»Ich bin Greg.«

»Hell«, sagte Tanner.

»Hell?«

»Hell«, wiederholte er. »Wo können wir ein warmes Frühstück kriegen?«

»Ein Stück weiter ist eine Wirtschaft. Aber mit dieser Menge draußen werdet ihr es kaum schaffen. Ich laß einen von den Jungs etwas holen, und ihr könnt es dann im Büro essen. Ist das recht?«

»Ja. Spiegeleier mit Schinken und Kartoffeln für mich, wenn sie so was haben. Und Bier.«

»Das gleiche für mich«, sagte Greg.

»Ich dachte, sie würden mehr als einen Wagen losschikken.«

»Das taten sie. Wir verloren zwei.«

»Oh. Tut mir leid, das zu hören. Wißt ihr, ich sprach mit diesem Brady, als er durchkam. Er sagte, Boston hätte sechs Fahrzeuge ausgeschickt. Er sah schlecht aus, und sein Wagen sah aus, als ob er einen Krieg mitgemacht hätte. Der Präsident wollte, daß er bliebe, wollte einen von unseren Leuten den Rest der Strecke fahren lassen. Aber mit Brady war nicht zu reden. Er sei so weit gefahren, sagte er, nun würde er auch noch den Rest schaffen. Zog eine Pistole, als wir ihn zu einem Arzt bringen wollten. Er war nicht zu bewegen, seinen Wagen zu verlassen. Ich glaube, er hatte einen Knacks weg. Deshalb schickten wir einen von unseren Wagen hinterher, um sicher zu sein, daß ihr die Nachricht kriegen würdet.«

»Was für einen Wagen?« sagte Greg.

»Ist er nicht ...?«

Greg schüttelte seinen Kopf.

Monk zog eine Packung Zigaretten aus seiner Brusttasche, und seine Hand zitterte ein wenig, als er sie herumreichte.

»Ich dachte, unser Fahrer hätte euch vielleicht die Nachricht gebracht.«

»Nur Brady«, sagte Greg. »Sonst niemand.«

»Wie geht es Brady?«

»Er ist tot.«

»Seine Abschirmung war in schlechtem Zustand, als wir den Wagen warteten«, sagte er. »Der Geigerzähler wurde richtig verrückt, als wir ihn im Innern ausprobierten. Wir wollten ihm einen anderen Wagen geben, aber er zog seine Pistole. Er wolle seinen Wagen behalten, schrie er, und wenn er heiß sei wie ein Ofen, bei Gott. Also reparierten wir die Strahlenabschirmung, aber vorhandene Radioaktivität ist nicht so leicht wegzubringen, jedenfalls nicht in ein paar Stunden. Als er weiterfuhr, war sein Wagen noch mächtig heiß. Das war einer der Gründe, warum wir Darver hinterherfahren ließen ... Aber gehen wir ins Büro.« Er gestikulierte zu einer grüngestrichenen Metalltür. »He, Red!« rief er in die Werkstatt. Als sie zum Büro gingen, verließ ein junger Mann seine Werkbank, wischte seine Hände an einem benzingetränkten Lappen und kam herüber.

»Ja, Monk?«

»Wasch dich ein bißchen und hol diesen Burschen ein Frühstück aus der Wirtschaft. Schinken mit Spiegelei und Kartoffeln, zwei reichliche Portionen. Und Bier. Bring alles ins Büro.«

»Okay. Wo kriege ich das Geld?«

»Nimm einen Zehner aus der Kasse und leg einen Zettel rein.«

»In Ordnung.« Red wanderte zu einem verbeulten Ausguß in der rückwärtigen Ecke, und Monk führte seine Kunden in ein unordentliches Büro mit drei zusammengeschobenen Schreibtischen und einem altersschwachen Ablageschrank. Überall lagen Papiere, Rechnungen und Ersatzteile herum.

Monk zeigte zu den Stühlen und sagte: »Macht es euch bequem.« Er ging zum Fenster und ließ eine Sonnenjalousie herunter, womit er vier Neugierigen, die von draußen hereinstarrten, die Sicht nahm. Dann lehnte er sich an einen zerkratzten grünen Karteikasten und seufzte.

»Ich möchte euch alles Glück wünschen«, sagte er. »Junge! Ihr hättet diesen Brady sehen sollen, als er hier ankam. Wie der aufgewärmte Tod!«

»Schon gut«, sagte Greg. »Du brauchst uns nicht dauernd daran zu erinnern.«

»Tut mir leid. Ich wollte nicht ...«

»Ja, klar. Reden wir von was anderem.«

Tanner grinste und blies einen Rauchring. »Ob es heute regnen wird?«

Greg öffnete seinen Mund und schloß ihn. Monk beugte sich zur Seite und spähte durch die Jalousie.

»Polizisten halten die Menge zurück«, brummte er. »Und da sehe ich noch einen, der die Straße für einen Wagen frei macht. Ich glaube, es ist der Präsident, aber ich kann es nicht mit Sicherheit sagen.«

»Was kann er wollen?« fragte Tanner.

»Wahrscheinlich will er euch begrüßen und Glück wünschen.«

Greg fuhr mit den Fingern durch sein Haar. »Sieh mal an«, sagte er. »Der Präsident. Was sagst du dazu, Hell?«

»Scheiß drauf«, sagte Tanner.

Greg säuberte seine Fingernägel mit der Kante eines Zündholzkärtchens. »Wir sind Berühmtheiten«, sagte er.

»Wer braucht das?«

»Es tut nicht weh.«

»Ja, es ist der Präsident«, sagte Monk, nahm die Hand von der Jalousie. »Ich werde rausgehen und ihn empfangen. Er wird gleich hier sein.«

»Frühstück wäre mir lieber«, sagte Tanner, als Monk das Büro verließ.

»Warum mußt du so sein?« fragte Greg.

»Wie?«

»So ablehnend. Der Kerl ist hier ein großes Tier, und er kommt eigens her, um was Nettes zu sagen. Warum willst du ihn anpinkeln?«

»Wer sagte, daß ich ihn anpinkeln will?«

»Ich kann es dir anmerken.«

»Nun, da irrst du dich. Ich werde der freundlichste, höflichste, arschkriechendste Held sein, zu dem der Bastard je gegangen ist – mit der Hoffnung natürlich, daß es ihm helfen würde, wiedergewählt zu werden. Okay?«

»Mir ist egal, was du machst.«

Tanner grinste wieder. Der Geräuschpegel stieg plötzlich, als irgendwo eine Tür geöffnet wurde. Tanner zertrat seine Kippe auf dem Betonboden und zündete sich eine neue Zigarette an. Sie hörten Schritte, und die Tür wurde wieder geöffnet.

Der Präsident, der ein dünner, halb kahler Mann war, hakennasig, mit rosiger Gesichtsfarbe und einem Gebiß wie einer Perlenkette, trat lächelnd ein, hob seine rechte Hand und sagte: »Ich bin Travis. Ich bin sehr froh, Sie kennenzulernen und in Salt Lake City willkommen zu heißen.«

»Dies ist der Präsident«, sagte Monk breit lächelnd und wischte seine Hände am speckigen Arbeitskittel.

Tanner stand auf und streckte seine Hand aus.

»Mein Name ist Tanner, Sir. Ich bin geehrt, Ihre Bekanntschaft zu machen. Dies ist mein Freund Greg. Ich bin glücklich, Salt Lake City wiederzusehen. Jedesmal, wenn mein

Weg mich hierher führt, sieht die Stadt schöner und freundlicher aus.«

Der Präsident schüttelte ihm und Greg die Hände.

»Sie sind schon einige Male bei uns gewesen?«

»Ziemlich häufig, möchte ich sagen. Ich hatte gute Geschäftsverbindungen hier, bevor ich mich aus dem kommerziellen Leben zurückzog. Das ist einer der Gründe, warum man viele der anderen Freiwilligen für diese Mission überging und mich auswählte. Ich kenne diese Strecke wie meine Hosentasche.«

»Tatsächlich? Und womit beschäftigen Sie sich jetzt, wenn ich fragen darf?«

»Ich bewirtschafte eine kleine Ranch und habe nur noch ein paar Diener. Wenn ich nicht ausreite, verbringe ich meine Zeit mit dem Anhören klassischer Musik und mit philosophischen Studien. Gelegentlich schreibe ich selbst ein wenig. Doch als ich von dieser traurigen Sache erfuhr, wußte ich, daß ich es der Menschheit und dem Staat Kalifornien schuldig war, mich freiwillig zu melden. Schließlich verdanke ich beiden, was ich heute bin. Nun, und so kommt es, daß ich mich wieder einmal als Besucher in Ihrer schönen Stadt finde.«

»Ich bewundere Ihren Mut und Ihr Verantwortungsbewußtsein, Mr. Tanner«, sagte der Präsident. »Und was bewog Sie, sich als Freiwilliger zu melden, Mister – ah – Greg?«

»Ich meldete mich, weil ... nun, ich bin Fahrer. Ich fahre die Post nach Albuquerque. Ich habe viel Erfahrung.«

»Ich sehe. Nun, Sie haben beide höchstes Lob verdient. Wenn alles geht, wie wir es erwarten, werden Sie auf der Rückreise wieder zu uns kommen?«

»Ich habe die Absicht, Sir«, sagte Tanner.

»Sehr gut. Ich werde mich freuen, Sie jederzeit zu empfangen, wenn Sie in der Stadt sind. Vielleicht kann ich Ihnen ein Essen geben und einen ausführlichen Bericht über die Reise hören.«

»Mit Vergnügen, Sir. Und sollten Sie später einmal nach Los Angeles kommen, so vertraue ich darauf, Sie als Gast auf meiner Ranch begrüßen zu dürfen.«

»Ich würde mich sehr freuen.«

Tanner lächelte und schnippte Asche auf den Boden. »Ich

bin ein wenig besorgt, was unsere weitere Route östlich von hier betrifft«, sagte er.

»Die Bundesstraße vierzig ist in gutem Zustand – für eine Strecke. Wie weit, kann Ihnen allerdings niemand sagen. Bisher gab es für unsere Fahrer keine Gründe, in der Richtung vorzustoßen.«

»Ich verstehe. Nun, das ist immerhin etwas. Ich hatte vor, die B vierzig zu versuchen, und dies bestätigt es. Ich danke Ihnen.«

»Freut mich, Ihnen behilflich zu sein. Haben Sie schon gegessen?«

»Einer der Mechaniker hier ist fortgegangen, uns etwas zu holen. Er sollte bald zurück sein. Sie wissen, wir dürfen keine Zeit verlieren.«

»Ja, das ist wahr. Nun, wenn es etwas gibt, das Sie brauchen, dann lassen Sie es mich wissen.«

»Danke sehr.«

»Wie ich sagte, viel Glück, Gentlemen. Viele Leute hier werden für Sie hoffen und beten.«

»Wir wissen es zu würdigen, Mr. President.«

»Also, auf ein Wiedersehen.«

»Guten Morgen.«

Er wandte sich um und ging. Monk geleitete ihn hinaus. Tanner fing zu lachen an.

»Warum hast du ihm all diesen Scheiß aufgebunden, Hell?«

»Weil ich wußte, daß er daran glauben würde.«

»Warum?«

»Er möchte alles nett und schön haben. Also erzählte ich ihm nette und schöne Dinge, und er glaubte sie. Warum nicht? Der dumme Bastard glaubte tatsächlich, jemand würde sich für dieses Ding freiwillig melden!«

»Einige haben es getan, Hell.«

»Warum hat man sie dann nicht fahren lassen?«

»Sie waren nicht gut genug.«

»Das ist wahrscheinlich, warum sie sich meldeten. Nun können sie damit prahlen. Hast du gesehen wie scheißfreundlich er zu mir wurde, nachdem ich ihm von der Ranch erzählt und etwas über die Menschheit gefaselt hatte? Ich hasse solche Kerle. Sie sind alle falsch.«

»Wenigstens ging er mit einem guten Eindruck weg.«

Tanner lachte wieder.

Dann ging die Tür auf, und Monk kam herein, gefolgt von Red, der ein zugedecktes Tablett balancierte.

»Ich habe euer Frühstück hier«, sagte er, und zu Monk: »Hier ist das Wechselgeld.«

Monk steckte es ein. Als sie das Tablett aufdeckten und ihre dampfenden Teller herunternahmen, sagte er: »Ich werde draußen am Wagen helfen, während ihr eßt. Übrigens, draußen ist ein Kerl namens Blinky, der sagt, daß er dich kenne, Hell.«

»Nie von ihm gehört.«

»Okay, ich schick ihn weg.«

Die Tür schloß sich leise hinter ihm, und sie aßen und tranken.

Nach einer Zeit wurde die Tür langsam und vorsichtig geöffnet, und ein großer, hagerer Mann mit dicker Brille und hohlen Wangen und einer schneeweißen Mähne spähte durch den Spalt und schob sich herein.

»Hallo, Hell«, sagte er.

»Was willst du?«

»Was hast du?«

»Nichts für dich. Verschwinde.«

»Ist das eine Art, mit dem Mann zu reden, der dir dein Vermögen gemacht hat?«

»Was für ein Vermögen?«

»Ich hörte den Präsidenten über den Herrensitz reden, den du an der Küste hast. Sehr fein. Das meiste von deinem Geld hast du durch mich gemacht, weißt du. Ich war immer dein Dealer.«

»Zieh Leine.«

»Was hast du diesmal bei dir?«

»Zeug für Boston.«

»Ein Kerl wie du würde die Reise/nicht machen, wenn kein Profit dabei herausschauen würde. Was hast du sonst noch?«

»Nichts. Und wenn du nicht draußen bist, wenn ich dieses Stück Spiegelei aufgegessen habe, dann werde ich dir eine neue Art von Schmerz lehren.«

»Du wirst in dieser Stadt mit keinem anderen Geschäfte machen, Hell. Was hast du mitgebracht? Schokolade und Pot, wie gewöhnlich? Schnee, vielleicht?«

Tanner stopfte das halbe Spiegelei in den Mund, legte die Gabel in den Teller und stand auf. Er bückte sich und zog den SS-Dolch aus seinem Stiefel.

»Ich glaube, dein Gehör ist so schlecht wie deine Augen, Blinky«, sagte er und warf den Dolch in die Luft. Er fing ihn so auf, daß der Totenkopf am Heft seinen Unterarm berührte und ein Zoll blanken Stahls zwischen seinem Daumen und Zeigefinger herausragte. Er trat vor, und legte seine linke Hand auf die Türklinke.

»Du machst mir keine Angst, Hell. Du brauchst mich in dieser Stadt.«

Tanners Hand fuhr hoch und schlitzte die linke Wange des Mannes.

»Warum hast du das getan«, fragte Blinky, ohne den Tonfall zu ändern.

»Weil es mir Spaß macht«, sagte Tanner und trat ihn gegen das Schienbein.

Als der Mann sich vorbeugte, hob Tanner seinen Arm, um ihn wieder zu schneiden, aber Greg hielt sein Handgelenk fest.

»Jesus! Hör auf!« sagte er, als Tanner seine linke Faust in Blinkys Magengrube trieb. »Schmeiß ihn einfach raus! Warum ihn so zurichten?«

Während er noch seinen rechten Arm zu befreien suchte, stieß Tanner mit dem Knie aufwärts in Blinkys Gesicht.

Der Dealer fiel stöhnend vornüber.

Greg zerrte Tanner fort, bevor er Blinky in die Rippen treten konnte.

»Hör auf, verdammt noch mal! Es gibt keinen Anlaß für das, was du tust!«

»Von mir aus! Aber schaff ihn mir aus den Augen!«

»Okay. Wenn du dieses Messer wegsteckst.«

»Du kannst ihn haben.«

Greg ließ ihn los und hob den Mann vom Boden. Tanner wischte den Dolch an seiner Hose ab und steckte ihn wieder in den Stiefelschaft zurück. Dann machte er sich wieder über sein Essen her, während Greg den Mann aus dem Büro schleifte.

Nach mehreren Minuten kam er zurück.

»Ich habe eine Geschichte erfunden«, sagte er, »und sie

glaubten mir, vielleicht weil der Bursche einen schlechten Ruf hat. Aber warum hast du es getan?«

»Er ging mir auf den Wecker.«

»Warum?«

»Weil er nein nicht für eine Antwort nehmen wollte.«

»Ist das ein Grund, ihn so zuzurichten, wie du es getan hast?«

»Es machte auch Spaß.«

»Du bist ein elender Bastard.«

»Dein Essen wird kalt.«

»Was hättest du gemacht, wenn ich dich nicht gebremst hätte? Ihn umgebracht?«

»Nein. Vielleicht hätte ich ihm mit der Rohrzange da ein paar Zähne gezogen.«

Greg setzte sich und starrte auf seinen Teller.

»Du mußt ein bißchen verrückt sein«, sagte er schließlich.

»Sind wir es nicht alle?«

»Vielleicht. Aber das war so ... so unmotiviert ...«

»Du verstehst nicht, Greg. Ich bin ein Rocker. Ich bin der letzte überlebende Rocker. Weißt du, was das bedeutet? Ich bin der letzte, und ich habe einen Ruf zu wahren. Dieser dumme Kerl dachte, er könne mich herumschubsen, und er dachte, ich wollte an jemand anderen liefern. Also kommt er rein und behandelt mich wie irgendeinen spießigen Bürger. Ich muß auf ihm rumtrampeln, damit er mich respektiert, verstehst du? Ich gab ihm eine Chance, das Maul zu halten und zu verschwinden, und er kümmerte sich nicht darum. Dann war es eine Frage der Ehre.«

»Aber du bist nicht mehr in einem Rockerklub. Du bist nur noch ein Mann.«

»Ist der letzte Katholik nicht der Papst?«

»Vielleicht.«

»Es ist das gleiche.«

»Ich glaube nicht, daß du es sehr lange machen wirst, Hell.«

»Ich auch nicht. Aber ich glaube auch nicht, daß du es viel länger machen wirst.«

Er trank sein Bierglas leer, schmatzte mit den Lippen und rülpste. »Ich bin froh, daß ich dem Bastard endlich eine gedrückt habe. Konnte ihn nie leiden.«

»Warum mußten sie dich auswählen?«

»Weil ich ein guter Fahrer bin. Ich habe uns so weit gebracht, weißt du.«

Greg antwortete nicht, und Tanner stand auf und ging zum Fenster. Er schob die Jalousieblenden auseinander und starrte hinaus.

»Die Menge verläuft sich«, sagte er. Er warf einen Blick auf die Wanduhr und brummte: »Ich wollte, wir könnten wieder fahren. Schade um das Tageslicht, das wir hier in der Stadt verschwenden.«

Greg aß und sagte nichts. Tanner öffnete eine Schublade, schaute hinein und schloß sie wieder. Er zündete sich eine Zigarette an.

»Ich frage mich, wie lange sie noch an dem Wagen rumpfuschen wollen«, sagte er nach einer Weile.

Greg beendete sein Essen, stellte seinen leeren Teller und das Bierglas auf das Tablett zurück. Dann nahm er Tanners Teller und Besteck und Glas vom anderen Schreibtisch und lud auch sie aufs Tablett. »Du bist ein Schlamper«, sagte er.

Tanner gähnte und starrte aus dem Fenster.

»Ich geh inzwischen scheißen«, sagte Greg und verließ ihn.

Tanner ging auf und ab und rauchte, und schließlich wanderte er in die Werkstatt und sah den Mechanikern bei der Arbeit zu.

»Wie sieht es aus?«

»Soweit alles in Ordnung. Hast du den Kerl gesehen, der verletzt war?«

»Ja.«

»Sah furchtbar aus, nicht, mit all dem Blut?«

»Wollt ihr das Öl wechseln?«

»Ja.«

»Wie lange habt ihr noch zu tun?«

»Vielleicht eine Stunde.«

»Gibt es hier eine Hintertür?«

»Dort um die Ecke. Wo der rote Wagen steht. Dann wirst du sie sehen.«

»Weißt du, ob da auch Leute rumlaufen?«

»Glaube ich nicht. Da ist unser Schrottplatz. Lauter Unkraut und Gerümpel.«

Tanner grunzte und wanderte durch die Werkstatt nach

hinten. Er öffnete die Tür und spähte hinaus, und als er niemanden sah, trat er ins Freie.

Die Luft war warm, und obwohl die Gerüche von Schmierfett, Bananenöl und Benzin nicht ganz aus ihr verschwunden waren, roch er auch den Duft von feuchtem Gras an einem warmen Abend, nur war es nicht wirklich Abend, sondern ein dunkler Tag. Er stand da und blickte umher, bis er eine schmale Bank sah, und er ging hin und setzte sich darauf, den Rücken an einer grauen Betonmauer, und lauschte dem Zirpen der Grillen im hüfthohen Unkraut und zündete eine neue Zigarette an und schnippte das Zündholz in den Haufen von Kotflügeln und Achsen und Zylinderblöcken, die verrostet und amorph aus dem hohen Gestrüpp ragten. Ein schmaler heller Streifen zog sich wie ein gefrorener Blitz durch die Schwärze über seinem plötzlich juckenden Kopf; und wie er sich kratzte, hörte er das Zwitschern eines Vogels im Laub eines mächtigen Baumes, dessen Äste hinter all dem Unrat zum Boden herabtauchten. Eine kühle Brise ging plötzlich über den Platz und brachte den Geruch von Regen, ein Versprechen, das Tanner nicht erfreuen konnte. Er inhalierte den Rauch seiner Zigarette und warf einen Stein nach einer Ratte, die aus dem Schrotthaufen huschte; er verfehlte sie und grunzte, und in seinem Gehirn verwebten sich die Stränge vergangener Furcht und Gewalt mit dem Wissen bevorstehender Schwierigkeiten.

Hinter seinen Augen war eine Vision von Flammen, die seinen Wagen einhüllten, von zwei geschwärzten Skeletten im Innern, und alle Spießer, die ihn je gehaßt hatten, schnatterten und höhnten und schüttelten Baseballschläger und bewegten sich in einem großen, tanzenden Kreis um den Scheiterhaufen. Er murmelte einen Fluch und dachte an die Zeiten, wo er Nummer Eins gewesen war, und die Gedanken beunruhigten ihn.

Er hatte das Feuer und die Schießereien jener Nacht versäumt, als sie die ganze Küste aufgerollt hatten, Horden von wildgewordenen Spießern und Tausende von schießwütigen Bullen, und seine ganze Bande erschossen und gelyncht und aufgehängt hatten. Seitdem war es ein menschenleeres Land. Das war seine Nacht gewesen, und er hatte sie im Urin- und Schweißgestank einer überfüllten Gefängniszelle verschlafen. Nun war ihm ein anderes, besonderes Schicksal zugefallen, und das spezielle Feuer seines verspäteten Untergangs würde denen zu Ehren leuchten, die ihn damals vermissen mußten. Er verspürte Sehnsucht nach seiner Geliebten, dem einäugigen Leuchtfeuer seines Lebens, seinem Hobel mit der fünffachen Harley-Davidson-Übersetzung und dem Doppelvergaser: die pochende, zitternde, explodierende Kraft zwischen seinen Schenkeln, Lenkstange in seinen Händen und Höllengeruch von verbranntem Gummi und Abgasen und dem Geruch seiner Zigarre wie Pfeffer in der Nase. Vorbei. Für immer. Beschlagnahmt und verkauft, um Gerichtskosten und Gebühren abzudecken. Oder verschrottet. Der Weg allen Stahls. Der Schrotthaufen lag hier vor ihm. Wer konnte es wissen? Der Hobel war für ihn so etwas wie eine Ehefrau gewesen, und dies mochte ihr Grabhügel sein, mit seinem eigenen nicht zu weit östlich von hier. Er fluchte wieder und dachte an seinen Bruder.

Vor der letzten kurzen Begegnung hatte er ihn über ein Jahr nicht gesehen. Damals war eine Gitterbarriere zwischen ihnen gewesen, und ein Bulle mit im Raum, der die Zigarettenpackung eingesteckt hatte, die Denny ihm durch das Gitter hatte zuschieben wollen, und sie hatten nur zehn Minuten miteinander reden dürfen. Nun lag sein Bruder wahrscheinlich eingegipst irgendwo im Bett. Gerettet vor dem Feuer und dem Schrotthaufen, was wenigstens etwas war. Denny war der einzige Spießer, der es wert war, gerettet zu werden. Hell zündete mit dem Stummel der alten eine neue Zigarette an und schnippte die Kippe zum Schrotthaufen. Eine Ratte floh. Er erinnerte sich an seine Aufnahme bei den Hell's Angels von Pasadena. Er war sechzehn gewesen. Nachdem er seine Mutproben abgelegt hatte, war der Eimer herumgegangen, und er hatte stolz und aufrecht in seiner schimmernden neuen Lederjacke in der Mitte gestanden, und obwohl er betrunken gewesen war, hatte er nicht ein bißchen geschwankt. Als jeder in den Eimer gepinkelt hatte, war er über seinen Kopf entleert worden. Das war seine Taufe gewesen. Er hatte die stinkende Jacke ein Jahr lang getragen, und als zwei weitere Jahre vergangen waren, war er neunzehn und Nummer Eins gewesen. Dann hatte er den Haufen geführt, und jeder kannte seinen Namen und ging auf die Seite, wenn er ihn kommen sah. Er hatte seinen Leuten ein Zuhause gegeben, in einer verlassenen Villa an der Küste, und die Küste hatte ihnen gehört. Sie waren gegangen, wohin sie wollten, und hatten getan, was sie wollten, bis er in ernste Schwierigkeiten und dunkle Tage über die Küste gekommen waren. Die Bullen hatten ihm aufgelauert, als er bei einem Mädchen gewesen war, und das Haus gestürmt. Und nachdem er sich den Weg freigeschossen und drei von ihnen umgelegt hatte, waren sie wild geworden. Ihre Bande war größer gewesen als seine, und er hatte gewußt, wie es ausgehen würde. Seine Zelle war vier mal sechs Meter groß gewesen, und er hatte sie mit fünf anderen geteilt, und erst als sie alle miteinander den Koller gekriegt hatten und er diesen Craig gewürgt hatte, bis sie seine Finger im letzten Augenblick von der Kehle des Sterbenden gelöst und dabei einen gebrochen hatten, war er in Einzelhaft gekommen.

Sie hatten gedacht, daß er in seiner Einzelzelle verrückt würde. Sie hatten geglaubt, er brauche Gesellschaft, weil er mit einer Bande gelebt hatte, aber sie hatten es nicht verstanden. Sie hatten gedacht, eine Bande von ihnen seien die Rokker, und ein einzelner Rocker sei ein Nichtstuer. Aber sie täuschten sich. Er war nicht das erste Mal im Knast, und er wurde nicht verrückt, oder jedenfalls hatte er sich nicht anmerken lassen, wenn er damals durchgedreht hatte. Er hatte längst gelernt, daß sie ihn nicht kaputtmachen konnten, und er hatte gewartet; worauf, das hatte er nicht gewußt. Nun war es dies, und ihm schien, daß es genau dies gewesen sei, worauf er gewartet hatte. Was war es? Feuer? Wahrscheinlich das Feuer. Er zerquetschte eine Stechmücke auf seinem Handrücken und blickte zum Himmel auf. Es roch nach Regen, aber der Himmel war aufgerissen, und Licht ergoß sich wieder über die Welt, weißes und grelles Licht. Alles um ihn her lag plötzlich in einer unnatürlichen Helligkeit. Jedes Stück Schrott in dem Haufen vor ihm gewann ein eigenes Leben, und wie er so still saß, konnte er das Gerümpel beinahe von seinen guten Tagen und seiner Nützlichkeit auf den übriggebliebenen Straßen der Welt reden hören; er lauschte, bis die Tür knarrte und er Greg hörte.

»Es ist gleich soweit, Hell.«

»Großartig.«

»Was machst du da draußen?«
»Nichts.«
Die Tür fiel zu. Tanner blieb ein paar weitere Minuten auf der Bank sitzen, und ein leichter Regen begann zu fallen, nahm den hellen Schimmer von der Welt und besprenkelte die rostigen Eisenteile, kitzelte Tanners Gesicht, und ein Geruch von feuchter Asche stieg auf, als die gleichmäßig fallenden Tropfen allmählich die staubige Erde dunkel färbten. Tanner verließ die Bank und kehrte in die Werkstatt zurück.
»Alles bereit«, sagte Monk mit einer Geste zum Wagen. »Wollt ihr abwarten und sehen, ob der Regen aufhört?«
»Wahrscheinlich.«
Sie bewegten sich halb unbewußt zum vorderen Fenster. Für die Dauer einiger Atemzüge beobachteten sie den Regen und die nasse Straße. Es standen noch immer viele Leute herum.
»Die blöden Hunde«, sagte Tanner. »Wissen nicht genug, um aus dem Regen in ihre Löcher zu gehen.«
»Sie wollen uns wegfahren sehen«, sagte Greg.
»Nun, dann geben wir ihnen eine Schau – legen ein bißchen Gummi auf die Straße. Du kannst das Tor jetzt aufmachen, Monk.«
»Danke für das Frühstück«, sagte Greg.
»Es ist das mindeste, was ich für euch tun konnte.«
»Was ist aus diesem Kerl geworden?« fragte Greg.
»Wem?«
»Blinky. Dem, der den Unfall hatte.«
»Ach so. Der ist im Krankenhaus. Die Polizisten brachten ihn hin, um ihn verbinden zu lassen, und er hatte dort einen Herzanfall. Jetzt geben sie ihm Sauerstoff. Er war ein kleiner Gauner und Schieber – jede Menge Vorstrafen. Kann nicht sagen, daß er ein Verlust ist.«
»Zu dumm«, sagte Greg.
Monk zuckte die Achseln. »Das hat er davon, daß er unbedingt rein wollte und vor lauter Eile über seine eigenen Beine fiel. Ihr wollt also die B vierzig nehmen, hm?«
Greg blickte zu Tanner.
»Das ist richtig«, sagte der. »Sag mal, wer frißt die Gilatiere?«
»Was?«

»Die Gilas fressen Schlangen und Bisons und Kojoten und Gott weiß was alles – und es gibt Riesenfledermäuse, die die mutierten Obstbäume leerfressen, und Riesenspinnen, die alles aussaugen, was in ihre Netze kommt. Aber wer frißt die Gilas? Zu Hause erzählte mir einer, daß, da jedes Lebewesen irgendein anderes frißt, es auch eins geben müsse, das die Gilas frißt. Aber ich konnte ihm keine Antwort geben. Weißt du es?«

»Die Schmetterlinge«, sagte Monk. »Das habe ich mal gehört.«

»Schmetterlinge?«

»Ja. Eine bestimmte Sorte, wie es scheint. Sie sind größer als Geier, und sie setzen sich den Gilas auf den Rücken und stechen sie halbtot. Dann legen sie ihre Eier. Die Raupen fressen sich durch die Haut der Gilas und höhlen sie allmählich aus, bis sie sich verpuppen.«

»Ich verstehe.«

»Und wer frißt die Schmetterlinge?« fragte Greg.

»Keine Ahnung. Vielleicht die Fledermäuse. Das ist eine ganz neue Welt da draußen, und sie verändert sich immer noch schnell. Ich bezweifle, daß es jemanden gibt, der über alle diese Dinge Bescheid weiß. Vor hundert Jahren oder so war es einfach, da brauchte man nur in einem Zoologiebuch nachzusehen, und da stand alles drin.«

»Am-hm.«

»Ich habe so ein Gefühl«, sagte Monk, »daß jemand, der diesen Dingen auf den Grund geht, finden wird, daß die meisten von den Biestern im Notfall auch mit Menschen vorliebnehmen.«

»Danke für alles«, sagte Greg. »Hat mich gefreut, dich kennenzulernen, Monk.«

»Bis zum nächsten Mal.« Sie tauschten einen Händedruck.

»Ich weiß nicht«, sagte Tanner. »Ich glaube nicht, daß wir uns je wiedersehen werden. Aber danke fürs Essen. Vielleicht wirst du eines Tages über uns hören.«

»Viel Glück. Wir drücken euch alle die Daumen.«

»Das können wir gebrauchen«, sagte Tanner und ging zum Wagen. Er öffnete die Tür und kletterte auf den Fahrersitz. Nach einem Moment stieg Greg von der anderen Seite ein.

»Du hast ihm nicht mal die Hand gegeben«, sagte er.

»Ich halte nichts von der Händeschüttlerei«, sagte Tanner. »Den meisten Leuten könnte es nicht gleichgültiger sein, wenn sie es tun. Du streckst eine leere Hand aus, und früher war das mal ein Zeichen, daß du kein Messer darin hattest. Heute bedeutet es gar nichts. Wenn ich einen Freund hätte, dann brauchte er mir nicht die Hand zu schütteln, um es zu beweisen. Er würde es wissen, und ich würde es wissen. Du weißt selber, wie es ist. Du triffst jemand, und auf einmal wißt ihr beide, daß ihr irgendwie ähnlich seid. Und ihr seid Kumpel. Es gibt keine Notwendigkeit für all diesen Protokollscheiß aus der alten Zeit. Mehr ist nicht daran.«

Sie verriegelten die Türen, und Tanner startete den Motor. Er lauschte eine Weile auf das Leerlaufgeräusch, dann schaltete er die Bildschirme ein.

Das große Wellblechtor der Werkstatt rasselte hoch, und er tippte einmal kurz auf die Hupe.

Es gab Hochrufe und Geschrei, als sie auf die Straße hinausrollten und mit zunehmender Fahrt durch die Stadt brausten.

»Wir hätten Bier mitnehmen sollen«, sagte Tanner. »Verdammt noch mal!«

Und sie rasten neben den Überresten der einstigen US-Bundesstraße 40 dahin.

Tanner verließ den Fahrersitz und streckte sich auf dem zurückgeklappten Beifahrersitz aus. Der Himmel über ihnen wurde zusehends dunkler und nahm das Aussehen an, das er zwei Tage zuvor in Los Angeles gehabt hatte.

»Vielleicht können wir entwischen«, sagte Greg.

»Hoffen wir's.«

Im Norden begann das blaue Licht zu pulsieren, verstärkte sich rasch. Direkt über ihnen war der Himmel fast schwarz.

»Gib Gas!« rief Tanner. »Da sind Berge, da vorn! Vielleicht können wir einen Überhang oder eine Höhle finden!«

Aber es brach über sie herein, bevor sie die ersten Hügel erreichten. Zuerst kam der Hagel, dann das Geröll. Die großen Steine folgten, und der Bildschirm für die rechte Seite fiel aus. Der Wind heulte und zischte, und die Steine prasselten, und sie fuhren unter einem himmlischen Wasserfall, bis der Motor zu spucken und zu husten anfing.

Trotzdem erreichten sie den Schutz der Berge, fuhren in

ein felsiges Tal ein und fanden einen Platz, wo steile Wände die Gewalt des Sturmes brachen. Dort saßen sie, während der Himmel über ihnen kreischte und dröhnte. Sie rauchten und horchten in das Inferno.

»Wir werden es nicht schaffen«, sagte Greg. »Du hattest recht. Ich dachte, wir hätten eine Chance, aber wir haben keine. Alles ist gegen uns, sogar das Wetter.«

»Wir haben eine Chance«, sagte Tanner. »Vielleicht keine gute, aber bisher haben wir Glück gehabt.«

Greg spuckte in den Abfallbehälter. »Warum der plötzliche Optimismus? Und ausgerechnet von dir?«

»Ich weiß auch nicht. Ich habe jetzt ein Gefühl, daß wir es schaffen werden. Das ist alles.«

Greg lachte. »Ein höllisches Glück, wirklich. Man braucht bloß die Augen aufzumachen, dann sieht man es.«

»Ich sehe es«, sagte Tanner. »Dieser Wagen kann etwas vertragen. Außerdem kriegen wir nur noch zehn Prozent von der vollen Gewalt.«

»Richtig, aber was macht das für einen Unterschied? Es kann ein paar Tage dauern, bevor der Sturm nachläßt.«

»Dann warten wir eben da.«

»Wenn wir zu lange warten, wird es für die Weiterfahrt keinen Grund mehr geben. Und wenn wir trotzdem fahren, wird der Steinhagel uns plattwalzen.«

»Ich kann das Objektiv für den rechten Bildschirm in zehn oder fünfzehn Minuten auswechseln«, sagte Tanner. »Sollte der Sturm länger als zwölf Stunden dauern, werden wir so oder so weiterfahren.«

»Wer sagt das?«

»Ich.«

»Warum? Du warst doch derjenige, der so scharf darauf war, seine Haut zu retten. Wie kommt es, daß du auf einmal bereit bist, sie zu riskieren, und meine dazu?«

Tanner rauchte eine Weile, dann sagte er: »Ich habe nachgedacht. Vielleicht ist es doch der Mühe wert. Diese Leute in Boston haben nie etwas für mich getan, aber zum Teufel, ich mag Action, und der Gedanke, daß die ganze Welt allmählich abstirbt, gefällt mir nicht. Ich würde auch ganz gern Boston sehen, einfach erfahren, wie es ist. Versteh mich nicht falsch. Die Leute da oben sind mir ganz egal. Ich mag bloß den Gedanken nicht, daß mal alles so werden könnte, wie wir es gesehen haben – leer und ausgebrannt und verdreht, bewohnt von verrücktem Getier und so. Ich könnte immer noch abhauen, wenn ich eine wirklich gute Chance hätte; ich sage dir bloß, wie ich jetzt fühle.«

Greg lachte. »Hätte nie gedacht, daß du so ein komplizierter Typ bist.«

»Ich auch nicht. Aber ich bin müde. Laß uns die Gelegenheit nützen und die Augen zumachen.«

Fünf Stunden später, als der Sturm nachgelassen hatte und der Steinhagel zu Staub und der Regen zu Nebel geworden war, wechselte Tanner das rechte Aufnahmeobjektiv aus, und sie fuhren weiter. Gegen Morgen erreichten sie das Gebiet des ehemaligen Rocky Mountain Nationalparks. Staub und Nebel hielten den ganzen nächsten Tag an und begrenzten die Sicht auf weniger als hundert Meter. Am Abend erreichten sie die Ruinenstätte, die einmal Denver gewesen war, und Tanner übernahm das Steuer, als sie durch die breiten Täler des Vorgebirges abwärts zu den weiten Ebenen des Mittelwestens rollten.

Er fuhr die ganze Nacht, und am Morgen war der Himmel klarer, als er seit Tagen gewesen war. Tanner ließ Greg schnarchen und schlürfte heißen Kaffee. Es war ein seltsames Glücksgefühl, das ihn überkam, als er so dahinrollte, den Begnadigungserlaß in der Tasche und eine Hand auf dem Lenkrad. Der Staub wirbelte in weißlicher Fahne hinter ihm, der Himmel war von einem rosig überhauchten zarten Blau, und die dunklen Streifen waren wieder geschrumpft. Er dachte an die alten Geschichten über den Tag, als die Raketen heruntergekommen waren und bis auf den äußersten Nordosten und Südwesten alles verbrannt hatten. An jenem Tag waren die Winde erwacht, und die Wolken waren verschwunden, und der Himmel hatte sein Blau verloren; der Panamakanal war verschüttet worden, und die Radios hatten zu funktionieren aufgehört; die wenigen Flugzeuge, die übriggeblieben waren, hatten nicht länger fliegen können. Er konnte sich nicht vorstellen, wie die Welt vorher ausgesehen hatte. Alle diese alten Geschichten hatten etwas Unwirkliches an sich.

Die Bildschirme zeigten jetzt Ausblicke von kristallener

Klarheit, nur gab es nicht viel zu sehen: Himmel und wellige Prärie, so weit das Auge reichte, dazwischen gelegentlich ein überwuchertes Ruinenfeld, kaum noch von der Umgebung zu unterscheiden. Irgendwo voraus, weit voraus lag das einzige andere Rückzugsgebiet menschlicher Besiedlung auf der Nordhälfte des Kontinents. Vielleicht auf der ganzen Welt; genau wußte das niemand zu sagen. Er selbst könnte diesen kümmerlichen Rest von Zivilisation retten, wenn er ihn rechtzeitig erreichte. Wenn nicht, würden die Überlebenden wahrscheinlich verwildern und langsam auf eine prähistorische Stufe zurücksinken, wie es anderen kleinen Restgruppen ergangen war, die irgendwo isoliert ihr Leben fristeten. Die Sonne stieg auf, und das Licht wurde grell, aber er berührte die Einstellknöpfe der Bildschirme nicht. Warum mußte er derjenige sein? Er sah dichte Rauchwolken voraus und etwas zu seiner Rechten. Als er näherkam, entdeckte er, daß der Rauch aus einem breiten, niedrigen Vulkankegel stieg. Nach seiner Rechnung war er irgendwo in Kansas, und das war eine Gegend, in der es nie Vulkane gegeben hatte. Als er vor Jahren durch dieses Land gefahren war, hatte er nichts Derartiges gesehen. Er hielt nach links und umfuhr die Lavafelder in weitem Bogen. Gelegentlich erbebte die Erde unter den Rädern, und dann fiel ein leichter Aschenregen, aber inzwischen lag der Vulkankegel hinter ihm, weitab zu seiner Rechten. Er stieß auf eine cañonartige Erdspalte, aus der schweflig riechende gelbe Dämpfe aufstiegen, und sah sich zu einem neuen Umweg gezwungen.

Eine halbe Stunde später durchfuhr er einen seichten Fluß. Niemand hatte ihn je aufgefordert, etwas Wichtiges zu tun, und er hoffte, daß es nie wieder geschehen würde. Aber nun war er von dem Gefühl mitgerissen, daß er es schaffen würde. Er wollte durchkommen, und die relativ gut befahrbare Ebene, das schöne Wetter und die Abwesenheit unbekannter Gefahren erfüllten ihn mit Zuversicht. Greg schlief immer noch den Schlaf der Erschöpfung, und Tanner saß mit zusammengekniffenen Augen, rauchte und kaute auf seinem Bart und berührte keinen Augenblick das Bremspedal. Sein Geist war wie eine expandierende Blase mit Oberflächen wie von Bildschirmen, die alles registrierten, was um ihn war, hellwach und erregt. Er fühlte das Rauschen des Fahrtwinds und den Druck des Gaspedals unter seinem Fuß. Seine Kehle war trocken, aber es spielte keine Rolle. Er jagte über die narbigen Ebenen von Kansas und wußte, daß er sich in diese Rolle hatte hineinlocken lassen, und daß er es so wollte. Der verdammte Denton hatte recht. Es mußte getan werden. Er hielt, als er an einen neuen Abgrund kam, der in nordsüdlicher Richtung verlief, und wandte sich nach Norden. Vierzig Kilometer weiter endete die Schlucht, und er ging auf Südostkurs. Greg murmelte im Schlaf. Es klang wie ein Fluch. Die Sonne stand hoch am Himmel, und Tanner schätzte, daß er seit zehn Stunden ununterbrochen fuhr.

Ihm war, als schwebe er körperlos zwischen der Sonne und dem braun und grün gefleckten Erdboden. Er dachte an Denny, der zweifellos in einem Krankenhausbett lag und ihn verfluchte, und hoffte, daß das Geld, das er ihm versprochen hatte, noch an Ort und Stelle wäre. Dann fühlte er den Schmerz beginnen, im Nacken und zwischen seinen Schultern, von wo er sich ausbreitete und in seine Arme ging, und er merkte, wie krampfhaft fest er das Lenkrad umklammerte. Er zwinkerte und atmete tief durch und fühlte seine Augen brennen. Er zündete eine Zigarette an, und sie schmeckte nicht, aber er sog trotzdem daran. Er trank etwas Wasser, versuchte sich aufrecht und gelockert zurechtzusetzen und nahm seinen Fuß vom Gaspedal.

Er verlangsamte seine Fahrt, bremste und hielt. Er saß da und beobachtete sie, als sie vorbeizogen, ungefähr fünfhundert Meter vor ihm.

Eine riesige Bisonherde kreuzte vor ihm von Norden nach Süden. Es dauerte länger als eine halbe Stunde, bevor seine Fahrtrichtung wieder frei war. Ein Geschiebe von dunklen, wolligen Tierleibern mit kurzen, krummen Hörnern und mächtig gebuckelten Schultern, eingehüllt in bräunlichen Staub, so trottete die Herde mit nickenden Köpfen und unablässig peitschenden Schwänzen vorüber. Ein paar lahme Nachzügler folgten, und dann war nur noch die langsam sich auflösende Staubwolke vor ihm, und er fuhr wieder an.

Er überlegte, ob er eine Pille nehmen sollte, und ließ es sein. Greg mußte bald aufwachen, und nach dem Fahrerwechsel wollte er wenigstens ein paar Stunden in Ruhe schlafen.

Er kam an eine Fernstraße, und ihre Decke sah ziemlich gut aus, und so fuhr er über die Böschung hinauf und ließ den Wagen laufen. Angewehter Sand bedeckte an mehreren Stellen die Fahrbahn, und niedrige Vegetation von Gräsern und Stauden hatte sich auf beiden Seiten bereits meterweit zur Straßenmitte vorgearbeitet. Nach einiger Zeit sah er ein verblichenes, halb umgesunkenes Hinweisschild mit der Aufschrift ›Topeka 110‹.

Greg gähnte und reckte sich. Er rieb seine Augen mit den Knöcheln, und dann rieb er seine Stirn, deren rechte Seite dunkel und geschwollen war.

»Wie spät ist es?« fragte er.

Tanner zeigte auf die Uhr.

»Morgen oder Nachmittag?«

»Nachmittag.«

»Ich werde verrückt. Dann muß ich über zwölf Stunden geschlafen haben!«

»Das kommt hin.«

»Bist du die ganze Zeit gefahren?«

Tanner nickte.

»Mensch, das sieht man dir an. Du mußt erledigt sein. Laß mich mal eben den Kopf anstoßen gehen. In ein paar Minuten löse ich dich dann ab.«

Greg kroch nach hinten.

Ungefähr fünf Minuten später kam Tanner in eine tote kleine Stadt. Er fuhr die Hauptstraße entlang, und sie war auf beiden Seiten von durchgerosteten und auseinanderfallenden Autowracks gesäumt, in denen Unkraut und Büsche wuchsen. Die meisten Gebäude waren eingestürzt, und einige der offenen Keller, in die er sehen konnte, waren mit schlammigem Wasser angefüllt. Junge Bäume und Buschwerk wucherten überall zwischen den Trümmern, und die halbverschütteten Seitenstraßen und die rissigen Gehsteige waren von langem Gras und blühenden Disteln überwachsen. Im Gestrüpp hinter den geborstenen Gehsteigen der Hauptstraße waren mehrere Bänke zu sehen, und auf der zweiten, die Tanner im Vorüberfahren entdeckte, lag ein ausgestrecktes menschliches Skelett. Hier und dort standen noch vereinzelte Masten der Telefonfreileitungen, windschief und mit abgerissenen Drähten wie mit schwarzen Spaghetti behängt. Auf dem windgefegten Beton des Stadtplatzes blickte ein überlebensgroßer Washington aus weißem Gußstein gebieterisch über eine triste Ansammlung von verrotteten Autos und Menschengerippen. Tanner fand seinen Weg von einer gefallenen Baumleiche versperrt und fuhr um den Block. Die Parallelstraße war etwas besser erhalten, aber alle Schaufensterscheiben waren zerbrochen, und eine nackte Schaufensterpuppe, der der linke Arm vom Ellbogen abwärts fehlte, posierte verführerisch im Staub von dreißig Jahren. Eine Verkehrsampel an der Ecke starrte blind, als Tanner die Kreuzung überfuhr.

Tanner hörte Greg nach vorn kommen, als er an der nächsten Ecke wieder zur Hauptstraße abbog.

»Ich kann jetzt übernehmen«, sagte Greg.

»Ich möchte zuerst aus diesem Ort raus«, sagte Tanner, und während der nächsten zehn Minuten beobachteten sie beide schweigend die Bildschirme, bis die tote Stadt hinter ihnen zurückfiel.

Dann hielt Tanner an und sagte, als er seinen Sitz verließ: »Wir sind ein paar Stunden von einem Ort entfernt, der mal Topeka hieß. Weck mich auf, wenn es haarig werden sollte.«

»Wie war es, während ich schlief? Irgendwelche Schwierigkeiten?«

»Nein«, sagte Tanner, und er schloß die Augen und begann zu schnarchen.

Greg schnallte sich an und fuhr in den Abend, hinter sich einen glühenden Sonnenuntergang. Er aß drei Schinkenbrote und trank einen halben Liter Milch, bevor er nach Topeka kam.

Das Heulen abgefeuerter Raketen weckte Tanner. Er rieb den Schlaf aus seinen Augen und starrte eine halbe Minute lang stumpfsinnig nach vorn.

Große Wolken riesiger trockener Blätter wirbelten wie in einem Herbststurm um den Wagen. Fledermäuse. Tausende von Fledermäusen. Die ganze Luft war voll von den riesigen Dingern. Tanner hörte zirpende, quietschende, kratzende Geräusche, und der Wagen wurde von ihren schweren dunklen Körpern herumgestoßen.

»Wo sind wir?« fragte er.

»Kansas City.« Und Greg feuerte eine weitere Werferrakete ab, die eine feurige Bahn durch die taumelnde, flatternde Horde schnitt.

»Spare die Raketen«, sagte Tanner. »Sie können uns nichts anhaben. Hauptsache, wir kriegen freie Sicht nach vorn. Nimm den Flammenwerfer und laß ihn ein bißchen kreisen – fünf, sechs Sekunden lang. Dann halte ich mit dem MG dazwischen.«

Die Flammen schossen heraus, grellgelb und orange, schwenkten hoch und in einem weiten Bogen herum. Als sie erloschen, ließ Tanner das Fadenkreuz über den vorderen Bildschirm wandern und drückte einige Male kurz auf den Feuerknopf. Die verbrannten und zerschossenen Körper plumpsten qualmend und zuckend auf den Boden.

»Vorwärts!« rief er, und das Fahrzeug rollte schwankend an, zermalmte Fledermauskörper unter den Reifen. Tanner hielt den Finger am Feuerknopf, und wenn neue Geschwader flatternd herabstießen und von den Scheinwerferkegeln erfaßt wurden, gab er Feuer. Sie fielen wie Früchte, während Greg den Wagen durch verwüstete, ausgeglühte Straßenzüge steuerte. Bis auf die stabilen Hochhäuser des einstigen Geschäftszentrums, deren Eisenbeton- und Stahlskelettstümpfe gleich kariösen Zahnreihen in den mondhellen Himmel ragten, schien die Stadt völlig eingeebnet. Tanner schoß eine Magnesiumfackel, und das hohe, weiße Licht beleuchtete ein durcheinanderflatterndes, kreisendes, tanzendes Gewimmel ungezählter Riesenfledermäuse über der toten Stadt. Von da an feuerte er nur noch sparsam und soweit es nötig war, um das Blickfeld freizuhalten.

Zehn Minuten später sahen sie einen breiten, silbrig schimmernden Strom zu ihrer Linken. »Das ist der Missouri«, sagte Tanner. »Wenn wir ihm jetzt einfach folgen, kommen wir nach St. Louis.«

»Ich weiß. Glaubst du, daß es dort auch so viele Fledermäuse geben wird?«

»Wahrscheinlich. Aber wir lassen uns Zeit; dann kommen wir mit dem Tageslicht an, und sie werden uns nicht stören. Und wenn wir dort sind, können wir überlegen, wie wir über den Mississippi kommen.«

Als sie die Stadt hinter sich hatten, schlief Tanner wieder

ein. Er träumte, er führe mit seiner Harley langsam eine breite Straße entlang, und überall an den Straßenrändern standen die Leute in dichten Spalieren und jubelten ihm zu. Sie warfen Konfetti, aber als das Zeug ihn erreichte, war es Müll, nasser, stinkender Müll. Er gab Gas, aber die Maschine wurde nur noch langsamer, und nun schrien sie ihn an. Sie brüllten seinen Namen und Flüche und Obszönitäten. Die Harley begann zu wackeln und zu schlenkern, doch seine Füße schienen an den Fußstützen zu kleben, und er wußte, daß er gleich fallen würde. Dann kam die Maschine ganz zum Stillstand, und er kippte auf die rechte Seite, und sie stürzten auf ihn zu und es war ihm klar, daß gleich alles aus sein würde.

Er erwachte mit einem Ruck und sah vor sich den Morgen ausgebreitet: eine strahlende Sonne über dem bläulichen Dunst der Ebene, gleißendes Licht auf einem fernen breiten Band, das sich von Horizont zu Horizont zog.

»Das ist er«, sagte Greg. »Der Mississippi.«

Nachdem sie sich erfrischt, gefrühstückt und Kaffee getrunken hatten, suchten sie die Brücke.

»Von deinen nackten Leuten mit Speeren habe ich nichts gesehen«, sagte Greg. »Aber vielleicht sind wir im Dunkeln an ihnen vorbeigefahren – wenn noch welche von ihnen in der Gegend sind.«

»Um so besser«, sagte Tanner. »Wir haben Munition gespart.«

Die Brücke kam in Sicht, als sie von einer Anhöhe Stadt und Strom überblicken konnten, dunkel und durchhängend, und sie spannte sich ohne Unterbrechung über die helle Weite des Wassers. Das Licht der Morgensonne vergoldete die Kabel, an denen die Brücke hing. Sie bewegten sich langsam darauf zu, suchten ihren Weg durch kahle Ruinenstraßen, die mit Schutt erfüllt waren, machten schwierige Umwege, wenn die Massen von verrosteten Autos, umgestürzten Lichtmasten und eingefallenen Wänden das Weiterkommen unmöglich machten. An vielen Stellen waren die Straßen wie unter Erdstößen aufgeborsten und von breiten Spalten durchzogen, die bis in die Tiefe der Kanalisation reichten.

Sie brauchten zwei Stunden, um einen Kilometer zurückzulegen, und es war Mittag, als sie endlich die westliche Brückenauffahrt erreichten.

»Sieht so aus, als ob Brady hier durchgekommen wäre«, sagte Greg und zeigte auf etwas, das wie eine freigeräumte Durchfahrt inmitten der Wracks aussah, die die Brücke füllten. »Wie kann er es gemacht haben?«

»Vielleicht hatte er eine Frontschaufel oder einen Kran, womit er sie heben und über den Rand schwingen konnte. Unten siehst du ein paar Wracks liegen, wo das Wasser seicht ist.«

»Wie sah es aus, als du das letzte Mal hier warst?«

»Die Brücke war vollgepackt«, sagte Tanner. »Es gab Lükken, aber keine durchgehend geräumte Bahn. Ich kehrte hier um.«

»Nun«, sagte Greg bedächtig, »von hier sieht es aus, als ob wir es schaffen könnten. Versuchen wir es.«

Sie rollten langsam die Rampe hinauf und hinaus auf die Brücke und begannen ihre mühsame Überquerung des mächtigen Mississippi. Es gab Augenblicke, wo die Brücke unter ihnen knarrte und seufzte, und ein- oder zweimal fühlten sie, wie sie sich bewegte.

Die Sonne wanderte über den Himmel, und noch immer bewegten sie sich zwischen Himmel und Wasser, immer wieder anhaltend, zurücksetzend und manövrierend, während die Kotflügel an den rostigen Flanken der Autowracks entlangschrammten. Sie waren drei Stunden auf der Brücke, bevor durch eine Lücke in den Schrotthaufen ihr Ende sichtbar wurde.

Als ihre Räder endlich das östliche Ufer berührten, ließ sich Greg schweratmend zurückfallen, fummelte nach einer Zigarette und zündete sie an.

»Willst du eine Weile fahren, Hell?«

»Ja. Laß uns tauschen.«

Sie taten es, und Greg warf sich auf den Liegesitz. »Mann! Das hat mich geschafft!«

Tanner fuhr durch die Ruinen von East St. Louis. Er beeilte sich, um vor Dunkelwerden aus der Stadt zu sein. Der Strahlungspegel begann zu steigen, je weiter er vordrang, und die Straßen verschwanden unter einer flachen Hügellandschaft aus glasig geschmolzenem Gesteinsschutt. Er untersuchte das Wageninnere auf Radioaktivität und fand, daß es noch sauber war.

Er brauchte Stunden, und als die Sonne hinter ihm versank, sah er wieder das blaue Nordlicht aufflackern. Doch der Himmel blieb klar, und er konnte keine schwarzen Streifen sehen. Nach längerer Zeit erschien ein rosafarbener Mond und hing vor ihm. Er schaltete die Musik ein, stellte sie leise und blickte zu Greg. Der andere schien weiterzuschlafen.

Der Strahlungspegel stieg noch immer. Dann sah er den Krater inmitten der ausgeglühten Wüste und hielt an.

Der Durchmesser von Rand zu Rand mußte ungefähr einen Kilometer betragen, und die Tiefe war nicht einzusehen.

Er schoß eine Magnesiumfackel, und in ihrem Licht beobachtete er das Terrain rechts und links vom Krater durch das Teleskop.

Die Südseite schien ein leichteres Durchkommen zu bieten, und er fuhr vorsichtig in dieser Richtung weiter. Die ganze Gegend war noch heiß von Radioaktivität. Unheimlich heiß. Wie mußte es an jenem Tag gewesen sein, als eine kleine Sonne sich an dieser Stelle niedergelassen und für eine Zeit die andere am Himmel in der Helligkeit übertroffen hatte, bevor sie langsam verglühte? Er versuchte es sich vorzustellen, und es gelang ihm, dann versuchte er die Vorstellung aus seinen Gedanken zu vertreiben und konnte es nicht. Wie löscht man die Feuer, die ewig brennen? Er wünschte, daß er es wüßte. Damals hatte es so viele verschiedene Orte zu besuchen gegeben, und er war einer, der gern umherzog.

Wie war es in den alten Tagen gewesen, wo man sich einfach auf seinen Hobel schwingen und irgendwohin fahren konnte, wann immer man wollte? Und ohne die ständige Gefahr, daß der Himmel plötzlich Tonnen von Gestein über einen ausleerte. Er fühlte sich betrogen, was ihm kein neues Gefühl war, aber es war ihm Anlaß, länger als gewöhnlich zu fluchen.

Er zündete sich eine Zigarette an, als er den Krater endlich hinter sich hatte, und er lächelte zum ersten Mal seit Tagen, als der Strahlungsmesser ein allmähliches Absinken der Radioaktivität anzeigte. Zehn Kilometer weiter sah er wieder Vorposten von Vegetation, und bald darauf bedeckte zwei oder drei Meter hohes Gras das Land wie ein Dschungel. Dann erschienen Bäume im Scheinwerferlicht. Zuerst waren sie dick und verkrümmt und klein, aber je weiter er sich vom Krater entfernte, desto größer und aufrechter wurden sie. Es gab Bäume, wie er sie noch nie gesehen hatten, zwanzig, dreißig Meter hoch und von einer unbeschreiblichen anmutigen Schönheit.

Er rollte eine gute, feste und breite Straße entlang, die nur an einzelnen Stellen von Moos und Gräsern überwachsen war, und in diesen Momenten wäre er am liebsten für immer so dahingefahren – nach Florida mit seinen Sümpfen und feinen Stränden, seinem spanischen Moos und den Orangen- und Zitronenbäumen; und hinauf zum kalten, felsigen Kap Cod, wo alles grau und braun ist, und die Brecher unter den Leuchttürmen gegen die Küste donnern und salziger Gischt hoch in die Luft geschleudert wird, und wo es Friedhöfe gibt, in denen die Gebeine Verstorbener seit Jahrhunderten unangetastet ruhen, während die grauen alten Grabsteine über ihnen noch immer die eingemeißelten Namen der Toten tragen; dann hinunter zum Golf, ins Delta des mächtigen Mississippi, voll von kleinen Inseln, wo die Seeräuber früher ihre Beute zu verstecken pflegten; und durch die waldigen Gebirge, von denen er gehört hatte – die Smokies, Ozarks, Poconos, Catskills; zu den großen Seen und dem Ort, wo das Wasser fällt, Niagara. Immer die große Straße entlangzufahren, alles zu sehen, die Welt zu essen. Ja. Vielleicht war nicht alles wie diese Straße der Verdammnis. Manche dieser legendären Orte mußten noch immer oder schon wieder sauber sein, wie diese Ebenen von Illinois hier. Er wollte alles das mit einem Hunger, der immer in ihm brannte.

Er lachte, denn nun schien es, als ob er diese Dinge vielleicht haben könnte.

Die Glocke, die wieder und wieder läutete, konnte das Geräusch von zersplitterndem Glas nicht ganz übertönen. Gewiß, die Stille kehrte wieder, bei jeder Wiederkehr von Erinnerung und Erwartung vertieft und verstärkt; aber es hatte diesen momentanen Schmerz im bereits gequälten Nervensystem der Stadt gegeben.

Der Körper kam in Bewegung, um sich selbst zu heilen.

Ein leichter Nieselregen kam herab, und im Süden stand ein Regenbogen. Ein Wolkenbruch von toten Fischen, Treibgut und Salzwasser, der vielleicht eine Viertelminute gedauert hatte, war über Teilen der Stadt niedergegangen. Ein dünner Überzug nassen Sandes bedeckte Straßen und Dächer, und die Telefon-Freileitungen waren mit Girlanden aus schwarzbraunem Seetang behangen. Die Ratten hatten den unverhofften Segen gewittert und kamen nun aus den Kellern und Schuppen, den Müllhaufen und den Gräben, aus Kanalisationsrohren und verlassenen Häusern, um sich an dem weißbäuchigen Manna zu mästen, Schwänze und Schnurrbarthaare zuckend, die Augen wach und gierig, die Felle von der Nässe geglättet oder zerzaust.

Aber sie hatten das Schaufenster nicht eingeschlagen, und die Fische hatten es auch nicht getan.

Polizeisergeant Donahue, der den Streifenwagen lenkte, wandte seinen Kopf halb zu Leutnant Spano, der neben ihm saß.

»Keine Sirene?« fragte er.

»Nein.«

Leutnant Spano öffnete seine Pistolentasche und nahm die Waffe heraus. Er entsicherte sie.

»Scheinwerfer aus.«

Der Sergeant gehorchte.

Die Welt vor ihnen wurde dunkelgrau und trübe; Ratten flohen vor dem Wagen. Im Norden wetterleuchtete es. Ein zuckendes gelbes Licht verwandelte den Himmel in Pergament, bedeckt mit rauchigen Hieroglyphen. Für einen langen Augenblick war die ganze Straße illuminiert: Wagen, Kabel, Hydranten, Läden, Häuser, Ratten. Das Licht erlosch, und ferner Donner grollte.

»Da ist er! Auf unserer Straßenseite! Faß ihn mit dem Suchscheinwerfer!«

Donahue schaltete den Suchscheinwerfer an und bewegte den schmalen Lichtkegel, bis er auf dem Mann vor dem eingeschlagenen Schaufenster ruhte, der vorgebeugt stand und einen Sack in der Hand hielt, in der Bewegung erstarrt.

»Keine Bewegung! Sie sind verhaftet!« rief er durch den Lautsprecher, während Leutnant Spano aus dem Wagen sprang.

Der Mann wandte den Kopf und starrte ins blendende Licht. Dann ließ er seinen Sack fallen und raste die Häuserfront entlang davon.

Leutnant Spano feuerte sechs Schüsse ab, und der Mann geriet ins Taumeln, krümmte sich und fiel schließlich. Er lag wie ein schmutziger, ausgewrungener Putzlappen auf den Platten des Gehsteigs, einen benagten Fisch neben seinem Kopf, und sein Blut vermischte sich mit der Nässe auf dem Pflaster.

Donahue bremste den Wagen und stieg aus, ging zu Spano.

»Du hast ihn getötet.«

»Er versuchte zu fliehen«, sagte Spano.

»Wir haben Befehl, Plünderer gefangenzunehmen.«

»Aber er machte einen Fluchtversuch.«

»In solchen Fällen sollen wir auf die Beine schießen, wenn wir können.«

»Ja, aber er rannte weiter, nachdem ich ihn getroffen hatte. Es war ein Fluchtversuch.«

Donahue begegnete dem Blick des anderen, dann schaute er weg.

»Es war ein Fluchtversuch«, stimmte er zu.

Sie gingen zu dem Gefallenen. Spano drehte ihn auf den Rücken.

»Noch ein Junge!« sagte Donahue. Er ging zurück und holte den Sack.

»Sportartikel«, sagte er, als er zurückkehrte. »Ein Fußball, zwei Baseballschläger, Bälle, ein Baseballhandschuh ... zwei Hanteln. Bloß ein Junge!«

Spano schaute weg. Nach einer Pause sagte er: »Er hatte geplündert.«

»Ja, und er machte einen Fluchtversuch.«

»Du kannst zum Wagen gehen und das Revier anrufen. Sie sollen einen Ambulanzwagen herschicken.«

»Ja, aber ich ...«

»Halt den Mund. Du hast gesehen, was passiert ist. Mit dem Chef werde ich selber reden.«

»Ja.«

Spano zündete sich eine Zigarette an, als der Abendhimmel rot und unwirklich wurde, und die Glockentöne erfüllten die Welt bis an den Rand.

Am Morgen war er in der Gegend, die Indiana hieß, und folgte noch immer der Straße. Er passierte Farmhäuser, die in gutem Zustand zu sein schienen. Es war sogar möglich, daß sie von Menschen bewohnt wurden, wenn er auch keine bestellten Felder sehen konnte. Es drängte ihn, Nachforschungen anzustellen, doch er wagte nicht anzuhalten. Dann, nach einer Stunde, war alles wieder leere, wuchernde Wildnis, und nur vereinzelte Ruinen und rostige Futtersilos ließen erkennen, daß auch hier einmal Menschen gesiedelt hatten.

Die Vegetation wurde wieder ärmlicher, der Baumbewuchs kümmerlicher. Dann verschwand er ganz, und mit dem erneuten Ansteigen der Radioaktivität gingen auch Gras und Gestrüpp zurück, bis nur noch nackte Erde übrigblieb. Tanner sah ein paar alte Bäume entrindet und tot in der leeren Landschaft stehen und weißgebleichte Äste recken, und zugleich mehrten sich die Trümmer der alten Zivilisation. Schilder sagten ihm, daß er sich Indianapolis näherte, und er erriet, daß es eine große Stadt gewesen sein mußte, die eine Bombe erhalten hatte und nun verschwunden war.

Genauso verhielt es sich. Er mußte einen Umweg weit nach Süden machen, wo er bei einer verfallenen Kleinstadt namens Martinsville den White River überquerte. Dann, als er wieder nach Osten fuhr, erwachte sein Radio knisternd zum Leben. Eine schwache Stimme wiederholte ständig die Worte: »Nicht identifiziertes Fahrzeug, halt!« und er suchte den Horizont voraus mit dem Teleskop ab. Er entdeckte in weiter Ferne einen einzelnen Mann mit Feldstecher und einem Funksprechgerät, der auf einer Hügelkuppe stand, und er fuhr weiter, ohne auf die Sendung zu reagieren.

Er fuhr mit sechzig Stundenkilometern ein halbwegs anständiges Stück Landstraße entlang und erhöhte die Geschwindigkeit allmählich auf achtzig, obwohl die Stöße der geborstenen und unebenen Fahrbahndecke so stark wurden, daß Greg aufwachte.

Tanner spähte nach vorn, auf einen Angriff gefaßt, und aus dem Radio kam immer wieder der gleiche Haltbefehl, lauter jetzt, als er sich dem Hügel näherte.

Er nahm das Gas weg und berührte leicht die Bremse, als er eine lange Kurve rundete, und er antwortete nicht auf Gregs schlaftrunkenes: »Was's los?«

Als er sich dem Hindernis gegenübersah, das feuerbereit die Straße sperrte, handelte er sofort.

Der Panzer stand mitten auf der Straße, und seine Kanone war direkt auf ihn gerichtet.

Mit einem Blick suchte und fand Tanners Auge eine Ausweichmöglichkeit, seine rechte Hand drückte zweimal den Auslöseschalter, der zwei panzerbrechende Werferraketen heulend vorausschickte, seine Linke steuerte den Wagen über den rechten Straßenrand, und sein Fuß fiel schwer aufs Gaspedal.

Er war halb von der Straße, und die vier Räder der rechten Seite rumpelten dumpf über die Unebenheiten der leicht ansteigenden Böschung, als der Panzer einen feurigen Rülpser ausstieß, der ihn verfehlte, und dann von inneren Explosionen geschüttelt wurde und in Rauch und Flammen eingehüllt stand.

Gewehrfeuer knatterte, und Greg antwortete mit Granatwerferfeuer, als Tanner hinter dem brennenden Panzer auf die Straße zurücksteuerte. Sie rasten weiter, und nach ungefähr einem halben Kilometer nahm Tanner sein Mikrophon und sagte: »Tut mir leid. Meine Bremsen funktionieren nicht.« Es gab keine Antwort.

Sobald sie ein ebenes Stück erreichten und freie Sicht in alle Richtungen hatten, hielt Tanner an, und sie wechselten die Plätze.

»Was meinst du«, sagte Greg. »Wo können sie den alten Panzer ausgegraben haben?«

»Wer weiß? Vielleicht in irgendeinem abgelegenen Armeedepot.«

»Und warum sollten sie uns aufhalten?«

»Sie wußten nicht, was wir beförderten – und vielleicht wollten sie bloß den Wagen.«

»Etwas beschießen ist eine komische Art, es zu kriegen.«

»Wenn sie es nicht haben können, warum sollten sie es uns lassen?«

»Du weißt genau, was sie denken, was?«

»Ja.«

»Komm, wir rauchen eine.«

Tanner nickte, nahm eine Zigarette an.

»Das hätte leicht ins Auge gehen können«, sagte Greg.

»Das ist nicht zu leugnen.«

»Und wir haben immer noch eine weite Strecke vor uns.«

»Richtig, also sollten wir lieber losfahren.«

»Glaubst du immer noch, daß wir es schaffen werden?«

Tanner nickte.

»Du wolltest einmal abhauen«, sagte Greg. »Jetzt kann ich es verstehen. Wenn du einen neuen Versuch machtest, würde ich es dir nicht vorwerfen. Weiß Gott nicht.«

»Kriegst du es mit der Angst, Greg?«

»Ich kann meiner Familie nicht helfen, wenn ich tot bin.«

»Warum bist du dann mitgekommen?«

»Ich wußte nicht, daß es so sein würde. Du warst vernünftig und wärst nie freiwillig gegangen, weil du schon eine Vorstellung hattest. Du wußtest, was uns erwartete.«

»Ich konnte das Risiko kalkulieren.«

»Niemand kann uns Vorwürfe machen, wenn wir es nicht schaffen. Schließlich haben wir es versucht.«

»Und was ist mit all diesen Leuten in Boston, über die du mir eine Rede gehalten hast?«

»Wahrscheinlich sind sie inzwischen tot. Die Seuche ist nicht ein Ding, das sich Zeit läßt, verstehst du.«

»Was sagst du zu diesem Brady? Er machte das alles durch, nur um uns eine Nachricht zu bringen.«

»Ich habe alle Hochachtung für ihn, weiß Gott. Aber wir haben schon vier Leute verloren. Nun, warum sollten wir sechs daraus machen, bloß um zu zeigen, daß alle es bis zum letzten Atemzug versuchten?«

»Greg, nach Boston ist es viel näher als nach Los Angeles. Der Treibstoff müßte reichen, und der Wagen ist völlig intakt. Aber wenn wir hier umkehrten, würden wir irgendwo unterwegs liegenbleiben.

»Wir könnten in Salt Lake auftanken.«

»Ich bin nicht sicher, daß der Vorrat bis Salt Lake reichen würde. Du bist verrückt, Greg.«

»Gar nicht. Für die letzten hundert Kilometer oder so könnten wir die Motorräder nehmen, die wir hinten aufgeladen haben. Die verbrauchen viel weniger Sprit.«

»Und du hast dich gewundert, wie es Leute wie mich geben kann. Du fragtest mich, was sie mir je getan hätten. Und ich sagte es dir: nichts. Aber nun möchte ich vielleicht was für sie tun, einfach weil mir danach ist. Außerdem glaube ich, daß wir schon mehr Gefahren hinter uns haben als vor uns.«

»Wie willst du das begründen? Hinter der nächsten Kurve kann wieder ein Panzer stehen, oder eine Kanone, oder sie erwarten uns mit Flammenwerfern. Du hast keine Familie zu erhalten, Hell. Aber ich habe außer für mich noch für andere Leute zu sorgen.«

»Du hast eine komische Art, die Dinge auszudrücken, wenn du kneifen willst. Du sagst: ›Ich habe nicht wirklich Angst, aber ich muß meine Mutter und meine Brüder und Schwestern ernähren, und ich habe ein Mädchen zu Hause, auf das ich stehe. Deshalb will ich umkehren. Kein anderer Grund‹.«

»Und genauso ist es! Ich verstehe dich nicht, Hell! Ich kann dich überhaupt nicht verstehen! Du bist doch derjenige, der mir diese Idee in den Kopf gesetzt hat!«

»Also gib sie zurück und laß uns losfahren.«

Er sah Gregs Hand zu der an der Tür festgeklemmten Pistole gehen, und so schnippte er seine Zigarette in Gregs Gesicht und brachte es fertig, ihn einmal in den Magen zu schlagen. Es war ein schwächlicher Rückhandschlag mit der Linken, aber mehr konnte er in diesem Moment und in seiner Position nicht machen.

Dann warf Greg sich auf ihn, und er wurde auf seinen Sitz zurückgepreßt. Sie rangen, und Gregs Finger krallten nach seiner Kehle und in sein Gesicht.

Tanner konnte seine Arme über den Ellbogen befreien, packte Gregs Kopf und stieß ihn mit aller Kraft zurück. Greg schlug mit dem Hinterkopf gegen den Stahlrahmen des vorderen Bildschirms, wurde einen Moment steif, fing dann unkontrolliert an zu zappeln und um sich zu schlagen.

Tanner knallte Gregs Kopf noch zweimal gegen den Rahmen, und der andere erschlaffte. Tanner stieß ihn weg und krabbelte zurück auf den Fahrersitz. Er prüfte alle Bildschirme, während er seinen Atem anhielt. Nichts deutete auf irgendeine Gefahr hin.

Er holte ein Seil und band Gregs Hände auf den Rücken. Er band seine Fußgelenke zusammen und verband sie mit den Handgelenken. Dann packte er ihn auf den halb zurückgeklappten Beifahrersitz und schnürte ihn mit dem Rest des Seils dort fest.

Dann schnallte er sich hinter dem Steuer an und fuhr weiter.

Zwei Stunden später begann Greg zu stöhnen, und Tanner drehte die Lautstärke der Musik auf, um ihn zu übertönen. Er fuhr durch eine Landschaft, die von aller Zerstörung unberührt schien: Wiesen und Bäume, bebaute Getreidefelder, auf denen der Weizen gelbgrün und meterhoch stand, bewaldete Hügel und zwischen ihnen, eingebettet in Obstgärten und weit von der Straße zurück, die er entlangraste, weiße Farmhäuser und rote und braune Scheunen; Maisfelder, grün und saftig und offensichtlich von jemand gepflegt; Bretterzäune, grüne Hecken, hohe, sternblättrige Ahornbäume, frisch aussehende Straßenschilder, ein weißer Kirchturm, das steile Spitzdach mit grauen Holzschindeln gedeckt, von dem der Klang einer Glocke herüberwehte.

Die Streifen im Himmel verbreiterten sich, aber der Himmel selbst wurde nicht dunkler, und so fuhr er weiter in den Nachmittag. Das Land verwandelte sich allmählich wieder in Wildnis, die schließlich dürftigen Heideflächen Platz machte. Die Radioaktivität nahm erneut zu.

Tanner stieg unwillkürlich auf die Bremse, und das Fahrzeug ruckte und hielt, und Greg stöhnte wieder. Tanner starrte eine Minute lang auf das Ding, bevor er langsam anfuhr.

Der Anblick wiederholte sich auf der ganzen Reise nicht, aber er ging ihm niemals wieder aus dem Kopf. Dort, inmitten verseuchter Öde, hing ein grinsendes gelbes Skelett an einem rohen Kreuz aus unbehauenen Baumästen, behangen mit Fetzen vertrockneter Haut, die wie zerlumpte Kleiderreste im Wind wehten. Menschen, dachte er; das erklärt alles.

Er fuhr weiter, bis er an den Abgrund von Dayton kam. Er blickte in die nebeligen Tiefen, die ihm den Weg versperrten, beobachtete das Terrain im Norden und im Süden durch das Teleskop und drehte nach Norden.

Wieder war der Strahlungspegel hoch, und er beeilte sich, verlangsamte die Fahrt nur, wenn er den Spalten, Abgründen und Schluchten auswich, die strahlenförmig von dem dunklen, tiefen Zentrum ausgingen. Dicke gelbe

Dämpfe brodelten aus einigen dieser Öffnungen und vernebelten die Luft mit schwefligen Wolken.

Als er die Region der Dämpfe hinter sich ließ, war der Himmel dunkel. Er hatte fast vier Stunden gebraucht, um Dayton zu umfahren, und als er nun wieder auf Ostkurs ging und über magere Heideflächen fuhr, sah er für einen Moment ein kleines Stück Sonne tief im Westen hinter einem breiten schwarzen Streifen hervorlugen und wieder verschwinden.

Er hatte die Scheinwerfer eingeschaltet, und als er erkannte, was diese nachtschwarze Dunkelheit am späten Nachmittag bedeutete, beschleunigte er das Tempo und begann nach einem Unterschlupf Ausschau zu halten.

Eine halbe Stunde später entdeckte er hinter dem Hügel eine alte Feldscheune und raste darauf zu. Eine Seite war eingefallen, und er steuerte den Wagen vorsichtig durch die Öffnung. Das Innere war feucht und moderig im Licht der Scheinwerfer. Hinter einer zusammengefallenen Trennwand sah er ein Skelett im verfaulten Stroh liegen; wahrscheinlich die Überreste eines Pferdes, dachte er.

Er schaltete Motor und Scheinwerfer aus und wartete.

Bald kam das ferne, hohe Heulen, das den Sturm ankündigte, und erstickte Gregs gelegentliches Stöhnen und Murmeln. Die Scheune ächzte und knarrte unter den Windböen. Donner rollte über den Himmel, und nach einer Weile kam ein anderes Geräusch, nicht hart und laut wie Gewehrfeuer, wie er es in Los Angeles gehört hatte, sondern sanft und gleichmäßig rauschend.

Er entriegelte die Tür und öffnete sie einen Spalt, um es besser zu hören. Der Strahlungspegel war beinahe normal, und nach einem Moment steckte er die Pistole in seinen Gürtel, öffnete die Tür ganz und sprang vom Wagen. Er ging zurück zum eingefallenen Scheunentor und blickte hinaus.

Es war Regen, reiner und gewöhnlicher Regen. Er hatte noch nie reinen und gewöhnlichen Regen gesehen, und so zündete er eine Zigarette an und sah ihn fallen.

Weiter im Norden zuckten Blitze, und der Donner rollte, und über den schwarzen Streifen türmten sich blaugraue Wolkengebirge, deren Gipfel rosa und orangefarben leuchteten.

Der Regen fiel überall um ihn her und rann in Fäden von

der Dachkante. Ein plötzlicher Wind blies Tropfen in sein Gesicht, und sie waren Wasser, sonst nichts. Pfützen bildeten sich am Boden. Er warf ein Stück Holz in eine und sah zu, wie es trieb. Von irgendwo im hohen Gebälk der Scheune hörte er schläfriges Vogelgezwitscher. Der süßliche Geruch faulenden Strohs mischte sich mit der reinen, feuchten, kühlen Luft, die in Wellen eindrang. Im Schatten zu seiner Rechten sah er eine verrostete, mit Staub dick überzogene Dreschmaschine stehen. Er hob eine Feder vom Boden auf und betrachtete sie. Leicht, dunkel, flaumig am unteren Ende, dann fein gerippt und zur Spitze schmaler werdend. Er hatte nie zuvor eine Feder genauer angesehen. Die einzelnen feinen Zweige hafteten wie mit winzigen Reißverschlüssen aneinander. Er ließ die Feder los, und der Wind nahm sie und wirbelte sie mit sich fort. Er starrte wieder in den Regen. Wahrscheinlich konnte er unbesorgt weiterfahren; es sah nicht so aus, als ob noch andere Dinge herunterkämen. Aber als er sich umwandte, erkannte er, wie übermüdet er war. Er fand ein Faß, rollte es zum Tor und setzte sich darauf und zündete eine neue Zigarette an.

Soweit war es eine gute Fahrt gewesen, alles in allem, aber er durfte Greg noch nicht wieder vertrauen. Erst wenn sie einen Punkt erreicht hätten, von dem aus es kein Zurück mehr gäbe. Dann würde er ihn freilassen, denn sie brauchten einander. Er hoffte nur, daß Greg nicht völlig übergeschnappt wäre, denn es war völlig ungewiß, was sie auf dem Rest der Strecke noch erwartete. Wenn die Stürme in diesen Gegenden weniger mörderisch wären, so wollte er schon zufrieden sein.

Er hörte ein Glucksen, wie wenn jemand in sich hineinlachte, und war sofort auf den Beinen, die Pistole in der Hand.

Kein Mensch in Sicht. Es hatte sich nicht angehört, als ob es aus dem Wagen gekommen wäre, und es hatte auch nicht wie Gregs Stimme geklungen.

Aber es war aus dem Scheuneninnern gekommen.

Er zog sich in den Schatten neben dem Tor zurück und spähte umher. Nichts.

Dann kam es wieder, und diesmal blickte Tanner nach oben.

Da war ein Heuboden.

Er hob seine Pistole und hielt auf die länglich-rechteckige, von heraushängendem Heu umrahmte Öffnung in der Bretterdecke.

»Komm runter!« sagte er.

Er blieb ohne Antwort, aber nachdem er zwei Schüsse in die Öffnung gefeuert hatte, rief eine schrille Stimme: »Nicht schießen! Ich komme.«

Eine Leiter wurde heruntergelassen, und der Mann, der sie eilig herabkletterte, war mit Lumpen und dunklem Haar bedeckt. Er war einen Kopf kleiner als Tanner, und als er unten angekommen war, blieb er mit dem Rücken zur Wand zitternd stehen. Seine Augen waren unstet und ängstlich, und er hielt beide Hände vor die Brust, die Finger wie Krallen nach außen gekrümmt.

»Wer bist du?« fragte Tanner.

Der Blick des Mannes zuckte vom Pistolenlauf zu Tanners Gesicht und dann ziellos durch die dunkle Scheune.

»Ich fragte dich, wer du bist!«

»Kanis«, sagte der Mann. »Geoffrey Kanis.« Seine Stimme war schrill und überlaut. »Ich bin kein Wissenschaftler, und ich war nie beim Militär!«

»Wen zum Teufel kümmert das? Was hast du da oben gemacht?«

»Ich kam hierher, als der Regen anfing, um Schutz zu finden.«

»Was war so verdammt komisch?«

»Was meinen Sie?«

»Warum hattest du gelacht?«

»Ach so. Weil Sie die Regeln der Mimikry nicht beachten – und das sollten Sie tun, wissen Sie.«

»Wovon redest du?«

»Ich bin kein Wissenschaftler.«

»Und du warst nie beim Militär. Das hast du bereits gesagt.«

Der Mann kicherte. »Nach Bates ist die Spezies, die sich der Mimikry bedient, in der Regel ungeschützt und seltener als ihr Vorbild, und die charakteristischen Kennzeichen der Mimikry sind, wie Bates festgestellt hat, nur oberflächlicher Natur und erzeugen niemals eine fundamentale Veränderung der Art. Er arbeitete nämlich mit Schmetterlingen, wissen Sie.«

»Bist du verrückt?«

»Ja, aber ich halte mich an die Regeln.«

»Komm rüber ins Licht, wo ich dich besser sehen kann.«

Der Mann gehorchte.

»Ja, du siehst ein bißchen bescheuert aus. Was ist das für ein Zeug, mit diesem Bates?«

»Es ist etwas, das gewisse Kreaturen entwickeln, um sich gegen ihre Feinde zu schützen. Sie geben sich das Aussehen von etwas, das sie nicht sind, also werden sie nicht verfolgt. Nun, wenn du klug wärst, hättest du dir niemals diesen Bart wachsen lassen. Dann würdest du dich waschen und deine langen Haare abschneiden und kämmen. Du würdest dich zurechtmachen wie alle anderen. Dann würde dich niemand belästigen, und du könntest tun, was du willst, ohne daß jemand sich um dich kümmert. Du würdest der geschützten Spezies gleichen. Du würdest nicht in Gefahr gezwungen werden.«

»Woher weißt du, daß ich in Gefahr gezwungen wurde?«

»Es ist etwas in deinem Aussehen, eine Witterung, die man riechen kann, eine gewisse nervöse Wachsamkeit ...«

»Und wenn ich spießig aussähe, wäre das sicher nicht passiert?«

»Wahrscheinlich nicht.« Der Mann lachte, schien sich zu entspannen. »Hassen Sie Wissenschaftler?«

»Nicht mehr als alle anderen.«

»Was würden Sie tun, wenn ich einer wäre?«

»Nichts.«

Der Mann beugte sich vertraulich vorwärts und sagte mit gedämpfter Stimme: »Ich bin nämlich einer. Tatsache.«

»Na und?«

»Ich bin Biologe.«

»Was soll das alles? Ich verstehe nichts.«

»Es waren die Physiker und die Generäle, die uns das antaten«, sagte der Mann und gestikulierte aufwärts und in die Runde, »und ein paar Chemiker und Mathematiker. Nicht die Biologen.«

»Du meinst, den Krieg?«

»Ja. Nein! Ich meine die Welt, wie sie jetzt ist.«

»Ich war nicht dabei, als es passierte. Ich weiß nicht Bescheid. Es ist mir egal. Was willst du damit sagen?«

»Ihr hättet nicht alle Professoren aller Disziplinen für die Katastrophe verantwortlich machen sollen.«

»Habe ich nie getan. Tue ich nicht. Ich weiß nicht mal, was passierte. Nicht genau. Was war denn?«

»Krieg. Wahnsinnig und vernichtend. Viele Bomben und Raketen, und mit einem Resultat, das niemand hatte voraussehen wollen. Die Militärs hatten gepredigt, keine feindliche Rakete käme je in die Nähe der Grenzen.« Er gestikulierte wieder nach draußen. »Und was dann geschah? Die Überlebenden stürmten die unzerstört gebliebenen Universitäten und Stäbe und brachten alles um, was sie dort antrafen. Viele Professoren und Dozenten, die ich kannte, wurden so ermordet – Juristen, Mediziner, Soziologen, Historiker, es spielte keine Rolle, was sie lehrten; sie waren Professoren, und die Professoren waren offensichtlich zusammen mit den hohen Militärs verantwortlich, weil sie Professoren gewesen waren. Deshalb bedeutet mir Mimikry soviel. Sie erschossen, kreuzigten und verbrannten sie. Aber nicht mich, hehe! Nein. Nicht mich. Ich war bei ihnen. Ich war der Mob. So überlebte ich!« Er lachte wieder.

»Du meinst, du halfst ihnen, als sie deine Freunde umbrachten?«

»Sie waren nicht meine Freunde. Sie waren in anderen Disziplinen. Ich kannte sie kaum.«

»Aber du halfst?«

»Natürlich. Darum lebe ich noch.«

»Und wie ist das Leben?«

Der Mann machte eine resignierte Geste. »Ich bin Landarbeiter«, sagte er. Dann hob er seine Hände an sein Gesicht und grub seine Fingernägel in die Wangen. »Ich kann es nicht vergessen«, murmelte er schließlich.

»Das hast du von deiner verdammten Mimikry«, sagte Tanner. »Nein, danke. Ich weiß, wer ich bin. Ich brauche nicht so zu tun, als ob ich was anderes wäre. Wenn sie mich nicht mögen, können sie mich kaltmachen, falls es ihnen gelingt. Bisher ist es ihnen nicht gelungen. Sie können zur Hölle gehen, alle miteinander!«

»Eine Spezies kann es nicht so machen.«

»Scheiß auf die Spezies. Ich denke an mich selber.«

»Das ist die falsche Einstellung.«

»Wer sagt das?«

»Ich weiß es nicht mehr.« Der Mann ließ seine Hände sinken und wirkte plötzlich geschlagen, hoffnungslos. Seine Finger zerrten an den schmutzigen Lumpen seiner Kleider.

»Wo wohnst du?« fragte Tanner.

»Ich wandere, arbeite mal hier, mal dort. Wenn ich irgendwo bleiben möchte, jagen sie mich nach einer Zeit fort. Es ist nicht mehr günstig, verrückt zu sein.«

»Gibt es Siedlungen hier in der Gegend? Menschen?«

»Einige ...«

»Dann geh zu ihnen und versuch's mit deiner Mimikry.«

»Ich kann nicht. Ich bin verrückt.«

»Rasier deinen Bart ab, bade, zieh dir einen dunklen Anzug mit weißem Hemd und Krawatte an und nimm einen schwarzen Aktenkoffer ...«

»So sehen sie heutzutage nicht mehr aus – ich vergaß. All das hat sich geändert ...«

»Nun, dann geh hin und mach dich zurecht, wie sie aussehen.«

»Sie haben alle Bärte und sind schmutzig und tragen alte Kleider.«

»Dann ahmst du sie ja schon mit Erfolg nach. Und ich tue es auch.«

»Nein!«

»Wo ist der Unterschied?«

»Wir sind verrückt!«

»Laß mich aus dem Spiel, ja?«

»Aber es ist wahr. Wer sonst würde in dieser alten Scheune Unterschlupf suchen? Ein vernünftiger Mensch hat ein Heim, einen sicheren Ort ...«

»Also von mir aus. Ich bin auch verrückt. Zigarette?«

»Ja, bitte.«

Tanner warf ihm die Packung mit der linken Hand zu, und dann die Zündhölzer, ohne die Pistole sinken zu lassen. Kanis nahm eine Zigarette, zündete sie an und warf Packung und Zündholzschachtel zurück.

»Ich habe noch nie ein Fahrzeug wie das gesehen«, sagte der Mann. »Ist die Panzerung strahlungssicher?«

»Ja. Ich fahre nach Boston.«

»Es ist sehr gefährlich.«

»Ich weiß. Aber die Seuche ist dort, und ich bringe Antiserum hin.«

»Die Seuche? Ich wußte es! Ich wußte, daß sie kommen würde!«

»Warum?«

»Schon Malthus und Darwin sahen es voraus. Wir werden alle sterben! Kriege und Krankheiten werden das Problem der Übervölkerung lösen. Wir stehen in der Endphase des Prozesses. Die Übervölkerung hat aufgehört, ein Problem zu sein, und was den Krieg überlebt hat, wird durch Krankheiten, Entbehrungen und Degeneration zugrunde gehen. Glauben Sie mir, junger Mann, die Erde wird sich von ihrem ärgsten Parasiten befreien!«

»Unsinn. In Los Angeles haben sie die Seuche gestoppt. Deshalb hatten wir das Serum dort vorrätig.«

»Dann wird etwas anderes kommen.«

Tanner zuckte mit den Schultern. »Mir ist egal, was aus ihnen wird«, sagte er.

»Sie sind aber einer von ihnen.«

»Eben nicht, Mann. Du sagtest es selber.«

»Ich irrte mich. Ich bin verrückt.«

Tanner zündete eine Zigarette an und rauchte schweigend.

»Was werden Sie mit mir tun?« fragte Kanis.

»Nichts. Die Pistole in der Hand halten, bis das Gewitter abgezogen ist, weil ich dir nicht traue. Dann werde ich in den Wagen steigen und wegfahren.«

Der Mann schwieg. Tanner lauschte dem Regen, der auf das Dach trommelte.

»Haben Sie etwas zu essen?« fragte Kanis. »Irgend etwas, das Sie erübrigen könnten? Ich bin schrecklich hungrig.«

Tanner dachte darüber nach. Er zählte im Geist den Inhalt des Kühlfachs und des Vorratsschranks durch, und schließlich nickte er.

»Du kannst etwas haben«, sagte er. »Geh voran und mach keine schnellen Bewegungen.«

Kanis ging vor ihm her zum Wagen.

»Dreh dich um und vergiß die Pistole nicht; sie zielt auf deinen Kopf.«

Kanis verschränkte seine Hände auf dem Kopf und machte eine Kehrtwendung. Tanner kroch in den Wagen und nahm abgepackte Essensrationen aus dem Vorratsschrank, während er den Mann im Auge behielt. Er klemmte die Pakete zwischen Brust und linken Oberarm und kletterte wieder hinaus. Er legte das Zeug ins faulige Stroh und entfernte sich ein paar Schritte, dann sagte er: »Hier. Laß es dir schmekken.«

Er sah Kanis beim Essen zu. Er konnte nicht glauben, daß ein Mensch so hungrig sein konnte.

Dann fragte er: »Wie fühlst du dich?«

»Viel besser, danke.«

»Wenn du nach Boston willst«, sagte Tanner, »nehme ich dich mit. Dort werden sie dich bestimmt nicht umbringen. Was sagst du?«

»Nein. Danke. Ich fühle mich jetzt besser.«

»Warum, zum Teufel?«

»Weil ich gegessen habe.«

»Ich meine, warum willst du nicht mitkommen?«

»Sie werden mich hassen.«

»Unsinn.«

»Ich half mit, wissen Sie, als die Universität von Chillicothe niedergebrannt wurde.«

»Brauchst es ihnen ja nicht zu sagen.«

Der Mann schüttelte seinen Kopf. »Sie werden es schon wissen.«

»Wie denn, du Idiot? Sag mir, wie sollen sie es wissen?«

»Sie werden es wissen. Ich weiß es.«

»Mann, du hast einen Schuldkomplex. Ich habe davon gehört, aber bis jetzt glaubte ich nie daran. Vergiß es! Ich werde dich hinbringen, und sie werden dich wieder zum Biologieprofessor machen, und du kannst deine Schmetterlinge studieren, bis die Hölle zufriert, und kein Mensch wird dir ein Haar krümmen.«

»Nein, danke.«

Tanner zuckte die Achseln. »Wie du willst.«

Plötzlich erhellte ein bläulicher Blitz das Land, und als der Donner krachend durch die Wolken fuhr, verstärkte sich der Regen und trommelte wie mit tausend Hämmern auf das alte Ziegeldach.

»Wie heißen Sie?« fragte Kanis.

»Hell.«

»Ich wußte es«, sagte der andere. »Glauben Sie an Gott, Hell?«

»Nein.«

»Ich glaubte auch nicht, aber jetzt tue ich es. ›Vergib mir meine Schuld ...‹«

»Laß mich mit dem Zeug zufrieden«, sagte Tanner.

»Entschuldigen Sie. Ich ...«

Donner rollte und löschte alles weitere aus. Als Tanner ihn wieder hören konnte, sagte Kanis: »Töten Sie mich.«

Tanner trat auf seinen Zigarettenstummel.

»Werden Sie es tun?«

»Was?«

»Mich töten?«

»Nein.«

»Warum nicht?«

»Warum sollte ich?«

»Ich wäre Ihnen dankbar.«

»Geh zum Teufel! Wie du sagst, du bist verrückt.«

»Das hat damit nichts zu tun.«

»Willst du noch eine Zigarette?«

»Nein, danke.«

Der Wolkenbruch ließ nach, die Donnerschläge entfernten sich. Die Blitze wurden seltener, und das fahl flackernde Licht räumte natürlicher Dunkelheit das Feld.

»Schon gut«, sagte Kanis resignierend. »Vergessen Sie es.«

»Habe ich schon.«

»Ich will Ihnen nicht lästig sein.«

»Ich weiß. Was tun Biologen?«

»Ich habe einen Doktorgrad in Naturwissenschaften, das heißt, in Biologie. Tatsächlich bin ich Botaniker ...«

»Ein Doktor?«

»Ja.«

»In meinem Wagen ist noch einer, und der braucht medizinische Fürsorge. Kannst du ihn untersuchen?«

»Ich bin nicht die Art von Doktor.«

»Wie meinst du das?«

»Ich bin ein Doktor, aber kein medizinischer. Ich weiß nur über Botanik Bescheid.«

»Biologie ist Leute aufschneiden und solches Zeug, nicht? Kann das nicht helfen?«

»Wirklich nicht. Ich verstehe nichts von Medizin.«

»Zu dumm. Er ist übel dran. Gehirnerschütterung oder so was.«

»Tut mir leid.«

Ganz im Westen kroch schwache Helligkeit in den Himmel zurück.

»Scheint nachzulassen«, sagte Tanner.

»Ja.«

»Dann werde ich jetzt fahren.«

»Jetzt?«

»Warum nicht?«

»Es könnte wieder anfangen«, sagte der andere.

»Oder auch nicht. Es wird Zeit, daß ich weiterkomme.«

Tanner ging rückwärts zum Wagen.

»Warten Sie!«

»Was?«

»Nichts.«

Dann sprang Kanis auf ihn zu und griff mit der Rechten unter sein zerrissenes Hemd. Tanner feuerte zweimal.

»Du verdammter Idiot!« rief er. »Warum hast du das getan?« Und er lief zu dem Gefallenen und beugte sich über ihn.

Kanis hustete und spuckte Blut.

»Warum – nicht?« sagte er. »Wir sind alle – verrückt ... Hell!« Das Röcheln seines Atems erfüllte Tanners Ohren.

»Wahnsinn – Wahnsinn ...«, murmelte Tanner, und er faßte den Mann unter den Armen und schleifte ihn durch das faulige Stroh und legte ihn neben das Pferdeskelett. Dann durchsuchte er seine Kleider und fand, daß der Mann keine Waffe bei sich trug.

»Ich wünschte, du hättest das nicht getan«, sagte er zu dem Toten, und dann kehrte er zu dem Faß zurück und setzte sich und zündete eine neue Zigarette an.

»Übergeschnappt«, murmelte er zu sich selbst. »Völlig durchgedreht.«

Er saß noch lange da und fühlte die kühlen, feuchten Windstöße; und nach einer Zeit ließ der Regen weiter nach, und er kehrte zum Wagen zurück und ließ den Motor an. Greg war noch immer bewußtlos. Er schaltete die Scheinwerfer an und manövrierte das Fahrzeug aus der Scheune.

Er nahm eine Pille, um sich wachzuhalten, und dann aß er etwas von seinem Proviant, während er fuhr. Es regnete weiter, aber nicht zu stark, und so blieb es durch ganz Ohio. Bei einer ausgestorbenen kleinen Stadt namens Parkersburg erreichte er West Virginia, und dann bog er nach Nordosten, immer nach der alten Straßenkarte, die man ihm mitgegeben hatte. Er sah keine Riesenfledermäuse, aber er passierte weitere Krater, die sich schon viele Kilometer voraus durch das allmähliche Verkümmern der Vegetation und durch ein ebenso allmähliches Ansteigen der Radioaktivität ankündigten, und einmal wurde er von einem Rudel großer, wilder Hunde verfolgt, die neben dem Wagen herrasten, bellend und japsend, und nach den Reifen schnappten, bevor sie zurückfielen. Das Land wurde gebirgig, und im Süden sah er einen Berg, der leuchtende Wolken ausstieß und die Nacht mit einem tiefen Grollen erfüllte. Der Regen vermischte sich mit fallender Asche, und er fuhr durch. Er durchquerte einen lehmig angeschwollenen Bach, und das Wasser stieg bis an die Türen, und der Motor fing zu spucken an und starb, aber beim dritten Versuch sprang er wieder an. Dann kam er durch höheres, waldiges Bergland, und fuhr auf einer guten Straße, die nur an einzelnen Stellen von umgestürzten Bäumen und herabgefallenen Ästen blockiert war. Um Mitternacht erhielt er plötzlich Feuer von vorn und sah, daß Gewehrschützen seinen Weg zu sperren suchten. Er schaltete den Infrarotscheinwerfer ein, machte ihre Positionen aus und deckte sie mit Granatwerfer- und Maschinengewehrfeuer ein, bis er vorbei war. Als spät in der Nacht ein blasser Mond durch die aufreißende Wolkendecke schien, umkreisten ihn dunkle Vögel und stießen auf den Wagen herab, doch er ignorierte sie, und nach einer Weile waren auch sie fort.

Er fuhr, bis er sich wieder müde fühlte, und dann aß er noch etwas und nahm eine weitere Pille. Inzwischen war er in Pennsylvania und dachte, daß er Greg freilassen und ihm das Steuer anvertrauen würde, wenn er nur endlich zu sich käme.

Er hielt zweimal, um die Latrine aufzusuchen, und er

zupfte an seinem goldenen Ohrring und schneuzte und kratzte sich. Dann aß er noch mehr von seinem Proviant und fuhr weiter.

Alle Muskeln begannen ihn zu schmerzen, und er wollte anhalten und ausruhen, aber er fürchtete, daß etwas geschehen könnte, während er schlief.

Als er durch eine weitere namenlose und tote Stadt fuhr, setzte der Regen wieder ein, kein Wolkenbruch, nur ein dünner, gleichmäßiger Regen, kalt und steril. Dann trat er mit aller Macht aufs Bremspedal und hielt mitten auf der Straße vor dem Ding, in das er beinahe gefahren wäre, und starrte es an.

Zuerst hatte er gedacht, daß es nur ein paar weitere dunkle Streifen am Himmel seien, oder die Kabel irgendeiner unterbrochenen Hochspannungsleitung.

Aber es war ein Spinnennetz, das zwischen zwei baufälligen Häusern über die Straße gespannt war, und seine Stränge hatten die Stärke eines Kinderarms.

Er setzte zurück, schaltete seinen Flammenwerfer ein und begann es zu verbrennen. Das Netz fing Feuer und zerfiel, und er schaltete den Flammenwerfer aus. Im selben Moment kam die Spinne aus einer leeren Fensterhöhle gesaust, um nach dem Rechten zu sehen. Ihr Körper war so lang wie Tanner, und vielleicht doppelt so dick.

Er drehte den Raketenwerfer, zielte sorgfältig und durchbohrte den dunkelbraunen Körper mit einem flammenspukkenden Geschoß.

Sie blieb im zitternden Netz hängen, und ihre langen, borstigen Beine zuckten und tasteten blindlings, und dann begannen sie sich langsam einwärts zu krümmen.

Tanner gab Gas und jagte den Wagen durch die weite, ins Netz gebrannte Öffnung, hellwach und wieder völlig bei der Sache, ohne die quälenden Muskelschmerzen zu fühlen. Er fuhr so schnell er konnte und versuchte den Anblick zu vergessen.

Halbrechts voraus rauchte ein Vulkan in die Morgenröte. Er kochte Kaffee und trank zwei Tassen und rauchte eine Zigarette. Die Sonne stieg orangerot über den Horizont, und er raste auf sie zu.

Er stak ihm lehmigen Schlamm fest, und die Räder wollten nicht mehr greifen. Er mußte irgendwo im nordöstlichen Pennsylvania sein. Greg sah sehr bleich aus, und die Sonne näherte sich dem Zenit, und seit einer Stunde versuchte er den Wagen flott zu machen. Er fluchte. Dann lehnte er sich zurück und schloß die Augen, schaltete mechanisch den Motor aus. Es war zuviel.

Er schlief.

Er erwachte und fühlte sich schlechter denn je. Jemand schlug gegen die Seite des Wagens. Seine Hände bewegten sich zum Feuerleitgerät, noch bevor er die Augen aufbringen und in die Bildschirme blinzeln konnte.

Er sah einen alten Mann neben dem Wagen stehen, und bei ihm waren zwei jüngere Männer. Sie waren mit Gewehren bewaffnet, aber sie standen in Reichweite der linken Sichel, und er erkannte, daß er sie entzweischneiden konnte, bevor sie merkten, wie ihnen geschah.

Er schaltete den Außenlautsprecher ein. »Was wollt ihr?« fragte er, und seine Stimme krachte heiser aus dem Lautsprecher.

»Bist du okay?« rief der alte Mann.

»Nicht ganz. Ihr habt mich geweckt.«

»Steckst du fest?«

»Du hast es erraten.«

»Ich habe ein Maultiergespann, das dich vielleicht rausziehen kann. Aber vor morgen früh kann ich es nicht bringen.«

»Großartig!« sagte Tanner. »Ich würde mich freuen.«

»Woher kommst du?«

»L.A.«

»Was ist das?«

»Los Angeles. Westküste.«

Die drei Männer murmelten eine Weile, dann sagte der Alte:

»Das ist ein langer Weg.«

»Und ob ich es weiß! Paß auf, wenn das mit den Maultieren ernstgemeint war, würde ich es wirklich zu schätzen wissen. Es ist ein Notfall.«

»Was ist passiert?«

»Wißt ihr über Boston Bescheid?«

»Ich weiß, daß es Boston gibt.«

»Nun, dort oben krepieren die Menschen massenweise an der Seuche. Ich habe Medikamente hier, die ihnen helfen können, wenn ich durchkomme.«

»Wir helfen dir, keine Sorge. Boston ist wichtig. Willst du mit uns kommen?«

»Wohin? Und wer seid ihr?«

»Ich bin Samuel Potter, und dies sind meine Söhne, Roderick und Caliban. Meine Farm ist sechs Meilen von hier. Du kannst bei uns übernachten.«

»Es ist nicht, daß ich euch nicht traute«, sagte Tanner nach einem Moment. »Es ist bloß, daß ich keinem traue. Ich bin in letzter Zeit zu oft beschossen worden, wenn ihr versteht, was ich meine.«

»Nun, wir könnten unsere Gewehre weglegen, nicht? Du kannst uns wahrscheinlich von dort erschießen, stimmt's?«

»Das ist richtig.«

»Also riskieren wir etwas, wenn wir hier stehen. Wir sind bereit, dir zu helfen. Wenn die Händler aus Boston nicht mehr nach Albany kämen, würde es auch für uns schlecht aussehen. Falls noch jemand bei dir sein sollte, kann er dir Feuerschutz geben.«

»Augenblick«, sagte Tanner, und er öffnete die Tür und sprang hinunter.

Der alte Mann streckte ihm die Hand hin, und Tanner nahm und schüttelte sie, und auch die der Söhne.

»Gibt es in dieser Gegend eine Art von Arzt?« fragte er.

»In der Siedlung – ungefähr dreißig Meilen nördlich.«

»Mein Partner ist verletzt«, sagte Tanner. »Ich glaube, er braucht einen Arzt.«

Samuel Potter trat vorwärts und spähte ins Wageninnere.

»Warum ist er so verschnürt?«

»Er kriegte einen Rappel, und ich mußte ihm eine über den Kopf geben. Ich band ihn fest, um sicher zu sein. Aber jetzt sieht er nicht so gut aus.«

»Dann machen wir eine Bahre zurecht und legen ihn darauf. Und dann schließt du deinen Wagen ab, und meine Jungen schaffen ihn zum Haus. Wir werden jemand nach dem Arzt schicken. Du siehst selber nicht so gut aus. Ich wette, du könntest ein Bad und ein sauberes Bett vertragen.«

»Ich fühle mich nicht so gut«, sagte Tanner. »Laßt uns diese Bahre schnell machen, bevor wir zwei brauchen.«

Er setzte sich auf den vorderen Kotflügel und rauchte, während Potters Söhne Baumschößlinge fällten und zurechthieben. Die Müdigkeit überspülte ihn in Wellen, und er fand es schwierig, seine Augen offenzuhalten. Seine Füße schienen sehr weit entfernt zu sein, und seine Schultern schmerzten. Die Zigarette fiel aus seinen Fingern, und er lehnte sich zurück.

Jemand schlug gegen sein Bein.

Er zwang seine Augen auf und blickte hinab.

»Alles klar«, sagte Potter. »Wir haben deinen Partner losgeschnitten und auf der Bahre. Willst du jetzt zusperren und mitgehen?«

Tanner nickte und sprang vom Kotflügel. Er versank bis an die Ränder seiner Stiefelschäfte im Schlamm, aber er schloß den Wagen ab und wankte zu den anderen.

Sie machten sich auf den Weg, und als sie an einem Waldrand die erste Anhöhe erstiegen, glaubte Tanner, er werde es nie schaffen, doch nach einer Weile wurde das Gehen zu einer mechanischen Angelegenheit. Samuel Potter ging voraus, das Gewehr in der Armbeuge, und redete unaufhörlich. Vielleicht tat er es, um Tanner wachzuhalten.

»Es ist nicht allzu weit, und die zweite Hälfte wird bequemer, gut zu gehen. Wie war dein Name, sagtest du?«

»Hell«, sagte Tanner.

»Was?«

»Hell. Hell ist mein Name. Hell Tanner.«

Sam Potter schmunzelte.

»Nicht gerade ein lieblicher Name. Wenn es dir nichts ausmacht, werde ich dich meiner Frau und dem Jüngsten einfach als Tanner vorstellen. In Ordnung?«

»Das ist mir ganz recht«, schnaufte Tanner.

»Wir würden diese Händler aus Boston vermissen. Hoffentlich schaffst du es noch rechtzeitig.«

»Was machen diese Händler?«

»Sie liefern, was wir brauchen, und kaufen uns unsere Ernten ab. In Albany, was die einzige größere Stadt ist, die es neben Boston hier oben gibt, wird zweimal im Jahr eine Woche lang Markt abgehalten – einmal im Frühjahr und einmal im

Herbst. Dort kaufen wir alle möglichen Sachen ein, die wir brauchen: Nadeln und Faden, Geschirr, Töpfe und Pfannen, Saatgut, Munition, Schaufeln, Hacken, alle möglichen Sachen – was man so braucht. Die Jahrmärkte sind außerdem eine hübsche Abwechslung für uns hier draußen. Die meisten Farmer zwischen hier und Albany werden dir weiterhelfen, wenn du sie brauchst.«

»Du meinst, von hier ab ist das Durchkommen gut?«

»Nun, das nicht. Aber ich kann dir auf der Karte den besten Weg zeigen und dir sagen, auf was du zu achten hast.«

»Ich habe meine Karte bei mir«, sagte Tanner, als sie den nächsten Hügel hinaufstapften. Von oben konnte man in der Ferne eine Farm sehen. »Ist das deine?« fragte Tanner.

»Ja. Nicht mehr weit, jetzt. Ganz bequemes Gehen – und du kannst dich ruhig auf meine Schulter stützen, wenn du müde wirst.«

»Ich kann es schaffen«, sagte Tanner. »Es ist bloß, daß ich zu viele von diesen Wachhaltepillen genommen habe. Jetzt fühle ich all den Schlaf, den ich versäumt habe. Sonst fehlt mir nichts.«

»Du wirst dich jetzt bald hinlegen können, Junge«, sagte der alte Mann. »Und wenn du wieder wach wirst, können wir uns deine Karte vornehmen, und du kannst alle Punkte darin vermerken, über die ich etwas weiß.«

»Gut«, sagte Tanner. Und dann legte er seine Hand auf Sams Schulter und wankte neben ihm dahin, beinahe als ob er betrunken wäre.

Nach einer Ewigkeit sah er das Farmhaus vor sich, dann die Tür. Die Tür schwang auf, und er fühlte sich vorwärtsfallen.

Schlaf. Dunkelheit, entfernte Stimmen, neue Schwärze. Wie er sich auch legte, es war weich und angenehm, und er wälzte sich auf die andere Seite und war wieder weg.

Als schließlich alles in ein zusammenhängendes Muster zurückfloß und er seine Augen öffnete, strömte Licht durch ein Fenster zu seiner Rechten und lag in Rechtecken auf der Flickendecke, unter der er sich räkelte. Er seufzte, reckte die Arme, rieb sich die Augen und kratzte in seinem Bart.

Er sah sich im Raum um. Ein weißgescheuerter Bretterboden mit einem handgewebten Bettvorleger in grauen und roten Tönen; ein Waschtisch mit einer weißen Emailleschüssel darauf und einer Wasserkanne darunter; über dem Waschtisch ein ovaler Wandspiegel; beim Fenster ein wacklig aussehender Schaukelstuhl mit einem Kissen auf dem Sitz; an der anderen Wand ein kleiner Tisch mit einem untergeschobenen Stuhl; auf dem Tisch ein paar Bücher und Schreibutensilien: Papier, Federhalter und Tintenfaß; an einer Wand ein Sticktuch mit einer schnörkeligen Schrift, die Gottes Segen erbat; und an der anderen ein gerahmter, blaugrün verblichener Druck, der einen Wasserfall zeigte.

Er setzte sich aufrecht, entdeckte, daß er nackt war, und hielt nach seinen Kleidern Ausschau. Sie waren nirgends zu sehen.

Als er so dasaß und überlegte, ob er rufen solle oder nicht, ging die Tür auf, und Sam Potter kam herein. Er trug Tanners saubere und ordentlich zusammengelegte Kleider über einem Arm. In der anderen Hand hielt er die Stiefel, und sie glänzten wie eine nasse Straße in der Nacht.

»Hörte dich rumoren«, sagte er. »Wie fühlst du dich jetzt?«

»Viel besser, danke.«

»Wir haben ein Bad fertig; brauchen nur noch ein paar Eimer heißes Wasser reinzuschütten, und du kannst es haben. Die Jungs bringen es gleich, auch Seife und ein Handtuch.«

Tanner biß sich auf die Lippen. Er wollte seinen Wohltäter nicht vor den Kopf stoßen, und so nickte er und rang sich ein Lächeln ab.

»Sehr schön.«

»Und auf dem Waschtisch ist Rasierzeug und eine Schere, falls du was davon gebrauchen kannst.«

Er nickte wieder. Sam legte seine Kleider auf den Schaukelstuhl und ging.

Bald schleppten Roderick und Caliban eine dampfende Zinkbadewanne herein, breiteten Säcke aus und stellten sie darauf.

»Wie geht's dir?« fragte einer von ihnen. (Tanner war nicht sicher, welcher welcher war. Sie hatten beide die Anmut von Vogelscheuchen, und ihre Münder steckten voll von weißen Zähnen.)

»Richtig gut«, sagte er.

»Ich wette, du hast Hunger«, sagte der andere. »Du hast

gestern den ganzen Nachmittag, dann die Nacht und heute den ganzen Vormittag geschlafen.«

»Du hast es erraten«, sagte Tanner. »Wie geht es meinem Partner?«

Der erstere schüttelte seinen Kopf. »Sieht schlecht aus«, sagte er. »Der Arzt müßte aber bald kommen. Unser kleiner Bruder ist gestern noch losgeritten.«

Sie wandten sich zum Gehen, und der zweite fügte hinzu: »Wenn du fertig bist, wird Ma dir was zu essen machen. Wir haben jetzt auf der Farm zu tun, aber wenn du gehst, begleiten wir dich mit den Mulis und sehen zu, daß wir deinen Wagen aus dem Dreck ziehen.«

»Danke.«

Sie schlossen die Tür hinter sich, und Tanner stand auf und ging zum Spiegel und musterte sich.

»Also, dieses eine Mal«, murmelte er. Dann ließ er sich zähneknirschend in die Wanne gleiten und seifte sich ein. Das Wasser unter den seifigen Flocken an der Oberfläche wurde bald grau und undurchsichtig. Er platschte aus der Wanne, trocknete sich ab und zog seine Kleider an.

Er sah gestärkt und frisch gebügelt aus und roch etwas nach Desinfektionsmittel. Er grinste sein dunkeläugiges Spiegelbild an und entzündete eine Zigarette. Er kämmte sich und bürstete seinen Bart und betrachtete den Fremdling. »Verdammt, bin ich schön!« knurrte er, und dann öffnete er die Tür, ging in den Hausgang und folgte seiner Nase in die Küche.

Sam saß am Tisch und trank Kaffee, und seine Frau, die klein und dick war und einen langen grauen Rock trug, stellte eben das Mittagsgeschirr in den Ausguß. Sie drehte sich um, und Tanner blickte in ein großes rundes Gesicht mit roten Wangen, einem Doppelkinn und einer weißen Narbe auf der Stirn. Ihr ergrautes Haar war im Nacken zu einem Knoten aufgesteckt. Sie blickte ihn prüfend an, dann nickte sie und wünschte ihm lächelnd einen guten Morgen.

»Morgen, Madam«, sagte er. »Ich fürchte, ich habe in dem anderen Zimmer ein Durcheinander hinterlassen.«

»Das braucht dich nicht zu kümmern«, sagte Sam Potter. »Setz dich, und meine Frau hier macht dir was zu essen. Haben die Jungs dir über deinen Freund berichtet?«

Tanner nickte.

Als die Frau eine Tasse Kaffee brachte und Tanner vorsetzte, sagte der alte Mann: »Meine Frau heißt Susan.«

»Ich bin Tanner.«

»Freut mich.«

»Nun, ich habe deine Karte hier«, sagte Sam, das Blatt entfaltend. »Natürlich gibt es verschiedene Routen, die du nehmen könntest, aber nur die nach Albany wird von uns benutzt, und über die anderen kann ich dir nichts sagen. Also wäre es wohl am besten, du würdest nach Albany hinauffahren und von dort die alte Straße neun nehmen, die in ziemlich gutem Zustand sein soll.« Er fuhr mit dem Zeigefinger die Strecke entlang. »Es wird keine Spazierfahrt sein«, fuhr er fort, »aber es scheint der beste und schnellste Weg ...«

»Essen«, sagte seine Frau und stieß die Karte beiseite, um einen Teller mit Spiegeleiern und Schinken und Würstchen, und einen zweiten mit Bratkartoffeln auf den Tisch zu stellen. Dann brachte sie ihm Messer und Gabel, und Tanner aß und trank Kaffee dazu und füllte die leeren Räume in seinem Innern, während Sam redete.

Er erzählte ihm von den motorisierten Banden, die die Straße zwischen Boston und Albany unsicher machten und ausraubten, was sie konnten, weshalb die meisten Warentransporte in bewaffneten Konvois fuhren. »Aber mit deinem Wagen brauchst du dir wohl keine Sorgen zu machen, nicht?« fragte er, und Tanner sagte: »Hoffentlich nicht«, und schlang mehr Essen hinunter. Aber er überlegte doch, ob diese Straßenräuber vielleicht etwas wie seine alte Bande sein mochten, und wieder hoffte er, daß es nicht so sei, zu seinem und zu ihrem Besten.

Als er seine dritte Tasse Kaffee trank, hörte er ein Geräusch draußen. Die Tür sprang auf, und ein Junge rannte in die Küche. Tanner schätzte sein Alter auf zehn bis zwölf Jahre. Ein älterer Mann mit dem traditionellen schwarzen Arztkoffer folgte ihm.

»Wir sind da!« rief der Junge, und Sam Potter stand auf und schüttelte dem Mann die Hand, und Tanner dachte, auch er müsse es tun. Er wischte seinen Mund und stand auf. Er ging auf den Mann zu, ergriff seine Hand und sagte: »Mein Name ist Tanner. Mein Partner kriegte unterwegs einen nervösen Koller. Er sprang mich an, und es gab einen Kampf. Ich stieß ihn, und er schlug mit dem Hinterkopf gegen einen Stahlrahmen.«

Der Arzt, dunkelhaarig und wahrscheinlich Ende Vierzig, trug einen alten Tweedanzug. Sein Gesicht hatte tiefe Falten und einen müden Ausdruck. Er nickte nur.

»Ich bringe Sie zu ihm«, sagte Sam, und er geleitete den Arzt zur Küchentür hinaus.

Tanner setzte sich wieder zu seinem Kaffee und zündete eine Zigarette an.

»Ich bin Jerry«, sagte der kleine Junge und nahm den verlassenen Stuhl seines Vaters. »Heißt du wirklich Hell?«

»Schscht!« sagte seine Mutter.

»Ich fürchte«, sagte Tanner.

»Und du bist durch das ganze Land gefahren, von der Westküste bis hier?«

»Bis hierher.«

»Wie war es?«

»Schlimm.«

»Was hast du alles gesehen?«

»Fledermäuse so groß wie diese Küche, auf der anderen Seite des Mississippi. Viele von ihnen in Kansas City.«

»Was hast du gemacht?«

»Mir den Weg freigeschossen.«

»Und was hast du sonst noch gesehen?«

»Gilatiere. Echsen wie die Drachen aus den Märchen – von der Größe einer Scheune, ungefähr. Windhosen – große Wirbel, die wie Schläuche vom Himmel hängen. Sie sogen einen Wagen auf. Vulkane. Stürme. Gegenden, wo der Boden wie aus Glas ist. Erdbeben. Spalten. Große Krater, alle radioaktiv.«

»Ich wollte, ich könnte das auch mal machen.«

»Vielleicht kannst du es, eines Tages.«

Tanner rauchte seine Zigarette und trank Kaffee.

»Ein richtig gutes Essen«, rief er. »Das beste, das ich seit Wochen hatte. Danke.«

Mrs. Potter lächelte, dann sagte sie: »Jerry, du mußt den Mann nicht belästigen.«

»Er stört mich nicht, Madam. Er ist in Ordnung.«

»Was ist das für ein Ring an deiner Hand?« fragte Jerry. »Er sieht wie eine Schlange aus.«

»Das ist richtig«, sagte Tanner und zog den Ring ab. »Die Schlange ist aus Silber, und die Augen sind aus rotem Glas. Ich habe den Ring in Tijuana gekauft; das ist gleich hinter der mexikanischen Grenze. Du darfst ihn behalten.«

»Das kann ich nicht annehmen«, sagte der Junge und blickte halb fragend und halb bittend zu seiner Mutter. Sie schüttelte ihren Kopf, und Tanner sah es und sagte: »Ihr Leute habt mir geholfen und einen Arzt für meinen Partner geholt und mir Essen und ein Bett zum Schlafen gegeben. Ich glaube, es ist ganz in Ordnung, wenn ich mich dafür ein klein wenig erkenntlich zeige und dem Jungen diesen Ring gebe.« Jerry blickte wieder zu seiner Mutter, und Tanner nickte, und schließlich nickte sie auch.

Jerry pfiff und sprang auf und steckte den Ring auf seinen Finger.

»Er ist zu groß«, sagte er.

»Hier, ich drück ihn ein bißchen zusammen«, sagte Tanner. »Diese Schlange ist wie eine Spirale und läßt sich jedem Finger anpassen.« Er drückte den Ring und gab ihn dem Jungen zum Anprobieren. Er war immer noch zu weit, und er drückte ihn wieder, und dann paßte er.

Jerry steckte ihn auf und wollte hinausrennen.

»Warte!« sagte seine Mutter. »Wie sagt man?«

Er drehte sich um und sagte: »Danke, Hell.«

»Mr. Tanner«, sagte sie.

»Mr. Tanner«, wiederholte der Junge, und die Tür knallte hinter ihm.

»Das war gut von Ihnen«, sagte sie.

Tanner zuckte mit der Schulter. »Er mochte den Ring«, sagte er nur. »Freut mich, daß ich ihm eine Kleinigkeit geben konnte.«

Sie füllte seine Kaffeetasse auf, und er zündete sich eine weitere Zigarette an. Nach einiger Zeit kamen Sam und der Arzt herein, und Tanner begann zu überlegen, wo die Familie in der letzten Nacht geschlafen haben mochte. Mrs. Potter gab den beiden Männern Kaffee, und sie setzten sich an den Tisch.

»Ihr Freund hat eine Gehirnerschütterung«, sagte der Arzt. »Ohne Röntgenaufnahme kann ich nicht sagen, wie ernst sein Zustand ist, und es gibt hier keine Möglichkeit, ihn zu röntgen. Ich würde aber nicht empfehlen, ihn in seinem Zustand zu transportieren.«

»Wie lange soll er noch ruhen?« fragte Tanner.

»Das wird davon abhängen, in welchem Maße sein Zustand sich bessert. Vielleicht ein paar Tage, vielleicht ein paar Wochen. Ich lasse Medikamente hier und habe Sam gesagt, was zu tun ist. Wie ich von ihm hörte, bringen Sie Antiserum ins Seuchengebiet um Boston und müssen sich beeilen. Nun, mein Rat ist, daß Sie ohne ihn fahren. Lassen Sie ihn hier bei den Potters, da hat er die Pflege, die er braucht. Zum Frühlingsjahrmarkt kann er dann mit ihnen nach Albany ziehen und von dort gibt es viele Möglichkeiten, nach Boston zu kommen. Es wird das Beste für ihn sein, und ich glaube, er wird noch eine Weile brauchen, bis er sich erholt.«

Tanner dachte darüber nach, dann nickte er. »Wenn es so sein muß, will ich nicht nein sagen. Sie wissen besser als ich, was nötig ist.«

»Ich empfehle es dringend.«

Sie tranken ihren Kaffee.

Hell Tanner und Jerry Potter wanderten durch den kühlen Morgen. Ein Stück vor ihnen ging Roderick und führte die Maultiere. Über den Wiesen lag ein leichter Nebel, der sich aufzulösen begann, und das Gras glänzte mit Tautropfen. Jerry hauchte seinen dampfenden Atem in die Luft und sagte: »Hast du gesehen, Hell? Ich rauche!«

»Ja«, murmelte Tanner.

»Was machst du, wenn du nicht fährst?« fragte der Junge.

»Ich fahre immer«, sagte Tanner. »Ich bin ein Fahrer, das ist alles.«

»Und wenn du in Boston bist?«

Tanner räusperte sich und spuckte gegen einen Baum.

»Ich weiß nicht. Wahrscheinlich werde ich dann auch fahren. Oder irgendwo arbeiten, wo sie Wagen und Motorräder reparieren.«

»Weißt du, was ich werden will?«

»Nein. Was?«

»Ein Pilot. Ich will fliegen.«

Tanner schüttelte seinen Kopf. »Kannst du nicht. Hast du die Vögel beobachtet? Sie fliegen nicht sehr hoch. Täten sie es, würden sie umkommen. Genauso ginge es einem Flugzeug. Diese Winde würden es in der Luft zerreißen.«

»Ich könnte ganz niedrig fliegen ...«

»Das Terrain ist zu unregelmäßig, und die Höhe dieser Luftströmungen wechselt. Es gibt Berge, auf die du heute steigen kannst, aber wenn du es in einer Woche wieder versuchst, wirst du weggeblasen; und das sind nicht etwa die hohen Berge. Die hohen Berge kann sowieso niemand ersteigen, weil sie immer in der Sturmzone sind.«

»Man müßte beim Fliegen eben auf solche Sachen achten.«

»Das ist unmöglich. Denk nur an diese schwarzen Streifen am Himmel. Das ist alles Staub und Sand und Schutt und Gestein, und wenn sich das Zeug an einer Stelle zu sehr verdichtet, kommt es wie ein Hagelschlag runter. Ich habe selbst erlebt, wie es ist, wenn es faustgroße Steinbrocken regnet. Ein Flugzeug braucht bloß in eine Sandwolke zu kommen, und es ist verloren.«

»Aber ich will fliegen!«

Tanner sah den Jungen an und lächelte. »Fast alle Leute wollen irgend etwas Großartiges und Interessantes tun, und dann stellt sich heraus, daß sie es aus dem einen oder dem anderen Grund nie tun können. Fliegen ist auch so eine Sache. Du mußt dir was anderes ausdenken, Jerry.«

Jerry schob seine Unterlippe vor und stieß nach Steinen, während sie weitergingen.

»Jeder hat was Besonderes vor, wenn er jung ist«, sagte Tanner. »Jeder hat über das, was er mal werden will, große Rosinen im Kopf. Aber nachher scheint es sich nie so zu ergeben. Entweder erweist es sich als unmöglich, oder du kriegst nie eine Chance, es zu versuchen.«

»Was wolltest du werden, als du ein Junge warst?«

Tanner blieb stehen und drehte seinen Rücken gegen den Wind, bis er eine Zigarette in Gang gebracht hatte. Dann zog er zweimal daran, starrte dem Rauch nach und sagte: »Ich wollte der Aufseher der Maschine sein.«

»Welcher Maschine?«

»Der Maschine, der Großen Maschine. Es ist schwierig zu erklären ...«

Er schloß einen Moment die Augen, öffnete sie wieder und sagte: »Ich hatte in der Schule einen Lehrer, der erzählte uns, daß die Welt eine große Maschine sei, daß alles auf alles einwirke, daß alles, was geschehe, eine Folge dieses Arbeitens und Zusammenwirkens sei. So dachte ich darüber nach und machte mir ein Bild von dieser verdammten großen Maschine – alle Arten von Kolben und Zahnrädern und Ketten; alle Arten von Hebeln und Nockenwellen und Treibriemen und Achsen; und ich dachte, es gäbe sie wirklich irgendwo – diese große Maschine, meine ich –, und von ihrem guten oder schlechten Funktionieren hinge es ab, ob die Dinge in der Welt gut oder schlecht liefen. Nun, ich fand schon damals, daß sie nicht allzu gut funktionierte und jemand nötig hätte, der sie gründlich überholte und danach im Auge behielte. Und ich saß oft in der Klasse und hatte Tagträume darüber und dachte mir: Eines Tages werde ich sie suchen gehen, und ich werde sie finden. Dann werde ich der Aufseher der Maschine – der Mann, der sie ölt und hier und dort eine Schraube anzieht, einen abgenutzten Teil ersetzt, sie sauberhält und die Hebel und Schaltungen einstellt. Dann wird alles richtig laufen. Alle werden genug zu essen haben, es wird keinen Streit geben, keine Kranken und keine Besoffenen und keine Leute, die stehlen müssen, weil es was gibt, das sie brauchen, aber nicht haben können.

So dachte ich darüber. Ich wollte den Job. Ich sah mich in einer großen Fabrik, oder in einer großen alten Höhle, wo ich mir den Arsch abarbeitete, um das Ding in Schuß zu halten. Und ich sah auch, wie ich meinen Spaß damit haben könnte. Wie zum Beispiel, wenn ich Ferien machen wollte. Da würde alles aufhören und stehenbleiben. Bis auf mich. Es wäre so, wie man es auf einem Foto sieht. Alle Leute wären erstarrt wie Statuen, wie eingefroren bei dem, was sie gerade machten, als ich die Maschine abstellte. Alles würde plötzlich stehenbleiben, und ich könnte durch die Stadt gehen, und niemand würde wissen, daß ich da wäre. Ich könnte jeden bei seiner Beschäftigung sehen. Ich könnte ihnen das Essen von den Tellern nehmen, ihre Gesichter schwarz anmalen, Kleider und Sachen aus ihren Läden klauen, ihre Mädchen küssen, ihre Bücher lesen – so lange wie es mir gefiele. Und dann, wenn ich keine Lust mehr hätte, würde ich zurückgehen und meine Maschine einschalten, und alles würde wie normal seinen Gang gehen, und keiner wüßte mehr als vorher. Und es würde auch keinen kümmern, wenn er es wüßte, weil ich die Maschine gut in Schwung halten würde und alle glücklich wären. Das wollte ich gern sein: der Aufseher der Großen Maschine. Bloß habe ich sie nie gefunden.«

»Bist du sie nie suchen gegangen?« fragte Jerry.

»Nein.«

»Warum nicht?«

»Weil ich sie nicht gefunden hätte.«

»Woher weißt du das?«

»Weil es sie nicht gibt. Es gibt keine solche Maschine. Es war alles nur ein Vergleich. Der Lehrer versuchte uns nur zu sagen, daß das Leben wie so eine große und komplizierte Maschine ist. Und er meinte wohl, daß jeder mit dem, was er macht, ein kleiner Teil von dem ganzen Ding sei. Aber ich hatte ihn nicht richtig verstanden und verbrachte Jahre damit, über das verdammte Ding nachzudenken.«

»Woher weißt du, daß es keine solche Maschine gibt?«

»Er erklärte mir später, wie er es gemeint hatte, als ich ihn fragte, wo das Ding sei. Junge, kam ich mir blöd vor!«

»Er könnte sich ja geirrt haben.«

»Nicht im Leben. In solchen Dingen wissen sie Bescheid, diese alten Lehrer.«

»Vielleicht hatte er gelogen.«

»Nein. Nun, da ich älter bin, weiß ich, was er meinte. Aber er irrte sich auch so, trotzdem. Es ist alles zu verdreht und zufällig, um wie eine Maschine zu sein. Aber ich weiß, was er meinte.«

»Dann sind sie nicht so klug, die Lehrer, wenn sie sich in einer Weise irren können.«

Sie gingen weiter. Jerry betrachtete seinen Ring. »Sie sind auf ihre Art klug, Jerry. Hauptsächlich mit Worten. Sie wissen genau, daß sie den Kindern nicht sagen dürfen, wie beschissen viele Dinge auf der Welt in Wirklichkeit sind. Deshalb bringen sie es so, daß man glaubt, alles hätte so seine gute und richtige Ordnung und spielte sich nach vernünftigen Regeln ab. Mein Lehrer wußte, was er sagte, und heute sehe ich klar. Aber man muß älter werden, um zu verstehen, wovon sie reden und warum sie es tun.«

»Aber wenn es nun doch so eine Maschine gäbe? Und wenn du sie eines Tages finden würdest? Würdest du es immer noch tun? Würdest du immer noch der Aufseher der Maschine sein wollen?«

Tanner zog an seiner Zigarette. »Es gibt keine Maschine.«

»Aber wenn es eine gäbe?«

»Ja, wahrscheinlich«, sagte Tanner. »Ich glaube, ich würde den Job immer noch mögen.«

»Das ist gut, weil ich immer noch fliegen möchte, obwohl du mir gesagt hast, daß ich es nicht kann. Vielleicht werden die Winde eines Tages aufhören oder anders wehen.«

Tanner legte seine Hand auf die Schulter des Jungen und drückte sie. »Das wäre schön«, sagte er.

»Ich hoffe, du findest sie eines Tages und bringst alles in Ordnung – so daß ich fliegen kann.«

Tanner schnippte die Zigarettenkippe in eine Pfütze auf dem Feldweg und lachte. »Sollte ich sie je finden, wird es das erste sein, was ich in Ordnung bringen werde.«

»Danke, Hell.«

Tanner steckte seine Hände in die Taschen und zog die Schultern ein. Die Sonne stieg langsam höher und löste die Nebelschleier auf.

Tanner betrachtete sein aus dem Schlammloch befreites Fahrzeug und nickte den Potters zu. »Nochmals vielen Dank«, sagte er. »Wird Zeit, daß ich weiterkomme.« Er sperrte die Tür auf, kletterte hinein und legte den Gang ein. Er drückte zweimal auf die Hupe und ließ den Wagen anrollen.

Im Bildschirm sah er den jungen Mann und seinen kleinen Bruder neben ihren lehmbespritzten Maultieren stehen und winken. Er trat aufs Gaspedal, und sie kamen außer Sicht.

Nach kurzer Zeit war er wieder auf einer festen Straße, und das Fahren wurde leicht. Der Himmel war lachsfarben und zartblau, die Erde war braun, und es gab viel grünes, frisches Gras. Die Sonne umfing den Tag in einem silbernen Netz, und eine leichte Brise schüttelte Tautropfen aus Büschen und Bäumen.

Dieser Teil des Landes schien unberührt vom Chaos, das den Kontinent verwandelt hatte. Tanner ließ die Musik spielen und fuhr dahin. Er überholte zwei Lastwagen und hupte beide Male eine Begrüßung. Einmal erhielt er eine Antwort.

Er fuhr den ganzen Tag, und es war spät am Abend, als er Albany erreichte. Die Straßen waren dunkel und leer, und nur vereinzelt drang Lichtschein aus den Häusern. Als er die rot flackernde Leuchtschrift »BAR & GRILL« sah, hielt er an, parkte und ging über die Straße in das Lokal.

Es war klein, und eine Musikbox spielte Melodien, die er nie zuvor gehört hatte. Die Beleuchtung war schlecht, und der Boden war mit Sägemehl bestreut.

Er setzte sich auf einen Barhocker und schob die Pistole in seinem Gürtel weiter nach hinten, so daß sie nicht zu sehen war. Dann knöpfte er seine Jacke auf, denn es war warm. Als der Mann mit der weißen Schürze kam, sagte er: »Gib mir einen Schnaps und ein Bier und eine Schinkensemmel.«

Der Mann nickte mit seinem kahlen Kopf und schob ein Schnapsglas über die Bartheke vor Tanner, griff eine Flasche und füllte es. Dann zapfte er ein Glas Bier und brüllte etwas über die Schulter zu einem Fenster in seinem Rücken.

Tanner kippte den Schnaps und trank das Bier. Nach einer Weile kam die Schinkensemmel auf einem weißen Teller, und der Barmann schrieb etwas auf einen grünen Bon und schob ihn unter den Tellerrand.

Tanner biß in die pappige Semmel und spülte den Bissen mit einem Schluck Bier hinunter. Er betrachtete die Leute ringsum und fand, daß sie die gleichen Geräusche machten wie die Leute in jeder anderen Bar, die er je besucht hatte. Der ältere Mann links von ihm sah freundlich aus, also fragte er ihn: »Gibt es Neuigkeiten über Boston?«

»Nichts Neues«, antwortete der Mann. »Wie ich hörte, wurden alle Kaufhäuser voriges Wochenende geschlossen, und die Busse fahren auch nicht mehr, wegen der Ansteckungsgefahr.«

»Und die Einwohner?« fragte Tanner.

»Die Leute sterben weiter. Viele verlassen die Stadt. Jeden Tag kommen Dutzende von ihnen hier durch. Die Polizei hat vor der Stadt eine Straßensperre errichtet, um die Leute anzuhalten und ihnen zu sagen, daß sie sich in der Stadt nicht aufhalten dürfen. Also fahren sie nur durch und sehen zu, ob sie irgendwo auf dem flachen Land eine Siedlung finden können, wo man sie bleiben läßt. Viele kampieren auch oben in den Hügeln.« Er zeigte nach Norden. »Es ist drei, vier Meilen vor der Stadt. Vom Platz aus kann man ihre Lichter sehen.«

»Wie ist sie eigentlich, die Seuche?«

»Ich habe noch nie einen daran sterben sehen. Aber wie ich hörte, kriegt der Kranke zuerst einen mordsmäßigen Durst, und dann schwillt er an, unter den Armen und um den Hals und da unten – und dann füllen sich seine Lungen mit seinem eigenen Saft, sozusagen, und er ersäuft an sich selbst.«

»Aber in Boston leben immer noch Menschen?«

»Muß wohl so sein, denn es kommen immer wieder welche.«

Tanner kaute seinen Schinkensandwich und dachte an die Seuche. »Was für einen Tag haben wir heute?«

»Dienstag.«

Tanner spülte den letzten Bissen hinunter und rauchte eine Zigarette, während er den Rest von seinem Bier trank.

Dann blickte er auf den Bon, und da stand $ 1,85.

Er legte eine Zweidollarnote auf den Teller und wandte sich zum Gehen.

Er hatte zwei Schritte getan, als der Barmann rief: »Augenblick, Mister!«

Er drehte sich um.

»Was soll das heißen?«

»Wieso? Was?«

»Was ist das für ein Lappen?«

»Welcher Lappen?«

Der Mann nahm Tanners Banknote vom Teller und wedelte damit in der Luft, und Tanner trat an die Theke und sah das Geld an.

»Alles in Ordnung, soweit ich sehe. Was macht dir Bauchweh?«

»Das ist kein Geld. Es ist nichts.«

»Willst du mir sagen, mein Geld sei nicht gut?«

»Genau. So einen Schein habe ich noch nie gesehen. Machst du das Zeug selber?«

»Sieh es dir doch genau an. Lies, was unten gedruckt steht.«

Im Raum war es inzwischen still geworden. Ein Mann war von seinem Platz aufgestanden und an die Bar gekommen, und nun streckte er seine Hand aus und sagte: »Laß mich mal sehen, Bill.«

Der Barmann gab ihm die Banknote, und der Mann betrachtete sie mit gerunzelten Brauen. Seine Augen weiteten sich.

»Das ist eine Banknote des Staates Kalifornien.«

»Nun, ich bin von dort«, sagte Tanner.

»Tut mir leid, das ist hier nichts wert«, sagte der Barmann.

»Es ist das Beste, was ich habe«, sagte Tanner.

»Nun, hier nimmt das keiner in Zahlung. Hast du kein Geld von Boston bei dir?«

»Ich war noch nie in Boston.«

»Wie zum Teufel bist du dann hierher gekommen?«

»Gefahren.«

Der Mann neben ihm sah ihn mißtrauisch an. Dann räusperte er sich. »Das kannst du einem erzählen, der keine Krempe am Hut hat. Wo hast du das geklaut?«

»Wollt ihr mein Geld nehmen, oder nicht?« sagte Tanner.

»Ich nehme es nicht«, erklärte der Barmann.

»Dann kannst du es dir hinten reinschieben«, sagte Tanner, und er machte kehrt und ging zur Tür.

Wie immer unter solchen Umständen, achtete er auf Geräusche hinter ihm.

Als er die schnellen Schritte hörte, fuhr er herum. Der Mann, der das Geld untersucht hatte, stand vor ihm, den rechten Arm ausgestreckt.

Tanner gab ihm einen Stoß vor die Brust, und der Mann wankte rückwärts.

Nun wurde es unruhig im Lokal. Mehrere Männer sprangen auf und gingen kampflustig auf ihn los.

Tanner zerrte die Pistole aus seinem Gürtel und sagte: »Tut mir leid, Leute, aber ich bin heute nicht in der Stimmung für eine Keilerei.« Er richtete die Waffe auf sie, und sie blieben stehen.

»Nun, ihr werdet mir wahrscheinlich nicht glauben«, sagte er, »wenn ich euch erzähle, daß Boston von der Seuche befallen ist, aber es ist wahr. Oder vielleicht glaubt ihr mir, ich weiß es nicht. Aber ganz bestimmt werdet ihr mir nicht glauben, daß ich mit einem Wagen voll Antiserum von Kalifornien bis hier gefahren bin. Aber das macht nichts. Ihr braucht dieses Geld bloß zu der großen Bank in Boston zu schicken, und die wird es euch eintauschen, und das wißt ihr selber.

Nun, ich muß gehen, und versucht lieber nicht, mich aufzuhalten. Wenn ihr glaubt, ich hätte euch einen Bären aufgebunden, dann könnt ihr einen Blick auf das werfen, womit ich wegfahre. Das ist alles, was ich zu sagen habe.«

Und er ging rückwärts hinaus und hielt den Eingang der Bar in Schach, während er die Straße überquerte und in den Wagen stieg. Dann ließ er die Maschine an, wendete und donnerte davon.

Er sah die Menschentraube vor dem Eingang der Bar und lachte.

Evelyn lauschte. Hörte sie Dinge durch das Glockengeläute, die es in Wirklichkeit nicht gab? Nein. Es kam wieder, ein Klopfen an der Wohnungstür. Sie ging hin und blickte durch den Spion.

Dann sperrte sie die Tür auf und öffnete sie weit.

»Fred!« sagte sie. »Das ...«

»Zurück!« unterbrach er sie. »Schnell! Bis zur Wand!«

»Was ist los? Was hast du?«

»Tue es!«

Sie wich fünf oder sechs Schritte zurück und ihre Augen wurden mißtrauisch. »Was ist mir dir, Fred?«

»Sind deine Eltern zu Hause?«

»Nein.«

Er trat ein und schloß die Tür hinter sich. Er war achtzehn Jahre alt, und sein Haar war dunkel und ungekämmt. Seine Kiefer waren zusammengepreßt, sein Atem ging schnell und keuchend, und seine Augen blickten wie die eines Gehetzten.

»Wie fühlst du dich?« fragte er.

»Ich – nein, nein!«

Er nickte dumpf. »Ich glaube, ich habe es. Heute morgen Fieber, und jetzt klappere ich vor Kälte. Unter den Armen tut es weh, meine Kehle ist wund. Ich habe einen Höllendurst, egal wieviel ich trinke. Darum will ich nicht, daß du in meine Nähe kommst.«

Evelyn hob ihre Hände in einer unbewußten Geste vors Gesicht und starrte ihn über die Fingenägel hinweg an. »Seit gestern abend«, sagte sie, »habe ich mich auch nicht so gut gefühlt.«

»Ja«, sagte er. »Wahrscheinlich habe ich dich gestern abend umgebracht.«

Evelyn war siebzehn, hatte rötliches Haar, und ihre Lieblingsfarbe war grün.

»Wie – was können wir machen?«

»Nichts«, sagte er. »Wir können zur Klinik gehen. Dort werden sie uns im Keller oder in einem Korridor ein Bett geben, wo wir sterben können.«

»O nein! Vielleicht wird das Serum doch rechtzeitig kommen.«

»Ha! Ich bin hier, um dir Lebewohl zu sagen, das ist alles. Ich liebe dich. Ich bin traurig, daß ich dich angesteckt habe. Vielleicht, wenn wir es nicht getan hätten – oh, ich weiß nicht! Es tut mir leid, Evie!«

Sie begann zu weinen.

»Geh nicht!« schluchzte sie.

»Ich muß.«

»Zur Klinik?«

»Mach keine Witze. Die können nichts tun. Ich geh einfach – weg.«

»Was willst du tun?«

Er blickte weg. Er schluckte.

»Weißt du«, sagte er, »ich will nicht all dieses Elend durchmachen. Ich habe Leute daran sterben sehen. Ich werde nicht warten.«

»Tue es nicht«, bat sie. »Bitte nicht.«

»Du weißt nicht, wie es ist«, sagte er.

»Das Serum könnte kommen. Du solltest aushalten, so lange du kannst.«

»Es wird nicht kommen. Du hast gehört, wie es dort draußen ist. Du weißt, daß sie es nicht schaffen werden.«

»Ich glaube, ich habe es auch«, sagte sie. »Komm. Es ist gleich, jetzt.«

Sie begegneten sich in der Mitte der Diele, und er legte seine Arme um sie.

»Hab keine Angst«, sagte sie. »Hab keine Angst.« Sie standen lange so, und dann nahm sie seine Hand und sagte: »Komm mit. Keine Angst, sie werden noch lange ausbleiben.« Sie führte ihn in ihr Schlafzimmer und sagte: »Zieh mich aus«, und er tat es.

Sie fielen aufs Bett und sprachen nicht mehr, bis sie ihn seufzen hörte und die warme Flüssigkeit in sich fühlte. Dann rieb sie seine Schultern und murmelte: »Das war gut.«

»Ja.« Er stemmte sich hoch, aber sein Ellbogen knickte ein. »O Gott!« sagte er. »Ich bin plötzlich so schwach!« Er rollte auf die Seite und schwang seine Füße über die Bettkante. Dann saß er da und fing zu zittern an.

Sie legte eine Decke um seine Schultern und sagte: »Du hast Durst, nicht?«

»Ja.«

»Ich hol dir was.«

»Danke.«

Gierig trank er das Wasser, das sie ihm brachte. Sein Kopf füllte sich mit Glockengeläut, als er trank. »Ich liebe dich«, sagte er und: »Es tut mir leid.«

»Laß das«, sagte sie. »Es war schön.«

Er begann stumm zu weinen. Sie merkte es erst, als ihm ein gepreßtes Schluchzen entfuhr. Dann sah sie, daß sein Gesicht naß war.

»Nicht weinen«, sagte sie, »bitte ...« und sie wischte ihre Augen an einem Zipfel des Bettlakens.

»Ich kann mir nicht – helfen. Wir werden sterben.«

»Ich habe Angst.«

»Ich auch.«

»Wie wird es sein?«

»Ich weiß nicht. Schlimm, glaube ich. Denk nicht darüber nach.«

»Ich kann nicht anders.«

»Ich muß mich hinlegen«, sagte er. »Entschuldige. Hast du noch eine Decke?«

»Ich werde eine holen.«

»... Und noch ein Glas Wasser, bitte.«

»Ja.«

Sie kam zurück und legte zwei Wolldecken über ihn. Dann brachte sie ein zweites Glas Wasser.

»Warum mußte uns das passieren?«

»Ich weiß nicht. Wir haben kein Glück, das ist alles.«

»Du wolltest – du wolltest dich umbringen, nicht?«

Er nickte. »Ich will es noch – sobald ich mich ein bißchen besser fühle. Ha! Das klingt komisch, nicht?«

»Nein. Vielleicht hast du recht, und es wird von nun an immer schlechter. Was wolltest du tun?«

»Ich wollte auf die Brücke hinausgehen und dort bleiben, bis mir so elend wäre, daß es sich lohnen würde, über Bord zu gehen.«

»Das ist hart«, sagte sie, ihren Schatten an der Wand betrachtend.

»Hast du eine bessere Idee?« fragte er.

»Nein«, sagte sie und wandte sich um, so daß das durch die Rolläden fallende Licht auf ihrem Gesicht lag. Ihre von Licht und Schatten gestreiften Züge verrieten keinen Ausdruck. »Nein.«

»Wirklich nicht?«

»Nein. Das heißt, vielleicht. Meine Mutter hat Schlaftabletten.«

»Oh.«

Er spannte die Decke zwischen seinen Händen und biß in die filzige Wolle. »Hol sie«, sagte er. »Bitte.«

»Bist du sicher?«

»Nein. Aber hol sie.«

Sie verließ das Zimmer und kam nach ein paar Minuten mit einer kleinen dunklen Flasche zurück. »Ich habe sie hier.«

Er nahm die Flasche in seine Finger und starrte sie an. Seine Hände zitterten. Er drehte die Flasche, öffnete sie. Er nahm eine Tablette und hielt sie in seiner Handfläche und studierte ihre Konturen.

»Das also ist es, hm?«

Sie nickte und biß auf ihre Lippe.

»Wie viele müßte ich nehmen, um ganz sicher zu sein?«

»Ich las mal, daß jemand zwanzig genommen hatte ...«

»Wie viele sind da drin?«

»Ich weiß es nicht.«

Schweißperlen standen auf seiner Stirn, und er erschauerte. »Bring mir ein Glas Wasser«, sagte er. Er richtete sich schwächlich auf und legte die Arme um seine Knie.

»Ist gut.«

Sie ging mit dem Glas ins Badezimmer und füllte es auf. Sie trug es zurück und stellte es auf den Nachttisch. Dann hob sie die Flasche auf, die zwischen die Deckenfalten gerollt war.

»Dann fangen wir an«, sagte er.

»Willst du wirklich ...?«

»Ja«, sagte er. »Man schläft einfach ein, nicht?«

»So heißt es.«

»Es scheint ein besserer Ausweg zu sein.«

»Ja.«

»Dann zähl mir zwanzig Pillen aus der Flasche.«

Sie reichte ihm das Wasserglas. Er nahm es mit der Rechten und hielt ihr seine geöffnete Linke hin. Sie legte zwei Tabletten hinein, und er spülte sie mit einem Schluck Wasser hinunter.

Dann machte er eine Grimasse. »Das Pillenschlucken fällt mir immer schwer«, sagte er.

Dann nahm er zwei weitere, und dann noch zwei, und zwei mehr.

»Das sind acht«, sagte er.

Noch fünfmal nahm er je zwei auf einmal. »Das waren nur achtzehn«, sagte er.

»Ich weiß.«

»Du sagtest zwanzig.«

»Aber mehr waren nicht da.«

»Jesus! Du meinst, ich habe keine für dich übriggelassen?«

»Das ist schon gut. Ich werde einen anderen Weg finden. Mach dir keine Sorgen um mich.«

»Ach, Evie!« Und er legte seine Arme um ihre Mitte, und sie fühlte seine nasse Wange an ihrem Bauch. »Es tut mir leid, Evie!« murmelte er. »Das wollte ich nicht! Ehrlich!«

»Ich weiß. Mach dir nichts daraus. Es wird bald alles in Ordnung sein. Es wird schön sein, einfach wie Einschlafen. Ich bin froh, daß ich sie für dich hatte. Ich liebe dich, Fred!«

»Ich liebe dich, Evie! Und es ist mir so schrecklich! Oh ...«

»Warum legst du dich nicht einfach zurück und ruhst aus?«

»Ich muß zuerst auf die Toilette. All das Wasser ...« Er stand auf, eine Hand an der Wand, und wankte aus dem Zimmer und in die Diele. Er verschwand im Badezimmer und schloß die Tür hinter sich.

Sie hörte den Wasserhahn laufen, und dann hörte sie die Toilettenspülung rauschen. Sie hielt ihre Hände vor sich und starrte auf ihre Fingernägel.

Das Wasser lief und lief, während draußen die Glocken

läuteten, und sie dachte an ihre Eltern, aber sie hatte immer noch Angst, hinauszugehen und nachzusehen.

Von Albany nach Boston. Ein paar hundert Kilometer. Er hatte das Schlimmste hinter sich. Die Straße der Verdammnis mit ihren Schrecken war so gut wie ausgestanden. Nacht umfloß ihn. Die Sterne kamen ihm heller und zahlreicher vor als sonst. Die Nacht schien ihm zu sagen, daß er es schaffen würde. Ein Lastwagen kam ihm entgegen, und er blendete ab. Der Laster tat das gleiche.

Es mußte um Mitternacht gewesen sein. Er fuhr zwischen Hügeln. Die Straße war nicht schlecht und führte in vielen Windungen durch Wald und Felder und Wiesenland. Er näherte sich der Kreuzung, und plötzlich strahlten ihn von beiden Seiten die Scheinwerfer an.

Er fuhr im grellen Licht von vielleicht dreißig Scheinwerfern links und ebenso vielen rechts.

Er trat das Gaspedal durch und raste über die Kreuzung, und hinter ihm erwachte eine Maschine nach der anderen zum Leben. Und er kannte diese Geräusche.

Es waren alles Motorräder.

Sie bogen hinter ihm in die Landstraße ein.

Er hätte das Feuer eröffnen können. Es war offensichtlich, daß sie nicht wußten, was sie jagten. Aber er hielt sich zurück.

Der auf dem vordersten Motorrad könntest du selbst sein, dachte er mit dem Gefühl einer gewissen traurigen Geistesverwandtschaft, und er nahm seine Hand vom Feuerleitgerät.

Lieber zuerst versuchen, die Meute abzuhängen.

Der Motor brüllte und dröhnte, aber mit den Motorrädern konnte er es nicht aufnehmen.

Als sie zu schießen begannen, wußte er, daß er zurückschlagen mußte. Er konnte nicht riskieren, daß sie ihm die Reifen zerschossen. Wenn sie bloß wüßten ...

Der Lautsprecher!

Er schaltete ihn ein und sprach: »Hört zu, Männer«, sagte er. »Ich habe Medizin für die kranken Leute in Boston. Laßt mich durch, oder ihr kriegt was zu hören.«

Sofort antwortete ein Schuß, und er schwenkte den Turm,

visierte mit dem Feuerleitgerät in den Pulk der Verfolger, wo er am dichtesten war, und eröffnete das Feuer mit beiden Schnellfeuerkanonen. Er sah sie fallen und zwischen den Explosionsblitzen übereinanderstürzen, aber die anderen feuerten weiter und setzten die Verfolgung fort. Er drückte auf den Feuerknopf des Granatwerfers, und nach der vierten Detonation war keiner mehr hinter ihm.

Er bremste, hielt und wendete, dann rollte er langsam zurück.

Sie lagen überall verstreut zwischen ihren Motorrädern, und ihr Blut vermischte sich mit ausgelaufenem Benzin. Als er herankam, setzten sich einige auf und richteten Gewehre auf ihn. Gleichzeitig erhielt er wieder Feuer, aus dem Straßengraben diesmal. Er hielt und schaltete den Flammenwerfer ein. Fünfzehn Sekunden lang ließ er den Feuerstrahl von einer Straßenseite zur anderen über das Schlachtfeld gehen, während der Wagen langsam vorrückte.

Dann war alles still.

Als der schwarze Rauch abgezogen war, sah er die Körper herumliegen, beschienen vom Feuerschein lichterloh brennender Motorräder. Einige bewegten sich noch, und er war im Begriff, umzudrehen und weiterzufahren, als er nicht weit vom jenseitigen Rand des blutigen Schauplatzes eine Gestalt aufstehen und nach ein paar taumelnden Schritten wieder fallen sah.

Seine Hand zögerte am Schalthebel.

Es war ein Mädchen.

Er dachte vielleicht fünf Sekunden nach, dann sprang er mit der Pistole in der Hand aus dem Wagen und lief zu ihr.

Ein Verwundeter erhob sich auf einen Ellbogen und nahm ein Gewehr auf.

Tanner schoß ihm zwei Kugeln in die Brust und rannte weiter.

Das Mädchen kroch auf einen Mann zu, dessen Gesicht weggeschossen war. Mehrere der herumliegenden Körper zuckten und regten sich schwach. Blut und schwarzes Leder, Ächzen und der Gestank verbrannten Fleisches waren überall um ihn.

Als er zu dem Mädchen kam und sich über sie beugte, fing sie leise an zu fluchen.

Nichts von dem Blut an ihr schien ihr eigenes zu sein.

Er zog sie auf die Füße, und ihre Augen begannen sich mit Tränen zu füllen.

Alle anderen waren tot oder lagen im Sterben, also hob Tanner das Mädchen auf, legte es über seine Schulter und trug es zum Wagen. Er stopfte sie hinein, kippte die Lehne des Beifahrersitzes zurück und schob sie auf den Sitz. Sie wehrte sich nicht. Nachdem er die Waffen an der Innenseite der rechten Tür aus ihren Halterungen genommen und außerhalb ihrer Reichweite verstaut hatte, startete er den Motor, drehte um und fuhr weiter. Auf dem Bildschirm der Rückansicht sah er zwei Gestalten mühsam auf die Füße kommen und wieder zusammenbrechen.

Sie war ein großes Mädchen mit langen, ungekämmten Haaren von der Farbe trockener Erde. Sie hatte ein kräftiges Kinn und einen breiten Mund und dunkle Ringe unter den Augen. Eine einzelne feine Querlinie kreuzte ihre Stirn, und sie hatte alle ihre Zähne. Die rechte Hälfte ihres Gesichts war stark gerötet, wie von einem frischen Sonnenbrand. Ihr linkes Hosenbein war zerrissen und schmutzig. Er vermutete, daß sie im Feuer vom Motorrad ihres Freundes gefallen und später von der Hitze des Flammenwerfers gestreift worden war.

»Bist du okay?« fragte er, als ihr Schluchzen in ein nasses Schnupfen übergegangen war.

»Was macht das dir schon aus?« sagte sie. Sie hob eine Hand ans Gesicht und befühlte die rechte Seite.

Tanner zuckte mit der Schulter. »Nur eine freundliche Frage.«

»Du hast sie alle umgebracht.«

»Was hätten sie mit mir gemacht?«

»Zu Hackfleisch hätten sie dich gemacht, wenn dein Panzerwagen nicht gewesen wäre.«

»Er gehört eigentlich nicht mir«, sagte er. »Er gehört dem Staat Kalifornien.«

»Dieses Ding kommt nicht aus Kalifornien.«

»Denkst du. Ich habe es gefahren.«

Sie setzte sich aufrecht und begann ihr linkes Bein zu reiben.

Tanner zündete sich eine Zigarette an.

»Gibst du mir auch eine?« sagte sie.

Er gab ihr seine und zündete sich eine neue an. Als er sie ihr reichte, fiel ihr Blick auf seine Tätowierung.

»Was ist das?«

»Mein Name.«

»Hell?«

»Ja.«

»Wo hast du so einen Namen hergekriegt?«

»Von meinem alten Herrn.«

Sie rauchten eine Weile, dann sagte sie: »Warum bist du von Kalifornien rübergefahren?«

»Weil sie nur so bereit waren, mich freizulassen.«

»Von wo?«

»Aus dem Knast, natürlich. Ich hatte gesessen.«

»Und sie ließen dich laufen? Warum?«

»Wegen der großen Seuche. Ich bringe das Antiserum.«

»Bist du Hell Tanner?«

»Hah?«

»Dein Nachname ist doch Tanner, nicht?«

»Ja. Wer hat dir das gesagt?«

»Ich hörte von dir. Alle dachten, du wärst bei der großen Razzia mit draufgegangen.«

»Da irrten sie sich.«

»Wie war es – die Razzia, meine ich?«

»Ich weiß nicht. Zu der Zeit trug ich schon den Zebraanzug. Deshalb bin ich noch da.«

»Warum hast du mich mitgenommen?«

»Weil du ein Mädchen bist, und weil ich dich nicht krepieren sehen wollte.«

»Danke. Hast du was zu essen?«

Er zeigte zum Kühlfach. »Da ist was drin. Kannst dir nehmen.«

Sie tat es, und während sie aß, fragte Tanner: »Wie nennen sie dich?«

»Corny.«

»Okay, Corny«, sagte er. »Wenn du gegessen hast, kannst du mir erzählen, wie die Straße zwischen hier und Boston ist.«

Sie nickte, kaute und schluckte. Dann sagte sie: »Es gibt noch andere Banden. Mach dich darauf gefaßt.«

»Das bin ich.«

»Diese Bildschirme zeigen dir alle Richtungen, wie?«

»Das ist richtig.«

»Gut. Die Straßen zwischen hier und Boston sind ziemlich gut. Es gibt einen großen Krater, zu dem wir bald kommen werden, und dahinter ein paar Vulkane.«

»Und die Banden?« fragte Tanner.

»Es gibt die Teufel und die Könige und die Höllenkatzen. Das ist ungefähr alles.«

»Wie groß sind diese Klubs?«

»Ich weiß es nicht genau, aber die Könige sind der größte. Sie haben ein paar hundert Mitglieder.«

»Und was war dein Klub?«

»Die Gorillas.«

»Was hast du jetzt vor?«

»Was du mir sagst.«

»Okay, Corny. Ich laß dich irgendwo unterwegs raus, wo du willst. Wenn du nicht willst, kannst du mit mir nach Boston fahren.«

»Du bestimmst, Hell. Wo du hingehen willst, geh ich auch mit.«

Ihre Stimme war tief, und ihre Worte kamen langsam, und ihr Ton rauhte seine Trommelfelle gerade ein wenig an. Sie hatte lange Beine und üppige Hüften unter der engen Hose. Tanner leckte seine Lippen und beobachtete die Bildschirme. Sollte er sie für eine Weile bei sich behalten?

Die Straße war plötzlich naß und mit Hunderten von Fischen bedeckt, und weitere fielen vom Himmel, begleitet von mehreren Donnerschlägen. Das blaue Licht begann im Norden zu pulsieren.

Tanner raste weiter, und plötzlich war Wasser überall um ihn her. Es ergoß sich über seinen Wagen und machte seine Bildschirme undurchsichtig. Die Nacht war rabenschwarz, und den Himmel erfüllte das gespenstische Heulen, das den Sturm ankündigte.

Er schleuderte durch eine nasse Kurve und gab wieder Gas. Der Wolkenbruch hörte so plötzlich auf, wie er angefangen hatte, aber das Heulen dauerte an. Nach fünfzehn Minuten verstärkte es sich zu einem anhaltenden Brüllen.

Das Mädchen starrte auf die Bildschirme und warf gelegentliche Blicke zu Tanner. »Was willst du machen?« fragte sie ihn endlich.

»Vor dem Sturm wegfahren, wenn ich kann«, sagte er.

»Ich glaube nicht, daß du das schaffen wirst.«

»Ich auch nicht, aber was bleibt mir anderes übrig?«

»Irgendwo unterkriechen.«

»Wenn du weißt, wo, kannst du es mir zeigen.«

»Ein paar Kilometer weiter gibt es eine Stelle – eine Brücke, unter die du fahren kannst.«

Sie zog ihre Stiefel aus und rieb ihre Füße. Er gab ihr eine weitere Zigarette.

»Mir fällt gerade was ein«, sagte er. »Rechts hinter dir ist ein Apothekenkasten. Da müßte irgendeine Salbe drin sein, die du in dein Gesicht schmieren kannst, damit es nicht mehr brennt.«

Sie kramte herum und fand eine Tube mit etwas, das sie vorsichtig über ihre rechte Gesichtshälfte verteilte. Dann tat sie die Tube zurück.

»Besser, jetzt?« fragte er.

»Ja. Danke.«

Der erste Steinschauer kam herunter, und das Blau begann sich auszubreiten, bis der ganze Nordhimmel pulsierte und die Nacht erhellte.

»Der sieht gar nicht gut aus.«

Sie nickte. »Ich habe sagen hören, daß die Winde vielleicht nachlassen – daß der Himmel sich reinigt.«

»Das wäre schön«, sagte Tanner.

Es blitzte, und im fahlen Licht sah Tanner schwarze Streifen in breiten, gewundenen Bahnen über den Himmel ziehen. Der Steinschlag ratterte hart auf die Panzerplatten. Mehr Wasser fiel, und ein Nebel breitete sich aus. Tanner mußte langsamer fahren, und dann hörte es sich an, als ob Schmiedehämmer auf den Wagen schlügen.

»Wir werden es nicht schaffen«, sagte sie.

»Was du nicht sagst. Dieses Ding hält noch ein bißchen mehr aus – und was ist das da vorn?«

»Die Brücke!« sagte sie. »Ja, das ist sie. Fahr links von der Straße und den Hang runter, dann kommst du in ein trockenes Bachbett. Die Brücke führt darüber.«

Die Blitze zuckten unablässig. Die Straße bedeckte sich

allmählich mit Schutt und Geröll, und dazwischen glänzten noch immer die weißen Bäuche von Fischen.

Tanner verlangsamte die Fahrt und ließ den Wagen im Kriechgang über die Böschung und den glitschigen, lehmigen Hang abwärts rollen.

Als er das feuchte Bachbett erreichte, bog er nach rechts und manövrierte den Wagen unter die Brücke, und sie waren ganz allein dort. Ein wenig Wasser plätscherte an ihnen vorbei, und der Sturm dauerte an. Er konnte ein Geräusch wie Hagel auf der Brücke über ihnen hören.

»Hier sind wir sicher«, sagte er und schaltete die Zündung aus.

»Sind die Türen verriegelt?«

»Das tun sie automatisch.«

Tanner schaltete die Scheinwerfer aus.

»Ich wollte, ich könnte dir was zu trinken anbieten; ich meine, außer Kaffee.«

»Kaffee wäre gut.«

»Nichts leichter als das.« Er säuberte den Filtereinsatz, füllte Kaffee und Wasser in die Maschine und schloß den Stecker an.

Sie saßen und rauchten, während der Sturm wütete, und nach einer Weile sagte er: »Ein angenehmes Gefühl, wie die Ratte im Loch gemütlich dazusitzen, während draußen alles zum Teufel geht.«

Sie nickte. »Was willst du machen, wenn du in Boston bist?« fragte sie ihn dann.

»Ich weiß noch nicht ... Vielleicht nehme ich einen Job an, vielleicht nicht. Jedenfalls muß ich was tun, um ein bißchen Moos zusammenzukratzen. Dann kann ich vielleicht ein Motorradgeschäft aufmachen, oder eine Werkstatt. Beides würde mir gefallen.«

»Klingt gut. Willst du selber viel fahren?«

»Und ob. In der Stadt werden sie keine guten Klubs haben, oder?«

»Nein. Die sind alle mehr draußen.«

»Dachte ich mir. Vielleicht werde ich mir selber eine Bande organisieren.«

Er streckte den Arm aus und berührte ihre Hand, dann drückte er sie.

Sie sagte: »Ich kann dir was zu trinken geben.«

»Was meinst du?«

Sie zog eine Plastikflasche aus der rechten Seitentasche ihrer Jacke, nahm den Verschluß ab und reichte sie ihm.

»Hier.«

Er nahm einen Mundvoll und schluckte ihn, hustete, nahm einen zweiten und gab die Flasche zurück.

»Großartig! Du bist eine Frau von unvermutetem Potential und so weiter. Danke.«

»Nicht der Rede wert.« Und sie tat selbst einen Zug aus der Flasche und stellte sie auf das Armaturenbrett. Tanner zündete zwei Zigaretten an und gab ihr eine.

»Hier, Corny.«

»Danke. Ich würde dir gern helfen, diese Tour hinter dich zu bringen.«

»Warum?«

»Ich habe sonst nichts zu tun. Meinen alten Haufen gibt es nicht mehr, und ich habe jetzt niemand. Außerdem wirst du ein großer Mann sein, wenn du es schaffst. Meinst du, daß du mich danach noch um dich haben könntest?«

»Vielleicht. Wie bist du?«

»Oh, ich bin richtig nett. Ich werde dir sogar die Schultern massieren, wenn sie schmerzen.«

»Sie schmerzen jetzt.«

»Ich dachte es mir. Beug dich zu mir.«

Er tat es, und sie begann seine Schultern zu reiben und zu kneten. Ihre Hände waren kräftig und geschickt.

»Du tust das gut, Mädchen.«

»Danke.«

Er richtete sich auf, griff zur Flasche und trank. Sie nahm auch einen kleinen Schluck, als er sie ihr hinhielt. Über ihnen wütete der Sturm, aber die Brücke hielt den Gewalten stand.

»Laß es uns machen«, sagte er, und er packte sie und zog sie zu sich.

Sie sträubte sich nicht, und er öffnete ihre Gürtelschnalle. Dann fing er mit den Knöpfen an. Nach einer Weile kippte er ihren Sitz zurück.

»Wirst du mich behalten?« fragte sie ihn.

»Klar.«

»Ich werde dir helfen. Ich werde alles tun, was du sagst, damit du durchkommst.«

»Fein.«

»Schließlich sind wir auch geliefert, wenn Boston untergeht.«

»Darauf kannst du dich verlassen.«

Dann sagten sie nicht mehr viel.

Der Himmel tobte und brüllte, und danach kamen Dunkelheit und Stille.

Als Tanner aufwachte, war es Morgen, und der Sturm hatte sich gelegt. Er kroch nach hinten zur Latrine, und danach kletterte er wieder auf den Fahrersitz. Corny wachte nicht auf, als er den Motor anließ und der Wagen durch das Bachbett schaukelte und den unkrautüberwachsenen Hang hinaufkroch.

Der Himmel war wieder hell, und die Straße war mit Geröll bestreut. Tanner ließ den Wagen laufen, immer der blassen Sonne entgegen, und nach einer Weile wachte Corny auf und reckte Arme und Beine.

Sie gähnte laut, und Tanner sagte: »Meine Schultern sind jetzt besser.«

»Gut.«

Sie fuhren eine lange Steigung hinauf, und als sie oben waren, sah Tanner, daß der Tag sich wieder eintrübte und ein rissiger schwarzer Streifen eine Teufelsbahn mitten durch den Himmel legte.

Als er durch ein waldiges Tal fuhr, begann der Regen zu fallen. Das Mädchen war von der Latrine zurück und bereitete das Frühstück, als Tanner den winzigen Punkt am Horizont sah, durch das Teleskop spähte und mit Vollgas dem zu entkommen suchte, was er gesehen hatte.

Corny blickte auf.

Hinter ihnen waren Motorräder, Motorräder und mehr Motorräder.

»Sind das deine Leute?« fragte Tanner.

»Nein. Du hast meine gestern genommen.«

»Scheiße«, sagte Tanner und blieb auf dem Gaspedal stehen und hoffte auf einen Sturm.

Mit kreischenden Reifen fuhren sie eine Kruve, rasten eine

weitere Steigung hinauf. Tanner mußte zurückschalten und fluchte. Seine Verfolger kamen näher. Jetzt konnte er auch ohne Teleskop sehen, wie groß die Meute war, die ihn hetzte.

»Das müssen die Könige sein«, sagte sie. »Sie sind die größte Bande, die wir hier haben.«

»Zu dumm«, sagte Tanner.

»Für sie oder für uns?«

»Beide.«

Sie lächelte. »Ich möchte gern sehen, wie du dieses Ding bedienst.«

»Sieht so aus, als solltest du Gelegenheit kriegen. Die holen auf wie verrückt.«

Der Regen ließ nach, aber die Nebelschwaden in den Senken verdichteten sich. Tanner konnte sechs- oder siebenhundert Meter zurück ihre Scheinwerfer sehen, aber er fuhr ohne Licht weiter. Er schätzte, daß an diesem kalten, dunklen Morgen hundertfünfzig Verfolger hinter ihm her waren, und er fragte: »Wie weit ist es noch bis Boston?«

»Ungefähr hundertfünfzig Kilometer«, sagte sie ihm.

»Zu dumm, daß sie von hinten kommen, statt von vorn«, sagte er, während er das Feuergerät einstellte und mit dem Steuerknopf das Fadenkreuz über den Bildschirm der Rückansicht wandern ließ. Über seinem Kopf fuhr der Turm auf seinem Drehkranz jeden Schwenk mit, den er mit dem Steuerknopf machte.

»Was ist das?« fragte sie und zeigte auf den Bildschirm.

»Das ist ein Fadenkreuz zum genauen Zielen. Ich werde ihnen einheizen, wenn es soweit ist.«

Sie lächelte und drückte seinen Arm. »Kann ich helfen?«

»In einer Weile«, sagte er und griff unter seinen Sitz und öffnete das Schubfach mit den Handgranaten. Er nahm sechs heraus und hängte sie an seinen breiten schwarzen Gürtel. Dann langte er nach hinten, ergriff das Gewehr, das er am Vorabend dort in Sicherheit gebracht hatte, und schob es ihr hin. »Kannst du damit umgehen?«

»Ja.«

»Gut.«

Er beobachtete die Lichter, die auf dem Bildschirm tanzten. Sie kamen näher, und durch die Nebelschwaden konnte er die Gestalten seiner Verfolger ausmachen.

»Warum zum Teufel bricht der verdammte Sturm nicht los?« knurrte er.

Als die Vorhut der Meute auf hundert Meter herangekommen war, eröffnete er das Feuer mit einem Granatwerferschuß. Nach fünf Sekunden gab es hinter ihm einen grellen Blitz und einen Donnerschlag, und er ging durch eine Kurve und kam wieder auf eine ansteigende Gerade.

»Hast du sie aufgehalten?«

»Für eine Weile, vielleicht. Ich sehe immer noch Lichter, aber sie sind weiter zurück.«

Nach fünf Minuten hatten sie die Höhe erreicht. Sie war nebelfrei, und der dunkle Himmel über ihnen war sichtbar. Dann begann die Straße ins nächste Tal abzusinken, und zu ihrer Rechten erhob sich eine Wand aus Schieferton und Mergel und Erde. Tanner überlegte, während er die Gefällstrecke hinunterraste.

Als die Straße eben wurde und er entschied, daß sie am Boden der Senke waren, bremste er, zog den Wagen nach links und dann scharf rechts, so daß er diagonal zur Fahrtrichtung stehenblieb.

Hinter ihm tauchten plötzlich Reihen von Lichtern auf, bogen in die Gefällstrecke ein und kamen herab.

Er hob seine Raketen, feuerte eine, hob sie um fünf Grad, feuerte zwei, hob sie um weitere fünf Grad und feuerte drei. Dann senkte er sie um fünfzehn Grad und feuerte eine weitere.

Durch den Nebel waren in der Steilwand orangefarbene Explosionen auszumachen, und ein paar Sekunden später hörte er die dumpfen Schläge und das Poltern des beginnenden Felssturzes. Der Boden unter dem Fahrzeug vibrierte leicht. Er senkte den Raketenwerfer in die Horizontale, zielte auf den Fuß der Gefällstrecke, wo eben die ersten Scheinwerfer erschienen, und feuerte zwei Raketen ab. Weiter oben und links, wo die Steilwand war, hing eine dunkle Staubwolke, und die Vibration im Boden dauerte an.

Er zog das Steuer scharf nach links, fuhr an und nahm wieder die Straße unter die Räder.

»Ich hoffe, das wird sie aufhalten«, sagte er und zündete zwei Zigaretten an und gab eine dem Mädchen.

Sieben Minuten später waren sie wieder auf höherem Terrain, und der Nebel riß auf, und weit zurück waren noch immer einige Lichter.

Das Gelände stieg weiter an, und sein Strahlungsmesser begann übernormale Werte anzuzeigen. Er suchte die Bildschirme ab, doch erst als er den Scheitelpunkt einer kahlen Hochfläche erreicht hatte, sah er halblinks und weit voraus den Krater. »Das ist es«, hörte er sie sagen. »Du mußt dort von der Straße runter und nach rechts ausweichen.«

»Gut.«

Er hörte Gewehrschüsse von hinten, zum ersten Mal an diesem Tag, feuerte aber nicht zurück. Die Entfernung war noch zu groß.

»Du mußt sie entzweigeschnitten haben«, sagte Corny, die in den Bildschirm starrte. »Mehr als das. Aber es ist ein zäher Haufen.«

Der Wind fegte Nebelfetzen über die Einöde. Tanner prüfte den Vorrat an Werferraketen und entdeckte, daß der Nachlademechanismus nach der dritten leer weiterrasselte. Er schaltete ihn aus und stellte fest, daß auch die Munition für den Granatwerfer auf die Neige ging.

Als die Räder über gesprungene und zerlöcherte Betonplatten rumpelten, verließ er die Straße nach rechts. Der Strahlungspegel war inzwischen bis weit in die rote Markierung gestiegen. Der Krater lag tausend Meter zu seiner Linken.

Die Scheinwerfer hinter ihm fächerten aus, wurden heller. Er brachte das hellste Licht ins Fadenkreuz und feuerte einmal aus beiden Läufen der Schnellfeuerkanone. Das Licht ging aus.

Der Regen nahm zu. Tanner zielte auf ein weiteres Licht und feuerte, und auch das erlosch. Die Verfolger fingen wieder zu schießen an. Als drei Motorradfahrer ihn von rechts ausflankieren wollten, schwenkte er den Turm und mähte sie mit einem kurzen Feuerstoß nieder. Dann raste er weiter über die ausgeglühte Ebene. Hinter ihm wurde weitergeschossen, aber er ignorierte sie.

»Ich zähle siebenundzwanzig«, sagte Corny.

Tanner steuerte durch ein Blockfeld. Der Krater blieb zurück, und er zündete sich eine neue Zigarette an.

Fünf Minuten später hatten seine Verfolger aufgeschlossen

und versuchten ihn in die Zange zu nehmen. Er hatte auf diesen Moment gewartet, um Munition zu sparen und seiner Ziele sicher zu sein. Nun gab er zwei lange Feuerstöße ab, trat das Gaspedal durch und kurvte zwischen Felstrümmern und über Geröll weiter, um die Distanz zu vergrößern.

»Fünf von ihnen sind liegengeblieben«, sagte sie, aber er lauschte auf das Gewehrfeuer.

»Wenn sie wieder näherkommen, werde ich ihnen ein Ding zeigen!« knurrte er. Er feuerte nur noch vereinzelt, wenn er ein sicheres Ziel hatte. Zwei weitere fielen, bevor zur Linken die Fortsetzung der Straße sichtbar wurde.

»Fahr nebenher«, sagte sie ihm. »Da ist eine ausgefahrene Spur. Die Straße selbst ist erst nach einem Kilometer oder so befahrbar.«

Gewehrkugeln knallten gegen die Panzerung und kreischten als Querschläger davon. Er raste die Fahrspur entlang, und der schwere Wagen schlingerte und stampfte wie ein Schiff auf hoher See. Zwischen ihm und der Straße stand eine Reihe verkrüppelter Alleebäume. Der Regen prasselte.

Als er auf die Straße fuhr, beobachtete er die Lichter, die etwa fünfhundert Meter zurück waren, und fragte: »Wie viele zählst du jetzt?«

»Ungefähr zwanzig. Wie sind unsere Chancen?«

Er zuckte die Achseln. »Die Reifen machen mir Sorgen. Sie halten eine Menge aus, aber keine Gewehrkugeln. Dumm wäre auch, wenn eine verirrte Kugel eins von den Objektiven zerschießen würde. Abgesehen davon sind wir kugelsicher. Selbst wenn sie uns zum Stehen brächten, könnten sie uns nichts anhaben. Sie brauchten Brechstangen, um die Türen zu öffnen.«

Die Motorräder erreichten nun auch die feste Straße und begannen sofort aufzuholen. Er sah Mündungsfeuer blitzen und hörte die Gewehre krachen.

»Halt dich fest«, sagte er. Dann trat er auf die Bremse, daß das Fahrzeug über die nasse Fahrbahn schleuderte, als ob er die Gewalt darüber verloren hätte. Die Lichter hinter ihm wurden strahlend hell, und er nahm den Fuß von der Bremse und gab wieder Gas, während der Granatwerfer im Turm dreimal hintereinander hustete. Die Explosionen lagen gut im Feld der Verfolger, und für Sekunden war außer Detonationsblitzen und Rauch nichts zu sehen. Sie brausten weiter, und Tanner hörte Cornys Lachen.

»Teufel noch mal! Du machst sie fertig, Hell! Du machst den ganzen verdammten Klub fertig!«

»Soviel Spaß macht es nicht«, sagte er. »Siehst du Lichter?«

Sie beobachtete den Bildschirm eine Weile, dann sagte sie: »Drei«, dann: »sieben«, und schließlich: »dreizehn.«

»Verdammt.«

Der Strahlungspegel sank, und in das Heulen des Windes mischten sich Donnerschläge. Sand und kleine Steine kamen mit dem Regen herunter.

»Es geht zu Ende«, sagte er.

»Was?«

»Alles – unser Glück, unser Benzin, unsere Munition. Vielleicht wärst du besser dran gewesen, wenn ich dich gelassen hätte, wo du warst.«

»Nein«, sagte sie. »Ich bin mit dir, ob es so läuft oder so.«

»Dann bist du verrückt«, sagte er. »Ich bin noch nicht verletzt. Wenn ich es bin, könnte es ein anderes Lied werden.«

»Vielleicht«, sagte sie. »Warte ab und höre, wie ich singe.«

Er streckte seine Hand aus und drückte ihren Schenkel.

»Okay, Corny. Bisher bist du in Ordnung gewesen. Bleib dabei, und wir werden sehen, was passiert.«

Er suchte nach einer neuen Zigarette, fand die Packung leer und fluchte. Er zeigte zu einem Fach, und sie öffnete es und gab ihm eine frische Packung.

»Danke.«

»Warum bleiben sie außer Reichweite?«

»Vielleicht wollen sie bloß Schritt halten. Ich weiß es nicht.«

Dann begann der Nebel zu steigen. Als Tanner seine Zigarette geraucht hatte, war die Sicht wesentlich besser geworden. Er konnte die dunklen, kauernden Gestalten auf den Motorrädern sehen, die ihm in einer Distanz von sechshundert oder siebenhundert Metern folgten.

»Wenn sie uns bloß Gesellschaft leisten wollen, dann ist es mir gleich«, sagte er. »Laß sie.«

Aber nach einer Zeit kam mehr Gewehrfeuer, und er hörte die Luft mit einem Knall und einem Zischen aus einem Reifen entweichen. Er zielte sorgfältig, und die Schnellfeuerkanonen stotterten. Mehrere Verfolger fielen, und die übrigen hielten sich zurück.

Aber dann holten sie in einer Kurve, die ihm die Sicht nach hinten nahm, plötzlich stark auf, und als er sie wiedersah, waren sie kaum hundert Meter zurück und feuerten, was sie konnten. Ein weiterer Reifen verlor die Luft, und er trat auf die Bremse und ließ den Wagen herumschleudern, daß er sie vor sich hatte. Sowie der Wagen stand, eröffnete er auf fünfzig Meter Distanz das Feuer mit dem Maschinengewehr und räumte die Straße ab. Wer nicht fiel, schwenkte ab und raste zu beiden Seiten ins Gelände, um aus seinem Feuerbereich zu kommen, und er verließ das Maschinengewehr und verfolgte sie mit Granatwerferfeuer, bis ihm die Geschosse ausgingen. Dann rollte er langsam zurück. Als der Rauch abzog, erhielt er wieder Feuer, aber es waren nur noch fünf Quellen, drei auf der linken und zwei auf der rechten Seite, die von Büschen und Bäumen gegen Sicht gedeckt waren. Tanner setzte noch ein Stück zurück und bekämpfte sie mit dem Flammenwerfer. Dann wendete er den Wagen und fuhr auf sechs Rädern weiter. Hinter ihm bedeckten Motorräder und Gefallene die Straße.

»Wir haben fast keine Munition mehr, Corny«, sagte er.

»Nicht so schlimm. Wir haben die meisten von ihnen erledigt.«

»Ja.«

Nach einer Weile sah er fünf Motorräder auf der Straße. Sie blieben ein gutes Stück hinter ihm, aber sie folgten ihm weiter. Er hielt an, und die Motorräder hielten auch.

»Nun, endlich haben sie Angst. Sie glauben, wir hätten immer noch Zähne.«

»Wir haben«, sagte sie.

»Ja, aber nicht diejenigen, an die sie denken.«

»Um so besser.«

»Bin froh, daß ich dich getroffen habe«, sagte Tanner. »Ich kann einen Optimisten gebrauchen.«

Er fuhr an, und die Motorräder setzten sich in Bewegung und hielten eine sichere Distanz. Tanner beobachtete sie im Bildschirm und fluchte.

Nach einer Weile holten sie von neuem auf. Tanner brauste eine halbe Stunde lang mit Vollgas dahin, und die fünf Motorräder rückten näher und näher. Als sie sich so auf Schußweite herangepirscht hatten, fingen sie wieder zu schießen an. Tanner konnte sehen, wie sie die Gewehre auf die Lenkstangen aufgelegt hatten und mit einer Hand bedienten, während sie mit der anderen Hand steuerten. Er hörte mehrere tiefe Querschläger, und dann verlor ein dritter Reifen die Luft. Der Wagen zog jetzt stark nach rechts, und er mußte ständig gegenhalten, um nicht von der Straße abzukommen.

Er hielt wieder an, und auch die Motorräder stoppten. Er nahm sorgfältig Ziel und spielte seinen letzten Trumpf aus. Beide Kanonen begannen zu hämmern, und fast sofort fielen zwei seiner fünf Verfolger. Aber nach kaum drei Sekunden waren beide Magazine leer. Tanner fluchte und gab Gas, und der Wagen schlenkerte auf fünf Reifen die Straße entlang. Die Ruine eines Lastwagens stand gegen einen Baum gerammt. Der Fahrer war ein über dem Lenkrad hängendes Skelett, die Fenster waren zerschmettert, die Reifen fehlten. Am Himmel kam eine matte gelbe Sonne zum Vorschein, und der dunkle Streifen wellte sich und entließ ein neues Gemisch aus Regen, Staub und kleinen Steinen. »Gut!« sagte Tanner, als das Pingping der Steine begann. »Hoffentlich wird's noch viel schlimmer.« Und sein Wunsch wurde Wirklichkeit, als das blaue Licht im Norden aufzuckte und ein Dröhnen aus der Luft kam und weiter rechts ein Steinschlag wie eine undurchsichtige graue Wand niederging. »Hoffentlich fällt der nächste direkt auf unsere Freunde dort hinten«, sagte er.

Er sah weitab zur Rechten orangefarbene Glut am Himmel. Sie war schon seit Minuten dort, aber erst jetzt nahm er sie bewußt wahr.

»Vulkane«, sagte sie, als er darauf zeigte. »Das bedeutet, daß wir noch neunzig bis hundert Kilometer vor uns haben.«

Er konnte nicht sagen, ob die drei restlichen Verfolger weiterfeuerten oder nicht. Die Geräusche, die von oben und überall ringsumher kamen, reichten hin, um jede Schießerei unhörbar zu machen. Kies und kleines Geröll prasselte auf das Fahrzeug, und der Stahlaufbau begann zu dröhnen.

»Warum geben sie nicht auf?« schrie er Corny zu. »Sie werden ja zusammengedroschen.«

»Sie sind daran gewöhnt«, antwortete sie. »Und sie wollen unser Blut sehen; das macht einen Unterschied.«

Tanner langte nach hinten und gab ihr die Pistole, die einmal an der rechten Tür gewesen war. »Steck dir die in den Gürtel«, sagte er. »In dem Fach vor dir ist Munition; steck dir eine Schachtel in die Tasche.« Dann griff er selbst in das Fach und stopfte eine Schachtel Patronen in seine Jackentasche.

Die drei Lichter hinter ihnen wurden kleiner, blieben aber auf der Fährte. Vor ihnen lagen die grauschwarzen Lavahänge eines Vulkans, dessen wildgezackter Kraterrand die sanfte Hügellandschaft Neuenglands um mehrere hundert Meter überragte. Der Widerschein seines glühenden Schlotes zuckte gelb über den streifigen Himmel, als der Steinschlag sich verstärkte und schwere, formlose Objekte, einige von ihnen bis zu einem Meter Durchmesser, ringsum auf die Erde krachten. Der Wagen wurde von Windstößen gebeutelt und schlingerte schwerfällig durch das entfesselte Chaos. Obwohl Tanner mit Vollgas fuhr, kam er nicht über sechzig Stundenkilometer. Sie verließen die Straße und holperten auf einer ausgefahrenen Behelfspiste in einem weiten Bogen nach links. Es dauerte zwanzig Minuten, bis Tanner die Lavahänge umfahren hatte und wieder auf die Straße kam, und in dieser Zeit sichtete er ein weiteres Mal seine Verfolger – drei Lichter, die langsam aufholten. Er durchfuhr eine scharfe Kurve, trat auf die Bremse, schaltete die Scheinwerfer aus, zog den Sicherungsstift von einer Handgranate und wartete, eine Hand auf der angelehnten Tür.

Als die Scheinwerferkegel durch die Kurve tasteten, stieß er die Tür auf, sprang hinunter und schleuderte die Handgranate durch den Regen.

Er war im Wagen und hatte die Tür geschlossen, bevor er die Explosion hörte und der Blitz auf dem Bildschirm sichtbar wurde.

Das Mädchen lachte beinahe hysterisch, als der Wagen anfuhr.

»Du hast sie gekriegt, Hell!« schrie sie. »Du hast sie erledigt!«

Tanner trank aus ihrer Flasche, und sie schluckte den letzten Mundvoll vom Fusel. Er zündete zwei Zigaretten an und gab ihr eine.

Die Straße wurde rissig und schlüpfrig, voller Schlaglöcher. Sie überwanden einen Hügelrücken und tauchten in ein nebelerfülltes Tal. Lichter kamen entgegen, und er hielt den Flammenwerfer bereit, doch es gab keine Feindseligkeiten, und er sah, daß es ein Konvoi von drei Lastwagen war, der in die Gegenrichtung fuhr.

Das Unwetter lebte wieder auf. Blitze zuckten, und faustgroße Steine begannen zu fallen. Tanner verließ die Straße und suchte Schutz in einem Gehölz hoher Bäume. Der Himmel wurde völlig schwarz und verlor sogar sein blaues Nordlicht.

Sie warteten drei Stunden, doch der Sturm ließ nicht nach. Die Bildeschirme für vorn und rechts fielen kurz nacheinander aus, und auf der linken Seite sah Tanner einen mächtigen zersplitterten Baum mit einem gebrochen baumelnden Ast, der jeden Augenblick herabzufallen drohte. Es gab mehrere furchtbare Schläge auf den Turm und den vorderen Teil des Fahrzeugs, und die restlichen Bildschirme fielen gleichzeitig aus. Das Turmluk über Tanners Kopf wurde eingebeult und begann Wasser durchzulassen, das an der linken Seitenwand herabrann. Die Innenbeleuchtung wurde trübe und schwach, und das Radio brachte nicht einmal die Geräusche atmosphärischer Störungen hervor.

»Ich glaube, das war es«, sagte er.

»Ja.«

»Wie weit sind wir?«

»Vielleicht siebzig Kilometer.«

»Es gibt immer noch eine Chance, wenn wir dieses Ding überleben.«

»Was für eine?«

Sie kippten ihre Sitzlehnen zurück und rauchten und warteten, und nach einer Weile erlosch die Innenbeleuchtung.

Der Sturm dauerte den ganzen Tag an und wütete in die Nacht hinein. Sie schliefen im zerbrochenen Körper des Wagens, und er beschirmte sie. Als das Toben abflaute, öffnete Tanner die Tür und blickte hinaus, schloß sie wieder.

»Wir warten bis zum Morgen«, sagte er, und sie hielt seine tätowierte Hand, und sie schliefen.

Dr. Henry Soames wußte, daß seine Tätigkeit längst sinnlos geworden war. Die Verabreichung von Beruhigungsmitteln und formelhaften Trostworten, das Ausfüllen von Krankenhauseinweisungen und Totenscheinen – auf solche Dinge beschränkte sich sein ärztliches Wirken seit Wochen. Er zog das Laken über den Jungen und nickte der weißgekleideten Frau vom Gesundheitsamt zu, die ihn begleitete.

»Tot«, sagte er. »Seit mindestens zwölf Stunden.« Er nahm einen Block aus der Tasche, hielt ihn mit dem Personalausweis des Jungen in der Linken, stellte den Totenschein aus, riß ihn aus dem Block und gab ihn der Frau.

»Können Sie die Abholung veranlassen?«

Sie nickte.

Beide verließen den Raum, gingen durch die Diele in ein anderes Zimmer, wo ein verhärmtes Ehepaar in stummer Verzweiflung wartete.

Dr. Soames trat ans Bett und betrachtete das junge Mädchen. »Evie?« fragte er.

»Ja?« Es kam aus weiter Ferne.

»Wie fühlst du dich?«

»Ich bin ... ich habe Durst.«

»Hier.« Er füllte ein Glas aus einer bereitstehenden Wasserkaraffe, hob sie ein wenig an und hielt das Glas an ihre Lippen. Nicht lange, und er würde selbst so daliegen. Er wußte es. Es konnte nicht anders kommen. Zuviel Kontakt ...

»Wo ist Fred?« fragte sie, nachdem sie getrunken hatte.

»Er schläft.«

Sie schloß ihre Augen, und er ließ sie zurücksinken.

»Bitte – wie sieht es aus, Herr Doktor?« fragte die Mutter.

»Wir können nur hoffen«, sagte er.

»Gibt es eine Chance, wenn das Serum kommt?«

»Ja, sicherlich. Wenn es kommt. In diesem Fall wird die Notdienstzentrale mich sofort verständigen, und ich kann meine Patienten ohne nennenswerte Verzögerung versorgen. Wenn ich etwas für Evie tun kann, werde ich sie nicht im Stich lassen. Lassen Sie sich nicht entmutigen, liebe Frau, und denken Sie daran, daß wir alle mit Ihnen dieses Schicksal tragen.«

Als er mit seiner Begleiterin die Treppe hinunterging, sagte sie: »Sie glauben nicht, daß das Serum kommen wird, nicht wahr?«

»Nein. Es ist zu weit, und niemand kennt die Strecke. Die Risiken sind zu groß.«

»Ich glaube, daß es kommen wird.«

»Sehr gut«, sagte er. »Wir können Optimisten gebrauchen.«

»Es gibt eine Chance«, sagte sie. »Sie mögen nicht daran glauben, aber mein Bruder ist Fahrer. Er glaubt, daß es zu machen sei.«

»In beiden Richtungen? Rechtzeitig? Ich nicht. Es bedürfte einer unwahrscheinlichen Verkettung von Glücksfällen, neben allen anderen Voraussetzungen. Wir wissen nicht einmal, ob sie das Serum in Kalifornien verfügbar haben.«

»Sie haben recht, ich weiß. Aber wenn ich die Hoffnung nicht hätte ...«

Sie kamen auf die nasse Straße und gingen langsam zu seinem Wagen.

»Wissen Sie, Mrs. Akers«, sagte er, »ich glaube, wir sind bereits tot. Ich glaube, es ist an der Zeit, daß wir es zugeben. Erinnern Sie sich an die drei schwarzen Tage?«

»Nein. Ich war damals erst acht, und wir lebten oben in New Hampshire.«

»Ich erinnere mich«, sagte er. »Ich war hier, und ich saß am Radio, bis es tot war. Dieses Gefühl eines unabwendbaren Verhängnisses – es hatte eine schreckliche Ähnlichkeit mit dem, was wir heute empfinden. In den letzten Jahren dachte ich manchmal, daß wir es schaffen könnten, daß der menschlichen Rasse noch eine Chance bliebe. Vielleicht wird es weiterhin Menschen geben, an der Westküste, auf Inseln und in manchen abgelegenen Gebieten der Erde. Aber ich bezweifle es. Wenn wir es schaffen, dann wird es in Zukunft noch mehr Kretinismus geben als wir so schon haben, mehr Abnormitäten, Krüppel und Fehlgeburten. Die Katastrophe liegt bald dreißig Jahre zurück, aber der Bevölkerungsanteil dieser bedauernswerten Geschöpfe wächst und wächst. Der Mensch wird aufhören, Mensch zu sein!«

»Wir werden es schaffen«, sagte sie. »Die Menschen sind krank und hinfällig und bedroht. Aber es gibt so viele. Einige werden überleben.«

»Ich kann nur hoffen, daß Sie recht behalten werden.«

»Hören Sie die Glocken«, sagte sie. »Sie läuten den Tod. Früher läuteten sie auch an Festtagen, und da bedeutete es Leben. Irgendeiner wird die Straße finden und zu uns kommen, glaube ich. Aber selbst wenn er nicht durchkommt, werden wir nicht alle sterben. Die drei schwarzen Tage waren schrecklich, ich weiß, aber auch sie waren nicht das Ende. Vergessen Sie das nicht. Wir sind noch da.«

Er drückte ihren Arm. »Ich bewundere Sie«, sagte er. »Sie sind die Art von Mensch, die wir brauchen.«

Sie schüttelte den Kopf. »Ich bin nur eine einfache Frau. Warum schlafen Sie nicht ein paar Stunden? Ruhen Sie sich etwas aus. Vielleicht morgen ...«

»Ja. Vielleicht morgen«, sagte er. »Ich glaube es nicht, aber danke.«

Am Morgen ging Tanner durch den Schlamm und die abgerissenen Äste, die Gesteinsbrocken und die toten Fische, und untersuchte den Wagen von allen Seiten. Dann holte er eine Brechstange heraus und öffnete die verklemmte Heckklappe des verbeulten und zerschlagenen Eisenblechbehälters, der wie ein breiter Koffer auf Rohrträgern über dem Motorenraum auf dem Wagenheck ruhte. Er zog die zerlegten und in Schaumgummi verpackten Motorräder heraus, ließ sie herunter und begann die Teile zusammenzubauen.

Nachdem er beide Maschinen aufgetankt hatte, kletterte er in den Wagen zurück. Aus dem Lagerabteil zerrte er die beiden großen Aluminiumkisten, die seine Ladung waren. Er hob sie und trug sie nacheinander zu seinem Motorrad.

»Ist das das Zeug?« fragte Corny.

Er nickte. »Ich weiß nicht, wie es darin verstaut ist, ob es gekühlt ist oder was. Aber die Kisten sind nicht so schwer, daß ich sie nicht hinten auf dem Motorrad befördern könnte.«

Er kehrte noch einmal in den Wagen zurück und versorgte sich mit Ledergurten. Er steckte den Umschlag mit seiner Begnadigung und eine Packung Zigaretten ein, hängte die zwei Gewehre über seine Schulter und stapfte zu den Motorrädern.

Sie half ihm, die Aluminiumkisten zu beiden Seiten des

Hinterrads festzumachen, und als er mit der Befestigung zufrieden war, wickelte er die restlichen Gurte um seinen Oberarm. Sie hängten sich die Gewehre um und schoben die Maschinen zur Straße. »Wir dürfen nicht zu schnell fahren«, sagte er. »Ich möchte das Zeug heil nach Boston bringen.« Er zog seine Handschuhe an, trat auf den Kickstarter und stieg in den Sattel. Sie machte es wie er, und dann fuhren sie Seite an Seite die Straße entlang.

Nach ungefähr einer Stunde begegneten ihnen zwei Personenwagen, die nach Westen fuhren. Die Rücksitze von beiden waren mit Kindern vollgestopft, die ihre Gesichter an die Scheiben drückten und sie beobachteten, als sie vorbeifuhren. Der Fahrer des zweiten Wagens war in Hemdsärmeln und trug ein schwarzes Schulterhalfter.

Der Himmel war rosa und von drei schwarzen Streifen durchzogen, die aussahen, als könnten sie ihnen noch Schwierigkeiten machen. Die Sonne war ein rosa verfärbtes silbriges Ding und ziemlich blaß, aber Tanner mußte sich an das direkte Licht gewöhnen und setzte seine Sonnenbrille auf.

Die Ladung schien sicher untergebracht und verrutschte nicht, und Tanner lehnte sich in den Fahrtwind und dachte an Boston. In den Tälern und Senken lag noch leichter Nebel, und die Luft war kühl und feucht. Wieder kam ihnen ein Wagen entgegen. Die Straßendecke wurde allmählich besser und zeigte zum ersten Mal Spuren von Instandsetzungsarbeiten.

Es ging auf Mittag zu, als er den ersten Schuß durch den Motorenlärm hörte. Zuerst dachte er an eine Fehlzündung, aber ein zweiter Schuß folgte, und Corny schrie auf und kam von der Straße ab und prallte auf einen Felsblock.

Tanner bremste und zog seine Maschine auf die linke Straßenseite, während zwei weitere Schüsse krachten. Er lehnte sein Motorrad gegen einen Baum und warf sich auf den Boden. Eine Kugel schlug nicht weit von seinem Kopf in den Kies am Straßenrand, und er konnte die Richtung feststellen, aus der sie gekommen war. Er kroch in den flachen Straßengraben und zog seinen rechten Handschuh aus. Er sah Corny liegen, wo sie gefallen war, und ihre Jacke war voller Blut. Sie regte sich nicht.

Er brachte sein Gewehr in Anschlag und feuerte.

Der Schuß wurde erwidert, und er bewegte sich nach links.

Die Kugel war von einer etwa hundert Meter entfernten Anhöhe gekommen, und Tanner glaubte den Gewehrlauf zu sehen.

Er zielte darauf und feuerte wieder.

Ein Schuß antwortete, und er kroch weiter nach links, bis er nach vielleicht zehn Metern einen Steinhaufen erreichte, hinter dem er kauern konnte. Er feuerte, wartete den Schuß des anderen ab und raste mit ein paar weiten Sprüngen über ein deckungsloses Stück Wiese in den Schutz einer Hecke, die sich die Anhöhe hinaufzog. Auf allen vieren kroch er weiter, und als er eine Lücke sah, schob er das Gewehr durch und feuerte in den Busch, wo er den Schützen ausgemacht hatte. Die Distanz war nur noch vierzig Meter oder so, und er hielt ein Stück hinter die sichtbare Gewehrmündung, aber er fehlte, und der andere erwiderte mit zwei nervösen Schüssen.

Tanner kroch fünf Meter weiter, zog den Stift von einer Handgranate, sprang auf und schleuderte sie.

Es gab einen mächtigen Blitz und eine dumpfe Explosion, und er warf eine zweite Handgranate, die besser gezielt war. Nach der zweiten Explosion, die Zweige und Erdbrocken hochschleuderte, rannte er mit dem Gewehr im Anschlag auf den Hinterhalt zu, aber es war nicht notwendig.

Er fand nur ein zerfetztes, lebloses Bündel, dem ein Arm und der halbe Kopf fehlte.

Er kehrte zu Corny zurück.

Sie atmete nicht, und ihr Herz hatte zu schlagen aufgehört, und er wußte, was das bedeutete.

Er trug sie zu dem Graben, in dem er gelegen hatte, und vertiefte ihn mit den Händen. Als er fertig war, legte er sie hinein. Er bedeckte sie mit der herausgewühlten Erde und mit einer Schicht herangeschleppter Steine, dann schob er ihre Maschine herüber, setzte den Ständer und stellte sie auf das Grab. Mit seinem Dolch kratzte er ein Epitaph in den Lack des Benzintanks: »Ihr Name war Corny, und ich weiß nicht, wie alt sie war oder woher sie kam oder wie ihr Nachname war, aber sie war Hell Tanners Mädchen, und ich liebe sie.« Dann ging er zu seiner eigenen Maschine, startete sie und fuhr weiter. Boston war ungefähr vierzig Kilometer entfernt.

Er fuhr dahin, und nach einer Zeit hörte er das dumpfe Knattern eines anderen Motorrads. Von einem Feldweg zu seiner Rechten bog eine Harley auf die Landstraße ein, und an ein Entkommen war nicht zu denken, weil er mit seiner Ladung nicht genug beschleunigen konnte. So ließ er sich einholen.

Nach einer Weile kam der Fahrer des anderen Motorrads – ein großer, dünner Kerl mit flammendrotem Bart – an seine linke Seite und blieb neben ihm. Er lächelte und hob seine Rechte und ließ sie wieder fallen und machte dann eine Geste mit seinem Kopf.

Tanner bremste und hielt an. Der Rotbart kam direkt neben ihm zum Stillstand. Er sagte: »Wohin fährst du, Mann?«

»Boston.«

»Was hast du in den Kisten?«

»Drogen.«

Der Mann zog die Brauen hoch, und das Lächeln kam wieder.

»Was für welche?«

»Für die Seuche, die sie in Boston haben.«

»Ach so. Ich dachte, du meintest die andere Art.«

»Tut mir leid.«

Der Rotbart hielt eine Pistole in seiner rechten Hand und sagte: »Steig von deinem Hocker, Freund.«

Tanner tat dies, und der Mann hob seine linke Hand, und ein anderer kam aus dem Gebüsch neben der Straße.

»Schieb den Hobel von unserem Freund hier zweihundert Meter weiter und stell ihn in die Straßenmitte. Dann geh auf deinen Platz.«

»Was soll die Schau?« fragte Tanner.

Der Mann ignorierte die Frage. »Wer bist du denn?« fragte er.

»Hell Tanner.«

»Geh zum Teufel.«

Tanner zuckte mit den Schultern.

»Du bist nicht Hell Tanner.«

Tanner zog seinen rechten Handschuh aus und streckte ihm die Faust hin. »Da ist mein Name.«

»Glaube ich nicht«, sagte der Rotbart, nachdem er die Tätowierung studiert hatte.

»Wie du willst.«

»Halt's Maul!« Und der Mann hob noch einmal seine Linke und machte eine kreisförmige Bewegung über seinem Kopf.

Im Gebüsch zu beiden Seiten der Straße wurde es lebendig. Motorräder wurden von ihren Fahrern aus dem Dickicht auf die Straße geschoben. Sie säumten die Straße, zwanzig oder dreißig auf jeder Seite.

»Da hast du's«, sagte der Rotbart. »Mein Name ist Großer Bruder.«

»Freut mich.«

»Weißt du, was du zu tun hast?«

»Ich kann es mir denken.«

»Du wirst zu deinem Hobel gehen, dich draufsetzen und losfahren.«

Tanner lächelte. »Wie schwierig wird das sein?«

»Gar nicht schwierig. Geh einfach los. Aber gib mir zuerst dein Gewehr.«

Wieder hob er seine Hand, und die Maschinen brüllten eine nach der anderen auf.

»Okay«, sagte der Große Bruder. »Jetzt.«

»Denkst du, ich bin verrückt, Mann?«

»Spuck nicht, Alter. Geh zu. Dein Gewehr ...«

Tanner nahm es von der Schulter, und er nützte die Bewegung zum Ausholen. Der Kolben traf den Großen Bruder unter dem roten Bart, und Tanner fühlte eine Kugel in seine Seite gehen. Er ließ sein Gewehr fallen, zog eine Handgranate ab und warf sie in die linke Reihe. Bevor sie explodierte, hatte er eine zweite abgezogen und nach rechts geworfen. Inzwischen waren die Motorräder in Fahrt und kamen auf ihn zu. Er warf sich auf den Boden und ergriff sein Gewehr, und im selben Augenblick krachte die erste Explosion. Er feuerte bereits, als die zweite Handgranate detonierte.

Er schoß drei von ihnen nieder, sprang auf und schaffte es bis hinter das Motorrad des Rotbarts, von wo er weiterfeuerte. Der Große Bruder lag noch neben seiner Maschine. Als das Gewehr leergeschossen war, hatte er keine Zeit zum Nachladen. Er feuerte seine Pistole viermal ab, bevor jemand seine Schneekette über seinen Kopf schlug und ihn niederwarf.

Er erwachte vom Brüllen der Motoren. Sie umkreisten ihn. Als er aufstand, wurde er von einem Montiereisen niedergeschlagen.

Zwei Motorräder umkreisten ihn, und die Straße war bedeckt mit Gefallenen und ihren Maschinen.

Er mühte sich wieder hoch, wurde niedergestoßen.

Der Große Bruder und ein anderer saßen auf den Motorrädern, die ihn umkreisten.

Er kroch nach rechts, und die Reifen fuhren über seine Finger.

Aber er sah einen Steinbrocken und wartete, bis ein Fahrer nahe war. Dann stand er wieder und holte mit dem Steinbrocken in seiner Rechten aus und warf sich auf den Mann, die Linke schützend vor dem Kopf, und schlug ihm den Stein mit aller Macht ins Gesicht. Er wurde mitgerissen, und als er fiel, wurde er vom zweiten Motorrad angefahren.

Das Gefühl von Betäubung in seiner Seite wich reißenden Schmerzen, und sein Körper war wie zerbrochen und gerädert, aber er streckte seinen Arm aus und hielt sich an einem verchromten Sturzbügel an der Seite des Motorrads fest.

Bevor er drei Meter mitgeschleift worden war, hatte er seinen SS-Dolch aus dem Stiefelschaft gezogen. Er stieß aufwärts und fühlte das dünne Metall des Tanks nachgeben, und er zog den Dolch heraus und ließ los, und noch im Fallen roch er das Benzin. Seine Hand tauchte in die Jackentasche und kam mit dem Feuerzeug heraus.

Er hatte den Benzintank des Motorrads durchbohrt, und nun sprudelte der Treibstoff in zentimeterbreitem Strahl auf die Straße. Zehn Meter entfernt wendete der Große Bruder die Maschine.

Tanner hielt das Feuerzeug, das Feuerzeug mit dem emaillierten Relief des Totenkopfes vor den ausgebreiteten Schwingen. Sein Daumen drehte das Rad, und die Funken sprangen, dann war die Flamme da. Er hielt sie an die Benzinspur, die vor ihm begann, und die Flammen rasten davon, eine lodernde Spur auf dem Beton.

Der Große Bruder hatte kehrtgemacht und kam auf ihn zugedonnert, als er sah, was geschehen war. Seine Augen weiteten sich, und sein rot umrahmtes Lächeln verging.

Er versuchte von seiner Maschine zu springen, doch es war zu spät.

Der explodierende Benzintank erfaßte ihn, und er ging brennend zu Boden, ein zerfetztes Metallstück im Gesicht und andere Stücke anderswo.

Brennende Benzinspritzer trafen Tanner, und er wälzte sich herum und klopfte die Flammen aus, so gut er konnte, und dann zog er Cornys Pistole und hob seinen Kopf über das Schlachtfeld. Flammen und der schwarze Qualm brennender Reifen, herumliegende Körper und beschädigte Motorräder, deren auslaufendes Benzin Lachen gebildet hatte, die jeden Moment Feuer fangen konnten. Er sah seine eigene Maschine, die unversehrt zweihundert Meter weiter auf der Straße stand.

Er ließ seinen Kopf wieder fallen. Er war blutig und schwach und müde wie noch nie.

Er hörte irgendwo den dumpfen Knall eines zweiten explodierenden Benzintanks, und das Bewußtsein der Gefahr riß ihn aus seiner Lethargie. Er rappelte sich auf, kam wankend auf die Füße und taumelte halb fallend zum Straßenrand und ihn entlang weiter zu seiner Maschine. Als er sie erreichte, warf er sich über Tank und Sattel, ein Bein zwischen den Aluminiumkisten, und blieb eine ungewisse Zeit so liegen. Er übergab sich zweimal, und seine Schmerzen wurden zu einem stetigen Pochen.

Nach vielleicht einer Stunde setzte er sich aufrecht und startete die Maschine.

Er fuhr einen Kilometer, dann überwältigten ihn Schwindel und Erschöpfung, und er lenkte das Motorrad von der Straße und versteckte es in einem Gebüsch, so gut er konnte. Dann legte er sich daneben auf die nackte Erde und schlief.

Auf der Bühne Delirium im Theater von Nacht und Traum, erhellt vom Wetterleuchten der Hitzegewitter, gehen die Erinnerungen über die Bretter; die Erinnerungen, die niemals waren, bestehend aus dem, das war und dem, das nicht ist, aus dem, das ist und dem, das niemals sein kann, gesättigt mit flüchtigen oder bleibenden Empfindungen, tief oder absurd, manchmal zusammenhängend, schön, häßlich, meistens gedankenleer, seltsam traurig oder glücklich, von farbiger Dunkelheit oder düsterem Licht, und das ist beinahe alles, was von ihnen gesagt werden kann, außer, daß der Funke, der sie auslöst, unbekannt ist – auch er.

Ein Mann in Schwarz bewegt sich unter einem trübe glühenden Himmel eine geborstene Straße entlang.

Ich bin Vater Tod, ein Priester aus Albany, scheint er zu sagen, auf meiner Pilgerfahrt zur Kathedrale in Boston, um für die Errettung des Menschen zu beten. Über die Berge, an einem schaumfleckigen Fluß, vorbei an dem brennenden Berg und über die schwankenden Brücken geht schwer mein Schritt. In diesem Wald abseits der Straße will ich den Morgen erwarten, dort wo der Tau dick liegt.

Es kommt ein Geräusch wie das stetige Brummen eines Motors, aber es verstärkt sich nicht, noch nimmt es ab. Ein anderes Geräusch kommt hinzu, und es klingt, als ob einer in Intervallen von fünf Sekunden mit einem Stein auf Metall schlüge. Dies dauert an.

Ein anderer nähert sich dem Wald, ganz in Grau gekleidet, der eine rote Maske mit konzentrischen Ringen um die Augenlöcher trägt. Die Maske hat eine dünne Linie als Mund, eingesunkene Wangen und drei dunkle V's in der Mitte der Stirn.

Ich möchte mit dir sprechen, Priester, scheint er zu sagen, wie er neben dem anderen steht.

Was möchtest du mir sagen?

Es ist ein Mann, für den zu beten ich dich bitten möchte.

Das ist mein Amt. Für wen soll ich beten?

Es ist nicht nötig, seinen Namen zu wissen. Er liegt weit von hier. Er ist in einem anderen Land begraben.

Wie kann ich für ihn beten, wenn ich seinen Namen nicht weiß?

Bete auch so. Alle Geschöpfe sollen ohne Unterschied am Segen teilhaben.

Dies kann ich nicht tun.

Und zwischen den stetigen Schlägen und in dem Brummen fallen die gemessenen Worte: Bete, denn ob auch das Herz, das betet, seinem Gebet keinen Namen geben kann, so ist doch sein Besitzer, der es nimmt.

Dann gehe mit mir in mein Heim, Priester, und verbringe dort die Nacht.

Er hebt einen Zweig, und da ist eine Tür.

Was ist das für ein Ort? Ein Schrein von einer Art? Es gleicht dem Innern eines Wagens, nur ist es größer.

So ist es.

Der in der Maske setzt sich vor das Rad und legt seine Hände darauf. Er starrt einfach geradeaus und bewegt sich nicht.

Wer bist du?

Es ist nicht wichtig. Ich fahre.

Wohin? Warum? Was ist der Grund für dies?

Du mußt wissen, daß ich nicht sterben wollte, als ich zu meiner Mission aufbrach. Ich fürchtete mich, doch ich fuhr. Alle Hindernisse überwand ich, und die Schläge des Himmels fielen um mich her, und der Schlaf sammelte sich hinter meinen Augen, nachdem mein Weggefährte gestorben war, und ich bekämpfte ihn mit Drogen und mit meinem Willen. Wie ich fuhr, wußte ich, daß die unsichtbaren Feuer der Strahlung meinen Körper verbrannten. Fahrend wurde ich ein Teil des Wagens, und er von mir, so daß wir mit unserer Mission eins waren. Ich wurde wieder und wieder verwundet, und nun wird mein Kopf schwer.

Langsam senkt er seinen Kopf auf das Rad und läßt ihn dort ruhen.

Eine Nacht, zwei Nächte, drei Nächte. Ich schnitt meine Spuren ins Land, die Augen geblendet und besessen von einem Wahnsinn. Meine Wunden sind auf mir, und es gibt kein Ende der Straße, die ich fahre.

Er hebt seinen Kopf noch einmal.

Sie töten mich, die Ungeheuer auf dem Land und im Himmel. Sie töten mich. Fahrend, fahrend erreiche ich mein Ziel, übergebe meine Botschaft und sterbe.

Doch ich muß ein Ende machen, oder der Morgen wird mich so finden. Geh zu deiner Ruhe durch jene Tür dort.

Er erhebt sich und verläßt den Wagen, und der Priester geht durch die bezeichnete Tür, um wieder im Wald zu stehen, denn der Wagen ist verschwunden, obgleich das Geräusch der Maschine unvermindert anhält und der gleichmäßige Schlag nicht schwindet.

Ich habe seltsame Dinge gesehen. Ich kann nicht schlafen. Ich werde beten.

Der Priester beugt seinen Kopf und steht für eine Zeit bewegungslos.

Der in der Maske erscheint abermals, mit einem Verband um seinen Kopf.

Die Winde erheben sich, scheint er zu sagen, die Wolken jagen, und die Nacht ist dunkel. Ein wilder Wind kämmt den Wald unter diesem Hügel. Die Äste knarren und heben sich. Es gibt nicht Stille noch Ruhe.

Sag deinen Namen.

Der Mann hebt eine Hand zu seiner Maske und bedeckt sie. Er wendet seinen Kopf zur Seite.

Brady. Gib mir Ruhe.

Dann fallen die Maske und die Bandage auf die Erde, und das graue Kleid fällt auf sie, wie im Osten der Tag graut.

Durch das Grollen und die Schläge werden die Worte gesprochen: Er wurde verwundet, bis die Kraft seines Geistes ermattete, dem Tau gleich, der unter der Glut schwindet.

Ein Hahn kräht, und eine Blässe beginnt sich am Himmel abzuzeichnen. Er hat sich unter den Schatten der Bäume verborgen; unter den Schatten der Bäume hat er sich verborgen.

Der Traum ist nun verschwunden; wohin, ist gleichfalls nicht bekannt.

Als er erwachte, fühlte er getrocknetes Blut an seiner Seite. Seine linke Hand schmerzte und war angeschwollen. Alle vier Finger waren steif, und der Versuch, sie zu krümmen, schmerzte so, daß er es aufgab, und in seinem Kopf war ein dumpfer Druck, der sich bei der geringsten Bewegung zu verstärken schien. In seinem Mund war ein Geschmack von Benzin und Erbrochenem. Lange Zeit blieb er liegen, ohne eine neue Bewegung zu versuchen. Sein Bart war angesengt, sein rechtes Auge beinahe zugeschwollen.

»Corny ...«, sagte er; dann: »Verflucht!«

Alles kam zurück, ergoß sich wie der Inhalt eines mächtigen Traumes plötzlich in sein Bewußtsein.

Er begann zu frösteln, und Nebel war überall um ihn. Es war sehr dunkel, und seine Beine waren kalt; die Bodenfeuchtigkeit hatte seine Kleider durchdrungen.

In der Ferne hörte er ein Fahrzeug vorbeifahren.

Er wälzte sich auf den Bauch und legte seine Stirn auf den Unterarm. Es schien Nacht zu sein, aber es konnte auch ein dunkler Tag sein.

Als er so lag, gingen seine Gedanken zurück zur Gefängniszelle. Sie erschien ihm jetzt beinahe als ein Ort der Zuflucht. Und er dachte an seinen Bruder Denny, der in diesem Moment auch Schmerzen haben mußte. Er fragte sich, ob er selber gebrochene Rippen haben mochte. Es fühlte sich so an. Und er dachte an die Ungeheuer des Südwestens, und an den dunkeläugigen Greg, dessen Nerven nicht durchgehalten hatten. Ob er noch lebte? Sein Geist kreiste zurück nach Los Angeles und zur alten Küste, fort, vorbei für immer. Dann ging Corny an ihm vorüber, Blut auf ihren Brüsten, und er kaute seinen Bart und hielt seine Augen fest geschlossen. Zusammen hätten sie es in Boston machen können. Wie weit, jetzt?

Er erhob sich auf die Knie, kroch auf allen vieren zum Motorrad und lehnte sich mit dem Rücken an einen der Aluminiumkästen, und seine Hand fummelte die zerdrückte Zigarettenpackung aus der Jackentasche. Er zog eine Zigarette heraus, bog sie gerade, fand sein Feuerzeug und zündete sie an. Die Kälte wich aus seinen Knochen, als er rauchte, und eine fiebrige Welle überrollte ihn. Er hustete, als er seinen Kragen öffnete, und ihm schien, daß er Blut schmeckte.

Seine Waffen waren weg, bis auf den Klumpen einer einzigen Handgranate in seinem Gürtel.

Er hörte das Heulen oben in der Dunkelheit. Nach sechs Zügen glitt die Zigarette aus seinen Fingern und verzischte im feuchten Moder alten Laubs. Sein Kopf fiel auf seine Brust, und in ihm war Dunkelheit.

Vielleicht hatte es einen Sturm gegeben. Er erinnerte sich nicht. Als er aufwachte, lag er auf seiner rechten Seite, das Motorrad im Rücken. Eine rosa Nachmittagssonne schien auf ihn herab, und die Nebel waren weggeblasen. Von irgendwo kam das Gezwitscher eines Vogels. Er richtete sich zu sitzender Haltung auf und fluchte leise, dann bemerkte er, wie trocken seine Kehle war. Er wurde plötzlich von einem furchtbaren Durst verbrannt.

Ungefähr zehn Meter vor ihm war eine klare Pfütze. Er

krabbelte hin und tauchte sein Gesicht ins Wasser und schlabberte wie ein Hund, bis er genug hatte, und das Wasser schlammig zu schmecken begann.

Dann kroch er zu seinem Motorrad zurück, und zog sich daran in die Höhe. Nachdem er eine Weile gestanden hatte, ließ das Schwindelgefühl nach, und er brachte es fertig, in den Sattel zu steigen. Seine Hände zitterten, als er sich eine Zigarette anzündete.

Er mußte eine Stunde gebraucht haben, um die Straße zu erreichen, und er schwitzte und keuchte vor Erschöpfung. Seine Armbanduhr war zerbrochen, und er wußte die Stunde nicht. Die Sonne sank bereits hinter seinem Rücken, als er losfuhr. Ein frischer kühler Wind kam ihm entgegen und klärte seinen fiebernden Kopf. Seine Ladung war sicher hinter ihm verstaut, aber er hatte Visionen, daß jemand die Kiste öffnete und einen Haufen Scherben und zerbrochene Flaschen darin fände, und er lachte und fluchte abwechselnd.

Mehrere Fahrzeuge kamen ihm entgegen. Seit Albany hatte er noch keinen Wagen stadtwärts fahren sehen. Die Straße war in gutem Zustand, und er passierte guterhaltene Häuser, die jedoch verlassen schienen. Er hielt nicht an. Diesmal war er entschlossen, ohne Halt durchzufahren, es sei denn, er würde aufgehalten.

Die Sonne sank weiter, und der Himmel vor ihm dunkelte. Zwei schwarze Streifen zogen wie Riesenschlangen durch die Atmosphäre. Dann kam er an einem Hinweisschild vorbei, das ihm sagte, daß er noch achtzehn Kilometer zu fahren hatte. Zehn Minuten später schaltete er das Licht ein.

Dann überwand er einen breit hingestreckten, flachen Höhenzug und verlangsamte seine Fahrt.

Unter ihm und in der Ferne voraus waren viele Lichter.

Als er Gas gab und die Gefällstrecke abwärts brauste, brachte der Wind ihm den Klang einer einzelnen Glocke, die wieder und wieder durch die zunehmende Dämmerung bimmelte. Er schnüffelte die Luft und fand eine Erinnerung in dem Geruch: Es war der salzige Atem des Ozeans.

Die Sonne versank hinter dem Höhenrücken, den er hinunterfuhr. Am fernen Horizont zwischen den beiden schwarzen Streifen erschien ein einzelner Stern.

Nun gab es Lichter in den Schatten, die er passierte, und

die Gebäude rückten näher zusammen. Er stützte sich schwer auf die Lenkstange. Seine Schultermuskeln waren steif und verkrampft, und er wünschte, daß er einen Sturzhelm hätte, denn er fühlte sich zunehmend unsicher.

Er mußte beinahe da sein. Wohin sollte er fahren, sobald er die eigentliche Stadt erreichte? Das hatten sie ihm nicht gesagt. Die Straße, die er entlangfuhr, war verlassen. Er konnte keine Verkehrsgeräusche hören. Er drückte auf das Zweiklanghorn, und die Echos rollten auf ihn zurück.

Fünf Minuten später entdeckte er ein Postamt. Unten war alles dunkel, aber im ersten Stock brannte Licht.

Er hielt an, überquerte den Gehsteig und probierte die Tür. Sie war verschlossen. Er suchte nach den Klingelknöpfen, fand sie und drückte sie alle. Ein Telefon würde bedeuten, daß er seine Reise hier und jetzt beenden könnte.

Aber was, wenn sie drinnen alle tot wären? Der Gedanke kam, daß inzwischen so gut wie alle tot sein könnten. Er beschloß, ins Postamt einzubrechen und von dort zu telefonieren. Er kehrte zu seinem Motorrad zurück, holte einen Schraubenzieher und begann an der Tür zu arbeiten.

Er hatte vier Schrauben des Türbeschlags gelöst und eine Platte abgenommen, um an den Mechanismus heranzukommen, als er fast gleichzeitig einen Schuß und das Motorengeräusch eines Wagens hörte.

»Halt! Stehenbleiben!« rief ein Lautsprecher auf dem schwarzen Wagen, der sich näherte. »Das war ein Warnschuß. Ab jetzt wird scharf geschossen!«

Tanner hob seine Hände in Ohrenhöhe. Die rechte Hand hatte er umgedreht, um die Handgranate zu verbergen, die er darin hielt. Er ging an die Bordsteinkante und stand neben seinem Motorrad, als der Wagen vor ihm hielt.

Zwei Polizisten saßen in dem Wagen, und der auf dem Beifahrersitz hielt seine Dienstpistole auf Tanners Bauch gerichtet.

»Du bist verhaftet«, sagte er. »Wegen Plünderung.«

Tanner nickte und der Mann stieg aus. Der Fahrer kam von der anderen Seite um den Wagen. Ein Paar Handschellen klingelten in seiner Hand.

»Plünderung«, wiederholte der mit der Pistole. »Dafür wirst du eine hübsche Zeit im Steinbruch schwitzen, Junge.«

»Streck deine Hände aus«, sagte der zweite Polizist, und Tanner reichte ihm den Sicherungsstift.

Der Mann starrte mehrere Sekunden stumpfsinnig darauf; dann ging sein Blick zu Tanners rechter Hand.

»Gott! Er hat eine Bombe!« sagte der Mann mit der Pistole.

Tanner grinste. »Seid mal still und hört zu!« sagte er. »Oder schießt mich ab, und wir gehen alle zusammen. Ich versuchte nur an ein Telefon ranzukommen. Diese beiden Kisten auf meiner Maschine sind voll Antiserum. Ich habe es von Los Angeles gebracht.«

»Das kannst du deiner Großmutter erzählen«, sagte der Fahrer. »Mit dem umgebauten Fahrrad bist du nicht von Kalifornien gekommen!«

»Bin ich auch nicht. Mein Wagen ist irgendwo zwischen hier und Albany liegengeblieben, und das gleiche gilt für eine Menge Leute, die mich unterwegs aufhalten wollten. Jetzt nehmt lieber diese Medizin und bringt sie schnell dahin, wo sie gebraucht wird.«

»Hast du alle beisammen, Freund?«

»Bis jetzt, ja. Aber meine Hand wird sehr müde, Mister. Ich bin nicht in guter Verfassung.« Tanner stützte sich auf sein Motorrad. »Hier.«

Er zog den Umschlag mit seiner Begnadigung aus seiner Jacke und reichte ihn dem Polizisten mit den Handschellen. »Das ist meine Begnadigung«, sagte er. »Sie ist noch keine zwei Wochen alt, und ihr könnt sehen, daß sie in Kalifornien ausgestellt worden ist.«

Der Polizist öffnete den Umschlag, zog das Papier heraus und las mit gerunzelter Stirn. »Sieht echt aus«, sagte er. »Also ist Brady durchgekommen ...«

»Er ist tot«, sagte Tanner. »Hört zu, ich habe Schmerzen. Tut was!«

»Mein Gott! Halt das Ding fest! Hier, setz dich in den Wagen. In einer Minute haben wir die Behälter umgeladen und fahren. Wir fahren sofort zum Fluß, und du kannst die Granate ins Wasser werfen. Nicht loslassen!«

Sie durchschnitten die Gurte und packten die Aluminiumkisten in den Kofferraum. Sie kurbelten das Fenster neben dem Beifahrersitz herunter, und Tanner setzte sich und ließ den rechten Arm mit der entsicherten Handgranate an der Außenseite herabhängen.

Die Sirene kreischte, und der Schmerz kroch Tanners Arm hinauf. Es würde sehr leicht sein, einfach loszulassen.

»Wo habt ihr euren Fluß?« fragte er.

»Nur ein kleines Stück weiter. Wir sind gleich dort.«

»Macht schnell«, sagte Tanner.

»Da vorn ist schon die Brücke. Wir fahren rauf, und du wirfst das Ding über Bord – so weit wie du kannst.«

»Mann, bin ich müde! Ich weiß nicht, ob ich es schaffen kann ...«

»Fahr zu, Jerry!«

»Tue ich doch, verdammt noch mal! Wir haben keine Flügel!«

Sie rasten hinaus auf die Brücke, und die Reifen quietschten, als sie hielten. Tanner öffnete langsam die Tür. Der Fahrer war schon draußen und kam um den Wagen gerannt.

Er taumelte, und sie halfen ihm zum Brückengeländer. Er sackte dagegen, als sie ihn losließen.

»Ich weiß nicht, ob ich ...«

Dann richtete er sich auf, holte aus und warf die Handgranate weit über das Wasser hinaus.

Er grinste, und weit unter ihnen kam die Explosion, und für kurze Zeit wurde die glatte Oberfläche aufgewühlt.

Die zwei Polizisten seufzten, und Tanner grinste.

»Ich bin in Wirklichkeit ganz okay«, sagte er. »Ich tat nur so, um euch Feuer unter dem Hintern zu machen.«

»Was? Du ...!«

Dann brach er zusammen, und sie sahen die Blässe seines Gesichts im Scheinwerferlicht ihres Wagens.

Im folgenden Frühjahr, an dem Tag, als das Denkmal im Volkspark von Boston enthüllt und entdeckt wurde, daß jemand obszöne Worte auf die Statue von Hell Tanner gekritzelt hatte, dachte niemand daran, den logischen Kandidaten zu fragen, warum er es getan hatte, und am nächsten Tag war es zu spät, denn er war verschwunden, ohne eine Adresse zu hinterlassen. Mehrere Wagen wurden an diesem Tag gestohlen, und keiner wurde je wieder in Boston gesehen.

So enthüllten sie seine Statue, überlebensgroß auf einer

großen bronzenen Harley sitzend, und sie säuberten ihn für die erhoffte Nachwelt. Wenn man in den Volkspark kommt, sieht man das Denkmal dort stehen, und die Winde heulen noch immer darum, und die Himmel werfen noch immer mit Müll.

Dritter Roman

Der Tod in Italbar

DER TOD IN ITALBAR
erschien ursprünglich als HEYNE-BUCH Nr. 06/3434
Titel der amerikanischen Originalausgabe:
TO DIE IN ITALBAR
Deutsche Übersetzung:
Thomas Schlück

1

In der Nacht, die er schon vor Monaten bestimmt hatte, überquerte Malacar Miles die mit Sieben bezeichnete Straße und passierte dabei die Leuchtkugel, die er am Tage beschädigt hatte.

Alle drei Monde Blanchens standen unter dem Horizont. Der Himmel war leicht bewölkt, die wenigen sichtbaren Sterne schimmerten winzig und schwach.

Er blickte links und rechts die Straße entlang, nahm noch einen tiefen Atemzug aus dem Inhaliergerät und schlich weiter. Als er über die Straße huschte, griff er in die Taschen seiner schwarzen Kombination, ob sie ihm auch freien Zugang zu seiner Ausrüstung gewährten. Nachdem er seinen ganzen Körper vor drei Tagen schwarz gefärbt hatte, war er in der Dunkelheit fast unsichtbar.

Auf dem Gebäude jenseits der Straße Sieben saß Shind, ein Pelzball von fünfzig Zentimetern Durchmesser, reglos, mit starrem Blick.

Ehe er sich dem 4. Angestellteneingang näherte, spürte er an der Durrilit-Wand drei bestimmte Punkte auf und desaktivierte die Alarmvorrichtungen, ohne die Stromkreise zu unterbrechen. Die Tür des 4. Eingangs kostete mehr Zeit; doch nach weiteren fünfzehn Minuten stand er im Innern des Gebäudes. Die Dunkelheit war vollkommen.

Er legte eine Nachtbrille an, schaltete seine Speziallampe ein und setzte sich in Bewegung, schlich durch die Gänge zwischen den identischen Maschinen. In den letzten Monaten hatte er ausgiebig geübt, bestimmte Teile des hier gelagerten Geräts auseinanderzunehmen und wieder zusammenzusetzen.

Ein Menschenwärter geht vorn am Gebäude vorbei.

Danke, Shind.

Gleich darauf: *Er biegt in die Straße ein, die du genommen hast.*

Gib mir Bescheid, wenn er etwas Ungewöhnliches tut.

Er wandert nur herum und leuchtet mit seiner Lampe in die Schatten.

Sag mir, wenn er an einer Stelle stehenbleibt, wo auch ich haltgemacht habe.

An der ersten Stelle ist er schon vorbei.

Gut.

Jetzt hat er auch die zweite passiert.

Ausgezeichnet.

Malacar öffnete das Gehäuse einer Maschine und entfernte ein Bauteil, das die Größe zweier Fäuste hatte.

Er ist am Eingang stehengeblieben. Er rüttelt an der Tür.

Er begann mit dem Einbau eines ähnlich aussehenden Teils, das er mitgebracht hatte. Er unterbrach die Arbeit nur, um gelegentlich ein paar Atemzüge aus seiner Sprühdose zu nehmen.

Er entfernt sich jetzt.

Gut.

Er beendete seine Arbeit und brachte das Blech der Konsole wieder an.

Gib mir Bescheid, wenn er außer Sicht ist.

Wird gemacht.

Er kehrte zum 4. Angestellteneingang zurück.

Er ist fort.

Daraufhin trat Malacar Miles den Rückzug an und hielt nur an bestimmten Stellen inne, um die Spuren seines Eindringens zu beseitigen.

Drei Häuserblocks entfernt hielt er an einer Kreuzung und schaute in alle Richtungen. Eine plötzliche Rötung des Himmels kündete von der Ankunft eines weiteren Transportfahrzeugs. Er konnte nicht weiter.

Blanchen war keine gewöhnliche Welt. Solange er sich im Bereich des zwölf-mal-zwölf messenden Block-Komplexes hielt und an keinem der fensterlosen Durrilitgebäude ein Alarmgerät auslöste, war er einigermaßen sicher. Jedem Komplex waren jedoch mehrere menschliche Wächter zugeteilt, ganz abgesehen von den rollenden Robotwachen, die ein größeres Gebiet patrouillierten. Deshalb hielt er sich auch im Schatten und mied nach besten Kräften die Leuchtkuppeln auf den Gebäuden, die Lichter, die die tieffliegenden Nachtfrachter leiteten und den Wächtern zur Orientierung dienten.

Nachdem er an der Kreuzung nichts feststellen konnte,

drang er wieder in den Komplex vor und kundschaftete die Rendezvousstelle aus.

Rechts von dir. Ein Block versetzt und zwei voraus. Ein Automatikwagen. Er biegt um eine Ecke. Geh nach rechts.

Danke.

Er schlich sich in die angegebene Richtung, zählte die Biegungen, die er machte.

Das Fahrzeug ist jetzt ziemlich weit entfernt.

Gut.

Er wich einem Wächter aus, zog sich einen Block zurück, bog im rechten Winkel von seinem Kurs ab, kam drei Blocks voran. Dann erstarrte er, als er das Geräusch einer Flugmaschine hörte.

Wo ist sie?

Bleib, wo du bist. Du bist für die Leute nicht zu sehen.

Was für ein Fahrzeug ist es?

Ein kleiner Gleiter. Er ist sehr schnell von Norden her gekommen, verlangsamt jetzt die Fahrt. Jetzt schwebt er über der Straße, wo du vorhin gewesen bist.

O Gott!

Er verliert an Höhe.

Malacar überprüfte den Chrono an seinem linken Handgelenk und unterdrückte ein Aufstöhnen. Er betastete die Rundungen der verschiedenen Waffen, die er bei sich trug.

Er ist gelandet.

Er wartete.

Kurze Zeit später: *Zwei Männer sind aus dem Fahrzeug gestiegen. Es scheint sich um die gesamte Besatzung zu handeln. Ein Wächter geht ihnen entgegen.*

Woher ist er gekommen? Doch nicht aus dem Gebäude?

Nein. Aus der Straße gegenüber. Sieht aus, als hätte er auf die beiden gewartet. Sie unterhalten sich. Jetzt zuckt der Wächter die Achseln.

Malacar spürte den heftigen Herzschlag in seiner Brust und versuchte seine Atmung zu steuern, um sich in der ungewöhnlichen Atmosphäre Blanchens nicht zu sehr zu verausgaben. Er inhalierte wieder aus seinem Aerosol-Gerät. Dann zuckte er zusammen, als in schneller Folge zwei Transporter über den Himmel zischten – einer nach Südosten, der andere nach Westen fliegend.

Die beiden Männer steigen jetzt wieder in das Fahrzeug.

Was ist mit dem Wächter?

Er steht nur da und sieht ihnen zu.

Er zählte dreiundzwanzig Herzschläge ab.

Jetzt steigt der Gleiter auf, sehr langsam, nähert sich der Gebäudefront.

Obwohl es kühl war, spürte Malacar Schweißtropfen auf der Stirn. Er wischte sie mit dem Zeigefinger ab.

Sie schweben über dem Gebäude. Jetzt geschieht irgend etwas. Ich kann nicht erkennen, was. Es ist zu dunkel ... Da! Es wird hell. Sie haben die Leuchtkuppel ausgewechselt, die du beschädigt hattest! Jetzt steigen sie ganz auf. Der Wächter winkt. Sie fliegen wieder in die Richtung, aus der sie gekommen sind.

Malacars mächtiger Körper erbebte. Er lachte.

Dann setzte er vorsichtig seinen Weg zum Rendezvous fort – eine Stelle, die er sorgsam ausgesucht hatte, denn Blanchen war keine normale Welt.

Abgesehen von den Wächtern und den Alarmeinrichtungen gab es in verschiedenen Höhen Luftüberwachungsnetze. Gestern abend hatte sein Fahrzeug diese Anlagen bei der Landung wirksam abgeblockt und wahrscheinlich ebenso auf dem Rückflug. Er warf einen Blick auf seinen Chrono und atmete frisches Aerosol ein, das seine Lungen reinigte. Er hatte sich nicht die Mühe gemacht, seine Atmung der Blanchen-Atmosphäre anpassen zu lassen, wie etwa die Wächter, Arbeiter und Techniker, die hier lebten.

Noch knapp vierzig Minuten ...

Blanchen hatte keine Ozeane, Seen, Flüsse oder Bäche. Von einer einheimischen Natur also keine Spur – nur eine Atmosphäre, zum Beweis, daß es hier einmal Leben gegeben hatte. In der jüngeren Geschichte dieses Planeten war einmal die Frage diskutiert worden, ob man nicht einen Weltenformer beauftragen sollte, Blanchen eine bewohnbare Konstitution zu geben. Doch der Vorschlag wurde aus zwei Gründen abgelehnt – wegen der hohen Kosten und wegen der Tatsache, daß man eine Alternative zur Besiedlung gefunden hatte. Ein Kombinat aus Herstellern und Transportfirmen hatte darauf hingewiesen, daß die trockenen Landflächen und die schützende Atmosphäre ideale Voraussetzungen böten, den gesamten Planeten als Lagerhaus zu benutzen. Man bot den

Entdeckern die volle Partnerschaft und versprach die Entwicklung und Führung der Welt zu übernehmen. Diese Bedingungen waren annehmbar, wurden angenommen und in die Tat umgesetzt.

Nun hing Blanchen wie eine durrilitische Ananas mit Millionen von Augen im All. Tausende von interstellaren Frachtern umkreisten es ständig, und zwischen ihnen und den vielen hunderttausend Landedocks pendelten die Transportfahrzeuge und löschten und luden ihre Waren. Die drei Monde Blanchens dienten als Verkehrskontroll- und Ruhezentren. Die Bodenmannschaften, in bestimmten Gebieten untergebracht, arbeiteten zwischen den Docks und den Lagerhäusern und löschten und luden die Frachten. Je nach industriellem Ausstoß und den Anforderungen der Konsumentenwelten mochten die Docks oder Lagerkomplexe ständig in Betrieb, gelegentlich in Betrieb oder selten in Betrieb sein. Die Bodenmannschaften wurden je nach Arbeitsanfall versetzt. Die Bezahlung der Männer war gut, und ihre Lebensbedingungen ähnelten denen von Soldaten im Frieden. Die ganze Anlage kalkulierte jedoch anders als ein Lagerhaus auf einem Planeten, den es beliefert: Zwar bedeutet Lagerraum Kosten und lange Lagerung einen Geldverlust, doch ist der Transport über interstellare Entfernungen äußerst kostspielig.

So können wenig gefragte Güter jahrelang, sogar jahrhundertelang am Lager bleiben. Das Gebäude, das Malacar besucht hatte, war fast zwei irdische Monate hindurch ohne Besucher gewesen. Er hatte dies gewußt und daher keine Probleme erwartet; es sei denn, der bevorstehende Handel, von dem er erfahren hatte, sei vorzeitig abgeschlossen worden.

Angesichts der überlasteten Verkehrskontrollzentren und der Überwachungs- und Ausweichsysteme, die in sein kleines Privatschiff, die *Perseus,* eingebaut waren, hielt er das Risiko, nach Blanchen zu kommen und damit die DYNAW zu verlassen und in das Gebiet der Vereinigten Ligen einzudringen, für nicht allzu groß. Wenn man ihn fand und tötete, hatte er Pech gehabt. Wenn man ihn aufspürte und gefangennahm oder seine Kapitulation akzeptierte, hatte man keine andere Wahl, als ihn nach Hause zu schicken. Aber man würde ihn wahrscheinlich zuerst verhören, unter Drogen natürlich, um festzustellen, was er getan hatte, um es dann ungeschehen zu machen.

Aber wenn man ihn nicht rechtzeitig aufspürte, hier drinnen ...

Er lachte leise vor sich hin.

... dann hätte der Vogel wieder einmal zugepickt, hätte einen weiteren kleinen Wurm in zwei Hälften getrennt.

Sein Chrono gab ihm noch fünfzehn bis zwanzig Minuten.

Wo bist du, Shind?

Über dir, ich passe auf.

Müßte diesmal hübsch werden.

Habe ich mir schon gedacht, nach dem, was du so erzählt hast.

Drei Transporter zogen blinkend über den Himmel, verschwanden im Osten. Malacar folgte ihnen mit den Blicken, bis er sie nicht mehr sehen konnte.

Du bist müde, Kommandant, sagte Shind in längst überholter Förmlichkeit.

Nervliche Erschöpfung, das ist alles, Leutnant. Was ist mit dir?

Bei mir ist es ähnlich. Aber meine Hauptsorge gilt natürlich meinem Bruder ...

Der ist in Sicherheit.

Das weiß ich. Aber er wird unsere Beteuerungen vergessen. Er wird sich einsam fühlen und Angst bekommen.

Es wird ihm nichts geschehen, und wir sind bald wieder beisammen.

Es kam keine Antwort, also atmete Malacar sein Mittel ein und wartete.

Nach unbestimmter Zeit schreckte er aus dem Halbschlummer auf:

Sie kommt! Jetzt! Sie kommt!

Lächelnd reckte er die Muskeln und starrte nach oben, obwohl er wußte, daß er erst in einigen Sekunden sehen würde, was Shinds Augen längst ausgemacht hatten.

Das Schiff fiel wie eine Spinne an einem Faden aus dem Himmel herab und hing wie ein düsterer Paradewagen über ihm. Einen Augenblick lang verhielt es, während Shind an Bord ging. Sekunden später hatte es sich weiter herabgesenkt und die Fallstange ausgefahren. Er griff danach, hängte sich daran und wurde in den Bauch der *Perseus* gehoben, wobei er an der Medusamaske mit dem Mona Lisa-Lächeln vorbeikam, die er selbst dort hingemalt hatte. Er sehnte sich nach einer Schlange, gab sich jedoch mit Würmern zufrieden.

Er spuckte aus der Luke, ehe sie sich schloß.

Heidel von Hymack, der auf dem Weg nach Italbar war, mußte mitansehen, wie seine Begleiter starben. Es waren ursprünglich neun gewesen – alles Freiwillige –, die ihn durch den Regenwald Cleechs hatten begleiten wollen zur Bergstadt Italbar, wo er gebraucht wurde; Italbar, tausend Meilen vom Raumflughafen entfernt. Er hatte einen Luftwagen genommen. Doch zur Landung gezwungen, hatte er seine Geschichte den Dörflern am Bart-Fluß erzählt, die ihm bei seiner Wanderung nach Westen begegnet waren. Nun waren noch fünf von den neun Männern übrig, die ihn gegen seinen Willen begleitet hatten. Und einer der fünf schwitzte bereits, und ein anderer hustete in regelmäßigen Abständen.

Heidel fuhr sich mit der Hand durch den sandfarbenen Bart und bewegte seine schwarzen Stiefel mühsam durch den Bewuchs auf dem kaum erkennbaren Pfad. Er schwitzte, und das Hemd klebte ihm am Leibe. Er hatte sie gewarnt, ihnen gesagt, daß es gefährlich sei, ihn zu begleiten. Nicht daß er sie nicht gewarnt hätte, sagte er sich. Aber sie hatten nicht auf ihn hören wollen.

Sie hatten von ihm gehört, hatten erfahren, daß er ein Heiliger war, daß er eine Reise der Barmherzigkeit machte.

»Letzteres stimmt«, hatte er gesagt, »aber ihr werdet meinetwegen keine himmlischen Pluspunkte sammeln.«

Sie hatten gelacht. Nein, er brauchte doch jemanden, der ihn vor den wilden Tieren schützte und ihm den Weg zeigte.

»Lächerlich! Weist mir die Richtung, und ich erreiche mein Ziel!« hatte er gesagt. »Ihr seid in meiner Gesellschaft gefährdeter als dort draußen allein.«

Aber sie hatten nur wieder gelacht und sich geweigert, ihm den Weg zu zeigen, solange er sich nicht wenigstens von einer Eskorte begleiten ließ.

»Aber es kann den Tod bedeuten, wenn jemand zu lange bei mir ist!« hatte er eingewandt.

Aber sie waren unerbittlich geblieben.

Er hatte geseufzt.

»Also gut. Zeigt mir einen Ort, an dem ich einen Tag allein

und völlig ungestört bin. Wir verschwenden zwar wertvolle Zeit, die ich jetzt eigentlich nicht verlieren dürfte, aber ich muß euch zu schützen versuchen, wenn ihr mir nicht anders helfen wollt.«

Sie kamen seinem Wunsch nach und tanzten dann miteinander und freuten sich lachend über ihre Rolle in einem großen Abenteuer. Heidel von Hymack, der grünäugige Heilige von den Sternen, gedachte offenbar zu beten und Vorbereitungen für ihre Sicherheit und den Erfolg des Unternehmens zu treffen.

Zwei oder drei Tage zu Fuß, so hatten sie gesagt. Also hatte er die Katharsis herbeizuführen versucht, um weiterzukommen. In Italbar lag ein junges Mädchen im Sterben, und es war schon so weit, daß er die Minuten nach ihren Atemzügen bemaß.

Die Blaue Herrin hatte ihn aufgefordert zu warten, doch er dachte an das Atmen und an das Pulsieren eines großen Herzens, das einmal winzig gewesen war. Also war er nach fünfzehn Stunden losgezogen, und das war ein Fehler gewesen.

Das Fieber zweier Begleiter war wegen der allgemeinen Müdigkeit und der übermäßigen Hitze im Wald unbemerkt angestiegen. Sie starben am Nachmittag des zweiten Tages. Er vermochte nicht zu bestimmen, welche der vielen denkbaren Krankheiten zu ihrem Tod geführt hatte, weil er sich damit auch keine große Mühe gab. Lag ein Mensch erst einmal sterbend danieder, war der Weg zu diesem Zustand für ihn rein akademisch. Außerdem war er von einem solchen Gefühl der Dringlichkeit besessen, daß er den anderen sogar die kurze Beerdigungszeremonie mißgönnte. Er empfand dies doppelt stark am nächsten Morgen, als zwei von den verbleibenden sieben Begleitern nicht mehr erwachten und er gezwungen war, denselben Ritus noch einmal mitzumachen. Während er bei der Aushebung der Gräber half, fluchte er in ihnen fremden Sprachen vor sich hin.

Die Gesichtslosen, Lachenden – so hatte er sie innerlich genannt – hatten nun Ausdruck gewonnen und das Lachen verlernt. Ihre rubinroten Augen waren weit aufgerissen und zuckten bei jedem Laut hin und her. Die sechs Glieder ihrer Hände bebten, wanden sich, schnappten zu. Langsam begannen sie zu verstehen. Doch es war zu spät.

Aber zwei oder drei Tage ... Heute war der dritte Tag, und von den Bergen keine Spur.

»Glay, wo sind die Berge?« fragte er den Hustenden. »Wo ist Italbar?«

Glay zuckte die Achseln und deutete nach vorn.

Die Sonne, ein riesiger gelber Ball, war von ihrem Weg aus kaum sichtbar. Ihr Licht tröpfelte durch die seesternförmigen Blätter, doch an den Stellen, die ihre Strahlen verfehlten, breiteten sich Feuchtigkeit oder Fungi aus. Kleine Tiere oder große Insekten – er vermochte nicht zu bestimmen, was es war – huschten vom Weg, raschelten hinter ihnen herum, brachten die Büsche in Bewegung, hasteten über die Äste. Die größeren Lebewesen, vor denen man ihn gewarnt hatte, ließen sich nicht blicken, obwohl er ihr Zischen, Pfeifen und Bellen in der Ferne hörte; und gelegentlich gab es Geräusche, als bräche etwas Riesiges ganz in der Nähe durch den Wald.

Die Ironie der Situation machte ihm zu schaffen. Er war gekommen, um ein Leben zu retten, und dieser Versuch hatte bereits vier Leben gekostet. »Blaue Herrin, du hattest recht«, murmelte er in Erinnerung an seinen Traum.

Etwa eine Stunde später brach Glay zusammen, von Hustenkrämpfen geschüttelt, und seine sonst olivfarbene Haut hatte die Farbe der Blätter ringsum angenommen. Heidel trat neben ihn, erkannte die Krankheit. Bei mehreren Tagen Vorbereitung hätte er den Mann vielleicht retten können. Er hatte versagt, als er seine Begleiter zu schützen versuchte, denn seine Katharsis war nicht vollständig gewesen. Das nötige Gleichgewicht hatte gefehlt. Seit dem Augenblick, da er den ersten Toten betrachtete, hatte er gewußt, daß alle nun in absehbarer Zeit sterben würden. Er machte es Glay bequem, lehnte ihn an einen Baumstamm, seinen Rucksack als Kissen, Wasser trinkend. Dann warf er einen Blick auf seinen Chrono. Irgendwann zwischen zehn Minuten und anderthalb Stunden, überlegte er.

Er seufzte und zündete sich eine Zigarre an. Sie schmeckte schimmelig. Die allgegenwärtige Feuchtigkeit hatte sich längst im Tabak festgesetzt, und es war offensichtlich, daß die Fungi Cleechs nichts gegen Nikotin hatten. Der kleine grüne Auswuchs, der kurz aufflammte, roch irgendwie nach Schwefel.

Glay schaute zu ihm auf; er hatte einen anklagenden Blick erwartet. Statt dessen sagte der Sterbende: »Vielen Dank, Heidel, daß wir mit dir hieran teilhaben durften.« Und er lächelte.

Heidel wischte ihm die Stirn ab. Er brauchte eine halbe Stunde zum Sterben.

Diesmal murmelte er während des Begräbnisses nicht vor sich hin, sondern musterte die Gesichter der verbleibenden vier Männer. Sie trugen denselben Ausdruck. Sie waren mit ihm losgezogen, als handele es sich um einen Vergnügungsausflug. Dann hatte sich die Situation geändert, und sie hatten dies akzeptiert, und zwar gar nicht mal resigniert. In ihren Gesichtern spiegelte sich sogar ein gewisses Glück. Und doch wußten alle Bescheid, das ahnte er. Sie alle wußten, daß sie sterben würden, ehe sie Italbar erreichten.

Er schätzte Geschichten von nobler Selbstaufopferung wie jedermann. Aber ein sinnloser Tod ...? Grundlos zu sterben ...? Er wußte – und sie wußten, dessen war er sicher –, daß er es auch allein nach Italbar geschafft hätte. Die ganze Zeit über hatten sie nichts weiter getan, als mit ihm zu gehen. Es hatte keine gefährlichen Tiere gegeben, vor denen er geschützt werden mußte; der Pfad war deutlich erkennbar gewesen, sobald er ihn gefunden hatte. Es wäre hübsch, einfach nur Geologe zu sein, wie er es an jenem Tag gewesen war ...

Zwei starben nach dem Mittagessen, das sie kaum angerührt hatten. Zum Glück war es das *Mawl*-Fieber, das auf Cleech zuvor unbekannt gewesen war, eine Krankheit, die zu plötzlichem Herzversagen führt und das Gesicht des Opfers zu einem Lächeln verzerrt. Die Augen der Männer blieben im Tode geöffnet. Heidel schloß sie ihnen.

Wieder machten sie sich an die Arbeit, und Heidel erhob keine Einwände, als er sah, daß die Männer vier Gräber aushoben. Er half bei der Arbeit und wartete hinterher mit ihnen. Er brauchte nicht lange zu warten.

Als er fertig war, warf er sich seinen Rucksack über die Schulter und setzte seinen Weg fort. Er blickte nicht zurück, doch vor seinem inneren Auge sah er die Grabhügel, die er zurückgelassen hatte. Die schreckliche Analogie ließ sich nicht übersehen. Dieser Pfad war sein Leben. Die Gräber waren Symbole für die Hunderte – nein, wahrscheinlich Tausende – von Toten, die er auf seinem Weg zurückgelassen hatte. Bei seiner Berührung starben Menschen. Sein Atem ließ Städte aussterben. Wo sein Schatten hinfiel, blieb manchmal nichts zurück.

Und doch lag es auch in seiner Macht, Krankheiten zu heilen. Selbst jetzt noch schritt er mit dieser Absicht bergan. Hierfür war er weithin bekannt, obwohl dieser Name nur H lautete.

Der Tag schien heller zu werden, obwohl er wußte, daß der Nachmittag schon ziemlich weit fortgeschritten war. Nach der Lösung suchend, erkannte er, daß die Bäume kleiner geworden waren, die Lücken zwischen den Blättern größer. Das Sonnenlicht drang nun öfter bis zum Boden durch, und es gab sogar Blumen – rot und purpur, von Gold und Hellgelb gesäumt, auf den Ranken leuchtend, die der Wind ringsum bewegte. Der Weg wurde steiler, doch das Gras, das sich vorher an seine Fußgelenke geklammert hatte, war nun kürzer, und weniger kleine Wesen huschten quietschend davon.

Nach etwa einer halben Stunde vermochte er weiter zu schauen als je zuvor auf dieser Wanderung. Auf hundert Meter Länge lag der Weg klar und hell vor ihm. Als er diese Entfernung zurückgelegt hatte, stieß er auf den ersten großen Riß in dem lebendigen Dach über sich und entdeckte einen riesigen, blaßgrünen Teich, den Himmel. Kaum zehn Minuten später schritt er im Freien aus und vermochte über die unruhige See aus Wipfeln zurückzuschauen, unter denen er gewandert war. Eine Viertelmeile vor und über ihm lag der Gipfel des Hügels, den er – wie er jetzt erkannte – bereits erklomm. Kleine, hellgrüne Wolken hingen darüber. Den Felsen ausweichend, näherte er sich dem Kamm.

Von diesem Aussichtspunkt vermochte er nun zu überschauen, was er für seine letzte Wegstrecke hielt. Es ging etwa fünfzig Meter abwärts, dann folgte ein einstündiger Marsch durch ein ziemlich ebenes Tal, das am anderen Ende wieder anstieg und schließlich ein steiler Hang zum Gipfel eines kleinen Bergs. Er ruhte sich aus, verzehrte einige Rationen, trank Wasser und setzte seinen Weg fort.

Die Durchquerung des Tals verlief ereignislos; er schnitzte sich jedoch einen Stab, ehe er den Hang erreichte.

Die Luft wurde kühler, als er den steilen Weg hinanstieg, und es begann zu dunkeln. Als er die Hälfte des Hangs überwunden hatte, spürte er eine gewisse Atemnot, und seine Muskeln schmerzten hiervon und von den Anstrengungen der letzten Tage. Er vermochte nun sehr weit zu schauen, über ein Gebiet, in dem sich die Baumwipfel wie eine gewaltige Ebene unter einem dunkler werdenden Himmel erstreckten, in dem einige Vögel kreisten.

Als er sich dem Gipfel näherte, legte er immer öfter eine Pause ein, und erblickte nach kurzer Zeit den ersten Stern des Abends.

Er zwang sich weiterzusteigen, bis er auf dem breiten Kamm stand, der die Spitze dieser langen grauen Felskette bildete; inzwischen hatte sich ringsum die Nacht herabgesenkt. Cleech hatte keine Monde, aber die großen Sterne schimmerten mit der Helligkeit von Fackeln hinter Kristall, und zwischen ihnen schäumten die kleineren Sterne zu Millionen wie Gischt. Der Nachthimmel war ein blaufunkelnder Ozean.

Er legte die letzte Strecke zurück, folgte dem Pfad mit dem Blick, und an seinem Ende waren Lichter, ein Gewirr von Lichtern, und zahlreiche dunkle Umrisse, bei denen es sich nur um Gebäude und fahrende Bodenfahrzeuge handeln konnte. Noch zwei Stunden, überlegte er, dann mochte er schon durch die Straßen wandern, mochte er zwischen den Einwohnern des friedlichen Italbar sein und sich vielleicht in einer netten Schänke auf eine Mahlzeit oder ein Glas niederlassen und mit einem anderen Gast die Zeit verbringen. Dann wandte er den Blick ab und bedachte den Weg, den er zurückgelegt hatte, und wußte, daß er so etwas – noch – nicht wagen konnte. Die Vision Italbars dieser Sekunden jedoch sollte ihn für den Rest seines Lebens begleiten.

Er entfernte sich vom Weg und fand eine ebene Stelle, wo er seinen Schlafsack ausbreiten konnte. Er zwang sich dazu, so viel zu essen und zu trinken, wie sein Magen aufnahm – zur Vorbereitung auf das Kommende.

Er kämmte Haar und Bart, verschaffte sich Erleichterung, zog sich aus, begrub seine Kleidung und kroch in den Schlafsack, streckte seinen großen Körper aus und preßte die Arme fest gegen die Seiten, biß die Zähne zusammen, betrachtete einen Augenblick die Sterne und schloß die Augen.

Nach einer Weile verschwanden die Falten aus seinem Gesicht, und sein Kinn fiel herab. Der Kopf rollte zur linken Schulter. Sein Atem vertiefte sich, wurde langsamer, schien überhaupt aufzuhören – und begann viel später wieder, sehr langsam.

Als er den Kopf nach rechts rollte, schien sein Gesicht von einer Lackschicht überzogen, oder als habe man eine perfekt passende Glasmaske darüber gelegt. Dann rann der Schweiß, und die Tropfen schimmerten wie Edelsteine in seinem Bart. Sein Gesicht begann dunkler zu werden. Es wurde rot, dann purpur, und sein Mund öffnete sich, und die Zunge ragte heraus, und er saugte den Atem krampfartig keuchend ein, während ihm Speichel aus dem Mundwinkel rann.

Sein Körper erschauderte, und er rollte sich zusammen und begann zu erbeben. Zweimal riß er dabei die Augen auf, ohne etwas zu sehen, schloß sie nur langsam wieder. Schaum bildete sich an seinem Mund, und er stöhnte. Blut tropfte aus seiner Nase und trocknete auf dem Schnurrbart. In periodischen Abständen begann er zu murmeln. Dann erstarrte sein Körper eine lange Zeit, lockerte sich schließlich und lag reglos da bis zum nächsten Anfall.

Der blau durchzogene Nebel barg seine Füße, umwallte ihn, als marschierte er durch Schnee, der zehnmal leichter war, als er ihn je erlebt hatte. Die Schwaden wanden sich in krummen Linien dahin, trieben fort, brachen, fügten sich neu. Es war weder warm noch kalt. Über ihm gab es keine Sterne, nur einen blaßblauen Mond, der reglos im Kern des ständigen Zwielichts hing. Beete aus indigoroten Rosen lagen zu seiner Linken, rechts erhoben sich blaue Felsen.

Als er sich jenseits der Felsen umdrehte, stand er vor der flachen Treppe, die nach oben führte. Zuerst schmal, verbreiterte sie sich bald, bis er ihr Geländer links und rechts nicht mehr ausmachen konnte. Er stieg hinauf, wobei er sich durch ein blaues Nichts bewegte.

So kam er in den Garten.

Hier gab es Büsche aller Schattierungen und Zusammensetzungen von Blau, und Ranken, die wahrscheinlich an Mauern emporkrochen – obwohl sie zu dicht wuchsen, als daß er seiner Sache sicher sein konnte – und über Steinbänke, die willkürlich verstreut schienen.

Auch hier trieben Nebelschwaden dahin, sehr langsam, schienen fast zu lauern. Er hörte Vogelzwitschern über sich und aus dem Rankengewirr.

Nun betrat er diesen Ort, wobei er in unregelmäßigen Abständen an großen Steinbrocken vorbeikam, die wie polierter Quarz blitzten. Winzige Regenbogen umtanzten diese Gebilde, und ganze Scharen großer blauer Schmetterlinge schienen von ihrem Glanz angelockt zu sein. Sie wirbelten herum, zogen Pirouetten, wurden einen Augenblick angeleuchtet, kehrten in die Luft zurück.

Weit vor sich machte er einen kaum erkennbaren Umriß aus, so riesig, daß es unglaublich war, hätte er jene Fähigkeit zur Kritik besessen, die Unglauben erweckt.

Es war die Gestalt einer Frau, halb verborgen inmitten eines Gewirrs aus Blau, eine Frau, deren blauschwarzes Haar den Himmel bis zum fernsten Horizont umfing, deren Augen er nicht sehen, deren Blick er aber fühlen konnte, als beobachte sie ihn aus allen Richtungen zugleich, während ihre Aura und halb erfaßte Gesichtszüge in Wirklichkeit die Anima der Welt waren. Dann überkam ihn ein Gefühl großer Macht und großen Zwangs.

Als er sich jener Stelle im Garten näherte, verschwand sie. Das Gefühl ihrer Gegenwart hielt an.

Er entdeckte nun hinter einem hohen Gebüsch ein Sommerhaus aus blauem Stein.

Das Licht wurde schwächer, als er darauf zuging, bis ihn beim Eintreten wieder die traurige Erkenntnis überkam, daß er nur ein Lächeln schauen würde, ein zuckendes Lid, ein Ohrläppchen, eine Haarsträhne, den Schimmer blauer Mondstrahlen auf einem Unterarm oder einer Schulter. Noch nie hatte er ihr voll ins Gesicht gesehen, mit seinem Blick ihre ganze Gestalt umfaßt – und wie er ahnte, würde er auch nie dazu kommen.

»Heidel von Hymack«, hörte er ihre Worte – nicht gesprochen, sondern in einem Flüstern, das weiter trug als die gewöhnliche Sprache.

»Herrin ...«

»Du hast meine Warnung nicht befolgt. Du bist zu früh aufgebrochen.«

»Ich weiß. Ich weiß ... Wenn ich wach bin, erscheinst du mir unwirklich, so wie mir jetzt Italbar wie ein Traum vorkommt.«

Er hörte ihr leises Lachen.

»Du darfst das Beste zweier Welten genießen«, sagte sie, »etwas, *das einem Menschen selten gegönnt ist. Während du hier mit mir in diesem schönen Gemach weilst, wird dein Körper von den extremen Symptomen fürchterlicher Krankheiten geschüttelt. Wenn du dort erwachst, bist du wieder ganz erfrischt.«*

»Für eine Weile«, sagte er, setzte sich auf eine Steinbank und lehnte sich mit dem Rücken gegen die kühle Mauer aus grobkörnigem Gestein.

». . . und wenn die Zeit der Frische vorbei ist, kannst du nach Belieben hierher zurückkehren« – narrte ihn das Mondlicht, oder erhaschte er doch einen Blick auf ihre dunklen Augen, fragte er sich –, »um erneuert zu werden.«

»Ja«, sagte er. »Was geschieht hier, wenn ich dort bin?«

Er spürte, wie ihre Fingerspitzen über seine Wange glitten. Unbändiges Entzücken erfüllte ihn.

»Bist du nicht der glücklichste Mensch der Welt, wenn du hier bist?« fragte sie.

»Ja, Myra-o-arym«, und er wandte den Kopf und küßte ihre Fingerspitzen. »Aber andere Dinge als Krankheit scheinen zurückzubleiben, wenn ich hierher komme – Dinge, die meinen Geist beschäftigen sollten. Ich – ich erinnere mich nicht.«

»Das ist so, wie es sein muß, Dra *von Hymack. – Diesmal mußt du aber bei mir bleiben, bis du dich ganz erfrischt hast, denn die Säfte deines Körpers müssen in vollkommenem Gleichgewicht sein, damit du tun kannst, was bei deiner Rückkehr getan werden muß. Wie du weißt, vermagst du diesen Ort zu verlassen, wann du willst. Doch diesmal empfehle ich, daß du meinem Ratschlag folgst.«*

»Diesmal werde ich es tun, Herrin. Erzähl mir etwas.«

»Was denn, mein Kind?«

»Ich – ich versuche es mir vorzustellen. Ich . . .«

»Versuch es nicht zu sehr. Es wäre sinnlos . . .«

»Deiba: Das ist eines der Dinge, nach denen ich gesucht habe. Erzähl mir von Deiba!«

»Da gibt es nichts zu erzählen, Dra. *Es ist eine kleine Welt in einem abgelegenen Teil der Galaxis. Sie hat nichts Besonderes an sich.«*

»Ich glaube schon. Dessen bin ich sicher. Einen Schrein . . .? Ja. Auf einem Hochplateau. Ringsum liegt eine Ruinenstadt. Der Schrein befindet sich unter der Erde – nicht wahr?«

»Es gibt keinen solchen Ort im Universum.«

»Trotzdem ist dieser etwas Besonderes. Oder?«

»Auf eine seltsame, traurige Weise ja – ein Ableger Terras. Nur

ein Mann deiner Rasse hat sich je mit dem zurechtgefunden, was dir dort widerfahren ist.«

»Was war das?«

»Nein«, sagte sie, und noch einmal berührte sie ihn.

Da hörte er Musik, leise und sehr einfache Musik, und sie begann ihm etwas vorzusingen. Keins der Worte, die sie sang, hörte er – oder wenn er sie hörte, verstand er sie nicht; aber die blauen Nebelschwaden umwirbelten ihn, und da waren Düfte, Brisen, eine Art ruhiger Ekstase; und als er wieder hinschaute, gab es nicht die geringste Frage mehr.

Dr. Lamon Pels verblieb in einer Kreisbahn um die Welt Lavona und gab eine Nachricht an Medizin-Central durch, eine Nachricht an Einwanderungs- und Naturalisierungs-Central und eine Nachricht an Lebensdata-Central. Dann faltete er die Hände und wartete.

Er hatte nichts anderes zu tun, als die Hände zu falten. Er aß nicht, ebensowenig wie er trank, rauchte, atmete, schlief, zur Toilette mußte, Schmerzen empfand oder sich sonstigen Bedürfnissen des Fleisches hingab. Er hatte sogar keinen Herzschlag. Verschiedene kräftige chemische Wirkstoffe, mit denen man ihn ausgestattet hatte, waren alles, was Dr. Pels von der Verwesung trennte. Doch gab es verschiedene Dinge, die ihn in Gang hielten.

Das eine war ein winziges Energiesystem, das in seinen Körper eingebaut war. Es schenkte ihm die Kraft zur Bewegung, ohne daß er eigene Energie aufwenden mußte (wenn er auch niemals die Oberfläche einer Welt betrat, denn die winzigen Schwachstromimpulse, die seine Bewegungen lenkten, wären dort sofort überlagert worden, so daß er zu einer lebendigen Statue erstarrt wäre, die man vielleicht ›Zusammenbruch‹ hätte nennen können). Dieses System, das auch direkt in das Gehirn wirkte, lieferte ausreichende nervliche Stimuli, so daß seine höheren Zerebralfunktionen pausenlos abliefen.

Völlig ins Weltall verbannt und ständig denkend, war Dr. Pels ein Ausgestoßener der Welten des Lebens, ein Wanderer, ein Mann auf der Suche, ein Mann, der wartete – nach normalem Maßstab ein toter Mann, der sich gerade noch bewegte.

Das andere Element, das ihn in Schwung hielt, war nicht so greifbar wie sein lebenserhaltendes System. Da sein Körper Sekunden vor Einsetzen des klinischen Todes eingefroren worden war, dauerte es einige Tage, bis seine Verfügung über die weltlichen Güter verlesen wurde. Da ein eingefrorener Mensch »nicht den gleichen Status wie ein Toter genießt« (*Herms/Herms,* 18 777 C., Zivil-P.-Nr. 187-3424), darf er »mittels früherer Absichtsbekundungen über seinen Besitz verfügen, so wie ein Schlafender« (*Nyes usw./Nyes,* 794 C., Zivil-P.-Nr. 14-187-B). Dementsprechend wurden trotz der Proteste mehrerer Generationen wohlmeinender Nachfahren Dr. Pels' Besitztümer verflüssigt und die Erträge dazu verwendet, ein Kugelschiff interstellarer Reichweite zu kaufen, ausgestattet mit komplettem medizinischen Labor, um Dr. Pels aus einem Zustand kalter Leblosigkeit in einen Zustand unterkühlter Beweglichkeit zu überführen. Dies alles geschah, weil er nicht traumlos auf die erhoffte (aber vielleicht nie zu findende) Behandlung und Heilung von seinem Leiden warten wollte, sondern zu dem Schluß gekommen war, es würde ihm nichts ausmachen, womöglich ewig auf einem Punkt zehn Sekunden vor seinem klinischen Tod zu verharren, solange er nur seine Forschungen fortsetzen konnte. »Denkt doch nur«, hatte er einmal gesagt, »an all die Menschen, die in diesem Augenblick zehn Sekunden vor ihrem Tode stehen und sich dieser Tatsache nicht einmal bewußt sind und also auch nicht das in Angriff nehmen können, was ihnen meistens am Herzen liegt.«

Für Dr. Pels war dies die Pathologie exotischer Ausprägung. Er war dafür bekannt, daß er einer neuen ansteckenden Krankheit durch die halbe Galaxis nachspürte. Im Lauf der Jahrzehnte hatte er brillante Abhandlungen veröffentlicht, hatte durchschlagende Heilmethoden entwickelt, hatte Lehrbücher geschrieben, hatte von seinem Kreisbahn-Labor aus Medizin gelehrt und war dafür sowohl von den Dynarchischen Nationen und Alliierten Welten als auch von den Vereinigten Ligen für den großen Medizinischen Preis vorgesehen gewesen (allerdings hatten beide schließlich abgelehnt, ihn auszuzeichnen, weil sie fürchteten – so das Gerücht –, der andere Weltenbund werde ihm den Preis zuerkennen). Auch hatte er freien Zugang zu den allgemeinen medizinischen Informationsbänken praktisch jedes zivilisierten Planeten, den er besuchte, und auch jede andere gewünschte Information wurde ihm irgendwie zugänglich gemacht.

Über seine Labortische gebeugt, hager, haarlos, eins neunzig groß und bleich wie ein Knochen, während seine langen dünnen Finger da eine Flamme nachstellten, dort einen Klemmkolben an einer Vakuumkugel befestigten – wirkte Dr. Pels in der Tat wie ein besonders geeigneter Kandidat für die Erforschung der vielfältigen Formen des Todes. Während es wohl stimmte, daß er den gewöhnlichen Lastern der Lebenden nicht zugeneigt war, gab es ein Vergnügen, dem er zusätzlich zu seiner Arbeit nachhing. Wohin er auch ging, begleitete ihn Musik. Leichte Musik, schwere Musik, er war ständig von Musik umgeben. Sein betäubter Körper fühlte sie, ob er nun zuhörte oder sie ignorierte. Möglich, daß die Musik für ihn auf eine Weise Ersatz für den Herzschlag und das Atmen und all die anderen kleinen Körpergeräusche und Gefühle darstellte, die die meisten Menschen als selbstverständlich hinnehmen. Was der Grund auch sein mochte – es war Jahre her, daß er zuletzt ohne Musik gewesen war.

Von Musik eingehüllt und mit gefalteten Händen, wartete er. Einmal blickte er zu Lavona hinauf, die in schwarzbrauner Schönheit über ihm hing, ein Tiger auf nächtlicher Pirsch. Dann wandte er seine Aufmerksamkeit anderen Dingen zu.

Seit zwei Jahrzehnten rang er nun schon mit einer besonders tückischen Krankheit. Aus der Erkenntnis heraus, daß er seit dem Beginn des Kampfes kaum weitergekommen war, beschloß er ein anderes Vorgehen: er gedachte den einzigen Menschen zu finden, der die Krankheit überlebt hatte, und den Grund dafür festzustellen.

So hatte er sich gemächlich auf den Weg zum Zentrum der Vereinigten Ligen gemacht – Solon, Elizabeth und Lincoln, drei künstliche Welten, die, von Sandow persönlich entworfen, Kwales Stern umkreisten –, wo er den Panopath-Computer nach dem Verbleib des Mannes befragen konnte, eines Mannes, der H genannt wurde und dessen Identität er kürzlich festgestellt hatte. Die gesuchte Information müßte vorhanden sein, obwohl bestimmt nur wenige die richtigen Fragen wußten, die man der Maschine stellen mußte.

Dr. Pels machte unterwegs jedoch Station, um sich auf verschiedenen Welten zu erkundigen. Die verlorene Zeit mochte sich bezahlt machen, wenn er den Mann auf diese Weise fand. Hatte er SEL erst erreicht, mußte er vielleicht über ein Jahr warten, bis er Zugang zu Panopath erhielt, da wichtige Projekte der öffentlichen Gesundheitskontrolle automatisch Vorrang hatten.

Also näherte er sich auf Umwegen SEL, dem Zentrum der Vereinigten Ligen, von Konzerten umgeben, die Geräte zur Todesanalyse bereit. Er bezweifelte, daß er SEL je erreichen würde oder überhaupt dorthin mußte. Die wenigen Informationen, die er in seinem zwanzigjährigen Kampf gegen *Mwalakharan Khurr,* das Deibanische Fieber, gewonnen hatte, gaben ihm die Gewißheit, daß er Dinge als reale Anhaltspunkte erkennen würde, die andere als isolierte Erscheinungen abtun würden. Er wußte auch, daß er über diese Anhaltspunkte den Gesuchten aufspüren würde und ihm die Waffe abringen konnte, die dem Sensenmann eine neue Schlappe beibrachte.

Zehn Sekunden vor der Ewigkeit stehend, entblößte Dr. Pels die Zähne zu einem weißen Grinsen über seinen schmalen Fingerknöcheln, als das Tempo der Musik zunahm. Bald würde Antwort vom Tiger eintreffen.

Als er erwachte, verriet ihm sein Chrono, daß zweieinhalb Tage vergangen waren. Er stützte sich auf, ergriff seine Flasche und begann Wasser zu trinken. Nach dem Koma der Katharsis war er immer schrecklich durstig. Nachdem er seinen Durst jedoch gestillt hatte, fühlte er sich bestens; er vibrierte vor Energie und fühlte sich eins mit der Welt ringsum. Und wenn dieses Gleichgewicht sich erst einmal eingestellt hatte, blieb es gewöhnlich mehrere Tage ziemlich beständig.

Erst Minuten nach dem Trinken stellte er fest, daß ein schöner, wolkenloser Morgen angebrochen war.

Hastig reinigte er seinen Körper mit dem Wasser aus der Wasserflasche und einem Taschentuch. Dann zog er frische Kleidung an, rollte Schlafsack und Vorräte wieder zusammen, fand seinen Stab und kehrte zum Pfad zurück.

Hangabwärts kam er schnell voran, und er pfiff beim Gehen vor sich hin. Der lange Marsch durch den Wald schien einem anderen Menschen widerfahren zu sein, vor vielen Jahren. Knapp eine Stunde später erreichte er ebenen Boden und kam kurz darauf an den ersten Gebäuden vorbei, die bald enger standen. Er überquerte die eigentliche Stadtgrenze und befand sich schon in der Hauptstraße der kleinen Siedlung.

Er hielt den ersten Mann an, dem er begegnete, und erkundigte sich nach dem Weg zum Krankenhaus. Als er es mit der zweiten Hauptsprache des Planeten probierte, erhielt er kein Achselzucken mehr, sondern eine Antwort. Zehn Häuserblocks. Kein Problem.

Er näherte sich dem achtstöckigen Gebäude und holte einen schmalen Kristallsplitter aus einer kleinen Schachtel, die er bei sich trug. In die Med-Bänke eingespeist, erfuhren die Ärzte hieraus alles, was sie über Heidel von Hymack wissen mußten.

Doch als er die verqualmte, mit Zeitungen übersäte Vorhalle betrat, stellte er fest, daß er sich gar nicht ausweisen mußte. Die Empfangsdame, eine nicht mehr ganz junge Brünette in einem ärmellosen silbrigen Gewand, das an der Hüfte gegürtet war, sprang sofort auf und eilte auf ihn zu. Um den Hals trug sie ein exotisches Eingeborenenamulett an einer Kette.

»Mr. H!« sagte sie. »Wir haben uns ja solche Sorgen gemacht! Es hat Berichte gegeben ...«

Er lehnte seinen Stab an die Garderoben.

»Das kleine Mädchen ...?«

»Den Göttern sei gedankt – Luci hält sich noch. Wir haben gehört, daß Sie herauffliegen wollten, doch dann verlor man den Funkkontakt, und ...«

»Bringen Sie mich sofort zu ihrem Arzt.«

Die drei anderen Leute in der Vorhalle – zwei Männer und eine Frau – starrten ihn an.

»Einen Augenblick.«

Sie kehrte an ihren Tisch zurück, berührte einige Tasten darauf und sprach in ein Kommunikationsgerät.

»Bitte schicken Sie jemand zur vorderen Empfangshalle, um Mr. H abzuholen«, sagte sie und fuhr, an ihn gewandt, fort: »Wollen Sie sich nicht setzen, während Sie warten?«

»Ich stehe lieber, vielen Dank.«

Dann musterte sie ihn erneut, mit klaren blauen Augen, die ihn irgendwie beunruhigten.

»Was ist geschehen?« fragte sie.

»Kurzschluß in mehreren Systemen«, sagte er und wandte den Blick ab. »Ich mußte eine Bauchlandung machen und zu Fuß weitergehen.«

»Wie weit?«

»Eine ziemlich große Strecke.«

»Nach so langer Zeit ohne Nachricht dachten wir, Sie ...«

»Ich mußte gewisse medizinische Vorsichtsmaßnahmen ergreifen, ehe ich Ihre Stadt betreten durfte.«

»Ich verstehe«, sagte sie. »Wir sind ja so froh, daß Sie es geschafft haben. Ich hoffe, Sie ...«

»Ich auch«, sagte er und sah einen Augenblick lang die neun Gräber vor sich, die er hatte füllen helfen.

Im nächsten Augenblick öffnete sich eine Tür neben ihrem Tisch. Ein alter, weißgekleideter Herr trat heraus, sah ihn, kam auf ihn zu.

»Helman«, sagte er und streckte die Hand aus. »Ich behandle die kleine Dorn.«

»Dann brauchen Sie das hier«, sagte Heidel und überreichte ihm den schimmernden Kristallsplitter.

Der Arzt war etwa eins fünfundsechzig groß und hatte eine rosige Haut. Was ihm von seinen Haaren geblieben war, stand wirr von den Schläfen ab. Wie bei allen Ärzten, die Heidel kennengelernt hatte, waren seine Hände und Fingernägel offenbar die saubersten Dinge im ganzen Raum. Die rechte Hand, die einen schmalen Ring mit verschlungenem Muster trug, fuhr nun hoch, umklammerte seinen Bizeps und schob ihn durch die Tür.

»Suchen wir uns ein Büro, in dem wir den Fall in aller Ruhe besprechen können«, sagte er.

»Ich bin aber kein Arzt.«

»Das wußte ich nicht. Aber es macht wohl nichts, wenn Sie wirklich H sind.«

»Ich bin H. Natürlich möchte ich das nicht überall verbreitet wissen. Ich ...«

»Ich verstehe Sie schon«, sagte Helman und führte ihn durch einen breiten Korridor. »Wir werden Sie natürlich nach besten Kräften unterstützen.«

Er hielt einen anderen Weißgekleideten an.

»Lassen Sie das durch die Med-Bank laufen«, wies er an, »und schicken Sie mir die Ergebnisse auf Zimmer 17.«

»Hier hinein, bitte«, sagte er schließlich zu Heidel. »Setzen Sie sich.«

Sie nahmen an einem großen Konferenztisch Platz, und Heidel zog sich einen Aschenbecher heran und holte eine schimmelige Zigarre aus der Tasche. Dann starrte er durch das Fenster auf den grünen Himmel. Auf einem Podest in einer Zimmerecke duckte sich eine Eingeborenengottheit, etwa vierzig Zentimeter groß und aus einer gelbweißen Substanz geformt.

»Ihr Zustand fasziniert mich«, sagte der Arzt. »Es ist so oft darüber geschrieben worden, daß ich fast das Gefühl habe, Sie persönlich zu kennen. Ein wandelnder Immunkörper, ein lebendiges Inventar von Heilmitteln.«

»Naja«, sagte Heidel, »so könnte man es wohl nennen. Aber das ist zu vereinfachend dargestellt. Bei angemessener Vorbereitung kann ich die Heilung fast jeder Krankheit bewirken, wenn der Fall nicht zu weit fortgeschritten ist. Andererseits ist mein eigener Zustand keine absolut einseitige Sache. Es wäre richtiger zu sagen, daß ich ein lebendes Inventar von Krankheiten bin, die ich in eine Art Gleichgewicht bringen kann. Wenn diese Balance erreicht ist, kann ich als Heilfaktor wirken. Allerdings nur dann. Die übrige Zeit kann ich sehr gefährlich sein.«

Dr. Helman zupfte einen dunklen Faden von seinem Ärmel und deponierte ihn sorgsam im Aschenbecher.

Heidel belächelte die Geste und fragte sich, wie er auf den Arzt wirken mußte.

»Aber es gibt keine Indikation, welcher Mechanismus da mitspielt?«

»Niemand scheint das mit Sicherheit zu wissen«, sagte Heidel und zündete sich endlich die Zigarre an. »Ich scheine Krankheiten aufzuschnappen, wo immer ich bin. Ich ziehe sie mir zu, dann scheint eine Art natürlicher Immunität die schlimmsten Symptome abzustellen, und ich erhole mich. Wenn die Umstände stimmen, kann dann ein aus meinem Blut gemachtes Serum bei einem anderen Menschen gegen diese Krankheit helfen.«

»Welches sind nun speziell die Vorbereitungen, die Umstände, von denen Sie sprechen?«

»Ich sinke in ein Koma«, sagte Heidel, »das ich beliebig heraufbeschwören kann. In dieser Zeit tut mein Körper etwas, das ihn zu reinigen scheint. Dieser Zustand dauert von anderthalb bis zu mehreren Tagen. Wie ich höre ...« Er stockte einen Augenblick lang und zog hastig an seiner Zigarre. »Man sagt mir, daß mein Körper in dieser Zeit die Symptome aller Krankheiten offenbart, die ich mit mir herumschleppe. Ich weiß das nicht, denn ich erinnere mich nicht daran. Und ich muß dabei völlig isoliert sein, da meine Krankheiten in dem Zustand entsetzlich ansteckend sind.«

»Und Ihre Kleidung ...«

»Vorher ziehe ich mich nackt aus und verbrenne oder vergrabe meine Kleider. Wenn ich erwache, bin ich ansteckungsfrei. Dann ziehe ich frische Kleidung an.«

»Wie lange dauert dieses – Gleichgewicht?«

»Normalerweise einige Tage, und dann bilde ich mich zurück – langsam. Ist das Gleichgewicht erst einmal verloren, werde ich wieder zunehmend gefährlicher. Ich werde zum Krankheitsträger – bis zum nächsten Katharsis-Koma.«

»Wann haben Sie das Koma zuletzt durchgemacht?«

»Ich bin erst vor wenigen Stunden daraus erwacht. Ich habe seither nichts gegessen. Das scheint die sichere Periode manchmal zu verlängern.«

»Sie sind nach all der Zeit nicht hungrig?«

»Nein. Eigentlich fühle ich mich sogar sehr kräftig – mächtig, könnte man sogar sagen. Aber ich werde ziemlich durstig. Bin ich übrigens auch jetzt.«

»Wir haben einen Wasserspender nebenan«, sagte Helman und stand auf. »Ich zeig's Ihnen.«

Als sie durch die Verbindungstür gingen, erschien der Mann, mit dem Helman schon gesprochen hatte. Er trug einen Stapel Kristall-Auswertungsberichte und einen kleinen Umschlag, in dem Heidel seinen Med-Identifikations-Kristall vermutete. Dr. Helman deutete auf den Wasserspender und kehrte in das eben verlassene Zimmer zurück.

Heidel begann einen kleinen Papierbecher zu füllen und auszutrinken. Dabei bemerkte er das winzige grüne strantrianische Talisman-Symbol, das an der Seite des Geräts leuchtete.

Zwischen dem fünfzehnten und dem zwanzigsten Becher kam Dr. Helman ins Zimmer. Er hielt die Papiere in einer Hand, reichte Heidel den Umschlag und sagte: »Wir sollten am besten gleich eine Blutprobe nehmen. Wenn Sie bitte mit ins Labor kommen würden ...«

Heidel nickte, warf den Becher fort und legte den Kristall wieder beheutsam in die kleine Schachtel.

Er folgte dem Arzt aus dem Zimmer und ging mit ihm zu einem altmodischen Lift. »Sechs«, sagte der Arzt zur Wand, und der Fahrstuhl schloß die Tür und begann aufwärts zu fahren.

»Die Ergebnisse sind recht seltsam«, sagte er nach kurzem Schweigen und wedelte mit den Papieren in seiner Hand.

»Ja, ich weiß.«

»Es gibt Hinweise darauf, daß Ihre bloße Nähe nach einem Koma oft zur Hemmung und zum Umschlagen einer Krankheit führt.«

Heidel zupfte sich am Ohr und betrachtete seine Stiefelkappen.

»Stimmt«, sagte er schließlich. »Ich habe es noch nie erwähnt, weil sich das nach Hokuspokus oder dergleichen angehört hätte – aber so scheint es nun mal zu sein. Die Verwendung meines Blutes liefert zumindest eine wissenschaftlich akzeptable Erklärung. Das andere vermag ich nicht zu erklären.«

»Naja, bei dem Dorn-Mädchen halten wir uns an das Serum«, sagte Helman. »Aber ich hätte gern gewußt, ob Sie sich hinterher an einem Experiment beteiligen würden.«

»Was für ein Experiment?«

»Besuchen Sie mit mir alle meine todgeweihten Patienten. Ich werde Sie als Kollegen vorstellen. Dann sprechen Sie kurz mit den Leuten. Was Ihnen so in den Sinn kommt.«

»Gut, ich tue Ihnen den Gefallen gern.«

»Wissen Sie, was dann passiert?«

»Das hängt von den Krankheiten ab, an denen die Leute leiden. Handelt es sich um eine Sache, die ich gehabt habe, verschwindet sie vielleicht. Handelt es sich um eine Krankheit, die zu schweren anatomischen Schäden geführt hat, bleibt der Zustand des Patienten wahrscheinlich unverändert.«

»Sie haben so etwas schon einmal gemacht?«

»Ja, oft.«

»Wie vielen Krankheiten waren Sie schon ausgesetzt?«

»Ich weiß nicht. Ich merke nicht immer, wenn ich eine Krankheit aufnehme. Ich habe keine Ahnung, was ich alles mit mir herumschleppe. – Daß Sie bereit sind, mich auf diese Weise an Ihren Patienten auszuprobieren«, sagte Heidel, als der Lift hielt und die Tür aufging, »ist interessant. Warum setzen Sie nicht bei allen mein Serum ein, nachdem Sie mich nun schon mal hier haben?«

Helman schüttelte den Kopf.

»Aus diesen Berichten geht hervor, gegen was das Serum bisher speziell genützt hat. Also richte ich mich danach bei der kleinen Dorn – ich probiere es an ihr aus. Aber keiner meiner anderen Todeskandidaten paßt zu Ihrer Liste. Da möchte ich es nicht riskieren.«

»Und doch wollen Sie das andere versuchen?«

Helman zuckte die Achseln.

»Ich habe keine vorgefaßte Meinung über solche Dinge«, sagte er. »Und ein Risiko gibt's ja nicht. Schaden kann es den Leuten jedenfalls nicht. Das Labor ist hier am Ende des Flurs.«

Als er auf die Blutentnahme wartete, starrte Heidel aus dem Fenster. Im späten Morgenlicht der Riesensonne machte er nicht weniger als vier Kirchen von vier verschiedenen Religionsrichtungen aus, einige flachgedeckte Holzgebäude, deren Fronten mit Bändern und Gebetsfahnen geschmückt waren, so wie er es auch in dem Dorf am Bart-Fluß gesehen hatte. Er kniff die Augen zusammen, drehte den Kopf, beugte sich weit vor und machte das über dem Boden befindliche Gebilde aus, das einen unterirdischen Pei'anischen Schrein bezeichnete – ziemlich weit oben an der Straße zu seiner Rechten. Er schnitt eine Grimasse und wandte sich vom Fenster ab.

»Krempeln Sie bitte den Ärmel hoch.«

John Morwin spielte Gott. Er bewegte die Kontrollen und bereitete die Geburt einer Welt vor. Vorsichtig ... Die rosa Straße vom Felsen zum Stern verläuft *dort*. Ja. Langsam. Noch nicht.

Der Junge regte sich auf der Couch neben ihm, erwachte jedoch nicht. Morwin ließ ihn noch etwas von dem Gas einatmen und konzentrierte sich auf die bevorstehende Arbeit. Er fuhr mit dem Zeigefinger unter die Vorderkante der Metallhaube, die seinen Kopf umschloß, um dem Schweiß und der letzten Attacke des ständigen Juckens an seiner rechten Schläfe zu begegnen. Dann strich er über seinen roten Bart und meditierte.

Es war noch nicht vollkommen, noch nicht das, was der Junge beschrieben hatte.

Er schloß die Augen und starrte tiefer in den träumenden Geist neben sich, der sich, soweit er beurteilen konnte, durchaus in der gewünschten Richtung bewegte, nur war das Gefühl, das er suchte, noch nicht greifbar.

Abwartend öffnete er die Augen, wandte den Kopf und musterte die zerbrechlich wirkende schlafende Gestalt, die teure Kleidung, das hagere, fast feminine Gesicht, das das Gegenstück seiner Metallhaube trug und durch ein Gewirr elektrischer Kontakte damit verbunden war. Die Luftdüse, die das Narkotikum versprühte, bewegte den Spitzenkragen der vornehmen Jacke. Er schürzte die Lippen und runzelte die Stirn, weniger mißbilligend als neidisch. Zu seinen größten Enttäuschungen im Leben gehörte es, daß er nicht in Reichtum aufgewachsen, verzogen und zu einem Geck gemacht worden war. Schon immer hatte er ein reicher Faulenzer sein wollen, und nachdem er sich das nun leisten konnte, mußte er feststellen, daß ihm die passende Kinderstube fehlte, um so etwas erfolgreich darzustellen.

Er starrte wieder auf die leere Kristallkugel vor sich – einen Meter im Durchmesser, mit den Düsen, die an verschiedenen Stellen hineinragten.

Wenn er den richtigen Knopf drückte, füllte sich die Kugel mit wirbelnden Partikeln. Übertrug man dann den richtigen Impuls, erstarrte das Gebilde dort für immer.

Er kehrte in die Träume des Jungen zurück. Sie waren wieder in Bewegung gekommen. Jetzt war der Zeitpunkt, stärkere Stimuli anzuwenden als die Suggestion, mit der er bisher gearbeitet hatte.

Er legte einen Schalter um. Leise hörte der Junge nun seine eigene Stimme von einem Tonband, wie er noch vor wenigen Minuten seinen Traum beschrieben hatte. Daraufhin wandelten sich die Bilder, und aus dem Innern des träumenden Geistes spürte er den Hauch des *Déja Vu,* das Empfinden von Stimmigkeit, das Gefühl erfüllter Sehnsüchte.

Er drückte den Knopf, und die Düsen begannen zu zischen. Im gleichen Augenblick legte er den Schalter um, der die Verbindung zwischen seinem Geist und dem Geist des Jungen trennte, der der Sohn seines Kunden war.

Mit seinem starken visuellen Gedächtnis und der telekinetischen Fähigkeit, die von den wenigen Lebewesen, die darüber verfügten, nur er so einzusetzen vermochte, bewältigte er die nun schwärmenden Partikel im Innern des Kristalls. Dort hinein schleuderte er den Schlüsselmoment des Traums, den er dem Geist des Träumers entrissen hatte, seine Form und seine Farbe – den Traum eines Schläfers, der noch von einem Hauch kindlicher Überschwenglichkeit geprägt war – und dort, innerhalb des Kristalls, einen Knopf drückend, ließ er das Gebilde für immer erstarren. Noch ein Knopfdruck, und die Düsen wurden zurückgezogen. Ein dritter Knopf, und der Kristall war versiegelt und konnte nun nicht mehr geöffnet werden, ohne daß der Traum vernichtet wurde. Ein Schalter, und die Tonbandstimme schwieg. Wie immer stellte er nun fest, daß er zitterte.

Er hatte es wieder einmal geschafft.

Er aktivierte die Luftkissen und zog die Stützen fort, so daß der Kristall frei vor ihnen schwebte. Dann senkte er den schwarzen Samthintergrund herab, schaltete die indirekte Beleuchtung an und stellte sie so ein, daß das Ding perfekt ausgeleuchtet wurde.

Es war ein irgendwie erschreckendes Tableau: ein Wesen, nur zum Teil Mensch, war um mehrere orangefarbene Felsen gewunden, die auch zu seinem Körper gehörten, und es schaute auf die Stelle seiner Gestalt, die mit dem Boden verschmolz; darüber war der Himmel teilweise im Winkel eines hochgeworfenen Arms geborgen; eine rosa Straße führte von einem Felsen zu einem Stern; auf dem Arm lag Feuchtigkeit wie Tränen; darunter flohen blaue Schatten.

John Morwin betrachtete das Gebilde. Er hatte es mit technisch manipulierter Telepathie gesehen, hatte auf telekinetischem Weg eine Skulptur daraus gemacht und sie mechanisch gefestigt. Welch pubertäre Phantasie sich hier niederschlug, wußte er nicht. Es war ihm auch egal. Das Gebilde war vorhanden. Und das genügte ihm. Die psychische Erschöpfung, die er empfand, zugleich das Hochgefühl, das Vergnügen, das ihm die Betrachtung seiner Schöpfung bereitete – dies alles genügte, um zu wissen, daß sein Werk gut war.

Gelegentlich befielen ihn Zweifel, ob das, was er da tat, wirklich Kunst war, wo er doch nur die Phantasievorstellungen anderer Menschen darstellte. Gewiß, er verfügte über die einzigartige Mischung aus Talent und Apparatur, einen Traum einzufangen – hinzu kam ein stolzer Preis für seine Mühen. Aber er stellte sich gern als Künstler vor. Wenn er schon kein richtiger Faulenzer sein konnte, dann am liebsten dies. Ein Künstler, zu dem Schluß war er gekommen, besaß mindestens ebensoviel Selbstgefühl und Exzentrizität, vermochte sich jedoch wegen der zusätzlichen Dimension des Einfühlungsvermögens seinen Mitmenschen gegenüber nicht mit der gleichen Sorglosigkeit aufzuführen. Aber wenn er nicht einmal ein richtiger Künstler war ...

Er schüttelte den Kopf, um seine Gedanken zu ordnen, und nahm die Haube ab. Dann kratzte er sich an der rechten Schläfe.

Er hatte schon sexuelle Phantasiebilder erschaffen, Traumlandschaften des Friedens, Alpträume für wahnsinnige Könige, Psychosen für Analytiker. Niemand, der seine Arbeit nicht in den höchsten Tönen lobte. Er hoffte, die Tatsache, daß dies nur Verkörperungen der eigenen Gefühle waren, stellte nicht den einzigen Grund dar ...

Nein, sagte er sich. Die Erschaffung von Porträts war eine gültige Kunst. Aber er fragte sich, was geschehen würde, wenn er eines Tages seinen eigenen Traum festhalten könnte.

Er stand auf und entfernte die Geräte von dem jungen Abse. Dann nahm er von seinem Arbeitstisch die Pfeife mit den in den Pfeifenkopf geschnitzten alten Insignien, strich mit dem Daumen darüber und zündete sie an.

Nachdem er den Servomechanismus aktiviert hatte, der die Couch des Schläfers langsam in eine halb sitzende Postion brachte, nahm er hinter dem Jungen Platz. Die Bühne war bereit. Er lächelte durch den Rauch und lauschte auf das Atmen.

Theatergespür. Er war jetzt wieder ganz Geschäftsmann und Verkäufer, der seine Ware ins vorteilhafteste Licht rückte. Wenn Abse erwachte, sah er sofort das dramatisch plazierte Objekt. Seine Stimme würde dann von hinten den Zauber mit einer trivialen Bemerkung brechen; und dieser Zauber würde teilweise ins Unterbewußtsein entgleiten und dort im Geiste des Sehenden versiegelt werden. Er hoffte, daß die Anziehungskraft des Objekts dadurch noch gesteigert wurde.

Die Bewegung einer Hand. Ein leises Husten. Eine plötzlich erstarrende Bewegung, die nie zu Ende geführt werden sollte ...

Er zog es etwa sechs Sekunden lang hin und sagte dann: »Gefällt's dir?«

Der Junge antwortete nicht sofort, doch als er schließlich reagierte, geschah das mit den Worten eines jüngeren Kindes, anders, als er sich noch beim Betreten des Studios geäußert hatte. Verschwunden war die kaum verhohlene Verachtung, der geheuchelte Überdruß, das zur Schau gestellte Pflichtgefühl gegenüber einem Elternteil, der dies als das ideale Geburtstagsgeschenk für einen Sohn ausgesucht hatte, dem nur noch wenige Wünsche offenblieben.

»Das ist es ...«, sagte er. »Das ist es!«

»Dann darf ich also annehmen, daß es dir gefällt?«

»Himmel!« Der Junge stand auf und ging darauf zu. Er streckte langsam die Hand aus, berührte den Kristall jedoch nicht. »Ob es mir gefällt ...? Es ist toll!« Dann erschauderte er und blieb eine Zeitlang wortlos stehen. Als er sich umdrehte, lächelte er. Morwin erwiderte das Lächeln mit dem linken Mundwinkel. Der kleine Junge war wieder verschwunden.

»Ganz hübsch«, und er machte mit der Linken eine beiläufige Geste, ohne sich noch einmal umzusehen. »Lassen Sie's liefern und schicken Sie meinem Vater die Rechnung.«

»Sehr wohl.«

Morwin erhob sich, als sich Abse der Tür näherte, die zum Vorzimmer und zum Ausgang führte. Er öffnete sie und hielt sie dem Jungen auf. Abse blieb auf der Schwelle stehen und starrte ihm einen Augenblick lang in die Augen. Erst jetzt kehrte nach kurzem Zögern sein Blick zur Kugel zurück.

»Ich ... ich hätte gern gesehen, wie Sie das gemacht haben. Zu dumm, daß wir nicht daran dachten, den Vorgang aufzuzeichnen.«

»So interessant ist das gar nicht«, sagte Morwin.

»Wahrscheinlich nicht. – Also guten Morgen.« Er bot ihm nicht die Hand.

»Guten Morgen«, erwiderte Morwin und blickte ihm nach.

Ja, verzogen worden zu sein, wäre angenehm gewesen. Noch ein oder zwei Jahre, und der Junge hatte es gelernt ... hatte alles gelernt, was er je lernen würde.

Alyshia Curt, seine Sekretärin und Empfangsdame, räusperte sich in ihrer Nische neben der Tür. Sich mit beiden Händen am Türrahmen abstützend, drehte er sich herum und blickte auf sie hinab:

»Hallo«, sagte er. »Janson soll es einpacken und ausliefern; und schicken Sie die Rechnung.«

»Jawohl, Sir«, und sie machte eine Bewegung mit den Augen. Er folgte ihrem Blick.

»Kleine Überraschung«, sagte der Mann, der am Fenster saß. Er sprach völlig ohne Betonung.

»Michael! Was machst du denn hier?«

»Ich wollte mal wieder eine richtige Tasse Kaffee trinken.«

»Komm rein. Ich habe eine auf der Platte.«

Der Mann stand auf und setzte sich langsam in Bewegung, und sein massiger Körper, die helle Uniform und das Albinohaar erinnerten Morwin wie schon so oft an Eiszeiten und das Vorrücken von Gletschern.

Sie betraten das Studio, und Morwin suchte zwei saubere Tassen. Als er sie gefunden hatte, drehte er sich um und sah, daß Michael wortlos durch das ganze Studio gegangen war, um seine neueste Schöpfung zu betrachten.

»Gefällt sie dir?« fragte er.

»Ja, eine deiner besten. – Für den Anithe-Jungen?«

»Ja.«

»Was hat er davon gehalten?«

»Er sagt, sie gefällt ihm.«

»Hm.« Michael wandte sich ab und trat an den kleinen Tisch, an dem Morwin manchmal seine Mahlzeiten einnahm.

Morwin schenkte den Kaffee ein, und sie tranken davon.

»In einer Woche fängt die *Lamaq*-Saison an.«

»Oh«, sagte Morwin. »Ich hatte ganz vergessen, daß es schon wieder soweit ist. Du gehst auf Jagd?«

»Ich dachte an das übernächste Wochenende. Wir könnten

zum Blauen Wald hinauffliegen, ein oder zwei Nächte kampieren und vielleicht ein paar von ihnen erlegen.«

»Klingt gut. Ich bin dabei. Sonst noch jemand?«

»Ich dachte, daß Jorgen vielleicht ...«

Morwin nickte und zog an seiner Pfeife, wobei sein Daumen die Insignien an der Seite verdeckte. Jorgen, der riesige Rigellianer, und Michael aus Honsi waren während des Krieges Mannschaftskameraden gewesen. Noch vor fünfzehn Jahren hätte er die beiden ohne Anruf erschossen. Jetzt vertraute er ihnen vollkommen. Jetzt aß, trank, scherzte er mit ihnen, verkaufte ihren Freunden seine Arbeiten. Die Insignien der DYNAW, der 4. Stellaren Flotte, schienen unter seinem Daumen aufzuglühen. Er drückte mit aller Kraft darauf, schämte sich, daß er das Zeichen vor dem Honsianer versteckte, war jedoch unfähig, den Daumen fortzunehmen. Hätten wir gewonnen, wäre es jetzt anders herum, redete er sich ein, und niemand hätte es Michael nachgetragen, wenn er dann seinen verdammten Schlachtring verkehrt herum oder an einer Kette unter dem Hemd getragen hätte. Ein Mann muß sich sein Leben dort einrichten, wo es für ihn am besten ist. Wäre ich in den DYNAW geblieben, würde ich heute noch in irgendeinem verdammten Labor mit Elektronen jonglieren – zu Hungerlöhnen.

»Wie lange hast du noch bis zur Pensionierung?« fragte er.

»Noch etwa drei Jahre. Da ist noch genug, worauf man sich freuen kann.«

Michael lehnte sich zurück und zog mit der Rechten einen Nachrichten-Ausdruck aus der Tunika.

»Hat den Anschein, als wollte sich ein gewisser Freund von dir niemals zur Ruhe setzen.«

Morwin nahm das Blatt, ließ seinen Blick über die Spalten gleiten.

»Was meinst du?« fragte er, um die Form zu wahren.

»Zweite Spalte, etwa in der Mitte.«

»›Explosion auf Blanchen‹? Ist das der Artikel?«

»Ja.«

Er las den Bericht langsam durch und sagte: »Ich fürchte, das verstehe ich nicht«, während zugleich so etwas wie Stolz in ihm aufkam. Er bezwang das Gefühl, behielt es für sich, in seinem Innern.

»Euer alter Flottenkommandant, Malacar Miles. Wer sonst?«

»›Sechs Tote, neun Verletzte ... Acht Einheiten vernichtet, sechsundzwanzig beschädigt‹«, las er vor. »›Bisher hat man keine Hinweise gefunden, doch der Geheimdienst arbeitet daran ...‹ Wenn man keine Spuren hat, wie kommst du dann auf den Kommandanten?«

»Wegen des Inhalts der Lagerhäuser.«

»Was war denn darin?«

»Superschnelle akustische Übersetzungsgeräte.«

»Ich begreife nicht ...«

»... die zuvor nur in den DYNAW hergestellt wurden. Bei diesen Geräten handelt es sich um die ersten, die auf VL-Welten produziert wurden.«

»Also unterwandert man jetzt auch schon diese Sparte der DYNAW-Industrie.«

Michael zuckte die Achseln.

»Ich meine, die Leute haben das Recht zu produzieren, was sie wollen. Die DYNAW konnten einfach nicht schnell genug liefern, so daß sich einige Industrielle der Ligen auf diesen Zweig verlegt haben. Und das war die erste Sendung. Wie du weißt, handelt es sich um Präzisionsinstrumente – eine der wenigen Maschinen, die erhebliche manuelle Einstellungen erfordern. Und viel hochqualifizierte Handarbeit bringt hohe Kosten.«

»Und du meinst, der Kommandant hatte damit zu tun?«

»Alle *wissen,* daß er dafür verantwortlich ist. Er macht schon seit Jahren solche Sachen. Er vergißt, daß der Krieg vorbei und der Waffenstillstand unterzeichnet ist ...«

»Ihr könnt ihm nicht gut bis in die DYNAW nachsetzen.«

»Nein. Aber vielleicht ist das eines Tages einem mächtigen Zivilisten möglich – jemandem, der es müde ist, seinen Besitz vernichtet und seine Freunde oder Arbeiter ermordet zu sehen.«

»Wäre nicht das erstemal – und du weißt, was dabei geschehen ist. Wer es jetzt versucht, würde sich nur noch übler die Zähne dabei ausbeißen.«

»Ich weiß! So etwas könnte nur großen Ärger heraufbeschwören – etwas, das wir nicht wollen.«

»Wenn der Geheimdienst ihn nun auf frischer Tat ertappte,

wie er jemandem hier bei der VL ein Messer in den Rücken stieße ... gilt immer noch, was früher einmal erzählt wurde?«

»Die Antwort müßtest du doch kennen.«

Morwin wandte den Blick ab.

»Wir unterhalten uns nie über diese Dinge, wenn wir miteinander sprechen«, sagte er schließlich.

Michael biß die Zähne zusammen und wischte sich mit dem Handrücken über den Mund.

»Ja«, sagte er dann. »Es gilt immer noch. Wir müßten ihn an die DYNAW ausliefern. Anschließend würden wir eine Beschwerde beim DYNAW-Central einlegen, doch dort würde man dem einzigen überlebenden und pensionierten Flottenkommandanten natürlich nichts tun. Nach den Buchstaben des Gesetzes müßten wir ihn abschieben – wenn es also zu viele Zeugen gibt, wird das geschehen. Wenn die DYNAW ihn nur nicht bei der ersten SEL-Konferenz zu ihrem Vertreter ernannt hätten! Es hat den Anschein, als hätten sie so etwas damals schon geplant und ermutigten ihn jetzt zum Weitermachen. Ich wünschte, es gäbe eine Möglichkeit, ihm klarzumachen, daß er auf verlorenem Posten kämpft – oder ihm zumindest die diplomatische Immunität abzuerkennen. Die Situation ist sehr unangenehm.«

»Ja.«

»Du hast unter ihm gedient. Du warst doch mal ein ziemlich guter Freund von ihm.«

»Ich nehme es an.«

»Na also. Und das bist du doch noch, oder?«

»Wie du selber weißt, besuche ich ihn von Zeit zu Zeit – zur Erinnerung an die guten alten Zeiten.«

»Siehst du eine Möglichkeit, ihm mal etwas Vernunft zu predigen?«

»Wie ich schon sagte, über solche Dinge sprechen wir nicht. Er würde mir gar nicht zuhören.«

Morwin schenkte Kaffee nach.

»Was er auch früher gewesen sein mag – jetzt ist er ein Mörder und Brandstifter – unter anderem. Das ist dir doch klar, oder?«

»Ich glaube schon.«

»Ginge er jemals zu weit, würde er etwas anstellen, das

eine wirklich große Katastrophe auslöste, *könnte* das zum Krieg führen. Es gibt nicht wenige politische und militärische Elemente, die sich einen Anlaß herbeisehnen, gegen die DYNAW vorzugehen und sie ein für allemal zu erledigen.«

»Warum erzählst du mir das, Mike?«

»Ich bin hier außer Dienst und habe keine Anweisungen. Ich hoffe, meine Vorgesetzten erfahren nie, daß ich mit dir darüber gesprochen habe. Nur bist du meines Wissens der einzige Mensch, der hier in der Stadt wohnt und noch dazu mein Freund ist und der den Mann tatsächlich kennt und ihn manchmal sogar besucht. Himmel! Ich will keinen neuen Krieg! Auch wenn er diesmal wohl eine schnell erledigte Angelegenheit wäre. Ich werde alt. Ich will mich aufs Altenteil zurückziehen, will jagen und fischen. Du warst sein Stellvertreter. Auf dich würde er hören. Er hat dir sogar die verrückte Pfeife da geschenkt, als alles vorbei war. Ist das nicht eine Bayner-Sandow-Briar? Die sind verflucht teuer. Er muß dich gemocht haben.«

Morwins Gesicht rötete sich; er nickte in den Rauch, bekam ihn in die Augen und schüttelte den Kopf.

Und ich habe ihn verraten wie all die anderen, dachte er, als ich in die VL zog und ihr Geld zu nehmen begann.

»Ich habe ihn lange nicht mehr gesehen. Ich bin sicher, er würde nicht auf mich hören.«

»Tut mir leid«, sagte Michael und starrte in seinen Kaffee. »Dir so etwas anzutragen, liegt weit außerhalb meiner Kompetenz. Vergiß die Sache, ja?«

»Arbeitest du an der Blanchen-Sache?«

»Nur am Rande.«

»Ich verstehe. Tut mir leid.«

Ein langes Schweigen trat ein, dann leerte Michael seine Kaffeetasse und stand auf.

»Also, ich muß wieder an die Arbeit«, sagte er. »Ich sehe dich dann in elf Tagen bei mir, Sonnenaufgang. Klar?«

»Klar.«

»Danke für den Kaffee.«

Morwin nickte und hob halb die Hand zum Gruß, Michael schloß die Tür hinter sich.

Lange Zeit betrachtete Morwin den erstarrten Traum des Jungen. Dann fiel sein Blick auf die Kaffeetasse. Er sah sie an, bis sie in die Luft stieg und gegen die Wand geschmettert wurde.

Heidel von Hymack blickte auf das Mädchen hinab und erwiderte ihr schwaches Lächeln. Etwa neun Jahre alt, schätzte er.

»... und das ist ein Claanit«, erklärte er und fügte der Reihe auf ihrer Bettdecke noch einen Stein hinzu. »Ich habe ihn vor einiger Zeit auf der Welt Claana mitgenommen. Seither habe ich ihn oft poliert, aber nicht geschliffen. Das ist seine natürliche Form.«

»Wie sieht es denn auf Claana aus?« fragte sie.

»Dort ist fast alles Wasser«, sagte er. »Claana hat eine große blaue Sonne an einem fast rosafarbenen Himmel, dazu elf kleine Monde, die laufend interessante Sachen anstellen. Kontinente gibt es nicht, nur Tausende von Inseln, überall. Die Bewohner sind Amphibien und verbringen den größten Teil ihres Lebens im Wasser. Soweit bekannt ist, haben sie gar keine richtigen Städte. Sie sind Wandervölker und Handelsleute. Sie tauschen Dinge, die sie in den Ozeanen finden, gegen Messer und Durraseile und ähnliche Gegenstände. Dieser Stein kommt aus ihrem Meer. Ich habe ihn an einem Strand gefunden. Die Form kommt von der Reibung am Sand und an anderen Steinen, als er an Land gespült wurde. Die Bäume dort breiten sich gewaltig aus und lassen zusätzliche Wurzeln aus dem Boden wachsen, um das Wasser zu erreichen. Sie haben zahlreiche und sehr große Blätter. Einige tragen auch Früchte. Die Temperatur ist fast immer angenehm, weil ständig ein Wind vom Meer hereinweht. – Und wenn man Lust hat, kann man auf etwas Hohes klettern und sich in allen Richtungen umsehen. Man findet auch immer eine dunkle Ecke, wo es gerade regnet, irgendwo auf dem Planeten. Was man durch diese Regenwand sieht, ist neblig und verzerrt, wie die fernen Küsten des Märchenlandes. Auch gibt es Trugbilder. Man sieht am Himmel Inseln auftauchen mit Bäumen, die nach unten wachsen. Einer der Eingeborenen hat mir erzählt, dorthin gehen die Claaniter, wenn sie sterben. Sie glauben, ihre Vorfahren sind dort oben und schauen auf sie herab, starren aufmerksam ins Meer. – Wenn dir der Stein gefällt, kannst du ihn behalten.«

»O ja, Mr. H! Vielen Dank!«

Sie umklammerte den Stein und berieb ihn mit der Hand. Sie polierte ihn am Ärmel ihres Schlafanzugs.

»Wie fühlst du dich heute?« fragte er.

»Besser«, erwiderte sie. »Viel besser.«

Er betrachtete das kleine von Sommersprossen übersäte Gesicht, die dunklen Augen unter einer dunklen Ponyfrisur. Sie hatte jetzt mehr Farbe als noch vor anderthalb Tagen, als sie behandelt worden war. Ihr Atem ging nicht mehr mühsam. Sie konnte sich auch schon aufsetzen, in die Kissen gestützt, und vermochte über längere Zeiträume zu sprechen. Das Fieber war gefallen und ihr Blutdruck fast wieder normal. Sie zeigte Neugier und gewann jene Lebhaftigkeit zurück, die man von einem Kind ihres Alters erwartete. Er hielt die Behandlung für geglückt und dachte nicht mehr an die neun Gräber im Wald oder die anderen Toten, die er in seinem Leben schon zurückgelassen hatte.

»... würde ich Claana gern mal sehen«, sagte sie gerade, »mit seiner blauen Sonne und all den Monden ...«

»Vielleicht fährst du eines Tages mal hin«, sagte er, doch als er weit in die Zukunft schaute, sah er sie mit einem Jungen aus dem Ort, als Hausfrau in Italbar für den Rest ihres nun geretteten Lebens, und sie hatte vielleicht nur einen orangefarbenen Stein, der sie an die Träume der Kindheit erinnerte. Nun, es könnte schlimmer sein, sagte er sich, und dachte an den Abend in den Hügeln über der Stadt. Eine Stadt wie Italbar war vielleicht gar kein so schlechter Ort, die ruhelosen Wanderungen zu beenden ...

Dr. Helman betrat das Zimmer, nickte den beiden zu, nahm das linke Handgelenk des Mädchens und blickte auf seinen Chrono.

»Du bist ein wenig aufgeregt, Luci«, verkündete er und ließ ihren Arm los. »Vielleicht hat dir Mr. H zu viele Abenteuer erzählt.«

»O nein!« sagte sie. »Ich will sie hören. Er ist überall gewesen. – Sehen Sie den Stein, den er mir geschenkt hat? Ich wette, er bringt mir Glück. Er kommt von Claana – einer Welt mit einer blauen Sonne und elf Monden. Die Leute dort leben im Meer ...«

Der Arzt warf einen Blick auf den Stein.

»Ganz hübsch. Jetzt möchte ich aber, daß du dich ausruhst.«

Warum lächelt er nie? fragte sich Heidel. Er müßte doch glücklich sein.

Heidel sammelte seine übrigen Steine ein und tat sie wieder in den mit Monogramm versehenen Beutel aus *Kuhl*-Leder, den er stets bei sich trug.

»Ich glaube, ich muß jetzt gehen, Luci«, sagte er. »Schön, daß du dich besser fühlst. Wenn wir uns nicht wiedersehen – ich habe mich gern mit dir unterhalten. Sei brav.«

Er stand auf und ging mit Dr. Helman zur Tür.

»Du kommst doch zurück, nicht wahr?« fragte sie, richtete sich im Bett auf, die Augen weit aufgerissen. »Du kommst doch zurück – ja?«

»Das weiß ich noch nicht«, erwiderte Heidel. »Wir werden sehen.«

»Komm zurück ...«, hörte er sie flehen, als er schon im Korridor stand.

»Sie hat verblüffend reagiert«, sagte Helman. »Ich kann es noch immer kaum fassen.«

»Was ist mit den anderen?«

»Bei allen Patienten, die Sie besucht haben, hat es kleine Besserungen gegeben oder zumindest keine weitere Verschlechterung des Zustands. Ich wünschte, ich wüßte, wie das funktioniert. – Ihr Blut ist übrigens noch viel seltsamer, als die Berichte erkennen ließen – sagt unser Labor. Man möchte dort noch mehr Proben haben, damit sie nach Landsend zur Analyse geschickt werden können.«

»Nein«, sagte Heidel. »Ich weiß, daß mein Blut ziemlich schlimm aussieht, und man wird nicht viel Neues darin entdecken, auch wenn es nach Landsend geschickt wird. Sind Ihre Leute wirklich interessiert, können sie ja einen detaillierten Bericht darüber vom Panopath in SEL anfordern. Es ist in jeder Beziehung getestet worden, und die Berichte sind noch immer uneinheitlich. Außerdem werde ich bald wieder gefährlich. Ich muß weiter.«

Die beiden Männer näherten sich den Fahrstühlen.

»Dieses ›Gleichgewicht‹, von dem Sie sprechen«, sagte Helman. »So etwas gibt es doch gar nicht. Sie reden, als formten die Krankheitserreger Reihen, bekriegten sich gegenseitig und gingen dann eine Zeitlang eine Art Waffenstillstand ein, während dem sich keiner schlecht benimmt. Das ist medizinisch gesehen Unsinn. So funktioniert der menschliche Körper nicht.«

»Ich weiß«, sagte Heidel, als sie den Lift betraten. »Es ist auch nur ein Vergleich. Wie ich schon sagte, ich bin kein Arzt. Ich habe meine eigenen schlichten pragmatischen Begriffe für das geprägt, was in mir vorgeht. Die Übersetzung ist Ihre Sache. Ich allein bleibe der Fachmann für die Auswirkungen.«

Der Lift entließ sie im Erdgeschoß.

»Gehen wir noch kurz im Büro vorbei?« fragte Helman. »Sie sagen, Sie müssen bald fort, und ich weiß, wann Ihr Luftwagen eintrifft. Das heißt, Sie wollen also noch mal in die Berge hinaus und ein weiteres Koma durchmachen. Ich würde es gern so einrichten, daß ich den Vorgang beobachten kann, und ...«

»Nein!« sagte Heidel. »Kommt nicht in Frage. Auf keinen Fall. Wenn ich das tue, darf niemand in der Nähe sein. Es ist zu gefährlich.«

»Aber ich könnte Sie isolieren.«

»Nein, das lasse ich nicht zu. Ich bin schon für zu viele Todesfälle verantwortlich. Dinge wie mein Besuch hier sind mein Beitrag zur teilweisen Wiedergutmachung. Ich möchte keine weiteren Unfälle riskieren, indem ich während des Komas Menschen an mich heranlasse – auch keine Fachleute. Tut mir leid, Doktor. Wie Ihre Vorbereitungen auch aussehen mögen, ich müßte trotzdem Angst haben, daß etwas schiefgehen könnte.«

Helman zuckte leicht die Achseln.

»Wenn Sie es sich je anders überlegen, würde ich gern der aufsichtführende Arzt sein«, versicherte er.

»Also ... danke. Ich muß jetzt gehen.«

Helman schüttelte ihm die Hand.

»Vielen Dank für alles. Die Götter sind sehr freundlich gewesen.«

Zu deinen Patienten vielleicht, dachte Heidel. Dann sagte er: »Guten Tag, Doktor« und trat durch die Tür, die zur Vorhalle führte.

»... dich segnen«, sagte sie. »Die Götter mögen dich segnen!«

Als er an ihrem Stuhl vorbeikam, packte sie ihn am Ärmel und zog ihn zu sich heran.

Er blickte in das müde Gesicht mit den geröteten Augen. Es war Lucis Mutter.

»Ich glaube, sie wird sich bald erholen«, sagte er. »Sie ist ein nettes kleines Mädchen.«

Während sie sich noch an seinem linken Arm festklammerte, wurde seine rechte Hand von einem Mann in leichten Hosen und Pullover ergriffen und auf und nieder geschwenkt. In seinem wettergegerbten Gesicht leuchtete ein Lächeln, das eine unregelmäßige Zahnreihe entblößte.

»Vielen Dank, Mr. H«, sagte er, und seine Hand fühlte sich feucht an. »Wir müssen in fast jedem Gotteshaus der Stadt gebetet haben – und alle unsere Freunde wollten es auch tun. Unsere Gebete sind wohl erhört worden. Mögen alle Götter Sie segnen! – Ob Sie wohl heute abend zum Essen zu uns kommen würden?«

»Vielen Dank, aber ich muß wirklich weiter«, sagte Heidel. »Ich habe eine Verabredung – etwas, um das ich mich kümmern muß, ehe mein Flugzeug eintrifft.«

Als er sich schließlich von den beiden lösen konnte, wandte er sich um und mußte feststellen, daß sich die Vorhalle mit Menschen gefüllt hatte. Aus dem Stimmengemurmel waren immer wieder deutlich die Worte »Mr. H« herauszuhören.

»... wie haben Sie das gemacht, Mr. H!« tönte es aus fünf Richtungen zugleich. »Dürfte ich ein Autogramm haben? – Mein Bruder hat eine Allergie. Würden Sie ...? Ich möchte Sie für heute abend zum Gottesdienst einladen, Sir. Meine Gemeinde ... – Können Sie auch über größere Entfernungen heilen? – Mr. H, würden Sie bitte für die örtliche Presse ...?«

»Bitte«, sagte er und wandte den Blick von Gesicht zu Kamera zu Gesicht. »Ich *muß* weiter. Ich weiß Ihre Aufmerksamkeit zu schätzen, aber ich habe Ihnen nichts zu sagen. Bitte lassen Sie mich durch.«

Aber die Vorhalle war überfüllt, und die Haupttür wurde durch den Druck der Leiber von außen offengehalten. Kinder wurden hochgehoben, damit sie ihn sehen konnten. Er blickte zur Garderobe und sah, daß sein Stab nicht mehr dort war. Mit einem Blick durch die Glaswand stellte er fest, daß sich vor dem Gebäude eine Menschentraube bildete.

»... Mr. H, ich habe ein Geschenk für Sie. Habe sie selbst gebacken ... – Dürfte ich Sie fahren, wohin Sie wollen? – Welche Götter verehren Sie, Sir ...? – Mein Bruder hat eine Allergie ...«

Er wich zum Tisch zurück und beugte sich zu der Frau hinab, die ihn hier empfangen hatte.

»Man hat mir nichts davon gesagt«, bemerkte er.

»Wir haben auch nicht damit gerechnet«, erwiderte sie nervös. »Innerhalb weniger Minuten waren sie hier. So etwas weiß man nie vorher. Gehen Sie wieder nach hinten in den Korridor, und ich sage den Leuten, hier darf niemand durch. Dann rufe ich jemanden, der Sie zum Hinterausgang führt.«

»Vielen Dank.«

Wieder trat er durch die Tür und winkte und lächelte den Leuten zu.

Es wurde laut, als er verschwand – eine Mischung aus »H!«-Rufen und Jubelgeschrei.

Er stand im Korridor, bis ein Pfleger erschien und ihn in den hinteren Teil des Gebäudes führte.

»Darf ich Sie ein Stück fahren?« fragte der Mann. »Wenn die Menge Sie in der Nähe entdeckt und erkennt – na ja, vielleicht folgt sie Ihnen und belästigt Sie.«

»Also gut«, sagte Heidel. »Warum bringen Sie mich nicht ein paar Straßen weit in die Richtung zu den Hügeln dort?«

Er deutete auf die Vorberge, die er auf seinem Wege nach Italbar überquert hatte.

»Ich kann Sie bis dicht vor die Hügel fahren, Sir. Das erspart Ihnen das Laufen.«

»Vielen Dank, aber ich möchte unterwegs noch Vorräte einkaufen und vielleicht sogar eine warme Mahlzeit zu mir nehmen, ehe ich weitermarschiere. Wissen Sie, wo ich in dieser Richtung so etwas finde?«

»Es gibt da mehrere Möglichkeiten. Ich bringe Sie zu einem kleinen Laden in einer ruhigen Straße. Ich glaube nicht, daß man Sie dort belästigen wird. – Das ist mein Wagen.« Und er hob den Arm.

Mühelos erreichten sie den Laden, den der Pfleger empfohlen hatte – ein altes schmales Geschäft mit Holzfußboden und offenen Regalen, vorn ein Lebensmittelladen und hinten ein winziges Restaurant. Nur etwas störte Heidel. Als das Fahrzeug vor dem Haus hielt, hatte der Pfleger in seinen Halsausschnitt gegriffen und ein grünes Amulett hervorgeholt – eine Eidechse mit eingelegtem Silberstreifen auf dem Rücken.

»Ich weiß, das hört sich blöd an, Mister«, sagte er, »aber würden Sie das bitte berühren?«

Heidel erfüllte ihm den Wunsch und fragte: »Was habe ich nun getan?«

Der junge Mann lachte und wandte den Blick ab, steckte den Anhänger wieder unter sein Hemd.

»Oh, ich bin wohl nur ein bißchen abergläubisch, wie alle hier«, sagte er. »Das ist mein Talisman. So wie alle von Ihnen reden, kann es mir bestimmt nicht schaden.«

»Reden? Was reden denn die Leute? Sagen Sie bloß nicht, das Gerücht, daß ich ein ›Heiliger‹ sei, ist mir auch bis hierher gefolgt!«

»Ich fürchte doch, Sir. Wer kann das wissen? Vielleicht ist etwas Wahres dran.«

»Sie arbeiten doch im Krankenhaus. Sie verbringen einen Großteil Ihres Lebens unter Wissenschaftlern.«

»Oh, die sind auch nicht anders, die meisten jedenfalls. Vielleicht liegt das daran, daß wir hier so entlegen wohnen. Einige Geistliche sagen, es ist eine Art Reaktion, weil wir der Natur wieder so nahe sind, nachdem unsere Vorfahren jahrhundertelang in Städten gelebt hatten. Welche Gründe es auch sein mögen, vielen Dank, daß Sie sich mit mir abgegeben haben.«

»Vielen Dank fürs Mitnehmen.«

»Alles Gute.«

Heidel stieg aus und betrat den Laden.

Er vervollständigte seine Vorräte und setzte sich anschließend im fensterlosen Hinterzimmer an einen Tisch. Der Raum wurde durch acht alte, schmutzige Leuchtkuppeln erhellt und war angenehm klimatisiert. Trotz der Tatsache, daß er der einzige Gast war, dauerte es lange, bis er bedient wurde. Er bestellte ein Steak nach Landesart und ein hiesiges Gebräu und sah davon ab, sich nach der Gattung des Tiers zu erkundigen, von dem das Fleisch stammte, eine Angewohnheit, die sich schon bei zahlreichen anderen Besuchen auf fremden Welten bewährt hatte. Während der das Getränk probierte und auf das Fleisch wartete, bedachte er seine Lage.

Er war noch immer vor allem anderen Geologe. Das war die einzige Arbeit, die er gut beherrschte. Gewiß, keine der größeren Firmen würde ihn einstellen. Während niemand eindeutig wissen konnte, daß er H war, ahnten sie doch, daß ihn etwas Seltsames umgab. Vielleicht hatten sie ihn als ›unfallanfällig‹ registriert. Außerdem würde er sich sowieso nicht unter falschen Voraussetzungen einstellen lassen und das Risiko eingehen, einem Ort zugeteilt zu werden, wo er nicht arbeiten wollte – das heißt, irgendwo in der Nähe von Menschen. Die meisten Firmen jedoch waren zufrieden, ihn als freien Mitarbeiter zu beschäftigen. Seltsamerweise hatte das dazu geführt, daß er jetzt mehr Geld verdiente als je zuvor in seinem Leben. Doch nachdem er nun die Mittel hatte, wußte er nicht mehr recht, was er damit anfangen sollte. Er hielt sich von Städten fern, von Menschen, von all den Orten, wo Geld in großen Summen ausgegeben wurde. Im Lauf der Jahre hatte er sich mit einem einsamen Leben abgefunden, so daß ihn nun die Gegenwart von Leuten – auch in weitaus kleineren Gruppen als die Menge im Krankenhaus – unruhig machte. Er freute sich auf einen einsamen Lebensabend – in einer Hütte irgendwo im Gebirge, irgendwo an einem verlassenen Strand. Zigarren, seine Mineraliensammlung, ein paar Bücher und ein Empfänger, mit dem er Nachrichten-Central empfangen konnte –, mehr wünschte er sich eigentlich nicht.

Er aß langsam, und der Eigentümer des Ladens kam nach hinten und wollte sich mit ihm unterhalten. Wohin er denn mit dem Rucksack und den Konserven wollte?

Camping, oben in den Hügeln, erklärte er. Warum? Er wollte dem alten Mann schon sagen, daß ihn das gar nichts anginge, doch da fiel ihm ein, daß der Wirt vielleicht einsam war. Laden und Restaurant machten nicht den Eindruck, als herrschte hier viel Betrieb. Vielleicht sah der Mann gar nicht viele Menschen. Und er war alt.

Also erfand Heidel eine Geschichte. Der Mann hörte ihm nickend zu. Bald hatte sich das Bild umgekehrt, und Heidel lauschte, und der Ladenbesitzer hatte das Reden übernommen. Heidel nickte von Zeit zu Zeit.

Er beendete seine Mahlzeit und zündete sich eine Zigarre an.

Mit der Zeit wurde Heidel klar, daß er an der Gesellschaft des Mannes Freude hatte. Er bestellte noch einen Krug. Als er die Zigarre ausgeraucht hatte, steckte er sich eine zweite an.

Da das Zimmer keine Fenster hatte, sah er nicht, wie die Schatten sich in die Länge zogen. Er sprach von anderen Welten; er zeigte dem Mann seine Steine. Der Mann erzählte ihm von dem Bauernhof, den er einmal besessen hatte.

Als draußen die ersten Sterne aufblitzten, blickte Heidel auf seinen Chrono.

»Kann doch unmöglich so spät sein!« sagte er.

Der alte Mann blickte auf Heidels Uhr, dann auf die seine.

»Ich fürchte doch. Ich wollte Sie eigentlich nicht aufhalten, wenn Sie es eilig hatten ...«

»Nein. Schon gut«, sagte Heidel. »Ich habe nur nicht gemerkt, wie spät es schon ist. Das Gespräch mit Ihnen hat mir Spaß gemacht. Aber jetzt muß ich weiter.«

Er bezahlte seine Rechnung und brach hastig auf. Er hatte keine Lust, den Sicherheitsfaktor zu verlieren.

Als er den Laden verließ, wandte er sich nach rechts und marschierte durch die tiefe Abenddämmerung in die Richtung, aus der er ursprünglich gekommen war. Nach einer Viertelstunde lag das Geschäftsviertel hinter ihm, und er wanderte durch eine freundliche Wohngegend. Die Kuppeln schimmerten heller auf ihren Pfosten, als sich der Himmel mehr und mehr verdunkelte und Sterne darüber hingesprenkelt wurden.

Als er eine Steinkirche passierte, hinter deren Glassit-Mosaikfenstern ein schwaches Licht leuchtete, überkam ihn jenes nervöse Gefühl, das ihm Kirchen immer einflößten. Es war jetzt – wie lange? – zehn, zwölf Jahre her. Wie groß der Zeitraum auch sein mochte, er erinnerte sich deutlich an das Ereignis. Es machte ihm noch gelegentlich zu schaffen.

Es war ein drückender Sommertag auf Murtania gewesen, und er war zu Fuß von der Mittagshitze überrascht worden. Hastig hatte er in einem der unterirdischen strantrianischen Schreine Schutz gesucht, wo es immer kühl und dunkel ist. Er hatte in einer schattigen Ecke Platz genommen und sich ausgeruht. Als zwei Gläubige auftauchten, schloß er die Augen und hoffte, ausreichend verinnerlicht zu wirken. Die Neuankömmlinge beteten aber nicht leise, wie er erwartet hatte, und setzten sich auch nicht, sondern begannen aufgeregt miteinander zu flüstern. Einer verschwand, und der andere ging nach vorn und setzte sich in der Nähe des Mittelaltars auf eine Bank. Heidel betrachtete ihn. Es war ein Murtanianer, und seine amphibischen Membranen waren geschwollen und aufgeblasen, was auf Erregung schließen ließ. Er hatte den Kopf nicht geneigt, sondern starrte nach oben. Heidel folgte dem Blick und sah, daß er eine Reihe Glassit-Malereien betrachtete, die eine fortlaufende Galerie von Gottheiten bildeten und damit alle vier Wände der Kapelle umspannten. Der Mann starrte auf eine der vielen Illustrationen, die nun in einem seltsamen blauen Feuer erglühte. Als sein Blick darauf fiel, verspürte Heidel so etwas wie einen elektrischen Schock. Dann begann es in seinen Händen und Füßen zu kribbeln, und ein Schwindelgefühl überkam ihn. Er hoffte, daß ihm jetzt nicht eine seiner alten Krankheiten zu schaffen machte. Aber nein, das fühlte sich anders an. Vielmehr empfand er eine seltsame Hochstimmung, als befinde er sich im ersten Stadium des Betrunkenseins, obwohl er an diesem Tag noch keinen Alkohol angerührt hatte. Dann begann sich der Raum mit Gläubigen zu füllen. Ehe er sich's versah, war ein Gottesdienst im Gange. Das Gefühl der Hochstimmung und Macht begann sich zu verstärken, es bildeten sich spezifische Emotionen heraus – seltsam widersprüchliche Gefühle. In der einen Sekunde wollte er den Arm heben und die Leute ringsum berühren, sie »Brüder« nennen, sie lieben und von ihren Krankheiten heilen; in der nächsten haßte er sie und wünschte, er hätte nicht gerade erst eine Katharsis hinter sich gebracht, so daß er die ganze Gemeinde mit einer tödlichen Krankheit anstecken könnte, die sich wie Flammen in einem Benzintank ausbreiteten und alle an einem Tag hinraffen würde. Sein Geist pendelte zwischen diesen Wünschen hin und her, und er fragte sich ernsthaft, ob er verrückt wurde. Noch nie zuvor hatte er schizoide Anwandlungen gehabt, und seine Gefühle gegenüber der Menschheit waren von solchen extremen Emotionen bisher frei gewesen. Er war immer ein gutmütiges Individuum gewesen, das keine Unannehmlichkeiten machte und auch keinen Streit suchte. Er hatte seine Mitmenschen weder geliebt noch gehaßt, sondern sie akzeptiert, wie sie waren, und sich nach bestem Vermögen zwischen ihnen bewegt. Folglich verstand er die wahnsinnigen Wünsche nicht, die ihn plötzlich beherrschten. Er wartete darauf, daß die letzte Woge des Hasses verging, und als die Pause vor dem nächsten Aufschwung der Zuneigung eintrat, stand er hastig auf und drängte sich zur Tür. Als er sie erreichte, war er mitten in der nächsten Phase und entschuldigte sich bei jedem, den er anstieß. »Frieden, Bruder. Ich erbitte deine Vergebung. – Verzeih mir, denn ich liebe dich. – Ich entschuldige mich aus vollem Herzen. – Entschuldige bitte mein unwertes Vorbeigehen.« Als er das Gotteshaus verlassen hatte und die Straße erreichte, begann er zu laufen. Innerhalb weniger Minuten waren all die ungewöhnlichen Gefühle verschwunden. Er überlegte damals, ob er einen Psychiater aufsuchen sollte, schließlich hatte er aber darauf verzichtet und sich den Vorgang als Reaktion auf die Hitze und die plötzliche Kühle erklärt und als eine Folge der kleinen Nebenwirkungen, die der Besuch eines neuen Planeten stets mit sich brachte. Auch kam es nie zu einer Wiederholung des Phänomens. Seit diesem Tag jedoch hatte er keine Kirche mehr betreten, welcher Konfession auch immer; auch konnte er an keinem Gotteshaus vorbeigehen ohne ein gewisses Angstgefühl, das er mit jenem Tag auf Murtania in Verbindung brachte.

Er blieb an einer Ecke stehen und ließ drei Fahrzeuge vorbeifahren. Während er noch wartete, hörte er hinter sich ein Geräusch.

»Mr. H!«

Ein etwa zwölfjähriger Junge löste sich aus dem Schatten eines Baums und kam auf ihn zu. In der linken Hand hielt er eine schwarze Leine, deren Ende am Halsband einer meterlangen grünen Eidechse mit krummen Beinen befestigt war. Die Klauen des Tiers klickten auf dem Pflaster, als es hinter dem Jungen herwatschelte, und als es sein Maul öffnete und eine rote Zunge in Heidels Richtung schnellen ließ, schien es belustigt zu grinsen. Es war eine sehr dicke Eidechse, die sich beim Näherkommen die Schnauze mehrmals am Bein des Jungen rieb.

»Mr. H, ich bin vorhin schon ins Krankenhaus gekommen, um Sie zu sprechen, aber Sie mußten wieder hinein, also habe ich Sie nur kurz gesehen. Ich habe gehört, wie Sie Luci Dorn geheilt haben. Was für ein Glück, daß ich Sie hier so einfach treffe.«

»Faß mich nicht an!« sagte Heidel, aber der Junge hatte schon seine Hand ergriffen und blickte aus Augen zu ihm auf, in denen Sterne tanzten.

Heidel zog seine Hand aus der des Jungen und wich mehrere Schritte zurück.

»Komm mir nicht zu nahe«, befahl er. »Ich glaube, ich bekomme eine Erkältung.«

»Dann sollten Sie so spät nicht mehr draußen sein. Ich wette, meine Eltern würden Sie gern aufnehmen.«

»Danke, aber ich habe eine Verabredung.«

»Das it mein *Larick.*« Er zupfte an der Leine. »Sein Name ist Chan. Platz, Chan.«

Die Eidechse öffnete ihr Maul, hockte sich hin, rollte sich zusammen.

»Er tut das nicht immer. Nicht, wenn ihm nicht danach ist«, erklärte der Junge. »Wenn er bei Laune ist, macht er's wirklich gut. Er stützt sich mit 'nem Schwanz ab. Los, Chan! Setz dich hin für Mr. H.«

Er zerrte an der Leine.

»Schon gut, mein Sohn«, sagte Heidel. »Vielleicht ist er müde. – Hör mal, ich muß jetzt weiter. Vielleicht sehen wir uns noch mal, ehe ich die Stadt verlasse. Okay?«

»Gut. Freut mich, Sie getroffen zu haben. Gut' Nacht.«

»Gute Nacht.«

Heidel überquerte die Straße und hastete weiter.

Neben ihm hielt ein Wagen.

»He! Sie sind doch Dr. H, nicht wahr?« rief ein Mann.

Er drehte sich um.

»Richtig.«

»Ich dacht' mir gleich, ich hätte Sie da hinten an der Ecke gesehen. Bin extra noch einmal um den Block gefahren, um Sie mir anzuschauen.«

Heidel wich zurück, ging auf Distanz.

»Kann ich Sie irgendwohin mitnehmen?«

»Nein danke. Ich bin fast am Ziel.«

»Bestimmt?«

»Ganz bestimmt. Vielen Dank für das Angebot.«

»Na gut. – Ich heiße Wiley.«

Der Mann streckte die Hand durchs Fenster.

»Ich habe Schmiere an der Hand. Ich mache Sie nur schmutzig«, sagte Heidel; und der Mann beugte sich vor, packte seine linke Hand, drückte sie kurz und zog sich wieder in den Wagen zurück.

»Okay. Sehen Sie sich vor«, sagte er und fuhr weiter.

Heidel hätte am liebsten laut aufgebrüllt, um der Welt klarzumachen, sie sollte ihn nicht länger berühren.

Die nächsten beiden Blocks legte er im Laufschritt zurück. Minuten später verlangsamte ein Wagen seine Fahrt, als die Scheinwerfer ihn erfaßten, aber er wandte sein Gesicht ab, und das Fahrzeug überholte ihn. Ein Mann, der pfeiferauchend auf einer Veranda saß, winkte ihm zu und stand auf. Er sagte etwas, aber Heidel lief bereits wieder und verstand ihn nicht.

Schließlich wurden die Zwischenräume zwischen den Häusern größer, und die Reihen der Leuchtkuppeln hörten auf, und die Sterne traten deutlicher hervor. Als die Straße endete, marschierte er auf dem Pfad weiter, und die Masse der Hügel versperrte ihm die halbe Aussicht.

Er blickte nicht zurück auf die Lichter der Stadt, als er über Italbar in die Berge stieg.

Weit vorgebeugt, die Knie fest gegen die gepanzerten Flanken des achtbeinigen *Kooryab* gepreßt, das schwarze Haar im Winde fliegend, so galoppierte Jackara durch die Hügel über Capeville. Unter ihr im Tal duckte sich die Stadt unter ihrem morgendlichen Nebelschirm. Über ihrer rechten Schulter stand die aufgehende Sonne und warf Lichtstrahlen in den Nebel und ließ ihn funkeln.

Dort die hohen Gebäude der Stadt, alle aus Silber, ihre zahllosen Fenster fingen wie Edelsteine das weiße Feuer ein, das Meer dahinter ein Gebilde aus Purpur und Blau, Wolken wie eine riesige, schäumende Meereswoge im unbewachten Rücken der Stadt aufgetürmt, an den oberen Rändern rosa und orange angehaucht, auf halbem Wege in den Himmel, bereit, durch die blaue Luft herabzustürzen und die gesamte

Halbinsel vom Kontinent zu trennen und sie versinken zu lassen, um auf ewig auf dem Grunde des Ozeans zu liegen und im Laufe der Jahrtausende zum vergessenen Atlantis Deibas zu werden – so träumte sie.

Auf dem Rücken des *Kooryab,* in Hosen und eine kurze weiße Tunika mit rotem Gürtel gekleidet, ein dazu passendes rotes Stirnband um den Kopf, das ihr flatterndes Haar bändigte und ihre hellblauen Augen freihielt, gebrauchte Jackara die schlimmsten Flüche aller Rassen, die sie kannte.

Sie zog ihr Reittier herum und faßte die Zügel so kurz, daß es sich aufbäumte und zischte, ehe es schweratmend zum Stillstand kam, und starrte düster auf die Stadt hinab.

»Brennen sollst du, verdammt! Brennen.«

Doch keine Flammen gehorchten ihrem Befehl.

Sie zog ihre Laserpistole aus dem Halfter unter ihrer Tunika und schnitt damit den Stamm eines kleinen Baums durch. Der Baum blieb noch einen Moment lang stehen, begann dann zu fallen, schlug krachend ins Unterholz, löste einige Kiesel am Hang und ließ sie ins Tal rollen. Der *Kooryab* zuckte zusammen, doch sie beruhigte ihn mit den Knien und einem leise gesprochenen Wort.

Dann steckte sie die Waffe ein und starrte hinab auf die Stadt; unausgesprochene Verwünschungen standen in ihren Augen.

Es ging ja nicht nur um Capeville und das Freudenhaus, in dem sie arbeitete. Nein. Sie haßte das ganze VL-System, haßte es mit einer Leidenschaft, die vielleicht nur von den Empfindungen eines einzigen Lebewesens übertroffen wurde. Sollten die anderen Mädchen ruhig an diesem freien Tag die Kirchen ihrer Wahl aufsuchen. Sollten sie doch Süßigkeiten fressen und fett werden. Sollten sie sich ruhig mit Romanzen belasten. Jackara ritt durch die Hügel und übte mit ihrer unregistrierten Waffe.

Eines Tages – und sie hoffte, daß sie diesen Tag noch erlebte – würde es tatsächlich Feuer geben in der Stadt, und Blutvergießen und Tod aus den flammenden Herzen der Bomben und Raketen. Sie bewahrte sich wie eine Braut für diesen Tag auf. Wenn er heranrückte, erhoffte sie nichts weiter als die Gelegenheit, in seinem Namen zu töten und zu sterben.

Sie war noch sehr jung gewesen – etwa vier oder fünf –, als ihre Eltern nach Deiba auswanderten. Als der Konflikt begann, waren sie wegen ihrer Herkunft in ein Umsiedlungszentrum gesteckt worden. Wenn sie je das Geld aufbrachte, würde sie zurückkehren. Aber sie wußte, daß sie das nie schaffen konnte. Ihre Eltern hatten das Ende des Konflikts zwischen den Vereinigten Ligen und den DYNAW nicht mehr erlebt. Nach ihrem Tod war sie als Pflegling des Staates aufgewachsen. Sie machte dabei die Erfahrung, daß das alte Stigma blieb, auch als sie später volljährig wurde und Arbeit suchte. Nur das staatliche Freudenhaus in Capeville stand ihr offen. Sie hatte nie einen Freier oder auch nur einen Freund gehabt; so kannte sie gar keine andere Arbeit. »Mögliche DYNAW-Sympathisantin« war auf ihre Akte gestempelt, das fühlte sie, und darin war wahrscheinlich ihr Lebenslauf säuberlich verzeichnet, doppelzeilig, eine halbe Seite des offiziellen Aktenpapiers füllend.

Also gut, hatte sie sich schon vor Jahren gesagt, als sie sich die Tatsachen überlegt hatte und zu dieser Schlußfolgerung gekommen war. Also gut. Ihr habt mich aufgelesen, habt mich angeschaut und wieder fortgeworfen. Ihr gabt mir einen Namen, den ich nicht wollte. Jetzt werde ich ihn mir zu eigen machen und nur das »Mögliche« daraus streichen. Wenn der Augenblick kommt, bin ich dann wirklich der nagende Wurm an der Wurzel.

Die anderen Mädchen betraten ihr Zimmer nur selten, denn ihnen war bei ihr unbehaglich. Wenn sie doch einmal kamen, kicherten sie nur nervös und zogen hastig wieder ab. Keine Spitzendeckchen, keine Schleifen, keine Tri-D-Fotos hübscher Schauspieler, wie sie in ihren Zimmern zu finden waren – in der kahlen Zelle Jackaras war dergleichen nicht zu finden. Über ihrem Bett hing nur das Plakat mit dem hageren, düsteren Gesicht Malacars des Rächers, des letzten Mannes auf der Erde. An der gegenüberliegenden Wand hingen zwei identische Peitschen mit silbernen Griffen. Sollten sich die anderen Mädchen ruhig mit gewöhnlichen Kunden abgeben. Sie wollte nur solche, die sie mißhandeln konnte; und diese wurden ihr überlassen, und sie mißhandelte sie, und sie kamen immer wieder angekrochen. Und in jeder Nacht sprach sie zu ihm, etwas, das in ihrem Leben einem

Gebet am nächsten kam: »Ich habe sie gequält, Malacar, so wie du ihre Städte, ihre Welten vernichtet hast, so wie du immer noch zuschlägst und wieder zuschlagen wirst. Gib mir Kraft, Malacar. Gib mir die Macht zu verletzen, zu vernichten. Hilf mir, Malacar. Bitte hilf mir. Töte sie!« Und manchmal wachte sie spätnachts oder ganz früh am Morgen auf und merkte, daß sie geweint hatte, ohne zu wissen, warum.

Sie wendete ihr Reittier und lenkte es auf den Pfad zurück, der durch die Hügel zum anderen Ufer der Halbinsel führte. Der Tag war noch jung, und das Herz sprang ihr aus der Brust, angefeuert durch die jüngsten Berichte aus Blanchen.

Heidel trank anderthalb Wasserflaschen leer. Feuchte, nächtliche Dunkelheit lag über seinem Lager. Er drehte sich auf den Rücken, verschränkte die Hände hinter dem Kopf und starrte zum Himmel auf. Die Ereignisse kürzlich schienen so weit zurückzuliegen. Jedesmal wenn er hinterher erwachte, schien es ihm, als beginne er ein neues Leben, und die Erlebnisse früherer Tage kamen ihm eine Zeitlang so kalt und fremd vor wie ein zwölf Monate alter Brief, den er zufällig hinter dem Abfalleimer wiedergefunden hatte. Er wußte, daß dieses Gefühl nach etwa einer Stunde vergehen würde.

Eine Sternschnuppe zuckte über den schimmernden Himmel, und er lächelte. Vorbote meines letzten Tages auf Cleech, sagte er sich.

Er blickte auf seinen selbstleuchtenden Chrono. Ja, seine schläfrigen Augen hatten ihn nicht getäuscht. Es waren noch mehrere Stunden bis zur Morgendämmerung.

Er rieb sich die Augen und dachte an ihre Schönheit zurück. Sie hatte diesmal so still gewirkt. Obwohl er sich selten an die Worte erinnerte, wollte ihm scheinen, als hätten sie diesmal nur wenige gewechselt. Hatte Traurigkeit ihre Zärtlichkeit durchzogen? Er erinnerte sich an eine Hand auf seiner Stirn und an etwas Feuchtes, das auf seine Wange gefallen war.

Er schüttelte den Kopf und lachte leise. War er wirklich verrückt, wie er es vor mehreren Lebensspannen in jenem strantrianischen Schrein vermutet hatte? Sie als reale Person zu sehen, zeugte doch von Wahnsinn.

Andererseits ...

Anderer ... Wie erklärte man einen immer wiederkehrenden Traum? Einen Traum, der schon über ein Jahrzehnt anhielt? Allerdings nicht der Traum an sich, wenn er es genau nahm. Nur die Mitspieler und die Umgebung blieben. Der Dialog wechselte, die Stimmung war unterschiedlich. Aber jedesmal wurde er mit einem Gefühl der Liebe an einen Ort des Friedens geführt. Vielleicht hätte er doch einen Psychiater aufsuchen sollen. Wenn er sich wirklich hätte wieder fangen wollen. Aber das wollte er gar nicht, sagte er sich. Nicht wirklich. Da er ohnehin die meiste Zeit allein war – wem konnte er schaden? In seinem Wachzustand, wenn er mit anderen Menschen zu tun hatte, wurde er von den Träumen nicht beeinflußt. Sie schenkten ihm Trost und Abwechslung. Warum sollte er eines der harmlosen Vergnügen des Lebens aufgeben? Es schien sich nicht um eine fortschreitende Geistesstörung zu handeln.

Also blieb er mehrere Stunden lang liegen. Er dachte an die Zukunft. Er sah zu, wie der Himmel immer heller wurde und wie die Sterne einer nach dem anderen ausgelöscht wurden. Ihn interessierte, was auf anderen Welten geschah. Er war nun schon lange von Nachrichten-Central fort.

Als die Morgendämmerung die Welt in zwei Teile brach, stand er auf, reinigte sich, kämmte Haar und Bart und zog sich an. Dann frühstückte er, packte seine Sachen zusammen, schulterte seinen Rucksack und marschierte hangabwärts.

Eine halbe Stunde später erreichte er die Ausläufer der Stadt.

Als er eine Straße überquerte, hörte er eine Glocke immer wieder denselben Ton anschlagen.

Tod, sagte er sich; ein Begräbnis. Und er ging weiter.

Dann hörte er Sirenen. Aber er setzte seinen Weg fort, ohne ihre Ursache erkunden zu wollen.

Er erreichte den Laden, wo er vor einigen Tagen zu Abend gegessen hatte. Das Geschäft war geschlossen, und ein Trauerflor hing an der Tür.

Er ging weiter und fürchtete plötzlich das Schlimmste, empfand eine schreckliche Gewißheit.

Er wartete an einer Ecke, um einen Leichenzug vorbeizulassen. Der Sargwagen passierte ihn mit brennenden Lichtern.

Hier begraben sie noch ihre Toten, dachte er. Nicht, was ich befürchtet habe, redete er sich ein. Nur ein Todesfall, ein gewöhnlicher Todesfall. Wen will ich da eigentlich täuschen?

Er ging weiter, und ein Mann kreuzte seinen Weg und spuckte vor ihm auf den Boden.

Schon wieder? Was ist aus mir geworden?

Er schritt durch die Straßen, näherte sich langsam dem Flughafen.

Wenn ich dafür verantwortlich bin, weshalb wissen sie es dann schon? fragte er sich.

Sie können sich ihrer Sache nicht sicher sein ...

Aber dann versuchte er sich zu sehen, wie sie ihn sehen mußten – als was? Als ein von den Göttern berührtes Wesen, das in ihrer Mitte aufgetaucht war. Jetzt würde die Angst vorherrschen, neben der Ehrfurcht. Er war an jenem Tage – vor Jahrhunderten? – zu lange geblieben. Jetzt war die Freude an jedem Augenblick geläutert, entblößt, hohl, wurde von jedem Glockenschlag gemindert.

Er ging durch die Straßen, hielt sich rechts.

Ein kleiner Junge lenkte die Aufmerksamkeit auf ihn: »Da ist er!« rief er. »Das ist H!«

Er konnte es nicht abstreiten – doch der Tonfall ließ ihn wünschen, er müßte woanders auf seinen Luftwagen warten.

Er ging weiter, und der Junge – begleitet von mehreren Erwachsenen – folgte ihm.

Aber sie hat doch gelebt, redete er sich ein. Ich habe sie gerettet ...

Großer Sieg.

Er kam an einer Autoreparaturwerkstatt vorbei, und die Männer, die dort arbeiteten, saßen in ihren blauen Uniformen vor dem Gebäude, die Stühle an die Backsteinmauer gelehnt. Sie bewegten sich nicht. Sie saßen nur da und rauchten und starrten ihn an, als er vorbeiging, stumm.

Die Glocke schlug immer wieder an. Menschen erschienen in Türen und Seitengassen und starrten ihn an bei seiner Wanderung durch die Straßen.

Ich bin zu lange geblieben, dachte er. Nicht daß ich jedem die Hand schütteln wollte. Dieses Problem habe ich in einer großen Stadt nicht mehr. Die Leute dort bewegen sich ringsum in robotgesteuerten Maschinen, die sie hinterher sterilisieren; sie geben mir eine ganze Krankenhausstation, die sie später völlig keimfrei machen; ich sehe nur wenige Menschen, und zwar unmittelbar nach der Katharsis; und ich gehe auf demselben Wege, den ich auch gekommen bin. Es ist Jahre her, daß ich eine so kleine Stadt wegen einer solchen Aufgabe besucht habe. Ich bin unvorsichtig gewesen. Die Katastrophe ist allein meine Schuld. Es wäre nichts geschehen, wenn ich nach dem Essen nicht so lange geschwatzt hätte. Nichts wäre geschehen. Ich habe mich nicht vorgesehen.

Er sah, wie ein Sarg auf einen Leichenwagen gehoben wurde. In der nächsten Querstraße wartete ein zweiter Wagen.

Also ist es keine Seuche ... noch nicht? fragte er sich. Dann nämlich beginnen die Leute ihre Leichen zu verbrennen und halten sich von den Straßen fern.

Er warf einen Blick zurück, obwohl ihm die Geräusche bereits verrieten, was er sehen würde.

Jetzt folgte ihm etwa ein Dutzend Gestalten. Er drehte sich nicht mehr um. Aus den Lauten, die sie ausstießen, war mehrmals »H« herauszuhören.

Wagen kamen an ihm vorbei, langsam fahrend. Er schaute bewußt nicht hinüber, obwohl er den Eindruck hatte, als seien viele Augen auf ihn gerichtet.

Er erreichte das Stadtzentrum, überquerte hier einen kleinen Platz, wo das Denkmal eines lokalen Helden (Patrioten? Wohltäter?) bereits Grünspan ansetzte.

Er hörte laute Worte in einer Sprache, die er nicht verstand. Er begann sich zu beeilen; und nun wurde das Geräusch der Schritte in seinem Rücken deutlicher, als wäre die Menge noch gewachsen.

Was waren das für Worte gewesen? überlegte er.

Er kam an einer Kirche vorbei, und der Klang ihrer Glocke gellte ihm in den Ohren. Hinter sich hörte er eine Frau eine Verwünschung ausstoßen.

Die Flamme der Angst wuchs. Die Sonne hatte ringsum einen herrlichen Tag geschaffen, doch er hatte keine Freude mehr an ihrer Gegenwart.

Er wandte sich nach rechts und hielt auf das Flugfeld zu, das noch etwa eine Dreiviertelmeile entfernt war. Jetzt wurden die Stimmen lauter, noch immer nicht zu ihm sprechend, sondern über ihn debattierend. Er hörte das Wort »Mörder«.

Er eilte weiter, und im Dahinhasten sah er Gesichter an den Fenstern. Er hörte Flüche hinter sich. Nein, es nützte nichts, wenn er lief. Er überquerte eine Straße, und ein Wagen hielt auf ihn zu, raste knapp an ihm vorbei. Er hörte den schrillen Schrei eines Vogels, der sich unter einen Hausgiebel duckte.

Er hatte es getan, sie wußten Bescheid. Menschen waren gestorben, und die Ursache war zu ihm zurückverfolgt worden. Neulich war er noch ein Held gewesen, jetzt war er der Bösewicht. Und diese verdammte primitive Aura des Aberglaubens, die die Stadt umgab! All die Hinweise auf Götter, Talismane, Glücksbringer – all dies fügte sich zu einem Bild, das ihn zur Eile antrieb. In den Köpfen dieser Menschen, das fühlte er, hatte er nur noch mit Dämonen und nicht mehr mit Göttern zu tun.

... Wenn er sich nur nicht mit dem Abendessen so lange Zeit gelassen hätte, wenn er vor den Passanten geflohen wäre ...

Ich war einsam, sagte er sich. Wäre ich so vorsichtig gewesen wie früher, hätte ich mich abseits halten können, und es hätte keine Infektion gegeben. Ich war einsam.

Er hörte jemand rufen: »H!«, aber er wandte sich nicht um.

Ein Kind, das in einer Seitengasse neben einem Abfalleimer stand, schoß ihn mit einer Wasserpistole ins Gesicht, als er vorbeiging.

Er wischte sich das Gesicht ab. Die Glocken setzten ihr klagendes Lied fort.

Als er an einer Querstraße stehenblieb, schnipste jemand einen Zigarettenstummel in seine Richtung. Er trat darauf und wartete. Seine Verfolger drängten sich hinter ihm. Jemand gab ihm einen Stoß. Es fühlte sich wie ein Nierenschlag mit dem Ellenbogen an, obwohl es sich auch um eine Handkante handeln konnte. Sie schubsten ihn, und er hörte, wie mehrmals das Wort »Mörder« wiederholt wurde.

Er war schon früher in solchen Situationen gewesen. Doch die Erfahrungen der Vergangenheit waren nicht gerade ermutigend.

»Was haben Sie jetzt vor, Mister?« sagte jemand.

Er antwortete nicht.

»Wollen Sie noch mehr Leute anstecken?«

Er schwieg.

Plötzlich hörte er hinter sich eine Frau husten, krampfartig, abgehackt.

Er drehte sich um, nachdem er nun sauber war und helfen konnte.

Die Frau war auf die Knie gesunken und spuckte Blut.

»Laßt mich durch«, sagte er, aber sie machten ihm nicht Platz.

Von einer Mauer aus Schultern zurückgehalten, mußte er zusehen, wie sie in ein Koma sank. Sie starb.

Er versuchte weiterzugehen, hoffte, daß sie nicht auf ihn achten würden, nachdem ihre Aufmerksamkeit nun auf die Frau gerichtet war. Er ging zur nächsten Ecke, überquerte die Straße, begann zu laufen.

Sie waren wieder hinter ihm.

Das Laufen war ein Fehler gewesen, denn jetzt spürte er den ersten Schlag, der nicht von einer Hand stammte. Jemand hatte etwas geworfen.

Der Stein polterte auf das Pflaster. Er hatte seine Schulter gestreift und keinen Schaden angerichtet. Trotzdem ein schlechtes Zeichen.

Nachdem er nun angefangen hatte, konnte er nicht mehr stehenbleiben. Die Geschwindigkeit diktierte mehr Geschwindigkeit. Er warf seinen Rucksack ab und hastete weiter.

Ringsum polterten Steine nieder.

Einer berührte seine Kopfhaut, brachte sein Haar durcheinander.

»Mörder! Killer!«

Womit lassen sie sich beruhigen?

Er überlegte, was er bei sich hatte. Ob er sie irgendwie bestechen könnte? Schon aus mancher brenzligen Situation hatte er sich freikaufen können. Hier jedoch schien es keine Verhandlungsgrundlage zu geben.

Ein kleiner Stein verfehlte ihn und knallte gegen eine Hausmauer. Der nächste traf ihn am Arm und verursachte Schmerzen.

Er hatte keine Waffe bei sich. Er hatte nichts, um ihren Wahnsinn abzuwenden; und für wahnsinnig hielt er die Meute hinter sich.

Wieder zischte ein Stein an seinem Ohr vorbei. Er schüttelte den Kopf.

»Schweinehund!« rief jemand.

»Ihr wißt nicht, was ihr tut!« rief er. »Es war doch ein Unfall!«

Er spürte Feuchtigkeit im Nacken. Er faßte danach, und seine Fingerspitzen waren blutig. Wieder traf ihn ein Stein.

Konnte er in einen Laden stürzen? Konnte er sich in irgendeinem Geschäft verstecken? Er sah sich um, vermochte jedoch keine Tür zu entdecken, die offen war. Wo steckte die Polizei?

Mehrere Steine trafen ihn fast gleichzeitig. Er schwankte, denn sie waren mit großer Kraft geworfen worden, und er spürte heftigen Schmerz.

»Ich bin gekommen, um zu helfen ...«, begann er.

»Mörder!«

Dann regnete es auf ihn herab, so daß er in die Knie brach. Er rappelte sich wieder auf und ergriff die Flucht. Neue Steine trafen, aber er stolperte weiter.

Er setzte seine Suche nach einem Versteck fort – irgend etwas –, aber er fand nichts, schritt noch schneller aus.

Neue Geschosse kamen geflogen, und er stürzte. Diesmal stand er nicht so schnell wieder auf. Er spürte mehrere Tritte, und jemand spuckte ihm ins Gesicht.

»Mörder!«

»Bitte ... Hört mich doch an! Ich kann alles erklären.«

»Fahr zur Hölle!«

Er kroch ein paar Schritte weiter, kauerte schließlich an einer Mauer, und jetzt fielen sie über ihn her. Tritte, Schläge, Spucken, Steine.

»Bitte! Ich bin wieder sauber!«

»Schweinehund!«

Dann kam die Wut. Es war nicht recht, daß sie ihn so mißhandelten. Er war aus humanitären Gründen in ihre Stadt gekommen. Er hatte manche Mühen überstehen müssen, um Italbar zu erreichen. Jetzt lag er blutend in den Straßen und wurde gesteinigt und verflucht. Wer waren denn diese Leute, daß sie über ihn zu richten sich anmaßten, daß sie ihn beschimpfen, bespucken und mißhandeln durften? Diese Empfindung stieg in ihm auf, und er wußte, daß er, ohne zu zögern, die Hand gehoben und sie alle zerdrückt haben würde, wenn er die Macht dazu gehabt hätte.

Haß, jenes fast unbekannte Gefühl, erfüllte seinen Körper plötzlich mit kaltem Feuer. Er wünschte, er hätte keine Katharsis hinter sich gebracht. Dann wäre er jetzt ein tödlicher Krankheitserreger und könnte alle infizieren.

Mit den Tritten und Wurfgeschossen nahm es kein Ende.

Er legte die Arme schützend über den Leib, die Hände vor das Gesicht gepreßt, und ertrug mit fest zusammengebissenen Zähnen ihre Attacken.

Am besten bringt ihr mich gleich um, dachte er. Denn tut ihr's nicht, komme ich wieder.

Wo hatte er schon einmal so gefühlt? Er forschte dieser Erinnerung nicht nach, aber sie stieg trotzdem in ihm auf.

Die Kirche. Der strantrianische Schrein. Dort hatte er etwas empfunden, das diesem Haß ähnlich war. Jetzt merkte er, daß dieses Gefühl seine Berechtigung hatte. Seltsam, daß ihm das damals nicht klar geworden war ...

Seine Rippen schienen gebrochen zu sein, seine rechte Kniescheibe zertrümmert, mehrere Zähne waren eingeschlagen, Blut und Schweiß rann ihm in die Augen. Die Meute mißhandelte ihn weiter, und er spürte gar nichts, als sie schließlich von ihm abließ.

Vielleicht glaubten sie, ihn getötet zu haben, denn er lag reglos da. Oder vielleicht wurden sie müde oder begannen sich zu schämen. Er wußte es nicht.

Er lag zusammengekrümmt auf dem Bürgersteig, mit dem Rücken zur Mauer, die sich nicht schutzgewährend für ihn geöffnet hatte. Er war allein.

Etwas wie ein Traum aus murmelnden und fluchenden Stimmen und leiser werdenden Schritten zuckte durch sein Bewußtsein.

Er hustete und spuckte Blut.

Also gut, sagte er sich. Ihr habt versucht, mich umzubringen. Wahrscheinlich seid ihr überzeugt, es geschafft zu haben. Aber das ist ein Fehler. Ihr habt mich am Leben gelassen. Was immer eure Absicht war – verlangt von mir keine Nachsicht, keine Gnade. Ihr habt einen Fehler gemacht.

Dann wurde er ohnmächtig.

Regen fiel ihm sanft ins Gesicht. Die Feuchtigkeit hatte ihn geweckt. Es war inzwischen Nachmittag, und von irgend jemand war er in eine Gasse geschleppt worden. Oder war er etwa selbst dorthin gekrochen? Er war sich sicher, daß niemand ihm geholfen hätte.

Wieder versank er in Bewußtlosigkeit, und als er zu sich kam, war der Himmel dunkel.

Er war völlig durchnäßt, und der Regen fiel weiter – oder vielleicht hatte es eben erst wieder begonnen zu regnen; er wußte es nicht. Er fuhr sich mit der Zunge über die Lippen.

Wieviel Zeit war vergangen? Er hob seinen Chrono; er war zerschmettert. Sein Körper bestand jedoch darauf, daß er ganze Zeitalter durchlitten hatte.

Na gut.

Sie hatten ihn geschlagen. Sie hatten ihn verflucht.

Also gut.

Er spuckte aus und versuchte zu sehen, ob er Blut im Speichel hatte.

Wißt ihr, wer ich bin?

Ich kam, um zu helfen. Ich habe auch tatsächlich geholfen. Wenn ich dabei aus Versehen einige Todesfälle verursachte, glaubt ihr wirklich, daß das in meiner Absicht gelegen hat?

Nein?

Warum dann das?

Ich weiß schon.

Wir tun manchmal Dinge, weil uns das *Gefühl* danach steht.

Manchmal werden wir von unseren Gefühlen mitgerissen, von unserer Menschlichkeit – wie es mir neulich geschah. Wahrscheinlich habe ich einen oder zwei Menschen angesteckt, mit denen ich an dem Tag zusammen war.

Aber zu sterben ... Würde ich mit Absicht einem Menschen den Tod bringen?

Damals nicht. Vor kurzem noch nicht.

Jetzt aber habt ihr mir eine andere Seite des Lebens gezeigt.

Auch ich habe Gefühle, und die haben sich gewandelt. Ihr habt mich fast zu Tode geprügelt, während ich nichts weiter wollte, als zum Flugfeld gehen. Gut.

Jetzt habt ihr mich zum Feind. Jetzt wollen wir mal sehen,

ob ihr auch so gut einstecken könnt, wie ihr auszuteilen versteht.

Wißt ihr denn, wer ich bin?
Ich bin der wandelnde Tod.
Glaubt ihr, daß ihr mit mir fertig seid?
Wenn ja, dann habt ihr euch geirrt.
Ich bin gekommen, um zu helfen.
Jetzt bleibe ich, um zu töten.

Viele Stunden noch lag er hilflos in der Gosse, ehe er sich erheben und weiterwandern konnte.

Dr. Pels betrachtete die Welt.

Man hatte etwas für ihn gehabt. Man hatte ihm einen Anhaltspunkt verschafft.

Das Deibanische Fieber. Das war der Anfang gewesen. Es hatte ihn auf Hs Spur gebracht. Während nun die endlose Nacht mit ihren zahllosen Tagen ringsum weiterging, kamen und gingen gewisse andere Gedanken, verharrten immer länger, hakten sich fest.

H.

H war mehr als der Schlüssel zum *Mwalakharan Khurr* ...

Schon die bloße Gegenwart Hs hatte geholfen, viele ungewöhnliche Krankheiten zu heilen.

Ist das der wirkliche Grund, überlegte er, warum ich meine zwanzigjährige Arbeit für diesen Vorstoß aufgegeben habe? H kann nicht ewig leben, während ich durchaus weiterleben kann – so. Gehe ich hier wirklich rein wissenschaftlich vor?

Er bereitete die *B Coli* auf einen Fernsprung vor. Dann las er noch einmal die Nachricht, die er erhalten hatte.

Die Töne von *Tod* und *Verklärung* bewegten sich rings um ihn.

Wieder erwachte Heidel. Er lag in einem Graben. Niemand war in der Nähe. Es war immer noch Nacht. Der Boden dampfte feuchte, wies hie und da sogar Pfützen auf. Aber der Regen hatte aufgehört.

Er kroch weiter, rappelte sich auf, taumelte ein paar Schritte, hielt erschöpft inne.

Er setzte seinen Weg zum Flugfeld fort. Er erinnerte sich schwach an die Anlage. Er hatte sie bei einem Spaziergang gesehen an dem Tag, als er das Blut gespendet hatte – wann war das doch gewesen?

Als er die Ausläufer des Flugfelds erreicht hatte, suchte er nach dem Schuppen, den er entdeckt hatte.

Dort ...

Das Gebäude war unverschlossen, und er suchte sich eine geschützte Ecke. Dort lagen Abdeckhauben für irgendein Gerät. Sie waren schwer von Staub, aber das war ihm egal. Inzwischen hustete er sowieso schon.

Ein paar Tage nur, sagte er sich. Die Wunden sollten sich erst einmal schließen. Das ist alles.

Malacar hielt sich auf dem laufenden. Er hörte die Nachrichten ab, lauschte, schaltete aus. Er dachte darüber nach, verdaute sie, schaltete wieder ein.

Die *Perseus* glitt zwischen den Sonnen dahin ...

Er schlummerte durch die Wetterberichte für einhundertundzwölf Planeten. Das Programm von Nachrichten-Central begann ihn zu langweilen. Schläfrig dachte er an Sex, während er eine Sendung aus Pruria hörte.

Er hastete weiter. Sein Schiff war im HA und würde erst abbrennen, wenn er wieder zu Hause war.

Wir haben's geschafft, sagte Shind.

Wir haben's geschafft, antwortete er.

Und die Toten?

Ich würde sagen, wir haben die Verlustliste, ehe wir den Heimathafen erreichen.

Shind antwortete nicht.

2

Er saß im höchsten Turm des größten Hafens, er, ein einzelner gegen ein Imperium.

Idiotisch? fragte er sich. Nein. Denn sie können nicht an mich heran.

Er starrte auf den Ozean hinab, der nun vorübergehend sichtbar wurde, und inspizierte die wogende Fläche außerhalb der Manhattan-Zitadelle, seines Heims.

Es könnte schlimmer sein.

Wie?

Wenn niemand sonst im Hafen ist, wird man manchmal unruhig ...

Über das Wasser blickend, sah er, wie sich der große Vorhang wieder zuzog wie ein Schleier.

Eines Tages vielleicht ...

Dr. Malacar Miles war der einzige Mensch auf Erden. Er war hier der Herrscher, der Monarch. Und es war gleichgültig. Die Erde gehörte ihm. Niemand sonst wollte sie.

Er starrte durch das Rundfenster, das ihm einen Ausblick auf die Hälfte des ehemaligen Manhattan gewährte.

Der Rauch war eine gewaltige Wolke, und ein schwebender Spiegel, im richtigen Winkel geneigt, zeigte ihm das orangefarbene Glühen.

Es flammte grell.

Seine Schilde absorbierten das.

Es brannte; es war radioaktiv.

Auch das absorbierten seine Schilde.

Es hatte eine Zeit gegeben, da er tatsächlich darauf geachtet hatte.

Er starrte nach oben, und dort hing der tote Mond der Erde; er war in der zunehmenden Phase.

Er wartete drei, zehn Sekunden lang.

Dann kam das Schiff, und er seufzte.

Mein Bruder hat Schmerzen, sagte Shind. *Gibst du ihm jetzt mehr Medizin?*

Ja.

Ich habe das Schiff schon vor längerer Zeit gesehen. Nimm dich in acht.

Ehe er ins Labor ging, starrte Malacar auf das Ding hinab, das einmal der Kern von New York City gewesen war. Lange graue Ranken hatten sich um die Fundamente verfallener Gebäude geschlungen und waren an den zerborstenen Fassaden in die Höhe geklettert. Ihre Blätter waren rauh, lang, raschelnd. Der Rauch schwärzte sie, ließ sie verwelken. Trotzdem wuchsen sie. Er vermochte das tatsächlich als Bewegung zu sehen. Kein menschliches Wesen konnte in jenen Stein-Canyons leben, durch die sie sich wanden. Ohne besonderen Grund drückte er auf einen Knopf, und ein ›sauberes‹ Atomgeschoß zerstörte ein meilenweit entferntes Gebäude.

Ich werde bei deinem Bruder Karanin nehmen müssen. Das wird ihm etwas Atembeschwerden machen.

Aber es wird ihm guttun, nicht wahr?

Ja.

Dann müssen wir's ihm geben.

Hol ihn. Bring ihn ins Labor.

Ja.

Noch einmal blickte er über sein Königreich, betrachtete die kleinen Stücke Ozean, die durch den Rauch zu erkennen waren. Dann verließ er das obere Deck.

Die Winde, die um die Welt fegten, hatten zusehends ihren Unrat abgelagert. Als einziger menschlicher Erdenbewohner war ihm das gleichgültig; ihn störte der Anblick nicht.

Die Senkröhre brachte ihn in die unteren Bereiche seiner Zitadelle. Zu Testzwecken löste er drei Alarme aus, als er durch einen Korridor ging. Er betrat das Laboratorium und sah, daß Shinds Bruder Tuv bereits wartete.

Er nahm die Mittel aus ihrem Wandschlitz und spritzte sie dem kleinen Wesen ein.

Er wartete etwa zehn Minuten.

Wie geht es ihm?

Er klagt über den Injektionsstich, aber er stellt auch fest, daß sich sein Zustand bessert.

Gut. Kannst du dich nun ein wenig entspannen und mir von Morwins Besuch erzählen?

Er ist dein Freund. Meiner auch. Sehr lange schon.

Warum also das Signal ›Achtung‹?

Es geht mir dabei nicht um ihn, sondern um etwas, das er mitbringt; das kann gefährlich werden.

Was?

Informationen, glaube ich.

Neuigkeiten, die mich töten könnten? Nicht einmal die VL-Radikalen mit ihren Raketen haben das geschafft. Was hat Morwin ins Feld zu führen?

Ich weiß es nicht. Ich äußere mich hier nur als Mitglied meiner Rasse, die manchmal ein Fragment künftiger Dinge schauen kann. Manchmal weiß ich Bescheid. Manchmal träume ich davon. Ich begreife nicht, wie es dazu kommt.

Gut. Kontrolliere den Zustand deines Bruders und gib mir Bescheid.

Sein Atem geht etwas schwer, aber das Herz schlägt leichter. Wir danken dir.

Es hat wieder geklappt. Gut.

Nicht gut. Wie ich voraussehe, ist sein Leben wahrscheinlich in zwei Komma acht irdischen Jahren zu Ende.

Was soll ich tun?

Mit der Zeit braucht er stärkere Drogen. Du bist sehr hilfsbereit gewesen, aber du mußt noch hilfsbereiter sein. Vielleicht kann ein Spezialist ...

Gut. Wir können es uns leisten. Wir beschaffen ihm den besten. Schildere mir mal ausführlicher, was bei ihm nicht stimmt.

Die Blutgefäße werden bald schneller zerfallen. Es wird etwa sechzehn Erdmonate dauern, bis der Schaden im ganzen Körper verbreitet ist. Dann geht es schnell mit ihm bergab. Ich weiß nicht, was ich tun soll.

Es wird von meiner Pflege abhängen, und an der soll es nicht fehlen. Rede mit ihm und mach es ihm bequem.

Tue ich schon.

Schalte mich rein.

Moment.

... Dann in den Geist eines mongoloiden Kindes, aber mehr. Von den Strömen hochgerissen, hineingezogen, wußte er, sah er alles.

... Alles, was je vor diesen Augen gelegen hatte, war vorhanden, und Malacar hatte dafür gesorgt, daß die Augen viele Dinge geschaut hatten.

Ein solches Werkzeug wirft man nicht weg, nur wegen einer Arztrechnung.

Malacar starrte in jenen düsteren Ort, den Geist, bewegte sich darin. Shind erhielt die Verbindung aufrecht, und Malacar erforschte das Medium, das ihn hielt. Himmelsräume, Landkarten, Millionen von Seiten, Gesichter, Szenen, Diagramme. Schon möglich, daß im Geist dieses Idiotenwesens kein Begreifen dämmerte, aber es war ein Ort, in dem alles, alles, auf das sich die gelben Augen je gerichtet hatten, ein Heim gefunden hatte. Malacar drang vorsichtig weiter vor.

Nein, dieser pelzige Kopf war ein mit Informationen vollgepferchter Speicher, den man nicht so ohne weiteres opferte.

Dann schrillten plötzlich ringsum Gefühle auf. Abrupt befand er sich ganz in der Nähe von Schmerz und Todesangst –

Gefühle, die nur teilweise verstanden wurden und deswegen um so schlimmer waren –, am Ort dräuender Alpträume, wo halbfertige Bilder krochen, sich wanden, aufflammten, verschmolzen, erstarrten, auseinandergezerrt und zerrissen wurden. Ein wesenhaftes Element in ihm selbst bildete ein Echo und bewegte sich auf einen Punkt der Übereinstimmung zu, das nackte Entsetzen eines Lebewesens, das sich dem Nichts gegenübersieht und die grauenhafte Leere mit den schlimmsten Auswüchsen seiner Phantasie zu bevölkern sucht, damit Erfolg hat und aus Unverständnis den Vorgang immer wieder neu in Gang bringt.

Shind! Zieh mich raus!

Und dann stand er wieder neben dem Waschbecken. Er ließ eine Retorte fallen, spülte sie aus.

Das Erlebnis war von Wert?

Er kam zu dem Schluß, daß er diese Frage bejahen konnte.

Ich werde die Dosis sehr langsam steigern. Du mußt verhindern, daß er sich zu sehr anstrengt.

Gefällt dir sein Gedächtnis?

Ganz richtig, mein Freund, es gefällt mir, und ich werde mit allen Mitteln versuchen, es zu erhalten.

Gut. Meine Schätzung über seine Lebenserwartung stimmt vielleicht um einige Monate nicht.

Ich werde mich genau danach richten. – Erzähl mir mehr von Morwin.

Er macht sich Sorgen.

Tun wir das nicht alle?

Er wird bald landen und hier auftauchen. Anscheinend ist sein Geist von Ängsten geplagt, die ihm von Leuten jener Welten eingegeben wurden, die du haßt.

Kein Wunder. Er lebt ja bei ihnen.

Er blickte nur auf ein Abbild seiner Welt.

Er hatte die Schirme aktiviert, die ihm einen Großteil der Erde zeigten, um ein paar Minuten Abwechslung zu haben. Er schaltete sie wieder aus, weil ihn die veränderte Karte langweilte. Neben einem Vulkan zu leben, nur weil der Ort einmal etwas dargestellt hatte, machte ihn stumpf gegenüber den Dingen, die die Schirme ihm zeigen konnten. Die Erde bedeutete ihm noch immer etwas, aber er konnte wenig tun, um die Landschaft zu verändern. Dann verfolgte er den Kurs des Flugkörpers und sah Morwin aussteigen.

Er richtete eine Ortung auf den Mann und aktivierte mehrere Waffensysteme.

Lächerlich, dachte er. Es muß doch einen Menschen geben, dem man vertrauen kann.

Er verfolgte jedoch Morwins Marsch bis vor sein Tor und schickte ihm eine Hoverkuppel nach, die in Sekundenschnelle feurigen Tod spucken konnte.

Die Gestalt im Raumanzug blieb stehen und blickte nach oben. Risse zogen sich über die Kuppel. Malacar schlug auf den Rückrufknopf an seinem Verteidigungspult.

Ein weißes Licht blinkte auf, und er drehte einen Knopf, holte Worte und statische Geräusche heran.

»Ich wollte nur mal Hallo sagen. Wenn Sie möchten, daß ich wieder abziehe, gehe ich.«

Er drückte auf Sendung.

»Nein. Kommen Sie rein. Nur die üblichen Vorsichtsmaßnahmen.«

Aber er beobachtete jeden Schritt Morwins, speiste die Bewegungsmuster in seinen Kampfcomputer ein. Er durchleuchtete den Mann, wog ihn, bestimmte Herzschlag, Blutdruck und elektroenzephalographische Werte. Er speiste diese Daten in einen anderen Computer ein, der sie analysierte und in den Kampfcomputer zurückleitete.

Negativ, lautete das Ergebnis, wie er es nicht anders erwartet hatte.

Shind? Was kannst du feststellen?

Ich meine, er kommt nur mal vorbei, um Guten Tag zu sagen, Sir.

Okay.

Er öffnete das Haupttor seiner Festung, und der Künstler trat ein.

Morwin erreichte die riesige Vorhalle und setzte sich auf einen schwebenden Diwan.

Malacar zog sich aus und trat in einen Nebelschirm, der ihn im Durchgehen badete und enthaarte. Dann ging er zu einem Schrank und zog sich hastig an, wobei er nur die üblichen Waffen an sich nahm. Anschließend fuhr er in die unteren Regionen und betrat die Halle seiner Festung.

»Hallo«, sagte er. »Wie geht es Ihnen?«

Morwin lächelte.
»Hallo. Worauf haben Sie geschossen, als ich landete, Sir?«
»Gespenster.«
»Oh. Eins getroffen?«
»Nie. – Schade, daß die Weinberge der Erde vernichtet sind, aber ich habe noch einen guten Vorrat Rebensaft. Hätten Sie Appetit darauf?«
»Aber ja.«
Malacar trat an ein Regal, schenkte zwei Gläser Wein ein, gab eines an Morwin weiter, der ihm gefolgt war.
»Auf Ihre Gesundheit. Dann das Abendessen.«
»Vielen Dank.«
Ihre Gläser berührten sich, klirrten leise.

Er stand auf. Er reckte sich. Besser. Viel besser.
Er bewegte seine Beine, seine Arme. Es gab noch immer schmerzhafte Stellen und verkrampfte Muskeln. Dort massierte er. Er bürstete seine Kleidung ab und drehte den Kopf hin und her.
Die länger werdenden Schatten. Wieder das Ende eines Tages.
Er lachte.
Einen Augenblick lang schien ein trauriges blaues Gesicht vor seinen müden Augen zu schweben.
»Tut mir leid«, sagte er und dann setzte er sich auf eine Kiste, um auf die Nacht zu warten.
Er spürte Macht, die in seinen Wunden sang, und in einer neu aufgebrochenen, nässenden Stelle auf dem rechten Handrücken.
Dies alles war gut.

Deiling von Digla meditierte, wie es seine Gewohnheit war, während er auf den Klang der Gezeitenglocke wartete. Die Augen halb geschlossen, döste er auf seinem Balkon vor sich hin, ohne den Ozean richtig wahrzunehmen.
Es war ein Ereignis, auf das seine Priesterausbildung ihn nicht richtig vorbereitet hatte. Er hatte auch noch nie von einem ähnlichen Vorgang gehört, aber schließlich war es eine alte und komplizierte Religion, in der er sein geistliches Amt versah.
Es war unvorstellbar, daß die Sache noch nicht den *Namen*

vorgetragen worden war. Traditionsgemäß war das Leuchten ein in der ganzen Galaxis auftretendes Phänomen.

Aber die *Namen* gaben sich in Angelegenheiten ihrer eigenen Schreine recht gleichgültig. Gewöhnlich verständigten sich die *Namensträger* untereinander nur über Weltenformungen, mit denen sie sich fast ausnahmslos befaßten.

Wäre es unverschämt von ihm, wenn er an einen der Einunddreißig *Lebenden* eine Anfrage richtete?

Wahrscheinlich.

Aber wenn sie es wirklich nicht wußten, mußte man es ihnen sagen. Oder nicht?

Er dachte nach. Lange Zeit dachte er nach.

Als schließlich die Gezeitenglocke erklang, stand er auf und suchte das Kommunikationsgerät auf.

Es war unfair, sagte er sich. Er hatte dies gewollt, und es war angemessen, so wie er jetzt dachte. Aber zur Zeit der Tat hatte ihm noch die Absicht gefehlt, und das raubte ihm jetzt eine Zutat, die ihm die Situation sehr versüßt hätte.

Er ging durch die Straßen Italbars. Keine Lichter brannten. Unter den flimmernden Sternen rührte sich nichts.

Er zerrte an einem Quarantäneschild aus Pappe, riß es los, starrte es an, zerfetzte es. Er ließ die Stücke zu Boden fallen und wanderte weiter.

Er hatte in der Nacht kommen wollen, um mit seinen nässenden Wunden Türgriffe zu berühren, um mit den Händen über Geländer zu streichen, um in Läden einzubrechen und mit seinem Pesthauch die Nahrungsmittel zu vergiften, sie zu bespucken.

Wo waren die Menschen? Tot, evakuiert, im Sterben begriffen. Die Stadt hatte keine Ähnlichkeit mehr mit der Siedlung, die er vom Hügel aus gesehen hatte, an jenem ersten Abend, als seine Absichten noch ganz andere gewesen waren.

Er bedauerte, daß er zufällig und nicht mit Absicht zur Ursache ihrer Vergiftung geworden war.

Aber es würde andere Italbars geben – unzählige Welten voller Italbars.

Als er die Straßenecke erreichte, wo der Junge ihm die Hand geschüttelt hate, hielt er inne, um sich einen Stab zu schnitzen.

Als er an dem Ort vorbeikam, wo ihn der Mann in seinem Wagen hatte mitnehmen wollen, spuckte er aus.

Nachdem er so viele Jahre in Einsamkeit verbracht hatte, spürte er, daß er die grundlegende Natur des Menschen weitaus besser erfassen konnte, als jemand, der sein ganzes Leben in Städten verbracht hatte. Er sah und vermochte zu richten.

Er umklammerte seinen Stab und verließ die Stadt und suchte die Hügel auf, und der Wind zerzauste ihm Haar und Bart, und die Sterne Italbars standen in seinen Augen.

Lächelnd wanderte er dahin.

Malacar reckte Arme und Beine und unterdrückte ein Gähnen.

»Noch Kaffee, Mr. Morwin?«

»Danke, Kommandant.«

»... die VL denken also an neue Feindseligkeiten und wollen mich zum Anlaß dafür nehmen? Sehr gut.«

»Das ist aber nicht das, was mir dargelegt wurde, Sir.«

»Läuft aber auf dasselbe hinaus.«

Schade, daß ich dir nicht vertrauen kann, dachte Malacar, obwohl du dich für vertrauenswürdig hältst. Du bist ein guter Zweiter Offizier gewesen, und du hast mir immer gefallen. Ihr Künstlertypen seid aber zu ungefestigt. Ihr geht dorthin, wo man eure Kunst kauft. Wenn wir deinen kleinen Geistestrick auf einen Kernreaktor anwenden könnten, ließe sich wieder zusammenarbeiten. Schade. Warum rauchst du die Pfeife nicht, die ich dir geschenkt habe?

Er denkt gerade daran, sagte Shind.

Was denkt er sonst noch?

Wie die Information auch aussehen mag, die ich gefürchtet habe, sie beschäftigt ihn nicht in erster Linie. Falls doch, vermag ich sie nicht als solche zu erkennen.

»Mr. Morwin, ich würde Sie gern um einen Gefallen bitten.«

»Und das wäre, Sir?«

»Es geht um diese Traumkugeln, die Sie herstellen ...«

»Ja?«

»Ich möchte gern, daß Sie mir so ein Ding machen.«

»Sehr gern. Aber ich habe meine Geräte nicht hier. Hätte

ich gewußt, daß Sie sich dafür interessieren, hätte ich sie mitbringen können. Aber ...«

»Dem Prinzip nach begreife ich, was Sie bei so einem Vorgang tun. Ich glaube, daß mein Labor ausreichend bestückt ist, um die nötigen Apparate bauen zu können.«

»Dazu brauche ich Drogen, die telepathische Verbindung, die Kugel ...«

»Und? Ich bin Arzt und habe einen telepathischen Freund, der Gedankenbilder sowohl empfangen als auch aussenden kann. Was die Kugel angeht, so müßten wir uns eine herstellen können.«

»Also gut, ich versuche es gern.«

»Fein. Warum beginnen wir damit nicht heute abend? Sagen wir – jetzt?«

»Ich habe keine Einwände. Hätte ich früher von Ihrem Interesse gewußt, hätte ich Ihnen das längst angeboten.«

»Ich bin erst kürzlich darauf gekommen, und die Gegenwart ist doch immer die günstigste Zeit.«

So ausgesprochen günstig, dachte er. Und spät.

Er schritt durch den großen Regenwald Cleechs. Er erreichte den Bart-Fluß. Mit dem Boot reiste er Hunderte von Meilen auf diesem Wasserweg, machte halt in allen Dörfern und kleinen Städten.

Inzwischen glich sein Äußeres tatsächlich dem eines ausgestoßenen Heiligen – irgendwie kräftiger und größer, mit einer Stimme und Augen, die Menschenmengen in ihren Bann ziehen konnten, die Kleidung zerlumpt, Haar und Bart lang und ungepflegt, der Körper von Schwielen, Flecken, Entzündungsherden übersät. Er predigte auf seiner Wanderung, und die Menschen hörten ihm zu.

Er verfluchte sie. Er erzählte ihnen von der Gewalttätigkeit, die in ihren Seelen ruhe, und von der Fähigkeit zum Bösen, das ihr Wesen bestimme. Er sprach von ihrer Schuld, die nach einem Strafgericht schreie, verkündete, daß das Urteil ergangen sei. Er betonte, es gebe keinen Akt der Reue und den Menschen bliebe nichts anderes übrig, als ihre Angelegenheiten zu regeln. Niemand lachte, als er diese Worte sprach, wenn auch später viele belustigt waren. Einige wenige jedoch gehorchten ihm.

Den Tag der Vernichtung hinausschreiend, wanderte er also von Dorf zu Stadt, von Stadt zu Metropole, und seine Ankündigungen trafen stets ein.

Die wenigen Überlebenden hielten sich aus einem seltsamen Grund für Erwählte. Wozu sie erwählt waren, wußten sie nicht.

»Ich bin bereit«, sagte Malacar.

»Gut«, erwiderte Morwin. »Dann los.«

Was will er nur damit, zum Teufel? fragte er sich. Er war früher nie besonders introspektiv oder ästhetisch interessiert gewesen. Jetzt möchte er, daß ein sehr persönliches Kunstwerk für ihn geschaffen wird. Hat er sich vielleicht verändert? Nein, das glaube ich nicht. Sein Geschmack ist noch so schlecht wie eh und je, wenn man seine Einrichtung betrachtet. Hier hat sich seit meinem letzten Besuch nichts verändert. Er redet noch so wie immer. Seine Absichten, Pläne, Sehnsüchte scheinen unverändert. Nein. Dies hat nichts mit seinen Gefühlen zu tun. Womit dann?

Er sah zu, wie Malacar sich eine farblose Flüssigkeit in den Arm injizierte.

»Was ist das für eine Droge?« fragte er.

»Ein Beruhigungsmittel, ein leichtes Halluzinogen. Dauert ein paar Minuten, ehe es wirkt.«

»Sie haben mir noch nicht gesagt, wonach ich Ausschau halten soll, was ich gegebenenfalls herausarbeiten soll – für das Werk.«

»Ich mache es Ihnen leichter«, erwiderte Malacar, als sie sich vor der eben fertiggestellten Kugel auf die Couches legten. »Ich sage Ihnen – über Shind –, wenn es soweit ist. Dann brauchen Sie nur noch auf Ihre Kontrollen zu drücken und den Augenblick einfangen, genau so, wie es gerade ist.«

»Das würde ein ziemlich starkes Element der Bewußtheit bei Ihnen voraussetzen. So etwas stört unweigerlich die Stärke und Klarheit der Vision. Deshalb benutze ich lieber meine eigenen Drogen, Sir.«

»Machen Sie sich keine Sorgen. Das Bild wird kräftig und klar ausfallen.«

»Wie lange dauert es Ihrem Gefühl nach, bis die Vision so ist, wie Sie sie haben wollen?«

»Vielleicht fünf Minuten. Sie kommt schnell, wird sich aber lang genug halten, daß Sie Ihre Kontrollen aktivieren und sie greifen können.«

»Ich will's versuchen, Sir.«

»Es muß Ihnen gelingen, Mr. Morwin. Das ist ein Befehl. Es ist die schwierigste Aufgabe, an die Sie sich je gemacht haben, da bin ich sicher. Aber ich will das Ding hier vor mir sehen, wenn ich erwache.«

»Jawohl, Sir.«

»Warum entspannen Sie sich nicht einen Augenblick und treffen Ihre geistigen Vorbereitungen, wenn es so etwas gibt?«

»Jawohl, Sir.«

Shind?

Ja, Kommandant. Ich beobachte. Er ist noch immer verwirrt. Er fragt sich jetzt, warum Sie die Traumskulptur wollen und wie sie ausfallen wird. Da er damit jedoch nicht weiterkommt, versucht er die Frage für den Augenblick zurückzudrängen. Er sagt sich, daß er es bald wissen wird. Er versucht sich zu entspannen, versucht jetzt Ihren Befehl zu befolgen. Er ist sehr nervös. Seine Handflächen sind feucht, und er wischt sie verstohlen an der Hose ab, reguliert Atem und Herzschlag. In seinem Gehirn geht es friedlicher zu. Die oberflächlichen Gedanken schwinden. Jetzt! Jetzt ... tut er etwas mit seinem Geist, dem ich nicht zu folgen vermag, das ich nicht begreife. Ich weiß, daß er sich auf die Ausübung seines besonderen Talents vorbereitet. Jetzt entspannt er sich wirklich. Er weiß, daß er bereit ist. In ihm ist nun überhaupt keine Nervosität mehr. Er läßt sich gehen. Gedanken steigen unaufgefordert auf, verschwinden ebenso wieder. Fetzen, Bruchstücke, sehr persönlich, nichts Starkes.

Versuch ihm weiter zu folgen.

Tue ich. Warte. Etwas, etwas ...

Was ist?

Ich weiß es nicht. Die Kugel – etwas mit der Kugel ...

Diese Kugel? Die wir hier gemacht haben?

Nein, die Kugel ist offenbar nur der auslösende Faktor gewesen, nachdem er sich nun entspannt hat und frei assoziiert ... Diese Kugel ... Nein. Es ist eine andere. Irgendwie anders ...

Wie sieht sie aus?

Groß, und es stehen Sterne dahinter. Die Kugel bewegt sich zwischen den Sternen. Darin ...

Was?

Ein Mann. Ein toter Mann, aber er bewegt sich. Es gibt da auch allerlei Gerätschaften. Medizinische Apparate. Die Kugel ist ein Schiff – sein Schiff. B Coli ...

Pels! Der tote Arzt. Pathologe. Ich habe ein paar von seinen Abhandlungen gelesen. Was ist mit ihm?

Bei Morwin nichts mehr, denn das Ding ist aus seinem Geist verschwunden, und die Gedankenfetzen sind wieder da. Aber für mich war da etwas. – Mein Traum. Meine Vorahnung. Das Ding, vor dem ich dich gewarnt habe, das er – wie ich sagte – bei sich haben würde. – Das ist es irgendwie. Oder hat damit zu tun.

Ich finde das schon heraus.

Nicht von Morwin, denn er weiß es nicht. Es geht einfach um die Tatsache, daß es da etwas gibt, das du in Zusammenhang mit Pels erfahren wirst, und daß er dir den Gedanken an den toten Arzt eingegeben hat, was dich bedroht. Ich – Kommandant, verzeih mir! Ich bin der auslösende Faktor! Hätte ich dir nicht vor Wochen von meinem Traum erzählt, hätte ich jetzt nicht seine Interpretation gefunden und an dich weitergegeben, gäbe es keine Gefahr. Der Weg zum Unglück führt über Pels, nicht über Morwin. Ich hätte den Mund halten sollen. – Du mußt einfach allem aus dem Wege gehen, was mit dem toten Arzt zu tun hat.

Seltsam. Eine seltsame Wendung. Aber wir haben die gesuchte Information entdeckt. Wir können uns später darum kümmern. Machen wir jetzt mit dem ›Traum‹ weiter.

Warte. Dieses Später sollte es gar nicht geben. Schließe Pels aus deinen Gedanken aus und beschwöre ihn nie herauf.

Jetzt nicht, Shind. Jetzt mußt du mir helfen, die Erinnerungen deines Bruders zu durchforschen.

Also gut. Ich helfe dir. Aber ...

Komm, Shind.

Dann war er wieder an jenem Ort, bewegte sich in den Gängen der Bibliothek, im Geist des Bruderwesens. Hier lag alles vor ihm, was das Wesen je empfunden hatte, von den vagen Gefühlen vor der Geburt bis zur jetzigen Bewußtheit. Er suchte den traurigen, wunden Fleck, auf den er schon einmal gestoßen war. Als er ihn ausfindig machte, schlich er näher heran. Bis ins Innere erschüttert von diesem Alptraumkern aus Schmerz-Tod-Angst zwang er sich dazu, tief hineinzustoßen. Es war ein Traum, den Tuv schon gehabt hatte, aber die bewahrenden Eigenschaften seines Gedächtnisses ließen ihn dort wie alle anderen in der Galerie seiner Qualen hängen. Er war ein verdrehter Fleck, mit Ausläufern wie zwei sich windende Beine, das Ganze von funkelnden Linien durchzogen wie vom Schweif eines grünen Kometen; darunter war ein schwaches Leuchten in einer vagen, gesichtsähnlichen Fläche, die auf das Gesicht eines Wesens schließen ließ, wie es Malacar noch nie zuvor gesehen hatte – der schreckliche Gesichtsfleck, der in diesem Augenblick zwischen Leben und Tod schwebte, und rote Tränen strömten daraus hervor, strömten in alle Richtungen, fielen in den Fleck und darüber hinaus in eine schwach silbern leuchtende Landschaft aus Kristallen und matt funkelnder Silberschmelze. Aus seinem Gedächtnis für solche Dinge projizierte Malacar die Stat-Karte der VL in die Mitte dieses Gebildes, deren Sonnen schwach leuchteten wie die Zellen eines sterbenden Körpers. Das Ganze dauerte nur einen Augenblick, und Malacar sagte: *Jetzt, Shind!* und hörte Morwin schreien. Aber er hörte auch, daß die Düsen zu zischen begannen.

Erst jetzt wurde ihm bewußt, daß auch er zu schreien begonnen hatte; und er schrie weiter, bis Shind ihn herauszog. Dann traf ihn die Dunkelheit wie ein Blitzschlag.

Die Welt, die Cleech genannt wurde, fiel hinter ihm zurück. In wenigen Stunden hatte er das kleine System verlassen und konnte in den Hyperraum eindringen. Er wandte der Steuerkonsole den Rücken zu und zog eine lange, schmale Zigarre aus einer Packung, die er im ausgestorbenen Raumflughafen einem toten Kioskbesitzer abgenommen hatte.

Diesmal war es viel schneller gegangen, hatte fast augenblicklich ein großes Gebiet erfaßt. Was war es nur gewesen? Er hatte die Krankheit nicht einmal erkannt. War es möglich, daß er zur Brutstätte für neue Seuchen geworden war?

Er zündete sich die Zigarre an und lächelte.

Seine Zunge war schwarz, und das Weiße seiner Augen war gelb geworden. Sein Körper zeigte nur noch wenig gesundes Gewebe. Er war zu einer verfärbten Masse aus Wunden und Schwellungen geworden.

Er lachte leise und ließ seine Zigarre qualmen, bis sein Blick zufällig in den Spiegel zu seiner Linken fiel.

Da hörte er auf zu lachen. Er legte die Zigarre weg, beugte

sich vor und betrachtete sein Gesicht. Er sah es zum erstenmal seit ... Wie lange war das her? Und wo? In Italbar natürlich. Wo alles begonnen hatte.

Er betrachtete die Falten, die Stellen, die wie Verbrennungen aussahen, die dunklen Erhebungen, die seine Wangen überzogen.

Irgend etwas in seinem Körper suchte sich diesen Augenblick aus, kalte Finger um seinen Magen zu legen und zuzudrücken.

Mit beschleunigtem Atem wandte er sich von dem Spiegel ab. Plötzlich keuchte er, und seine Hände begannen zu zittern.

Mein Äußeres braucht gar nicht so unheimlich zu sein, um zu wirken, sagte er sich. Drei Wochen im Hyperraum, ehe ich Summit erreiche. Da kann ich genausogut ins Koma gehen und mich ein wenig säubern. Er fand die Zigarre und zog wieder daran. Dann legte er seine linke Hand an eine Stelle, wo er sie nicht mehr sehen konnte. Auch blickte er nicht wieder in den Spiegel.

Als er im HA war, wandte er sich dem vorderen Schirm zu und betrachtete die Sterne. Um einen Punkt direkt vor ihm geschart, bewegten sie sich in langen, brennenden Spiralen, einige im Uhrzeigersinn, andere in entgegengesetzter Richtung. So verharrte er absolut still und betrachtete eine Zeitlang das Universum, wie es sich rings um ihn bewegte.

Dann ließ er den Sitz zurückklappen, schloß die Augen, verschränkte die Arme und folgte dem langen Weg, den er seit den Stunden vor seinem Eintreffen in Italbar nicht mehr eingeschlagen hatte.

... Hastige Schritte durch den Nebel. Blau, blau, blau. Blaue Blumen wie Schlangenköpfe. Ein noch exotischeres Parfüm in der Luft. Darüber ein blauer Mond, blaue Ranken über den niedrigen Stufen.

In den Garten hinaus ...

Blaue Insekten umschwärmten ihn, und als er sie fortstreifen wollte, sah er seine Hand.

Etwas stimmt nicht, überlegte er. Immer wenn ich diesen Ort betrete, bin ich wieder ganz.

Er ging in den Garten und spürte eine leichte Veränderung, obwohl er keine Ursache für dieses Gefühl erkennen konnte.

Er hob den Blick, aber da war nur der reglose Mond.

Er lauschte, doch keine Vögel sangen.

Die Nebelschwaden wanden sich um seine Fußgelenke. Der erste Stein, den er erreichte, ließ noch seine Prismen schillern. Die Schmetterlinge jedoch fehlten. Statt dessen war der nächste Stein teilweise von einem Netzwerk bedeckt, in dem Tausende von dicken blauen Raupen hingen, die sich drehten und u-förmig zusammenzogen und sich langsam wieder streckten. Unter knubbeligen Hörnern schimmerten ihre Facettenaugen wie Saphirsplitter. Während er sie beobachtete, machten sie Anstalten, sich in seine Richtung zu drehen und die Köpfe zu heben.

Als er an den anderen Steinen vorbeikam, schaute er nicht hin, sondern eilte mit zunehmender Unruhe weiter, suchte ein bestimmtes hohes Gebüsch.

Er entdeckte es und hastete in diese Richtung; und wie immer wurde es bei seiner Annäherung dunkler. Dann erblickte er das Sommerhaus.

So hatte er es noch nie gesehen. Beschattet, friedlich, kühl, so war es immer gewesen. Jetzt jedoch zeichnete sich jeder Stein deutlich ab, glühte in einem kalten blauen Licht, und in seinem Innern herrschte absolute Schwärze.

Er blieb stehen. Ein Frostschauder packte ihn, er begann zu zittern.

Was stimmt hier nicht? fragte er sich. So ist es doch noch nie gewesen. Ist sie vielleicht zornig? Warum? Vielleicht sollte ich nicht eintreten. Vielleicht sollte ich hier warten, bis es Zeit zur Rückkehr ist. Oder ich könnte sofort kehrtmachen. Elektrizität liegt in der Luft. Wie vor einem Gewitter ...

Er blieb stehen, beobachtend, wartend. In der Stille rührte sich nichts.

Das Kribbeln nahm zu. In seinem Nacken begann etwas zu pulsieren, dann auch in seinen Händen und Füßen.

Er beschloß zu gehen, stellte jedoch fest, daß er sich nicht mehr rühren konnte.

Das Pulsieren erfaßte nun seinen ganzen Körper.

Er verspürte den Drang, weiterzugehen. Es war kein Wunsch, sondern ein Zwang. Pulsierend setzte er sich wieder in Bewegung.

Als er eintrat, waren seine Gefühle anders als bei den früheren Besuchen. Diesmal hoffte er, er würde kein Lächeln schauen, kein zuckendes Lid, kein Ohrläppchen, keine Haarsträhne oder den Schimmer blauer Mondstrahlen auf einem unruhigen Arm oder einer

Schulter. Diesmal hatte er Angst, ein Stück von ihr zu sehen. Diesmal hoffte er, sie würde nicht hier sein.

Er ging zu der Steinbank an der Wand, setzte sich.

»Dra Heidel von Hymack«, lauteten ihre Worte, und sie lösten den Wunsch aus, aufzustehen und zu fliehen, aber er vermochte sich nicht zu bewegen. Sie klangen zischelnder als sonst, und ihr Atem hauchte kalt gegen seine Wange. Er hielt das Gesicht abgewendet.

»Warum drehst du dich nicht um und schaust mich an, Dra von Hymack? Bisher hast du dir das immer gewünscht.«

Er schwieg. Sie war dieselbe geblieben – aber doch anders. Alles hatte sich verändert.

»Dra von Hymack, du drehst dich nicht um, und du antwortest mir nicht. Was ist los?«

»Herrin ...«

»Dann sei getrost unritterlich. Es reicht, daß du endlich nach Hause gekommen bist.«

»Ich verstehe dich nicht.«

»Du hast endlich das Richtige getan. Jetzt haben die Sterne ihren Lauf gewendet, und die Ozeane sind ihrer Fesseln ledig.«

Eine schöne Stimme, dachte er. Schöner als je zuvor. Es war die plötzliche Veränderung, die mich verwirrt hat. Der Garten ist auch schöner geworden.

»Du hast die Veränderungen bemerkt, und sie gefallen dir. Das ist gut. Sag mir, was du von deiner neuen Kraft hältst.«

»Sie gefällt mir. Menschen sind wertlos, und sie haben den Tod verdient. Wenn meine Macht noch größer wäre, würden noch mehr Menschen sterben.«

»Oh, dazu wird es kommen! Glaube mir. Bald wirst du Sporen ausscheiden können, die über Hunderte von Kilometern hin jeden Menschen töten. Und es wird der Tag kommen, da du nur den Fuß auf eine Welt zu setzen brauchst, um alles zu töten, was dort lebt.«

»Mir liegt nur an den Menschen. Sie haben mir weh getan. Es ist der Mensch, der gedankenlos und brutal ist. Die anderen Rassen, die anderen Lebensformen – sie stören mich nicht.«

»Ah, aber wenn du mir erst voll und ganz dienst – wozu du entschlossen bist –, wird alles Leben zu deinem Feind.«

»So weit würde ich nicht gehen, Herrin. Denn nicht alles Leben hat mich angegriffen.«

»Aber um die Schuldigen zu treffen, mußt du auch die Unschuldigen vernichten. Es ist die einzige Möglichkeit.«

»Ich kann die nicht-menschlichen Welten verschonen.«

»Also gut. Vielleicht zunächst. Bist du immer noch der glücklichste Mensch der Welt, wenn du dich bei mir aufhältst?«

»Ja, Myra-o-«

»Verunstalte meinen Namen nicht. Sprich ihn aus, wie er richtig lautet – Arym-o-myra –, wenn du ihn überhaupt führen mußt.«

»Herrin, verzeih. Ich habe gedacht, er lautet anders.«

»Hör auf zu denken. Du mußt nur tun, was ich dir sage.«

»Natürlich.«

»Mit der neuen Kraft, die Tag um Tag in dir wächst, vereinigt sich das Beste zweier Welten in dir. Nur wenn du dich hier aufhältst, trägt dein schlafender Körper nicht die Wunden deiner Macht. Er schnarcht ruhig in der kleinen Hülle, die du benutzt, um zwischen den Welten zu verkehren. Wenn du dort erwachst, wirst du größere Kräfte beherrschen und tiefere Narben tragen, als du sie bisher gehabt hast.«

»Warum das? Ich weiß noch, daß es früher ganz anders war.«

»Das liegt daran, daß du beschlossen hast, nicht mehr wie ein Mensch zu handeln, sondern wie Gott, und deswegen wurden dir gottgleiche Kräfte verliehen.«

»Ich hatte angenommen, daß du mich vielleicht für einige Zeit reinigen könntest, denn ich merke, daß ich immer häßlicher werde.«

Sie lachte.

»Du? Häßlich? Bei allen Namen, *du bist das schönste Wesen, das es gibt. Dreh dich nun um und geh in die Knie. Bete mich an. Ich erwarte sexuelle Anbetung von dir, und dann werde ich dich auf ewig als meinen Diener bestätigen.«*

Er drehte sich um und sah endlich ihr Antlitz. Dann ging er in die Knie und neigte den Kopf.

Als er erwachte, gab sich Malacar eine echte Injektion, die er vorbereitete hatte, ein Beruhigungsmittel. Der Inhalt der ersten Nadel hatte aus destilliertem Wasser bestanden. Noch schaute er nicht auf die Kugel.

Dann erhob er sich, um Morwin auf die gleiche Weise zu helfen, der noch bewußtlos war. Dann zögerte er jedoch.

Warum ist er ohnmächtig, Shind?

Er hat die volle Wirkung des Todestraums abbekommen, zusätzlich hat er seine ganze formende Kraft eingesetzt. Dadurch scheint alles stärker ausgefallen zu sein.

Dann gebe ich ihm lieber ein Schlafmittel und stecke ihn ins Bett.

Als dies geschehen war, kehrte er ins Labor zurück und betrachtete die Kugel.

An den unmöglichsten Stellen seines Körpers begann es zu kribbeln.

Gott! Das ist es! dachte er. Das ist genau das, was ich gesehen habe. Wußte ja gar nicht, daß er so gut ist! Es ist ihm tatsächlich gelungen, einen Alptraum in die Kugel zu praktizieren. Das Abbild ist perfekt. Sogar zu perfekt. Ich wollte kein Kunstwerk, doch es ist eins daraus geworden, wenn man es so sieht – bei vollem Bewußtsein. Ich glaube, er bringt kleine Änderungen an ... aber das werde ich nie sicher wissen. – Ich wollte ja nur ein böses, beklemmendes Geschenk für das Oberkommando in SEL – von Malacar, mit besten Grüßen –, damit die Leute wissen, daß ich ihre jüngsten Entwicklungen im Griff habe, damit sie gewarnt sind. Ich wollte ihnen durch die Kugel sagen, was ich der ganzen verdammten VL antun möchte. Es wird mir natürlich nicht gelingen, aber ich werde älter, und von einem Nachfolger keine Spur. Wenn ich meinen großen Coup versuche, ist alles vorbei. Sie werden dann mal wieder Angst haben vor DYNAW, wenigstens eine Zeitlang. Vielleicht läßt sich in dieser Zeit endlich ein anderer Malacar blicken. Darum will ich beten, wenn ich die Bombe in ihre Kommandozentrale trage. Allerdings widerstrebt mir fast, ihnen die Kugel zu geben. Zu dumm, daß Morwin die Front gewechselt hat. Er ist kein schlechter Kerl. Diese Kugeln, die er so macht ... Kugeln ... verflixt!

Er begann das Labor abzusuchen. Als er nichts finden konnte, versuchte er es mit dem Monitor und überprüfte alle Räume der Zitadelle.

Also gut, Shind, wo versteckst du dich?

Keine Antwort.

Ich weiß, daß du mir einen Erinnerungsblock verpaßt hast. Ich möchte, daß du den fortnimmst.

Nichts.

Hör mal, du weißt doch, daß ich ihn brechen kann, wo ich nun von seinem Vorhandensein weiß. Es kostet mich vielleicht mehrere Tage oder sogar Wochen. Aber ich komme durch. Also erspar mir die Mühe.

Ihn erreichte ein inneres Seufzen.

Ich tu' das doch nur zu deinem eigenen Besten.

Wenn Leute von meinem Besten reden, greife ich am liebsten gleich zur Waffe.

Ich möchte zunächst mit dir diskutieren, ob es nicht ratsam wäre, den Block doch aufrechtzuerhalten, ehe ...

Nimm ihn fort! Das ist ein Befehl! Keine Diskussion. Nimm ihn jetzt fort, oder ich muß mich nachher damit plagen. So oder so, das Ding verschwindet.

Du bist ein unglaublich hartnäckiger Mensch, Kommandant.

Und ob! Also los!

Wie Sie meinen, Sir. Aber es wäre einfacher, wenn du dich etwas beruhigen würdest.

Ich bin ruhig.

Es folgte das Gefühl eines schwarzen Vogels, der durch seinen Kopf schwebte.

Die Kugel, Dr. Pels ... natürlich!

Wo du dich jetzt wieder erinnern kannst, siehst du auch, daß die Sache noch auf sehr schwachen Beinen steht. Der Stoff, aus dem Träume sind; ein unmögliches Paradoxon ...

Aber du warst so davon beeindruckt, daß du meine Erinnerungen daran unterdrücken wolltest. – Nein, Shind, die Sache muß ergründet werden.

Was hast du vor?

Ich werde Pels' neueste Arbeiten lesen und mich vergewissern, wo im Augenblick seine Interessen liegen. Und ich gedenke seinen jetzigen Aufenthaltsort festzustellen.

Wieder spürte er dieses innere Seufzen.

In dieser Nacht forderte er ein Transportschiff an, das zur Erde kommen und ein Paket für das Oberkommando auf Elizabeth abholen sollte. Die Kosten waren astronomisch hoch, aber er genoß Kredit. Er verpackte persönlich die Kugel und fügte einen Zettel hinzu: »Meine Herren! Beste Grüße – Malacar Miles, Flt. Kdnt, 4. St. Fl., DYNAW«. Dann begann er sich mit den Schriften des Pathologen Larmon Pels zu beschäftigen, auch die zu lesen, die er schon kannte, er las sie zum zweitenmal.

Als der Morgen die Nebelschichten über Manhattan erhellte, las er immer noch. Er studierte seine Notizen. Abgesehen von einigen medizinischen Details, die ihn persönlich interessierten, hatte er nur zwei Dinge aufgeschrieben, die er für wichtig hielt: »Deibanisches Fieber« und »Besonderes Interesse am Fall H«.

An diesem Punkt überlegte er, ob er ins Bett gehen sollte, entschied sich aber dagegen und nahm ein Aufputschmittel.

Morwin hat vielleicht noch etwas, das ich gebrauchen kann, sagte er sich.

Als sie sich später zum Mittagessen hinsetzten, sagte Morwin: »Sie haben mir da ein ziemlich schlimmes Erlebnis verpaßt. Ich bin schon öfter bis an den Rand eines Alpraums vorgestoßen, aber einen Traum, der so emotionell geladen war, habe ich noch nicht durchgemacht. Ich fühle mich ganz ausgelaugt. Trotzdem wollte ich nicht so einfach ohnmächtig werden.«

»Tut mir leid, daß ich Ihnen das angetan habe. Ich hätte nicht gedacht, daß Sie so davon mitgenommen würden.«

»Naja ...« Morwin lächelte und trank seinen Kaffee. »Freut mich jedenfalls, daß Ihnen die Kugel gefallen hat.«

»Und Sie wollen kein Geld dafür?«

»Nein, danke. – Darf ich nachher wieder auf das Oberdeck gehen und mir den Vulkan ansehen?«

»Aber ja. Ich begleite Sie. Essen Sie zu Ende, dann machen wir einen Spaziergang.«

Sie fuhren in die oberen Stockwerke, von wo aus sie in die Ferne und in die Tiefe starrten. Die Sonne hatte Teile der Umgebung in goldenes Konfetti verwandelt. Die zerstörte Skyline wirkte wie ein alter Gartenzaun. Feuer zuckte orangefarben in einem dunklen Kessel. Flüssiges Gestein wurde in die Höhe katapultiert, füllte wie Flakgeschosse einen Teil der Atmosphäre. Von Zeit zu Zeit war ein leichtes Beben zu spüren. Wenn der Wind stärker wurde oder die Richtung wechselte, öffnete sich zuweilen der bewegte Vorhang; dann wurden Teile des dunklen Atlantik durch die verzerrende Linse der heißen Gase sichtbar, besonders jener Flaschenhals, der sich am Fuße des Kegels landeinwärts wandte. Die Blätter der körperdicken Ranken waren grün an den Stengeln, oben jedoch schwarz wie Krähen.

»... kaum zu glauben, daß die ganze Welt so aussieht«, sagte Morwin, »und daß das alles zu unseren Lebzeiten geschehen ist.«

»Fragen Sie die VL. Die haben das getan.«

»... und daß hier niemand mehr leben kann auf dem Heimatplaneten der Menschen, niemals wieder.«

»Ich lebe hier – um sie an ihre Schuld zu erinnern, als Warnung für ihr eigenes Schicksal.«

»... es gibt viele Welten von der Art, wie die Erde früher war. Darauf leben Millionen unschuldiger Menschen.«

»Wenn man alle Schuldigen treffen will, müssen manchmal auch die Unschuldigen darunter leiden. Im allgemeinen jedenfalls. So ist das nun mal mit der Rache.«

»Und wenn die Rache aufgegeben wird, machen ein paar Generationen Schuldige und Unschuldige gleich. Zumindest die neuen Generationen tragen hieran dann keine Schuld mehr – und Welten werden überleben.«

»Das ist eine zu philosophische Einstellung – für einen Mann, der Dinge durchgemacht hat wie ich.«

»Ich habe sie auch durchgemacht, Sir.«

»Ja, aber ...«

Er unterbrach sich.

Sie starrten eine Zeitlang schweigend ins Leere. Dann fragte Malacar: »Ist der Seuchenspezialist Dr. Pels kürzlich auf Honsi gewesen?«

»Ja. War er hier auch?«

»Vor längerer Zeit. Was hat er bei Ihnen gesucht?«

»Er suchte allgemeine medizinische Informationen, Lebensdaten und einen Mann, der nicht mehr dort war.«

»Der Mann ...?«

»Hyneck, wenn ich mich recht erinnere. Wir hatten aber keine Unterlagen über ihn. – Sehen Sie doch den Ausbruch!«

H? Fragte sich Malacar. War dieser Hyneck, oder wie er hieß, der Seuchenherd? Habe noch nie von ihm gehört, aber wenn er es ist ...

Das Deibanische Fieber ist zum erstenmal auch außerhalb Deibas festgestellt worden, hatte er kürzlich gelesen. *Es ist unweigerlich tödlich, bis auf eine bekannte Ausnahme. Ich meine natürlich den Fall H. Die Art der Verbreitung ist noch unbekannt.*

Wenn dieser Mann H war, wirkte er vielleicht auch unwissentlich als Krankheitsherd? Kann kein Problem sein, den genauen Namen in Erfahrung zu bringen, der in Pels' Anforderung stand. Wird natürlich sofort in die Wege geleitet.

Ausbrüche des Deibanischen Fiebers auf anderen Welten fielen stets mit dem Auftreten mehrerer anderer exotischer Krankheiten zusammen. Für ihren gleichzeitigen Ausbruch war bisher noch keine schlüssige Erklärung gefunden worden. Aber H hatte zahllose Krankheiten gehabt und überlebt, war stets für geheilt erklärt worden. War es denkbar, daß ein unbekannter Faktor in H dazu führte, daß sie gleichzeitig wieder ausbrachen, und jeweils gleichermaßen ansteckend?

Die denkbaren militärischen Anwendungsmöglichkeiten zuckten durch Malacars Kopf wie der orangefarbene Lavaausbruch tief unter ihm.

Alle sind auf der einen oder anderen Ebene gegen eine bakteriologische Kriegsführung gewappnet – auch gegen gemischte Attacken. Aber im Fall H ergäbe sich ein zufälliger Streueffekt, wie bei einer Schrotflinte, ein Effekt, der bekannten, doch noch unbestimmten natürlichen Ursachen zuzuschreiben ist. Wenn das möglich wäre und H der Schlüssel zur Kontrolle dieses Prozesses ist – oder sogar den Prozeß selbst darstellt –, dann höre ich schon den Klang der Totenglocke. Ich könnte den VL mehr schaden als angenommen. Bliebe abzuwarten, ob es sich bei diesem Hyneck wirklich um H handelt, und wenn ja, ihn ausfindig zu machen.

Stundenlang standen sie auf dem Oberdeck und beobachteten die Flammen und die kochende Lava, die sich verändernden Muster von Himmel und Meer. Dann räusperte sich Morwin.

»Ich würde jetzt gern ein Weilchen ruhen. Ich fühle mich noch etwas schwach.«

»Natürlich, natürlich«, sagte Malacar, aus seinen Gedanken gerissen. »Ich werde wohl noch bleiben. Sieht aus, als stünde ein neuer Ausbruch unmittelbar bevor.«

»Ich hoffe, mein überraschender Besuch hat Sie nicht gestört.«

»Ganz im Gegenteil. Sie haben mich mehr aufgemuntert, als ich Ihnen sagen kann.«

Er blickte dem anderen nach und lachte leise.

Vielleicht war deine Traumkugel wirklich real, überlegte er. Eine genaue Vorhersage kommender Dinge. Ich hätte nie auf einen Erfolg gehofft, es sei denn ... Wie lautete das noch? Der Vers, den ich auf der Schule lernen mußte:

Es sei denn, da bräche das Himmelszelt,
Und die Erde zerrisse, zum Beben gedrängt,
Und, uns zu folgen, die ganze Welt
würd' in eine *Planisphäre* gezwängt.

Wenn ich recht behalte, zwänge ich alles dorthin – die gesamten VL, so wie du die Vision bewältigt hast – in eine Planisphäre.

Shind! rief er. *Weißt du, was geschehen ist?*

Ja. Ich habe zugehört.

Ich werde Morwin bitten, hierzubleiben und auf die Zitadelle aufzupassen. Wir beide treten bald eine neue Reise an.

Wie du meinst. Wohin?

Nach Deiba.

Das hatte ich befürchtet.

Malacar lachte über diese Antwort, und der Nebel entfleuchte mit der Mittagsstunde.

Er beobachtete die spiralenförmigen Sterne wie ein fernes Feuerwerk seiner Kindheit. Seine Hand berührte den monogrammverzierten Lederbeutel an seinem Gürtel. Er hatte ihn ganz vergessen. Er blickte nach unten, als er das Klicken hörte, und einen Augenblick lang vergaß er die Sterne.

Seine Steine. Wie schön sie waren! Wie hatte er sie nur aus seinen Gedanken verdrängen können? Er betastete sie und lächelte. Ja, diese Steine waren real. Ein Mineral verrät dich nie. Jedes ist einmalig, eine Welt für sich – und harmlos. Seine Augen füllten sich mit Tränen.

»Ich liebe euch«, und er zählte die Steine und tat sie einen nach dem anderen wieder in den Beutel.

Als er ihn wieder an seinem Gürtel festband, beobachtete er die Bewegungen seiner Hände. Seine Finger hinterließen feuchte Flecken auf dem Material. Aber seine Hände waren schön, das hatte sie gesagt. Und sie hatte natürlich recht. Er hob sie vors Gesicht, und ein Gefühl der Macht durchströmte seinen Körper und setzte sich in den Händen fest. Er wußte, daß er jetzt stärker war als jeder andere Mensch oder jede Nation. Bald war er stärker als jede Welt.

Wieder richtete er seine Aufmerksamkeit auf den gewaltigen Wirbel, der ihn in sein Zentrum hinabsaugte: Summit.

Er würde im Handumdrehen dort sein.

Als die Nachricht eintraf, war seine erste Reaktion ein lautes »Verdammt! Warum fragt ihr *mich?*« Aber da er die Antwort bereits kannte, beschränkte er seine weiteren Reaktionen auf Kraftausdrücke.

Hin und her marschierend, betätigte er einen Kontrollhebel und verschob sein Mittagessen bis auf weiteres. Nach einer Weile stellte er fest, daß er in seinem Dachgarten stand, eine Zigarre rauchte und nach Westen starrte.

»Rassendiskriminierung – das ist es«, knurrte er vor sich hin, trat vor ein verstecktes Paneel, öffnete es und drückte einen weiteren Schalter.

»Schick mir in etwa einer Stunde ein leichtes Mittagessen in die Manuskriptbibliothek«, befahl er und unterbrach die Verbindung wieder, ohne die Antwort abzuwarten.

Er marschierte weiter unruhig hin und her, atmete die Gerüche des Lebens und des Wachstums ein, die ihn umgaben, und ignorierte sie völlig. Der Tag wurde grau, und er wandte sich nach Osten, wo nun eine Wolke seine Sonne verdeckte. Er starrte düster darauf, und nach wenigen Sekunden begann sie sich aufzulösen.

Wieder erhellte sich der Tag, aber er seufzte und kehrte ihm den Rücken.

»Immer muß ich die Kastanien aus dem Feuer holen«, sagte er, als er die Bibliothek betrat, sein Jackett auszog und es neben der Tür an einen Haken hängte.

Er ließ seine Blicke an den unzähligen Fächern entlanggleiten, die die vollständigste Sammlung religiöser Texte der Galaxis enthielten. Auf dem Regal unter jedem Fach standen gebundene Faksimiles der Originale. Er ging in das nächste Zimmer und setzte seine Suche fort.

»Natürlich ganz oben an der Decke«, seufzte er. »Ich hätt's wissen müssen.«

Einen Meter von den Qumran-Schriftrollen entfernt, setzte er den Fuß auf die Leiter und stieg hinauf.

Er zündete sich eine Zigarette an, nachdem er sich in einem Lesesessel niedergelassen hatte, eine Kopie von *Das Buch Vielfältiger Lebensgefahren zum Fortgesetzten Atmen* in alter pei'anischer Schrift auf den Knien.

Erst Sekunden schienen vergangen zu sein, als er ein Klikken und ein programmiertes Hüsteln vernahm. Der Roboter war lautlos über den dicken Teppich herangerollt, war neben ihm stehengeblieben und senkte nun das bedeckte Tablett in eine bequeme Eßhöhe. Dann entfernte er die Abdeckung.

Er aß mechanisch und setzte dabei seine Lektüre wieder fort. Nach einer Weile stellte er fest, daß der Rolboter wieder verschwunden war. Er konnte sich nicht erinnern, was er gegessen hatte.

Er las weiter.

Das Abendessen verging ebenso. Die Nacht brach herein, und ringsum gingen die Lichter an, wurden heller, als es draußen dunkler wurde.

Irgendwann in der Nacht wendete er die letzte Seite und schloß das Buch. Er reckte sich, gähnte, stand auf und taumelte. Er hatte gar nicht gemerkt, daß sein rechter Fuß eingeschlafen war. Er setzte sich wieder und wartete, bis das Kribbeln nachließ. Als es soweit war, stieg er wieder auf die Leiter und stellte den Band ins Fach zurück. Schließlich schob er die Leiter in die Ecke. Er hätte ebensogut Robotergreifer und Schwerkraft-Lifter einsetzen können, aber er zog altmodische Bibliotheken vor.

Durch ein Gleitfenster ging er zu seiner Bar auf der westlichen Terrasse. Dort nahm er Platz, und das Licht hinter dem Tresen ging an.

»Bourbon und Wasser«, sagte er. »Einen Doppelten.«

Es folgte eine Pause von zehn Sekunden, während seine Fingerspitzen auf der Bar ein schwaches Vibrieren wahrnahmen. Dann öffnete sich ein kleines Quadrat vor ihm, und das Glas stieg langsam hoch, verharrte in einer Ebene mit der Tresenplatte. Er hob es an die Lippen und trank.

»... und eine Packung Zigaretten«, fügte er hinzu, als ihm einfiel, daß er die letzte Zigarette vor einigen Stunden geraucht hatte.

Die Lieferung kam. Er öffnete das Päckchen und zündete sich eine Zigarette an – mit dem letzten Zippo-Feuerzeug, das außerhalb der Museen zu finden war, vermutlich auch das letzte funktionsfähige Exemplar. Jedes Bauteil war unzählige Male ersetzt worden, durch Duplikate, die nur für die Reparatur *dieses* Feuerzeugs nachgestaltet worden waren; also war es strenggenommen gar kein antikes Stück mehr, sondern eher ein direkter Abkomme. Sein Bruder hatte es ihm geschenkt ... wann? Er nahm noch einen Schluck. Irgendwo hatte er noch das Original, all die zerbrochenen Stücke, die in ihrer zerkratzten Außenhülle lagen. Wahrscheinlich in der untersten Schublade der antiken Kommode ...

Er zog an der Zigarette und spürte, wie der Alkohol seinen Magen erwärmte, dann seine momentane Hitze weitertrug. Ein orangefarbener Mond hing tief über dem Horizont, und ein weißer Mond durcheilte die Mitte des Himmels. Er lächelte schwach, lauschte auf die Krötigallen in ihrem Suhl. Sie brachten etwas von Vivaldi. Aus *Sommer?* Ja. Er trank wieder und wirbelte den Rest des Getränks im Glas herum.

Ja, es ist meine Aufgabe, sagte er sich. Er war wirklich der einzige, der auf diesem Gebiet Erfahrungen hatte. Und natürlich hatte der Priester seine Anfrage lieber an einen Fremden als an einen Angehörigen seines Volkes gerichtet. Da war das Risiko eines Tadels geringer, aus rassischen Gründen; und wenn sich etwas Gefährliches ergab ...

Zynisch, dachte er, dabei willst du gar nicht zynisch sein. Nur praktisch. Was immer diese Sache ausgelöst hat, sie ruht jetzt auf deinen Schultern; und du weißt noch, was beim letztenmal passiert ist, als so etwas vorkam. Man muß sich darum kümmern. Die Tatsache, daß kein Element der Kontrolle besteht, bedeutet, daß es in letzter Konsequenz auf alle zielen wird.

Er leerte sein Glas, drückte die Zigarette aus. Das Glas verschwand. Die kleine Luke glitt zu.

»Gib mir noch mal dasselbe«, sagte er und fügte hastig hinzu: »Nicht die Zigaretten.«

Der Drink kam, und er nahm ihn mit ins Arbeitszimmer. Dort ließ er sich in seinen Lieblingsstuhl fallen, dessen Lehne er zurückstellte. Er verdunkelte das Licht, ließ die Temperatur auf 17 Grad fallen, bewegte eine Kontrolle, die die Zündung der echten Holzscheite im Kamin auf der anderen Seite des Zimmers in Gang brachte, schaltete eine nächtliche Winterszene in Tri-D auf das einzige Fenster des Zimmers (es hätte ihn mehrere Stunden gekostet, die echte Szene zu arrangieren), löschte alle Lichter, nachdem das Feuer in Gang war, und versank in seiner bevorzugten Nachdenkwelt.

Am Morgen schaltete er sein automatisches Sekretär- und Speichergerät ein.

»Erster Arbeitspunkt«, diktierte er. »Ich möchte unmittelbar nach dem Frühstück mit Dr. Matthews und meinen drei besten Programmierern sprechen – hier im Arbeitszimmer. Ich erbitte übrigens das Frühstück in zwanzig Minuten. Berechne du die Eßzeit.«

»Möchten Sie einzeln mit den Herren sprechen oder als Gruppe?« tönte die Stimme aus dem verdeckten Lautsprecher.

»Als Gruppe. Und jetzt ...«

»Was möchten Sie zum Frühstück?« unterbrach ihn der S&S.

»Egal. Und ...«

»Bitte präzisieren Sie. Als Sie letztesmal ›egal‹ sagten ...«

»Schon gut. Eier und Speck und Toast und Marmelade und Kaffee. Und als zweites möchte ich, daß sich ein Verantwortlicher meines Teams mit dem Gesundheitsminister oder Oberarzt – wie immer der heißt – im SEL-Komplex in Verbindung setzt. Ich erwarte vollen Zugang zum Panopath-Computer, spätestens morgen nachmittag Ortszeit, über Ferndata-Eingabe hier von Freiland. Drittens laß die Ingenieure vom Hafen die *T* auf Fernsprungfähigkeit prüfen. Viertens stell fest, wem sie gehört und beschaffe mir das Dossier. Das ist alles.«

Als die Herren etwa ein und eine Viertelstunde später in seinem Büro versammelt waren, bedeutete er ihnen, sich zu setzen, und lächelte.

»Meine Herren«, sagte er, »ich brauche Ihre Hilfe bei der Beschaffung einiger Informationen. Ich kenne die spezifische Natur der Informationen nicht, ebensowenig wie die der zu stellenden Fragen, um die Informationen zu erlangen – wenn ich auch einige vage Vorstellungen habe. Es geht um Personen, Orte, Ereignisse, Wahrscheinlichkeiten und Seuchen. Einige Dinge, die ich wissen will, betreffen Ereignisse, die vor fünfzehn oder zwanzig Jahren stattgefunden haben, andere betreffen die jüngste Vergangenheit. Es kann eventuell lange dauern, bis wir ausreichendes Material beisammen haben, aufgrund dessen ich handeln kann, aber ich habe keine Zeit. Ich brauche alles in zwei oder drei Tagen. Ihre Aufgabe ist es, mir bei der Abfassung geeigneter Fragen zu helfen und dann diese Fragen für mich einer Datenquelle vorzulegen, von der ich eigentlich annehme, daß sie uns das Gesuchte liefern kann. Das ist die allgemeine Situation. Jetzt wollen wir die Einzelheiten besprechen.«

Am späten Nachmittag, als sie gegangen waren, erkannte er, daß er im Augenblick nicht mehr tun konnte, und wandte seine Aufmerksamkeit anderen Dingen zu.

An diesem Abend jedoch, als er durch sein Arsenal wanderte, redete er sich ein, er wollte nur mal routinemäßig nach dem Rechten sehen. Aber mit der Zeit erkannte er, daß er nur die kleineren, gefährlicheren Stücke überprüfte, wie sie von einem Mann mitgeführt werden konnten, womöglich unter der Tunika und auf große Entfernung wirkend. Als ihm klar wurde, was er da machte, brach er die Aktion nicht ab. Er war unter anderem der einzige lebende Gottestöter in der Galaxis und hielt es für seine Pflicht, immer für den Notfall gewappnet zu sein.

So verbrachte Francis Sandow die letzten Tage vor seiner Abreise nach Deiba.

Begierig, seine neuen Kräfte in kleinem Umfang auszuprobieren, ehe er sich die großen Bevölkerungszentren von Summit vornahm – eine weitaus dichter besiedelte Welt als Cleech –, umkreiste Heidel von Hymack den Planeten in großer Höhe, während er Landkarten und Statistiken dieser synthetischen Welt studierte.

Vorsichtig den Verkehrskontrollzentren der großen Raumflughäfen ausweichend, landete er in einem kaum bevölkerten Hinterland des zweiten Hauptkontinents – Soris. Dort versteckte er sein Landungsboot in einem Canyon unter einem überhängenden Felshang. Er arretierte Kontrollen und Luken, und mit einem winzigen Strahler schnitt er Äste und Büsche ab und arrangierte sie zur Tarnung über das Schiff.

Dann zog er los, den Stab in der vernarbten Hand, und begann zu singen. Früher hätte ihn dies überrascht, denn er verstand die Worte nicht, die er formte, und die Melodie war wie aus einem Traum.

Nach einer Weile entdeckte er ein kleines Bauernhaus an einem Hügel ...

Die Musik vibrierte rings um ihn, als er sein Labor in Ordnung brachte. Er reinigte, stellte nach, nahm unter Verschluß, legte alles fort, was er in der nächsten Zeit nicht brauchte. Seine riesige, gespenstische Gestalt schwebte durch das Schiff, rückte Dinge gerade, ordnete.

Ich werde ein bißchen altjüngferlich, schalt er sich und lächelte innerlich. Für alles ein Plätzchen, und alles ist zur Stelle. Wie es wohl ist, wenn ich je die Chance bekomme, zurückzukehren, wieder unter Menschen zu sein, mich wieder anzupassen? Natürlich habe ich mich auch dem Weltall angepaßt ... Trotzdem wäre es eine tiefgreifende Veränderung. Es gibt allerdings noch niemanden, der meine Krankheit heilen könnte. H kann nichts für mich tun. Also dauert es bestimmt noch Jahre. Wahrscheinlich mehrere Jahrhunderte, wenn es nicht einen unerwarteten Durchbruch gibt. Wie ist das, wenn es mehrere Jahrhunderte dauert? Was bin ich dann? Der Abklatsch eines Gespensts? Der einzige Mensch, der seiner eigenen Spezies fremd geworden ist? Was werden meine Nachkommen sagen?

Hätte er funktionierende Lungen besessen, hätte er jetzt bestimmt gelacht. Statt dessen trat er vor und ließ sich im Beobachtungssektor der *B Coli* nieder. Dort sah er zu, wie die Sterne wie in einer kosmischen Zentrifuge um ihn kreisten. Ein gregorianisches Lied lieferte die Geräuschkulisse, wie er so in der Schwerelosigkeit hing und die Sterne wirbeln ließ – auf seinem Weg nach Cleech, Heidel von Hymacks letztem bekannten Aufenthaltsort.

3

Es war ein regnerischer Abend, als sie ihn zum erstenmal von Angesicht sah.

Da sie keinen Kunden hatte, war sie heruntergekommen und hatte den kleinen Kiosk in der Halle aufgesucht. Sie wußte, daß die Haupttür des Hauses geöffnet worden war, denn es zog plötzlich, und der Lärm der Straße und des Unwetters hatte zugenommen. Sie wählte ihre Lektüre aus, legte die Münzen hin und nahm ihre Zeitungen, um durch die Vorhalle zu gehen.

Und in diesem Augenblick sah sie ihn, und die Zeitungen fielen ihr aus der Hand. Verwirrt trat sie einen Schritt zurück. Es war unmöglich, daß sie sich jemals so nahe kommen würden. Ihr wurde schwindlig, und ihr Gesicht begann zu brennen.

Er war groß, größer, als sie ihn sich vorgestellt hatte. Sein Haar war schwarz, bis auf ein paar graue Stellen an den Schläfen – aber natürlich hatte er die S&S-Behandlung durchgemacht und alterte langsamer als andere Menschen. Das gefiel ihr, denn sie hätte ihn ungern als Mann kennengelernt, der seine besten Jahre hinter sich hatte. Seine falkengleichen Gesichtszüge, die blitzenden Augen! Er war so viel eindrucksvoller als im Radio oder in Tri-D. Er trug schwarze Regenkleidung und hatte zwei riesige Gepäckstücke bei sich – eine Art Kleiderkoffer und einen perforierten Kasten mit Haltegriff. Der Regen blitzte in seinem Haar und seinen Augenbrauen, schimmerte ihm auf Stirn und Wangen.

Sie bückte sich und sammelte ihre Zeitungen ein. Als sie sich wieder aufrichtete, senkte sie den Kopf und hob die Blätter hoch, so daß ihr Gesicht halb verdeckt war. Dann ging sie in die Halle, als lese sie, und suchte sich einen Stuhl beim Anmeldetisch.

»Zimmer und Mädchen, Sir?« hörte sie Horace fragen.

»Ja«, erwiderte er und stellte das Gepäck ab.

»Wir haben viele Zimmer frei«, sagte Horace, »wegen des Wetters.« Und er schob die Alben über den Tisch. »Sagen Sie mir, was Ihnen gefällt.«

Sie hörte, wie er die Seiten des großen Buches umschlug, und zählte mit, denn sie kannte sie auswendig: ... *vier, fünf* ... Eine Pause ... *Sechs.*

Er hatte aufgehört.

O nein! dachte sie. Das müßte Jeanne oder Synthe sein. Doch nicht die beiden, nicht für ihn! Meg vielleicht, oder Kyla. Aber nicht die kuhäugige Jeanne, oder Synthe, die zwanzig Pfund schwerer war, als ihr Foto erkennen ließ.

Sie wagte einen Blick und sah, daß sich Horace entfernt hatte und in einer Zeitung las.

Sie kam zu einem Entschluß, stand auf und näherte sich ihm.

»Kommandant Malacar ...«

Sie versuchte es kühn zu sagen, doch ihr Hals war so trokken, daß ihre Stimme nur ein Flüstern war.

Er wandte sich um und starrte auf sie herab. Aus den Augenwinkeln warf er einen Blick auf Horace, hob den rechten Zeigefinger und führte ihn an die Lippen.

»Hallo. Wie heißen Sie denn?«

»Jackara.«

Diesmal klang ihre Stimme schon besser.

»Arbeiten Sie hier?«

Sie nickte.

»Sind Sie heute abend besetzt?«

Sie schüttelte den Kopf.

»Portier!« Er wandte sich um.

Horace senkte die Zeitung.

»Ja, Sir?«

Er deutete mit dem Daumen auf Jackara.

»Sie«, sagte er.

Horace schluckte und sah sich unbehaglich um.

»Sie, da müßte ich Ihnen noch etwas sagen ...«, begann er.

»Sie«, wiederholte Malacar. »Tragen Sie mich ein.«

»Wie Sie wollen, Sir«, sagte Horace, und legte eine leere Karte und einen Schreibstift zurecht. »Aber ...«

»Ich heiße Rory Jimson und bin von Miadod auf Camphor. Sofort oder später zahlen?«

»Sofortige Bezahlung. Achtzehn Einheiten.«

»Wieviel ist das in DYNAW-Dollars?«

»Vierzehneinhalb.«

Malacar holte einen zusammengerollten Packen Geldscheine aus der Tasche und zahlte.

Horace öffnete den Mund, schloß ihn wieder und sagte: »Wenn Ihnen etwas nicht zusagt, geben Sie mir bitte sofort Bescheid.«

Malacar nickte und bückte sich, um sein Gepäck zu nehmen.

»Wenn Sie warten würden, klingele ich nach einem Roboter.«

»Nicht nötig.«

»Sehr wohl. Dann kann Sie Jackara gleich aufs Zimmer begleiten.«

Der Portier nahm den Schreibstift, fummelte damit herum, legte ihn wieder hin. Dann wandte er sich seiner Zeitung zu.

Malacar folgte ihr zum Lift, betrachtete ihre Figur, versuchte sich ihr Gesicht vorzustellen.

Shind, fertig machen zum Senden und Empfangen, sagte er, als sie den Lift betraten.

Bin bereit.

– Lassen Sie sich Ihre Überraschung nicht anmerken, Jackara, lassen Sie nicht erkennen, daß Sie mich hören. Verraten Sie mir, wieso Sie mich kennen.

– Sie sind Telepath!

– Beantworten Sie meine Frage und vergessen Sie nicht, daß ich die Hälfte dieses Gebäudes vernichten kann, wenn ich nur auf bestimmte Weise den Arm schwenke.

»Hier müssen wir aussteigen«, sagte sie laut, und sie verließen den Lift. Das Mädchen wandte sich nach rechts, führte ihn durch einen mit Tigerfellmuster ausgelegten Korridor, dessen indirekte Beleuchtung aus den Fußleisten kam. Die Wirkung war seltsam aufregend, aber auch nüchtern. Der Flur verlieh dem Mädchen, das vor ihm ging, eine irgendwie animalische Aura. Er atmete tief und spürte belebende Düfte in der Luft. Sie waren in der Nähe der Ventilatoren am stärksten.

– Ich habe Ihr Bild oft gesehen. Ich habe auch viel über Sie gelesen. Deshalb kenne ich Sie. Ich besitze sogar alle Ihre Biographien – auch die beiden aus dem VL.

Er lachte laut und übermittelte Shind das Kurzsignal für »Ende der Sendung, bleib weiter auf Empfang«, dann fragte er: *Sagt sie die Wahrheit, Shind?*

Ja. Sie bewundert dich sehr. Sie ist sehr aufgeregt und nervös.

Also keine Falle.

Nein.

Sie blieb vor einer Tür stehen, stocherte einen Moment lang mit ihrem Schlüssel herum, schloß auf.

Sie stieß die Tür auf, doch anstatt hineinzugehen oder ihm den Weg freizugeben, trat sie vor ihn hin, blickte ihn an. Ihr Gesicht verkrampfte sich und glättete sich wieder, als wollte sie gleich zu weinen beginnen.

»Sie dürfen nicht lachen, wenn Sie jetzt hineingehen«, sagte sie. »Bitte. Egal, was Sie zu sehen bekommen.«

»Ich lache nicht«, sagte er.

Dann trat sie zur Seite.

Er ging in das Zimmer und sah sich um. Sein Blick fiel sofort auf die Peitschen, erfaßte dann das Bild über dem Bett. Er stellte sein Gepäck ab und starrte die Aufnahme an. Er hörte, wie sie die Tür schloß. Das Zimmer war das Reich eines Asketen. Graue Wände und schimmernde Armaturen. Das einzige Fenster war fest geschlossen.

Er begann zu verstehen.

Ja, sagte Shind.

Fertig machen zum Senden und Empfangen.

Bereit.

– *Wird dieser Raum irgendwie abgehört?* erkundigte er sich.

– *Nicht, wie Sie meinen. Das wäre illegal. Es gibt aber für mich eine Möglichkeit, Hilfe zu erbitten oder Monitore einzuschalten.*

– *Sind die jetzt in Betrieb?*

– *Nein.*

– *Dann hört uns also niemand, wenn wir sprechen.*

»Nein«, sagte sie laut; und er wandte sich um und blickte sie an, sah, daß sie Rücken und Handflächen an die Tür preßte, die Augen weit aufgerissen, die Lippen trocken.

»Sie brauchen keine Angst vor mir zu haben«, sagte er. »Sie schlafen jede Nacht mit mir, nicht wahr?«

Es machte ihn nervös, als sie nicht antwortete, und er zog seinen Mantel aus und blickte sich um.

»Kann ich den hier irgendwo zum Trocknen aufhängen?«

Sie trat vor und ergriff das Kleidungsstück.

»Ich hänge ihn in die Dusche.«

Sie entriß ihm den Mantel, verschwand hastig durch eine schmale Tür und verriegelte sie hinter sich.

Er hörte das Schloß klicken. Nach einer Weile waren würgende Geräusche zu hören.

Er machte einen Schritt zur Tür, wollte anklopfen und sie fragen, ob alles in Ordnung sei.

Nicht, sagte Shind. *Laß sie zufrieden.*

Na gut. – Möchtest du raus?

Nein. Das würde sie nur noch mehr mitnehmen. Ich habe es hier ganz gemütlich.

Nach einer Weile hörte er die Spülung gehen, und gleich darauf ging die Tür auf, und sie trat heraus. Er sah, daß ihre Wimpern feucht waren. Er bemerkte auch das Hellblau ihrer Augen darunter.

»Der Mantel wird bald trocken sein«, sagte sie, »Kommandant.«

»Danke. Bitte nennen Sie mich Malacar, Jackara. Oder noch besser – Rory.«

Er ging um das Bett herum, um sich das Plakat näher anzusehen.

»Ein gutes Bild. Woher haben Sie das?«

Sie lebte etwas auf, folgte ihm um das Bett.

»Es war in der Biographie von Gillian. Ich habe es vergrößern und tridisieren lassen. Es ist das beste Bild, das ich von Ihnen habe.«

»Das Buch habe ich nicht gelesen«, sagte er. »Ich versuche mich zu erinnern, wo die Aufnahme gemacht wurde, aber es fällt mir nicht ein.«

»Am Abend vor dem Manöver Parameter 8«, sagte sie, »als Sie die 4. Flotte auf das Rendezvous mit Conlil vorbereiteten. Das Foto wurde etwa eine Stunde vor Abflug gemacht, so steht es im Buch.«

Er drehte sich um und blickte lächelnd auf sie herab.

»Ich glaube, das stimmt sogar«, sagte er, und sie lächelte.

»Zigarette?« fragte er.

»Nein, danke.«

Er nahm eine und zündete sie an.

Wie bin ich nur in diese Situation geraten? überlegte er. Ein fast schon krankhafter Fall von Heldenverehrung – und ich bin das Objekt. Wenn ich etwas Falsches sage, bricht sie mir wahrscheinlich zusammen. Wie soll ich sie behandeln? Vielleicht kann ich ihr einreden, *ich* wäre nervös, und sie dann wegen etwas Unwichtigem ins Vertrauen ziehen ...

»Hören Sie mal«, sagte er. »Sie haben mich unten erschreckt, weil niemand wußte, daß ich nach Deiba kommen würde, und ich nicht annahm, es würden sich viele Leute an mein Gesicht erinnern. Ich bin hier abgestiegen und nicht in ein Hotel gezogen, weil sich hier niemand um Gesichter oder Namen kümmert. Sie haben mich da ganz schön überrascht.

Dabei wollte ich meinen Besuch geheimhalten; ich dachte schon, man hätte mich entdeckt.«

»Aber Sie sind doch immun gegenüber dem Gesetz, oder?«

»Ich bin nicht hier, um etwas Ungesetzliches zu tun. Jedenfalls nicht auf dieser Reise. Ich bin hinter Informationen her, ganz ruhig und unauffällig.«

Er blickte ihr offen in die Augen.

»Kann ich mich darauf verlassen, daß Sie meinen Besuch geheimhalten?«

»Natürlich«, sagte sie. »Was sollte ich sonst tun? Ich bin in den DYNAW geboren. Kann ich Ihnen bei Ihrer Aufgabe irgendwie helfen?«

»Vielleicht«, sagte er und setzte sich auf die Bettkante. »Wenn Ihnen die DYNAW etwas bedeuten, was machen Sie dann hier?«

Sie lachte und nahm ihm gegenüber Platz.

»Sagen Sie mir doch, wie ich zurückkehren soll! Sehen Sie sich an, welche Arbeit ich hier bekomme! Was glauben Sie wohl, wie lange es dauert, bis ich mir das Fluggeld zusammengespart habe?«

»Sind Sie irgendwie vertraglich gebunden?«

»Nein. Warum?«

»Ich kenne mich in den hiesigen Gesetzen nicht aus. Ich habe nur überlegt, ob es Mühe machen würde, Sie hier herauszuholen.«

»Mich hier herausholen? Zurück in die DYNAW?«

»Natürlich. Das wollen Sie doch, oder?«

Da wandte sie sich ab und begann lautlos zu weinen. Er rührte sich nicht.

»Entschuldigen Sie«, sagte sie. »Ich hätte nie ... nie erwartet, daß mir so etwas passiert. Daß Malacar in mein Zimmer tritt und mir anbietet, mich mitzunehmen. Das ist etwas, von dem ich zu oft geträumt habe ...«

»Dann sind Sie also einverstanden?«

»Vielen Dank«, sagte sie. »Ja, ja! Aber da ist noch etwas ...«

Er lächelte.

»Was? Vielleicht ein Freund, den Sie mitnehmen wollen? Das läßt sich auch einrichten.«

Sie hob den Kopf, und ihre Augen blitzten.

»Nein!« sagte sie heftig. »Das ist es nicht. Ich könnte mich nie mit einem ihrer Männer einlassen!«

»Entschuldigung«, sagte er.

Sie betrachtete ihre Sandalen und ihre silbern angemalten Zehennägel. Er streifte seine Zigarette über einem schwarzen Metallaschenbecher auf dem Nachttisch ab.

Als sie wieder das Wort ergriff, sprach sie langsam und sah ihn nicht an.

»Ich würde gern etwas für die DYNAW tun. Ich möchte Ihnen hier in Capeville helfen.«

Er schwieg einen Augenblick und fragte dann: »Wie alt sind Sie, Jackara?«

»Weiß ich nicht genau – so etwa sechsundzwanzig. Wenigstens sage ich das den Leuten. Vielleicht achtundzwanzig, vielleicht auch fünfundzwanzig. Aber nur weil ich jung bin ...«

Er hob die Hand.

»Ich will Sie ja von nichts ausschließen. Es ist durchaus möglich, daß Sie mir helfen können. Ich habe aus einem bestimmten Grund nach Ihrem Alter gefragt. Was wissen Sie vom *Mwalakharan Khurr*, auch das Deibanische Fieber genannt?«

Sie richtete ihren Blick zur Decke.

»Ich weiß, daß es nicht oft auftritt«, sagte sie, »daß es aber zu hohen Temperaturen und zu einer Verdunkelung des Gesichts führt. Offenbar greift es das zentrale Nervensystem an. Dann werden das Atemzentrum und das Herz beeinträchtigt. Schließlich passiert etwas mit den Körperflüssigkeiten. Der Körper verliert sie nicht, aber die Zellen können ihre Flüssigkeit nicht mehr halten. Und sie reabsorbieren nicht mehr. Man wird durstig, aber trinken hilft nicht. Sie sind doch Arzt. Sie müßten das alles wissen.«

»Was wissen Sie sonst über diese Krankheit?«

»Also, es gibt keine Heilung, und sie ist unweigerlich tödlich, wenn Sie das meinen.«

»Sind Sie sicher?« fragte er. »Haben Sie nie gehört, daß jemand den Anfall überlebt hat?«

Sie starrte ihn verwirrt an.

»Niemand?« fragte er. »Niemand hat das Fieber überstanden?«

»Na ja, es heißt, es gibt da einen Mann. Aber damals war ich noch sehr jung, und es war unmittelbar nach dem Konflikt. Ich erinnere mich kaum noch daran.«

»Sagen Sie mir, was Sie noch wissen. Es muß doch später darüber geredet worden sein.«

»Na, einfach ein Mann, der es überlebt hat. Es wurde nie sein Name genannt.«

»Warum nicht?«

»Als er für geheilt erklärt wurde, hatte man Angst, daß die Leute in Panik geraten würden, wenn sie ihn erkannten. Also wurde sein Name verheimlicht.«

»H«, sagte er. »Später wurde er H genannt.«

»Mag schon sein«, sagte sie. »Ich weiß es nicht. Und das ist ungefähr alles.«

»Wo wurde er behandelt? In welchem Krankenhaus?«

»Hier in der Stadt. Aber das Hospital gibt es nicht mehr.«

»Woher kam er?«

»Vom Berge. Alle nannten ihn eine Zeitlang den ›Mann vom Berge‹.«

»Dann war er also nicht von hier?«

»Das weiß ich nicht.«

»Wo liegt der ›Berg‹?«

»Es handelt sich um eine Art Plateau. Wenn man die Halbinsel verläßt, reist man etwa fünfzig Kilometer ins Landinnere, nach Nordwesten. Es gibt dort eine Ruinenstadt – Pei'an. Deiba gehörte früher zum alten pei'anischen Imperium. Nur Archäologen, Geologen und pei'anische Touristen interessieren sich heute noch für die Ruinen. Sie fanden ihn dort oben, als Teile der Frühwarneinrichtungen aus dem Krieg abgebaut werden sollten, nehme ich an. Na, wie dem auch war, da oben gab es irgendeine militärische Anlage, und als man daran etwas verändern wollte, fand man den Mann. Er wurde in einem Isolierboot heruntergebracht und erholte sich wieder.«

»Vielen Dank. Sie haben mir sehr geholfen.«

Sie lächelte, und er erwiderte das Lächeln.

»Ich habe eine Pistole«, sagte sie, »und übe regelmäßig damit. Ich treffe sehr gut und bin sehr schnell.«

»Das ist ausgezeichnet.«

»Wenn ich etwas Gefährliches für Sie tun soll ...«

»Möglich«, sagte er. »Sie reden von diesem Berg, als sei Ihnen die Gegend vertraut. Können Sie mir eine Karte beschaffen oder eine zeichnen?«

»Es gibt keine guten Karten«, erwiderte sie. »Aber ich bin oft dort oben gewesen. Ich reite nämlich auch sehr viel – einen *Kooryab* – und manchmal sehe ich mich auch im Landesinneren um. Der Berg ist ein guter Ort für Zielübungen. Man wird nicht gestört.«

»Die Stadt ist völlig verlassen?«

»Ja.«

»Gut. Dann können Sie sie mir zeigen.«

»Wenn Sie möchten. Es gibt allerdings nicht viel zu sehen. Ich hatte gedacht ...«

Er drückte seine Zigarette aus.

Ist sie sauber, Shind?

Ja.

»Ich bin *wirklich* interessiert«, sagte er, »und ich weiß schon, was Sie gedacht haben. Sie dachten, ich wollte hier Sabotageakte begehen oder eine Revolution anzetteln. Aber was ich vorhabe, ist noch wichtiger. Ein kleiner Gewaltakt ärgert zwar die VL, aber sie können's vertragen. Doch wenn der Berg mir die Information gibt, die ich suche, habe ich einen Hinweis auf die Beschaffenheit der scheußlichsten Waffe in der Galaxis.«

»Und die wäre?«

»Die Identität Hs.«

»Wie könnte Ihnen das helfen?«

»Das will ich im Augenblick noch für mich behalten. Aber ich muß mich dort oben umsehen. Wenn der Gesuchte dort ein Lager hatte, gibt es vielleicht noch Spuren davon. Wie die aussehen, weiß ich nicht. Aber ich bin sicher, daß die Leute, die ihn in die Stadt schafften, seine Ausrüstung liegenließen oder vernichteten – wenn sie sie überhaupt fanden. Und wenn sie sich noch dort befindet, will ich sie haben.«

»Ich werde Ihnen helfen«, sagte sie. »Aber ich habe noch nicht frei. Erst wieder ...« Er stand auf, ragte über ihr auf, beugte sich vor, berührte ihre Schulter.

Die Berührung schien in ihrem Körper ein Beben auszulösen.

»Sie verstehen mich nicht«, sagte er. »Heute ist Ihr letzter

Tag in diesem Haus. Sie sind jetzt ein selbständiger Mensch. Morgen früh treffen Sie bitte alle Vorbereitungen für den Kauf oder die Miete von drei *Kooryabs* mit aller Ausrüstung, die wir brauchen, wenn wir zum Berg reiten und dort einige Zeit bleiben – eine Woche oder so. Ich will nicht mit dem Schiff dorthin, dem jeder neugierige Hafenkontrolleur nachspüren kann. Wenn wir morgen früh von hier fortreiten, ist das das Ende der Geschichte, soweit es Sie und dieses Haus betrifft. Sie brauchen sich um ›Freizeit‹ oder ›Dienstzeit‹ keine Sorgen mehr zu machen. Sie kündigen einfach. Das ist hier doch nach dem Gesetz möglich – oder?«

»Ja«, sagte sie. Sie hatte sich aufgerichtet, und ihre Hände krampften sich um die Armlehnen ihres Sessels.

Ich wollte es nicht, dachte er. Aber sie kann mir in dieser Beziehung helfen. Und sie ist ein DYNAW-Mädchen, das die verdammten VL halb verrückt gemacht haben. Sie kommt mit.

»Dann wäre das geklärt«, sagte er, setzte sich wieder auf das Bett und zündete sich eine neue Zigarette an.

Sie schien sich zu entspannen.

»Ich glaube, jetzt möchte ich auch eine Zigarette – Malacar.«

»Rory«, berichtigte er sie.

»Rory«, sagte sie.

Wieder stand er auf, reichte ihr eine Zigarette, gab ihr Feuer, setzte sich.

»Mir ist völlig neu, daß Sie auch Telepath sind«, sagte sie nach kurzem Schweigen.

»Bin ich gar nicht. Es ist nur eine Art Trick. Vielleicht zeige ich Ihnen morgen, wie ich das mache.«

Heute noch nicht, dachte er. Bei den Göttern! Wenn es so lange gedauert hat, bis sie sich einigermaßen entspannen konnte, werde ich dir jetzt keinen haarigen Darvenier vorstellen, der Augen wie Untertassen hat. Du würdest wahrscheinlich schreien, und prompt kämen die Rausschmeißer.

»Haben Sie etwas dagegen, wenn ich einen Augenblick die Fensterläden öffne?« fragte er.

»Ich mache das schon.«

»Nein, lassen Sie mich.«

Aber sie war schon aufgesprungen.

Sie bediente eine Kontrolle unter dem Fensterbrett, und die Läden glitten in die Wand.

»Soll ich es auch aufmachen?«

»Ein wenig«, sagte er, stand auf und stellte sich neben sie.

Das Fenster reagierte auf einen zweiten Knopfdruck, und er atmete die feuchte Nachtluft ein.

»Regnet immer noch«, bemerkte er und hob den Arm und schnippte Asche nach draußen.

»Ja.«

Durch die Tropfen und Rinnsale der schräg gestellten Fensterscheiben starrten sie über ein niedriges Dach auf die stille Stadt. Die Lichter unter ihnen waren gebrochen, leicht verzerrt. Mit der milden Brise kam der leicht salzige Duft des Meeres. »Warum machen Sie immer das Fenster zu?« fragte er. »Ich hasse den Anblick der Stadt«, erwiderte sie. »Nachts ist es allerdings nicht so schlimm, da kann man kaum etwas erkennen.« Leises Donnergrollen tönte von den Bergen herab. Er stützte die Ellbogen auf das Fensterbrett und beugte sich vor. Nach kurzem Zögern machte sie es ihm nach. Jetzt war sie ihm sehr nahe, doch wenn er sie berührte, das wußte er, war der Augenblick verloren.

»Regnet es hier oft?« fragte er.

»Ja, besonders in dieser Jahreszeit.«

»Gehen Sie auch segeln oder schwimmen?«

»Ich schwimme, um in Übung zu bleiben, und ich kann mit kleinen Seglern umgehen. Aber im Grunde mag ich das Meer nicht besonders.«

»Warum nicht?«

»Mein Vater ist ertrunken. Damals war meine Mutter schon tot, und sie hatten mich zu den Kindern gesteckt. Er versuchte eines Nachts um Kap Murphy zu schwimmen, um aus dem Umsiedlungslager zu fliehen. – Wenigstens hat man mir gesagt, er wäre ertrunken. – Vielleicht hat ihn auch einer der verdammten Wächter erschossen.«

»Tut mir leid.«

»Ich war damals noch ein Kind. Ich habe erst später gelernt, sie zu hassen.«

Er schnippte seine Asche durchs Fenster.

»Was wird sein, wenn Sie gesiegt haben?« fragte sie.

Er warf die Zigarette hinaus, starrte ihr nach und sah, daß

sie zu einem kleinen Meteor geworden war, der in Sekundenbruchteilen verglühte.

»Gesiegt?« fragte er, wandte den Kopf und blickte sie an. »Ich werde kämpfen, bis ich sterbe, aber ich werde die VL nicht besiegen. Ich werde nie siegen. Mein Ziel ist die Erhaltung der DYNAW, nicht die Vernichtung der VL. Ich will vierunddreißig kleine Welten davor bewahren, den Launen von vierzehn Planetenligen unterworfen zu sein. Ich habe keine Hoffnung, den Gegner zu schlagen, aber vielleicht kann ich ihm etwas Respekt vor der DYNAW einbläuen – jedenfalls so weit, daß die DYNAW die Chance haben, zu wachsen und zu expandieren, so daß sie eines Tages vielleicht auch den Status einer Liga erhalten und nicht andauernd von den anderen neu aufgeteilt und annektiert werden. Wenn wir die Chance bekämen, ein paar Dutzend neue Welten zu kolonisieren, wenn wir von den Ligen nicht mehr boykottiert und übergangen würden, sobald wir mal etwas Neues versuchen – dann hätten wir eine Chance. Ich möchte, daß wir den VL beitreten – nicht sie vernichten –, aber zu unseren Bedingungen. Sicher, ich hasse sie wegen der Dinge, die sie uns angetan haben. Aber sie sind die beste Zivilisation, die wir haben. Ich möchte daran teilhaben – aber als Gleichgestellter.«

»... und das Ding auf dem Berg? Die Identität Hs?«

Er setzte ein schiefes Lächeln auf.

»Wenn ich die Kontrolle über Hs Geheimnis erlange, gehe ich als schlimmster Bösewicht aller Zeiten in die Geschichtsbücher ein. Aber bei den Göttern! Ich will die VL das Fürchten lehren, damit sie hinterher die DYNAW hübsch lange in Ruhe lassen.«

Sie warf ihre Zigarette ebenfalls hinaus, und er zündete zwei neue an.

Sie lauschten auf die Stimme einer fernen Sturmboje und starrten zum Horizont, wo immer wieder Blitze zuckten, vor denen sich die Silhouette der Stadt düster abzeichnete; blitzte es jedoch hinter ihnen, schienen die Fenster Capevilles etwas von dem Feuer aufzunehmen und es in verschiedene Richtungen abzustrahlen.

So habe ich mich seit Urzeiten nicht mehr unterhalten, dachte er. Aber ich habe ja auch nicht immer Shind bei mir, der mir sagt, wem ich trauen kann. Sie ist ein liebenswertes

Kind und sehr hübsch. Aber ihre Peitschen und das komische Verhalten des Portiers ... Sie haßt jeden hier. Hatte gar nicht gedacht, daß in den staatlichen Häusern so exotisches Zeug geboten wird. Vielleicht bin ich altmodisch ... natürlich, das ist es. Schade bei ihr. Vielleicht findet sie eines Tages jemanden in den DYNAW, der sie gut behandelt und genau der Richtige für sie ist ... Himmel, ich werde wirklich alt! Die Luft riecht gut. Hübscher Ausblick.

Ein Gleiter zog im Tiefflug langsam vorbei, kreiste wie ein schimmerndes Insekt. Er sah, wie sich das Gebilde in Richtung Flugfeld entfernte, wo er auch gelandet war.

War sicher ein Landungsgleiter, überlegte er. Die Größe stimmt. Aber wer kommt in einer solchen Nacht herunter, wenn er in einer sonnigen und trockenen Kreisbahn bleiben kann, bis sich das Wetter beruhigt? Abgesehen von mir natürlich.

Der Gleiter ging langsam in eine Kehre, verharrte dann an einer Stelle, als erwarte er Landeanweisungen.

»Jackara, machen Sie bitte das Licht aus?« fragte er, und sie erstarrte neben ihm. »... und wenn Sie ein Fernglas oder ein Teleskop haben«, fuhr er hastig fort, »holen Sie es bitte. Das Flugzeug da drüben interessiert mich.«

Sie entfernte sich, und er hörte, wie ein Schrank geöffnet wurde. Nach zehn Herzschlägen wurde es dunkel im Zimmer.

»Hier«, sagte sie, als sie wieder neben ihm auftauchte.

Er hob das Glas ans Auge, drehte daran, justierte es.

»Was ist das für ein Schiff?« fragte sie. »Was ist los?«

Er antwortete nicht sofort, sondern stellte das Bild noch schärfer ein.

Wieder ein Blitzschlag, diesmal hinter ihnen.

»Das Ding ist ein Landefahrzeug«, stellte er fest. »Wie viele von der Sorte kommen nach Capeville?«

»Ziemlich viele – zumindest von den Transportern.«

»Das hier ist aber zu klein. Wie viele Privatgleiter?«

»Hauptsächlich Touristen«, sagte sie. »Ein halbes Dutzend im Monat zu dieser Jahreszeit.«

Er schob das Fernglas zusammen und gab es ihr zurück.

»Vielleicht bin ich zu mißtrauisch«, sagte er. »Ich habe immer Angst, sie finden eine Möglichkeit, sich an meine Fersen zu heften ...«

»Ich schalte jetzt lieber wieder das Licht an«, sagte sie und wich in die Dunkelheit zurück, die sie gleich darauf vertrieb. Er beobachtete noch eine Zeitlang die Stadt.

Gleich darauf vernahm er ein ersticktes Schluchzen, und er drehte sich langsam um.

Sie lag seitlich auf dem Bett, die Beine ausgestreckt, das Haar im Gesicht. Sie hatte ihre Bluse aufgeknöpft, und er sah, daß sie schwarze Unterwäsche trug.

Er blickte sie lange an, setzte sich dann neben sie. Vorsichtig strich er ihr Haar zurück, schob es ihr wieder über die Schulter, ließ seine Hand zwischen ihren Schulterblättern liegen. Sie weinte.

»Es tut mir leid«, sagte sie, ohne ihn anzublicken. »Sie wollten ein Zimmer und ein Mädchen, und ich bringe es nicht fertig. Ich wollte es tun, aber ich schaffe es nicht. Nicht mit Ihnen. Nicht so, daß Sie Freude daran hätten. Wir haben hier ein nettes Mädchen namens Lorraine, und eine andere, die Kyla heißt. Sie sind sehr beliebt. Ich lasse eine von ihnen kommen, damit sie bei Ihnen bleibt.«

Sie wollte aufstehen, doch er hob die andere Hand und strich ihr über die Wange.

»Wen sie auch holen – sie wird sich ausschlafen können«, sagte er. »Denn mehr möchte ich im Augenblick auch nicht.«

Sie blickte ihn an. »Sie belügen mich nicht?«

»In diesem Punkt nicht. Ich bin sehr müde. Wenn Sie jetzt die Decke zurückschlagen würden, können Sie mir morgen früh sagen, ob ich schnarche.«

Sie schluckte, nickte lebhaft und gehorchte.

Später hörte er sie aus dem Badezimmer kommen und spürte, wie sie zu ihm ins Bett kroch. Sie hatte vergessen, das Fenster zu schließen. Da er frische Luft mochte, erinnerte er sie nicht daran. Er lag im Dunkeln, atmete die Meeresluft ein und lauschte auf den Regen.

»Malacar«, hörte er sie flüstern. »Schlafen Sie?«

»Nein.«

»Was ist mit meinen Sachen?«

»Was für Sachen?«

»Ich habe hübsche Kleider und einige Bücher und – na ja – Sachen.«

»Wir können sie morgen früh einpacken und zum Hafen

bringen lassen, wo wir sie lagern, bis wir abfliegen. Ich helfe Ihnen.«

»Danke.«

Sie wälzte sich unruhig hin und her, lag schließlich still. Die Sturmboje heulte in regelmäßigen Abständen. Er dachte an den Landungsgleiter. Wenn die VL-Behörden ihn irgendwie vom Sol-System aus verfolgt hatten, konnten sie ihm nichts tun. Andererseits wollte er nicht, daß sie ihn mit Deiba oder H in Verbindung brachten. Wenn es sich wirklich um ein Schiff der Organisation handelte – wie hatten sie das angestellt? Morwin? Er hatte von einem Freund beim Geheimdienst gesprochen. Hatte er ihn vielleicht verständigt oder einen Ortungssender an der *Perseus* angebracht? Aber Shind hatte gesagt, er wäre sauber ...

Ich werde ja zum Paranoiker, dachte er. Vergiß es.

Doch er öffnete die Augen und starrte zur Decke. Wieder bewegte sich das Mädchen. Er ließ den Blick wandern, und in der Dunkelheit vermochte er an der Wand die dunkleren Umrisse ihrer Peitschen auszumachen. Er verzog das Gesicht. Da hatte er nun an der Wand gehangen und alles mitangesehen. Ein falsches Heiligenbild in einem Freudenhaus. Es amüsierte und schmerzte ihn zugleich. Wieder die Boje, und die Nachtluft wurde kühler. Ein Blitz, leises Donnergrollen, der Regen. Und dasselbe noch einmal. Das Schwirren metallener Schmetterlinge auf dem Dach, an den Wänden.

Er mußte eingeschlummert sein, denn er spürte, wie er erwachte, ihre Hand auf der Schulter.

»Malacar?«

»Ja?«

»Mir ist kalt. Darf ich näher heranrücken?«

»Klar.«

Er hob den Arm und dann lag sie neben ihm. Sie klammerte sich an ihm fest, als schwimme er und sie drohe zu ertrinken. Er legte ihr den Arm um die Schulter, zog ihren Kopf auf seine Brust und schlief weiter.

Am nächsten Morgen frühstückten sie in einem Restaurant in der Straße des Freudenhauses. Malacar bemerkte eine Gruppe Frauen an einem anderen Tisch, die immer wieder herüberblickten.

»Warum starren mich die Frauen an?« fragte er leise.

»Sie arbeiten bei mir im Haus«, erwiderte sie. »Sie wundern sich, daß du die ganze Nacht bei mir geblieben bist.«

»Das geschieht also nicht oft?«

»Nein.«

Wieder in ihrem Zimmer, beschafften sie sich Kartons, und Malacar half ihr beim Verstauen ihrer Habe. Sie arbeitete schweigsam; schon den ganzen Morgen hatte sie kaum ein Wort gesagt.

»Du hast Angst«, sagte er schließlich.

»Ja.«

»Das geht vorbei.«

»Ich weiß«, sagte sie. »Ich dachte, ich würde manches fühlen, wenn dieser Tag heranrückte – aber Angst habe ich nicht erwartet.«

»Du läßt etwas zurück, das du kennst, und tauschst es gegen etwas Unbekanntes ein. Das ist verständlich.«

»Aber ich möchte nicht schwach sein!«

»Angst ist kein Zeichen von Schwäche.« Er tätschelte ihre Schulter. »Du packst jetzt zu Ende. Ich rufe den Hafen an und sorge dafür, daß die Sachen abgeholt und aufbewahrt werden.«

»Danke«, sagte sie und setzte ihre Arbeit fort.

Ich hoffe, sie läßt das Bild und diese albernen Peitschen hier, dachte er.

Als die nötigen Vorbereitungen getroffen worden waren, ließ er sich mit dem Büro des Flugkontrolleurs verbinden, ohne seinen Bildschirm zu aktivieren.

»Können Sie mir sagen«, erkundigte er sich, »ob der Landungsgleiter, der letzte Nacht während des Unwetters eintraf, zur VL-Organisation gehört?«

»Nein«, lautete die Antwort. »Es handelte sich um ein Privatfahrzeug.«

Was nichts besagt, dachte er. Wenn die Organisation Geheimhaltung verlangt, richten sich alle danach. Vielleicht sollte ich noch ein wenig mehr bohren.

»Würden Sie das Schiff bitte für mich identifizieren?«

»Aber ja. Es handelt sich um die *Model T* aus Liman, Bogotelles. Signor Enrico Caruso ist hier als Kapitän und Eigner eingetragen.«

»Vielen Dank.«

Er unterbrach die Verbindung.

Beweist gar nichts, überlegte er. Außer daß mir die Organisation bisher immer recht offen gefolgt ist. Gewissermaßen zur Warnung. Ich leide wohl schon an Verfolgungswahn. Sinnlos, diesen Caruso zu überprüfen. Wenn es ihn wirklich gibt, komme ich nicht weiter. Existiert er nicht, dauert es zu lange, seine Tarnung zu durchbrechen. Außerdem braucht mich das gar nicht aufzuregen. Es sei denn, es handelt sich um einen Mörder. Aber selbst dann ...

»Fertig«, sagte sie.

»Gut. Hier ist etwas Geld. Zähl es und sag mir, ob es reicht. Ich warte hier auf den Boten vom Flughafen, während du uns die Reittiere und die Ausrüstung beschaffst.«

»Es ist mehr als genug«, sagte sie. »Malacar ...«

»Ja?«

»Wann soll ich dem Haus Bescheid geben, daß ich kündige?«

»Sofort, wenn du willst. Oder schreib doch einen Zettel, wenn du deswegen kein Gespräch führen willst.«

Sie lächelte.

»Ich schreibe einen Zettel.«

Am Nachmittag ritten sie in die Berge, ein Packtier hinter sich, das an Jackaras Sattel befestigt war. Sie zog die Zügel an, drehte sich um und blickte auf die Stadt unter ihnen. Auch Malacar zügelte sein Tier, aber er achtete mehr auf das Mädchen als auf Capeville. Sie schwieg. Es war, als gäbe es ihn gar nicht.

Ihre Augen waren schmale Schlitze und ihre Lippen so fest zusammengepreßt, daß man sie kaum sehen konnte. Das Haar wurde von einem Band zusammengehalten, und er beobachtete, wie der Wind vergeblich daran zerrte. Etwa eine halbe Minute lang rührte sie sich nicht. Er hatte den Eindruck, eine Woge des Hasses ging von ihr aus, ströme den Hang hinab, hülle die Stadt ein. Dann war es vorbei, und sie wandte sich um, und ihr Reittier setzte sich wieder in Bewegung.

Ich sehe den Traum vor mir, Jackara, dachte er, den Traum, den Morwin für dich machen würde ...

Sie ritten den ganzen Nachmittag hindurch und stießen

bald auf die gegenüberliegende Küste der Halbinsel, wo das Wasser heller war und es keine Stadt gab. Er entdeckte einige Hütten am fernen Ufer, doch zwischen dem Strand und den Bergen war ein dichtes Gewirr aus Vegetation, wo sich Ranken von Baum zu Baum zogen und schwarze Vögel flatternd aufstiegen und unruhiges Leben zwischen den Blättern schufen. Der Himmel war halb bedeckt, doch es war sehr hell. Der Pfad blieb jedoch feucht und sumpfig vom Regen der letzten Nacht, und die Tiere mußten durch manche Pfütze stapfen. Malacar bemerkte, daß die Hufabdrücke seines *Kooryab* dreieckig waren, und er konnte sich vorstellen, daß das Tier ein bösartiger Kämpfer sein mußte. Tief unten entdeckte er Schaumkronen auf dem Wasser und sah, daß sich die Bäume im Wind heftig bewegten.

Der Wind ist noch nicht bis hier oben vorgedrungen, dachte er. Aber nach den Wolken zu urteilen, regnet es heute abend wieder. Richtige Zelte wären wohl besser gewesen als die dünne Plane, die sie gekauft hat. Der Wind könnte unangenehm werden hier oben ...

Sie machten vor Einbruch der Dunkelheit halt und aßen. Capeville war längst außer Sicht. Shind sprang von dem Packtier herunter, auf dem er geritten war, und setzte sich zu ihnen. Jackara lächelte. Sie schien den Darvenier zu mögen. Das gefiel Malacar. Sie haßt alle Menschen, die sie gekannt hat, so sehr, daß es ihr wahrscheinlich leichter fällt, sich mit einem nichtmenschlichen Wesen anzufreunden.

Der Himmel verdunkelte sich schnell. Die Wolken zogen sich nun von Horizont zu Horizont, und die Nacht brach herein. Windböen kamen auf.

»Wo wollen wir lagern, Jackara? Und wann?«

Sie hob einen Finger, schluckte und sagte: »Noch etwa sechs Meilen, dann kommen wir an eine Stelle, die von beiden Seiten geschützt ist. Wir können dort unsere Plane aufbauen.«

Als sie die Stelle erreichten, regnete es bereits.

Er lag im Dunkeln, lauschte auf die Bewegungen der *Kooryabs,* fühlte den Wind und manchmal auch den Regen, hörte beides, hielt sie im Arm, blickte an den Steilwänden des engen Tals empor und plante voraus, erwählte Welten für den

Tod. In diesen Minuten entwarf er seinen Grundplan, ließ ihn sich durch den Kopf gehen, kam zu dem Schluß, daß er gut war, tat ihn zur späteren Ergänzung zur Seite. Er war bereit. Noch zwei Tage – dann erreichten sie den Berg. Neben ihm stieß Jackara leise Laute aus.

Gute Nacht, Shind.

Gute Nacht, Kommandant.

Hat sie einen Alptraum?

Nein. Ihr Traum ist angenehm.

Dann werde ich sie nicht wecken. Schlaf gut.

Du auch.

Lange lauschte er in die Nacht, ehe er sich von ihr einfangen ließ.

Sie verließen die Halbinsel am späten Vormittag des nächsten Tages und wandten sich nach Nordwesten ins Innere des Landes. Ihr Weg führte weiter bergan, bis sie ein Hochland erreichten, das sie am Nachmittag überquerten. Es endete am Fuße einer Hügelkette, die den Berg umschloß – wie Jackara sagte. Sie würden ihr Ziel vor Einbruch der Dunkelheit ausmachen können.

Und damit behielt sie recht. Sie erklommen eine Erhebung, sie machte eine Armbewegung, und er nickte. Einige Meilen entfernt lag eine riesige flache Felsmasse. Zwischen ihnen und ihrem Ziel erstreckte sich ein breiter Canyon, den sie durchqueren mußten. Die *Kooryabs* suchten sich gelassen einen Weg zwischen den Felsbrocken.

Am Abend hatten sie den Canyon hinter sich und befanden sich auf einem bequemen Weg, der am südlichen Ende des Berges begann und in westlicher Richtung in die Höhe führte. Malacar hatte sich inzwischen an sein Tier gewöhnt, und es fiel ihm nicht schwer, sich dem *Kooryab* beim Sternenschein anzuvertrauen. Erst am Morgen, als er sich einen richtigen Eindruck von der Ruinenstadt machen konnte, wurde ihm die Größe der selbstgestellten Aufgabe bewußt. Dem pei'anischen Architekturideal entsprechend hatten die Gebäude nicht eng beieinander gestanden. Sie waren über ein Gebiet verstreut, das annähernd drei Kilometer lang und fünfhundert Meter breit war. Bei den Resten handelte es sich zumeist um Fundamente. Hier und da stand noch eine Mauer. Der Boden war von Trümmern übersät, und Gras und Ranken wuchsen überall, die das Geröll teilweise verdeckten. Bäume gab es keine. Außerhalb des eigentlichen Stadtgebiets erhob sich ein kleines, eckiges Gebilde, verwittert und von der Sonne ausgebleicht.

»Ist das die ehemalige militärische Anlage?« fragte er.

»Ja. Ich bin schon drin gewesen. Das Dach ist halb eingesunken, die Ruine ist voller Insekten und stinkt abscheulich. Als das Haus aufgegeben wurde, hat man alles mitgenommen.«

Er nickte.

»Zunächst wollen wir nur mal ein bißchen herumwandern; dabei kannst du mir bei der Orientierung helfen.«

Shind begleitete sie, ein kleiner Schatten, der zwischen den Steinen hindurchhuschte.

Mehrere Stunden lang wanderten sie zwischen den Ruinen herum und sie erzählte ihm, was sie von der Stadt wußte. Schließlich wählte er die auffälligsten Ruinen für eine nähere Untersuchung aus, in der Hoffnung, daß auch H von ihnen angezogen worden war. Aber als es Zeit zum Mittagessen wurde, war er der Lösung seines Problems nicht nähergekommen.

Nach dem Essen erstieg er den höchstmöglichen Punkt in der Stadt (eine Mauer) und zeichnete dort eine Karte des ganzen Gebiets. Dann ging er sie im Geist Punkt um Punkt durch und legte danach ein Gitternetz über die Karte. Am Nachmittag brachte er an jeder Stelle, wo sich die Linien kreuzten, ein Zeichen an.

»Wir wollen die Stadt nach Sektoren absuchen?« fragte sie.

»Genau.«

»Wo fangen wir an?«

»Such einen Sektor aus«, sagte er und hielt ihr die Karte hin.

Sie warf ihm einen schnellen Blick zu, erkannte, daß er es ernst meinte.

»Also gut. Hier – in der Mitte.«

An diesem Tag suchten sie zwei von den Quadraten ab, ließen keinen Quadratmeter unbeachtet, krochen durch Keller und Tiefgeschosse, drehten Steine um, traten Ranken oder Gräser nieder oder mähten die Vegetation ab. Sie arbeiteten, bis sie nichts mehr erkennen konnten, kehrten dann in ihr Lager zurück und entzündeten ein Feuer.

Als sie später zu den Sternen emporstarrten, brach sie ein langes Schweigen: »Wir haben einen guten Anfang gemacht.«

Er antwortete nicht, sondern rauchte schweigend weiter. Nach einer Weile umschloß sie mit beiden Händen seine Hand und drückte sie so fest, daß es fast weh tat.

Was ist denn jetzt mit ihr los, Shind?

Sie versucht, dich zu trösten. Sie meint, du bist unglücklich, weil du das Gesuchte heute nicht gefunden hast.

Na, da hat sie natürlich recht, aber ich habe eigentlich nicht schon heute mit einem Erfolg gerechnet.

Vielleicht solltest du ihr das sagen. Ihr Geist ist seltsam. Sie ist unglücklich, weil sie dich für unglücklich hält.

Himmel!

Kommandant ...

Ja?

Ich wünschte, ich hätte dir nicht von dem Traum erzählt.

Das weiß ich bereits.

Es ist noch nicht zu spät.

Schlaf jetzt, Shind.

Jawohl, Sir.

»He, Jack?«

»Ja?«

Er griff mit einer Hand hinüber, legte sie ihr an den Hinterkopf und drehte sie zu sich herum. Dann beugte er sich vor, küßte sie auf die Stirn, ließ sie wieder los.

»Du bist eine gute Führerin, und wir haben heute einen guten Anfang gemacht«, sagte er.

Dann drehte er sich um und schlief.

Sternchen, leuchte in der Nacht, dachte sie immer wieder, weil es so viele Sternschnuppen am Himmel gab, erfülle ihm seinen Wunsch. Schließlich schlief auch sie.

Am Morgen arbeiteten sie weiter, und gegen Mittag hatten sie drei Quadrate durchgekämmt. Im vierten Quadrat des Tages entdeckten sie einen positiven Hinweis – alte Kochgeräte einheimischer Herkunft und eine schmutzbedeckte Zeltplane. Aber obwohl sie in mehreren Metern Umkreis Ausgrabungen vornahmen, fanden sich nichts weiter.

»Hier war vielleicht sein Lager«, sagte sie.

»Oder das Lager eines anderen. Die Sachen sind wertlos.«

»Wenn dies aber die Stelle ist, könnte das heißen, daß er irgendwo in der Nähe gearbeitet hat.«

»Möglich. Machen wir dieses Quadrat noch fertig, dann nehmen wir das anschließende.«

Sie setzten die Arbeit fort, konnten bald acht Sektoren abhaken. An diesem Tag gab es keine weiteren Funde.

Shind?

Ja, Jackara?

Schläft er?

Ja. Aber auch wenn er nicht schliefe, würde er uns nicht hören, wenn er es nicht darauf anlegt. Was möchten Sie?

Ist er beunruhigt?

Nicht besonders. Er ist immer sehr still bei der Arbeit. Er ist eben – beschäftigt. Sie haben nichts getan, das ihn aufregen könnte.

Sie kennen ihn schon lange?

Seit über zwanzig irdischen Jahren. Ich war im Krieg sein persönlicher Dolmetscher.

Und Sie kämpfen noch immer mit ihm, für die DYNAW. Von den Männern aus seinem Kommando sind Sie als einziger bei ihm geblieben, um den Kampf fortzusetzen.

Ich kann ihm manchmal nützlich sein.

Es tut gut, von solcher Loyalität für eine große Sache zu hören.

Man kann nicht auf solche Weise an den Gedanken eines anderen teilhaben, ohne entweder verrückt zu werden oder ihn zu lieben. Ich habe eine persönliche Bindung zu Malacar. Die DYNAW stehen für mich dabei nur am Rande. Ich diene diesem Planetenbund, weil er ihm noch immer etwas bedeutet.

Du liebst ihn? Bist du ein Weibchen?

Ja, ich bin ein weibliches Wesen meiner Rasse. Aber auch das ist nebensächlich. Es würde Monate dauern, einem Menschen beizubringen, wie ein Darvenier denkt ... und fühlt. Und es würde zu nichts führen. Nennen Sie's ruhig Liebe.

Das war mir nicht bekannt, Shind.

Hm. Dann, nach einer Pause: *Sie sagen, Sie können gut mit der Waffe umgehen.*

Ja, erwiderte sie.

Dann sollten Sie sie griffbereit halten, sooft Sie in seiner Nähe sind. Seien Sie darauf gefaßt, sie jederzeit zu benutzen, falls er bedroht wird.

Bedroht?

Ich habe so manche düstere Vorahnung, was diese Expedition angeht. Ich fühle, daß eine Gefahr droht, obwohl ich nicht weiß, wie oder wann sie sich äußern wird.

Ich werde bereit sein.

Dann kann ich ruhiger schlafen. Gute Nacht, Jackara.

Gute Nacht, Shind.

Sie legte ihre Waffe zurecht, so daß sie schnell abgefeuert werden konnte, und behielt beim Einschlafen die Hand darauf.

Als sie sich durch den dritten Tag arbeiteten, vernahm Malacar ein leises Geräusch und suchte prüfend den Himmel ab. Ein Landungsgleiter bewegte sich aus dem Süden kommend nach Nordwesten. Jackara unterbrach die Arbeit und starrte ebenfalls in den Himmel.

Der Gleiter schien zusehends zu wachsen.

»Er kommt hierher. Vielleicht überfliegt er uns.«

»Ja.«

Shind. Kannst du ...?

Nein. Die Entfernung ist zu groß.

Wenn er uns überfliegt ...?

Ich will sehen, was ich tun kann.

Innerhalb weniger Minuten hatte das Flugzeug die Mesa erreicht. Es flog langsam in hundert Metern Höhe und hing schließlich über den Ruinen. Als es eine Position erreichte, aus der der Pilot sie sehen mußte – da er doch bestimmt den Boden absuchte –, startete es plötzlich durch und raste nach Nordwesten davon, wobei es schnell an Höhe gewann. Bald war es nicht mehr zu sehen.

Ein Passagier sitzt drin, ein Mann, sagte Shind zu beiden. *Er hat sich für die Ruinen interessiert. Mehr konnte ich nicht erkennen.*

»Vielleicht ein Tourist.«

»Warum ist er dann abgehauen, als er uns sah?«

»Das kann niemand sagen.«

Malacar kehrte ins Lager zurück und wickelte eine Laser-

Schnellpistole aus, die er sich über die Schulter hängte. Als sie sah, was er tat, überprüfte auch Jackara ihre Waffe.

Sie kehrten in das Quadrat zurück, das sie gerade absuchten.

»Mir ist etwas eingefallen«, sagte sie.

»Schieß los.«

»Die Pei'aner sind doch Strantrianer, und strantrianische Schreine befinden sich fast immer unter der Erde. Wir haben bisher noch keinen gefunden. Wenn dein H wirklich Amateurarchäologe war, wie du annimmst ...«

Er nickte lebhaft und studierte wieder seine Karte.

»Ich klettere noch einmal auf meine Mauer«, sagte er und blickte über die Schulter. »Eine unterirdische Kammer von der Größe eines strantrianischen Schreins ist nach dieser langen Zeit sicher zum Teil eingebrochen. Ich will mich mal nach Vertiefungen umsehen.«

Er bestieg die Mauer und drehte langsam den Kopf von links nach rechts. Dann zog er seine Karte heraus, machte neue Eintragungen und überprüfte noch einmal, ob seine Beobachtungen richtig gewesen waren.

Schließlich sprang er hinunter und kehrte zu Jackara zurück.

»Ich habe sechs dunkle Stellen ausgemacht«, sagte er und zeigte ihr die Karte. »Wahrscheinlich finden wir noch mehr Löcher, doch die sechs waren die einzigen, die ich von da oben erkennen konnte. Also beginnen wir damit. Such dir eine aus.«

Sie gehorchte, und sie gingen darauf zu.

Bei dem vierten Einbruch, den sie untersuchten, handelte es sich um einen strantrianischen Schrein.

Flach auf dem Boden liegend, leuchtete er mit seiner Taschenlampe in die Dunkelheit unter sich. Es hatte sich um eine fünfeckige Kammer gehandelt. Schräg links vor ihm lagen die Überbleibsel des ehemaligen Mittelaltars. Ein gewaltiger Trümmerhaufen versperrte ihm den Blick nach vorn und nach links. Er rückte weiter vor, wandte sich nach rechts und entdeckte den niedrigen Torbogen und einen Teil des Vorraums dahinter. Von dort führte gewöhnlich eine Treppe nach oben ...

Er schätzte die ungefähre Position von oben ab, kroch vom Loch fort und ging zu dem eingestürzten Gebäude. Er zog die Handschuhe an, bückte sich und begann Steinbrocken beiseite zu räumen.

»Hier ist der Eingang«, sagte er. »Das Freiräumen dürfte nicht schwierig sein. Das Zeug liegt ziemlich locker.«

»Und wenn wir uns durch das Loch in den Schrein hinablassen?«

»Die Anlage ist dort schon einmal eingestürzt. Die Decke ist schwach. Wir nehmen den sichereren Weg.«

Sie nickte, zog ebenfalls Handschuhe an und half ihm.

Als es Nacht wurde, hatten sie die Umgebung des Eingangs und etwa zwei Drittel der Treppe freigelegt.

»Setz dich auf die oberste Stufe und halt mir das Licht«, befahl er; dann arbeitete er weitere zwei Stunden.

»Du mußt ziemlich müde sein«, sagte sie schließlich.

»Ein bißchen. Aber es sind nur noch wenige Zentimeter.«

Er schleppte einen melonengroßen Stein an ihr vorbei.

Es ist noch jemand hier auf dem Plateau, sagte Shind plötzlich.

Wo? fragte Malacar und ließ den Stein auf einen Haufen fallen.

Weiß ich nicht genau. Scheint nordöstlich von hier zu sein. Ich habe so ein unbestimmtes Gefühl, daß jemand hier hist. Nichts Spezifisches.

Könnte es sich um ein Tier handeln? fragte Jackara.

Es ist eine höhere Intelligenz.

Versuch sie zu ergründen.

Ich versuch's ja, aber sie ist zu weit entfernt.

Na ja, bleib am Ball und gib uns Bescheid, sobald du mehr erfährst.

Malacar kehrte zu Jackara zurück.

»Schalte die Lampe aus«, befahl er.

Sie gehorchte, und er zog seine Waffe.

»Warten wir hier eine Weile«, sagte er und setzte sich neben sie.

Es ist nur einer, berichtete Shind.

Vielleicht der Mann, der heute nachmittag im Landungsgleiter gekommen ist? meinte Jackara.

Das kann ich nicht erkennen.

»Der Landungsgleiter hätte im Tiefflug wiederkommen

und in einem der Canyons hier in der Nähe landen können«, sagte sie.

Bewegt sich das Wesen in unsere Richtung? fragte Malacar.

Es scheint an einer Stelle zu verharren.

Sie warteten.

Nach einer Viertelstunde sagte Shind: *Es hat sich noch immer nicht gerührt. Vielleicht hat es ein Lager aufgeschlagen.*

»Was tun wir, Malacar?«

»Ich überlege gerade, ob wir mal nachsehen oder lieber versuchen, heute nacht noch durchzubrechen.«

»Er kann nicht wissen, wo wir sind. Wenn es sich um den Mann aus dem Landungsgleiter handelt, befinden wir uns nicht mehr an der Stelle, wo er uns beim Überfliegen gesehen hat. Warum sollten wir die Auseinandersetzung herausfordern?«

»Ich bin neugierig«, antwortete er.

»Shind kann dir Bescheid sagen, wenn er sich bewegt. Wenn ich mich ein Stück weiter unten auf die Treppe setze, ist das Licht von oben nicht zu sehen. In einer Stunde oder so sind wir vielleicht schon drin. Wenn wir das Gesuchte finden, können wir heute nacht noch abziehen, und dann mag er hier kampieren, so lange er will.«

»Du hast natürlich recht – taktisch gesehen.«

Er stand auf.

»Vorsicht auf den Stufen.«

Shind, du gibst uns sofort Bescheid, wenn er sich in Bewegung setzt. Hast du eine Vorstellung, wie weit er entfernt ist?

Ich würde etwa zwei Meilen schätzen. Wenn ich ein paar hundert Meter vorrücke, kann ich mir vielleicht einen besseren Eindruck verschaffen.

Tu das.

Malacar stand drei Meter unter der Oberfläche, und Jackara saß links über ihm. Er hob die Schnellfeuerwaffe wieder über die Schulter und setzte seine Arbeit an den Trümmern fort. Etwa zehn Minuten vergingen, dann erschien oben am Torbogen ein Spalt.

Kommandant, ich rücke immer noch vor. Die Eindrücke sind jetzt stärker. Es ist ein männliches Wesen. Er scheint damit beschäftigt zu sein, sich schlafen zu legen.

Gut. Überwach ihn weiter.

Er vergrößerte die Öffnung. Die Steinbrocken warf er neben sich auf die Treppe. Jackara lehnte sich an die Wand, das Licht mit der linken Hand haltend. Ihre Rechte ruhte auf dem Pistolengriff.

»Gleich sind wir soweit«, sagte Malacar und löste drei große Steine aus dem Haufen vor sich, wobei kleinere Brokken zu Boden prasselten.

Er drehte eine Metallverstrebung zur Seite, die sich nach unten gebogen hatte. Dann wich er einen Schritt zurück und trat mit dem Stiefelabsatz gegen die Spitze des Haufens. Drinnen polterten Steine zu Boden, und Staub stieg auf. Jakkara hustete, und der Lichtkegel schwankte.

»Tut mir leid«, sagte er. »Ich wollte das kleine Zeug schnell aus dem Weg schaffen. In ein paar Minuten müßten wir durch sein.«

Sie nickte, und das Licht nickte mit ihr. Malacar nahm den Haufen in Angriff.

Kommandant!

Was?

Ich habe Kontakt mit seinem Geist aufgenommen, um ihn zu ergründen. Aber er ging fort.

Was meinst du damit – er ging fort?

Ich kann gar nichts mehr erkennen – nicht mal mehr die Tatsache, daß er überhaupt hier ist. Er entdeckte mein Vorrücken sofort. Jetzt schirmt er sich ab. Er ist selbst Telepath, ein sehr erfahrener sogar! Was soll ich tun?

Komm zurück! Wir wollen gerade in den Schrein eindringen.

Welcher Rasse gehört der Fremde an?

Deiner, würde ich sagen.

Menschen sind keine Telepathen.

Einige doch. Es fühlt sich wie der Geist eines Menschen an.

Malacar beseitigte weitere Steinbrocken und schob eine zweite Strebe aus dem Weg.

»Unser Besucher ist Telepath«, berichtete er. »Er hat Shind abgeblockt. Shind kommt zurück. – Na also. Ich glaube, die Öffnung ist jetzt groß genug.«

»Meinst du, wir sollten hineinklettern? Der Mann findet uns hier vielleicht.«

»Anscheinend handelt es sich um einen Menschen«, sagte er. »Wenn er unsere Gedanken lesen kann, findet er uns überall – zum Beispiel auch im Lager. Da können wir ebensogut gleich weitermachen.«

Er beugte sich vor und kroch über den Steinhaufen, zwängte sich unter dem Torbogen hindurch in die Vorhalle. Dort richtete er sich auf.

»Komm«, sagte er.

Er beleuchtete die Strecke vor ihr, und sie folgte ihm. Sie nahm seine Hand und richtete sich in dem kleinen Raum auf.

»Hier entlang.«

Sie betraten die fünfeckige Schreinkammer, und winzige Lebewesen brachten sich hastig vor dem Licht in Sicherheit, verschwanden im Schatten. Er ließ den Lichtkegel durch den Raum zucken. Er sah umgestürzte, staubige, zerbrochene Bänke. Er wandte sich dem Altar zu – ein grüner Stein, von feinen Rissen durchzogen. Dann starrte er auf die Reihe aus Glassitbildern, die sie umgaben, auf die Bildnisse der pei'anischen Gottheiten. Hunderte von ihnen bedeckten die Wände, einige zerbrochen, andere zu Boden gefallen. Er drehte sich um und ließ das Licht darüber hin wandern.

»Ziemlich gut erhalten«, sagte er. »Wie alt soll die Stadt sein?«

»Das weiß niemand genau«, erwiderte sie. »Das waren schon Ruinen, als Deiba entdeckt wurde – vor etwa neunhundert Erdjahren.«

Ich bin da, sagte Shind, und eine dunkle Gestalt huschte durch die freigelegte Öffnung.

Gut. Was gibt's Neues über unseren Besucher?

Nichts. Ich will versuchen, uns abzuschirmen, während ihr weitersucht.

Großartig.

Er begann den Fußboden abzuleuchten und schritt zwischen den Überresten der Bänke hindurch. Nach anderthalb Stunden hatte er diesen Teil des Raums abgesucht, ohne etwas zu finden. Nun trat er an den Altar und begann zwischen den Trümmerstücken herumzusuchen, die darauf lagen.

»Ich glaube, ich habe etwas gefunden«, hörte er sie sagen. Sie stand links von ihm, wo sie mit einer kleinen Lampe die Wände absuchte. Er eilte zu ihr.

»Was hast du da?«

Sie richtete ihre Lampe auf eine Stelle am Boden. Dort lag ein feucht aussehendes Notizbuch, staubbedeckt.

Er bückte sich und berührte es vorsichtig. Dann hob er es hoch und staubte die Buchdeckel ab. Es war ein billiges, plastikgebundenes Büchlein, das nur den Namen des Herstellers trug. Er zog die Handschuhe aus, steckte sie in den Gürtel und öffnete das Bändchen. Die Seiten waren klamm, die Eintragungen verschwommen oder völlig ausgelöscht. Er blätterte behutsam die Seiten um.

»Zeichnungen«, sagte er, »hier von diesem Schrein. Nur Zeichnungen.« Und er schloß das Notizbuch.

»Also war irgend jemand hier«, sagte sie. »Aber wer wirft ein Buch fort, in dem er unter viel Zeitaufwand gezeichnet hat? Vielleicht wurde H hier von der Krankheit befallen?«

Sie wich plötzlich zurück.

»Ob wir uns an dem Buch anstecken können?«

»Kaum – nach all den Jahren.«

Er suchte mit der Lampe die nähere Umgebung ab.

»Wenn er das zurückgelassen hat, hat er vielleicht auch ...«

Er hielt die Lampe ruhig. In ihrem Schein lag noch etwas, das teilweise aus Metall bestand. Halb zerfallenes Gewebe, darunter ein kleiner Behälter.

»Eine Art Etui«, sagte er, bückte sich und berührte das Gebilde mit den Fingerspitzen.

Im nächsten Augenblick erstarrte er; er hatte durch den Staub die Zeichen auf dem Metall gesehen.

Vorsichtig hob er das Gebilde an und blies den Staub fort. Im nächsten Augenblick zuckten wieder die Visionen von Chaos und Tod durch sein Gehirn, denn vor ihm schimmerten die Initialen *HVH*.

»Das ist es«, sagte er leise. »Ich weiß jetzt, wer der Mann ist.«

Ich fühle ihn! sagte Shind. *Dein Fund hat ihn erregt, und er hat sich verraten!*

Malacar fuhr herum, ließ das Etui fallen und löschte das Licht. Er zerrte seine Pistole von der Schulter.

»Frieden!« rief eine Stimme über ihm. »Ich habe keine Waffe auf Sie gerichtet!«

In diesem Augenblick ging auch Jackaras Licht aus, und er hörte, wie sie ihre Waffe entsicherte.

Im Loch an der Decke erkannte er plötzlich vor den Sternen die Silhouette eines Mannes.

»Sie geben ein gutes Ziel ab«, sagte Malacar.

»Ich zeige mich Ihnen, um meinen guten Willen zu beweisen; ich weiß, daß Sie nicht sofort schießen werden. Ich möchte mit Ihnen reden.«

»Wer sind Sie?«

»Was kommt es darauf an? Ich weiß, was Sie wissen. Heidel von Hymack ist der Name, für den ich hier Bestätigung suchte.«

Während der Mann sprach, begann es an der Mauer rechts von Malacar schwach zu leuchten. Er blickte hinüber. Es war eins der Glassitbilder, das zu glühen begonnen hatte und ein blaßgrünes Licht ausstrahlte. Es zeigte die Gestalt eines nackten Mannes, der in der einen Hand einen Blitz und in der anderen einen Bogen trug. Das Gesicht war durch den erhobenen Arm halb verdeckt. An seiner Hüfte hing ein Köcher mit weiteren Blitzen, die zu dem gelben Himmel über ihm paßten.

»Sie wissen also seinen Namen«, sagte Malacar. »Was wollen Sie damit anfangen?«

»Den Mann finden, zu dem der Name gehört.«

»Warum?«

»Er stellt für eine große Zahl von Menschen eine sehr große Gefahr dar.«

»Das weiß ich. Deshalb will ich ihn ja haben.«

»Und ich kenne Sie, Malacar. Sie sind ein Mann, den ich einmal sehr bewundert habe – ja immer noch bewundere. In dieser Sache machen Sie jedoch einen unverzeihlichen Fehler. Heidel kann nicht so eingesetzt werden, wie Sie sich das vorstellen. Wenn Sie es versuchen, gerät er schnell außer Kontrolle. Dann sind auch die DYNAW in Gefahr und nicht nur die VL.«

»Wer sind Sie, zum Teufel?«

»Enrico Caruso«, erwiderte er.

Er lügt, sagte Shind. *Er heißt Francis Sandow.*

»Sie sind Francis Sandow«, sagte Malacar laut, »und ich begreife nun, warum Sie mich aufhalten wollen. Sie sind einer der vermögendsten Männer der Galaxis. Wenn ich der VL ernsthaften Schaden zufügte, würden auch Ihre Interessen berührt, nicht wahr?«

»Richtig«, sagte Sandow. »Aber deshalb bin ich nicht hier. Ich lasse meine Angelegenheiten im allgemeinen durch meine Leute regeln. Dieser Fall ist jedoch eine Ausnahme, weil er etwas ganz Besonderes darstellt. Sie sind Arzt. Sie wissen, daß es viele Krankheiten gibt, deren Ursachen nicht allein im Physischen liegen.«

»Na und?«

»Sie haben sich doch schon eine Weile hier umgesehen. Haben Sie einen Hinweis darauf gefunden, daß vor kurzem noch jemand dort unten gewesen ist?«

»Nein.«

»Also gut. Ohne es sehen zu können, werde ich Ihnen jetzt etwas sagen, das ich auf normalem Wege gar nicht erfahren kann. – Sie stehen neben der Stelle, wo Sie Ihre Entdeckung gemacht haben, vor einer Wand. Das Mädchen soll ruhig mit der Waffe auf mich zielen, dann können Sie sich umdrehen. Richten Sie Ihre Lampe auf die Wand, ziemlich hoch. Über oder ganz in der Nähe der Fundstelle werden Sie eine Glassitplatte entdecken. Ich will sie Ihnen beschreiben: Sie werden darauf Kopf und Schultern einer blauhäutigen Frau ausmachen. Sie hat zwei Gesichter, die in verschiedene Richtungen blicken. Das linke Gesicht ist anziehend, und auf dieser Seite des Bildes gibt es Blumen – blaue Blumen. Das Mädchen auf der rechten Seite hat spitze Zähne und einen drohenden Gesichtsausdruck. In ihrer Nähe befindet sich ein Gewirr aus blauen Schlangen. Direkt über ihr ist ein blauer Kreis eingezeichnet.«

Malacar schaltete seine Lampe ein.

»Sie haben recht«, sagte er. »Woher wußten Sie das?«

»Es handelt sich um eine Darstellung der Göttin Mar'i-ram, der Königin des Heilens und der Krankheit. Zweifellos hat von Hymack unter ihrem Bild gelegen, zwischen Leben und Tod schwebend. Auf seltsame Weise trägt er nun den Segen und den Fluch dieses göttlichen Wesens in sich.«

»Ich begreife kein Wort mehr. Wollen Sie etwa andeuten, daß es diese Göttin wirklich gibt?«

»In gewisser Weise schon. Es existiert ein Komplex von

Energien, der irgendwie jene Eigenschaften auf sich vereinigt, die jener strantrianischen Göttin zugeschrieben werden. Nennen Sie's, wie Sie wollen. Diesen Komplex bewohnt der Mann, den wir suchen. Ich habe zufriedenstellende Beweise gesehen, die diesen Tatbestand bestätigen. Nachdem ich nun die Identität des betroffenen Individuums kenne, muß ich ihn suchen.«

»Was haben Sie vor, wenn Sie ihn finden?«

»Ich will ihn heilen oder, wenn mir das nicht gelingt, ihn töten.«

»Nein!« sagte Malacar. »Ich brauche ihn lebend.«

»Seien Sie doch kein Narr!« rief Sandow, als Malacar den Lichtkegel herumzucken ließ und auf ihn richtete.

Die Hand schützend vor die Augen gehoben, warf sich Sandow nach hinten, doch Malacar feuerte bereits – nicht auf ihn, sondern in die Decke.

Mit lautem Poltern stürzte ein Teil des Mauerwerks ein. Es hörte sich an, als stürzte auch ein Körper.

»Getroffen!« rief Malacar, ließ sich hinfallen und zog Jakkara mit in Deckung.

Er kroch vorwärts und suchte hinter einer niedrigen Steinkante Schutz, die Waffe schußbereit erhoben.

Er lebt noch! Er ist bei Bewußtsein! Er hat eine Waffe!

Malacar preßte sich gegen den Boden, als ein Laserstrahl dicht neben ihm einen Stein zum Schmelzen brachte.

»Lassen Sie mich ausreden, hören Sie!«

»Wir haben uns nichts zu sagen.«

»Das können Sie erst beurteilen, wenn Sie mich angehört haben! Ich höre auf zu schießen, aber nur, wenn Sie auch nicht mehr angreifen!«

»Nicht schießen«, sagte er zu Jackara. »Wir hören uns an, was er zu sagen hat.«

Er sagte: »Also gut, Sandow. Was wollen Sie?«

»Sie wissen schon, was ich will. Ich will von Hymack haben. Ich lasse mich mit Ihnen auf keine Diskussion über die moralische Seite Ihres Planes ein, da Sie längst fest entschlossen sind. Ich hab's in Ihrem Geist gelesen. Ich möchte Ihnen aber ein Geschäft vorschlagen. – Verdammt! Sie brauchen nicht andauernd auf mich zu zielen! Ich will Sie nicht hereinlegen! Sie leben auf einem toten, übelriechenden, radioaktiven Brocken – auf der Erde, dem Heimatplaneten unserer Spezies. Wie würde es Ihnen gefallen, den Planeten wieder sauber und grün zu sehen? All die Vulkane erstickt, die radioaktiven Zonen neutralisiert, wieder dunkler Boden, Bäume, Fische in den Meeren, die ursprünglichen kontinentalen Formen? Ich kann das alles bewirken.«

»Das würde ein Vermögen kosten.«

»Na und? Sind Sie einverstanden? Die Erde, wie sie vor dem Krieg war – als Gegenleistung dafür, daß Sie von Hymack vergessen?«

»Sie lügen!«

Er lügt nicht, sagte Shind.

»Das Ergebnis wäre eine neue bewohnbare Welt für die DYNAW«, sagte Shandow, »von denen Sie ja behaupten, daß sie Ihnen etwas bedeuten.«

Während Sandow redete, versuchte Malacar seine Gedanken in den Griff zu bekommen und automatisch zu handeln, wie unter Kampfbedingungen, ohne seine Pläne und Wünsche durch das Netz des Bewußtseins schlüpfen zu lassen. Vorsichtig kroch er nach rechts, wobei ihm die Stimme des anderen zur Orientierung diente. Nun fast an der Wand hokkend, vermochte er undeutlich einen Umriß von Schulter und Kopf auszumachen. Sanft zog er den Abzug durch.

Der heftige Rückstoß betäubte seinen Arm bis zum Ellbogen, und er sah, wie der Schuß danebenging und an der gegenüberliegenden Wand Gestein losschlug.

Mit der linken Hand schützte er die Augen vor herumfliegenden Splittern. Doch senkte er sie sofort wieder, um die Waffe fester zu packen und wieder nach oben zu reißen.

Das Feuer erfaßte nun die Decke, und die Decke schließlich den Mann.

Sandow schwieg endlich.

Lange lagen sie im Dunkeln und lauschten auf ihren Atem, ihren Herzschlag.

Shind?

Nichts. Du hast ihn umgebracht.

Malacar stand auf.

»Komm, Jackara. Wir müssen fort von hier«, sagte er.

Später, bevor sie das Lager auflösten, blickte sie ihn im Lichtschein an und sagte: »Du blutest ja, Malacar« und berührte mit den Fingerspitzen seine Wange.

Er drehte den Kopf weg.

»Ich weiß. Ich habe mich geschnitten, als das verdammte Bild des grünen Mannes von der Wand fiel.«

Er zog seinen Sattelgurt fest.

»Hätte er wirklich die Erde wieder herrichten können, Malacar?«

»Möglich, aber das hätte auch nichts geändert.«

»Du sagst, du brauchst mehr Welten, um den Status einer Liga zu erlangen. Die Erde hätte so eine Welt sein können.«

»Aber um sie zu erringen, hätte ich meine Waffe aufgeben müssen.«

»Woher wußte er von dem Bild der Göttin – Mar'i-ram?«

»Alle strantrianischen Schreine sind gleich angelegt. Er wußte ungefähr, wo wir standen. Jeder, der die Anlagen kennt, hätte uns sagen können, was sich an der Wand befindet.«

»Dann hat er sich das alles nur aus den Fingern gesogen?«

»Natürlich. Es war eine lächerliche Geschichte. Sein Interesse an der Sache war rein materiell.«

»Warum ist er dann persönlich gekommen?«

»Weiß ich nicht. – Also, ich bin fertig. Reiten wir.«

»Willst du nichts auf die Wunde tun?«

»Später.«

Sie stiegen auf und schlugen hastig die Richtung nach Capeville ein.

4

Dr. Pels studierte die Berichte.

Zu spät, überlegte er. Da ist etwas schiefgegangen. Das *Mwalakharan Khurr* tritt auf, dazu ein Dutzend anderer Dinge. Wir dürfen nicht zulassen, daß er sie woanders hinträgt. Wo aber ist er? Es gibt keinen Anhaltspunkt für seine Abreise von Cleech. Nur daß im Raumflughafen ein Landungsgleiter gestohlen wurde und der Flughafen auch zum Seuchenherd geworden ist. Hat er zu entkommen versucht – um sich zu isolieren –, als er merkte, was ringsum vorging? Oder wollte er nur ein anderes Ziel anfliegen?

Debussys *La Mer* wogte um ihn, und er betrachtete Cleech.

Was kann ich tun? fragte er sich. Ich habe lange gewartet. Jetzt ist die Zeit des Wartens vorbei, und die Zeit des Handelns ist angebrochen. Hätte ich ihn vor einem Monat ausfindig machen können, wäre dies vielleicht nicht geschehen. Ich muß ihn so schnell wie möglich finden und mit ihm sprechen, ihn dazu bringen, daß er sich bei mir in Behandlung begibt und bei mir bleibt, bis ich das Problem gelöst habe. Ob er wohl bereit wäre, sich dem Prozeß zu unterwerfen, der *mich* am Leben erhält? Würde er das ihm bekannte Leben aufgeben und zu einem ... Gespenst werden wollen wie ich? Würde er seine jetzige Existenz gegen das leidenschaftslose, schlaflose Leben in der Leere eintauschen? Wenn er merkt, was er da anrichtet, würde er mir sicher zustimmen. Entweder das, oder Selbstmord ... Das wären so etwa die einzigen Möglichkeiten, die einem geistig gesunden, anständigen Menschen blieben ... Aber was ist, wenn er nicht mehr geistig gesund ist? Einmal angenommen, der Streß oder eine der Krankheiten war zuviel für ihn. Was dann? Auch das könnte eine Erklärung für sein Verschwinden sein.

Und was ist, wenn sich seine Krankheit als so unheilbar erweist wie die meine? Vielleicht wäre dann das Einfrieren eine Lösung. Sonst könnte die Warterei sehr lange dauern. Doch ohne die Aussicht, je wieder aufgeweckt zu werden, macht er vielleicht nicht mit. Wie soll ich ihn behandeln, wenn ich ihn finde? Es ist höchste Zeit zum Handeln, und ich weiß nicht, was ich tun soll.

Nach einer Weile schickte er dem Gesundheits-Koordinator des Planeten eine Nachricht und bot seine Hilfe im Kampf gegen die zahlreichen Epidemien an, die schon zwei Kontinente entvölkert hatten. Dann stellte er seinen Hyper-Empfänger auf Nachrichten-Central ein. Da er rund um die Uhr zuhören konnte, hoffte er vom nächsten Infektionsherd rechtzeitig zu erfahren. Er bereitete alles für einen Schnellstart vor.

Dann lauschte er auf die Nachrichten, und der Eindruck eines Meeres, das er nie geschaut hatte, begleitete sie.

Es hat wunderbar geklappt, berichtete ihr Heidel. *In Minutenschnelle. Es scheint sich irgendwie alles beschleunigt zu haben.*

Es lag daran, daß du persönlich anwesend warst. Du wandelst dich zu einem Brennpunkt. Bald bist du das stille Auge eines Zyklons. Eines Tages in naher Zukunft vermag sich nichts mehr gegen dich zu erheben. Du brauchst nur mit dem Finger zu zeigen, und sie werden sterben. Du willst millionenfachen Tod säen.

Herrin ... Ich weiß jetzt, daß du wirklich existierst und nicht nur ein Fiebertraum bist. Ich weiß es, weil du deine Versprechungen hältst, wenn ich erwache.

So wie du auch deine Zusagen hältst. Deshalb belohne ich dich.

Du bist nicht dieselbe wie früher.

Nein. Ich bin stärker.

Das habe ich nicht gemeint, obwohl es auch zutrifft. Ich meine, es hat sich etwas geändert. Was ist geschehen? Ich stelle fest, daß ich nicht immer sehr klar denke.

Es kommt, wie ich dir gesagt habe. Du wirst gottgleich.

Und doch scheint ein Teil von mir, irgendwo, zu protestieren.

Auch das wird vorübergehen. Es ist nur eine Durchgangsphase.

... Und du bist kein Traum. Du existierst. Wer bist du – wirklich? Und wo bin ich in diesem Augenblick?

Ich bin die Göttin, der du Gehorsam geschworen hast, und wir befinden uns in meinem persönlichen Himmel.

Wo liegt der?

Mein Königreich liegt in dir.

Du antwortest mir nicht direkt, Herrin.

Ich gebe dir nur zutreffende Antworten.

Wo sind wir uns begegnet?

Wir haben uns immer gekannt.

Auf Deiba, nicht wahr?

Dort hat unser erstes formelles Zusammentreffen stattgefunden.

Ich kann mich nicht an den Moment erinnern.

Du warst krank. Wir haben dich gerettet.

»Wir«?

Ich. Ich habe dich gerettet, dich bewahrt für das Jetzt, damit wir uns gegenseitig nützen können.

Warum hast du so lange gewartet?

Die Zeit war nicht reif – bis vor kurzem.

Er wandte sich um und betrachtete sie. Hastig verbeugte er

sich, da sich nur blaues Eis und blaue Flammen vor ihm befanden. Er konnte ihr Gesicht nicht erkennen.

Was ist geschehen? murmelte er.

Du bringst mehr an diesen Ort, als hier willkommen ist, und auch weniger, Dra *von Hymack. Die unbedeutenden Erinnerungen eines unbedeutenden Lebens haben in unseren Plänen keinen Platz mehr. Lege sie ab. Du bist nicht länger das Wesen, das du auf Deiba oder auch noch auf Cleech warst. Verehre mich. Ich werde dich weihen. Ich werde dir meine Gnade gewähren.*

Ich bete dich an und verehre dich.

Wenn du erwachst, wirst du ausschreiten, bis du eine Stadt erreichst. Dort wirst du kein Wort sprechen. Du wirst nur den Finger gegen das erste Lebewesen erheben, das du siehst ...

... ich werde den Finger gegen das erste Lebewesen erheben, das ich sehe.

Du wirst spüren, daß sich die Kraft in dir wie eine Blume öffnet und wie eine Schlange aufsteigt ...

... ich werde die Kraft spüren.

Dann wirst du den Ort verlassen und einen anderen aufsuchen ...

... werde ich einen anderen Ort aufsuchen.

Du bist wunderschön vor meinem Antlitz, und ich liebe dich, Dra *von Hymack.*

Er spürte, wie ihre kalten Lippen seine Augen berührten, wie Münzen für Charon. Nach einer Weile hörte er sie irgendwo singen. Der Mond war blau, Blut tropfte von ihren Fingerspitzen auf seine Handfläche. Das Lied war ein Stück Ewigkeit.

Er hatte ihr ein Beruhigungsmittel gegeben und sie in die Koje geschickt. Eine andere Möglichkeit sah er nicht, außer sämtliche Bildschirme abzuschalten, die offenbar die Ursache ihres Schwindelgefühls waren. Er hätte ohne die Schirme auskommen können, aber sie war ihm seit dem Abflug ohnehin auf die Nerven gegangen.

Liegt ja gar nicht daran, daß sie ein hübsches Mädchen ist, das dich verehrt und Angst hat, sich von dir berühren zu lassen, dachte er. Auch nicht an ihrem ständigen Gerede von der großen Mission oder an der Tatsache, daß sie am liebsten in deiner Vergangenheit wühlt. Was ist es dann, zum Teufel?

Die Tatsache, daß ich mit einem anderen Menschen zwei Wochen lang im Hyperraum eingesperrt bin? Nein, das auch nicht. Vielleicht liegt es an der plötzlichen Last der Zeit. Sie führt mir die Jahre vor Augen, den Kontrast zwischen dem, was ich einmal war, und dem, was ich heute bin. Habe ich damals wirklich mit solcher Intensität gehaßt, daß ich eine ganze Stadt niedergebrannt hätte, nur um die Ratten zu töten? Wann begann ich weich zu werden, wann kam ich von dem Gedanken an Rache ab und begann das blödsinnige Streben nach dem Ligastatus? Es war eine dermaßen abgestufte Entwicklung mit Rückfällen, daß ich mich erst jetzt wirklich ertappe. Ich wollte Peitschen schwingen und bin jetzt gar nicht mehr so sicher, ob das auch der rechte Weg ist. Immer wieder muß ich an Sandow denken. Hätte er den DYNAW wirklich helfen können? Hätte er es getan, wenn ich ihn darum gebeten hätte? Seine Worte klangen vernünftig. Aber dann der Unsinn über die strantrianische Göttin ... Es *mußte* Unsinn sein, auch wenn Sandow daran glaubte. – Dieses Mädchen bringt entweder meine schlimmsten Eigenschaften zum Vorschein, oder hemmt mich völlig. Nein, das stimmt nicht. Die Ursache bin ich selbst. Trotzdem ... Ich will zu schlafen versuchen, wenn sie aufwacht. Wenn Sandows Leute mich je damit in Verbindung bringen, gibt es Ärger. Politische Grenzen sind denen egal. Na ja, darum kümmere ich mich, wenn es soweit ist. Es wird hart, wenn ich Hymack auf die Menschheit loslasse. Wenn dann die Verbindung zu mir gezogen wird, und das ist nicht schwer, wird man mich bestimmt mit allen Mitteln zu beseitigen versuchen. Dumm von mir, daß ich die Kugel losgeschickt habe. Hätte sie behalten sollen. Bin ich dadurch geschwächt? Zu meinen Lasten – ein *Memento mori?* Schwer zu sagen. Wie viele Schweinehunde im Oberkommando der VL habe ich schon überlebt? Man ist dort mit dem S&S nicht so freizügig umgegangen wie wir. – Die Erde, ausgerechnet! Bifrost, ich hätte es dabei bewenden lassen sollen. Ich hätte sie auf Bifrost absetzen sollen. Die gehört schon zu den DYNAW. – Nun bekommt sie den Vulkan zu sehen, lernt es, das Fortschreiten der Ansteckung zu verfolgen ... Aber warum habe ich es eigentlich so eilig? Will ich die Sache so schnell wie möglich hinter mich bringen? Möglich. – Gott, belaste mich jetzt nicht mit einem Gewissen. Ich habe heute keine Ader dafür. Ich bin schon so lange ohne ausgekommen, da halte ich es auch noch länger aus. – Hübsch, wie ihr Haar herabfällt, und ihre ängstlichen Augen ...

Ein blauer Stern erschien im Zentrum des Wirbels, und er sah, wie er sich in einer Spiralendrehung bewegte und dann, wie ein Stein von einer Schleuder, aus seinem Gesichtskreis schnellte.

»Die pei'anische Ruinenstadt ist ein putziges kleines Relikt«, sagte er und hob den Arm, »wenn man sich einen ganzen Planeten in diesem Zustand vorstellt.«

Jackara starrte entsetzt auf die Reste Manhattans.

»Ich habe schon Bilder gesehen«, sagte sie, »aber ...«

Er nickte.

»Ich fliege mit dir heute nachmittag über den Mississippi. Ich will dir auch zeigen, wo einmal Kalifornien war.«

Er aktivierte nacheinander die Schirme, und die Satelliten ließen Bilder von anderen zerstörten Städten erstehen.

»Sie waren sehr gründlich«, sagte er.

Zum Teufel, warum macht er das? dachte Morwin, der in der Nähe stand und so tat, als betrachte er den Krater. Wo er das Mädchen auch gefunden haben mag, er formt sie nach seinem Vorbild. So, wie sie sich gestern abend beim Essen äußerte ... Noch ein Jahr, dann ist sie schlimmer als er. Vielleicht sogar jetzt schon. Ist es das, was ein Flottenkommandant braucht? Die Macht, das Denken anderer Menschen zu beeinflussen, bis es dem eigenen Denken gleich ist? Geht mich alles nichts an, aber sie sieht noch so jung aus ... Vielleicht muß ich auch mal etwas hingebogen werden. Vielleicht haben die beiden ja recht. Ich bin nach dem Krieg verweichlicht, während Menschen wie sie weitergekämpft haben. Wenn der Kampf nun doch nicht verloren wäre? Wenn der Kommandant nun doch irgendwie gewinnt? Äußerlich gäbe es wahrscheinlich kaum eine Veränderung. – Das Zeug, aus dem die Nachrichten sind. Unwirklich ... Trotzdem ... Habe ich mir die Mentalität eines Schafes zugelegt? Oder zu lange mit Träumen hantiert? Das Mädchen wird sich kaum an den Konflikt erinnern können, doch sie spricht in seinem Geist. Was hat er mit ihr vor?

»Es ist schrecklich«, hörte er sich sagen und richtete den Blick von dem Mädchen wieder auf die Bildschirme. Nach einer Weile fügte er hinzu: »Kommandant, was hat es mit Ihrem plötzlichen Interesse an Epidemien auf sich?«

Malacar musterte ihn dreißig Sekunden lang und sagte dann: »Ein neues Hobby von mir.«

Morwin stopfte seine Pfeife und zündete sie an.

... Recht ungewöhnlich, sagte er sich. Aber was hatten sie vor? Als ich die verdammte Kugel für ihn machte, mußte ich an Dinge denken, die ich schon vor Jahren unterdrückt hatte. Was wird nur aus dem Mädchen? Wird sie wie all die anderen den Wölfen zum Fraß vorgeworfen, um zu sterben, während sie für ihn betet und immer noch glaubt, er habe recht? Sie müßte aus der Sache aussteigen. Sie ist noch zu jung, um ihr Leben so zu vergeuden. Trotzdem beneide ich sie um ihre Hingabe, welches Ziel sie auch haben mag. Wie gefährlich die neue Taktik wohl ist? Vielleicht ... Jemand sollte auf das Mädchen aufpassen.

Er blies den Rauch in die Luft und strich sich über seinen langen roten Bart.

Schließlich sagte er: »Auch ich interessiere mich für Epidemien.«

Das erste Lebewesen, das ihm an diesem Morgen begegnete, war ein junger Mann, der auf einer schmalen, verlassenen Straße näher kam. Als er heran war, trat Heidel aus den Büschen und stellte sich ihm in den Weg. Er hörte ihn rufen: »Himmel, wie sehen Sie aus!« und hob seinen geschwollenen Finger.

Die Kraft war vorhanden. Er spürte ihre Bewegung in sich, spürte sie wie einen Funken losspringen, der einen Zwischenraum überbrückt.

Der Mann taumelte, wäre fast gestürzt, fing sich wieder. Er fuhr sich mit der Hand über die Stirn.

»Wer seid Ihr?« fragte er dann.

Er antwortete nicht, machte aber mehrere Schritte auf den Mann zu.

Mit einem Riesensatz hastete der Fremde an ihm vorbei und eilte davon.

Erst jetzt gestattete er sich ein winziges Lächeln. Er

brauchte gar nicht weiterzugehen. Sie hatte wirklich recht gehabt.

Er wandte sich den Hügeln zu, die sich im dunstigen Süden erhoben und hinter denen viel Leben lag, und setzte seine Pilgerreise fort. Ein Regenbogen hing vor ihm.

Nach Ablauf einer irdischen Woche wußte er noch immer nicht, ob Malacar ihn mitnehmen würde. Die Zeit der Entscheidung rückte jedoch heran. Die Vorbereitungen ließen klar erkennen, daß Malacar recht bald abzureisen gedachte. Er fragte sich, welche spezifische Nachricht dies ausgelöst hatte. Noch immer wurde er nicht in die Geheimnisse seines ehemaligen Kommandanten eingeweiht.

Jackara dagegen wußte offenbar Bescheid. Neid überkam ihn beim Gedanken daran.

Er hatte seine eigenen Wünsche in der letzten Woche deutlich gemacht. Jetzt lag es an Malacar. Neu aufflammende Wut und ein nicht geringes Schuldgefühl machten ihn geneigt, Malacar zu begleiten. Als er diese Gefühle analysierte, wußte er, daß sie zu jener Nacht auf der Couch zurückführten und zu jenem Ding, das er aus dem Traum geformt hatte. Egal. Die Quelle war unwichtig. Er wollte, daß man ihm vertraute, so wie Jackara vertraut wurde. Vielleicht mußte es Blutvergießen geben wie früher. Er begann das altbekannte Fieber, den alten Haß zu empfinden.

Wohin wollte Malacar reisen? Und wozu? Morwin hatte ständig Nachrichten gehört, aber ihm war nichts aufgefallen, das Malacar Gelegenheit für eines seiner schnellen Sabotageunternehmen gab. Natürlich konnte es sich um Informationen aus einer nicht-öffentlichen Quelle handeln – etwa aus Malacars Untergrundbewegung in den VL. Wo die Quelle auch liegen mochte, es ärgerte ihn, daß der Kommandant immer weniger Zeit für ihn hatte.

Er lächelte ein wenig boshaft bei der Erinnerung, wie er den alten Mann gestern aufgerüttelt hatte.

Malacar war überraschend auf dem Beobachtungsdeck erschienen, während er dort Jackara erklärte, wie er seinen Lebensunterhalt verdiente.

Das große silberne Raumschiff der Organisation stand vor ihnen wie ein exotischer Kerzenständer, mitten in Dampf und Rauch. Es stand an einer Stelle, wo kein vernünftiger Pilot gelandet wäre, am Rande des eigentlichen Kraters. Als Malacar das Schiff erblickte, eilte er mit schnellen Schritten los, und seine Hände zuckten wie Flammen über die Konsole. Morwin sah nicht, wo sie starteten, doch er spürte den Rückstoß der Geschosse. Als er vom Kommandanten auf die Szene unter sich und wieder zurück blickte, wurde das Bild des Raumschiffs plötzlich schwächer und verschwand. Er kicherte, und Jackara lachte.

»Da ist ja gar nichts!« sagte Malacar und betrachtete verwirrt seine Instrumente.

»Äh ... nein, Sir«, sagte Morwin. »Ich habe Jackara nur gezeigt, wie ich die Traumkugeln mache. Ich habe aus den Partikeln da draußen ein Bild geformt. Und darauf haben Sie geschossen.«

Malacar schnaubte verächtlich und sagte: »Jackara, ich möchte mit dir sprechen«, und die beiden waren gegangen. Beim Abendessen hatte Malacar bereits über den Vorgang gewitzelt. Inzwischen war Morwin auch wieder in der Lage, sein Lachen respektvoll klingen zu lassen.

Mr. Morwin?

Ja, Shind?

Der Kommandant wird Sie bitten, uns auf einer Reise zu begleiten, die wir morgen abend antreten.

Wohin?

Zwei Welten kamen als Ziel in Frage – Cleech und Summit. Aus verschiedenen Gründen hat er Summit gewählt.

Was werden wir dort tun?

Es handelt sich um eine Art Rekrutierungsunternehmen. Er wird Ihnen sagen, was Sie seiner Meinung nach darüber wissen sollten.

Wenn ich mitfliegen soll, müßte ich alles wissen.

Bitte. Dies ist keine Einladung. Ich hoffe, er merkt nie, daß ich mich mit Ihnen in Verbindung gesetzt habe.

Worum geht es dann?

Er wollte meine Meinung hören, ob ich Sie bei der Expedition für einen Gewinn hielte.

... und für vertrauenswürdig, möchte ich wetten.

... und natürlich für vertrauenswürdig. Meine Antwort war positiv. Ich bin mir Ihrer wiedererwachten Sympathien durchaus bewußt.

Danke für die Fürsprache.

Ich habe die Empfehlung nicht gemacht, um Ihre Gefühle zu schonen.

Weswegen dann?

Ich spüre, daß der Kommandant diesmal jede erdenkliche Hilfe gebrauchen kann. Ich möchte nur dafür sorgen, daß sie ihm auch wirklich zur Verfügung steht.

Was ist schiefgegangen?

Nennen Sie's ein Gefühl und lassen Sie's dabei bewenden.

Also gut. Ich werde vergessen, daß wir uns unterhalten haben. Wer kommt noch mit?

Jackara. Und ich.

Ich mache mit. Und ich helfe, wenn es nötig ist.

Dann guten Tag.

Guten Tag.

Er sah sich um. Shind war nicht zu sehen. Von wo hatte ihn das Wesen angesprochen? Es war immer seltsam, sich so mit Shind zu unterhalten. Er überlegte, daß Shind sich wahrscheinlich in einem anderen Teil der Zitadelle aufgehalten hatte, vielleicht sogar an Malacars Seite.

Er wanderte hin und her und überlegte.

Also gut, sagte er sich, es ist also keine der typischen Malacar-Missionen. Nichts deutet darauf hin, daß ein Anschlag geplant ist. Und doch scheint Shind zu spüren, daß es diesmal gefährlicher werden kann als sonst. Wenn ich schon kein reicher Faulenzer oder guter Künstler sein kann, vielleicht gebe ich wenigstens einen guten Hilfsagitator ab. Wäre es nicht amüsant, wenn jetzt ein echtes Schiff der Organisation landete und Malacar es diesmal für eine Illusion hielte? Ich glaube nicht, daß ich mit der Konsole zurechtkäme ... – Würde ich es tun? Würde ich tatsächlich schießen und sie töten, nach all den Jahren? In Friedenszeiten nennt man das Mord. Ob ich ...? Der Kommandant wirkte jedenfalls sehr aufgeregt. Wie ich höre, hat er den Leuten bei anderen Gelegenheiten die Landung gestattet und hat sogar mit ihnen gesprochen. Es muß sich um eine große Sache handeln, wenn er so nervös ist. – Wahrscheinlich würde ich doch schießen und es hinterher bereuen. – Was hat Jackara damit zu tun? Schläft sie mit dem Kommandanten? Ist sie ein professionelles Mitglied seines Untergrundnetzes und muß bei der bevorstehenden Aktion eine bestimmte Rolle übernehmen? Vielleicht beides – oder vielleicht ist sie auch eine Verwandte. Sie *könnte* seine Tochter sein, glaube ich. Wär' das nicht ein Ding? Würde mich aber nicht wundern. Er erzählt selten aus seinem Privatleben, und ich habe ihn nie von Verwandten sprechen hören. Seltsames Mädchen, mal zu kraß, mal zu sanft – man weiß nie, was als nächstes an die Reihe kommt. Aber hübsch. Wäre angenehm zu wissen, wo sie steht, und zu überlegen, welchen Status ich mir wünsche. Ich werde sie später fragen.

Beim Abendessen legte Malacar sorgfältig das Besteck auf den Teller, blickte Morwin an und fragte: »Möchten Sie uns nach Summit begleiten?«

Morwin nickte.

»Was gibt's auf Summit?« fragte er nach kurzem Schweigen.

»Einen Mann, den ich gesucht habe«, sagte Malacar. »Einen Mann, der uns vielleicht helfen kann. Wenigstens glaube ich, daß er dort ist. Ich könnte mich irren, es könnte der falsche Planet sein. Ist das der Fall, müssen wir weitersuchen. Die Hinweise sind allerdings ziemlich konkret. Ich möchte ihn finden und ihn dazu bringen, uns zu helfen.«

»Was macht ihn zu so etwas Besonderem?«

»Krankheiten«, erklärte Malacar.

»Wie bitte?«

»Krankheiten, Krankheiten! Zu bestimmten Zeiten wird dieser Mann zur wandelnden Infektion, zum Seuchenherd!«

»Und wie wollen Sie seinen Zustand ausnutzen?«

Malacar lachte.

Morwin blieb mehrere Sekunden reglos sitzen und wandte sich wieder seinem Zitronensorbett zu.

»Ich glaube, jetzt verstehe ich«, sagte er schließlich.

»Ja, das glaube ich auch. Eine lebendige Waffe. Ich will ihn bei unseren Feinden aussetzen. Was halten Sie von der Idee?«

»Das – das ist schwer zu sagen. Ich werde darüber nachdenken müssen.«

»Aber Sie kommen doch mit?«

»Ja.«

»Jackara begleitet uns ebenfalls, und Shind.«

»Sehr wohl, Sir.«

»Haben Sie gar keine Fragen?«

»Eigentlich nicht. Jedenfalls nicht im Augenblick. Ich bin sicher, daß mir später noch welche einfallen. Na ja ... wie heißt denn der Mann?«

»Heidel von Hymack.«

Er schüttelte den Kopf.

»Nie von ihm gehört, Sir.«

»O doch. Nur haben Sie ihn Hyneck genannt – der Mann, nach dem Pels gesucht hat.«

»Ach, der! Ja natürlich.«

»Haben Sie schon mal von einem Mann gehört, der H genannt wird?«

»Es kommt mir fast so vor, aber ich habe vergessen, in welchem Zusammenhang. Jedenfalls nicht als Krankheitsherd. Hat er nicht eine seltene Blutgruppe oder so was?«

»Oder so was. Ich schicke Ihnen später einige Artikel aufs Zimmer.«

»Danke.«

Er warf Jackara einen Blick zu und widmete sich dann wieder seinem Sorbett.

Bei den Göttern! Es ist, als blicke man in die Hölle! überlegte sie. Ich bin jetzt eine ganze Woche hier und sehe es zum erstenmal bei Nacht.

Sie starrte auf die glühende Stelle, die nun bei Dunkelheit viel näher herangerückt schien.

Wie weit das wohl hinabreichen muß, um auf das Feuer zu stoßen? dachte sie. Aber ich werde keine Fragen stellen. Das zeigt nur mein Unwissen. Auf Deiba gibt es keine Vulkane. Vielleicht zu alt. Staub und Regen. Ich erinnere mich an Beschreibungen, an Bilder von Vulkanen. Aber ich hatte keine Ahnung, daß sie so sind ...

Das Gebäude erbebte leicht, und sie lächelte. Es tat gut, solcher Kraft so nahe zu sein, am Rande des Chaos zu wohnen.

Ob er mir zu bleiben erlaubt, wenn alles vorbei ist? fragte sie sich. Vielleicht. Wenn ich mich ihm auf Summit nützlich mache. Ich könnte auch lernen, ihm hier zur Hand zu gehen. Er wird sich eines Tages auf mich verlassen.

Sie blickte sich um.

Er weiß bestimmt, daß ich hier draußen bin, dachte sie. Er weiß alles, was in seinem Heim geschieht. Ich bin noch nie allein hier heraufgegangen, aber ich glaube nicht, daß es ihm etwas ausmacht. Nein. Er hat mir gesagt, ich soll mich wie zu Hause fühlen. Er hätte etwas gesagt, wenn er nicht wollte, daß ...

»Hallo. Was machen Sie so spät noch hier oben?«

»John! – Oh, ich konnte nicht schlafen.«

»Ich auch nicht. Da entschloß ich mich zu einem Spaziergang. Ziemlich imposant, nicht wahr?«

»Ja. Ich seh's zum erstenmal bei Nacht.«

Er trat dicht neben sie und tat, als betrachte er die Flammen.

»Alle Vorbereitungen für die Reise beendet?«

»Ja«, sagte sie. »Malacar hat mir gesagt, sie würde nur etwa acht Tage dauern, Hyperzeit.«

»Das hört sich gut an. Sind Sie verwandt?«

»Was meinen Sie?«

»Sind Sie und Malacar Verwandte?«

»Nein. Wir sind nur – Freunde.«

»Ich verstehe. Ich würde auch gern Ihr Freund sein.«

Sie schien ihn nicht gehört zu haben.

Er wandte sich ab und starrte in die Tiefe, und der Rauchschleier bog sich links und rechts auseinander, kam wieder zusammen, bildete ein großes funkendurchzogenes Herz, in dessen Mitte ihr Name und sein Name erschienen. Ein Flammenpfeil durchstieß das Herz.

»Seien Sie mein Schatz«, sagte er.

Sie lachte. Er drehte sich um, umfaßte mit schneller Bewegung ihre Schultern und küßte sie auf den Mund. Einen Augenblick lang entspannte sie sich, dann begann sie sich mit überraschender Kraft zu wehren und stieß ihn fort.

»Lassen Sie das!«

Ihre Stimme war schrill, ihr Gesicht verzerrt.

Er trat zurück.

»Entschuldigen Sie«, sagte er. »Ich wollte nicht ... Bitte seien Sie nicht böse, Sie sahen nur so überwältigend hübsch aus, wie Sie da standen ... Ich hoffe, mein Bart hat Sie nicht zu sehr gekitzelt. Ach, zum Teufel! Es tut mir leid.«

Er wandte sich um und betrachtete das Herz aus Rauch, das sich langsam auflöste.

»Sie haben mich überrascht«, sagte sie. »Das ist alles.«

Wieder blickte er sie an, und sie rückte ein Stück heran.

»Danke für das Herz«, sagte sie und lächelte.

Er zögerte, hob dann langsam den Arm und berührte ihre Wange. Er bewegte die Hand daran entlang, zeichnete die Linie ihres Kinns und ihres Halses nach, dann herum in den Nacken, ließ die Hand dort einen Augenblick liegen, zog Jakkara heran. Da erstarrte sie wieder, und er setzte den Druck nicht fort.

»Wenn Sie im Augenblick keinen Mann haben«, sagte er, »und vielleicht Interesse hätten ... wenn Sie und Malacar eben *nur* Freunde sind, würde ich gern mit im Rennen sein. Mehr wollte ich eigentlich gar nicht feststellen oder sagen.«

»Ich kann nicht«, sagte sie. »Es ist zu spät. Trotzdem vielen Dank.«

»Was soll das heißen – ›zu spät‹? Für mich gibt es nur das Heute, alles andere interessiert mich nicht.«

»Sie verstehen das nicht.«

»... und ich will es auch nicht verstehen. Wenn Sie und Malacar nicht wirklich zusammengehören, also, dann könnten Sie und ich vielleicht ... Sie wissen schon. Für eine Weile wenigstens ... Wenn Sie finden, daß es Ihnen nicht gefällt, sind wir uns auch nicht böse. So etwa habe ich mir das gedacht. Sagen Sie doch etwas.«

»Nein, noch nicht. Jetzt nicht.«

Er hörte das »noch nicht« und sagte: »Natürlich. Mehr habe ich nicht erwartet. Aber denken Sie mal darüber nach. Ja, tun Sie das. Denken Sie darüber nach. Bitte.«

»Gut, ich denke darüber nach.«

»Dann halte ich jetzt den Mund. Was Sie auch immer beschließen, ich hoffe, daß Sie mich zumindest als – Freund akzeptieren werden.«

Sie lächelte, nickte, trat einige Schritte zurück.

»Ich glaube, ich gehe jetzt lieber«, sagte sie.

Er nickte.

Sie ließ ihn allein, und er beobachtete die explodierende Nacht.

Wenigstens etwas, sagte er sich.
Das Herz hatte sich längst aufgelöst.

Heidel brach über die Stadt herein wie eine platzende Schote, die ihren Samen ausstreut. Er hob den Finger, und die Menschen sanken zu Boden.

Genug, sagte er zu dem Wesen in seinem Innern. Sie gehen jetzt den Weg aller anderen.

Als er die Stadt verließ, ehe er den Bereich des Nebels betrat, begegnete ihm ein Junge mit einem Hammer in der Hand.

Auf Distanz achtend, fragte er: »Was machst du da, Junge?«

Der Junge wandte sich um und sagte: »Ich sammle Steine, Sir.«

Da lachte er. »Schlag mal auf die gelbe Stelle links von dir«, sagte er. »Da müßte es blaue Kristalle geben.«

Der Junge wandte sich um und gehorchte.

»Sir!« rief er nach etwa zehn Minuten. »Hier sind wirklich blaue Kristalle!« Er grub und hämmerte fieberhaft.

Heidel schüttelte den Kopf und verzog das Gesicht.

»Ich gehe jetzt lieber«, sagte er und eilte auf den Nebel zu.

Gegen das Gestein hämmernd, merkte der Junge gar nicht, daß er gegangen war.

5

Er paßte seine Kreisbahngeschwindigkeit der Rotation Summits an und hing wie ein Stern über dem betroffenen Gebiet.

»... ein einzelnes Individuum«, wiederholte er. »Tut mir leid, daß ich mich nicht klarer äußern kann. Ich bin überzeugt, er ist der Ausgangspunkt der Seuche. Sie müssen mehr tun, als Gebiete unter Quarantäne zu stellen. Sie müssen den Mann finden und festsetzen. Er müßte ein Stück vor der Woge der Epidemie zu finden sein, da wir eine Inkubationsperiode ansetzen müssen. Nach dem, was Sie mir bisher gesagt haben, scheint er in Richtung Südwesten zu wandern. Ich schlage vor, Sie nehmen eine Fortsetzung dieser Richtung an, wahrscheinlich geht er zu Fuß, und beginnen sofort mit der Suche. Und beschaffen Sie mir weitere Daten! Wenn möglich, möchte ich mit den Suchtruppen direkt in Verbindung stehen.«

»Hierfür muß ich mir natürlich Vollmachten besorgen, Dr. Pels, aber ich bin sicher, es dauert nicht lange. Bis dahin müßten auch weitere Berichte eintreffen. Ich lasse sie Ihnen zukommen, sobald wir sie haben.«

»Sehr gut. Ich warte.«

Pels unterbrach die Verbindung.

In der Tat, überlegte er, warten bin ich gewöhnt. Aber diesmal ... Die Nachricht kam so schnell durch, und ich bin rechtzeitig hier eingetroffen, um die Sache in den Griff zu bekommen. Ich weiß, daß er dort unten ist. Die Leute werden mich die Aktion leiten lassen. So etwas hat es hier noch nicht gegeben. Seine Wirkung scheint immer schlimmer zu werden. Aber ich finde ihn diesmal. Zeit ...

... drei, vier, fünf.

»Halt!« sagte er, aber sie hatte die sechste Münze bereits geworfen.

Sie hing einen Augenblick still, drehte sich, ruckte herum, schloß sich dann den anderen fünf Münzen an, die mitten in der Luft eine Acht beschrieben.

»Warten Sie nur, bis ich das Ding stabilisiert habe ... Na bitte! Los, tun Sie noch eine dazu – vorsichtig.«

Jackara schnipste eine neue Münze in die Höhe. Sie flog weit an den anderen vorbei, erstarrte, als sei sie plötzlich auf einem Foto festgehalten worden, schlängelte sich dann langsam in die Richtung der Formation. Sekunden später war sie darin eingereiht.

»Und noch eine!«

Lachend warf Jackara eine weitere Münze. Diese wurde nicht angehalten und schien nicht einmal langsamer zu werden, als sie ihren Platz in der Prozession einnahm.

»Und wieder!«

Sie wurde sofort aufgefangen und in den Doppelkreis aufgenommen.

»Und noch eine ...«

»Ich glaube, Sie werden Ihren Rekord überbieten«, sagte sie und warf.

Er fing das Metallstück auf und öffnete gleichzeitig das Muster, so daß sich die Münzen nun im Kreis bewegten. Das Rund weitete sich aus, und die Münzen kreisten schneller.

»Und noch eine!«

Sie reihte sich ein, während der Kreis größer wurde und weiter beschleunigte.

»Sie haben's geschafft! So viele hatten Sie noch nie!«

Der schimmernde Münzenring trieb auf Jackara zu, die auf ihrer Koje saß. Im nächsten Augenblick hing er über ihr, senkte sich herab, kreiste um ihren Kopf.

Ich kann immer noch nicht feststellen, was in Ihrem Geist vorgeht, wenn Sie das tun, sagte Shind, *obwohl ich den Prozeß erkenne, wenn er in Gang ist. Eigentlich ist es sogar ein sehr angenehmes Gefühl zur Beschäf ...*

Malacar lachte.

Der Ring zerbrach. Die Münzen prallten klirrend gegen die Außenwandung, schossen quer durch die Kabine, fielen rings um Jackara zu Boden.

Sie stieß einen kurzen Schrei aus und zuckte zurück. Morwin erschauderte und schüttelte den Kopf.

Lachend tauchte Malacar hinter der Wand auf, die die Kontrollen von der Wohneinheit trennte.

»Die Hafenbehörden Summits sind sehr hilfsbereit«, verkündete er. »Wirklich hilfsbereit.«

Morwin lächelte Jackara an. »Es war wirklich ein Rekord«, sagte er. Dann wandte er sich an Malacar: »Inwiefern hilfsbereit?«

»Ich habe mich mit ihnen in Verbindung gesetzt, um die Situation zu klären. Dabei brachte ich meine Sorge über Gerüchte zum Ausdruck, die ich über den Ausbruch einer Seuche gehört hatte. Ob es ratsam sei, überhaupt zu landen, oder ob ich meine Tour woanders hinführen sollte.«

»Tour?« fragte Jackara.

»Ja. Ich habe mich als Touristenführer ausgegeben, zum Zwecke der Kommunikation. – Ist vielleicht auch eine gute Tarnstory, falls wir mal Schwierigkeiten bekommen. Jedenfalls kam prompt die Antwort in Form detaillierter Angaben über die Gebiete, die zur Zeit unter Quarantäne stehen. Anschließend ließ ich mich in ein Gespräch verwickeln und erfuhr noch einige Daten und Orte. Nun habe ich schon eine ziemlich gute Vorstellung von den Bewegungen unseres Mannes in dem betroffenen Gebiet.«

»Sehr gut«, sagte Morwin, bückte sich und begann die Münzen aufzulesen. »Was machen wir also jetzt?«

»Wir kehren in den Hyperraum zurück – ich habe gemeldet, wir würden unter diesen Bedingungen die Reise absagen – und kommen an einem anderen Punkt wieder heraus. Das Satelliten-Warnsystem hier sieht sehr simpel aus. Dürfte keine Schwierigkeit sein, sich hindurchzumogeln.«

»Und dann landen wir im Quarantänegebiet und nehmen ihn an Bord?«

»Genau.«

»Also, ich habe inzwischen darüber nachgedacht. Wenn wir ihn nun finden und er gar nicht mitkommen will, wenn er gar keine Waffe sein möchte? Was machen wir dann? Entführen wir ihn?«

Malacar starrte ihn aus zusammengekniffenen Augen an. Dann lächelte er.

»Er kommt mit«, sagte er.

Morwin senkte den Blick.

»Habe nur mal laut gedacht ...«

Malacar wandte sich wieder zum vorderen Teil des Schiffes.

»Ich ändere jetzt den Kurs«, sagte er. »Wir kehren so schnell wie möglich in den Hyperraum zurück.«

Morwin nickte, klimperte mit den Münzen in der Hand, richtete sich auf.

»Ich glaube, es ist Zeit für eure nächste Immunisierung«, rief Malacar, als er hinter der Trennwand verschwand. »Sorgst du dafür, Shind?«

Ja.

Morwin warf die Münzen in die Luft. Sie wurden zu einem schimmernden Tornado, wirbelten und drehten sich mehrere Sekunden umeinander, senkten sich dann klimpernd in seine offene Hand.

»Hier ist noch eine«, sagte Jackara und hielt ihm die Hand hin.

Die Münze schoß von ihren Fingerspitzen und gesellte sich mit lautem Klicken zu ihren Artgenossen.

Sie starrte ihn an.

»Ist etwas?« fragte sie.

Er steckte die Münze in die Tasche.

»Ich weiß nicht«, sagte er.

Sie wissen's doch, sagte Shind. *Seine Antwort hat Sie an Ihre Rolle bei diesem Unternehmen erinnert. Und an all die Dinge, die noch kommen.*

Natürlich.

Sie erkennen jetzt, daß er sich verändert hat, daß er anscheinend auf eine Weise Menschen benutzen will, die ihm vorher vielleicht fremd war.

Sieht so aus.

Zum Beispiel Jackara. Warum ist sie hier?

Darüber habe ich auch schon nachgedacht.

Er redet sich mit allerlei Vernunftgründen darum herum, aber es gibt nur einen Grund: Sie verehrt ihn, sie glaubt, daß alles, was er tut, richtig ist. Er wird es nicht eingestehen, aber er braucht heutzutage solche moralische Unterstützung.

Ist er sich seiner so wenig sicher?

Er wird älter. Die Zeit bewegt sich schneller für ihn, doch seine Ziele scheinen der Verwirklichung nicht näher zu kommen.

Und meine Gegenwart?

Damit ist es ähnlich. Es geht ihm nicht nur darum, daß Sie auf geistigem Weg eine Waffe ausschalten oder ein Raumschiff sabotieren können. Ihr Respekt beruhigt ihn. Zwar kann er Ihnen nicht völlig trauen, aber er braucht das alte Kommandogefühl, das Ihre Gegenwart heraufbeschwört.

Er nimmt allerdings ein Risiko auf sich, wenn er mir nicht vertrauen kann ...

Eigentlich nicht, denn er weiß, daß er Sie im Griff hat.

Wie denn?

Durch seine Macht über Jackara. Er ist sich Ihrer Neigung für sie durchaus bewußt.

Ich hatte nicht angenommen, daß man mir das anmerkt – und ich hätte ihn nicht für so aufmerksam gehalten.

Normalerweise ist er das auch nicht. Ich habe ihm von Ihren Gefühlen für das Mädchen erzählt.

Um Gottes willen! Warum? Meine Gefühle gehen Sie nichts ...

Es war nötig, sonst hätte ich Ihre emotionelle Intimsphäre nicht angetastet. Aber ich hab's getan, um dafür zu sorgen, daß Sie mitreisen können.

Nur weil Sie sich Sorgen um ihn machen?

Es ist nicht mehr ganz so einfach …

»Soll ich die Impfungen vorbereiten, Shind?«

Ja, Jackara.

Morwin beobachtete sie, wie sie aufstand und in den hinteren Teil der Kabine ging. Dann setzt er sich auf die Koje.

Was meinen Sie, Shind?

Wie wir festgestellt haben, hat sich Malacar verändert. Aber das trifft auf uns natürlich ebenso zu. Er war schon immer etwas unbesonnen – und das war früher eine Tugend –, so daß ich mich bis vor kurzem nicht recht entscheiden konnte, ob er noch unbesonnener oder ich nur übervorsichtig geworden war. Doch kürzlich ist etwas geschehen, das diese Frage für mich klärte und mir Grund zur Sorge gab. Es war auf Deiba, wo wir Hinweise auf die Identität Hs suchten und feststellten, daß er mit Heidel von Hymack identisch ist. Wir stießen dort auf ein anderes Individuum, das nach der gleichen Information suchte. Es hatte damit auch Erfolg und versuchte Malacar auszureden, sein Wissen wie beabsichtigt zu gebrauchen. Der Mann bot ihm sogar eine gewaltige Gegenleistung an – die Restauration des gesamten Planeten Erde in den Vorkriegszustand.

Absurd.

Nein. Der Mann war Francis Sandow, und ich habe in seinem Geist gelesen, als er sprach. Sein Angebot war ernst gemeint. Und er machte sich große Sorgen.

Sandow? Der Weltenformer?

Genau der. Er steht seit langem auf besonders gutem Fuß mit den Pei'anern, der ältesten bekannten Rasse in der Galaxis. In seinem Geist herrschte die Gewißheit, daß der von uns gesuchte Mann eine abnorme und sehr gefährliche Beziehung zu einer der pei'anischen Gottheiten eingegangen ist, einer Göttin, die sich sowohl mit Heilung wie auch mit Krankheiten befaßt …

Und Sie glauben das?

Es kommt nicht darauf an, ob ich das glaube oder ob das Ding wirklich eine Gottheit ist. Ich bin zumindest überzeugt, daß hier etwas höchst Ungewöhnliches im Spiele ist. Sandow war überzeugt, daß da eine überaus gefährliche Konzentration von Macht vorliegt, und seine Überzeugung fußte auf beträchtlichen persönlichen Kenntnissen um das Phänomen. Ich kenne mehrere Pei'aner; sie sind ein sehr seltsames, begabtes Volk. Ich bin nun auch Sandow begegnet und weiß, daß er alles andere als ein Narr ist. Auch weiß ich, daß er Angst hatte. Und das reicht mir. Ich glaube, es gibt einen gu-

ten Grund für seine Ängste. Malacar wollte den Fall aber nicht mit ihm besprechen. Statt dessen versuchte er, ihn zu töten. Ich sagte ihm, daß ihm das gelungen sei, um Sandow zu retten. In Wirklichkeit war der Mann nur betäubt.

Was geschah dann?

Wir kehrten nach Hause zurück. Malacar begann seine Suche nach von Hymack.

War Jackara bei euch, als das mit Sandow geschah?

Ja.

Glaubt sie, Malacar hat ihn umgebracht?

Ja.

Ich verstehe ... Und jetzt ist womöglich Sandows Organisation hinter uns her?

Ich glaube nicht. Er hat keine Beauftragten geschickt. Er kam allein nach Deiba, also handelt es sich um eine Sache, die er selbst erledigen will. Und ich glaube, er wird daran nichts ändern. – Nein, mir macht im Augenblick nicht Sandows Zorn zu schaffen. Ich möchte Sie aus einem anderen Grund dabei haben.

Und der wäre?

Ich habe meine Angst um Malacar nicht übertrieben, auch nicht die Gefahren, die meinem Gefühl nach auf uns warten. Ich möchte Sie bei uns haben, damit Sie Heidel von Hymack töten, falls wir ihn wirklich finden.

Das nenne ich ein bescheidenes Verlangen.

Aber es ist unumgänglich. Sie müssen es tun.

Und wenn ich mich weigere?

Dann sterben außer dem Kommandanten womöglich Tausende von Menschen – sinnlos und auf schreckliche Weise. Vielleicht sogar Millionen.

Das ist doch nur eine Vermutung.

Aber Sie kennen mich – kennen mich seit Jahren. Sie wissen, daß ich ausgeglichen bin und nie ohne sorgfältiges Abwägen des Für und Wider handle. Sie kennen meine Loyalität gegenüber dem Kommandanten und wissen, daß ich ihn nicht leichtfertig täuschen wollte. Hätte ich meine Arrangements so getroffen, wenn ich meine Handlungsweise nicht für richtig hielte? Sie kennen die Antwort. Ich sehe sie in Ihren Gedanken.

Morwin biß sich auf die Lippe. Jackara brachte die Injektionspistole. Er krempelte den Ärmel hoch und hielt ihr seinen Arm hin.

Ich werde darüber nachdenken müssen.

Ja, tun Sie das, nach Belieben. Ich kenne Ihre Antwort bereits.

Am Wegrand machte es der Suchtrupp dem Mann mit Dekken und Wasser bequem. Während sie auf das Fahrzeug warteten, das sie gerufen hatten, lauschten sie auf seine Worte, die zuweilen vom Fieber zerrissen, zuweilen vom Frösteln wieder zusammengesetzt wurden, so daß er sogar auf ihre Fragen einging.

»... Er hatte recht«, sagte er und schaute an ihnen vorbei in den Himmel. »Er war wahnsinnig, hatte aber recht. Ich weiß nicht. Nein, weiß ich doch. Er war hager ... dünn und drekkig und voller Schwielen. Scheußlich sah er aus. Ich war am Versorgungsdepot, als er auftauchte. Nie vorher gesehen ... nein. Haar wie ein schmutziger Heiligenschein. Da habt ihr euren Fremden. Kam herangewandert, sagte jemand. Weiß nicht, woher ... Gebt mir noch etwas zu trinken, ja? – Danke. – Ich weiß nicht ... Wohin er ging ...? Hat er nicht gesagt. Aber er hat geredet. Ich weiß nicht, was er gesagt hat – nicht genau. Aber es war seltsam. Da habt ihr euren Fremden. Sagte seinen Namen nicht. Schien gar keinen zu brauchen. Stellte sich auf eine Kiste und begann zu reden. Komisch ... Niemand versuchte ihn aufzuhalten, versuchte ihn fortzuschicken ... Er – ich weiß nicht mehr, was er sagte. Er war wahnsinnig, hatte aber recht ... Und wir hörten zu. Geschieht ja auch nicht viel hier – und er war mal etwas anderes. Er predigte gewissermaßen – aber nicht ganz. Stieß Verwünschungen aus, vielleicht. Ich weiß es nicht ... Jedenfalls – Moment ... Mehr Wasser? – Danke. – Komisch, komisch ... ein verrückter Redner. Tod und Leben ... Richtig! Richtig ... Wie alles sterben wird. Konnten uns gar nicht davon losreißen. Alle sagten es – als wir über ihn sprachen, nachdem er gegangen war. Aber während er predigte, sagte keiner ein Wort. Es war, als ob ... Bei ihm klang es richtig, als ob alles wahr wäre, solange er redete. Und es ist – wahr! Seht mich doch an! Er hatte recht. Oder? Er war wahnsinnig, hatte aber recht ... – Nein. Habe nicht gesehen, in welcher Richtung er fortgegangen ist. – Ihr wollt ihn auch hören? Sam – der hier den Laden leitet – hat einen Teil seiner Rede aufgezeichnet. Hat's uns später vorgespielt. War anders, wo er nicht mehr hier war und es uns selber sagte. Da haben wir beim Zuhören viel gelacht. Verrückt, das ist alles. Ihr könnt ja Sam fragen, wenn er's nicht gelöscht hat. Ihr könnt ihn euch selber anhören ... Und da begann mir schon schwach zu werden. Gott! Er hatte recht! Ich glaube, er hatte recht ... Sieht jedenfalls so aus ...«

Sie erstatteten dem Sektionsleiter Bericht, und nachdem der Kranke geholt worden war, gingen sie langsam weiter, kämmten das Land durch, machten halt, um Hilfe zu spenden und sich Notizen zu machen, um die Toten und die Sterbenden und die Überlebenden zu versorgen; und Funkkontakt mit den anderen Gruppen haltend, durchstreiften sie so das offene Land, durchsuchten Siedlungen, überstiegen Hügel.

Aus den fernen Winkeln des Himmels rückten Wolken vor, und sie verfluchten die Drohung des Unwetters, das ihre Stiefel beschmutzen und die Ortungsgeräte für Körperwärme nutzlos machen würde. Einer, der sich in seinen Geschichtsbüchern auskannte, verfluchte sogar Francis Sandow, der diese Welt entworfen und gebaut hatte.

Wolken, die sich wie Teppiche aufrollten und über dem Himmel vorrückten, mit Ausläufern und Zipfeln, eilten auf einen Punkt nahe dem Zenit zu, dämpften den tagesblauen Himmel perlgrau, eine Färbung, der langsam die Durchsichtigkeit verlorenging, als sich zusätzliche Schichten auftürmten, sich stauten, höher und höher aufstiegen, die Wolkendecke tiefer drückten, den Tag verdunkelten, die Umrisse von Bäumen und Felsen verschwimmen ließen, die winzigen Gestalten von Menschen und Tieren zu huschenden Silhouetten machten, die nur einen Viertelschatten warfen, höchstens einen halben, während der Regen noch zurückgehalten wurde und der Nebel dahinrollte und aufstieg und Tau frisch aufs Gras fiel; Fenster beschlugen sich, bildeten Tropfen, Feuchtigkeit sammelte sich auf Blättern, lief darüber hin, tropfte herab, Geräusche kamen verzerrt an, als sei die gesamte Welt in Baumwolle gebettet worden, auf ihrem Weg zu den Hügeln flogen die Vögel tiefer, der Wind erstarb völlig, kleine Tiere erstarrten, hoben die Schnauze, drehten sie witternd, beunruhigt hin und her, schüttelten sich, wendeten dann den Kopf und eilten weiter, als suchten sie eine verborgene Arche Noah jenseits der Vorberge, im Nebel über den Stellen, die die Suchtrupps absuchten, und der Donner hielt den Atem an, das Blitzen verzögerte den Schlag, der Regen blieb unvergossen, die Temperatur sank, und Wolken drängten sich zusammen, und als sei der Stöpsel aus dem Spektrum gezogen worden, strömten die Farben aus der Welt und ließen nur ein Schwarzweiß-Foto oder den Eindruck einer Höhle zurück, in der sich Schatten an der gegenüberliegenden Wand bewegten, sich verändernd, ungleichmäßig, feucht.

Wieder lauschte Dr. Pels auf die heisere Tonbandstimme, während er die Daumen unter das Kinn hakte und die Fingerknöchel gegen die Wangen legte:

»Hat jemand behauptet, er habe ein Recht auf Leben? / Dafür gibt es keine kosmische Garantie. O nein! Das einzige Versprechen, das das Universum gibt und hält, ist der Tod ... / Wer sagt, das Leben muß triumphieren? Alle Anzeichen deuten auf das Gegenteil! Alle Wesen, die sich aus dem urzeitlichen Schlamm erhoben haben, sind befallen und in letzter Konsequenz vernichtet worden! Jedes Glied der großen Kette des Seins zieht die Nemesis an, die es zerbrechen läßt. Leben verzehrt das Leben, wird vom Leblosen erdrückt! Warum auch nicht? /

... Ihr habt schuld. Weil ihr existiert. Schaut doch in euch, und ihr erkennt die Wahrheit. Betrachtet die Felsen in der Wüste. Sie vermehren sich nicht, auch haben sie keine Gedanken, keine Sehnsüchte. Kein Lebewesen kann sich vergleichen mit dem Kristall in seiner reglosen Vollkommenheit./

... Redet mir nicht von der Heiligkeit des Lebens, auch nicht von seiner Anpassungsfähigkeit. Auf jede Anpassung gibt es eine neue, düstere Antwort, und das Echo erschüttert den Frager. Nur die Reglosigkeit ist heilig. Das Fehlen von Lauten beschwört den mystischen Klang herauf./

... Die Götter hatten unrecht, als sie ihre Abfälle fortwarfen. Aber ihr tragt die Schuld. Indem ihr existiert. Dieser Winkel des Universums ist verseucht! Aus dem Stoff göttlichen Abfalls wurde die Krankheit des Lebens geboren ... Da habt ihr eure Heiligkeit! Eingesperrt zwischen Dunkelheiten, der ungehemmten Ausbreitung überlassen. Und alles Lebende ist eine Krankheit für andere Dinge! Leben verzehrt Leben. Wir ernähen uns von uns selbst, verschwinden wieder! Bald, sehr bald .../

Brüder! Beneidet den Fels! Er leidet nicht! Freut euch des unverdorbenen Wassers und der Luft und des Gesteins! Beneidet den Kristall! Bald werden wir sein wie sie, vollkommen, reglos .../

Erfleht keine Vergebung, sondern Langsamkeit bei dem, was über euch kommt – auf daß ihr die Rückkehr in einen köstlichen Frieden genießen könnt!/

Betet, weint, zündet Freudenfeuer an ... Das ist alles./ Geht ... Geht!«

Dann stellte er das Gerät auf Wiederholung und nahm dieselbe Haltung ein. Eine seltsame Unruhe überkam ihn, der Wirkung von Wagner nicht unähnlich, den er so wenig wie möglich spielte. Aber wenn er noch einmal ...

»Wie hilft uns das ...?« begann er und lächelte.

Es half eigentlich gar nichts. Aber er fühlte sich besser.

Dann wenigstens eine kurze Pause.

Heidel von Hymack bewegte sich auf dem Pfad, der sich an einem Hügel emporwand. Kurz vor dem Kamm machte er Rast und blickte hinab auf die nebelverhüllte Strecke, die er zurückgelegt hatte. Er blinzelte und rieb sich den Bart. Seine vage Unruhe hatte zugenommen. Etwas stimmte nicht. Er lehnte sich an das glatte moosbewachsene Gestein und stützte die Hände auf seinen Stab. Ja, es war schwierig zu bestimmen, aber die Welt ringsum hatte sich verändert. Es war mehr als die Ruhe vor dem Sturm. Es war fast, als würde er gesucht – von jemandem, den er noch nicht zu sehen bereit war.

Versucht sie mir etwas mitzuteilen? fragte er sich. Vielleicht sollte ich mich in einen stillen Winkel zurückziehen und das feststellen. Aber das kostet Zeit, und ich verspüre den Drang weiterzuwandern. Ich muß verschwinden, ehe das Unwetter hereinbricht. Warum schaue ich andauernd zurück? Ich ...

Er fuhr mit den Fingern durch sein Har, biß sich auf die

Unterlippe. Ein Streifen Sonnenlicht glimmte durch einen Spalt in den Wolken und ließ den Nebel ringsum in tanzenden Prismen glitzern. Den Blick unstet, die Stirn gefurcht, so beobachtete er das Schauspiel vielleicht zehn Sekunden lang, dann wandte er sich ab:

»Verdammt!« sagte er. »Wer immer du bist ...«

Er schlug mit dem Stab gegen einen Felsen, überquerte den Grat, suchte sich einen Weg ins Tal.

Er setzte sich auf einen Stein und jagte. Nach einer Weile stand er auf und marschierte weiter, stapfte über die Hügel und die weglosen, felsbestreuten Ebenen in den Regionen des Nebels. Während er ausschritt, schwirrten schwarze Vögel um ihn, tauchten aus dem bewegten Nebelvorhang auf, verschwanden wieder.

Jagend erklomm er einen steilen Felshang, setzte sich auf einen schmalen Vorsprung, zog eine Zigarette hervor, biß die Enden ab, entzündete sie. Als er so auf die Ebene starrte, fuhr ein Windstoß darüber hin, und eine Weile lag sie kahl und bloß vor ihm. Eine stachelige Eidechse, deren Haut die schillernde Farbskala einer Seifenblase nachahmte, stieg von einem Felsbrocken herab und teilte den Vorsprung mit ihm; ihre gegabelte Zunge zuckte blutrot heraus, die gelben Augen waren starr auf sein Gesicht gerichtet. Das Tier strich an seiner Hand entlang, und er streichelte es.

»Was glaubst du?« fragte er einige Minuten später. »Ich kann in der Nähe keinen warmblütigen Körper oder Geist erspüren.«

Er rauchte weiter, und die Nebeldecke schloß sich wieder und verhüllte die Ebene. Schließlich seufzte er, schlug mit dem Hacken gegen das Gestein und stand auf. Er ging in die Hocke und begann den Abstieg. Die Eidechse kroch an den Felsrand und blickte ihm nach.

Eine halbe Meile weiter sah er sich in Gesellschaft zweier wieselähnlicher Raubtiere, die ihn mit heraushängenden Zungen umtollten, als hätten sie Spaß an den Bewegungen seiner Stiefel; dabei stießen sie von Zeit zu Zeit ein leises Zischen und bellende Geräusche aus. Sie ignorierten die kreisenden Vögel und den dickhalsigen *Wadloper,* der aus seinem Loch kroch, um ihnen zu folgen, bis sein ungeschickter Trott ihn weit zurückfallen ließ – woraufhin er ein Krächzen ausstieß und sich in seine Burg zurücktrollte.

Als er neben einem rostdurchzogenen Felsbrocken stehenblieb, um seinen Geist wieder auf die Jagd zu schicken, wurden die Tiere still. Ein eiskalter Bach plätscherte in der Nähe, dunkle, seltsam geformte Pflanzen standen in Gruppen schwankend an seinem Ufer, der Nebel legte sich über das Wasser. Er starrte blicklos in den Bach, seine Zigarre kauend, suchend.

Dann sagte er: »Nein« und wandte sich an die Tiere: »Warum geht ihr nicht nach Hause?«

Sie wichen zurück und beobachteten ihn, und als er weiterging, folgten sie ihm nicht mehr.

Er überquerte den Bach, setzte seinen Weg fort und hielt ohne Karte oder Kompaß nach Westen, nachdem er einen erfolglosen Suchtrupp in der Richtung entdeckt hatte, die er eigentlich hatte einschlagen wollen – im Osten.

Und während er ausschritt, fluchte er. Zwischen den Verwünschungen warf er seine Zigarre fort und starrte vielleicht dreißig Sekunden lang in die Ferne.

Donner grollte im Osten, Sekunden später ein zweiter Donnerschlag. Die Laute wurden häufiger, verschmolzen zu einem ständigen Grollen, das die Luft wie auch den Boden vibrieren ließ. Von Westen her kam Wind auf, eilte herbei, um das Wetter zu erkunden.

Er schritt aus, wandte sich nun mehr nach Süden, wobei er sich eine Zeitlang parallel zu dem Unwetter bewegte, es schließlich zurückließ. Einen halben Nachmittag später erschien im Westen ein Schimmern, das ihn anlockte.

»Wer mag das sein?« fragte er den Schatten, der sich neben seinen Füßen über den Boden schleppte. »Es ist irgendwie vertraut, aber noch zu weit entfernt. Ich muß mich in acht nehmen.«

Besorgt Ausschau haltend, ging er weiter, und der Nebel eilte herbei, um ihn zu verbergen und das Geräusch seiner Schritte zu ersticken.

In seinen Poncho gehüllt, mühte sich Morwin durch die Nässe, als Mittelpunkt eines Kreises von fünfzehn Metern Sichtweite. Vor der Feuchtigkeit von außen geschützt, war er trotzdem klamm vor Schweiß, und seine Handfläche fühlte sich naß an, wenn er den Pistolengriff berührte. Er dachte an Malacar und Jackara, die von der Höhle aus, in der die *Perseus* versteckt war, einen trockeneren Weg eingeschlagen hatten. Er dachte auch an den Erdrutsch, den sie verursacht hatten, um den Höhleneingang zu tarnen, und versuchte, sich nicht die Schwierigkeiten vorzustellen, die es beim Start geben würde.

Haben Sie etwas gefunden, Shind? fragte er.

Wenn ich jemand aufspüre, erfahren Sie das als erster.

Was ist mit Jackara – und Malacar?

Sie verlassen gerade ein Regengebiet und kommen in eine klarere Zone. Sie hören wie bisher den Funkverkehr der eingeborenen Suchtrupps und auch ihre Gespräche mit Dr. Pels ab. Anscheinend sind die Leute bisher nur auf schlechtes Wetter gestoßen, wohl noch schlimmer als hier. Wenigstens klagen sie andauernd darüber.

Die Suchtrupps sind nahe genug, daß Sie mithören können?

Nein. Meine Informationen habe ich aus Malacars Kopf. Offenbar stehen die Suchtrupps vier Meilen nördlich von uns, und etwas weiter östlich.

Dieser Dr. Pels, von dem Sie sprechen ... Er ist der gleiche – der *Dr. Pels?*

Sieht so aus. Ich glaube, er steht im Augenblick direkt über uns in einer Kreisbahn.

Weshalb?

Er scheint die Aktionen hier zu leiten.

Also ist er auch hinter H her.

Sehr wahrscheinlich.

Das alles gefällt mir nicht, Shind – daß die Leute wissen, daß ein einziger Mann alles auslöst und daß sie ihn jetzt hier jagen. Und daß Pels damit zu tun hat. Wenn ich Ihrem Vorschlag folge, gibt es vielleicht mehr Ärger als angenommen.

Ich habe auch schon darüber nachgedacht und mir überlegt, daß es vielleicht das Sicherste wäre, dafür zu sorgen, daß ihn Pels' Suchtrupps irgendwie erwischen. Wenn sie ihn in Gewahrsam nehmen, ist unser Problem gelöst.

Und wie wollen Sie das erreichen?

Ihn überwältigen, fesseln, die Leute auf ihn aufmerksam machen. Oder ihn töten, wenn uns das nicht gelingt. Man scheint ihn für geisteskrank zu halten, das würde also plausibel sein.

Aber wenn Malacar ihn nun zuerst findet?

Dann müssen wir uns etwas anderes ausdenken. Vielleicht einen Unfall.

Gefällt mir nicht.

Weiß ich auch. Haben Sie eine bessere Idee?

Nein.

Sie wanderten weiter, kamen nach einer Stunde in höheres Gelände, verließen das Schlechtwettergebiet und erreichten eine wärmere und irgendwie klarere Zone, überschaubarer, wenn auch immer noch von Spalten durchzogen und mit Felsbrocken übersät. Von Zeit zu Zeit wurden sie von dunklen Gestalten überflogen, die schrille Trillerlaute ausstießen. Der Wind blies stetig aus dem Westen, wie zuvor.

Morwin legte seinen Poncho ab, faltete und rollte ihn zusammen, hängte ihn an den Gürtel. Dann zog er ein Taschentuch heraus und wischte sich das Gesicht ab.

Da vorn ist jemand, sagte Shind.

Unser Mann?

Möglich.

Er lockerte die Pistole im Halfter.

Möglich? fragte er. *Sie sind hier der Telepath. Lesen Sie seine Gedanken.*

So einfach ist das nicht. Menschen wandern im allgemeinen nicht herum und konzentrieren sich auf ihre Identität – und ich kenne den Mann nicht.

Ich hatte bisher den Eindruck, Sie könnten mehr als nur Oberflächengedanken aufnehmen.

Das kann ich auch, wie Sie wissen. Aber Sie wissen auch, daß da viele Faktoren hineinspielen. Er ist noch ziemlich weit entfernt. Und er macht sich Sorgen.

Was beunruhigt ihn?

Er hat das Gefühl, verfolgt zu werden.

Wenn er von Hymack ist, trifft das ja auch zu. Woher er es nur weiß?

Das wird nicht klar. Er ist in einem abnormen Geisteszustand. Extreme Paranoia, würde ich sagen – und eine Besessenheit, was Tod und Seuchen betrifft.

Das ist verständlich.

Für mich nicht – nicht ganz. Er scheint zu merken, was er tut, und er scheint Vergnügen daran zu haben. Diesen Komplex umgibt das Gefühl einer göttlichen Mission. Doch zugleich wirkt er irgendwie betäubt. Ja, es ist unser Mann.

Mit einer ganzen Kette von Verteidigungsmöglichkeiten.

Möglich, möglich ...

Wie weit ist er noch entfernt?

Etwa eine halbe Meile.

Morwin schritt kräftiger aus, nun in Eile, mit den Augen gegen das Halbdunkel ankämpfend.

Ich habe eben mit dem Kommandanten gesprochen. Er dachte, seine Instrumente hätten jemanden entdeckt, aber es war offenbar nur ein Tier. Ich habe ihn wegen unserer Situation belogen.

Gut. Was macht H jetzt?

Er singt. Sein Geist ist voll davon. Eine pei'anische Melodie.

Seltsam.

Der ganze Mann ist seltsam. Ich hätte schwören mögen, daß er einen Augenblick lang meine Gegenwart in seinem Geist gespürt hat. Dann verschwand dieses Gefühl.

Morwin begann noch schneller zu gehen.

Ich will es hinter mich bringen, sagte er.

Ja.

Sie eilten weiter, rannten fast.

Francis Sandow seufzte. Der *Martlind* – schon nicht mehr zu sehen, aber noch in Reichweite seines Geistes – hoppelte geruhsam weiter, wie er auch schon Malacar und Jackara begegnet war. Als das geschah, hatte er sich schnell außer Reichweite der Malacarschen Ortungsgeräte begeben. Ein kurzer geistiger Vorstoß zeigte, daß Malacar das Tier als Ersatz für ihn akzeptiert hatte.

Ich muß vorsichtiger sein, dachte er. Für einen solchen Fehltritt gibt's keine Entschuldigung. Ich werde auf meinen eigenen Welten zu keck. Und hier ist Umsicht erforderlich, nicht nur Gewalt. Ich muß seine Geräte täuschen ... Da!

Er bewegte sich schnell voran und verfolgte wieder die Gedanken Malacars und Jackaras ...

Bitter, sehr bitter ist er geworden, sagte er sich. Auch das Mädchen empfindet Haß, aber bei ihr ist das irgendwie kindisch. Ob die beiden ihren Plan wohl wirklich ausführen würden, wenn ihnen die Folgen klar wurden? Er kann doch sein Gefühl für Realität nicht dermaßen verloren haben, daß er nur noch den Tod im Auge hat und nicht auch das Sterben bedenkt. Hätte er eine größere Strecke zu Fuß zurückgelegt, hätte er das Ergebnis der von Hymackschen Wanderung sehen müssen – ob er dann noch so empfinden würde wie jetzt? Er hat sich trotzdem verändert – auch in der kurzen Zeit seit unserem Zusammenstoß auf Deiba, und schon da war er nicht gerade entgegenkommend und vernünftig.

In diesem Augenblick begann das Kribbeln in Malacars Geist, und Sandow ließ seine tastenden Gedanken reglos verharren, wohl wissend, daß er sich nun nicht mehr unentdeckt zurückziehen konnte. Er fluchte auch nicht, denn es durfte kein Gefühl mehr geben, keinen verräterischen Nachhall einer Empfindung. Es mußte sein, als gäbe es ihn nicht. Keine Reaktion, keine Erwiderung, was auch geschehen mochte. Sogar jetzt ...

Seltsame Empfindung. Zwei Telepathen, die gleichzeitig dasselbe Objekt betrachten. Und der eine versteckt sich vor dem anderen ...

Sandow verfolgte passiv einen Wortwechsel zwischen Shind und Malacar, erfuhr in Sekundenschnelle ihre Ziele, ihre Fortschritte – doch er reagierte nicht. Als das Gespräch zu Ende war, setzte sich sein Geist wieder in Bewegung, zog sich zurück, wägte ab. Er tauchte kurz in Jackaras Geist ein, wich aber, fast versengt von Shinds Gegenwart, zurück.

Er zog eine weitere Zigarre aus der Tasche, zündete sie an.

Verdammt kompliziert! überlegte er. Suchtrupps zur Linken, noch weit entfernt, aber in seine Richtung vorstoßend. Malacar rechts von mir. Und Shind kann mich jederzeit aufspüren, wenn ich mich nicht vorsehe. Und irgendwo vor mir wahrscheinlich der Gesuchte ...

Er setzte sich langsam in Bewegung, wanderte parallel zu Malacar und Jackara dahin, außer Reichweite des Detektors, berührte sanft die Ausläufer ihrer Gedanken, nacheinander, in halbminütigen Abständen, wobei er stets mit Malacar begann.

Soll ich zulassen, daß sie ihn finden, und ihn dann an mich bringen? fragte er sich. Aber vielleicht finden sie ihn gar nicht ... Andererseits ... Nein ...

Doch dann erwiesen sich seine Fragen als überflüssig.

Da Morwin fast rannte, kam er ins Stolpern, als er abrupt stehenbleiben wollte. Er hatte ein Stück vor Shind die Anhöhe erreicht und sah nun durch den wirbelnden Dunst den Mann – groß, hager, dunkel, einen Stab in der Hand, reglos stehend, zurückblickend. An seiner Identität bestand für ihn kein Zweifel mehr, und er empfand Verwirrung angesichts der plötzlichen Begegnung. Er erholte sich und stellte fest, daß Shind wieder seinen Geist erfüllte.

Das ist unser Mann! Ich weiß es sicher! Aber da stimmt etwas nicht. Er weiß Bescheid! Er ...

Dann umklammerte Morwin seinen Kopf, ging in die Knie.

Nie zuvor hatte er einen geistigen Schrei gehört.

Shind! Shind! Was geschieht mit mir?

Ich ... Ich ... Sie hat mich! Hier ...

Seine Gedanken wirbelten durcheinander wie Nebelschwaden, abrupt gefolgt von einer Serie überlagerter Bilder und Farben, die mit einer derartigen Klarheit und Lebhaftigkeit aufstieg, daß seine Fähigkeit, zwischen äußerlich objektiv und nichtobjektiv zu unterscheiden, beeinträchtigt wurde. Eine flackernde Bläue überlagerte alles, und mitten in der Erscheinung tanzte eine Myriade blauer Frauen, wild, kaleidoskopartig, und als er sich klarmachte, daß ihre Pluralität nur eine symbolische Illusion war, begannen sie zusammenzubrechen, zu schimmern, zu verschmelzen, zusammenzufallen, wurden dabei immer eindrucksvoller, zwingender, mächtiger. Er fühlte sich mit einemmal als Objekt der Begutachtung. Und die Frauen manifestierten sich in zwei Gestalten – die eine war groß und sanft und lieblich, ein madonnenhaftes Geschöpf des Mitleids; die andere, ihr in der Erscheinung ähnlich und doch unähnlich, war von einem Ausdruck geprägt, den er als überwältigende Drohung empfand. Dann verschmolzen auch diese beiden, wobei Haltung und Ausdruck der zweiten Gestalt dominierten. Inmitten blauer Blitze blickte sie ihn mit starren, anscheinend lidlosen Augen an, die ihn in Sekundenbruchteilen allen Fleisches und Geistes zu berauben schienen, ihn mit ihrer irrationalen Intensität zutiefst erschreckten.

»Shind!« rief er, und da hatte er schon die Waffe in der Hand und feuerte.

Eine Woge von etwas, das sich wie Gelächter anfühlte, überschwemmte ihn.

Sie benutzt mich! hörte er Shind entsetzt rufen. *Ich – hilf mir!*

Die leere Waffe entglitt seinen Fingern. Er hatte das Empfinden, inmitten eines grauenhaften Traums, eines kosmischen Alptraums zu schweben. Sich bewegend, ohne eine Bewegung zu machen, denkend ohne Gedanken, so drehte sich sein Geist im Reflex hin und her, und dann, wie bei seiner Arbeit mit dem Grundstoff der Träume, ergriff er das Bild und drückte ihm den Stempel seines Willens auf. Diesmal von einem Entsetzen getrieben, das wie Feuer durch die Räume seiner Existenz zuckte, brachte er eine Kraft auf, die er nie zuvor besessen hatte, und hieb damit nach dem weiblichen Monstrum.

Der Ausdruck ihres Gesichts änderte sich, alle Spuren von Belustigung schwanden. Ihre Gestalt schrumpfte, verzerrte sich, verblaßte und kehrte zurück, verblaßte und wurde wieder kräftiger. Mit jedem Verblassen sah er den Mann, der nun auf dem Boden lag.

Ein schmerzhaftes Heulen erfüllte seinen Kopf. Dann war es fort, und sie war fort, und schließlich war auch er nicht mehr.

»Halt!«

Malacar drehte sich um.

»Was ist los?« fragte er.

»Jetzt nichts mehr«, sagte sie. »Aber wir sind hier fertig. Es ist Zeit, zum Raumschiff zurückzukehren. Wir fliegen los.«

»Wovon redest du? Was stimmt nicht?«

Jackara lächelte.

»Nichts«, erwiderte sie. »Jetzt nicht mehr.«

Als er sie so musterte, erkannte er, daß sich tatsächlich etwas verändert hatte. Er brauchte mehrere Sekunden, um seine Eindrücke zu verarbeiten. Als erstes fiel ihm ihre Gelöstheit auf. Er überlegte, daß er Jackaras Gesichtszüge nie zuvor so freudig belebt gesehen hatte, daß ihre Haltung, ihr gesamtes Wesen bis zu diesem Augenblick förmlich angespannt, beinahe militärisch streng gewesen waren. Auch ihre Stimme klang anders. Sie war nicht nur weicher und kehliger geworden, sondern hatte nun auch eine klare Resonanz, weich, glatt, geschmeidig.

Noch immer um die richtige Frage verlegen, sagte er nur: »Ich verstehe nicht ...«

»Natürlich nicht«, erwiderte sie. »Aber es gibt keinen Grund mehr, weiter zu suchen. Das, was du erstrebst, ist hier. Von Hymack ist jetzt nutzlos für dich, denn ich habe mir einen besseren Ort ausgesucht. Ich mag Jackara – ihren Körper, ihren schlichten Zorn – und ich werde bei ihr bleiben. Gemeinsam werden wir all das vollbringen, was du dir vorgenommen hast. Und mehr. Weitaus mehr. Du wirst deine Seuchen bekommen, deine Toten. Du wirst die höchste aller Krankheiten, das Leben, durch das Kommende geheilt sehen. Komm, wir gehen jetzt zum Raumschiff zurück und fliegen an einen bevölkerten Ort. Wenn wir dort eintreffen, bin ich bereit. Du wirst an einem Schauspiel teilnehmen, das sogar eine Leidenschaft wie die deine befriedigt. Und das ist erst der Anfang ...«

»Jackara! Ich habe keine Zeit für Witze! Ich ...«

»Ich scherze nicht«, sagte sie leise, trat näher heran, hob ihre Hand vor sein Gesicht.

Mit den Fingerspitzen fuhr sie ihm über die Wange, ließ sie an seiner Schläfe ruhen. Er war gelähmt von der Vision der Vernichtung, die durch seinen Geist zuckte. Die zahllosen Toten, die Sterbenden waren überall. Die Symptome aller Seuchen der Galaxis blitzten vor seinem inneren Auge auf, an zahllosen Körpern offenbart. Er sah, wie sich ganze Planeten im Griff von Epidemien wanden, erblickte kahle und verlassene Welten, bar jeden Lebens, Straßen, Heime, Gebäude und Felder von Leichen bedeckt, Leichen, die in den Häfen schwappten und Rinnsteine und Flüsse blockierten, aufgedunsen, verwesend. Menschen jeden Alters und Geschlechts lagen dort – wie von der Sense eines Schnitters dahingerafft.

Ihm wurde übel.

»Mein Gott!« keuchte er schließlich. »Was bist du?«

»Du hast es gesehen und weißt es noch immer nicht?«

Er wich zurück.

»Hier ist etwas anormal«, sagte er schließlich. »Die blaue Göttin, von der Sandow gesprochen hat ...«

»Was für ein Glück du hast«, verkündete sie. »Und ich ebenfalls. Deine Möglichkeiten liegen weit über denen meines bisherigen Jüngers, und wir haben gemeinsame Ziele ...«

»Wie bist du nur darauf gekommen, in Jackara einzudringen?«

»Dein Diener Shind stand mit ihrem Geist in Verbindung, als ich auf sie stieß. Sie war dem Mann, den ich kannte, vorzuziehen. Also sprang ich über. Es ist gut, wieder diesem Geschlecht anzugehören.

Shind! Shind! rief er. *Wo bist du? Was ist geschehen?*

»Deinen Helfern geht es nicht gut«, sagte sie. »Aber du brauchst sie nicht mehr; sie müssen zurückbleiben. Auch dieser Morwin. Komm! Wir kehren zum Schiff zurück.«

Aber schwach, ganz schwach, wie ein Hund, der an einer Tür kratzt, berührte Shind seinen Geist.

... recht ... Sandow – hatte recht ... Ich habe einen völlig unbegreiflichen Geist gesehen ... Vernichte – sie ...

Noch immer aufgewühlt, tastete Malacar nach seiner Pistole ...

»Schade«, sagte sie. »Es hätte schön werden können. Aber ich kann auch allein weiter – und das muß ich ja wohl auch.«

... und wußte, daß es zu spät war, denn Jackaras Waffe lag bereits in der Hand der Fremden.

Bewußtseinsfetzen, wie von einer schwarzen Flut getragen, stiegen auf, sanken wieder ab. Ganze Gedankenketten, weiter entfernt. Hinab, hinauf ...

Morwins Blick fiel auf die Pistole.

Noch ehe er sich darüber klar wurde, wer er war, tastete seine Hand nach der Waffe, ergriff sie. Die vertraute kalte Übereinstimmung zwischen Handfläche und gebogenem Metallgriff bot Sicherheit, Trost.

Blinzelnd bahnte er sich einen Weg in die Helligkeit, folgte ihm, hob den Kopf.

Shind? Wo bist du?

Aber Shind antwortete nicht, war nicht zu sehen.

Er drehte sich um und betrachtete die Gestalt des Mannes, der etwa zehn Meter von ihm entfernt am Boden lag. Er blutete stark.

Er stand auf und ging zu ihm.

Der Mann atmete. Sein Kopf war abgewandt, der rechte Arm grotesk zur Seite geworfen, die Hand zuckend.

Morwin blieb einen Augenblick neben ihm stehen, ging dann um die Gestalt herum, kniete nieder und starrte dem Mann ins Gesicht. Die Augen waren geöffnet, sahen jedoch nichts.

»Können Sie mich hören?« fragte er.

Der Mann atmete heftig aus, zuckte schmerzhaft zusammen. Ein Licht erschien in seinen Augen, die sich bewegten und Morwins Blick begegneten. Sein Gesicht war fahl, pokkennarbig, faltig, von Schwielen und Schorfen übersät.

»Ich höre Sie«, sagte er leise.

Morwin umfaßte seine Pistole fester.

»Sind Sie Heidel von Hymack?« fragte er. »Sind Sie der Mann, den man H nennt?«

»Ich bin Heidel von Hymack.«

»Aber sind Sie auch H?«

Der Mann antwortete nicht sofort. Er seufzte und hustete. Morwin untersuchte die Wunde. Es war ein Durchschuß der rechten Schulter.

»Ich – ich bin krank gewesen«, sagte er schließlich. Dann lachte er leise – eine Folge trockener Krächzlaute. »... aber jetzt fühle ich mich ausgezeichnet.«

»Möchten Sie Wasser?«

»Ja!«

Morwin steckte seine Waffe weg, zog den Stöpsel aus seinem Wasserbehälter, hob vorsichtig den Kopf des Mannes an und flößte ihm etwas Wasser ein. Der Verletzte trank die halbe Flasche aus, ehe er sich verschluckte und hustend den Kopf abwandte.

»Warum haben Sie nicht gleich gesagt, daß Sie Durst haben?«

Der andere blickte auf die Waffe, lächelte schwach, hob die gesunde Schulter.

»Vielleicht wollten Sie es nicht für mich verschwenden.«

Morwin steckte die Flasche ein.

»Also sind Sie H?« fragte er.

»Was besagt schon so ein Buchstabe? Ich war der Seuchenträger.«

»Und Sie haben das die ganze Zeit gewußt?«

»Ja.«

»Hassen Sie die Menschen so sehr? Oder ist es Ihnen einfach egal?«

»Weder – noch«, antwortete der Mann. »Los, erschießen Sie mich doch, wenn Sie möchten.«

»Warum haben Sie das alles geschehen lassen?«

»Das ist doch jetzt egal. Sie ist fort. Es ist aus. Los, schießen Sie schon.«

Lächelnd richtete er sich auf.

»Sie tun ja fast, als wollten Sie, daß ich Sie töte.«

»Worauf warten Sie noch?«

Morwin biß sich auf die Unterlippe.

»Sie wissen, daß ich der Mann bin, der Sie angeschossen hat ...«, begann er.

Heidel von Hymack runzelte die Stirn und wandte langsam den Kopf, blickte an sich herab.

»Ich – ich habe gar nicht gemerkt, daß ich verwundet bin«, sagte er. »Ja ... ja, jetzt sehe ich es. Und ich fühle es.«

»Was war denn Ihrer Meinung nach mit Ihnen geschehen?«

»Ich habe – etwas verloren. Etwas in meinem Geist. Es ist nun fort, und ich fühle mich, wie mir seit vielen Jahren nicht mehr zumute war. Der Schock der Trennung, ein Gefühl der Erleichterung ... ich war ... abgelenkt.«

»Wie? Was ist denn geschehen?«

»Ich bin mir nicht sicher. Eben war das Ding noch in mir, dann spürte ich die Gegenwart eines anderen Wesens ... Schließlich – verschwand alles ... Als ich erwachte, waren Sie hier.«

»Was für ein Ding?«

»Das würden Sie nicht verstehen. Auch ich begreife es eigentlich kaum.«

»Hat es mit einer blauen Frau zu tun – einer Art Göttin?«

Heidel von Hymack wandte den Kopf ab.

»Ja«, sagte er und betastete seine Schulter.

»Ich muß mich um Ihre Wunde kümmern.«

Heidel ließ sich Arm und Schulter verbinden und trank auch noch etwas Wasser.

»Warum haben Sie auf mich geschossen?« fragte er schließlich.

»Es war mehr ein Reflex. Das – Ding, das von Ihnen gegangen ist, hat mich verdammt erschreckt.«

»Sie haben sie wirklich gesehen?«

»Ja. Mit Hilfe eines Telepathen.«

»Wo ist er?«

»Das weiß ich nicht. Ich fürchte, sie ist verletzt.«

»Sollten Sie das nicht mal feststellen? Sie können mich hier liegenlassen. Ich komme nicht weit. Nicht daß es jetzt noch darauf ankäme.«

»Sie haben recht«, sagte Morwin. *Shind! Verdammt! Wo sind Sie? Brauchen Sie Hilfe?*

Bleiben Sie, kam die schwache Antwort. *Bleiben Sie, wo Sie sind. Ich komme schon durch. Ich muß mich nur ... eine Weile ... ausruhen ...*

Shind! Was ist passiert?

Schweigen.

Shind! Verdammt! Antworten Sie doch!

Malacar, lautete die Antwort, *ist tot. Warten Sie noch ... Warten Sie.*

Morwin starrte auf seine Hände.

»Wollen Sie sich nicht darum kümmern?« fragte Heidel.

Er antwortete nicht.

Jackara! Shind! Ist Jackara etwas passiert?

Keine Antwort.

Shind! Was ist mit Jackara?

Sie lebt. Warten Sie.

»Was ist los?« fragte Heidel.

»Ich weiß nicht.«

»Ihr telepathischer Freund ...?«

»... lebt. Wir haben gerade in Verbindung gestanden. Aber das ist im Augenblick nicht das Problem.«

»Was dann?«

»Ich weiß es nicht. Noch nicht. Ich warte.«

Ich versuche es festzustellen, John. Aber ich muß vorsichtig sein. Das Gott-Wesen ist dort.

Wo?

Bei Jackara.

Wie denn? Wie ist das geschehen?

Ich glaube, ich bin dafür verantwortlich; sie ist über meine Verbindung zu Jackara weitergesprungen. Ich bin nicht sicher, wie.

Wie ist der Kommandant gestorben?

Sie hat ihn erschossen.

Und was ist mit Jackara?

Das versuche ich ja gerade herauszufinden. Lassen Sie mich allein, dann gebe ich Ihnen sofort Bescheid, wenn ich etwas feststelle.

Was kann ich tun?

Nichts. Warten.

Stille.

Nach einer Weile fragte Heidel: »Wissen Sie jetzt mehr?«

»Ich weiß nichts. Außer daß auch ich etwas verloren habe.«

»Was geht hier vor?«

»Das versucht mein Freund gerade festzustellen. Wenigstens wissen wir, wohin Ihre Göttin gegangen ist. – Wie fühlen Sie sich?«

»Ich begreife meine Gefühle nicht. Sie war lange Zeit bei mir. Jahre. Eine Zeitlang heilte sie durch mich Menschen, die von besonderen Krankheiten befallen waren. Es war, als trügen wir diese schlimmen Dinge wie auch die Mittel dagegen in uns. Denn ich selbst war immer geschützt. In Italbar wurde ich dann wegen eines unglücklichen Umstands angegriffen und gesteinigt. Es war, als wäre ich nach Italbar gereist, um zu sterben. Alles war verändert. In jenen Stunden erfuhr ich, daß ihr Wesen zwiespältig war. In beiden Aspekten beseitigt sie Krankheitserscheinungen. In der Form, in der ich sie kennenlernte, versuchte sie das Leben auf diese Weise zu reinigen. In ihrer anderen Erscheinung hält sie das Leben selbst für die Krankheit und versucht die Situation zu bereinigen, indem sie die Krankheit ausmerzt. Ironischerweise – oder vielleicht doch nicht ironischerweise – versuchte sie dies mit Mitteln zu erreichen, die sie früher selbst als Krankheit betrachtet hatte. Sie ist Heilmittel und Krankheit zugleich. Ich habe ihr in beiden Extremen als Apostel gedient. – Wie kam sie Ihnen vor, als Sie sie sahen?«

»Blau und böse und machtvoll. Auch schön. Sie schien mich zu verspotten, mir zu drohen ...«

»Wo ist sie jetzt?«

»Sie hat sich eines Mädchens bemächtigt – nicht weit von hier. Und sie hat gerade einen Mann getötet.«

»Oh.«

»Sie sind das Ziel einer großangelegten Suche.«

»Ja. Das habe ich wohl gewußt – irgendwie.«

Donnergrollen ganz in der Nähe. Als die Echos verhallt waren, sagte Morwin: »Vielleicht hat sie recht gehabt.«

»Womit?«

»Daß das Leben eine Krankheit ist.«

»Ich weiß nicht. Ist ja auch egal. Oder? Ich meine, es ist doch nur eine von mehreren Möglichkeiten, die Dinge zu sehen – wie groß ihre Macht auch ist.«

»Sehen Sie die Dinge ebenso?«

»Ich glaube schon. Ich habe sie – angebetet. Ich glaubte ihr. Vielleicht tue ich's immer noch.«

»Was macht die Schulter?«

»Tut verdammt weh.«

»Sie muß ja auch Gutes getan haben.«

»Ich nehme es an.«

Blitze erhellten den Süden, gefolgt von neuen Donnerschlägen. Leichter Regen begann zu fallen.

»Gehen wir zu dem überhängenden Felsen hinüber«, sagte Morwin. »Der bietet uns wenigstens etwas Schutz.«

Er half von Hymack auf die Beine, legte ihm einen Arm um die Schultern und stützte ihn, als sie sich in den Windschatten des Felsens begaben.

Es sind zwei, meldete sich Shind, *und sie bewegen sich aufeinander zu.*

Zwei was? Wovon reden Sie?

Aber Shind schien ihn nicht gehört zu haben.

Sie spüren einander auf, fuhr er fort. *Ich muß mich sehr vorsehen. Sie hat mir so weh getan ... Seltsam, daß ich seine Eigenart bei unserer ersten Begegnung nicht bemerkt habe ... aber es steht jetzt auch dichter an der Oberfläche. Auch Sandow ist von einem schemenhaften Anderen begleitet.*

Sandow? Er ist hier? Bei Jackara?

Sie sprechen miteinander. Sie hat immer noch die Waffe in der Hand, aber er ist zu weit entfernt. Ich kann hier am Rande des Geschehens nicht genau ausmachen, ob sie spürt, daß er nicht allein ist. Er rief ihren Namen, und das hat sie aufmerksam gemacht. Sie antwortet. Er kommt näher. Es hat nicht den Anschein, als würde sie schießen, denn ihre Neugier ist geweckt. Sie unterhalten sich in einer fremden Sprache, aber ich fange die Echos ihrer Gedanken auf. Er scheint sie von irgendwoher zu kennen ... Sie wartet, während er näher kommt. Er grüßt sie auf eine Weise, die sie nachvollzieht. Jetzt sagt er ihr, sie habe eine Regel verletzt, die ich nicht verstehe. Sie ist amüsiert.

Morwin schaffte von Hymack in den Schutz des Felsens. Er ließ ihn vorsichtig zu Boden gleiten und lehnte ihn mit dem Rücken gegen das Gestein. Dann setzte er sich neben ihn und starrte in das Grau des Abends. Der Regen rauschte nun gleichmäßig herab.

Er sagt ihr, sie müsse gehen – ich verstehe nicht, wohin, oder wie ... Sie lacht ihr schmerzhaftes Lachen ... Er wartet, bis sie mit dem Lachen fertig ist und beginnt zu sprechen. Es handelt sich um etwas Formelhaftes – auswendig gelernt, nicht spontan gesprochen. Es ist ein komplizierter, rhythmischer Text voller Widersprüche. Ich verstehe das nicht. Sie hört zu.

»Heidel, sie ist jetzt bei einem Mann, der sie wahrscheinlich aufzuhalten versucht. Ich weiß nicht, was dabei herauskommt. Aber wir warten das Ergebnis ab. Wie es auch aussehen mag, ich habe keine Ahnung, was aus Ihnen werden soll. Mein Kommandant, mein bester Freund, ist tot. Er hatte Pläne mit Ihnen, die nun niemals Wirklichkeit werden. Es waren keine besonders schönen Pläne. Trotzdem war er ein großer Mann, und ich hätte ihm vielleicht geholfen. Vielleicht hätte ich Sie auch getötet – wegen der Gefahr, die Sie für ihn darstellten. Aber wie dem auch sei ...«

»Ich habe sicher jede Strafe verdient.«

»Ich muß aber daran denken, daß Sie manipuliert wurden – durch die Umstände wie auch durch einen parasitären autonomen Komplex mit paranormalen Fähigkeiten.«

»Das geht Ihnen ziemlich glatt über die Zunge.«

»Ich werde schon mein ganzes Leben von Paranorm-Spezialisten belästigt. Ich bin nämlich ein emphatischer Telekinet, was immer das bedeutet – also, ich bewege Dinge mit dem Geist und kann Objekte dazu bringen, Menschen bestimmte Gefühle einzugeben. Ich habe mir die Terminologie der Spezialisten zu eigen gemacht. Ich verstehe Sie. Sie sind ausgenutzt worden, und ich hätte bei Ihrer weiteren Ausbeutung mitgemacht. Sagen Sie mir, was Sie jetzt am liebsten tun möchten.«

»Was? Ich weiß nicht ... Sterben? Nein. Ich will fort, würde ich sagen. Irgendwohin, wo es einsam ist. Etwas anderes habe ich eigentlich nie gewollt. Ich bin so lange nicht mehr ich selbst gewesen, daß ich mich wieder kennenlernen möchte. Ja, ich möchte fortgehen ...«

... ist fertig, und sie zeigt sich nicht mehr amüsiert. Sie überschüttet ihn mit aufgebrachten Worten ... drohend ... Aber jetzt ist das Ding in seinem Geist viel näher an der Oberfläche – das Ding, das so sehr wie sie ist, als ich ihre Gegenwart in von Hymack zum erstenmal spürte. Er spricht von diesem Ding, erwähnt einen Namen. Hört sich wie Shimbo an. Sie hebt die Waffe ...

Ein greller Blitz zuckte, gefolgt von lautem Donner. Morwin sprang auf.

Shind! Was ist passiert?

»Was ...?« fragte von Hymack, der unwillkürlich den Kopf gehoben hatte.

Morwin ließ sich langsam zurücksinken. Wieder ertönte Donnern, während gleichmäßig Blitze zuckten, ein tiefes Grollen, das nicht wieder aufhörte.

Der Blitz hat zwischen ihnen eingeschlagen, berichtete Shind. *Sie ließ die Waffe fallen, und er hat sie genommen und fortgeworfen. Aber jetzt ist er nicht mehr er selbst. Ihre Gedankensphären sind im wesentlichen undurchdringlich. Beide scheinen irgendwie verwandt, und zwischen ihnen findet ein Austausch von Energien statt. Ich glaube, er forderte sie wieder auf, zu verschwinden, und sie wendet ein, das sei ungerecht. Ich spüre, daß sie Angst hat. Er antwortet. Sie tut etwas ... Jetzt ist er wütend. Wieder fordert er sie auf, zu gehen. Sie beginnt zu argumentieren, und er unterbricht sie, fragt sie, ob sie den Streit bis zum Äußersten treiben wolle.*

Das Donnern verstummte. Der Wind erstarb. Abrupt hörte es auch auf zu regnen. In der nebelschweren Luft breitete sich eine unnatürliche Stille aus.

Jetzt spüre ich nichts mehr, sagte Shind. *Es ist, als wären sie zu Denkmälern geworden.*

Shind, wo sind Sie jetzt, ich meine körperlich?

Ich nähere mich ihrer Position. Das tue ich schon, seit ich mich erholte. Zuerst hoffte ich, daß ich vielleicht noch etwas tun könnte. Jetzt ist es jedoch nur eine Sache der Neugier. Die beiden sind etwa eine Viertelmeile von Ihnen entfernt.

Haben Sie auch in von Hymacks Geist geschaut?

Ja. Er ist immer noch in einem Zustand der Depression. Harmlos ...

Was sollen wir mit ihm anfangen?

Die Suchtrupps kommen näher. Vielleicht sollten wir zulassen, daß sie ihn finden.

Ob die Leute ihm etwas tun würden?

Das ist schwer zu sagen. Die Gruppe, die ich empfangen kann, scheint ziemlich nüchtern an die Sache heranzugehen, aber es gibt da auch einige ausgeglichene Typen ... Warten Sie! – Sie bewegen sich wieder! Sie hebt den Arm und beginnt zu sprechen. Auch er gestikuliert und schließt sich ihren Worten an. Jetzt ...

Der Himmel schien in flammendem Chaos einzustürzen, und der Donnerschlag, der unmittelbar darauf folgte, zerriß Morwin fast das Trommelfell. Als sich seine Sinne beruhigten, merkte er, daß es wieder regnete und daß der Geschmack in seinem Mund von Blut herrührte; er hatte sich auf die Lippe gebissen.

Was jetzt, Shind? fragte er.

Stille.

Er sagte: »Heidel, einer der Suchtrupps ist uns jetzt ziemlich nahe – die echten Spürhunde. Natürlich will man Sie finden, um die Epidemien zu stoppen.«

»Damit müßte es eigentlich vorbei sein. Ich spüre schon, wie ich mich verändere. Ich kenne das Gefühl, wenn keine Gefahr mehr von mir ausgeht, und dieses Gefühl kommt, ist fast schon da.«

»Aber da nur Sie dieses Gefühl spüren, wird man Sie trotzdem in Gewahrsam nehmen wollen. Wie ich höre, hat Dr. Larmon Pels mit der Suche zu tun. Er möchte Sie wahrscheinlich unter Quarantäne stellen, um Sie zu studieren. Ihr Wunsch nach Isolierung könnte also in Erfüllung gehen.«

»Könnte?«

»Ich mache mir Sorgen wegen der Suchtrupps. Einige Leute haben vielleicht Verwandte oder Freunde verloren ...«

»Da haben Sie wohl recht. Hätten Sie einen Vorschlag – außer den Leuten einfach aus dem Weg zu gehen?«

»Noch nicht. Wenn wir nur wüßten ...«

Ich glaube, die Sache ist entschieden, sagte Shind.

Und wie?

Das weiß ich nicht. Beide sind bewußtlos.

Sind sie verletzt?

Es scheint sich um die Folge eines psychischen Schocks zu han-

deln, also kann ich Ihre Frage nicht beantworten. Vielleicht sollten Sie herüberkommen. Jackara wird Sie brauchen.

Ja. Wie finde ich Sie?

Entspannen Sie Ihren Geist und lassen Sie mich ein Stück weiter eindringen. Ich lenke dann Ihre Schritte zu mir.

Führen Sie uns nicht zu schnell. Heidel ist nämlich nicht so gut zu Fuß.

Wozu brauchen wir den?

Zu nichts. Er braucht uns.

Also gut. Kommt.

»Los, Heidel«, sagte er. »Es ist soweit.«

Sie standen auf, lehnten sich unter einem Poncho aneinander, schritten durch den Nebel und den Regen, und die Feuchtigkeit schimmerte auf ihren Gesichtern, ein frischer Wind kam auf.

Als sie ihr Ziel schließlich erreichten, fand Morwin Shind neben Sandow stehen, der Jackaras Hand hielt und sie mit dem anderen Arm stützte.

»Ist alles in Ordnung mit ihr?« fragte er.

Sandow blickte von Shind zu Morwin. »Physisch ja«, sagte er.

Er ließ von Hymack los, der sich auf einen Stein setzte.

»Geben Sie das dem Mann«, sagte Sandow.

»Was?«

»Eine Zigarre. Er möchte eine.«

»Ja. – Wie ernst . . .?«

Wir haben beide ihre Gedanken geprüft, sagte Shind. *Sie ist wieder ein Kind, in einer etwas glücklicheren Zeit.*

»Aber wie ernst ist der Zustand?«

»Prüfen Sie mal, ob sie Sie erkennt.«

»Jackara?« sagte er. »Wie fühlst du dich? Ich bin John . . . Alles in Ordnung?«

Sie wandte den Kopf und starrte ihn verwirrt an. Dann lächelte sie.

»Wie geht es dir?« fragte sie.

Es hat sich etwas geregt, sagte Shind.

Er streckte die Hand aus. Sie wich zurück, senkte den Blick.

»Ich bin's – John. Moment!«

Er wühlte in seiner Tasche herum, zog eine Handvoll Münzen heraus, warf sie in die Luft. Sie wirbelten herum, schwärmten auseinander, bildeten ein Muster. In Form einer Ellipse tanzten sie vor ihr, bewegten sich immer schneller. Sie hob den Blick und starrte die Erscheinung an. Wieder lächelte sie.

Die Münzen kreisten, taumelten, drehten sich, und ihm brach der Schweiß aus.

»Ist das ein Rekord?« fragte sie.

Die Münzen klirrten zu Boden.

»Weiß nicht. Habe ich nicht gezählt. Ich glaube schon. Aber du erinnerst dich!«

»... ja. Mach es noch einmal – John.«

Die Münzen stiegen in die Luft, schwebten, begannen zu tanzen, vor ihr durcheinander zu wirbeln.

»Erinner ...«

Zwingen Sie sie nicht, sich an etwas zu erinnern. Sie will abgelenkt werden. Sie will sich nicht erinnern. Lassen Sie ihr Zeit. Zerstreuen Sie sie weiter.

Er jonglierte mit den Münzen und warf nur von Zeit zu Zeit einen Blick in ihre Richtung, um zu sehen, ob sie noch lächelte. Er roch den Rauch aus Heidels Zigarre. Er spürte, wie sich Sandow in seinem Geist bewegte.

Damit haben Sie sie also zugeschlagen, sagte er. *Jetzt verstehe ich ...*

Der Gedanke endete abrupt.

Er ließ die Münzen fallen, als ihm der tiefere Sinn der Bemerkung bewußt wurde.

»Nein!« entgegnete er. »Sagen Sie nicht, das Ding ist nur auf Jackara übergesprungen, weil ich es mit meinem Geist angriff! Ich ...«

Nein, sagte Sandow, vielleicht ein wenig zu hastig. *Nein. Das Mädchen war von der Persönlichkeit her ideal, und es gab da einen Kanal ...*

... den ich bildete, schaltete sich Shind ein.

Alles unwissentlich, sagte Sandow. *Lassen Sie's dabei bewenden. Für einen solchen Wechsel ist kein äußerer Anreiz erforderlich. Ich kenne einen ähnlichen Fall. Das Leben ist schwer genug, auch ohne daß man nach zusätzlichen Schuldgefühlen sucht. Lassen Sie's damit gut sein.*

»Tu's noch mal!« sagte Jackara.

»Nachher«, sagte Sandow, stand auf und zog sie langsam hoch. »Jetzt nehmen Sie meine Hand«, befahl er und legte Morwins Finger um ihre Hand. »Shind sagt mir, daß ein Suchtrupp näher kommt, und ich sehe, daß das stimmt. Ich habe keine Lust, in den Vorgang verwickelt zu werden. Sie alle sind herzlich eingeladen, mit mir zu verschwinden, wenn Sie dieses Gefühl teilen.« Er drehte sich um. »Das ist der Fall, wie ich sehe, also sollten wir hier verschwinden. Ich habe in dieser Richtung geparkt.«

»Warten Sie noch.«

»Was ist noch?«

»Der Kommandant«, sagte Morwin. »Malacar. Wo ist er?«

»Hinter den Felsen dort. Etwa fünfzehn Meter entfernt. Die Suchtrupps werden ihn bald finden. Da können wir nichts mehr machen.«

Aber Morwin machte kehrt und marschierte auf die Felsen zu.

»Nehmen Sie Jackara lieber nicht mit!«

Er blieb stehen.

»Da haben Sie recht. Hier, nehmen Sie sie wieder. Gehen Sie ohne mich los. Ich muß ihn noch einmal sehen.«

»Wir warten.«

Die Suchtrupps sind schon sehr nahe!

Ich weiß.

Das Unwetter schlug mit neuer Wut zu, doch es war schon ein Stück nach Südosten abgezogen.

»Vielen Dank für die Zigarre – Sir.«

»Frank. Nennen Sie mich Frank.«

Es wird aussehen, als sei hier ein Mord geschehen.

Wenn sie ihn identifizieren ...

... gibt's einen Riesentrubel. Ja. Denken Sie nur an die möglichen Gerüchte. Über einen politischen Mord. Er wäre entzückt, wenn er wüßte, daß er durch seinen Tod für die DYNAW mehr getan hat als in all den Jahren seit dem Krieg.

Wie denn das?

Gegen Ende dieser Sitzungsperiode wird es überraschend eine Abstimmung über den Ligastatus geben. Die Gefühle, die sein Tod auslöst, können dabei nützlich sein. Er war einmal sehr populär. Ein Held.

Und er war abgekämpft, starrsinnig und nicht wenig verbittert. Es wäre die reinste Ironie ...

Ja. Die Gerüchte müssen sorgsam gesteuert werden. Die Restauration des Heimatplaneten als Teil der DYNAW müßte sich auch vorteilhaft auswirken. Ich werde mich erst in ein paar Jahren an die Arbeit machen können, aber ich gebe zum richtigen Zeitpunkt die Ankündigung heraus. Geschäftliche Vereinbarungen, die ich unter großem Zeitaufwand ausgehandelt habe, werden auch bald bekanntgemacht.

Dann stimmt es also, was man über Sie sagt.

Was?

Nichts. – Was soll aus von Hymack werden?

Das liegt an ihm. Ich sorge jedenfalls dafür, daß er zunächst mal mit Pels spricht. Wenn er will, kann er in die Klinik auf Freiland kommen, und Pels kann dort in eine Kreisbahn gehen und mit dem Krankenhauspersonal Kontakt halten. Da er einer der wenigen Leute ist, die eine Vorstellung davon haben, was hier wirklich geschah, ist das vielleicht sogar ein guter Aufenthaltsort für ihn – jedenfalls bis zur Abstimmung. – Und ja, ich bin auf der Erde geboren worden, vor langer Zeit.

»... weich«, sagte Jackara und bückte sich, um Shind zu streicheln.

Und warm, fügte Shind hinzu. *Ist praktisch bei diesem Wetter. Ich glaube, John kommt zurück. Warum sagen Sie ihm nicht, wohin Sie jetzt fliegen wollen?*

Jackara starrte der näherkommenden Gestalt entgegen und rief: »John! Bring mich in das Schloß mit dem glühenden Burggraben. Auf die Erde.«

Morwin nahm ihre Hand und nickte.

»Gehen wir«, sagte er.

6

Eines Tages zog der Frühling ein, lebhaft und blumengesprenkelt, lau und grün und braun und feucht, und Vögel schossen durch das Blau und stießen wilde, fragende Laute aus; der Wind wehte salzig und frisch vom Meer herüber, das wieder wogte, wie es vor fünftausend Jahren gewogt hatte; und die Feuer der Welt waren in kräftige Höhlen zurückgedämmt, tief unter ihnen, als sie langsam zwischen den Bäumen, den Feldern, den frischgeschrubbten Hügeln hindurchwanderten.

In der Sphäre seiner Sehnsucht schreitend, dachte er an Pels, denn er dachte an Musik, unsichtbar, schwerelos, konsequent in den Begriffen ihrer eigenen Logik. Er dachte nicht an Francis Sandow, Heidel von Hymack und auch nicht an den Kommandanten, denn sie hatte gerade gesagt: »Es ist ein schöner Tag«, und ja, dachte er, Wolke am Himmel, Vogel in der Luft, Mädchen, das mußt du dem Tag lassen, das mußt du ihm lassen.